KB150633

새를 잊은 마녀에게

새를 잊은 마녀에게

1판 1쇄 찍음 2018년 10월 12일
1판 1쇄 펴냄 2018년 10월 19일

지은이 김다현
펴낸이 정 필
펴낸곳 **(주)뿔미디어**

기획 · 편집 김수정
표지 디자인 우 물

출판등록 2002년 9월 11일 (제1081-1-132호)
주소 경기도 부천시 원미구 소향로 17, 303(두성프라자)
전화 032)651-6513 **팩스** 032)651-6094
E-mail bbulmedia@hanmail.net
비북스 http://b-books.co.kr

ISBN 979-11-315-9339-4 03810

※파본은 구입하신 서점에서 교환하여 드립니다.

FEEL PREMIUM EDITION

김다현 장편 소설

새를 잊은 마녀에게

Dear witch forgetting a bird

contents

《 잉그람 마녀의 의무 》

1. 마녀는 잉그람 법전의 심판을 받는다. 다만 징역형 이상에 처하는 경우에는 발푸르기스 평의회로 신병을 이송한다.

2. 마녀는 1687년 체결된 발롬피에 협약의 심판을 받는다.

3. 마녀는 왕명을 즉시 따른다. 다만 잉그람 국왕은 천재지변이나 전쟁, 극심한 인명 피해가 우려되는 경우에만 마녀를 동원할 수 있다. 이때 국왕은 그 지역에 거주하는 마녀를 일차적으로 동원해야 하며, 사태가 걷잡을 수 없을 지경에 이른 때에만 다른 지역의 마녀를 동원할 수 있다. 동원에 따른 보수는 양자의 협의로써 결정한다.

4. 마녀는 계약을 통해 국가 사무를 관장할 수 있다. 이때 보수는 양자의 협의로써 결정한다.

5. 마녀는 다음 장소에서 마법을 사용할 수 없다; 로엔그렌 내궁(內宮), 산티그마 교단에 공식적으로 귀속된 교회당, 괄티에로 벨리.

서장

비밀 회동

어두운 방 안에 촛불이 올랐다.

"아가, 큼, 아가씨. 막시무스입니다."

쥐 죽은 듯 고요한 사위로 중후한 음성이 퍼져 나갔다. 뒤잇는 침묵. 대답을 기다리듯 끈질긴 적막은 좀체 깨지질 않았다.

그런데 문득, 부스럭거리는 소리와 함께 누군가 슬리퍼를 질질 끌며 다가오는 기척이 느껴진다. 뒤이어 맥없이 의자를 끌어다 앉은 이가 무지근한 숨을 길게 내뱉었다. 의자가 바닥에 끌리는 소음을 듣고 혀를 끌끌 차던 막시무스가 어지간히도 못마땅한 기색을 내비쳤다.

"엿새째 방에서 꼼짝도 안 하고 계신다고요. 이 막시무스, 병영을 돌아다니며 다 들었습니다. 아가씨의 악명이 어찌나 드높던지, 큼, 전나무 꼭대기에서도 고약한 마녀 어쩌고 하는 욕이 쩌렁쩌렁하답니다. 깁슨 대령도 아주 이를 갈고 있고요."

작정하고 들이붓는 질책에도 맞은편 의자에 앉은 이는 별다른 반응이 없다. 이에 약이 올랐는지, 막시무스의 목소리에도 점차 열이 받치기 시작했다.

"근 2년, 아가씨치고 얌전히 계시기에 이제는 정말로 철이 드셨나 싶었습니다. 하지만 역시 사람이 그리 쉽게 바뀔 리가 없지요. 고기, 큼, 고기도 먹어 본 사람이 잘 먹는다고, 철이 드는 것도 애당초 제정신인 사람에게나 가한 일이 아니겠습니까? 아가씨 같은 분께는 가당치도 않은 이야기지요! 아직도 아가씨께 기대를 품고 계시는 주인님이 그저 안타까울 따름, 읍! 읍!"

"……이제야 좀 조용하네."

아직도 꿈속을 거닐듯 몽롱한 음성이 조용히 들려온다. 악담이 줄기차게 내리꽂히던 사람이 하는 말이라기엔 지나치게 차분하고 느린 어조였다.

"잔소리는 고모한테 듣는 걸로도 충분하니까, 조사하라고 시킨 거나 자세히 말해 봐."

"읍! 읍!"

"얼른?"

"읍!"

"아. 마법을 안 풀어 줬구나."

나지막한 혼잣말에 이어 탁, 손가락 튕기는 소리가 크게 울렸다. 입을 틀어막는 마법에서 풀려난 시종이 왈칵 성을 냈다.

"아가씨! 어떻게 이런 야만적인 마법을 부리실 수가!"

"고작 이 정도로 야만적이라 하면 안 되지."

"네?"

"한 번만 더 큰소리 내면, 다음번엔 통째로 삶아 먹으려고 했거든."

잔뜩 기함한 막시무스가 사색이 되어 온몸을 파르르 떨었다. 그러거나 말거나, 여자는 의자를 아슬아슬하게 뒤로 기울이며 한가로이 말을 잇는다.

"왕자님 주변은 잘 살펴봤어?"

"예, 예……."

"어떤데?"

여자가 의아한 기색을 내비치자, 막시무스는 퍼드덕 소리를 내며 황급히 대꾸했다.

"아가씨의 짐작이 맞았습니다. 다른 사람들 눈에 띄지 않게 아주 은밀하게 움직이는 통에 이 막시무스조차 여간 추적하기 까다로운 것이 아니었습니다만—"

"요점만 간단히."

"골 아픈 놈들임엔 틀림없습니다."

흐음, 콧소리를 내며 잠시 고심에 빠진 여자가 물었다.

"배후는?"

"네?"

"그 골 아픈 놈들의 배후는 누구냐고."

"그, 그건 아직은 저도 잘……."

다가올 참극을 예언한 막시무스가 슬금슬금 뒤로 물러났다. 그에 발맞추어, 연약하던 촛불이 일순 시종의 그림자를 잡아먹을 것처럼 거세게 화하였다.

"무능해, 막시."

"무, 무능하다니요! 그리고 제 이름은, 큼, 막시무스 살로티우스입니다! 멋대로 줄이지 마세요!"

"그건 너무 길잖아."

"주인님께서 3일 밤낮 공들여 지어 주신 이름입니다!"

"어쨌든. 그걸 전부 부르는 건 너무 비효율적인 일이야."

뒤로 기울였던 의자를 단숨에 쿵, 바닥으로 내리찧으며 여자는 고양이처럼 나른하게 기지개를 폈다. 언제 흉포했냐는 듯 애기 손톱만 하게 줄어든 불빛은 다시금 조신하게 일렁이고 있었다.

"아우, 슬슬 나갈 준비를 해야겠네."

씩씩거리며 화를 짓누르던 막시무스가 처음으로 반색했다.

"다시 일하실 생각이 드신 겁니까? 그래요, 엿새나 노셨으니 일하고 싶은 마음이 들 수밖에요! 그래도 아주 잘 생각하셨습니다! 장족의 발전이에요!"

"네가 무능하니까 내가 나갈 수밖에 없잖아."

"예, 예. 다 제가 무능한 탓입……. 네?"

세상에서 가장 무서운 소리라도 들은 것처럼 시종이 반문했다.

"어쩌겠어. 무능한 시종을 둔 주인의 운명이려니 해야지."

"제 주인은 아가씨가 아닙니다! 아니, 그리고 그게 대체 무슨 말씀이신지요? 서, 설마 지금 오킹엄으로 가시겠다는 소리는 아니지요? 아무리 알피어스 가문에서 내놓은 아가씨라 하여도 그렇게나 생각이 없으시진 않겠지요!"

"방금 그 말, 되게 기분 나쁘다."

"힉!"

갑자기 우당탕 소리가 들린다 싶더니, 퍼드덕퍼드덕 막시무스가 보이지 않는 어둠 속으로 멀어져 갔다. 그래 봤자 방구석이지만, 손가락 하나 까딱하기 귀찮은 지금의 여자에겐 족히 먼 거리다.

"일단 네가 먼저 오킹엄으로 가서 왕자와 접촉해."

"그, 그다음은요?"

"그다음이라니?"

"그러고 아가씨께서 직접 오킹엄으로 오시려는 생각은 설마 아니겠지요? 그렇지요? 제발 대답을 좀 해 주세요!"

"말했잖아. 네가 무능한 탓에 내가 가야 한다고."

"아니 됩니다! 저얼대로 아니 될 일이에요! 지금 국경의 상황을 몰라서 하시는 말씀입니까? 저 분리주의자들이 언제 또 날뛸지 모르는데, 깁슨 대령이 잘도 아가씨를 보내 주겠습니다!"

"그 대머리가 뭐라고 하든 말든. 난 이제 끝이야. 할 만큼 했어."

"아니 된다니까요! 아가씨께서 그리 막가시면 그 뒷수습은 또 누가

하라고요! 결국 주인님의 몫이 아닙니까!"

"그러니까 네가 유능했으면 됐잖아. 나도 여기서 쉬고, 고모도 솔즈베리에서 쉬고. 얼마나 좋았겠어?"

"으아악!"

이제껏 어떻게든 고상을 떨던 막시무스가 마구 난동을 부리기 시작했다. 보이지 않는 어둠 속을 어렵지 않게 꿰뚫어 본 여자가 대단히 귀찮은 기색으로 훠이훠이 손짓한다.

"알았으면 얼른 나가 봐."

"예! 예! 그렇지 않아도 나갈 생각이었습니다! 당장 주인님께로 날아가서 이 돼먹지 못한 일을 소상히 알려 드려야……."

"하기만 해 봐. 그땐 정말로 튀겨 먹을 테니까."

힉! 또다시 우당탕 소리를 낸 막시무스가 다급히 창문 너머로 사라졌다.

어느덧 끝물에 다다른 겨울. 아직은 찬 새벽 공기가 들이치는 창문을 손짓만으로 닫아건 여자가 부스스 자리에서 일어났다. 기다란 가운을 끌고 비척거리며 침대맡에 이른 여자는 풀썩, 태엽이 끊긴 인형처럼 이불 위로 스러졌다. 동시에 유일하게 사위를 밝히던 촛불도 순식간에 꺼진다.

방은 도로 암암한 어둠 속에 잠겼다.

Dear witch
forgetting a bird

1. 망나니 왕자

알렉 아크라이트. 그는 잉그람의 하나뿐인 왕자다.

하나뿐인 왕자라는 것은 즉 잉그람의 차기 국왕으로 가장 유력한 인사라는 뜻. 아무리 국왕이 실권을 잃은 나라라곤 하지만, 여전히 잉그람에서 국왕의 영향력은 무시할 수 없는 수준이며 왕가에 대한 국민들의 지지도 상당했다. 이는 다시 말해, 올해 겨우 스물셋 된 젊은 왕자가 나라에서 다섯 손가락 안에 뽑히는 중요 인사로 대접받는다는 것이다.

그러나 이론적인 위상은 차치하고서라도, 왕자에 대한 잉그람 국민들의 애정은 오래전부터 기이할 만치 드높았다. 현 국왕인 하워드 아크라이트가 젊은 시절 벌였던 온갖 기행과 추문으로 재위 초 지지율이 바닥을 쳤던 것을 상기하면 상당히 의아스러운 일이다. 정도의 차이가 있을 뿐이지, 알렉 왕자 역시 화려한 스캔들과 무성한 뒷소문을 몰고 다니는 것은 마찬가지였기 때문이다.

여러모로 전설을 써 내려갔던 젊은 시절 국왕을 떠올리게 하는 행보를 보이고 있음에도, 국민들이 왕자에게 끊임없는 애정과 연민을 보내는 이유는 딱 한 가지다.

바로, 오래전 숨을 거둔 조세핀 왕비의 눈부신 후광이 왕자를 감싸고 있는 덕분이다.

젊은 시절, 꽃다운 미모를 무기로 신분 고하를 막론하고 숱한 여자들을 후리고 다녔던 하워드 국왕은 말 그대로 천하의 난봉꾼이었다. 잉그람 역사상 으뜸가는 성왕이라는 리처드 3세도 서른 명이 넘는 정부를 거느렸다는 야사로 유명하니, 사실상 여색만 탐했다면 하워드 국왕의 평판이 그리 바닥을 기지는 않았을 것이다. 만일 '여색만' 탐했다면 말이다.

안타깝게도 하워드 국왕은 여색만이 문제가 아니었다. 그는 주일의 교회에서 만취하여 고꾸라지는 술꾼이었으며, 나이 지긋한 주교에게도 막말을 일삼는 양아치였다. 심지어 언젠가는 아들을 잃어 슬픔에 잠긴 고관대작의 아내에게 차마 입에 담지 못할 저속할 말로 추근거렸다가, 하이에나처럼 특종을 찾아 헤매던 일간지 기자에게 잘못 걸려 이튿날 신문 앞면에 대문짝만하게 얼굴이 실리기도 했다.

그때 기사의 헤드라인이 〈엄숙한 장례식에서도 염치를 모르는 난봉꾼, 부끄러운 줄 알라!〉였으니, 젊은 날 국왕의 이미지가 어떠했는지는 대강 짐작하리라.

'정말로 저런 놈팡이한테 왕관이 넘겨진단 말이야?'
'말세야, 말세! 우리 뒷동네 건달도 저만치 상스럽지는 않겠어!'

당시 잉그람에선 어딜 가도 이런 대화가 들려올 지경이었다. 고향, 학교, 직장, 하다못해 키우는 동물로도 다툰다 할 정도로 분열의 상징인 잉그람 국민들이 그야말로 한마음 한뜻으로 합쳐지는 역사적인 순간이었다. 역사상 그 누구도 해내지 못했던 일을 해낸 하워드 아크라이트에게 무궁한 영광이 있으리!

좌우지간 당시 왕자였던 하워드를 폐하고, 그의 누이동생인 캐서린 공주를 차기 국왕으로 올려야 한다는 의견이 진지하게 논의될 정도로 심각한 상황이었음엔 틀림없다. 그럼에도 정신 못 차리고 '왕위? 엿이나 먹으라지!' 라며 기자들 앞에서 공공연히 막말을 하고 다녔던 하워드가 개과천선하게 된 계기는 다름 아닌 조세핀 포크스였다.

당시 고작 열일곱. 성년을 1년 앞둔 조세핀은 포크스 공작의 막내딸로, 아름다운 외모와 기품 있는 태도로 사교계에선 일찍부터 유명한 아가씨였다. 그러나 타고나길 몸이 약하여 수도에서 멀리 떨어진 채링턴 지방에서 요양하고 있었는데, 하필이면 사냥을 나갔다가 우연찮게 채링턴 인근을 어슬렁거리던 하워드와 마주친 것이다.

운명의 신도 잔혹하시지, 순진한 조세핀 아가씨는 거죽만은 남부럽지 않게 잘생긴 하워드에게 순식간에 마음을 빼앗겼다. 치마 두른 여자면 일단 추근거리고 보는 하워드야 말할 것도 없었다.

자연스레 두 사람은 불같은 사랑에 빠져 서로밖엔 보지 않았다. 다른 사람은 다 돼도 하워드 왕자는 안 되노라 극구 반대하는 포크스 공작도, 너 같은 난봉꾼에게 저런 꽃다운 아가씨가 가당키나 하겠느냐는 당시 국왕의 힐난도 사소한 장애물이었을 뿐이다. 사랑에 빠진 사람들이 으레 그러하듯, 둘은 주변에서 쫑알대는 소리는 조금도 들어 먹질 않았다.

'만나도 어떻게 저런 놈을 만나! 차라리 내 목에 칼을 꽂아라!'

애지중지 기른 막내딸을 천하의 개차반에게 보내야 할 처지에 이른 포크스 공작은 당연하게도 매일 밤 피눈물을 흘렸다. 그러나 하워드의 부친 되는 국왕에게 조세핀이란 굴러들어 온 황금이나 진배없었다. 저러다가 어느 날 아들이 서른 살은 많은 여자에게 애를 보았다며 떳떳하게 들어오진 않을까 노심초사하던 국왕은 면전에선 몇 마디 책망하면서도 뒤돌아선 아주 좋아 죽었다. 결혼은 일사천리였다.

놀랍게도 결혼을 기점으로 하워드는 전혀 딴사람이 되었다. 아침에는 이 여자, 점심에는 저 여자, 저녁에는 그 여자 하면서 지저분하게 놀던 것과는 딴판으로 조세핀을 하늘 떠받들듯 모셨다. 매일같이 벌이던 술판은 단호하게 접었고, 독실한 신자였던 아내를 따라 꼬박꼬박 교회에도 나갔다. 일찍이 그가 교회에 나가는 날이란 그저 고지식한 주교를 희롱하기 위함이었던 것을 떠올리면, 장족의 발전도 이런 발전이 없었다.

그리 사람이 뒤바뀌자, 자연스레 국민들의 인식도 바뀌었다. 국왕은 그제야 안심하며 왕위를 물려주었고, 즉위식에서 하워드는 유일하게 잘난 외모를 뽐내며 여느 배우 못지않게 멋들어진 사진을 여럿 남겼다. 게다가 이듬해엔 조세핀 왕비가 임신까지 하였으니, 그야말로 왕실의 겹경사였다.

하지만 좋은 일이 있으면 나쁜 일도 있는 법이라고. 마냥 즐거운 웃음소리만 흐드러지던 왕실에 갑작스러운 비극이 몰아닥쳤다.

'왕비 전하께서 승하하셨습니다.'

난산이었다.

하룻밤이 넘도록 아기는 머리 끄트머리조차 보이질 않는데, 태생적으로 몸이 약한 왕비는 점차 기력을 잃어 갔다. 국왕은 왕비와 자식 중에 하나를 선택해야 하는 처지에 이르렀다.

'당연히 왕비를 우선해야—'

'저는 괜찮아요. 아이를 우선하도록 하세요.'

백지장처럼 창백해진 얼굴로 조세핀 왕비는 간청했다. 아이는 그녀의 꿈이고 미래였다. 아홉 달 배 속에 품어 길러 낸 아이를 이렇게 포기할 수는 없었다.

끝내 왕비의 뜻을 꺾지 못한 하워드는 눈물을 머금고 아이를 택했다. 결과적으로 아이는 무탈하게 태어났으나, 조세핀 왕비는 아이를 품에 안아 보지도 못하고 싸늘한 주검이 되어 버렸다.

국왕은 비탄에 잠겼다. 잉그람 국민들도 현명하고 자비롭던 왕비의 죽음을 기렸다. 평생 정신 못 차리고 살나가 나라의 수치로 역사 속에 이름을 새길 줄 알았던 하워드를 탈바꿈한 장본인이자, 아랫사람을 손수 보듬고 국민을 진심으로 사랑하던 왕비였다. 꽃다운 나이에 죽은 왕비를 많은 사람들이 그리는 것은 자명한 이치였다.

조세핀 왕비를 향하던 국민들의 애정은 이제 오롯이 어린 왕자에게로 옮겨졌다. 조부의 이름을 따 알렉이라 이름 지어진 왕자는, 부디 좋은 왕이 되시라는 왕비의 유언대로 밝고 건강하게 자라났다.

숱 많은 갈색 머리칼이나 매끄럽게 잘빠진 턱선, 혹은 날렵한 콧날은 딱 젊은 시절 하워드의 판박이였으나, 여린 새싹처럼 맑은 연둣빛 눈은 죽은 조세핀 왕비를 떠올리게 했다. 하나를 알면 둘을 깨치는 영특한 머리나, 부드러운 듯하면서도 강단 있는 성품은 두말할 것 없이 왕비의 유산이었다.

곧 새로운 왕비를 들이리라는 세간의 예측과 달리, 하워드 국왕은 다시는 결혼하지 않겠노라 선언했다. 자신의 인생에서 왕비란 조세핀 하나라며 단언하던 얼굴은 전에 없이 진중한 모습이었다. 실제로 국왕은 고관대작이라면 공공연히 두는 정부조차 일절 두지 않았으므로, 화려하고 음습했던 지난날과는 완전히 결별한 듯 보였다.

잉그람 국민들은 국왕의 변화를 반겼다. 왕실의 어른들도 조세핀의 사후 내심 염려스럽던 하워드가 저토록 뚜렷한 모습을 보여 주자 한결 안심했다는 반응을 보였다. 다만 국왕이 다시는 결혼하지 않겠노라 선언한 것은 즉, 그의 자식도 조세핀이 낳은 왕자 하나뿐이란 소리였다. 만일 왕자가 잘못된다면, 하워드 국왕의 대는 거기서 끊기는 셈이다.

당연하게도 만인은 어린 알렉 왕자를 주목했다. 국왕의 유일한 자식이자, 가장 유력한 왕위 계승자. 거기에 조세핀 왕비의 후광까지 더해지자, 어린 왕자는 이제 누구도 넘보지 못할 잉그람의 상징으로 자리매김했다.

심지어는 하워드 국왕조차 아들의 인기에 편승하여 지지율을 유지하는 양상이었다.

'부디 왕비님의 바람대로 훌륭한 국왕이 되어 주세요.'

국민들이 소원하던 것처럼 알렉 왕자는 누구 못지않게 훌륭한 어른으로 장성하는 듯했다. 자신의 모든 행동거지에 만인의 시선이 쏠림에도 불평 한마디 없었고, 기자들이 눈에 불을 켜고 살피는데도 쉽사리 흠을 잡아내지 못할 만큼 허투루 행동하는 법이 없었다. 왕자는 아버지를 닮아 수려하고, 어머니를 닮아 우아했다. 동화에서나 나올 법한 백마 탄 왕자의 표본이었으므로, 왕자를 향한 국민들의 성원이 나날이 높아진 것도 무리는 아니다.

그런 왕자가 어느 순간에선가 삐딱선을 타기 시작했다면, 도대체 이유가 무엇일까?

미성년의 왕자가 몰래 담배를 태우는 사진이 찍혔을 때도 사람들은 그러려니 했다. 법에 어긋나는 짓도 아닐뿐더러, 열 살 남짓할 때부터 어른들에게 알음알음 술 담배를 배우는 아이들이 많았으므로. 왕자라고 꼭 언제나 번듯한 모습만 보여야 하는 것은 아니지 않느냐는 반론이 무수하게 뒤따랐다.

성년이 되기 무섭게 어느 아가씨와 스캔들이 났을 때도, 사람들은 도리어 왕자가 벌써 그럴 나이가 되었느냐며 감격해 마지않았다. 잉그람 국민들에게 알렉 왕자는 가슴으로 키운 자식이나 마찬가지였다. 어미를 모르고 자라난 왕자에게 이유 없는 부채감을 느끼는 사람들이 수두룩했다.

그러나 왕자가 학업은 뒷전이고 들로 강으로 쏘다닌다는 기사가 쏟아지자, 하나둘 근심하는 사람들이 늘어났다. 당시 왕자는 왕족들이 대를 이어 다니던 노벨리엄 대학 정치학부에 입학한 참이었다. 노벨리엄 왕립 대학이라 함은 잉그람에서도 세 손가락에 뽑히는 명문 대학. 학업에 열중해도 모자랄 판에 매일같이 수업을 빠지고 놀러만 다닌다니, 하워드 국왕의 화려했던 과거를 똑똑히 기억하는 국민들로선 당연히 근심하지 않을 수 없었다.

그럼에도 국민들은 왕자에게 굳건한 신뢰를 보냈다.

「알렉 왕자가 지금까지 보여 온 성실함을 생각하라,
그의 일탈은 오후의 짧은 낮잠 같은 여흥에 지나지 않을 것이다!」

이런 사설이 하루가 멀다 하고 신문에 오르내린 것이다. 여론도 마찬가지였다. 고귀한 왕자는 우리를 배신하지 않으리! 돌아가신 왕비 전하, 부디 아드님께 축복을!

하지만 그로부터 고작 한 달 뒤, 국민들의 기대는 무참히 깨졌다.

5년이 지난 지금까지도 여전히 잉그람의 저녁 식탁 위에선 절대로 꺼내면 아니 될 불문율로 여겨지는 화제이며, 아크라이트 왕실 수백 년 역사에 영원토록 새겨질 치욕.

어느 일간지의 기자가 명명하기로 〈봄비에리의 참극〉은 정확히 5년 전 가을에 발발하였다.

때는 왕도 오킹엄의 거리가 울긋불긋 물들어 가는 십일월.

곡식이 무르익고 마음이 풍요로워지는 그때, 잉그람을 비롯한 중앙삼국은 매해 그러하듯 축제 준비로 한창이었다. 산티그마 교단을 국교로 삼은 세 나라가 함께 기념하는 축제란 바로 십일월의 아흐레 날 열리는 성 봄비에리 축일이다.

600여 년 전, 잔악한 이교도의 침략에 맞서 싸우다가 끝내 교회에 보관된 성물을 끌어안고 죽었다는 봄비에리 수도사는 일찍이 성인으로 추대된 인물로, 작금에 이르러선 용기와 신념의 상징으로 떠받들어지는 위인이다. 마침 추수와도 일맥상통하는 시기겠다, 성 봄비에리 축일은 오래전의 성인을 추모하는 날임과 동시에 1년 중 가장 풍요로운 시기를 다 함께 즐기는 축제이기도 했다.

바로 그런 날, 알렉 왕자는 근자에 잘 어울리던 질 낮은 귀족가 자제 몇몇과 함께 만취하여 오킹엄의 뒷거리를 쏘다니고 있었다. 그나마 날이 어두워진 다음이라, 그들 말고도 얼굴 벌게진 술주정뱅이들이 거리에 한가득한 것이 다행이었다. 사람들은 취객들의 얼굴을 일일이 확인하지 않았고, 이에 왕자는 들키지 않고 무사히 처소로 돌아갈 수 있으리라 여겼을 것이다.

그러나 불운은 꼭 한꺼번에 몰려온다는 말처럼, 왕자의 경우도 다르지 않았다. 매일같이 하이에나처럼 왕자를 뒤쫓던 삼류 기자들이 그런 좋은 기회를 놓칠 리 없었다. 당연하게도 왕자는 오래가지 못하고 기자들에게 붙잡혔다. 평소 왕자를 충견처럼 따르며 기자들을 내쫓던 스튜어트 보좌관이 축일을 맞이하여 잠시 고향으로 내려간 것이 화근이었다.

다 함께 먹고 마시는 축제에서 고주망태가 된 것이 뭐 그리 유난스러운 일이겠느냐만, 사사건건 기사로 오르내리는 왕자의 경우에는 유난스러운 일이 맞았다. 더욱이 요새 벌이는 기행으로 왕자의 행동거지에 주목하는 사람들이 많았다. 왕자를 다루는 특종 하나가 삼류 신문을 날개 돋친 듯 팔리게 할 것이었다.

그리고 독사들이 들끓는 왕궁에서 평생을 살아온 사람답지 않게 은근히 순수한 구석이 있는 왕자는 기자들에게 순순히 먹잇감을 내어 주고 말았다.

'전하. 캐서린 공주 전하께서 왕위를 탐내고 있다는 소문이 있습니다. 어떻게 생각하십니까?'

'으응? 캐서린? 우리 고모?'

'예, 캐서린 공주 전하요. 왕위를 노리신다고요.'

몇 번이고 선문답을 주고받고서야 왕자는 겨우 기자의 질문을 이해했다. 깊게 생각할 것 없이, 왕자는 만취하여 붉어진 얼굴로 개구지게 웃어 보였다.

'에이, 왕위로 되겠어요? 우리 고모가 얼마나 욕심쟁인데.'

'그 말씀은 공주 전하께 왕위를 양보하시겠다는 뜻인지……?'

'왕위든, 재물이든, 권력이든. 원하시는 건 뭐든 다 가지시라 그래요.'

이건 특종이다.

기자들은 시퍼런 안광을 빛내며 왕자를 더욱 옥죄어 들었다.

'최근 왕자 전하를 둘러싼 여론이 좋지 않습니다. 실제로 왕실의 어른이신 버트윈 공은 왕자 전하의 잇따른 기행에 우려를 표하고 계시며—'

'누구요?'

'버트윈 공이요. 전하의 당숙 되시는…….'

기자의 설명에도 왕자는 고개만 갸웃거렸다. 하기야 왕자의 당숙, 즉 하워드 국왕의 사촌은 그 숫자만 무려 열일곱에 달했다. 만취했다면 헷갈릴 만도 하다.

'있잖아. 그 머리 벗겨진 노인네. 나만 보면 맨날 이래라저래라 잔소리하는 꼰대.'

'너한테도 그러냐? 나한테도 그러던데.'

'좆같네.'

술에 취하여 뒤에 너부러져 있던 왕자의 친구들이 킬킬대며 우스갯소리를 주고받았다. 기자들 틈으로 조심스레 사진기를 들이민 어느 사진기자가 남몰래 그들의 사진을 찍었다. 차례로 백작가의 삼남, 자작가의 차남, 또 다른 백작가의 사남, 남작가의 장남이다. 왕자만은 못해도 충분히 파급력 넘치는 인사들이었다.

'좆같다고? 그게 무슨 뜻이야?'

친구들의 대화를 경청하던 왕자가 문득 의아하다는 듯이 물었다. 기도 안 차는 질문에 여기저기서 헛웃음이 빗발쳤다. 그럼에도 왕자의 의문이 가시질 않자, 난데없이 화기애애해진 분위기 속에서 어느 기자가 친절히 '좆같다'의 뜻을 알려 주었다.

'끔찍하다는 뜻입니다.'
'아, 그래요?'

그걸 또 순순히 주워 삼킨 왕자는 곰곰이 생각에 잠긴 듯하더니 별안간 웃음을 터트렸다. 술내 가득한 뒷골목에 어울리지 않는 청명한 웃음소리가 한동안 이어졌다.

'전하?'

당혹스러운 광경을 보다 못한 어느 기자가 조심스레 입을 열었다. 그때껏 허리를 꺾어 가면서 웃던 왕자는 눈물 맺힌 눈가를 슥 닦으며 가까스로 웃음을 갈무리했다. 그렇잖아도 만취하여 발그스름하던 뺨이 이제는 홍당무처럼 아주 붉어졌다.

'아, 그게, 미안해요. 말이 너무 웃겨서.'
'좆같다는 말이요?'
'네, 그거.'

왕자가 선선히 고개를 끄덕거렸다.

'우려는 무슨, 좆같잖아요.'

쩡하게 얼어붙은 기자단에서 간신히 한 줄기 질문이 새어 나왔다.

'그 말씀은 혹 버트윈 공에게 하시는 것인지……?'
'음, 그렇게 되나? 아니지, 꼭 당숙한테만 그럴 수는 없지.'

혼자서 중얼중얼하던 왕자가 금세 흐드러지도록 웃었다.

'그냥 왕실이 좆같네.'
'……네?'
'좆같은 왕실, 확 망해 버렸으면 좋겠다!'

싸늘한 침묵 사이로 찰칵, 환한 미소 머금은 왕자를 찍는 소리가 유독 크게 울려 퍼졌다.

이튿날, 잉그람의 악명 높은 황색 신문들은 일제히 왕자의 폭언을 전면에 실었다. 축제의 여파가 다 가시기도 전에 생각지도 못한 화젯거리가 폭풍처럼 잉그람을 덮친 것이다.

'쯧쯧. 그럼 그렇지.'

'왕자님은 조세핀 왕비 전하의 아들만이 아니라, 국왕의 아들이기도 하다는 걸 여태 잊고 살았어.'

왕자에겐 참으로 예외적이게도 이런 반응이 수면 위로 떠오른 것과는 별개로, 여전히 왕자를 옹호하는 세력도 굳건했다.

'아무렴. 왕실의 잘못이지. 엄마 잃은 아이를 제대로 보듬기나 했어? 그 어린애를 툭하면 기자들 앞으로 내보내서 얼굴 마담 역할이나 시키고 말이야.'

알렉 왕자의 인기를 등에 업고 어느 정도 지지세를 회복했다곤 하지만, 하워드 국왕에 대한 반감은 오래전부터 꾸준한 터였다. 왕자가 어릴 때부터 어린아이를 너무 언론에 자주 노출시키는 것이 아니냐는 의견이 끊임없던 만큼, 때마침 국왕으로 대표되는 왕실에 대한 비판도 줄을 이었다.

하지만 누가 뭐래도 이번 사태로 가장 뒤집힌 곳은 왕실이었다. 기사가 나가기 무섭게 궁전으로 몰려드는 기자단을 사방팔방 내쫓으며 방안을 강구하던 왕실은 초장에는 강하게 밀고 나가기로 했다.

이른바 언론과의 전면전이 시작된 것이다.

'알렉은 하워드와는 달라. 우리 왕실의 얼굴을 이렇게 포기할 수는 없지.'

사실상 아크라이트 왕실의 실세라는 소문이 돌 정도로 막강한 캐서린 공주가 전면으로 나섰다. 하워드 국왕이 한창 난봉꾼이던 시절에야 왕실에서도 거의 내놓은 수준이었으므로 딱히 언론을 규제할 필요를 느끼지 못했으나, 알렉은 사정이 달랐다. 하워드로 추락하던 왕실의 위상을 알렉으로 되살렸다. 만일 알렉마저 추락한다면, 왕실의 위상은 다시는 예전으로 돌아가지 못할 것이었다.

그리해 캐서린 공주의 주도로 황색 신문을 겨냥한 고발이 시작되었다. 진실을 파헤쳐야 하는 언론이 제 역할을 하지 못하고 거짓말을 일삼노라 쓰인 왕실의 성명문도 널리 퍼졌다. 사람들은 그럼 그렇지, 하며 왕실을 믿는 듯했다. 아니면 말고 식의 스캔들로 점철된 황색 신문은 애당초 그다지 신뢰 가는 매체가 아니었다.

그러자 발등에 불이 떨어진 것은 맨 처음 알렉 왕자의 폭언을 보도한 황색 신문들이었다. 의혹을 사실처럼 보도했다가 관련인의 고발을 받는 것이야 일상적인 일이지만, 이번은 달랐다. 늘 거짓말쟁이라며 조롱받던 삼류 기자들이 처음으로 억울해진 것이다.

'권력에 굴복하여 이대로 진실을 파묻을 수는 없지!'

삼류 기자들은 눈물을 머금고 난생처음 기자로서의 본분을 다하고자 역공을 가하기 시작했다. 왕실에게 거대한 명예와 재물이 있다면, 그들에겐 펜이 있었다. 사람을 죽이기도 살리기도 하는 그것은 때때로 어마어마한 힘을 발휘했다. 특히나 겨냥하는 상대가 고고할수록 그러했다.

<알렉 왕자, 여배우 R 양과 열애 중?>
<'좆같은' 왕실의 진면목을 파헤치다!
퍼블리칸 특집호: 베일에 싸인 버트윈 공의 내연녀를 밝히다!>
<하워드 국왕의 찬란했던 과거를 추억하며…….
(주의: 심신 미약자는 읽지 않을 것을 권합니다)>

……요런 기사들이 줄을 잇게 된 것이다.

당연히 왕실에선 난리가 났다. 여배우 R 양은 실제 알렉 왕자와는 생면부지임에도 이틈에 이름값을 올리고자 왕자의 연인 행세를 했고, 버트윈 공의 사택은 때아닌 불륜 스캔들로 발칵 뒤집혔다. 서서히 잊히는 듯했던 하워드 국왕의 파란만장한 과거가 다시금 펼쳐진 것은 당연지사다.

왕실은 잇따른 보도를 전부 고발 조치하였으나, 황색 신문은 많고 왕실의 손은 한정되어 있었다. 아무리 고발해도 신들린 듯이 기사를 써 재끼는 삼류 기자들의 속도를 따라갈 수는 없었다. 그러자 처음에는 미심쩍어하던 국민들도 점차 삼류 기자들의 목소리에 귀 기울이기 시작했다. 얼마나 억울하면 저렇게까지 할까, 심지어는 그네들을 동정하는 치들도 있었다.

결과는 놀랍게도 삼류의 승리였다. 삼류들의 펜에 무릎 꿇은 왕실은 알렉 왕자를 둘러싼 그들의 최초 보도를 일부 인정하며 간담회를 가지기로 했다.

대망의 간담회 날. 궁전 앞에서 꼬박 하룻밤을 지새운 기자들은 대문이 열리자마자 들개처럼 회장으로 뛰어들었다. 벌겋게 충혈된 눈으로 필기구를 꺼내 만반의 준비를 하는 그들의 모습은 흡사 죽음을 불사하고 출전하는 옛이야기 속 기사를 떠올리게 했다.

왕실에서 미리 고지했던 대로 시곗바늘이 10시 정각에 이르자, 기다렸다는 듯 회장의 문이 열렸다. 긴 팔다리를 휘적거리며 회장으로 들어온 사람은 물론 왕실의 백색 정복을 단정하게 차려입은 알렉 아크라이트 왕자였다.

높은 단상에 오른 왕자는 마이크를 앞에 두고 잠시 침묵을 지켰다. 형형한 눈으로 왕자의 눈빛 하나까지 세세하게 관찰하며 기자들은 제각기 펜을 빠르게 놀리기 시작했다.

「왕자는 긴장한 기색이었다. 한 올 흐트러짐 없이 깔끔하게 뒤로 넘긴 갈색 머리칼과 수많은 훈장이 위태롭게 매달린 정복은 감히 흠잡을 구석이 없으나, 고통에 잠겨 마이크를 제대로 응시하지 못하는 아름다운 녹안은 차마 숨길 수가 없다…….」

뭐, 많은 신문 기사들이 으레 그러하듯 반쯤 기자의 상상이 담긴 글이긴 했지만 말이다.

쇼우지간 왕자는 오래지 않아 입술을 열었다. 환상에 잠긴 기자들의 귀엔 사시나무처럼 떨리는 목소리였는진 몰라도, 정상적인 귀엔 흔들림 없이 차분하고 단단한 목소리였다.

'안녕하십니까, 잉그람 국민 여러분.'

서두는 이렇게 시작되었다.

'저는 오늘 지난날의 과오를 바로잡고자 이 자리에 섰습니다. 한 달 전, 신성해 마지않은 성 봄비에리 축일을 저의 그릇된 언사로 더럽힌 점, 비난받아 마땅합니다. 여러분의 질타, 달게 듣겠습니다.

하지만 제가 언급하지 않은 말로 왕실에 누를 입히는 현실은 차마 두고 볼 수가 없었습니다. 여러 신문에서는 제가 저속한 욕설을 입에 담으며 왕실을 욕되게 하였다고 보도하였으나, 맹세코 이는 사실이 아닙니다. 밤늦도록 취재에 열중하셨던 기자분들을 원색적으로 비난하고자 하는 의도가 아님을 미리 밝히겠습니다.

당시 저는 만취한 상태였고, 만취한 사람의 경우 발음이 어눌해지는 것은 다들 아시리라 믿습니다. 만취하여 중얼거렸던 말을 당시의 기자분들이 저속한 욕설로 잘못 알아들어 이 사달이 벌어진 것으로…….'

왕자의 말을 빠르게 받아 적던 기자들이 의아하게 고개를 들어 올렸다. 알렉 왕자는 전에 없이 찌푸린 얼굴로 단상을 노려보고 있었다. 그러곤 갑자기 이마를 짚으며 후우, 깊은 한숨을 내쉬더니 피식거리며 바람 빠진 웃음소리를 냈다.

'이걸 대체 누구 믿으란 건지.'

'…….'

'그렇지 않나요, 여러분? 이건 우리 엘리자베스도 안 믿을 것 같은데.'

이제 막 세 살이 된 왕자의 사촌까지 언급되자, 기자들은 저도 모르게 웃음을 터트렸다. 뒤에서 시종들이 경악하는 것도 모르고, 왕자는 단상에 미리 준비되어 있었던 성명서를 팔랑팔랑 흔들어 댔다.

'내 생각에 이건 험프리 행정관이 쓴 것 같아요. 그분이 딱 술에 취하면 못 알아들을 정도로 발음이 어눌해지거든요. 자기가 그러니까 세상 사람들 다 그런 줄 아는 거지.'

군데군데서 웃음소리가 터져 나왔다. 왕자는 아예 성명문을 어깨 너머로 날려 보내곤, 반듯했던 자세를 풀어 보다 편안해진 모습으로 말을 이었다.

'이렇게 남이 쓴 글 읊어 대는 쇼 말고, 내 마음에서 우러나는 진실한 해명이란 걸 해 볼게요. 피차 그게 더 재미있지 않겠어요?'

기자 몇몇이 고개를 주억거리고, 또 다른 몇몇은 반기는 의미로 짧은 환호성을 질렀다. 양손을 가볍게 들어 그 열렬한 반응을 익숙하게 잠재운 왕자가 눈썹을 찡긋대며 이야기를 시작했다.

'어, 그래서 성 봄비에리 축일에 내가 언급했던……. 그런데 그날 내가 정확히 뭐라고 말한 거죠? 잔말 말고 근신하라는 명령이 떨어진 뒤로 신문도 제대로 못 읽어서요.'

'…….'

'아무도 말 안 해 줄 거예요? 이제 곧 점심시간인데. 협조 좀 해 주시죠?'

묘하게 빈정대는 말에 앞자리에 앉아 있던 기자 하나가 머뭇거리며 말문을 열었다.

'좆같은 왕실, 확 망해 버렸으면 좋겠다……고 하셨습니다.'
'고마워요.'

그러면서 마치 생경한 외국어를 발음해 보듯, 기자가 일러 준 문장을 저 혼자 웅얼거리던 왕자가 갑자기 웃음을 터트렸다. 박장대소까지는 아니어도 원래대로 진정되기까진 꽤나 시간이 걸리는 웃음이었다.

'아, 미안해요. 갑자기 웃, 푸흡. 웃음이 터져서.'

터져 나오는 웃음을 가까스로 짓누른 왕자가 애써 근엄한 표정을 지었다. 물론 별 효과는 없었다.

'확실히 내가 입에 담기 곤란한 말을 내뱉은 것 같네요. 실언이었음을 인정합니다. 성스러운 축일에 공연히 국민 여러분의 귀를 어지럽혔으니, 비난받아 마땅한 일이죠. 기왕 말할 거였으면 조금 더 고상한 단어를 사용할 걸 그랬어요.'
'전하. 그렇다면 '좆같다'는 단어를 사용한 것에만 유감을 표하시는 겁니까?'

잠시 입을 꾹 다물었던 왕자가 버릇처럼 미소를 지어 올렸다.

'예리하시네요. 성함이?'

'……《데일리 오킹엄》에서 나온 패트릭 넬슨입니다.'

'오, 대단한 곳에서 나오셨네요. 제가 고상하지 못한 말을 한 게 그렇게나 사회적 이슈였나 보죠?'

왕자가 싱글거리며 물었다. 아쉽게도 이번엔 아무도 웃지 않았다.

'음, 좋아요, 넬슨 씨. 하나만 여쭤볼게요. 넬슨 씨도 금요일 밤이면 동기들과 술집에 옹기종기 모여 맥주 한 잔씩 하실 거예요. 그걸 왕자인 네가 어떻게 아느냐곤 묻지 마세요. 이래 봬도 보고 들은 게 꽤 많으니까. 어쨌거나 재미난 술판을 벌이실 텐데, 그때마다 단골로 등장하는 화제가 있겠죠. 내가 맞혀 볼게요. 회사, 아니면 상사. 둘을 잘근잘근 씹는 재미가 안주 못지않죠?'

'저, 저는 딱히…….'

'에이, 점잔 빼지 마시고. 어차피 여기 모인 다른 기자분들도 다 마찬가지일 텐데요. 생각해 보니 그래 봬도 기자분들이라 씹는 재주가 아주 탁월하시겠어요. 나처럼 좆같은 왕실, 확 망해 버려라. 이런 일차원적인 욕은 아닐 거 아니에요?'

왕자는 기자들의 대답을 바라는 눈치였으나, 회장에 빼곡하게 모인 기자들 중 누구도 입을 열지 못했다. 도리어 싸한 분위기만 가중되었지만 왕자는 크게 신경 쓰는 기색이 아니었다.

'누가 좋은 예시를 들어 주었으면 했는데. 아무도 대답이 없으니 그냥 좆같다로 대체할게요. 좆같은 회사, 확 망해 버려라. 좆같은 상사, 콱 죽어 버려라. 이런 말, 정말 한 번도 해 본 적 없다곤 안 하시겠죠? 우리 보좌관만 하더라도 술만 들어가면 맨날 나보고 강물에 빠져 죽어 버리

라고 하던데, 기자분들이라고 다를 리 있나요.'

행여 왕자가 수습하지 못할 사고라도 칠까, 뒤편에서 안설부절못하던 왕자의 보좌관이 시퍼레진 얼굴로 입을 떡 벌렸다. 그러거나 말거나, 단상에 팔꿈치를 올리고 한가로이 턱을 괸 왕자는 웃는 낯으로 《데일리 오킹엄》에서 나온 패트릭 넬슨을 물끄러미 응시했다. 그를 바라보는 왕자의 눈빛이 어찌나 반짝거리던지, 넬슨 씨는 차마 고개를 끄덕이지 않을 수가 없었다.

그렇게 원하는 대답을 얻어 낸 왕자가 구부정한 허리를 펴며 짝, 가벼운 박수를 쳤다.

'좋아요. 넬슨 씨가 그렇다고 하셨으니, 다른 기자분들도 상황은 크게 다르지 않으리라 믿어요. 아, 넬슨 씨. 그렇게 죽상을 하실 필요는 없어요. 좆같은 회사 확 망해 버리라고 술김에 말한들, 누가 그걸 진심이라고 생각하겠어요? 회사가 망하면 길바닥에 나앉는 건 넬슨 씨일 텐데. 그럼 집에서 오매불망 넬슨 씨의 봉급만 기다리고 있을 가족들은 어떻게 되겠냐는 거죠. 망해 버리라는 건 그저 과장된 표현이지, 실제로는 회사에 대한 자그만 불만을 표출한 것일 뿐이잖아요?'

왕자가 가볍게 어깨를 으쓱였다.

'상사에 대한 욕도 마찬가지예요. 가끔은 시원하게 복수하고 싶다는 생각도 들겠지만, 진심으로 상사가 죽길 바라는 사람은 없을 거란 말이죠. 만약 그런 분이 있으시거든, 조용히 회장을 나가 병원으로 직행하시길 권할게요.'

기자 몇몇이 얼어붙은 얼굴로 딱딱한 웃음소리를 냈다. 중간쯤에 앉은 기자 하나가 조심스레 손을 들어 올렸다.

'그럼 전하께서 왕실이 망해 버렸으면 좋겠다고 말씀하신 것도 그저 과장된 표현이었을 뿐인가요?'

'바로 그거죠.'

왕자가 기자의 질문을 반기듯 고개를 주억거렸다.

'전 왕실에 개인적인 불만이 있고 그걸 망해 버렸으면 좋겠다는, 조금 과장된 말로 표현했을 뿐이에요. 우리 모두 지성인이잖아요? 모쪼록 맥락을 읽고, 행간을 읽자고요.'

'그럼 왕실이 좆같다는 건 진심이셨습니까?'

누군가 날카롭게 질문했다. 이제껏 어안이 벙벙하던 기자들이 다시금 본능적으로 눈빛을 예리하게 세웠다. 배부른 사자처럼 느른하게 늘어져 있던 왕자도 마찬가지다. 사뭇 엄숙해진 분위기로 단상에 몸을 낮게 기울인 왕자가 씩 이를 보이며 웃었다.

'빙고.'

그날, 석간신문의 전면을 장식한 것은 당연히 알렉 왕자였다. 단상에 여유로이 몸을 기대어 선 왕자의 흑백사진 옆에는 〈'좆같은 왕실'은 yes, '망해 버렸으면 좋겠다'는 no!〉와 같은 우스꽝스러운 표제어가 붙어 있었다. 잉그람에서 유일하게 석간신문을 발간하는 《데일리 오킹엄》의 당일 판매 부수가 급증한 것은 당연한 수순이다.

이튿날에는 알렉 왕자가 궁전에서 쫓겨났다는 소문이 오킹엄 사교계를 휩쓸었다. 사교계의 일원들은 그래도 설마 국왕이 왕자를 내칠까 싶어

설왕설래하였으나, 전문적으로 왕자의 뒤를 캐내는 삼류 기자들이 왕자의 새로운 거처랍시고 오킹엄의 한 사택을 지목하자 다들 경악할 수밖에 없었다. 그만큼 알렉 왕자는 오랜 시간 아크라이트 왕실의 상징적인 얼굴이었다.

그렇다고 알렉 왕자의 위상에 어떠한 실질적인 변화가 있었던 것은 아니다. 왕자는 여전히 국왕의 하나뿐인 자식으로서 당당히 왕위 계승 서열 1순위를 차지하고 있었다. 캐서린 공주가 아무리 탐을 낸들, 다음 왕위는 어디까지나 알렉 왕자의 몫이었다.

국민들의 여론도 마찬가지였다. 어떻게 저런 돼먹지 못한 놈을 국왕으로 모실 수 있겠느냐 아우성치는 목소리가 컸지만, 변함없이 왕자에게 호감을 표하는 이들도 적지 않았다.

거만한 행동거지로 반감만 불러일으키던 젊을 적의 하워드 국왕과는 달리, 알렉 왕자는 소탈하고 친근한 태도로 예전부터 인기가 많았다. 더욱이 각양각색의 스포츠에 능한 데다, 여심을 뒤흔드는 잘생긴 외모는 날이 갈수록 꽃피어 젊은 여성들에겐 이상형으로, 젊은 남성들에겐 우상으로 일찍이 자리매김했다. 그런 젊은 층은 왕자의 발언을 고리타분한 신분제에 얽매이지 않겠다는 뜻으로 받아들였고, 이러한 해석은 특히나 실권은 없으면서 젠체는 잘하는 귀족들에게 오랜 반감을 가지고 있던 평민들에게 폭발적인 지지를 이끌어 냈다.

좌우지간 알렉 왕자를 둘러싼 이 〈봄비에리의 참극〉은 잉그람 역사에 길이 남을 사회적 현상을 일으켰다고 평가된다. 신분, 세대, 지역, 학파로 갈려 왕자의 발언을 비판하고 옹호하는 토론은 그 해가 지나도록 사그라들지 않았다. 심지어는 무정부주의를 표방하는 어느 급진 단체에서 '우리는 알렉 아크라이트의 가입을 언제든 환영한다.'는 문구를 내걸며, 왕자가 실은 아나키스트였냐는 말도 안 되는 헛소문이 퍼지기도 했다.

분명한 사실은 〈봄비에리의 참극〉을 기점으로 알렉 왕자가 전에 없이 화려한 삶을 살아가기 시작했다는 것이다. 이전에는 학업에 충실하고 봉사에 열중하던 모범적인 왕자의 표본이었다면, 이제는 여느 배우 못지않게 무성한 스캔들과 뒷소문을 몰고 다니는 유명 인사가 된 셈이다.

실제로 알렉 왕자의 사택 주변에는 언제고 기자들이 진을 치고 있으며, 그가 지나간 자리에는 사실 유무를 확인할 수 없는 뜬소문들이 여럿 남겨지곤 했다. 화려한 삶과는 거리가 먼 평범한 시민들도 매일같이 신문에서 알렉 왕자의 얼굴을 보고, 어젯밤 그가 어떤 파티에 참가하여 누구와 이야기를 나누었는지 한눈에 알 수 있었다.

왕자와 함께 사냥을 즐겼다는 귀족가의 젊은이들, 파티에서 춤을 추었다는 아름다운 아가씨들, 말 몇 마디 섞어 보았다는 사용인들. 그네들 모두 한목소리로 왕자의 됨됨이를 칭찬했다. 언제나 친절하고 유쾌한 미남. 가볍게 건네는 농담조차 고전적인 시구처럼 들릴 만치 우아한 행동거지. 이제는 그를 실제로 본 적 없는 산간 지방의 노인들마저 알렉 왕자에게 친근감을 느꼈다. 잉그람의 국민들은 저마다 가슴으로 키워 낸 왕자에 대해 속속들이 아는 것처럼 굴었다.

그러나 실상 어느 누구도 알렉 아크라이트가 어떤 사람인지 제대로 알지 못했다.

이에 대해, 본인이 알렉 왕자를 좀 안다고 주장하는 《더 트레이스》의 삼류 기자 C 씨는 이렇게 말한다.

'왕자는 늘 가면을 쓰고 있어. 너무 오래되어서 본인도 가면인 줄 모르는 가면이지.'

물론 삼류 기자의 말답게, 믿거나 말거나였지만.

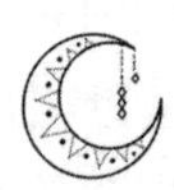

오킹엄 근교에 위치한 옥슬리 남작의 대저택.

거대한 샹들리에가 눈부신 불빛을 뿜어내는 연회장은 각양각색의 사람들로 북적이고 있었다. 신사들은 검은 연미복을 깔끔하게 다려 입었고, 숙녀들은 머리에 커다란 깃털이나 화사한 생화를 꽂고선 얇은 드레스 자락을 팔락거리며 돌아다녔다. 간혹 유행을 선도한답시고 유별난 차림을 뽐내는 사람들도 있지만, 명망 높은 군인 가문에서 주최한 연회답게 대체로 점잖고 고지식한 분위기가 감돌았다.

아직 연회의 주인공이 등장하지 않아 서로들 반갑게 인사를 나누던 때. 갑자기 연회장의 문이 열리더니, 누군가 봄바람처럼 날랜 걸음걸이로 문턱을 넘었다. 도대체 누구기에 이렇게나 부리나케 달려오나 싶어 못마땅한 티를 내던 사람들은 이내 솜털처럼 부드러운 얼굴이 되어 새로운 손님을 맞이했다.

조금 지각한 것은 아무런 문제도 되지 않을뿐더러, 직접 연회에 참여하는 것만으로도 충분한 영광이 되는 사람. 단연 국왕의 하나뿐인 자식인 알렉 아크라이트였다.

"어머나, 왕자 전하. 이제야 오셨군요. 오늘도 아예 오지 않으시는 줄만 알고 가슴 졸였답니다."

왕실의 먼 친척 되는 브랜포드 백작 부인이 앞장서 그를 맞이했다. 백작 부인의 손을 들어 가볍게 입을 맞춘 알렉이 허리를 굽힌 채로 생긋 웃어 보였다.

"부인이 기다리시는 줄 알고 열심히 달려왔답니다."

"농담도 참. 어머, 오늘은 스튜어트 군도 왔군요. 오랜만이에요."

알렉의 뒤에 곧게 서 있던 붉은 머리 청년이 말없이 고개만 숙였다. 그의 이름은 찰리 스튜어트. 왕자의 젖형제이자, 꾸준히 왕자를 보필해 온 충성스러운 보좌관이다.

"한데 엊그제 우리 사교 모임에는 왜 불참하신 건지요? 전하를 뵈러 온 것이 틀림없던 젊은 아가씨들이 다들 울상이 되어 돌아갔답니다."

"갑자기 국왕 전하께서 부르시는 바람에요. 물론 저도 마음만은 백작 부인의 사교 모임에 가고 싶었습니다만."
"어머, 국왕 전하께서요?"
백작 부인이 놀란 얼굴로 훤칠한 왕자의 곳곳을 살펴보았다. 5년 전, 봄비에리의 참극이 벌어진 뒤로 국왕이 왕자가 하는 모든 일에 사사건건 트집을 잡는다는 것은 사교계에선 익히 유명한 사실이다. 해가 지날수록 괴팍해지는 성질을 아들 잡는 것으로 풀고 있노라 수군대는 사람들이 많았다.
"이번에도 야단을 맞으셨나요?"
"뭐, 야단이랄 것까지 있나요. 자식을 너무나 아끼시는 아버지의 사랑의 매죠."
알렉이 눈썹을 찡긋대며 웃었다. 다소 격의 없게 느껴질 정도로 유들거리는 말투였으나, 스물셋에도 여전히 소년 같은 왕자와는 묘하게 잘 어울렸다. 백작 부인은 마치 귀여운 막내아들의 재롱을 보는 것처럼 기특하다는 얼굴로 그의 어깨를 두드려 주었다.
그때, 흠잡을 구석 없이 고상한 억양을 구사하는 목소리가 둘 사이를 파고들었다.
"이런, 제 막내딸과 매일 밤 사랑을 불태운다는 장본인이 드디어 나타나셨군요."
콧수염을 멋들어지게 기른 중년 신사가 주머니에서 우아하게 회중시계를 꺼내 들었다.
"정확히 23분 늦으셨습니다, 전하."
"오랜만이에요, 체임벌린 수상."
알렉이 반갑게 손을 내밀었다. 이마에 주름 두 개가 깊게 새겨진 것을 제하면 놀라울 만치 젊어 보이는 이 중년 신사는 프랭클린 체임벌린으로, 100여 년 전만 하더라도 국왕의 것이었던 권력의 상당 부분을 이양받은 잉그람 의회의 수상이다. 또한 직함에서 알 수 있듯, 현 의회에서 다수를 차지하는 페인당의 대표였다.

"그 말도 안 되는 스캔들을 알고 계시는 걸 보면, 수상도 그 신문을 읽으셨나 보네요."
"신문이랄 것도 안 되지요, 그런……."
마땅한 난어를 찾지 못한 체임벌린이 입술을 씰룩대며 고심하다, 씹어뱉듯 말을 내던졌다.
"쓰레기는."
"신문이 맞을 때가 있으면, 틀릴 때도 있는 것 아니겠어요? 너무 근심하지 마세요. 곧 가라앉을 겁니다."
"예, 아마 내일모레쯤엔 전하의 또 다른 스캔들이 터지겠지요. 덕분에 근심이 많이 가셨습니다."
호호 웃으며 두 사람의 눈치를 살피던 백작 부인이 요령 좋게 끼어들었다.
"하기야 수상의 막내딸 사랑은 익히 유명하지요. 어떤가요, 수상. 사브리나 양은 잘 지내고 있나요?"
"물론이지요. 오늘도 대동하려 했으나, 어지럼증이 심하다 하여 집에서 쉬도록 하였습니다."
"부디 사브리나 양이 저 때문에 미령한 것이 아니길 바랍니다."
근처의 와인 잔을 집어 든 알렉이 유쾌하게 농담을 던졌다. 전하도 참, 백작 부인이 그의 팔뚝을 가볍게 도닥이며 간드러진 웃음소리를 흘렸다. 오른쪽 입꼬리를 씰룩대며 불쾌함을 내비치던 체임벌린은 이내 가식적인 미소를 띠며 멀찍한 발코니를 눈짓했다.
"전하. 잠시 단둘이서 얘기를 좀 나눌 수 있을까요?"
"이런, 수상이 절 가만두지 않을 모양입니다. 부인, 어쩌죠?"
싱글대는 얼굴로 잘도 기함한 척하며 알렉이 비 맞는 강아지처럼 유순하게 눈썹을 내려트렸다. 백작 부인이 못내 안타까운 얼굴로 체임벌린을 돌아보았다.
"수상. 사랑하는 막내딸이 가십에 얽혀 불편한 심정은 십분 이해하지만,

그것이 어찌 왕자 전하의 탓인가요? 전부 무례한 기자들의 탓이지요."

"압니다, 백작 부인. 지금 그 일을 문제 삼고자 전하께 독대를 청한 것도 아니고요."

백작 부인을 향해 친절하게 휘어지던 눈이 흘끗 알렉을 향하기 무섭게 예기를 띠었다.

"……다만 이렇게 트인 곳에서 털어놓긴 조금 예민한 문제라서요."

"저야 허울뿐인 왕자인데 수상과 '예민하게' 나눌 대화가 있을 리가요. 그냥 편하게 얘기하시죠. 부인도 궁금하시지 않나요?"

갑자기 두 사람 문제에 끼이게 된 백작 부인은 난감한 얼굴로 가만 웃기만 했다. 어처구니없다는 듯 헛숨을 삼키며 못마땅하게 알렉을 쏘아보던 체임벌린이 입가를 씰룩거리며 소리를 높였다.

"좋습니다. 편하게 말씀드리죠. 전하, 왕실과 마녀들이 맺은 충성 계약의 주체를 변경해야 한다는 주장에 대하여 어떻게 생각하시는지요?"

일순 싸늘한 침묵이 내려앉았다. 아닌 척하면서 두 사람의 대화에 귀 기울이던 사람들이 다들 경악한 얼굴로 눈을 부릅뜬다. 백작 부인과 시시껄렁한 농담을 주고받다 멈칫한 것은 알렉도 마찬가지로, 삽시간에 무표정해진 그의 얼굴 위로 불현듯 가느다란 미소가 떠올랐다.

"……확실히 독대가 필요한 주제군요."

마녀들의 충성 계약 문제에 대해 설명하자면, 우선적으로 '마녀'에 대해 알아야 한다.

마녀.

바야흐로 과학이 비약적으로 발전한 이 시대에도 여전히 인간의 이성으로 설명할 수 없는 초자연적인 존재가 있다면, 모두가 그들을 지목할 것이다. 그들은 기차가 대륙을 가로지르고 거대한 비행선이 대양을 넘나드는 이 시대에, 맨손으로 불을 피우고 주문으로 비를 내리는 전능한 자들이었다.

오래도록 두렵고 경외하는 마음으로 피했던 그들이 인간과 섞여 살게 된 것은 불과 200년밖에 되질 않았다. 그 시절, 나날이 눈부신 발전을 거듭하던 인간 왕국과 달리 어제와 같은 오늘을 살고 오늘 같은 내일을 살리라 예감한 마법 사회는 전격적으로 인간 사회에 화해를 청했다. 그것이 바로 오늘날까지도 유효한 발롬피에 협약이다.

발롬피에 협약에 따라, 각지의 마녀들은 출신지의 지배권을 가진 인간 왕국의 지도자 한 명과 계약을 체결했다. 계약의 내용은 국가별로 상이하나, 정도의 차이만 있을 뿐이지 기본적으로 불평등한 계약이다. 일정 조건을 충족시키면 마녀를 강제로 동원할 수 있는 국가와 달리, 국가가 마녀에게 제공할 수 있는 것은 고작해야 알량한 국적이 전부였기 때문이다. 기본적으로 개인주의 성향이 짙은 마녀들에게 국적이란 개똥보다 쓸모없는 것이었다.

그나마 마녀들에게 다행스러운 것은 마법이 전지전능한 힘이 아니란 점이다. 별의 축복을 받아 부리는 마법은 거대할수록 만족시켜야 하는 조건이 까다롭기에, 사람들이 으레 상상하곤 하는 무시무시한 마법을 부리는 마녀는 극히 드물었다. 특히나 사람을 죽이고, 무언가를 파괴하는 짓에 특출한 마녀는 극소수에 달한다 해도 좋았다.

기실 마녀란 군인보다는 학자에 가까운 존재였다. 일평생 책상물림으로 방구석에 틀어박혀 연구만 하는 치들이 총성이 빗발치는 전장에서 도움이 될 리 없다. 그들의 힘을 군사력 증강에 이용하지 못하게 된 각국 지도자들에겐 안타까운 일일지 몰라도, 덕분에 오랜 평화의 시대를 만끽하는 중앙삼국의 대다수 사람들에겐 참으로 다행스러운 일이었다. 무엇보다 전투라는, 가장 적성에 맞지 않는 일에 쓸모없이 동원될 여지를 잃어버린 마녀들에겐 이보다 더한 행운이 없었다.

그러나 시대는 변화하고 있었다. 바다 건너 식민지에선 하루가 멀다 하고 전투가 벌어지며, 분리주의자들이 날뛰는 본토에서도 총성이 멈추질 않았다. 자연히 각국의 지도자들은 마녀라는 카드를 다시금 만지작대기 시작했다. 그리고 그것은 반제라는, 마녀들을 국왕에게 아예 종속시키는 무시무시한 충성 계약을 체결한 나라와 인접하여 도무지 꺼림칙한 마음을 지울 수 없던 잉그람의 경우 더욱 극심했다.

'반제의 마녀들이 쳐들어오면 어쩝니까? 우리 잉그람은 계약 조건상 한꺼번에 마녀들을 동원할 수 없습니다. 이제부터라도 그들에 대항할 수 있는 마법 부대를 신설해야 합니다.'

언제부턴가 이런 의견이 공공연히 의회에서도 들리기 시작했다. 그러나 문제는 잉그람 마녀들의 충성 계약을 국왕이 독점하고 있다는 것이었다.

'국왕이 도대체 언제 적 국왕입니까? 이제는 허수아비에 지나지 않아요. 하루빨리 계약의 권리를 의회로 환수해야 합니다.'

'그러니까 그게 그리 쉽게 가능하겠냐는 거요. 마녀의 계약은 우리들의 계약처럼 법률로써 이전할 수 있는 것이 아닙니다. 양자가 모두 동의해야 계약을 이전하든 말든 할 것인데, 국왕이 선선히 우리에게 계약을 넘기겠습니까?'

200년 전, 발롬피에 협약을 맺을 때만 하더라도 공고한 권력 체계를 유지했던 잉그람의 국왕은 어느덧 실권을 잃고 무너져 내렸다. 이제 아크라이트 왕가는 허울 좋은 잉그람의 상징일 뿐, 어떠한 정치적 군사적 권력도 지니질 못했다.

단 하나, 200년 전에 체결한 마녀와의 충성 계약을 독점하는 권리를 제외하고는.

'결국엔 국민들의 지지입니다. 국민들이 계약의 권리를 내놓으라 아우성치면 국왕으로선 도리가 없어요.'

'문제는 국민들이 그리 쉽게 우리에게 찬동하겠느냐는 것인데.'

'마냥 낙관할 수만은 없는 상황입니다. 차라리 연말 총선 직후에 추진하는 것도 나쁘지 않아요. 사실상 그때가 집권당으로서 가장 전력을 다할 수 있는 시기가 아닙니까?'

'맞는 말입니다. 그때까지 국왕이 설치는 모습을 지켜봐야 한다는 것이 고역일 따름이지요.'

'그렇잖아도 요 근래 국왕이 영향력을 행사하겠답시고 여기저기 기웃거리는 모양새가 영 보기 안 좋습니다. 국민들의 자비로 왕가로서의 지위를 유지했으면 알아서 고분고분하게 굴어야지, 아직도 제가 뭐라도 되는 것처럼 구는 것이 아주 못마땅합니다.'

'국왕은 아마 총선 전에 마법 부대 문제를 불거지게 할 겁니다. 선거 직전에는 우리나 야당들이나 몸을 사릴 수밖에 없으니, 그 문제에 적극적으로 나설 수 없어요. 국왕은 그때를 노려 마법 부대 이슈의 주도권을 쥐려 할 겁니다.'

'마법 부대 창설에는 동의하나, 그것은 전적으로 의회의 주도하에 이루어져야 한다. 이것이 바로 의회의 뜻이겠군요.'

'맞습니다. 그러기 위해서는 의당 국왕이 틀어쥐고 있는 마녀들의 충성 계약을 환수해야겠지요.'

요컨대 이렇게 된 이야기다.

정치적 이해관계가 복잡하게 얽힌 문제인 만큼, 누구도 쉽사리 입장을 내비치지 못하는 이 화제는 당연하게도 옥슬리 남작의 생일 연회에서 꺼낼 만한 성격이 못 되었다. 자연히 왕자로선 수상의 입에서 그런 이야기가 튀어나올 줄 꿈에도 몰랐을 테고, 수상으로선 독대를 청하는 것이 당연한 수순이었다.

그리고 바람대로 왕자와 단둘이 발코니에 남겨진 수상은 멋들어진 수염을 매만지며 느긋이 운을 뗐다.

"국왕 전하께서 요사이 많이 바쁘시더군요. 오늘은 세인트 아가사 병원, 내일은 소파트라 교회, 그리고 모레부터는 동부의 공군 부대를 순회하신다고요. 그 연세에도 아직 정력이 넘치시나 봅니다."

"모두 수상이 염려하신 덕분이죠."

"……재미있는 말씀을 하시는군요."

체임벌린이 딱딱한 웃음소리를 내며 날카롭게 왕자를 직시했다.

"허례허식을 싫어하시니 바로 본론으로 들어가겠습니다. 전하, 마녀들과 맺은 충성 계약 문제에 있어 의회에 힘을 실어 주시지요."

난간에 기대어 어둠에 잠긴 정원을 내다보던 알렉이 불현듯 피식거리며 웃었다.

"이거 왜 이러실까. 말했잖아요, 난 허울만 좋은 왕자라고. 그런 말씀은 아버지께 하셔야죠."

"국왕 전하께선 영 저희와 함께하실 의향이 없으신 듯하여 말입니다."

"그렇다고 저한테 이렇게 쪼르르 달려오시면 되나요? 전 달리 드릴 말씀이 없습니다. 국왕 전하의 뜻은 곧 왕실의 뜻. 왕실의 뜻은 곧 저의 뜻. 아실 만한 분께서 왜 이러시나 모르겠네."

"제가 설마 전하께 대놓고 국왕 전하와 반목하시라 청하겠습니까."

"그럼 다행이고요. 이번에 그랬다간 오킹엄에서도 쫓겨날 것 같거든요."

알렉이 눈을 동그랗게 뜨며 여상하게 와인을 홀짝였다. 깃털처럼 가벼운 왕자의 태도에 혀를 차고 싶은 것을 간신히 억누른 체임벌린이 짐짓 푸근하게 웃어 보였다.

"제가 전하께 바라는 것은 한 가지입니다. 훗날 왕위를 이어받으시거든, 마녀들과 맺은 충성 계약을 의회에 이양해 주시지요."

"내가 왕위를 계승할 즈음엔 수상은 더 이상 수상이 아닐 텐데요."

"무어, 전하께선 정론지를 주의 깊게 들여다보지 않으시는 듯합니다만, 실은 연말 총선에서도 제 연임이 유력한 상황입니다. 그리고 제가 수상일 때가 아니면 어떻습니까. 중요한 것은 잉그람의 국익이지요."

"페인당의 이익이 아니라요?"

기울여진 와인 잔 너머 알렉의 눈이 문득 써늘한 빛을 뿜었다. 흠칫한 체임벌린이 반사적으로 미소를 지어 올렸다.

"……좌우지간 이 모든 청은 국왕 전하께서 끝까지 마녀들과 맺은 계약의 권리를 의회에 넘기지 않으셨을 때의 이야기입니다. 물론, 그런 일은 없어야겠지만요."

"말씀드렸다시피 그 문제에 대해 제가 드릴 수 있는 말씀은 없습니다. 국왕 전하의 뜻이 확고하신 이상, 저도 그분을 따라야 하는 입장이니까요."

"전하의 입장도 십분 이해합니다. 하지만 전하, 잉그람을 생각하십시오. 왕실의 영광도 어디까지나 잉그람의 국력이 바탕이 되어야 영원할 것입니다."

체임벌린은 눈가에 그늘을 드리우며 사뭇 진중하게 속삭였다. 와인 잔 너머로 지그시 수상을 응시하던 알렉이 갑자기 그의 뒤쪽을 턱짓했다.

"케인 데이비스군요."

"……예?"

"데이비스 가문의 차남이면 사브리나 양의 약혼자가 아닌가요? 방금 웬 아리따운 아가씨와 저기, 수풀 너머로 손잡고 들어가던데요."

순간 체임벌린의 얼굴이 시퍼렇게 질렸다. 주름진 이마에 불그스름하게 피어오르는 그것은 더할 나위 없이 선명한 노기였다.

"그 망아지 녀석이 기어이……!"

다급한 와중에도 우아하게 허리를 굽혀 인사한 체임벌린이 재빨리 발코니를 빠져나갔다. 몸을 빙글 돌리며 난간에 팔꿈치를 대고 기대어 선 알렉이 남몰래 혀를 날름 내밀었다.

"거짓말인데."

그러면서 아무도 듣지 못할 혼잣말을 이죽거린다.

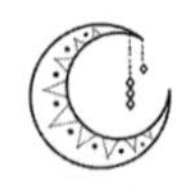

알렉이 사택으로 돌아온 것은 자정을 넘긴 야심한 시각이었다.

"고생하셨습니다, 전하."

충실한 보좌관, 찰리 스튜어트는 손수 왕자의 시중을 들어 외투를 벗겨 주었다. 알렉은 힘없이 넥타이를 끄르며 고개를 끄덕였다.

"너도 고생 많았어."

"저야 전하의 뒤를 가만히 지키기만 한걸요. 오히려 전하께서 옥슬리 남작의 말을 들어 주느라 진땀을 빼지 않으셨습니까."

"그거야 그렇지만……."

웅얼거리며 옥슬리 남작의 각진 얼굴을 떠올린 알렉이 신경질적으로 넥타이를 당겼다.

체임벌린 수상과의 짧은 독대 이후 연회장으로 돌아갔을 때는 이미 연회의 주연인 옥슬리 남작이 등장한 뒤였다. 지난해, 투텔 분리주의자들과의 전투에서 깊은 자상을 입고 제대한 남작은 오킹엄 사교계에서는 보기 드물게 의로운 사람이었다. 어린 시절, 외조부에게 구박받고 훌쩍이던 제게 사탕을 건네던 젊은 남작을 선명히 기억하는 알렉은 못내 반가운 기색으로 그에게 다가가려 했다.

하지만 알렉이 간과한 점이 있다면, 그토록 온화한 남작을 한순간에 분노한 사자로 바꾸어 버리는 마법의 단어가 존재한다는 것이었다.

'이 상처도, 요 상처도, 저 상처도! 전부 다 그 마녀의 탓이란 말이오!'

시뻘게진 얼굴로 열변을 토하는 남작의 얼굴을 멍하니 지켜보던 알렉은 때마침 제 뒤로 다가온 찰리에게 조용히 물었다.

'저 인간, 갑자기 또 왜 저래?'

'아까 수상이 마녀 이야기를 꺼내지 않았습니까. 그래서 사람들끼리 저마다 쑥덕대던 소리가 하필 남작의 귀에 들어간 듯합니다.'

하여간에 그 빈대 같은 수상. 될 일도 망쳐 놓는 데엔 아주 재주가 남다르다.

알렉은 속으로 이를 갈며 슬슬 뒷걸음질했다. 그는 오킹엄 사교계에서 드물게 의로운 옥슬리 남작을 진심으로 좋아했지만, 그렇다고 밤새도록 이어질 남작의 일장 연설을 감내할 자신은 없었다.

'그 마녀가 내 명령대로 출전만 했다면 내가 그렇게나 불명예스럽게 제대하는 일은 없었을 거요! 망할 마녀! 망할 알피어스! 돌아가신 아버지께서 마녀를 조심하라, 특히 알피어스 가문의 마녀를 조심하라 누누이 이르셨을 때 귀 기울여 들었어야 했는데!'

'남작의 부대에 마녀가 있었던가?'

'네. 듣기로는 알피어스 가문의 마녀가 있었다고 합니다. 결과는…… 보시다시피 썩 좋은 것 같진 않습니다만.'

'군부대에 마녀라니. 희귀한 일이네.'

알렉은 신중히 눈썹을 모았다. 알피어스는 마법 사회에서 이름 높은 가문이다. 그런 가문의 마녀를 군부대로 보내려면 도대체 얼마나 많은 황금이 필요한 것인지 가늠이 잡히질 않았다. 아니, 그 전에 알피어스 정도의 가문이 고작 황금이 부족해서 소중한 혈족을 전장으로 내보낸단 말인가?

상식적으로 가능한 결론은 두 가지였다. 그럼에도 불구하고 혈족을 전쟁터로 보낼 만치 국왕이 제시한 보수가 어마어마했든가, 아니면 국왕에게 치명적인 약점을 잡혔든가.

'여러분도 명심하십시오! 겨울을 불러오는 마녀는 재앙의 상징입니다! 절대로 곁에 가까이 두면 아니 될……. 전하?'

생각에 잠겨 달아날 때를 놓친 알렉은 그만 옥슬리 남작과 눈이 마주치고 말았다. 놀라움이 어렸다가, 이제는 반가움에 젖는 남작의 얼굴을 마주하며 알렉은 가까스로 미소를 올릴 수밖에 없었다.

"그나마 남작의 조카가 끼어들어 대화 상대를 해 준 것이 다행이지요. 그 영식이 아니었다면 아직도 남작에게 붙들려 계셨을 겁니다."

"끔찍한 소리 그만해. 이렇게 돌아왔으니 됐잖아."

넥타이에 조끼까지 훌훌 벗어 찰리에게 건넨 알렉이 늘어지게 하품하며 소파에 몸을 던졌다. 찰리가 단정하게 미소 지으며 고개를 숙였다.

"이만 쉬십시오."

"너도."

"술은 조금만 드시고요."

얼굴은 그대로 소파에 파묻은 채 팔만 길게 내뻗어 술병을 찾아 헤매던 알렉이 뜨끔하여 찰리의 눈치를 보았다. 찰리는 도리 없다는 듯 고개를 내저으며 방을 빠져나갔다. 소리 없이 열린 문은 곧 소리 없이 닫혔다.

"후우……."

소파에 몸을 깊게 묻고 손등을 눈가에 올린 알렉이 땅이 꺼져라 한숨을 내쉬었다. 오늘따라 유독 피곤했다. 파티를 전전하는 삶이야 벌써 5년째에 다다르는 만큼 진작 익숙해진 것인데, 어째서 오늘만은 이렇게나 못 견디게 피로한지 모르겠다. 귀에 못이 박히도록 들어 온 말을 끝없이 반복하던 남작의 탓인가, 괜한 말로 신경을 거스른 수상의 탓인가, 아니면 엊그제 배알하고 온 국왕의 탓인가.

쓸데없는 고민으로 침묵을 배회하던 알렉이 피식 웃으며 몸을 일으켰다. 내일은 또 내일의 일정이 있었다. 활기를 되찾으려면 깊은 잠이 필요하고, 깊게 잠들려면 술이 필요하다. 찰리는 늘 잠들기 전 독주를 마시는 그에게 그러다 국왕 전하처럼 구제할 길 없는 개차반이 된다고 일렀으나, 당장 내일이 불투명한 그에겐 씨알도 안 먹히는 소리였다. 그에게 술은 무엇과도 바꿀 수 없는 안정제였으므로.

그리해 방 어딘가 있을 술병을 찾아 헤매던 알렉은 돌연 등골을 스치는 싸한 느낌에 발을 멈칫했다. 피로가 눅눅하게 눌어붙었던 정신이 갑자기 불붙은 것처럼 확 깼다. 그는 긴장에 사로잡힌 눈으로 천천히 어두운 방 안을 돌아보았다.

여기, 누군가 다른 사람이 있다.

직감이 보내오는 경고에 온몸의 근육이 팽팽하게 당겨진다. 꼭 술에 취한 것처럼 핑글핑글 돌아가는 시야를 억지로 붙들며 소리 높여 찰리를 부르려던 찰나, 난데없는 목소리 하나가 무거운 적막을 깨트렸다.

"안녕하십니까. 왕자 전—"

"찰리!"

"예, 전하!"

이름을 외치기 무섭게 찰리가 들이닥쳤다. 옷을 갈아입던 참이었는지, 조끼를 반쯤 풀어 헤친 차림이다.

"무슨 일 있으십니까?"

"아, 그게……."

"알렉 아크라이트 왕자 전하!"

이번에도. 바리톤의 성악가처럼 풍부한 저음이 방 안을 가득 울리기 시작했다. 소스라치게 놀란 알렉이 무릎걸음으로 순식간에 문가에 달했다. 저 허술한 왕자를 어떻게든 보호해야 한다는 사명감으로 똘똘 뭉친 찰리가 두려움을 무릅쓰고 나섰다.

"누구냐!"

"제 이름은 막시무스 살로티우스! 존경하는 주인님의 명령으로 2년째 모시고 있는 아가씨의 명을 받들어 전하를 배알하러 왔습니다!"

"밤중에 이 무슨 무례인가! 전하를 배알하려거든 정식 절차를 밟아라!"

"아쉽게도 이 막시무스, 왕실이 지정한 절차를 밟을 수 없는 몸입니다."

정체 모를 목소리가 점점 가까워지기 시작한다. 찰리는 연약한 등불로 눈앞의 어둠을 몰아내며 만전을 기하였다. 문짝에 딱 달라붙은 알렉은 휘둥그레 뜨인 눈으로 암암한 어둠 속을 불안하게 응시할 따름이다.

그때, 어둠 속에서 날아든 하얀 무언가 알렉의 발치에 가볍게 착지했다. 한눈에도 부드러워 보이는 백색 깃털과 푸른 눈알, 그리고 부리 위로 걸친 외알 안경까지.

그 깜찍한 모습은 누가 보더라도…….

"비둘기?"

칼을 빼어 들듯 등불을 든 팔을 앞으로 쭉 내밀고 있던 찰리가 고개만 꺾어 멍하니 중얼거렸다. 발치에서 연신 갸웃거리는 새를 멀거니 지켜보던 알렉도 마찬가지다.

"어…… 비둘기네."

"정확히는 마녀의 시종입니다, 여러분. 거리에서 빵 부스러기나 주워 먹는 아둔한 것들과 절 비교하지 말아 주십시오!"

상앗빛 부리에서 여느 성악가에 필적할 만한 우렁찬 목소리가 터져 나왔다. 도저히 눈앞의 광경을 믿을 수 없다는 듯 눈만 끔벅대던 알렉이 자그맣게 중얼거렸다.

"……비둘기가 말을 하네."

스스로를 마녀의 시종이라 소개한 비둘기는 의외로 염치를 아는 사람…… 아니, 동물이었다. 경악하여 아무런 말도 못 하는 둘에게 먼저 사죄의 말을 꺼낸 걸 보면.

"일단 늦은 밤, 갑작스럽게 찾아온 점 사과드립니다. 말씀드렸다시피 저는 정식 절차를 밟아 전하를 배알할 입장이 못 되며, 큼, 이렇게라도 전하를 뵈어야 할 만큼 사안이 중대한 까닭입니다."

"아……. 네. 그래요."

알렉은 멍하니 고개를 끄덕였다. 그런데 나뭇가지처럼 가는 다리를 종종거리며 옆으로 비켜선 비둘기가 알렉을 힐끔거리며 자꾸만 큼, 큼, 헛기침한다. 비둘기에게 헛기침이 가당키나 한 것이겠느냐만, 사실이 그러했다.

"무슨 할 말이라도……."

연이은 헛기침 소리를 듣다 못한 찰리가 나섰다. 비둘기는 외알 안경 너머로 너저분한 알렉의 차림을 아래위로 훑으며 심히 못마땅한 기색을 내비쳤다.

"계속 거기에 앉아 계실 요량이신지요?"

알렉은 그제야 문짝에 등을 기대고 주저앉아 있는 제 자세를 인지했다. 느리게 몸을 일으키자, 비둘기는 그제야 흡족한 빛으로 포르르 소파를 마주 보는 탁자로 날아갔다.

아직도 반쯤 몽롱한 기분에 휩싸인 알렉이 물었다.

"나 방금 비둘기한테 지적받은 건가?"

"그러신 것 같습니다."

왕자와 보좌관은 천천히 서로를 마주 보았다. 매일같이 봤던 얼굴이 어째 참으로 멍청해 보인다. 두 사람은 못내 내키지 않은 걸음을 옮겼다.

"음, 그래서……."

소파에 앉자마자 운을 뗀 알렉이 영 적당한 단어가 떠오르질 않는지 미간을 좁힌다.

"비둘기 씨는 무슨 용건으로 날 찾아왔나요?"

"비둘기 씨가 아니라 막시무스 살로티우스입니다. 간단하게 막시무스라고 불러 주십시오."

"……그래요, 막시무스."

"참고로 제 주인님께서 3일 밤낮을 고민하여 지어 주신 이름이랍니다."

비둘기, 아니 막시무스가 의기양양하게 가슴을 폈다. 도대체 어떤 반응을 보여야 할지 몰라 어중간한 표정만 짓던 알렉이 조심스레 물었다.

"그런데 비둘…… 막시무스 씨의 주인이 대체 누구죠?"

"이런! 가장 중요한 정보를 알려 드리지 않았군요. 용서하십시오. 제 불찰입니다."

"예, 뭐, 불찰이고 뭐고 알겠으니까 빨리 좀 말해 줄래요?"

알렉이 귀찮은 티를 내며 대강 손짓했다. 부리를 딱딱 부딪치며 불편한 심정을 여과 없이 드러낸 막시무스가 재차 가슴을 쭉 펴며 외쳤다.

"제 주인님은, 큼, 얼음의 마녀, 수리 알피어스 경이십니다!"

"수리 알피어스?"

어쩐지 익숙한 이름이 귓전을 훑고 지나갔다. 알렉은 설마설마하는 마음으로 천천히 찰리를 돌아보았다. 마찬가지로 알렉을 힐끗 쳐다본 찰리가 말없이 고개를 끄덕인다.

"수리 알피어스라면, 알피어스 가문의 수장?"

"오, 아시는군요! 역시 우리 주인님의 명성은 하늘이 알고 땅이 알고 있었습니다!"

"아니, 그런데 그분이 대체 나를 왜?"

알렉이 헛숨을 삼키며 팔짱을 꼈다.

말이 인간 사회에 편입되었다는 것이지, 실상 마녀들은 자신의 동족과도 교류하지 않은 채 혼자서 고립되어 살아가는 경우가 많았다. 그토록 뿔뿔이 흩어진 마법 사회에서 그나마 대표라 할 수 있는 자들이 바로 각 가문의 수장이며, 그중에서도 손꼽히는 아홉 마법 가문의 수장들이 비로소 마법 사회를 대표하는 얼굴이라 할 수 있다.

마법 역사상 가장 위대했다고 전해지는 아홉 영웅의 후예로, 지금까지도 마법 사회 전반적으로 지대한 영향을 미치는 아홉 가문 중 잉그람에 소속된 가문은 총 셋이다.

교활한 자일스. 공정한 알피어스. 고결한 베가.

그중 〈공정한 알피어스〉의 수장직을 벌써 30년 가까이 유지하고 있는 인물이 바로 수리 알피어스였다.

"그분을 직접 보신 적 있으십니까?"

한 손을 뺨에 대고 세워 철저하게 입 모양을 가리며 찰리가 조용히 물었다. 알렉은 언젠가 로엔그렌 궁전에서 스쳐보았던 은발의 마녀를 떠올렸다.

"예전에 한 번. 자세히는 기억이 안 나지만."

"그럼 그분의 시종이 왜 전하를 찾아왔는지는 짐작하십니까?"

"아니. 전혀."

알렉은 막시무스를 턱짓했다.

"그래서, 그 대단하신 수리 알피어스 경이 어쩐 일로 시종을 다 보내셨대요?"

"전 주인님께서 보내신 게 아닙니다."

"……이건, 또 무슨 소리인지."

슬슬 짜증이 받치는지 알렉이 딱딱하게 웃었다. 막시무스가 고개를 도리도리 저으며 짐짓 엄격한 목소리로 말했다.

"아까 전에 말씀드렸는데 제대로 듣지 못하신 모양이군요. 괜찮습니다. 다시 설명해 드리죠. 이 막시무스, 큼, 정확히 말씀드리자면 주인님께서 보필하라 명하신 아가씨의 명을 받들어 전하를 배알하러 왔습니다."

"그러니까 막시무스 씨를 보낸 사람은 수리 알피어스 경이 아니라, 그 아가씨란 사람이고?"

"그렇지요."

"그럼 그 아가씨란 분은 누군데요?"

자연스럽게 이어지는 질문에 막시무스가 곧장 대답하려 숨을 들이켰다. 그러나 부리에서 나온 것은 대답이 아니라 컥컥대는 숨소리다. 관자놀이를 누르며 짐짝 같은 피로를 몰아내던 알렉이 깜짝 놀라 고개를 들었다.

"막시무스 씨?"

"읍! 읍!"

"뭐 하는 거예요, 지금?"

"읍!"

"……찰리. 재 지금 뭐라는 거니."

"글쎄요. 저도 잘……."

두 사람이 문답을 주고받는 사이, 가까스로 입을 틀어막는 마법에서 풀려난 막시무스가 노기 서린 얼굴로 고래고래 소리를 내지르기 시작했다.

"이, 이 돼먹지 못한 아가씨 같으니! 이 막시무스를 가혹하게 부려 먹는 것으로 모자라, 이렇게나 야, 큼, 야만적인 마법을 걸어! 자다가 천벌 받을 아가씨! 길 가다가 똥통에 빠져 죽을 아가씨! 내일 아침, 접시 물에 코 박고 콱 죽어 버, 악!"

허공에 대고 무시무시한 악담을 퍼붓던 도중, 갑자기 샹들리에에 꽂혀 있던 양초가 막시무스의 머리 위로 떨어졌다. 탁자에 널브러져 양 날개로 머리를 감싸 쥔 막시무스가 돌연 눈을 홉뜨고 정신없이 사방을 쏘아보기 시작했다. 그 이상 행동에 당황한 것은 알렉과 찰리였다.

"뭔가 우리가 모르는 일이 벌어지고 있는 것 같지 않아?"

"그러게나 말입니다."

한참이나 사방을 경계하던 막시무스는 더 이상 자신을 노리는 물건이 없자, 가까스로 경계심을 풀었다. 저 비둘기 쇼가 언제쯤 끝나려나 싶어 소파에 너저분하게 잠겨 있던 알렉이 어깨를 흠칫하며 자세를 바로 했다.

"끝났어요?"

"무엇을 말씀하십니까?"

"아니, 방금 막……. 됐고, 그 아가씨가 대체 누군데 그래요?"

질문이 끝나기 무섭게 막시무스가 콧방귀를 뀌었다. 비둘기가 어떻게 콧방귀를 뀌는지는 모르겠지만, 여하간 콧방귀 비슷한 소리였다.

"송구합니다. 지금은 아가씨의 성함을 밝힐 수가 없군요."

"뭐라고요?"

"탓을 하시려거든 아가씨를 탓하시지요. 이 막시무스, 주인님의 명으로 모시는 아가씨의 성함도 부리에 담지 못할 만큼 가련한 신세가 되었답니다."

막시무스는 날개를 올려 눈물을 콕콕 찍었다. 어찌 된 사정인지 당최 이해할 수는 없지만, 좌우지간 이름을 말할 수 없다는 것만은 똑똑히 알아들은 알렉이 멍하니 고개를 주억거렸다.

"말을 못 한다면 어쩔 수 없지만……."

"염려하지 마십시오. 지금 이 위태로운 상황에서 아가씨의 성함은 중요하지 않습니다. 가장 중요한 것은 제가 이 야심한 시각에 전하를 찾아온 용건이지요!"

금세 기력을 회복한 막시무스의 목소리가 쩌렁쩌렁 방 안을 울렸다. 그 살벌한 기세에 짓눌린 알렉과 찰리는 거의 소파에 눌어붙다시피 하여 까딱까딱 고갯짓만 했다.

"전하, 고귀하신 당신은 지금 생명의 위협을 받고 계십니다!"

막시무스가 양 날개를 착 펼치며 외쳤다. 그 연극적인 동작에 잠시 시선을 빼앗겼던 알렉이 뒤늦게 그의 말을 주워 삼켰다. 잘생긴 얼굴이 차츰 일그러진다.

"내가요?"

"예, 그렇습니다!"

"내가, 생명의 위협을?"

"예!"

너무나도 당당한 즉답에 말문을 잃은 알렉이 기가 찬 표정으로 찰리를 돌아보았다. 아는 바가 없다는 듯 찰리는 조용히 고개를 내저었다.

"내 보좌관은 모른다는데?"

"아주 교묘한 놈들입니다! 저도 장장 스무여드레 동안이나 그놈들의 흔적을 쫓다가 겨우 발견하였지요."

"……음, 그래요. 일단 그런 사람들이 있다고 치고."

느닷없는 폭로에 머리가 아파진 알렉이 관자놀이를 꾹 누르며 물었다.

"누군데요? 날 노린다는 그 사람들."

"그건 저도 아직 잘 모릅니다만, 너무 염려치 마십시오! 아가씨께서 전하를 아주 안전히 보호해 주실 겁니다."

"그것 참 고마운 일이긴 한데. 그쪽 아가씨는 왜 날 보호해 준답니까?"

묘하게 빈정거리는 투에 막시무스가 처음으로 멈칫했다. 선뜻 대꾸하지 못하는 막시무스를 직시하며 알렉이 어깨를 으쓱인다.

"그렇잖아요. 마녀들이 언제 대가 없이 누군가를 도와준 적이나 있어요? 나도, 내 보좌관도 모르던 내 뒤를 캐낸 이유는 무엇이며, 내가 요청하지도 않았는데 부리나케 달려와 날 보호하겠다는 진의는 무엇인지."

"……."

"차근차근 대답해 줄래요?"

무릎 위로 양손을 포개어 올린 알렉이 생긋 웃었다. 막시무스는 처음으로 눈앞의 왕자가 무시무시한 아가씨와 겹쳐 보였다.

"그, 그것이……."

"그것이?"

"실은 전하께서 해 주십사 하는 일이 있기에……."

그럼 그렇지. 알렉은 금세 심드렁한 표정이 되어 소파에 등을 기대었다.

"어려운 일은 결코 아닙니다! 결코!"

"물론 그렇겠죠."

"전하께서 딱 한 시간만 들이시면 되는 일입니다!"

"그렇게나 간단한 일인데 왜 날 찾아오셨나 몰라?"

이죽거리는 말에도 막시무스는 쉽사리 대꾸하지 못했다. 곁에서 찰리가 '정확히 무엇을 원하는지는 여쭈어보시지요.' 하고 조언했으나, 알렉은 냉정하게 고개를 저었다. 그는 대신 멀찍한 창가를 턱짓했다.

"찰리. 저기 창문 좀 열어 줄래?"

"제, 제가 하겠습니다!"

불안한 마음에 날개깃을 부리로 잘근거리던 막시무스가 얼른 나섰다.

마녀의 시종답게 막시무스의 날갯짓 한 번에 창문 하나가 벌컥 열렸다. 눈앞에서 신비한 마법을 목도한 알렉이 짧은 감탄사를 내뱉었다.

"와, 그냥 말하는 비둘기가 아니었네?"

"말씀드렸다시피 저는 엄연한 마녀의 시종으로, 주인님의 마력을 3일 밤낮이나 받아먹은 특별한 비둘기입니다. 그저 말하는 비둘기가 아니지요!"

"그래요, 특별한 비둘기 씨. 이제 저기로 나가시면 되겠네."

알렉이 활짝 웃으며 친절하게 창문을 가리켰다. 막시무스가 그답지 않게 떨리는 목소리로 반문했다.

"……예?"

"나가요."

"저, 전하?"

"내 말이 어렵나?"

고개를 갸웃거리며 눈썹을 찡그리던 알렉이 느릿하게 고개를 들었다. 어느덧 표정이 사그라든 얼굴이 불빛 아래 음산하게 드러난다.

"막시무스 씨. 내 집에서 이만 나가라고."

고저 없이 차분한 목소리가 방 안을 나지막하게 울렸다.

꽁지 빠져라 달아난 비둘기의 자취를 좇아 어두운 밤하늘을 올려다보던 찰리가 느릿하게 창문을 닫아걸었다. 뒤를 돌아보자, 목을 갑갑하게 옥죄던 셔츠 단추 서너 개를 풀어 헤치곤 소파에 널브러져 술잔을 기울이는 왕자의 모습이 보인다.

"……전하."

찰리가 드물게도 걱정스러운 빛을 내비쳤다. 이어지는 그의 말을 짐작한 듯 훠이훠이 손짓한 알렉이 평소와 다름없이 여상한 목소리로 명했다.

"나가서 경비를 강화하라고 일러. 주변에 얼쩡대는 사람은 기자고 나발이고 다 내쫓으라 하고."

"알겠습니다."

알렉은 미간을 잔뜩 찌푸린 채로 술을 한 모금 넘겼다.

"……별 괴상한 것까지 몰려오고 난리야."

"내일 군부에 요청하여 경비 인력을 충원하도록 하겠습니다."

"그럴 것까지야……. 그래, 네 마음이 그래야 편하겠다면 그래야지."

무섭도록 딱딱해진 찰리의 얼굴을 힐끔 쳐다본 알렉이 금세 꼬리를 내렸다. 그러곤 얼음만 남은 잔을 탁자에 올려 두며 슬슬 소파에서 일어난다.

"난 이만 자야겠다. 피곤할 텐데 너도 얼른 들어가 자."

"침실을 지키겠습니다."

"징그러운 소리 말고."

알렉은 늘어지게 하품하며 셔츠의 단추를 끄르기 시작했다. 그 뒷모습을 꿋꿋이 지켜보며 찰리가 재차 입을 열었다.

"잠들기 불편하시다면 문 앞이라도 지키겠습니다."

"찰리."

"사실일지도 모르지 않습니까. 아까 그 비둘기의 말."

찰리는 흐트러짐 없는 자세로 꼿꼿한 시선을 보내왔다. 그를 힐끗한 알렉이 깊은 한숨을 토하며 도리 없다는 듯 고개를 내저었다.

"네 맘대로 해."

"감사합니다."

꾸벅 허리를 숙여 인사한 찰리가 조용히 발걸음을 옮겼다. 그대로 곧장 문을 열고 나가려는데, 갑자기 들려오는 알렉의 목소리가 그의 발목을 잡았다.

"……그런데 말이야, 찰리."

"네?"

"이 집. 마법 회로가 깔려 있지 않나?"

찰리는 고민의 여지없이 고개를 주억거렸다. 궁전은 물론이요, 왕실

소유의 이 사택에는 침입자를 막는 마법 회로가 걸려 있다. 궁전을 비롯한 몇몇 장소에 마법 회로를 까느라 마녀들에게 억만금을 지불했다는 200년 전의 역사는 익히 유명하다.

"왜 그러십니까?"

"아니, 뭔가 좀 이상해서."

고개를 한쪽으로 기울이며 골똘한 생각에 잠겼던 알렉이 조금 이상하다는 듯 묻는다.

"마법 회로가 작동하고 있는데, 그 비둘기는 여길 어떻게 들어온 거지?"

찰리는 아무런 말도 하지 못했다. 스산한 공기가 두 사람 사이를 슥 훑고 지나갔다.

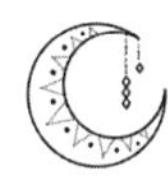

이튿날.

나갈 준비를 마치고 잠시 서재에 들른 알렉은 마지막으로 사용한 기억이 까마득한 책상 위에 가지런히 놓인 편지 한 장을 발견했다.

"찰리. 편지는 아까 다 확인한 거 아니었어?"

"예, 맞습니다."

매처럼 날카로운 눈으로 상관이 입을 암녹색 코트 자락을 꼼꼼히 점검하던 찰리가 돌아보지도 않고 대꾸했다. 알렉은 의아한 얼굴로 편지를 집어 들었다. 꼼꼼하기로는 누구에게도 뒤지지 않을 찰리가 무언가를 빠트렸다는 사실이 순수하게 놀라웠다.

"어디 보자. 발신인이……."

느긋하게 편지를 뒤집어 보던 매끄러운 낯짝에 순식간에 금이 갔다. 코트의 매무새에 만족한 찰리가 그제야 뒤를 돌아보았다.

"전하. 방금 뭐라고 하셨습니까?"

"……막시무스 살로티우스."

"네?"

"그 망할 비둘기가 편지를 보냈다고."

빠득빠득 이가 맞물리는 소리가 말끝마다 묻어난다. 상황의 심각성을 알아차린 찰리가 조심스레 코트를 걸어 두곤 책상으로 다가왔다.

"뭐라고 쓰여 있습니까?"

"몰라. 열어 보기 싫어."

"그럼 제가 열어 보겠습니다."

선뜻 편지를 받아 든 찰리가 불현듯 멈칫하며 슬며시 알렉을 올려다보았다.

"그런데 비둘기가 편지를 어떻게 썼을까요?"

"낸들 알겠어."

충성스러운 보좌관은 더 이상 토 달지 않고 편지를 뜯어보았다. 잠시 목을 가다듬는 소리에 이어 편지를 읽는 낭랑한 목소리가 서재를 가득 채웠다.

"존경하는 왕자 전하. 직접 전하를 배알하지 못하고 이렇듯 편지로 인사드리는 점, 진심으로 송구스럽게 생각합니다. 별다른 준비 없이 전하의 앞에 나아갔다간, 왠지 좋지 못한 일이 벌어질 것 같은 불길한 예감이 드는군요."

"비둘기 주제에 눈치는 빨라 가지고."

알렉이 잘생긴 눈썹을 찌푸리며 투덜댔다.

"지금은 겨울의 별 발디비아가 힘을 잃고 사냥의 별 잔탈로스가 흉포해지는 시기로, 저와는 무척이나 상성이 좋지 않은 때입니다. 가급적 몸을 조심해야 하는 시기임을 너그러이 이해해 주셨으면……. 음, 그다지 중요해 보이지 않는 이야기는 제 선에서 걸러 내겠습니다."

"좋은 생각이야."

"그런데 걸러 내자니 정작 중요한 용건은 하나밖에 남질 않는군요. 어젯밤 드린 제안, 그러니까 이름을 밝힐 수 없는 아가씨라는 분이 전하를 지켜 드리는 대신 왕자님께서 지극히 사소한 답례를 한다는, 그 제안에 동의하신다면 창문 앞에서 손수건을 흔들어 달랍니다."

"가지가지 하는군."

알렉은 진저리를 치며 암녹색 코트에 팔을 꿰었다. 찰리가 편지를 들고 물었다.

"이건 어떻게 할까요?"

"태워."

"넵."

충성스러운 보좌관은 즉각 편지를 벽난로에 던져 넣었다. 불붙은 하얀 종이가 거멓게 타들어 가기 시작한다. 재가 되어 날리는 편지는 조금도 개의치 않으며 두 사람은 유유히 서재를 빠져나갔다.

그때만 하더라도 알렉은 그 한 장의 편지가 재앙의 시발점이 될 줄은 미처 생각지도 못했다. 시작은 미약하여도 끝은 창대하리니. 30년 가까이 마녀의 충복 노릇을 하던 노련한 비둘기, 막시무스 살로티우스의 반격이 드디어 막을 올렸다.

설마 하는 불길한 예감이 뇌리를 스친 것은 그날 오후였다.

"……그래서 여쭙는 것입니다만, 사브리나 체임벌린 양과는 정말로 아무런 관계도 아니십니까?"

알렉은 커다란 안경을 쓴 멸치 같은 사내를 온화하게 바라보았다. 속에서는 열불이 끓어오르고 있으나, 눈빛만은 크림처럼 부드럽기 그지없다.

"물론입니다. 공석에서 몇 번 마주친 적은 있죠. 하지만 고작 그 정도로 사랑에 빠졌다기엔 어폐가 있지 않을까요?"

"그럼 전하의 비밀 약혼녀라고 주장하는 데비 브리지스 양에 대해선 어떻게 생각하십니까?"

"그저 놀라울 따름이에요. 전 브리지스 양을 한 번도 본 적이 없거든요. 브리지스 양의 이름을 스캔들 기사에서 처음 보았다면 믿으시겠어요?"

우스갯소리라도 들은 것처럼 알렉이 쾌활한 웃음을 터트렸다. 물론 눈앞의 기자는 미소 한 자락도 보이지 않았다. 미소는커녕 흡사 대수학을 가르치는 교수처럼 냉정한 얼굴로 반론을 제기했다.

"브리지스 양의 주장에 따르면, 지난달 전하께서 거금을 주고 구입하신 모딜리아 향수 23호가 그녀에게 있다고 하더군요. 여기 사진도 있습니다. 전하께 약혼 선물로 받았다고 주장했습니다."

비장의 무기를 꺼내듯 기자가 사진 한 장을 들이밀었다. 그러나 정작 상대방은 사진을 보는 척도 하지 않는다. 다리를 꼬고 앉아 흠, 얕은 콧숨을 내쉬며 관자놀이를 매만지던 알렉이 흘끗 눈만 들어 올렸다.

"이봐요. 모딜리아 23호가 전 세계에 몇 개나 있는 줄 알아요?"

"백 개로 알고 있습니다. 지금까지 모딜리아사(社)에서 제작한 향수 중에서 가장 개수가 적은 한정판이죠."

"맞아요. 백 개밖에 안 되죠. 그건 바꿔 말해 모딜리아 23호를 갖고 있는 사람이 전 세계에 백 명이나 된다는 뜻이고."

"……예?"

"나랑 약혼했다는 근거가 모딜리아 23호라면서요. 나머지 아흔아홉 명은 왜 안 끼워 주나 몰라?"

기자는 잠시 말문을 잃었다. 사석에서라면 몰라도 인터뷰에서만큼은 늘 고상한 어투를 유지하던 왕자답지 않게 잔뜩 이죽거리는 말투였다.

오늘따라 유난히 날카로운 상관의 기분을 기민하게 알아챈 찰리가 '왕자님.' 하고 차분히 신호를 보내왔다. 싸한 눈으로 기자를 쏘아보던 알렉은 그제야 불편한 심기를 익숙하게 갈무리하곤 장난스럽게 웃어 보였다.

"그러니까 이런 건 그만하죠. 브리지스 양 말고도 궁금한 게 많다는 건 잘 알겠지만, 오늘은 투텔 분리주의자들과의 갈등에 대해 이야기하는 날이잖아요. 내가 누구랑 사귀고 누구랑 다툰다는 얘기보단, 그게 훨씬 중요한 주제 아니겠어요?"

"……."

"정론지는 정론지답게. 알았죠?"

기자가 떨떠름한 얼굴로 고개를 끄덕였다. 그제야 만족스러운 얼굴이 되어 알렉은 푹신한 소파에 편안히 등을 기대었다. 목울대까지 차올랐던 짜증이 차츰 뱃속으로 가라앉는 듯했다.

그러나 다음 순간, 반쯤 열어 둔 창문 틈새로 실처럼 얇은 종이 한 장이 너울거리며 날아들었다. 아무도 눈치채지 못한 사이에 접빈실을 가로지른 종이는 기자와 왕자 사이에 놓인 탁자 위로 부드러이 내려앉았다.

어색한 정적이 흘렀다. 찰리는 기함한 표정으로, 알렉은 딱딱하게 굳은 눈으로 편지를 노려보았다. 그들의 눈치를 살피며 기자가 슬금슬금 편지 쪽으로 손을 움직였으나, 아쉽게도 왕자의 손이 한발 앞섰다.

"전하."

찰리가 근심스러운 기색으로 속삭였다. 가벼운 손짓 하나로 그의 걱정을 일축시킨 알렉이 다소 성마른 손길로 봉투를 뜯었다. 음산하게 가라앉아 금방이라도 폭발할 것 같던 기세와는 달리, 조용히 편지를 읽고 조용히 편지를 접는다.

알렉은 얼핏 보기로는 아까와 그다지 달라지지 않은 듯 평온한 얼굴이었다. 그는 여상하게 편지를 찰리에게 건넨 뒤, 아무런 일도 없었다는 듯 차분히 기자를 돌아보았다.

"우리 어디까지 했었죠?"

"전하. 방금 편지는 무엇입니까?"

하지만 기자는 겁이 없었다. 눈앞에서 목격한 광경을 반드시 파헤치고야 말겠다는 사명감으로 재빨리 수첩과 펜을 들어 올리지만, 알렉은 난처하다는 듯 뺨이나 긁을 따름이다. 가면처럼 매끄러운 얼굴에 곧 피로가 잔뜩 내려앉은 억울한 표정이 올랐다.

"그냥 스토커라고 해 둘까요?"

당연하게도 이튿날, 알렉 왕자가 악성 스토커에 시달린다는 기사가 잉그람에서 제일가는 정론지 《데일리 오킹엄》의 첫째 면을 당당히 장식했다.

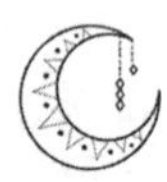

알렉과 찰리는 막시무스가 벌이는 기행도 그저 저러다 말겠지 싶어 대수롭지 않게 여겼다. 못내 짜증스러운 일이긴 하지만, 그런 조그만 일 하나하나에 신경을 기울이다간 제명에 못 죽을 것이었다. 평생 제 뜻대로 살지 못했던 알렉은 제 뜻대로 흘러가지 않는 상황에 몹시 익숙했다.

하지만 그것은 시작에 불과했다.

"전하. 오늘도 편지가……."

잠이 덜 깬 얼굴로 맥없이 오믈렛을 뒤적거리던 알렉이 순간 저도 모르게 포크에 힘을 주었다. 끼이익, 포크가 접시를 긁어 대는 기분 나쁜 소리가 침실을 때린다.

"……제 선에서 알아서 처리하겠습니다."

"고마워."

땅이 꺼져라 한숨을 내쉬던 알렉이 더 이상 입맛이 없다며 트레이를 밀었다. 요리가 거의 그대로 남은 접시를 근심스럽게 지켜본 찰리가 조금만 더 드시라 일렀음에도, 알렉은 무겁게 고개를 내저었다.

"몸이 안 좋으십니까? 주치의를 부를까요?"

"아냐……. 됐어."

알렉은 힘없이 중얼거리며 침대 헤드에 몸을 기대었다. 머리가 무지근하고 가슴 언저리가 꽉 막힌 걸 보면, 요 근래 적잖이 스트레스를 받은 것 같다. 그렇지 않고서야 타고난 강골에 아무런 이유 없이 병환이 깃들 리 없었다. 방금만 하더라도 그놈의 편지 얘기가 나오자마자, 안 그래도 없던 입맛마저 깡그리 사라지질 않았나.

멍하니 천장을 올려다보며 알렉이 혼잣말했다.

"찰리. 나도 유모 따라 시골로 내려갈까?"

"마음 가는 대로 하세요. 어머니는 언제나 전하를 반기실 겁니다."

알렉은 제법 기특한 말을 하는 찰리를 흐뭇하게 바라보았다. 그러곤 한참 이불 속에서 꿈지럭대던 윗몸을 갑자기 홱 일으킨다.

"오늘 내일 일정이 어떻게 되지?"

"오늘 오전에는 잡지사와의 인터뷰가, 오후에는 모리어 후작 부인과의 티타임이, 내일 점심에는 메시나 대사와의 만찬이 예정되어 있습니다. 그리고 내일 밤에 예정된 파티가 여럿인데, 아직 답장을 보내지 않으셨습니다."

"오늘 일정은 다 취소해."

"즉시 메이블로 가는 기차를 예약할까요?"

메이블은 알렉의 유모, 즉 찰리의 어머니의 고향이다. 충성심이 과하여 가끔은 한발 앞서 나가곤 하는 보좌관의 모습에 알렉은 명랑한 웃음을 터트렸다.

"메이블은 너무 멀잖아! 그림즈비로 가자."

"그림즈비요?"

"그래. 오랜만에 사냥이나 실컷 하고 오자고."

알렉은 까치집이 된 머리로 개구쟁이처럼 활짝 웃어 보였다. 이제야 좀 기력을 되찾은 것 같은 왕자의 모습에 안도하며 찰리는 예의 바르게 허리를 숙였다.

"마차를 준비하라 이르겠습니다."

그림즈비는 오킹엄에서 마차를 타고 두 시간가량 걸리는 전원 지방으로, 숲이 울창하고 들이 넓은 천혜의 사냥터다. 자연스레 오킹엄에 거주하는 상류층이 자연을 즐기고 휴양하는 곳으로 성장하여, 그림즈비 곳곳에는 그들이 한시적으로 머물다 가는 별장이 수두룩하게 세워져 있었다.

그림즈비를 자주 찾는 것은 알렉도 마찬가지다. 요 몇 년 사이, 왕실 전용의 그림즈비 별장을 가장 많이 찾은 사람은 단연 그라고 해도 좋을 만큼 옆집처럼 드나든 것이 사실이다. 실제로 거의 넉 달을 그림즈비에 틀어박혀 사냥에 열중하던 그에게 어느 날 무서운 고모, 캐서린 공주가 찾아와 심하게 야단을 치고 간 적도 있었다.

'노벨리업 대학의 학장이 날 찾아와 애걸복걸하더구나. 어떻게든 제적은 면하게 할 테니 와서 수업을 듣는 척이라도 해 달라고!'

어릴 적, 고모가 찾아왔다는 말만 들어도 옷장 속으로 숨기 바빴던 알렉은 얌전히 오킹엄으로 돌아갔다. 캐서린 공주가 학업에 열중하라 단단히 으른 것치고 대학에 나간 날은 불과 열흘도 못 되었지만, 좌우지간 한동안 그림즈비를 멀리하긴 했었다.

그리하여 거의 반년 만에 돌아온 전원에서 알렉은 느닷없는 해방감을 느꼈다. 마차가 끊임없이 덜컹거리는 흙길도, 그저 푸를 뿐인 창밖의 풍경도, 청량한 냄새가 배어나는 공기도 그의 우울함을 날려 보내기엔 충분했다.

"전하! 생각보다 늦게 돌아오셨습니다."

벌써 소문이 퍼졌는지, 정오가 되기 전에 도착한 별장 앞에는 1년의 거의 대부분을 그림즈비에서 보내는 귀족 몇몇이 알렉을 마중하러 나와 있었다. 알렉은 반가운 얼굴들을 발견하고 단걸음에 마차에서 달려 나왔다.

"오랜만에 뵙습니다. 캐서린 공주 전하를 따라 오킹엄으로 돌아가셨을 때가 벌써 반년 전이던가요."

곧잘 사냥을 함께하곤 했던 귀족 젊은이들이 웃음을 터트렸다. 정도의 차이가 있을 뿐이지, 그들은 모두 부유한 귀족 가문에서 태어나 평생을 남부럽지 않게 살아온 한량들이다. 평범한 사람이라면 한창 일하고 공부할 시기에 이런 전원에 틀어박혀 사냥을 즐기는 것만 보아도 그러했다.

"실은 저희끼리 내기를 좀 했습니다. 전하께서 언제 돌아오실까 하고."

"누가 이겼는데?"

"다 졌죠. 저는 일주일에 걸었고 패트릭은 3주, 조지는 한 달, 헥터는 한 달 반에 걸었거든요."

"전하께서 이렇게 늦게 돌아오실 줄 누가 알았겠습니까."

앓는 소리에 알렉이 짐짓 젠체하며 어깨를 으쓱였다.

"내가 원래 예상을 좀 뛰어넘긴 하지."

"그러게나 말입니다. 다른 사람도 아니고 수상의 딸과 염문이 나실 줄은 또 누가 알았겠어요?"

"체임벌린 수상을 장인으로 둔다니, 상상만으로도 오싹하네. 어떻게 무사히 살아오셨습니다, 전하?"

"그 얘긴 꺼내지도 마. 한동안 엄청 시달렸으니까."

다시 떠올리는 것만으로도 끔찍하다는 듯 알렉이 진저리 쳤다. 그 솔직한 반응에 귀족 청년들이 다시금 웃음을 터트린다.

"아주 돌아오신 겁니까?"

"아니. 내일 다시 돌아가야 해."

"내일이요? 너무 이르잖아요!"

"불행히도 내일 점심에 메시나 대사와의 만찬이 있거든. 다른 건 빠져도 거긴 가야지. 안 그럼 평생 여기로 쫓겨날지도 몰라."

"아……. 그런 자리면 캐서린 공주 전하도 오시겠군요."

국왕의 기세도 눌러 버린다는 공주의 이야기가 나오자, 삽시간에 분위기가 엄숙해졌다. 그중에 홀로 명랑한 알렉이 눈썹을 찡긋대며 웃었다.

"그러니까 오늘밖에 놀 시간이 없는 셈이지. 찰리, 말 준비하고 있어. 총은 내가 가져올 테니까."

그렇게 사냥이 시작되었다.

말이 사냥이지, 실제로는 오랜만에 풍요로운 자연을 만끽할 심산이었던 알렉은 무리를 거느리고 깊은 숲속으로 들어갔다. 며칠 전 비가 내렸다는 숲은 습기가 가득하고 부연 안개가 서리처럼 내려앉아 있었다. 나뭇잎 사이로 햇빛이 내려오고, 이슬 머금은 풀잎이 숨을 틔우는 고요한 광경은 지난 반년, 도시 생활에 지친 알렉에게 한 줄기 안식이 되어 주었다.

그리 청아한 숲속을 돌아다니던 무리는 어느덧 들짐승이 자주 출몰한다는 지점에 이르렀다. 찰리가 조심하라 이르기 무섭게, 저 멀리 수풀 사이로 아주 멋진 뿔을 단 수사슴이 얼핏 보였다.

알렉은 씩 입꼬리를 올리며 엽총의 개머리판을 조심스레 어깨에 얹었다. 아직 침입자를 알아채지 못하고 평화로이 풀을 뜯어 먹는 수사슴의 머리로 총구를 겨누자, 자연스레 숨이 잦아들고 머릿속이 텅 빈다. 순식간에 동그랗게 좁아진 시야에는 오직 수사슴 한 마리만 존재했다.

그런데 그 순간, 하늘거리며 내려온 무언가 그의 시야를 가렸다.

"……뭐야?"

난데없는 장애물에 당황한 알렉이 멈칫하며 엽총을 내렸다. 당혹스럽기는 다른 무리도 매한가지다. 키 큰 나무들이 빽빽하게 하늘로 치솟은 저 상공 어딘가에서 끊임없이 하얀 종이가 내려오고 있었다.

그 이상한 광경을 불안하게 지켜보던 찰리가 마침 어깨에 떨어진 종이를 집어 들었다. 종이를 살펴본 찰리의 표정은 과히 좋지 못했다.

"……전하."

"제발 아니라고 말해 줘."

거의 영혼이 빠져나간 것 같은 얼굴로 알렉이 중얼댔다. 그의 좌절감을 쉽사리 읽은 찰리는 무척이나 죄스러운 표정으로 고개를 조아렸다. 돌아가는 정황을 파악할 길 없는 나머지 무리만이 영문을 모르고 하늘에서 떨어지는 편지를 주워 들 따름이다.

"누가 이런 장난을……. 어, 전하! 사슴이 달아났는데요?"

조금 전까지 총구로 겨누었던 수사슴은 어느새 자취를 감추었다. 알렉은 아련한 눈으로 수풀 어드메를 응시하며, 그의 사택에 박제하여 영원히 걸어 둘 수도 있었던 사슴에게 인넝을 고하였다.

평화롭게 자연을 노닐던 무리는 그로부터 30분도 채 지나지 않아 숲을 빠져나왔다. 실은 거의 쫓기듯 달아났다 해도 과언이 아니다. 더 깊은 곳으로 들어가려 해도 갈수록 거세어지는 편지의 빗줄이 시야를 막고, 그새 바닥에 쌓인 편지들이 말굽에 채였다. 이러다간 돌아가는 길마저 편지에 파묻히겠노라 누군가 외치는 상황에 이르러선 고삐를 틀 수밖에 없었다.

그리 장대처럼 퍼붓는 편지에 쫓겨 산책을 마감한 알렉은 양손을 파르르 떨며 무시무시한 눈으로 하늘을 노려보았다. 숨 막히는 일과에 질려 떠나온 곳에마저 날아드는 저 무수한 편지들. 마음 같아선 지나온 길을 따라 수북하게 쌓였을 편지를 활활 태워 버리고 싶었다. 그리고 얄미운 비둘기를 잡아다 저녁 식사로 올리는 것이다.

"……이만 돌아가시지요, 전하."

하지만 일국의 왕자란 마음껏 자유롭게 살아갈 수 없는 위치일지니.

알렉은 시무룩하게 고개를 떨구고 마차에 올라탔다. 그토록 꿈꾸던 사냥마저 처참하게 망쳐 버리고 돌아가는 길은 유난히 가파르고 덜컹거렸다. 그리고 부슬부슬 비마저 내리기 시작하는 창밖. 드넓은 하늘 위로 얄미운 비둘기 한 마리가 언뜻 스쳐 지나간 것 같기도 했다.

견디기 어려운 고난이 닥칠 때, 사람은 두 부류로 나뉜다. 고난에 순응하거나, 끝까지 저항하거나.

알렉 아크라이트의 경우엔 후자였다.

"앞으로 편지는 보이는 족족 태워 버려. 나한테 보고할 필요도 없어."

고작 반나절 만에 그림즈비에서 돌아온 알렉은 그럼에도 의연했다. 비록 그 끔찍한 비둘기가 사냥은 망쳐 버렸을지 몰라도, 제 일상까지 망치도록 순순히 놔두진 않겠노라 단단히 결심한 터였다.

그 결심은 한동안 잘 지켜지는 듯했다. 아침에 눈을 뜨면 침대맡에 편지가 수북하게 쌓여 있고 가는 곳마다 편지가 날아들긴 해도, 적어도 그림즈비에서처럼 편지가 소나기처럼 쏟아지는 일은 없지 않느냐 스스로를 위안하곤 했다.

따라서 알렉에게 두통을 선사한 것은 편지 그 자체라기보단, 편지에 호기심을 보이는 수많은 사람들이었다.

"여기, 손수건을 흔들라고 적혀 있어요!"

이름도 기억나지 않는 어느 사교 모임에서 누군가 편지를 집어 들었을 때, 알렉은 그저 우스갯소리처럼 넘겼다. 요즘 스토커가 극성이다, 여러분도 조심하시라. 그리 대답하자, 여러 부인들과 신사들은 몹시 안타까운 시선을 보내왔다. 그리고 짐작했듯, 그들은 집으로 돌아가자마자 왕자의 대답에 이런저런 자신의 상상을 덧붙인 말로 가족들을 한바탕 웃음의 장으로 빠트렸다.

알렉 왕자가 정체 모를 스토커에 시달린다는 소문은 곧 오킹엄 사교계를 관통했다. 일전에 정론지에서 보도한 바 있다곤 해도, 신문으로 읽는 것과 두 눈으로 직접 목격하는 것은 받아들이는 정도부터 판이하기 마련이다. 사람들은 늘 이슈를 몰고 다니는 왕자의 새로운 걱정거리에 주목했다. 왕자의 피곤함이 그들에겐 곧 즐거운 안줏거리나 다름없었다.

"그건 분명 마법이었어요! 마법이 아니고서야 어떻게 3층 창문으로 편지가 날아올 수 있겠어요?"

"왕자 전하의 스토커가 마녀란 뜻인가요?"

"말도 안 돼. 마녀처럼 독선적이고 저 혼자밖에 모르는 족속이 어디 있다고! 배 아파 낳은 자식도 연구물로 취급하는 이들이 어찌 사랑을 알겠나요?"

“맞아요. 마녀가 누군가의 사주를 받은 것이 분명해요.”

마녀들이 인간 사회에 편입된 지도 어언 200년이란 시간이 흘렀지만, 여전히 사람들은 마녀를 멀게만 느꼈다. 그들에게 마녀란 아직도 옛이야기에 등장하는 시악한 노파이며, 살갗 아래 흐르는 피가 얼음장보다 차가워 감정을 모른다는 족속이었다. 옥슬리 남작처럼, 몰염치한 마녀에게 된통 당했다는 이들의 증언이 꼬리에 꼬리를 물며 그런 좋지 않은 인상에 한몫했다.

그리하여 ‘왕자의 스토커’는 어느새 왕자에게 앙심을 품고 거금을 들여 마녀를 고용한 가상의 인물이 되어 있었다.

“전하! 지난해 홍역을 치르셨던 스캔들의 상대, 멜라니 가너 양이 스토커의 정체라는 소문에 대해 어떻게 생각하십니까?”

“반제에서 마법을 이용하여 전하께 공세를 가하고 있다는 소문이 파다합니다! 반제의 마녀들이 언제 침입해 올지 몰라 두려움에 떠는 시민들에게 한 말씀 해 주시죠!”

“이 소동이 전부 전하의 자작극이라는 말도 있습니다! 어떻게 생각하십니까!”

어느 날, 트리폴리 왕립 과학박물관의 개관식에 참여했다가 기자들에게 붙잡힌 알렉은 쏟아지는 질문 세례와 카메라 셔터 소리 한복판에 섰다. 근래 들어 경호를 강화한다는 이유로 왕자에겐 털끝만큼도 다가갈 수 없었던 기자들은 이 기회를 놓치지 않았다. 대답할 틈 없이 마구잡이로 밀려드는 기자들의 홍수에도 알렉은 변함없이 차분하고 유쾌한 자세를 견지했다.

“제 생각엔 별일 아닐 겁니다. 여러분이 조금만 차분해진다면 며칠 내로 가라앉을 소동이라 장담하죠.”

알렉은 딱 두 마디 남기고 근위대의 방비선 너머로 유유히 사라졌다. 몇몇 기자들은 사택까지 찾아와 근위대와 대거리를 벌이며 악다구니를 써 댔으나, 육중한 대문은 꼼짝도 안 했다.

기자 무리와 근위대가 밤새도록 충돌했던 그날, 알렉은 현악 4중주를 초청하여 아름다운 음악을 감상했다. 창문을 꼭 닫아건 실내에서 악기의 목소리는 더욱 웅장하게 들렸다. 기자들의 고함 소리는 담장을 넘지 못하고 그대로 구슬픈 바이올린 선율에 묻혔다.

그때까지만 하더라도 알렉은 이 위기를 잘 헤쳐 나갈 수 있으리라 믿었다. 자신의 뒤를 졸졸 따라다니는 기자들이야 매일같이 겪는 일이고, 그와 관련하여 오만 가지 소문이 도는 것도 물리도록 친숙한 일이다. 하루가 멀다 하고 날아드는 편지는 분명 새로운 경험이지만, 새롭다면 익숙해지면 그만이다. 지금까지 수많은 고난을 이겨 낸 것처럼, 이번에도 당당히 승리하리라 믿어 의심치 않았다.

하지만 끝을 모르고 밀려드는 불운에는 그도 당해 낼 길 없었다.

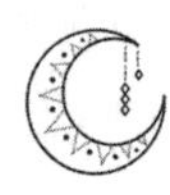

<체임벌린 수상의 막내딸 사브리나, 데이비스가의 차남과 파혼!>

평소와 다름없이 평온한 아침 식사를 마치고, 그대로 침대에 앉아 차를 즐기며 오늘 자 신문을 펼친 알렉은 미처 예상치 못한 기사를 접했다. 상류층의 파혼은 그다지 드문 일이 아니다. 그럼에도 불안한 예감이 자꾸만 치밀어 등골을 서늘하게 만들었다.

"……왠지 시끄러워질 것 같은데."

편치 않은 얼굴로 중얼대었던 혼잣말은 그대로 실현되었다.

"왕자 전하! 사브리나 양의 파혼에 전하께서 관련되었다는 소문이 사실입니까?"

"설마요."

"데이비스가에서 사브리나 양과 전하의 염문을 문제 삼았다는 말이 있습니다!"

“글쎄, 내 생각엔 그 반대가 아닐까 싶은데요.”

“그 말씀은 즉 사브리나 양을 옹호하시는 겁니까? 정말로 사브리나 양과 모종의 관계가 있으신 것이 맞습니까?”

“아니라고 방금 말씀드리지 않았나요?”

“전하! 외람되게도 전하께서 사브리나 양이 아니라 케인 데이비스 씨와 깊은 관계라는 소문이…….”

“성함이 어떻게 되시죠?”

“《더 퍼블리칸》의 말콤 스미스입니다.”

“찰리, 저분은 고소해.”

“전하! 전하의 약혼녀라 주장하는 데비 브리지스 양이 엊그제 전하의 사택 앞에서 시위를 벌이다가 쫓겨나, 이제는 로엔그렌 궁전 앞에서 시위를 벌이고 있습니다! 브리지스 양을 약혼녀로 인정하실 겁니까?”

“애초 약혼녀가 아닌데 뭘 어떻게 인정합니까?”

“지난해 전하의 사택에서 근무했던 테일러 씨가 전하께서 식민지에서 몰래 반입되는 아편에 중독되셨노라 밝혔습니다! 말씀 한마디 부탁드립니다!”

“며칠 전, 버트윈 공이 전하를 두고 ‘천지 분간 못 하고 날뛰는 망아지’라 칭했습니다! 버트윈 공에게 한 말씀 해 주시죠!”

“마녀들과 맺은 충성 계약 문제에 대해선 어떻게 생각하십니까!”

“왕자 전하!”

“전하!”

“전하!”

“…….”

“망할! 기자 놈들! 나한테 원수졌어? 어? 왜 나한테만 지랄이야!”

힘껏 내려친 베개가 큰 소리를 내며 터졌다. 어두운 방 안에 솟아올라 하늘하늘 떨어지는 하얀 깃털을 멍하니 지켜보던 알렉이 밭은 숨을 몰아쉬며 침대에 털썩 주저앉았다. 이마 위로 흘러내린 머리카락을 뒤로 쓸어 넘기는데, 찰리가 불쑥 물을 들이밀었다.

"이제 좀 진정되셨습니까?"

"아니."

"그래도 이젠 진정하십시오."

알렉은 말없이 잔을 집어 들었다. 고개를 들어 꿀꺽꿀꺽 잔을 비우는 목울대의 움직임을 따라 땀방울이 옷깃 사이로 흘러내렸다.

"내일도 그러겠지?"

"내일모레도 그러겠죠."

"언제까지 시달려야 할까."

"글쎄요. 원래 새로운 사건이 터지면 옛날 일은 순식간에 묻히는 게 이 바닥 아닙니까. 너무 비관적으로만 생각하진 마세요."

어제 수군댄 말과 오늘 수군대는 말이 다르다는 건 오킹엄 사교계에선 익히 유명한 격언이다. 찰리는 어떻게든 맥없이 주저앉은 왕자를 다독이려 했지만, 알렉은 축 늘어져선 비관적이기 짝이 없는 조소만 흘렸다.

"다음도 설마 내 이야기는 아니겠지."

"……절대 아니라고 단정할 수는 없겠군요."

"내 이야기가 아니면 어때, 어떻게든 나랑 연관 지으려 들 텐데. 막말로 체임벌린이랑 데이비스가 파혼한 게 나랑 무슨 상관이야? 뭐? 사브리나 체임벌린과 비밀 연애? 그 여자가 나만 보면 못 잡아먹어서 안달인 거 아는 사람은 다 알 텐데, 어떻게 그런 말도 안 되는 소문이 도는 거냐고!"

쏟아지는 억울한 목소리에 찰리가 가볍게 어깨를 으쓱였다.

"그럼 그렇게 말씀하시지 그랬어요."

"그걸 다 어떻게 말해! 케인 데이비스는 벌써 사생아만 셋이고, 사브리나 체임벌린은 부모 몰래 무명 배우들을 비밀스럽게 꾀어내 정부로 거느리고 있는데, 둘이 짝짜꿍 마음이 잘 맞아서 서로 사생활은 건들지 않는 선에서 부부 관계를 유지하기로 약속했다고! 그런데 그 멍청한 케인 데이비스가 수상한테 잘못 걸려서 먼지 나도록 얻어맞는 걸, 사브리나 체임벌린 그 여자는 부모 앞이라고 모르는 척 가짜 눈물이나 흘려서 케인 데이비스가 지금 미치고 환장할 지경이라고, 그걸 어떻게 다 내 입으로 말해!"

"……확실히 그걸 다 말씀하시거든, 엄청난 파란이 밀려오겠습니다."

한바탕 쏟아 낸 알렉은 그대로 침대에 뻗어 버렸다. 다 풀어내지 못한 울화가 아직도 명치 근처에서 울컥울컥 신물처럼 올라오고 있었다.

"그 테일러라는 사람은 또 뭐야? 여기서 일했던 사람은 확실해?"

"석 달 정도 주방에서 일했던 사람입니다. 지난달, 값비싼 향신료 일부를 꾸준히 훔쳐 내 팔았다는 것이 발각되어 제가 해고 조치했습니다."

"그럼 날 제대로 본 적도 없겠네?"

"아마도 그렇겠죠."

"그런데도 내가 아편을 한다고. 아주 가지가지 하는군."

화려한 샹들리에 매달린 천장을 무섭게 쏘아보던 알렉이 힘겹게 손을 들어 눈가에 올려 두었다. 씨근거리는 숨이 오르락내리락하는 가슴팍 위에서 바삐 뛰논다.

"……고모가 접촉한 여자가 누군지는 아직 모르지?"

"네. 조만간 알려 드리겠습니다."

"고모가 고른 사람이면 만만찮을 텐데. 조심해."

"걱정하지 마십시오. 이런 일 한두 번 겪는 것도 아닌걸요."

늘 딱딱하게 격식을 차리는 찰리답지 않게 능청스러운 태도다. 그것이 절 위로하는 방식임을 알아 알렉은 힘없이 웃고 말았다. 그만큼이나 오늘 하루는 끔찍했다.

단순히 기자들의 질문 세례 때문만은 아니다. 평생을 만인의 주목을 받으며 살아온 알렉은 기자들의 형형한 눈빛이나 카메라 셔터 소리에 진저리 나게 익숙해져 있었다. 따라서 기자들의 공격도 잘 버티고 돌아온 그를 건드리면 터져 버릴 활화산으로 만든 건 따로 있었다.

'이제야 돌아오는구나.'

바로 집에서 그를 기다리던 고모, 캐서린 공주.

'요새 신문에서 네 이름이 자주 거론되던데. 사방팔방 네가 안 끼어든 곳이 없어 보이더구나.'

'기자들이 다 지어내는 얘기죠.'

'애당초 그런 여지를 주지 않으면 될 것이 아니니?'

찰리가 다급히 내어 온 차는 거들떠보지도 않고 캐서린은 금방 자리에서 일어났다.

'참, 당분간은 그 스캔들이란 데서 네 이름을 듣지 않았으면 한다. 네 약혼녀 될 여자에겐 너무나 가혹한 처사가 아니겠니.'

그리고 웃는 얼굴로 폭탄을 던졌다.

'약혼녀라니요?'

'내 이번 일을 보면서 느꼈단다. 너도 국왕 전하의 핏줄이라는 걸. 전하도 한때는 숱한 여자들과 염문설을 뿌리고 다니셨지만, 조세핀을 만나면서 바뀌셨지. 너도 그럴 게야.'

'전 아직 약혼할 생각 없어요!'

'누가 네 생각을 물었니? 준비는 내가 다 할 테니, 넌 얼굴만 비치면 된다.'

'제 약혼이잖아요. 어떻게 제 생각이 중요하지 않을 수가—'

'중요하지 않아, 왕족에겐.'

'…….'

'다른 사람들처럼 평범하게 살려거든 왕자가 아니었어야지. 알렉, 너는 잉그람의 하나뿐인 왕자다. 그런 어중간한 사고방식은 버리렴.'

그대로 뒤돌아 나가던 꼿꼿한 등이 아직도 눈에 선하다. 어릴 적에도 거역할 수 없었던 고모와 왕실의 무게는 아직도 알렉의 어깨를 무겁게 짓누르고 있었다.

"찰리. 나 그냥 외국으로 뜰까?"

알렉이 울적하게 중얼댔다. 슬슬 찬 공기가 들어오는 창문을 하나씩 닫아걸던 찰리가 무뚝뚝하게 대꾸한다.

"전 못 갑니다."

"왜?"

"어머니만 두고 어떻게 여길 뜹니까?"

"그럼 유모도 데려가자."

"어머니는 잉그람을 떠나시느니, 차라리 이 세상을 뜨겠다 하실 겁니다."

"하여간에 모자가 쌍으로 고집불통……."

알렉이 심통 난 것처럼 홱 뒤돌아 누웠다. 어쩐지 오늘따라 작게만 느껴지는 등을 안타깝게 응시하며 찰리가 조심스럽게 말문을 열었다.

"지금까지 잘 버티셨잖습니까. 조금만 더 버텨 보세요."

"조금만 더 버티면, 다음엔 뭐가 있는데?"

"국왕이 되시자마자 왕위를 공주 전하께 양위하시면 되잖아요. 캐서린 전하도 내심 그걸 원하고 계실 테니 무리 없이 진행될 겁니다."

"그리고?"

"자유롭게 살아가시면 되죠."

알렉은 한동안 대답이 없었다. 그의 침묵에서 찰리는 조바심을 느꼈지만, 공연한 말을 덧붙여 그를 재촉하진 않았다.

오래지 않아 고요한 침묵 속으로 나지막한 알렉의 목소리가 흘러들었다.

"그날이 너무 멀게 느껴져."

"……."

"난 내일이 오는 것도 무서운데, 대체 언제까지 참고 기다려야만 하는 걸까?"

극심히 지친 목소리에 찰리는 아무런 말도 할 수 없었다. 그는 말없이 침대로 다가가, 알렉의 호리호리한 몸 위로 두툼한 이불을 덮어 주었다.

"그만 주무십시오."

찰리는 침대맡을 밝히던 등불마저 끄고 조용히 침실을 나갔다. 아무것도 보이지 않는 어둠 속을 멍하니 주시하던 알렉은 천천히 눈을 내리감았다. 어깨에 무겁게 매달린 피로가 깊디깊은 심연으로 그를 끌어당기는 듯했다. 그리 끝없이 침몰하던 알렉은 어느덧 무서운 외조부를 직면한 일곱 살짜리 어린애가 되어 있었다.

'꼴을 보아하니 지 애비를 닮아 천하의 망나니로 자라겠구나.'

알렉은 제게로 쏟아지는 매서운 눈빛이 무서워 무작정 내달렸다. 무서운 외할아버지가 계속 절 쫓아오는 것만 같아 그대로 달리는 기차에 올라탔다. 어디든 외할아버지의 눈길이 닿지 않는 곳으로 멀어지고 싶은데, 눈치 없게 맑은 하늘에선 갑자기 편지들이 하나둘 빗물처럼 내리기 시작했다. 눈 깜짝할 새 편지가 눈앞을 가득 메웠다. 숨통이 막혔다.

창틈으로 쏟아지는 햇빛에 눈이 멀 것만 같다. 손으로 햇빛을 가리고 윗몸을 일으키는데, 무언가 우수수 떨어지는 소리가 들렸다. 알렉은 멍하니 눈을 끔벅거렸다. 어쩐지 숨이 버겁다 싶더라니, 그의 몸 위로 수북하게 쌓였던 편지들이 우수수 바닥으로 추락하고 있었다.

"……이젠 짜증도 안 나네."

알렉은 헛웃음을 지으며 가까운 편지 한 장을 열어 보았다. 비둘기의 솜씨라곤 상상도 할 수 없을 정도로 고상한 필체가 한눈에 들어온다.

> 이제는 편지를 열어 보지도 않는 야속하신 전하,
>
> 귀찮으시겠지요. 저도 압니다, 제가 얼마나 전하를 귀찮게 하고 있는지. 하지만 어쩝니까. 저는 존경하는 주인님의 명을 받들어 천하의 망나니 같은 아가씨의 말씀에 복종해야 하는 것을요. 그러니 전하의 평화와 제 일신의 안전을 위해서라도 이제 그만 손수건을 흔들어 주지 않으시렵니까?
>
> 추신. 요새 근위대가 오킹엄 비둘기 떼를 샅샅이 뒤지고 다니더군요. 행여 기대하고 계실까 싶어 노파심에 말씀드립니다만, 그런 방식으로 절 찾으려 하시다니 100년은 이르십니다. 이 막시무스, 이래 봬도 무지막지한 아가씨께 단련되어 도망에는 일가견이 있답니다.
>
> 존경하는 주인님의 충성스러운 시종,
>
> 막시무스 살로티우스 올림.

어제 하도 별별 일을 겪으며 오만 사람들에게 시달렸던 탓인지, 이런 편지조차 귀엽게만 느껴진다. 알렉은 피식 웃으며 편지를 내려놓았다. 이제 편지쯤이야 아무렇지도 않았다. 그렇게나 스트레스를 받아 가며 아득바득 내쳐야 하는 것인지, 회의감마저 들었다.

이불 위에 쌓인 편지를 조심히 밀어 내며 가뿐하게 바닥으로 발을 내디딘 알렉이 한껏 기지개를 폈다. 그리고 뻐근한 어깨를 돌리며 마른 목을 축이려던 차, 불현듯 탁자에 가지런히 놓인 손수건 하나가 눈에 들어온다.

잠시 고심하던 알렉은 맨몸에 하얀 가운을 꿰어 입곤 느긋하게 창가로 향했다.

날이 갈수록 따스해지는 오킹엄은 점차 봄의 푸른 새싹으로 물들어 가고 있었다. 겉보기엔 지극히 평화로워 보이는 정원을 응시하며 알렉은 천천히 손수건을 흔들었다. 창밖 어디선가 절 감시하느라 고생하고 있을 비둘기에게 건네는 화해의 표시요, 오랜만에 먹어 보는 선심이다.

"……선행이 선행으로 돌아와야 할 텐데 말이지."

나지막이 중얼거리며 알렉은 눈부시게 청명한 하늘을 올려다보았다. 어쩐지 오늘은 어제보단 나은 하루가 될 것 같은 좋은 예감이 들었다.

그날, 알렉에겐 참으로 다행스럽게도 새로운 스캔들이 터졌다. 새로운 스캔들의 주인공은 명망 높은 귀족 가문의 후계자와 이제 막 정상으로 발돋움한 여배우였다. 두 사람 모두 오래전 가정을 꾸린 터라 후폭풍은 더욱 거셌다.

어제의 스캔들을 오늘은 기억하지 못한다는 말대로, 사브리나 체임벌린과 케인 데이비스의 파혼 이야기는 마치 없었던 것처럼 쏙 들어가 버렸다. 제 뒤를 쫓는 기자 떼가 눈에 띄게 줄어든 것을 보고 알렉은 당분간 조용하겠구나 싶어 안도의 한숨을 내쉬었다.

꽤나 오랫동안 사건의 중심이었던 알렉은 그렇게 평화롭고 조금은 권태로운 일상으로 접어들었다. 그는 간신히 되찾은 평화에 감사하며 나태한 일상 속으로 서서히 잠겼다. 이제 그를 괴롭히는 사람은 아무도 없었다. 어쩌면 이대로 평화롭지 않을까. 그런 생각마저 들었다.

적어도 당시의 그는 그렇게 생각했다.

2. 혹한의 마녀

갓 피어난 봄꽃으로 장식한 야외 피로연장.

젠킨슨 남작의 세 번째 결혼식을 축하하기 위해 모인 사람들은 아는 얼굴끼리 삼삼오오 모여 고상한 대화를 나누고 있었다. 물론 겉으로나 평화로워 보이지, 이면을 파고들자면 우아하게 돌려서 남을 깎아내리거나 내가 더 잘났다는 식으로 교묘하게 자신을 추켜세우는 내용이다. 실로 오킹엄 어디서나 볼 수 있는, 지극히 일상적인 사교계의 모습이었다.

그런데 미리 고지된 피로연 시간이 조금 지났을 무렵, 피로연장으로 드는 입구가 불현듯 소란스러워졌다. 사람들이 의아한 눈짓을 하기 무섭게, 훌쩍 키가 큰 청년이 가벼운 걸음걸이로 등장했다. 뒤로 깔끔하게 넘긴 숱 많은 다갈색 머리칼과, 유난히 선명한 눈매 아래 자리한 연둣빛 눈동자. 총기 가득한 눈을 반짝이며 들어오는 사람은 다름 아닌 잉그람의 하나뿐인 왕자, 알렉 아크라이트다.

"안녕하세요, 전하. 오늘도 조금 늦으셨네요."

이런 자리는 빼먹는 일이 없는 브랜포드 백작 부인이 여느 때와 마찬가지로 먼 조카뻘 되는 왕자를 반겼다. 백작 부인의 손등에 날렵하게 입을 맞춘 알렉이 눈매를 매끄럽게 휘며 웃는다.

"오늘은 제 탓이 아니랍니다. 놀랍게도 찰리가 늦잠을 잤거든요."

"어머나, 스튜어트 군이요?"

백작 부인이 놀란 눈으로 왕자의 뒤에 엉거주춤 선 찰리를 건너보았다. 찰리는 꼭 제 머리카락처럼 붉어진 얼굴로 고개를 푹 수그렸다.

"귀여워라. 하기야 스물셋이면 한창 잠이 많을 나이이긴 하지요."

"저 들으라고 하시는 말씀은 아니죠?"

브랜포드 백작 부인이 부채로 입가를 가리며 웃었다. 알렉은 익숙하게 그녀의 손을 잡으며 에스코트했다. 어릴 적부터 절 아들처럼 귀여워했던 백작 부인은 오킹엄 사교계에서는 드물게 편안한 대화 상대였다. 또한 사교계에서 오래도록 존경받는 인사라, 어지간한 경우가 아니고서야 둘 사이에 끼어들 사람도 없다.

"듣자 하니 알피어스 가문에 의뢰를 하셨다고요?"

"벌써 소문이 거기까지 퍼졌나요? 고작 사나흘 된 이야기인데."

"오킹엄에 비밀이란 없답니다. 사브리나 양도 부친 되는 체임벌린 수상을 잘 속이고는 있지만 제 눈을 피하진 못했지요."

사브리나 체임벌린이 기를 쓰고 감추려는 비밀을 아무렇지 않게 운운하며 백작 부인은 조금 수줍게 웃어 보였다. 알렉은 모르는 척 의뭉스럽게 눈썹을 까딱였다. 이리 고상하게만 보이는 중년 부인도 속에는 100년 묵은 구렁이를 키우고 있는 곳이 바로 오킹엄 사교계다.

"사택의 마법 회로가 영 엉망인 것 같아서요. 마법 회로란 게 정말 실효성이 있는 건지 궁금하긴 하지만, 그냥 망가진 대로 놔두기도 좀 그렇죠."

"어머나, 정말 실효성이 있냐니요. 마법 회로가 촘촘하게 짜인 집은 천 명의 호위를 둔 집보다 안전하다고 해요. 비용이 문제지, 효과는 의심할 여지가 없답니다."

"그런데 그 비용이 제 10년 치 품위 할당비에 달하는 게 문제죠."

알렉이 눈가를 살짝 찌그리며 대꾸했다. 그제야 이해하겠다는 듯 부인이 나지막한 탄성을 흘렸다.

"하기야 알피어스 가문은 유독 의뢰비를 높게 책정하더군요. 언젠가 저도 사택을 보수하면서 알피어스 가문에 의뢰를 넣은 적이 있는데, 도저히 감당할 수 있는 비용이 아니더라고요. 결국엔 다른 마녀에게 의뢰했죠."

"궁전도 아니고 고작 3층짜리 저택인데……."

"그만큼 실력에 자신이 있다는 뜻이겠죠. 로엔그렌 궁전에 설치된 마법 회로도 알피어스 가문의 작품이잖아요? 지난 200년간 로엔그렌 궁전에 수상한 개미 한 마리 얼씬거리지 않은 걸 보면, 알피어스가 다른 건 몰라도 받은 값은 확실히 한다는 것이 사실인가 보아요."

대체로 국가나 개인에게서 의뢰를 받아 생계를 유지하는 마녀들에게 가장 돈벌이가 되는 의뢰란 단연 마법 회로다. 무단 침입과 마법 공격을 일부 방어하는 마법 회로는 초반에 들이는 품이 클 뿐이지, 이론만 제대로 숙지한다면 어떤 마녀나 할 수 있는 일이었다. 그럼에도 기본적으로 들여야 하는 시간이 워낙 길어 단가가 높은 계약에 속했다.

하지만 알피어스 가문이 설치하는 마법 회로는 가격으로나 품질로나 다른 것들과 결을 달리했다. 200년 전, 어찌 인간 따위에게 돈을 받고 일을 하겠느냐며 콧대만 높이던 다른 가문들과 다르게 알피어스는 로엔그렌 궁전에 마법 회로를 설치해 달라는 국왕의 의뢰를 선뜻 받아들였다. 물론 억만금을 들여 가한 일이었다.

'받은 만큼 갚아라.'

슬하의 자식들이 불평하자, 당시 알피어스의 수장이었던 르로이 알피어스는 그리 말했다고 전해진다. 〈공정한 알피어스〉라는 별칭답게, 알피어스는 인간을 하등하다 멸시하던 다른 마녀들과는 사뭇 달랐다.

가족이건 동지건 원수건 그들은 언제나 공평했다. 이득 얻은 만큼 갚고, 피해 입은 만큼 갚았다.

"비용에 너무 개의치 마시고 알피어스 가문에 맡기세요. 다른 분도 아니고 전하시잖아요. 전하께서 지내시는 사택의 방비를 위함이라면 왕실의 재무관들도 두말없이 값을 지불해 줄 거예요."

"네. 저도 그렇게 생각해서 의뢰를 진행하려 했는데……."

알렉이 드물게 말끝을 흐렸다. 난처하다는 듯 눈썹 끝을 매만지던 그가 허탈한 기색으로 토로했다.

"지금 알피어스의 수장이 정신없이 바쁘다고 하더라고요. 누군가를 찾아 전국을 누비고 있다나 뭐라나."

"굳이 가문의 수장과 논의할 필요가 있을까요? 어차피 수장이 의뢰를 직접 맡지도 않을 텐데."

"그쪽은 생각이 좀 다른 것 같더라고요."

정확히 말하자면 계약을 논의할 만한 사람이 수장밖에 없는 듯한 인상이었지만.

쉽사리 납득하지 못하는 백작 부인에게 알렉은 그저 빙그레 웃어 보일 뿐이었다. 그저 마법 회로를 보수하는 일이니 가문의 마법사를 하나만 보내 달란 청에도, 의뢰를 할당하는 것은 오직 수장의 몫이라며 똑같은 대답만 반복하던 목소리가 아직도 귓전에 선하다. 오죽했으면 알피어스와 계약에 대해 논의하던 찰리는 울화통이 터지다 못해 폭발하여 여섯 살 이후로는 범한 적 없는 늦잠을 자고야 말았다.

"저야 그렇다 치고, 부인은 그동안 잘 지내셨나요?"

"물론이지요. 참, 지난주에 제가 몹시 아끼는 조카딸이 오킹엄으로 올라왔는데……. 줄리아? 잠깐 이리로 좀 와 보렴!"

부인의 외침에 기다렸다는 듯 수줍게 다가온 여인은 이제 막 스물을 넘겼을까 싶은 앳된 얼굴이었다. 공들여 치장한 조카를 흐뭇하게 바라보며 백작 부인이 변함없이 고상한 미소를 지어 올렸다.

"전하. 이 아이는 줄리아 셰리던이라고 해요. 아들밖에 없는 제가 친딸처럼 아끼는 조카이지요. 참으로 심성이 곱고 현명한 아이랍니다."

알렉은 슬며시 눈을 가늘게 뜨고 백작 부인을 응시했다. 그녀가 무슨 생각인지는 빤했다. 그는 잉그람의 하나뿐인 왕자. 마침 스물셋의 결혼 적령기이니, 그를 사윗감으로 탐하는 사람들이야 물리도록 많았다. 이렇듯 대놓고 이어 주려는 시도도 물리도록 익숙한 상황이지만, 사교계의 어느 누구보다 고상한 척을 해 왔던 브랜포드 백작 부인이 저토록 속내를 훤히 내보이는 것이 조금 신기하긴 했다.

하지만 저쪽에서 대놓고 심중을 드러낸다고, 이쪽마저 대놓고 속내를 내보일 수는 없는 노릇이다. 알렉은 백작 부인의 뜻대로 순순하게 줄리아인지 줄리엣인지 모를 여자에게 정중한 인사를 건네었다.

"안녕하세요, 셰리던 양. 부디 알렉이라고 불러 주세요."

마땅히 그는 왕자란 역할에 충실해야 했으므로.

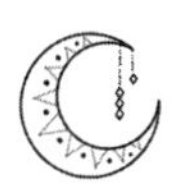

피로연은 불과 두 시간도 지나지 않아 막을 내렸다. 갑자기 머리를 산발한 웬 여자가 난입하여 이 결혼은 무효라 난리를 쳤기 때문이다. 느닷없는 전개에 하객들은 황망한 표정을 감추기 급급했지만, 덕분에 일찌감치 귀가할 수 있게 된 알렉은 내심 콧노래를 부르며 마차에 올라탔다.

"남작이 결혼을 약속한 여자가 두 명이었나 봅니다."

"두 명이면 다행이게."

고상한 척은 다 하는 사교계에서 차마 상상할 수조차 없는 별일을 수두룩하게 목격했던 두 사람은 이번 사건도 심드렁히 넘겼다. 그들은 어느 날 젠킨스 남작이 중혼이란 죄명으로 감옥에 끌려간다 해도 놀라지 않을 자신이 있었다.

교외에 위치한 피로연장은 꽤 멀어서, 마차가 사택에 도착한 것은 어스름이 지는 저녁나절이었다. 알렉은 옷도 갈아입지 않고 그대로 식당에 들어 석찬을 마쳤다. 평소에 비하면 족히 한가한 하루였지만, 마차를 타고 이동했던 시간이 길어 단숨에 피로가 몰려들었다.

"이만 주무시게요?"

"에드위나한테 편지만 쓰고."

캐서린 공주의 딸인 에드위나는 지난해 메시나의 왕족과 결혼하여 며칠 전 사내아이를 순산했다. 덕분에 유달리 딸을 귀애하던 캐서린 공주가 바삐 메시나로 향하여, 급박하게 진행되리라 여겨졌던 그의 약혼도 잠정 중단된 상태였다. 그다지 친밀했던 사촌은 아니어도 본의 아니게 약혼을 미뤄 준 셈이 된 에드위나에게 알렉은 고마움을 담아 성대한 선물을 보낼 예정이었다.

선물에 동봉할 편지를 작성하기 위해 그는 졸린 눈을 부릅뜨고 서재로 들었다. 망할 사브리나 체임벌린과 케인 데이비스에게 잘못 얽혀서 된통 당했던 것이 불과 닷새 전이라기엔 믿을 수 없을 정도로 평화로운 나날이 이어지고 있었다. 대놓고 그를 따라다니는 기자들도 서넛에 불과하고, 골 아픈 일로 황색 신문에 이름이 오르내릴 일도 없다. 한동안 그의 신경을 건드리던 편지도 삽시간에 자취를 감추었다.

불현듯 떠오른 비둘기 편지에 실소하며 알렉은 천천히 넥타이를 끌렀다. 돌이켜 보면 웃기지도 않은 일이다. 어느 날 갑자기 말하는 비둘기가 나타나, 지금 당신은 목숨을 위협받고 있노라 경고하다니. 그 후로 알렉은 호위를 대폭 늘려 경계를 강화했지만, 딱히 위험한 징조는 발견하지 못했다. 근위대도 잡아내지 못한 위험을 고작 말하는 비둘기 따위가 찾아냈다는 것부터가 어불성설이다.

"같잖은 장난이나 치고 있어."

알렉은 조그맣게 투덜거리며 풀어낸 넥타이를 대강 소파에 던졌다. 목을 옥죄는 셔츠 단추를 두엇 풀고, 커프스까지 풀어 옷소매를 팔뚝까지 걸어 올리자 몸을 놀리기 한결 편해졌다. 마지막으로 단정하게 빗어 넘겼던 머리를 헝클어트려 다소 후줄근한 모습으로 돌아온 알렉은 길게 하품하며 뻐근한 목 뒷부분을 주물렀다. 편지도 그냥 내일 쓸까. 피곤한 나머지 그런 생각도 들었다.

그때, 서늘한 밤바람이 그의 뒷목을 스치고 지나갔다.

불현듯 등골을 타고 오르는 섬뜩한 느낌. 정체 모를 위화감에 휩싸인 알렉은 느릿하게 서재를 돌아보았다. 문가에만 불을 켜 둔 서재는 몹시 어두웠다. 사방이 검게 가라앉은 가운데, 오직 커다란 창 앞에 놓여 조요한 달빛을 내리받는 책상 부근만 어렴풋한 윤곽이 보였다.

그리고 그 책상. 누군가 앉아 있다.

"……."

알렉은 가만히 숨만 몰아쉬었다. 노곤하게 풀렸던 몸이 순식간에 긴장으로 옥죄어 들었다. 지금까지 자각하지 못했던 호흡이 유난히 크게 들리고, 서재를 둘러싼 공기가 팽팽하게 당겨진다. 석상처럼 미동하지 않는 그림자를 주시하며 알렉은 아주 느리게 입술을 뗐다. 찰리를, 누군가를 불러야만 했다.

"아홉 번."

그 순간, 낭랑한 목소리가 정적을 깨트렸다.

"전하는 오늘 아홉 번 죽을 뻔했어요."

척 듣기에도 앳된 여자의 목소리. 숨 막힐 정도로 긴장했던 것이 무색하게 알렉은 한순간 긴장을 놓아 버렸다. 그림자를 멀거니 응시하며 그는 무심결에 입을 열었다.

"누구신지."

"빅토리아."

"……그렇게 말하면 내가 알겠어요?"

"날 몰라요?"

"내가 알아야 해요?"

잠시 불편한 침묵이 오갔다. 알렉은 이 이해할 수 없는 상황을 애써 이해하려 하지 않았다. 대신 복도로 나가 조용히 찰리의 방문을 두드리려 했다. 찰리 스튜어트는 보기보다 섬약한 남자다. 저번 못돼 먹은 비둘기의 침입 이후로는 큰 소리만 들어도 깜짝깜짝 놀라곤 했다.

그런데 갑자기 손가락 튕기는 소리와 함께 눈부신 불빛이 번쩍 들어왔다. 난데없는 불빛에 한껏 표정을 찌푸렸던 알렉이 서서히 눈을 가느다랗게 뜬다. 창가와 책상에 줄지어 늘어놓았던 양초에 손톱만 한 불이 올라 있었다. 그리고 늘어선 촛불의 정중앙, 은은한 불빛을 한 몸에 내리받는 여자가 있다.

실로 한눈에 시선을 잡아끄는 여자였다.

단순히 절색의 미모를 가졌다거나, 놀라울 만치 추한 외모를 가진 것이 아니다. 다만 여자를 구성하는 색이 남달랐다. 높이 묶어 구불구불 허리께까지 내려오는 숱 많은 은발과 햇빛 한 점 드리워진 적 없는 것처럼 새하얀 피부, 게다가 유일하게 선명한 벽안까지. 유독 직선적인 시선은 돌리고 돌려 말하는 사교계에 익숙해진 그에겐 참으로 낯선 것이었다.

하물며 차려입은 옷은 짙푸른 색의 잉그람 군복이다. 황금빛 견장에 번쩍거리는 훈장을 여럿 매단 차림은 머리 벗겨진 중년 사내에게나 익숙한 모습이지, 결단코 저맘때 여자에게서 볼 수 있는 모습은 아니었다.

누구의 옷을 빌려 입은 건가? 그럼 군인 사칭죄? 이리저리 튀는 상념을 휘어잡지 못하고 생각을 이어 가던 알렉은 무심코 자신이 군복에 휩싸인 여자의 늘씬한 다리를 보고 있다는 사실을 깨닫곤 소스라치게 놀랐다.

"막시에게 내 이름 듣지 못했어요?"

"……네?"

"막시가 내 이름 말해 주지 않았냐고요."

여자의 고갯짓을 따라 알렉의 시선이 옮겨 갔다. 둘이서 대화를 나누거나 말거나, 창틀에 앉아 열심히 날개깃을 고르던 하얀 비둘기가 눈치 빠르게 고개를 들어 올렸다. 비둘기와 가만히 시선을 맞댄 채로 알렉은 느릿느릿 고개를 내저었다.
"못 들었는데요."
실은 말하지 못한 것에 가깝지만.
알렉은 배신감으로 일그러지는 막시무스의 얼굴을 외면하며 속으로 코웃음을 쳤다. 이건 열흘이나 날 괴롭혔던 벌이다, 이 저주받을 비둘기야.
"……막시."
일순 낮게 가라앉은 여자의 목소리가 창가로 내리꽂혔다. 부리를 딱딱 여닫으며 금방이라도 변명을 쏟아 낼 듯하던 막시무스가 갑자기 꽥 소리를 내며 다급히 날갯짓했다. 퍼드덕퍼드덕 어둠 속으로 달아나 버리는 뒤꽁무니를 못마땅하게 응시하던 여자가 다시금 손가락을 탁, 튕긴다. 동시에 조금 전까지 막시무스가 앉아 있던 창문이 굳게 닫혔다.
"좋아요, 어차피 내 이름은 중요하지 않으니까."
여자가 날씬한 다리를 꼬며 한가로이 말했다.
"그보다 내가 아무리 늦게 왔기로서니, 너무 경각심이 없는 거 아니에요? 어떻게 사람이 목숨의 위협을 받고 있는데 그리 느슨하게 다닐 수 있어요? 설마 호위가 그게 전부는 아니죠? 막시보다 무식한 깁슨 대령도 그렇게 헐렁하게 돌아다니진 않던데. 듣기로 전하는 잉그람에서 아주 중요한 사람이라더니, 것도 아닌 모양이네요."
"……일단 누군지 제대로 소개부터 하시죠. 대충 돌아가는 상황을 보아하니 댁이 아까 그 비둘기를 보낸 장본인 같은데."
짜증스러운 마음에 알렉은 흘러내린 머리칼을 거칠게 뒤로 넘기며 털썩 소파에 주저앉았다. 누군가의 장난질에 휘말렸던 열흘이라 웃으며 넘기려던 일이 자꾸만 끈덕지게 따라붙는 것만 같아 기분이 영 좋질 않았다.
"말했잖아요, 빅토리아."
"그렇게 말하면 내가 알겠어요?"
"그럼 어떻게 말해야 알겠어요?"

"성이 뭔데요."

"알피어스."

"……빅토리아 알피어스?"

스산하게 묻는 소리에 여자, 빅토리아는 아무렇지도 않게 고개를 끄덕였다. 어쩜 이런 우연이 다 있을까. 열흘간 그를 편지의 홍수에 빠트려 허우적거리게 만든 것도, 돈을 퍼 주겠다는데도 차일피일 계약을 미루어 사람 속을 뒤집어 놓은 것도 다 알피어스란 가문의 짓이었다. 이만하면 우연이 아니라 악연이다.

"그래요, 빅토리아…… 경."

작위를 받은 귀족만이 달 수 있는 성십자가 훈장을 곁눈질한 알렉이 자연스레 호칭을 덧붙였다.

"도대체 여긴 어떻게 들어왔어요? 손님이 날 기다리고 있다는 소린 못 들었는데."

"문을 활짝 열고 날 반겨 주던데요."

"그럴 리가."

"마법 회로가 이렇게나 숭숭 뚫려 있잖아요. 봐요, 여기도."

여상하게 말을 잇던 여자가 허공으로 가느다란 손을 내뻗었다. 아무것도 없던 공간에서 돌연 시퍼런 전기가 튀더니, 이내 탄내를 풍기며 조용하게 가라앉는다.

"앗."

변함없이 무표정한 얼굴로 빅토리아가 얼른 손을 거두었다.

"봤죠?"

"……방금 무슨 실수했죠?"

"아무 짓도."

"아무 짓도 안 한 사람의 얼굴이 아닌데."

알렉이 몹시 의심스럽단 눈으로 빅토리아의 면면을 훑었다. 빅토리아가 가볍게 어깨를 으쓱였다.

"좀 손상된 마법 회로가 있길래 깔끔하게 해치웠을 뿐이에요."

"왠지 깔끔하게 부수었다는 말로 들리는데. 내 착각이겠죠?"

"어쩜. 빙빙 돌려 말해도 척 알아들으시네요."

어안이 벙벙해진 나머지 알렉은 저도 모르게 목소리를 높였다.

"그걸 그렇게 망가트리면 어떡해요!"

"이미 망가져 있던걸요."

"그럼 고칠 생각을 해야죠!"

"난 이런 거 못 고쳐요. 손만 대도 망가지는 거 봤잖아요."

너무나도 당당한 대답에 알렉은 그만 말문이 막혔다. 죄 없는 머리카락만 자꾸 헝클이며 마른세수를 하다가, 그새 초췌해진 얼굴을 들어 올린다.

"됐으니까, 이만 나가요."

"왜 이러실까. 된 건 아무것도 없는데."

"피곤하니까 나중에 얘기하자고요."

"그러다가 나중이 아예 없을지도 몰라요. 말했잖아요, 전하의 목숨이 위협받고 있다고."

알렉이 한숨을 길게 내쉬었다.

"이봐요, 빅토리아 경."

"빅토리아."

"……경."

"아님 비키도 좋고."

무표정한 얼굴로 잘도 능청스럽게 대꾸하는 빅토리아를 지그시 쳐다보던 알렉이 다소 딱딱한 어투로 말했다.

"빅토리아 경."

"네, 전하."

"도대체 나한테 왜 이래요?"

"전하야말로 나한테 왜 이래요?"

말장난 같은 대화가 거듭되자, 알렉도 더는 참지 못하고 소리를 높였다.

"남의 집에 함부로 들어와 놓고 이 무슨 행패예요? 날 만나고 싶으면 정식으로 접견을 요청하든가, 약속을 잡든가 하라고요!"

"누가 들으면 내가 무슨 무뢰배인 줄 알겠네."

"아니에요?"

"맞아요."

알렉이 당황한 사이, 빅토리아가 아무렇지도 않게 말을 이었다.

"고모도 늘 그랬거든요. 넌 예의도 은혜도 모르는 망나니라고."

"……."

"하지만 사람 목숨이 경각인데 예의를 따질 겨를이 있겠어요? 만약 전하가 죽음을 무릅쓰고도 존중받길 원한다면 기꺼이 그렇게 해 드릴게요. 내일모레쯤 장례식에 가서 전하의 관에 꽃을 뿌리고 오면 될까요? 어떤 꽃을 원해요? 장미? 코스모스? 아니면 해바라기?"

미친. 저도 모르게 욕을 뇌까린 알렉이 가까스로 노기를 눌러 참으며 씹어뱉듯 말했다.

"그러니까, 내 목숨이 위협받고 있다는, 그 말도 안 되는 이야기부터 그만—"

"왜 말이 안 되죠?"

내내 무표정하던 빅토리아의 얼굴에 처음으로 의아함이 스쳤다. 알렉이 속이 터져라 말을 쏟아 냈다.

"그럼 그게 진심으로 말이 된다고 생각해요? 여길 지키는 근위대만 예순 명이에요. 숙식하는 사용인들까지 합하면 도합 백을 넘는다고요. 아무도 수상한 낌새를 발견하지 못했는데, 당신만 내가 위험하다 말하고 있잖아요, 지금!"

"하지만 흔들었다면서요."

"뭘요?"

빅토리아가 느긋이 그를 턱짓했다. 머뭇거리며 제 차림을 훑어 내리던 알렉은 셔츠 앞주머니에 꽂힌 손수건을 발견했다.

'아가씨의 제안에 동의하신다면 손수건을 흔들어 주세요!'

차례로 스쳐 지나가는 기억에 알렉이 무너지듯 얼굴을 감싸 쥐며 앓는 소리를 냈다.

"그건, 그냥 장난인 줄만 알고……."

"그럼 난 전하의 장난질에 휘말려 국경에서 여기까지 온 셈이군요."

"그 부분은 내가 진심으로 사과할게요."

"물론 이동 마법을 써서 0.746초 만에 도착했지만."

으득, 알렉이 이를 갈았다. 그러거나 말거나, 빅토리아는 양손을 들어 올리며 느긋하게 입을 연다.

"난 당연히 전하가 내 제안에 동의한 줄 알았죠. 나는 전하를 지켜 주고, 전하는 내게 약소한 답례를 주고."

"그 답례란 게 대체 뭔데요?"

빅토리아가 눈을 데구루루 굴리며 처음으로 뜸을 들였다.

"……그건 그렇다 치고, 호위들은 전부 해고하는 게 낫겠어요. 멍청한 막시도 찾아내는 걸 아직도 못 잡아냈다니, 참으로 무능하기 짝이 없네요."

"경? 왜 내 말은 무시해요?"

"막시가 멍청하긴 하지만, 이런 중요한 일로 거짓말을 하는 비둘기는 아니에요. 믿어도 좋아요."

"누군가 내 목숨을 노리고 있다는 걸, 지금 멍청한 비둘기의 말만 듣고 믿으란 소리예요?"

빅토리아가 짐짓 우아하게 가슴팍에 손을 올렸다.

"막시를 믿기 싫거든, 날 믿어요."

"댁도 그다지 믿음직하진 않은데."

칼같이 돌아오는 즉답에 빅토리아가 뾰로통하게 입술을 삐죽였다. 알렉이 개의치 않고 물었다.

"그리고 대답이나 좀 하시죠. 도대체 나한테 원하는 게 뭐길래 이 사달인지."

"음……."

폴짝, 책상에서 뛰어내린 빅토리아가 그대로 책상에 허리를 기대며 팔짱을 꼈다.

"왜, 왕실의 보물을 쌓아 두었다는 곳 있잖아요."

"왕가의 보고?"

"네. 거기."

알렉이 슬쩍 눈썹을 찡그렸다. 왕가의 보고는 말 그대로 수백 년 가까이 아크라이트 왕실이 모아 온 보물 창고다. 그리고 보물 창고가 으레 그러하듯, 왕가의 사람이 아니고서야 절대로 드나들지 못하는 보호 마법이 걸려 있었다.

"거기서 전하가 뭘 좀 꺼내 줬으면 해서요."

그럼 그렇지. 왕가의 보고 운운할 때부터 그녀의 부탁을 눈치챈 알렉이 헛웃음을 지었다.

"장난해요?"

"장난 아닌데."

"그쪽 가문에도 보물이란 게 있을 텐데, 그런 귀한 보물을 훔치면 어떻게 됩니까?"

"벌을 받겠죠."

"그럼 나는 어떻겠어요?"

당연히 어마어마한 후폭풍이 몰아닥칠 것이다. 왕실의 어른들은 경악을 금치 못할 것이며, 입이 오동잎보다 가벼운 치들은 십중팔구 언론에다가 왕자가 어쨌네 하면서 신나게 떠들 것이다. 그렇잖아도 국왕과의 관계가 소원한 이때, 빼도 박도 못할 범죄까지 저지른다면 그걸로 끝이었다.
"안 들키면 되잖아요."
"만약 들키면요."
"그래도 목숨을 잃는 것보단 낫지 않겠어요?"
빅토리아가 눈 하나 깜짝 않고 대꾸했다. 잠시 허탈한 표정을 짓던 알렉이 이내 부스스 자리에서 일어났다. 맥없이 소파를 돌아 나와 그가 향한 곳은 술병이 여럿 전시된 장식장이다.
이러니 내가 제명에 못 죽지.
예기치 못한 일이 터질 때마다 늘 중얼거리는 말을 다시금 되풀이하며 알렉은 손에 집히는 대로 병을 꺼내 들었다. 그리고 술잔에 따라 내어 얼음도 없이 들이켜려던 차, 갑자기 등장한 손이 잔을 턱 막아 버렸다.
"마시지 마요."
가만히 읊조리는 목소리가 어쩐지 가깝다 했다. 삐걱거리는 목을 애써 돌리자, 숨결이 맞닿을 정도로 가까운 곳에 빅토리아의 하얀 얼굴이 보였다. 아스라한 어둠 속에서도 고고하게 빛을 발하는 벽안. 도무지 인간의 것처럼 느껴지지 않는 눈을 멍하니 응시하던 알렉은 문득 손에서 느껴지는 냉기에 소스라치고 말았다.
"뭐, 뭐야!"
얼음도 넣지 않았던 술잔에 웬 서리가 맺히고 있다. 알렉이 기함하여 술잔에서 손을 떼자, 기다렸다는 듯 술잔을 가로챈 빅토리아가 바로 옆에 놓인 화분으로 졸졸 술을 따라 냈다.
"앞으로 안전해질 때까진 함부로 아무거나 입에 대지 마요. 위험하니까."
빈 술잔을 당당하게 탁상에 올려 둔 빅토리아가 허리에 양손을 올리며 말했다. 영혼이 빠져나간 듯 흐릿하던 알렉의 눈빛에 점차 예기가 돌아온다.
연둣빛 눈동자를 삽시간에 덮치는 그림자. 그것은 명백한 분노였다.

"이게 뭐 하는 짓이에요, 대체!"
"전하의 목숨을 구했잖아요."
"뭐? 목숨을 구해?"
알렉의 얼굴에 황당함이 떠올랐다. 고개를 숙여 한 손으로 이마를 감싸 쥐고 화를 죽이던 그가 더는 재고할 가치가 없다는 듯 단호하게 문가를 가리킨다.
"당장 나가요."
빅토리아가 슬며시 눈살을 찌푸렸다.
"진짜로 죽고 싶어서 환장했어요?"
"죽고 싶지 않아 이러죠. 지금 댁이 내 명줄을 갉아먹고 있잖아요!"
"대체 내가 언제—"
벌컥! 갑자기 문이 열렸다.
"전하. 아직도 편지를 다 못 쓰셨습니까?"
한창 대거리를 벌이던 알렉과 빅토리아가 반사적으로 뒤를 돌아보았다. 어느새 활짝 열린 문 앞. 단출한 차림으로 갈아입은 찰리가 멀뚱히 눈만 깜박이고 있다. 하지만 그것도 잠시, 알렉에게 가까이 붙어 선 낯선 여자를 발견하곤 점차 입술을 크게 벌린다.
갑작스러운 삼자대면. 금방이라도 폭발할 것처럼 긴장된 분위기만 감돌던 서재에 느닷없이 어색한 침묵이 내려앉았다.

알렉은 후우, 깊은 한숨을 내쉬며 욱신거리는 관자놀이를 짚었다. 팔짱을 끼고 방어적인 태도를 취한 빅토리아는 짐짓 불퉁한 얼굴이다. 그리고 미처 생각지도 못한 상황에 직면한 찰리는 어떻게든 눈앞의 광경을 납득하려 애쓰며 아주 조심스럽게 입을 열었다.
"혹시 제가 즐거운 시간을 방해한 것은 아닌지……."
빅토리아가 냉큼 대답을 채 갔다.
"알았음 조용히 나가 주지 않을래요?"

"아냐! 아니라고! 왜 그딴 생각을 하는 거야! 이봐요, 빅토리아 경. 당신은 왜 새파란 거짓말이나 하고 그래요, 네?"

경악하여 길길이 날뛰는 알렉과 달리 빅토리아는 변함없이 차분했다.

"난 무척 즐거웠는데……. 전하는 아니었나 보네요."

"……뭐라고요?"

"몹시 슬프네요. 전하가 날 데리고 논 것이라니."

청승을 떠는 말이라기엔 지나치게 건조한 목소리였으나, 그 내용은 도무지 무시할 수 있는 수준이 아니다. 천하의 쓰레기를 보는 것처럼 절멸시하는 찰리의 눈빛을 보고서야 상황의 심각성을 깨달은 알렉은 쥐뿔도 없는 자신의 명예를 지키기 위하여 안간힘을 쓰기 시작했다.

"내가 언제 경을 데리고 놀았어요? 네?"

"이렇게 부정하실 건가요?"

"장난이 너무 심하잖아요! 쟤 얼굴 좀 봐요, 날 뭐라고 생각하겠어요!"

"아닙니다, 전하. 전 마음속 깊이 행여 전하께서 그런 분이시면 어쩌나 싶었으므로, 그리 놀랍지는 않았—"

"너 대체 평소에 날 뭐라고 생각한 거야?"

제정신이 아닌 사람들의 틈바구니에서, 어떻게든 제정신을 유지하는 것이 이토록 힘겹다. 갑갑하다는 듯 얼굴을 쓸어내린 알렉이 빅토리아의 어깨를 붙들고 씹어 먹듯 속삭였다.

"사람 좀 그만 놀려요. 그럼 재밌어요?"

"나야말로 묻고 싶은 말이네요. 전하는 사람 놀리는 게 그렇게나 재밌나요?"

"와, 진짜 미치겠네. 내가 언제 그랬어요!"

"내 제안, 받아들였잖아요."

그 손수건. 빅토리아가 알렉의 가슴팍을 눈짓했다.

"장난으로 알았든 아니든, 받아들이기로 한 거잖아요. 그래서 난 모든 걸 내팽개치고 여기까지 온 건데, 전하는 내게 해 줄 말이 그거밖에 없어요?"

"그럼 고작 비둘기의 말만 믿고 중죄를 저지를까요?"

"고작 비둘기의 말이라 무시하지 마요. 난 목숨을 걸어 여기 왔어요."

심해처럼 새파란 눈동자가 형형하게 빛난다. 일순 할 말을 잃은 알렉이 느지막하게 몇 걸음 뒤로 물러났다. 하지만 얼결에 벌어졌던 틈도 잠시다. 당혹과 피로로 점철되었던 얼굴 위로 오래지 않아 단단하기 그지없는 가면이 덧씌워졌다.

"목숨을 걸어 날 지키러 온 게 아니라, 목숨을 걸어 보물을 얻어 내려 온 거겠죠."

"그게 중요한가요?"

빅토리아가 의아하다는 듯 고개를 모로 기울였다. 알렉이 선득한 헛웃음을 내뱉으며 고개를 절레절레 내저었다. 그리고 뒤돌아 성큼성큼 문가로 걸어 나갔다.

"전하."

문가에 엉거주춤 서 있던 찰리가 불안스러운 얼굴로 속삭였다.

"들어가 쉬어."

"하지만……."

"그러다 죽어요."

문가에 걸린 코트를 집어 들던 알렉이 흘끗 뒤를 돌아보았다. 빅토리아는 여전히 심중을 헤아릴 수 없는 얼굴로 팔짱을 끼고 서 있었다.

"남이야 죽든 말든, 신경 쓰지 마요."

쌀쌀맞게 건넨 말을 끝으로 알렉은 훌쩍 문턱을 넘었다. 어둡게 가라앉은 복도. 뚜벅거리는 그의 발소리가 점차 멀어져 갔다.

"뭐? 그런 분이시면 어쩌나 싶어? 그리 놀랍진 않아? 나 참, 어이가 없어서."

알렉은 코트 깃을 높게 세우며 한껏 투덜거렸다. 깜빡깜빡, 가로등 불빛이 불안하게 내리비추는 골목길에 아직도 분을 참지 못하겠다는 듯 씨근대는 목소리만 면면히 울려 퍼진다.

"그리고 목숨을 걸긴 무슨 목숨을 걸어. 비둘기 하는 말에 목숨을 걸 거면 혼자 걸든가, 왜 나까지 죄인으로 만들려고 그래. 다들 미쳤어, 아주."

아무도 없는 허공에 대고 쏘아붙이는 모습이 스스로 여기기에도 참으로 처량하지만, 그래도 털어 내고 나니 한결 마음이 편안해지는 느낌이다. 알렉은 그제야 후련하다는 얼굴로 숨을 길게 내쉬었다. 한겨울처럼 내쉬는 숨마다 모락모락 허연 김이 피어오르는 것은 아니지만, 몸을 달구던 분노가 가시기 무섭게 서늘한 새벽 추위가 살갗에 와 닿았다.

"아, 추워……."

몸을 부르르 떨며 어쩔 줄 몰라 한동안 제자리서 뜀박질하던 알렉이 냉큼 골목 저편으로 달리기 시작했다. 의외로 그는 사택 근처의 지리를 꿰뚫고 있었다. 사택의 드높은 담을 에워싸 동태를 살피는 기자들의 눈을 피해 자유를 만끽하려거든, 거미줄처럼 얽힌 골목골목을 머릿속에 확실히 그려 두는 노력쯤은 의당 필요했다.

선술집에서 따끈한 술이나 한잔할까.

빅토리아의 방해로 마시지 못한 술을 떠올리며 알렉은 저도 모르게 입맛을 다셨다. 그는 오킹엄 사교계에서도 손꼽히는 애주가. 비록 왕자가 국왕처럼 상종 못 할 개차반이 될까 저어하는 찰리의 노력으로 취할 때까지 마시는 일은 적었으나, 눈앞에서 놓친 술을 잊고 편안히 잠들 수 있는 인사는 아니었다.

목적지가 선술집 쪽으로 가닥이 잡히자, 물먹은 듯 무겁기만 하던 발걸음도 점차 가벼워졌다. 알렉은 저도 모르게 헤실헤실 웃으며 아무도 없는 골목길을 내달렸다. 어두운 거리에 혼자 남겨진 적이 드물기 때문일까, 꼭 왕자가 아닌 평범한 사람이 된 것만 같아 절로 기분이 좋아졌다. 뺨을 스치는 칼바람조차 달갑게만 느껴진다.

그런데 불현듯 발걸음이 느려지기 시작했다. 요란하게 돌길을 달리던 소리가 차츰 타닥거리며 잦아들었다. 어느덧 완전히 멈추어 선 알렉이 미간을 살짝 찌푸리고 정면을 응시했다.

자정을 넘긴 시각. 인적 드물어야 하는 골목길에 우락부락한 장정이 셋이나 담배를 태우고 있었다.

가로등 불빛 사이로 싸한 적막이 감돈다.

쪼그려 앉아 후우, 담배 연기를 길게 뿜어낸 남자 하나가 슬그머니 다리를 일으켜 세웠다. 맞은편에 등을 기대고 서 있던 남자는 반쯤 타들어간 담배를 미련 없이 떨구곤 신발로 불씨를 짓밟았다. 쿵, 사정없이 땅바닥을 때리는 소리가 제법 매섭다.

그리 하나둘 사내들은 한가로이 풀어졌던 자세를 바로 세웠다. 생김새는 제각각이지만, 이편을 노려보는 눈빛만은 하나같이 살벌하다. 금방이라도 피를 볼 수 있을 것처럼 살기가 번득이는 눈.

저를, 향하는 눈.

그걸 깨닫자마자 알렉은 본능적으로 뒤돌아 내달리기 시작했다. '잡아!' 하는 흔한 소리도 없지만, 등 뒤로 무섭게 따라붙는 발소리만은 너무나도 선명하다. 순간 등골을 스치는 오싹한 기운에 이 악물고 달릴 수밖에 없었다.

저놈들은 뭐지? 날 노리는 건가?

무수히 솟아나는 의문들을 짓씹으며 무작정 앞만 보며 달렸다. 몰아치는 찬 바람에 시린 눈을 차마 감지도 못하여 생리적인 눈물이 새 나왔다. 알렉은 벅찬 숨을 몰아쉬며 저 멀리 보이는 사택의 높다란 담장을 흘깃거렸다. 다행히도 그는 달리기에 자신 있었다. 속도를 붙여 달리기 시작한 그를 잡아내는 사람은 거의 없다.

그 순간, 눈앞으로 거대한 손바닥이 드리워졌다.

"악!"

삽시간에 뒷덜미를 채인 알렉이 숨 막히는 소리를 지르며 사지를 버둥거렸다. 느닷없이 허리가 아슬아슬하게 뒤로 꺾이며 반전된 시야에 히죽 웃는 사내의 얼굴이 들어온다. 벌겋게 충혈된 눈자위. 알렉의 눈이 크게 뜨였다.

이건 장난이 아니다.

그제야 상황의 심각성을 깨달은 알렉이 팔다리를 휘두르며 격렬하게 반항하기 시작했다. 하지만 키 큰 장정을 셋이나 당해 낼 수는 없다. 순식간에 목이 조이고, 사지가 붙들렸다. 비명을 내지르려 벌린 입마저 누군가의 손에 막혀 볼썽사나운 소리만 흘리고 말았다.

"읍! 읍!"

지금까지 스물세 해를 왕자로 살며 이런 경험은 없었다. 때로 그를 둘러싼 사람들이 가시 같은 말을 내뱉을지언정, 누구도 그에게 직접적인 상해를 입힌 적은 없다. 안온한 왕실의 울타리 안에서 그는 늘 안전했다.

그런데 이대로 붙잡힌다고?

누군지도 모르는 이 무뢰배들에게?

삽시간에 눈에서 불똥이 튀었다. 알렉은 제 입을 틀어막은 못돼 먹은 손을 악 물어 버렸다.

"젠장!"

누군가 화들짝 기겁하며 손을 뗐다. 알렉의 다리를 붙들었던 사내가 난데없는 욕설에 놀라 고개를 든다. 그와 눈이 마주치기 무섭게 알렉이 씩 입매를 비틀어 웃었다. 그러곤 사내의 손아귀에서 다리를 비틀어 빼내어, 온 힘을 다해 그의 고간을 노렸다.

"끄아아아악!"

외마디 비명 소리가 골목길에 쟁쟁하게 울려 퍼졌다. 어느새 알렉에게서 떨어진 사내는 고간을 붙든 채로 볼썽사납게 나뒹굴고 있다. 예상치 못한 반격에 놀란 다른 두 명이 기함하며 알렉의 양팔을 세게 붙들었다.

"이거 안 놔? 야!"

미친 듯이 반항하는 알렉의 사지를 힘겹게 옭아매며 사내들이 욕지거리를 내뱉었다.

"이거 왕자 맞아? 그냥 고삐 풀린 망아지잖아!"

"몰라, 일단 묶어!"

"새끼야, 그냥 한 대 쳐! 기절시키라고!"

바닥을 뒹굴며 끔찍한 고통에 신음하던 사내가 꽥 소리를 내질렀다.

"저 새끼, 내가 가만 안 둘 거야! 왕자면 다야? 어떻게 사내새끼가 같은 남자의……."

"조용히 좀 해! 들키면 끝장인 거 몰라?"

"그럼 저 새끼부터 좀 조용히 시키든가!"

그리 고성이 오가는 가운데, 아무도 모르게 또각거리는 발소리가 가까워지고 있었다. 상황이 워낙에 급박하여 아무도 알아차리지 못한 불청객. 그녀는 노란 가로등 불빛을 받아 길게 늘어지는 그림자로 난장판에 모습을 드러냈다. 사내들의 발치로 스멀스멀 드리워지는 검은 그림자가 유난히 음산하다.

"젠장……."

맨 처음으로 그녀의 존재를 알아챈 사내가 나지막한 욕설을 흘렸다. 너 나 할 것 없이 모두의 시선이 그녀를 향했다. 세 명의 사내들이 충격에 휩싸인 사이, 가장 뒤늦게 여자의 존재를 알아챈 알렉이 눈을 크게 부릅떴다. 연둣빛 눈동자 한가득 반가움이 떠오른다.

"빅토리아 경!"

오밤중 가장 찬연하게 빛나는 불빛 아래, 빅토리아가 느긋하게 짝다리를 짚고 서 있었다.

"또 뵙네요, 전하."

"마침 잘 왔어요! 나 좀 구해—"

"넌 뭐야!"

밧줄로 알렉의 손목을 꽁꽁 묶던 사내가 급히 그의 입을 틀어막으며 외쳤다. 두 장정에게 깔려 땅바닥에 강제로 엎어진 알렉이 숨 막히는 소리를 내며 사지를 버둥거렸으나, 매정한 빅토리아는 눈길도 주지 않는다.

"그저 지나가던 객이에요."

"지나가던? ……잠깐, 당신 설마 군인인가?"

주변을 에워싼 공기가 문득 팽팽하게 당겨졌다. 고통에 겨워 신음하던 사내도, 알렉을 깔고 앉아 사지를 붙들어 매던 이들도 빅토리아가 걸친 군복을 발견하곤 시퍼렇게 경악했다.

"음, 일단은 군인이긴 한데."

잠시 말을 끊어 낸 빅토리아가 영 마뜩잖은 듯이 미간을 찌푸린다.

"곧 때려치울 거예요."

"어쨌든 군인이란 거잖아!"

"그게 중요한가?"

"뭐라고? 뭐 저딴 게 다 있…… 악!"

또다시 손가락을 깨물린 사내가 기겁하여 알렉의 입가에서 손을 거두어들였다. 가까스로 목청을 되찾은 알렉이 고개를 뒤로 꺾어 몹시 간절하게 외쳤다.

"경! 나 좀 구해 달라니까요!"

"즐거워 보이시네요, 전하."

"대체 어디가 즐거워 보인다는, 아, 진짜! 이것 좀 놓으라니까!"

열이 머리 꼭대기까지 받친 알렉이 무작정 발을 휘둘렀으나 맞을 턱이 없다. 도리어 양다리마저 붙잡혀 꽁꽁 묶일 위기에 처하자, 안달복달하며 다시금 뒤를 돌아볼 수밖에 없었다.

"경!"

간곡하게 부르는 목소리에도 빅토리아는 여전히 심드렁한 얼굴이다. 사지가 붙들려 차츰 저항할 기력을 잃어 가는 왕자를 한가로이 지켜보는 그녀 가까이로 불현듯 고간을 붙든 사내가 느릿느릿 기어 왔다.

"……."

사내는 그 볼품없는 자세로도 무척이나 날카로운 눈빛을 보내왔다. 굳이 말로 하지 않더라도 충분히 위협적인 경고. 흘끗 그를 내려다본 빅토리아가 도로 정면을 바라보며 무미건조한 목소리를 냈다.

"걱정하지 마요. 퍼트릴 생각일랑 없으니까."

일순 알렉의 눈이 크게 뜨였다. 경악으로 가득한 그 눈을 똑똑히 응시하며 빅토리아는 또렷하게 말했다.

"남이야 죽든 말든, 신경이나 쓰이겠어요?"

젠장. 제기랄. 사내들의 거친 손길에 입이 틀어막히면서도 알렉은 속으로 수십 가지 욕설을 퍼부었다. 사람이 죽어 나가게 생겼는데도 손 하나 까딱하지 않는 저 마녀를 향해. 또한 불과 몇십 분 전 그녀에게 쓸데없는 말을 늘어놓은 자신을 향해서.

"저 여자, 잘 주시하고 있어."

거친 천으로 알렉의 입을 동여맨 사내가 동료에게 넌지시 일렀다. 막 밧줄로 알렉의 발목을 묶은 사내가 고개를 끄덕이며 슬며시 자리에서 일어난다. 그는 바닥에 엎어진 왕자의 발치에 서서 삼엄하게 빅토리아를 경계하기 시작했다.

마지막으로 알렉의 손목까지 동여맨 사내가 품속에서 검은 천을 꺼냈다. 일종의 봉투로 보이는 그것은 한눈에도 어떤 용도인지 알 만했다. 알렉은 마구 도리질하며 사내의 손길을 피하려 안간힘을 썼지만, 무지막지한 힘에는 당해 낼 도리가 없었다. 그대로 검은 천을 뒤집어쓸 위기에 처한 알렉이 애타게 눈을 굴려 빅토리아를 보았다. 이렇게 무력하게 끌려갈 수는 없다. 죽더라도 제 뜻대로 설치다가 죽고 싶은 것이 솔직한 심정이었다.

그때, 입을 단단히 틀어막던 천이 슬그머니 풀어지는 것이 느껴졌다. 알렉은 영문도 모르고 고개를 흔들어 천을 턱 아래로 빼내었다. 그리고 무턱대고 소리를 내지른다.

"할게요! 보물이든 뭐든 가져올 테니까!"

그 순간, 가로등 아래 오도카니 서 있던 빅토리아가 아지랑이처럼 사라졌다.

알렉의 발치에 서서 그녀를 경계하던 사내가 눈을 휘둥그레 떴다. 텅 비어 버린 골목. 갑자기 눈앞에서 구불거리는 은빛 머리칼이 흩날린다. 저 멀찍이 서 있던 빅토리아가 어느새 그의 코앞에서 가볍게 무릎을 굽히고 서 있었다.

"젠장……."

사내가 입술을 짓씹기 무섭게, 빅토리아가 잽싸게 다리를 휘둘렀다. 예기치 못하게 정강이를 후려 맞은 사내가 짧은 비명을 흘렸다. 비틀거리며 앞으로 기울어지는 사내의 얼굴 앞으로 순간 하얀 손바닥이 엄습한다.

"으아악!"

빅토리아의 손아귀에 안면이 잡힌 사내가 기나긴 비명을 내질렀다. 알렉은 가쁜 숨을 몰아쉬며 도무지 믿을 수 없는 장면을 목도했다. 빅토리아의 가느다란 손가락 사이로 하얀 연기가 피어오르고 있었다. 뒤이어 맥없이 정신을 잃고 쓰러지는 사내의 얼굴. 붉은 기가 얼룩덜룩 묻은 가운데 마치 서리라도 앉은 것처럼 새하얀 얼음 결정이 내려앉아 있다.

스산한 어둠 속에서 빅토리아가 느리게 고개를 돌렸다. 아스라한 눈길이 이번에는 알렉의 등을 깔고 앉아 있는 사내에게로 향한다.

"마, 마녀……!"

믿을 수 없는 광경을 멀거니 지켜보던 사내가 뒤늦게 엉거주춤 자리에서 일어났다. 덜덜 떨리는 손으로 바지 뒤춤에 꽂힌 권총을 뽑으려던 찰나, 순식간에 빅토리아가 그의 품을 파고들었다. 동시에 권총에 닿지도 못한 손이 차디찬 마녀의 손에 덥석 붙잡힌다.

"아, 아아! 안 돼! 아악!"

가까스로 빅토리아의 손을 뿌리친 사내가 몇 걸음 물러서지도 못하고

스르르 주저앉았다. 삽시간에 얼어붙은 손을 담아내는 눈이 주체할 수 없이 떨린다. 그는 더 이상 비명도 내지르지 못하고 그대로 흰 거품을 토하며 졸도했다.

탕!

그때, 별안간 커다란 총성이 골목을 울렸다. 빅토리아는 지체 없이 팔을 들어 올렸다. 수직으로 세운 손바닥 앞으로 둥근 마법진이 떠오르더니, 푸르게 빛나는 곡선이 원 안을 빼곡하게 채워 나가기 시작했다.

"죽어!"

금방까지 바닥에서 나뒹굴던 사내가 한 손으론 고간을 붙들고, 다른 한 손으론 권총을 마구 난사했다. 탕탕! 그러나 무성하게 울리는 총성은 마법진을 넘지 못했다. 푸르게 넘실대는 마법진에 부딪쳐 즉각 반사된 총알들이 벽과 바닥으로 마구 튀었다.

총알은 금세 바닥났다. 빅토리아는 그제야 마법진을 거두고 비딱하게 그와 마주 섰다. 사내의 손안에서 몇 번 방아쇠가 헛돌던 권총이 돌연 두둥실 허공으로 떠오르기 시작했다.

"제기랄……."

어느새 제 신장을 넘어서는 권총을 망연자실 지켜보며 사내가 나지막한 욕설을 흘린다. 때마침 빅토리아가 탁, 손가락을 튕기자, 얌전히 허공으로 떠올랐던 권총이 사내의 뒤통수를 세게 후려쳤다. 흰자를 보이며 사내의 몸이 앞으로 기우뚱 기울더니, 쿵 소리와 함께 쓰러졌다.

싸한 정적이 내려앉았다.

가까스로 윗몸을 일으켜 앉은 알렉은 입술을 벌린 채로 멍하니 빅토리아를 바라보았다. 몇 발짝 떨어진 곳에 우뚝 서 있는 그녀에게로 권총이 스르르 날아온다. 마침내 권총을 거머쥔 빅토리아가 총기를 이리저리 돌려 보며 살포시 미간을 찌푸렸다.

"언제 봐도 야만적인 무기야."

그러곤 쓰레기를 버리듯, 어깨 너머로 권총을 휙 내던진다. 그 몸짓

하나하나 눈에 담아내던 알렉이 불현듯 어깨를 떨었다. 모로 틀어 섰던 빅토리아가 어느새 그를 향해 돌아서 있다. 이쪽으로 전해지는 가로등 불빛을 막아서서 거멓게 역광 지는 호리호리한 몸이 또각또각 조금씩 가까워진다. 동시에 알렉의 가슴도 엇박자로 튀기 시작했다.

규칙적으로 바닥을 내딛는 무거운 군화. 눈부신 불빛이 사이사이로 뿜어져 나오는 가느다란 몸의 윤곽. 그리고 걸을 때마다 살랑거리며 흐트러지는 은빛 머리칼.

그리 지척으로 다가온 빅토리아는 어느덧 알렉의 발치에 한쪽 무릎을 굽히고 앉았다. 그리고 아직 바닥에 주저앉아 있는 그에게로 천천히 손을 내민다.

"괜찮아요, 전하?"

눈앞으로 손이 내밀어진 줄도 모르고 알렉은 하염없이 그녀를 응시했다. 어두운 역광이 드리워진 갸름한 얼굴에서 벽안이 아스라한 빛을 발하였다. 마치 밤하늘을 밝히는 별처럼, 찬란하게.

그 순간, 눈앞에서 아른거리던 하얀 손이 불쑥 가까워졌다. 살며시 뺨에 와 닿는 손끝에 알렉은 마치 불길에 덴 것처럼 소스라쳤다. 그러나 한 치도 물러날 수 없다. 사지를 옭아매는 시선이 점점 다가온다. 유별나게 하얀 뺨도, 구불거리는 은빛 머리칼도, 곧게 마주쳐 오는 맑은 벽안도 어느새 목전이었다.

알렉은 긴장으로 온몸을 잔뜩 굳히곤 침을 꿀꺽 삼켰다. 목울대 넘어가는 소리조차 우레처럼 들릴 만치 아주 고요한 사위. 내내 무표정하던 빅토리아의 얼굴은 어째서인지 조금 풀려 있었다. 넋을 놓은 듯하면서도 무척이나 놀란 것처럼 기묘하던 얼굴에 서서히 어렴풋한 미소가 번져 간다. 그저 반듯하기만 하던 벽안이 마법처럼 스르르 휘어졌다.

"이제 보니, 전하."

"……."

"눈이 참 예쁘네요."

숨결이 맞닿을 정도로 가까운 곳에서 빅토리아가 화사하게 웃어 보였다. 귀한 공예품을 어루만지는 것처럼 아주 조심스러운 손길로. 혹은 무언가에 홀린 것처럼 아득해진 목소리로.

'눈이 참 예쁘네요.'

거대한 파도처럼 덮쳐 오는 목소리에 알렉은 화들짝 눈을 떴다. 동시에 눈가로 드리워지는 밝은 햇살. 얼굴을 잔뜩 찌푸리며 가까스로 볕을 피해 일어난 알렉이 멍한 얼굴로 허공을 응시했다.

'눈이 참 예쁘네요.'

귓전을 맴돌던 낭랑한 목소리는 어느새 자취도 없이 사라져 버렸다. 간밤에 꿈이라도 꾸었나 싶어 어렴풋한 기억을 되살려 보지만, 좀처럼 선명하게 떠오르는 장면이 없다. 오래지 않아 포기한 알렉이 길게 하품하며 양팔을 쭉 뻗었다. 신음 섞인 목소리가 잇새로 흘러나오기 무섭게, 그다지 멀지 않은 곳에서 대답이 들려온다.

"이제 일어나셨군요."

"으악!"

심장이 튀어나올 만치 기겁한 알렉이 황급히 침대 모서리로 기어갔다가, 슬며시 고개를 돌렸다. 아니나 다를까, 햇살 아래 모습을 드러낸 사람은 그의 충성스러운 보좌관, 찰리 스튜어트다.

"찰리?"

알렉은 멍하니 그를 올려다보았다. 추레한 차림의 왕자와 달리, 머리부터 발끝까지 완벽하게 차려입은 찰리가 짐짓 엄격한 얼굴로 팔짱을 꼈다.

"이런 먼지 소굴에서 잘도 주무시더군요."

"먼지 소굴……?"

가만히 눈을 깜박이던 알렉이 뒤늦게 주변을 두리번거렸다. 눈에 선 벽지와 가구들. 뭣보다 발자국이 그대로 남을 정도로 수북하게 쌓인 먼지는 그의 사택에선 도저히 있을 수 없는 일이다. 그야 매일같이 덮는 이불 무늬도 기억하지 못할 정도로 무심한 사람이라지만, 유별나게 깔끔을 떠는 찰리가 있었기 때문이다.

"여긴……."

아무리 보아도 낯선 방 안의 풍경을 살펴보던 알렉은 그제야 간밤의 기억을 하나둘 떠올릴 수 있었다. 정확히는 빅토리아 알피어스가 장정 셋을 손쉽게 정리한 이후를.

'이렇게 전하를 혼자서 보내다니, 왕실의 근위대도 영 믿을 게 못 되네요.'

알렉의 팔다리를 꽁꽁 묶었던 밧줄을 간단한 손짓으로 풀어낸 빅토리아는 그리 단순하게 상황을 정리했다.

'일단 내 집으로 가요.'

'네?'

'전하의 집은 마법 회로가 너무 부실해서 위험해요. 그런 집에서 머무는 건 순순히 내 목을 가져가시오, 하는 거랑 다를 바 없다고요.'

빅토리아는 그리 말하며 아직 상황을 제대로 파악하지 못해 어리둥절한 알렉의 손을 덥석 붙잡았다. 머릿속으로 물음표가 수없이 몰아치던 알렉은 그 순간 어지럽던 생각이 희게 만개하는 느낌을 받았다. 바닥을 나뒹굴던 세 명의 괴한은 온데간데없이 사라지고, 어두운 새벽 거리에 오직 빅토리아만 남은 듯했다.

물밀듯 밀려드는 기억은 당시의 기분마저도 생생하게 되살렸다. 이유 모르게 높아져 가는 고동 소리에 알렉은 몹시 당혹스러웠다. 사방이 칠흑같이 어두운 가운데 혼자서 오롯이 밝은 가로등 불빛을 받아 내던 마녀의 모습. 떠올리는 것만으로도 어쩐지 귓불이 달아오르는 기분이다.

"……하. 왕자 전하!"

갑자기 찰리의 목소리가 귓전으로 돌진한다. 알렉은 퍼뜩 상념에서 깨어났다.

"어, 어?"

"어디 좋지 않으십니까? 의사를 부를까요?"

"아니, 아냐. 괜찮아."

눈을 가느스름하게 뜨고 알렉의 곳곳을 살펴보던 찰리는 이내 의심을 거두었다.

"좌우지간 미리 언질이라도 주지 않으시고요. 새벽이 되도록 돌아오지 않으시기에 한숨도 못 자고 거리를 쏘다녔잖습니까. 중간에 빅토리아 경이 나타나 사정을 설명해 주지 않았더라면, 지금쯤 전하의 실종 소식이 신문에 대서특필되었을 겁니다."

"아……. 미안."

"그리 잠이 덜 깨신 얼굴로 사과하셔도 하나도 기쁘지 않아요."

평소 충성스럽기 그지없던 찰리가 드물게도 매몰차게 대꾸했다.

"앞으로는 당분간 빅토리아 경의 보호를 받으신다고요."

"누군가 날 노리고 있다는 게 확실해졌으니까."

정체 모를 괴한들에게 끌려갈 뻔했던 기억을 떠올리며 알렉이 부르르 몸서리쳤다. 뭐에 홀렸는지, 빅토리아를 따라 낯선 집에 들어 먼지투성이 침대에 누웠을 때는 아무런 근심도 없이 잘만 곯아떨어졌는데, 맑은 정신을 되찾고 보니 참으로 위험한 상황이었음이 실감 났다. 짐작건대 스물세 해를 살아오며 가장 위험했던 순간이 바로 어젯밤이었으리라.

"그래도 미리 상의하지 않으시고, 이런 중요한 결정을 내리시면 어떡합니까. 빅토리아 경이 어떤 사람인지 제대로 알기나 하세요?"

찰리의 예리한 핀잔에 알렉은 침대에 걸터앉은 채로 멍하니 눈만 끔벅였다.

"음, 날 구해 준 사람?"

"그것 말고는 모르시잖습니까."

"그게 중요한 거 아냐?"

"전하……."

찰리는 땅이 꺼져라 한숨을 내쉬었다. 일평생 왕실의 보호 아래 살아온 왕자답게, 알렉은 매사 영악하게 굴면서도 간혹 실소가 나올 정도로 순진한 면모를 보였다. 버릇처럼 사람들과 일정한 거리를 유지하면서, 이렇듯 어처구니없이 낯선 사람에게 마음을 주는 것만 보아도 그러하다.

"막말로 빅토리아 경이 흑막이면 어쩌시려고요."

"흑막이라니?"

"실은 어젯밤 전하를 습격했다던 그 괴한들을 빅토리아 경이 고용한 거죠. 그리고 전하께서 위험에 처하신 그때, 빅토리아 경이 백마 탄 왕자님처럼 나타나서……. 아, 물론 왕자님은 전하시지만. 어쨌거나 때맞춰 나타난 빅토리아 경이 순진한 전하의 신뢰를 사는 겁니다."

"찰리. 너 소설 써도 되겠다."

도무지 진지함이라곤 보이지 않는 대답에 찰리가 눈을 부라렸다. 그러거나 말거나, 알렉은 가벼운 웃음을 터트리며 절레절레 손을 내저었다.

"네가 몰라서 그래. 그럴 상황이 아니었어."

"저도 빅토리아 경에게 대략적인 상황은 전해 들었습니다."

"뭐……. 그 마녀가 너한테 어떻게 설명했는지는 대강 짐작이 간다만."

알렉은 느릿느릿 손을 뻗어 찰리의 팔에 걸려 있던 가운을 빼어 들었다. 그러곤 맨몸에 바로 가운을 걸치며 느긋이 하품한다.

"여하간 지금 가장 믿음직한 사람은 빅토리아 경이야."
"어째서요?"
"외부인이니까."
알렉이 어깨를 들썩거리며 마른기침을 내뱉자, 기다렸다는 듯 찰리가 물을 건네주었다.
"왕실 근위대나 경찰청에는 알리지 않을 생각이십니까?"
"아마도?"
"……혹 짐작 가는 배후라도 있으세요?"
찰리의 얼굴에 점점 어두운 그림자가 드리워졌다. 그의 축 처지는 어깨를 발견한 알렉이 짐짓 목소리를 높이며 오랜 벗의 어깨를 가볍게 두드렸다.
"그냥 조심하자는 거지. 누군가 날 노리고 있다는 것도 어제 알았는데, 내가 누굴 짐작하겠어."
찰리가 시무룩한 얼굴로 고개를 끄덕였다. 여전히 근심을 지우지 못하는 기색이지만, 다행히 아까보단 한결 가벼워진 표정이다. 알렉은 그에 만족하며 양손을 들어 올렸다.
"그래서?"
"네?"
"네가 빈손으로 왔을 리 없잖아. 뭔가 간단하게라도 조사해 온 거 아냐?"
"아, 그게……."
찰리가 슬며시 알렉의 눈치를 살폈다.
"전하를 습격했다던 괴한들은 빅토리아 경이 어디론가 데려가 버렸고, 전 도저히 어디부터 조사해야 할지 모르겠어서……."
"오. 웬일로 네가 빈손이네."
"아예 빈손은 아니고, 대신 빅토리아 경에 대해서 좀 알아봤습니다."
찰리의 눈이 날카롭게 빛났다. 알렉이 실실 웃으며 벌러덩 베개에 몸을 기대었다.

"잘됐네. 나도 궁금했는데."

"제 말을 들으시거든 더 궁금해지실 겁니다."

"뜸 들이지 말고 얼른 말해 봐."

찰리가 몹시 진지한 얼굴로 한 걸음 가까이 다가왔다. 그리고 눈을 굴리며 혹시라도 있을 도청 장치라도 찾는 듯싶더니, 개미만 한 목소리로 속살거리기 시작한다.

"본명은 빅토리아 알피어스. 자일스, 베가와 더불어 잉그람 3대 마법 가문으로 뽑히는 〈공정한 알피어스〉의 직계입니다."

"직계라면?"

"현 알피어스의 수장인 수리 알피어스의 조카랍니다."

흠, 알렉이 얕은 콧숨을 내쉬며 고개를 끄덕였다.

"그리고 전하께서도 잘 아실 테지만, 수리 알피어스의 다섯 형제 중에 휴고 알피어스란 마법사가 있지요."

"겨울의 마법사?"

"예. 펜잔스 참극에서도 활약했다는 그 성질머리 더러운 마법사 말입니다."

어릴 적부터 물리도록 들어 왔던 이름에 알렉은 조금 떨떠름한 표정을 지었다.

휴고 알피어스. 일명 겨울의 마법사.

가문의 수장인 수리 알피어스의 오라비로, 알피어스 가문의 가장 대표적인 마법사로 알려진 그는 이미 수십 년 전 대중의 뇌리에 깊게 각인된 마법사다. 국왕의 친서를 불쏘시개로 썼다는 일화나, 공들여 키우던 애완 악어의 죽음을 기려 사흘 밤낮으로 거행한 장례식 같은 믿기지 않는 일화로도 유명했지만, 기실 휴고 알피어스의 이름을 널리 알린 계기는 따로 있었다.

바로 겨울을 불러오는 마법사라는 것.

알피어스 가문은 수천 년 전의 위대한 선조, 이즈리얼 알피어스 이후로 종종 겨울을 불러오는 마녀·마법사를 배출하곤 했다. 보통은 한 세대에 한 명꼴이지만, 100년이 지나도록 나타나지 않는 경우도 허다하다. 그런 상황에서 휴고 알피어스는 무려 130년 만에 태어난 이즈리얼 알피어스의 진정한 후예였다.

한여름의 백색전당에 겨울을 불러온 자. 그리고 여름에 가까운 늦봄, 펜잔스의 밤하늘에서 일찍이 잠들었던 겨울의 별 발디비아를 깨워 낸 자.

가히 기적처럼 여겨지는 일을 둘씩이나 행한 마법사는 은둔한 지 수십 년이 넘어가는 지금까지도 고고한 명성을 떨치고 있었다. 잊을 만하면 간간이 더해지는 괴팍한 일화들은 그의 신비로움을 부추길지언정, 이미 드높은 그의 명성에는 아무런 흠집도 내지 못하였다.

"그 작자가 왜?"

그러나 옥슬리 남작으로부터 알피어스, 개중에서도 휴고 알피어스에 대한 악담을 질리도록 들어 왔던 알렉은 그의 이름을 언급하는 것조차 내키지 않는 기색이다. 그의 마음을 십분 이해한다는 듯 찰리가 눈을 낮게 내리깔았다.

"빅토리아 경이 그 작자의 후계자랍니다."

"뭐?"

"겨울을 불러온다고요."

생각지도 못한 소리에 알렉은 순간 말문을 잃었다. 작게 헛기침한 찰리가 차분하게 설명을 이어 갔다.

"빅토리아 알피어스. 일명 혹한의 마녀. 숙부인 휴고 알피어스와 마찬가지로 겨울을 불러오는 마녀로 알려졌지만, 여러 차례 자신의 능력을 증명했던 휴고 알피어스와는 달리 실제로 다른 이들 앞에서 자신의 능력을 선보인 적은 없습니다. 그러나 책상물림이라 허약하기 그지없는 다른 마녀들과 달리 유독 전투에 특출한 모습을 보여 주어, 약 2년 전 국왕 전하의 명으로 투텔 지방에 파견되어 수많은 군공을 세웠다고 합니다."

"……."

"그리고 이것이 제가 알아낼 수 있는 전부입니다."

입술을 매만지며 가만히 찰리의 설명을 경청하던 알렉이 슬쩍 눈썹을 찌푸린다.

"그게 무슨 소리야?"

"말씀드린 그대로입니다. 빅토리아 경은 수리 알피어스의 조카로 알려졌지만 그렇다면 부모는 누구인지, 마법 연구에 집중하는 마녀들의 특성상 전투에 능할 리 없음에도 어째서 유별나게 살상에 능한 것인지, 왜 휴고 알피어스처럼 백색전당에서 자신의 귀한 능력을 펼치지 않는지, 또한 열 살 이전의 행적이 전무한 이유는 무엇인지. 어느 하나 확실하지가 않습니다."

어느새 찰리는 창백하게 질린 얼굴이었다. 그는 입술을 짓씹으며 말을 고르다가 간신히 목소리를 냈다.

"솔직한 심정으로 전 빅토리아 경을 완전히 믿을 수 없습니다. 그녀는 베일에 감추어진 존재예요. 아무리 마법 사회가 폐쇄적이라곤 하지만, 이렇게까지 알려진 것이 드문 인물을 전 지금까지 본 적이 없습니다."

찰리는 드물게 떨리는 눈으로 알렉을 바라보았다.

"그럼에도 믿으십니까?"

"응."

"감히 이유를 물어도 되겠습니까."

물끄러미 천장을 올려다보며 잠시 생각에 잠겼던 알렉이 느릿하게 고개를 내렸다.

"빅토리아 경을 믿는 게 아냐. 그녀가 내게 원하는 걸 믿는 거지."

그러고는 슬쩍 찰리를 향해 장난기 어린 미소를 지어 보인다.

"그 마녀는 내게 바라는 것이 아주 확실하거든."

알렉이 느지막이 옷을 갖춰 입고 방을 나왔을 때는 이미 정오를 훌쩍 넘긴 오후였다. 이런 더러운 먼지 소굴에서 전하를 지내게 할 수는 없다며 청소 의욕을 불태우던 찰리는 진작 나가떨어진 지 오래였다. 청소 도구를 찾겠다며 지하실로 내려갔다가, 다리 여러 개 달린 벌레들에게 둘러싸이는 악몽 같은 상황을 겪고 거의 혼절할 지경에 이르렀던 것이다.

"전하. 제가 보기엔 이 집이야말로 가장 위험한 장소입니다. 여기서 하룻밤만 더 지새우시다간 몹쓸 병에 걸려 비명횡사하실 거라고요!"

"그건 너무 과장이잖아."

계단을 내려오며 집 안 전경을 쓱 훑어본 알렉이 여상하게 대꾸했다. 어젯밤은 어두워서 눈에 잘 들어오지 않았는데, 이제 보니 평범한 가정집의 모습이다. 물론 알렉이 아는 가정집이래 봤자 언젠가 방문했던 유모와 찰리의 집뿐이니, 그곳과 크게 다르지 않다는 뜻이다.

"옛날 너희 집도 이랬던 것 같아."

"말도 안 됩니다. 저희 집은 먼지 한 톨 쌓이지 않았어요."

"그러니까 그것만 빼면."

슬쩍 근처의 탁자를 쓸어 본 알렉이 손끝에 달라붙은 먼지를 후, 불었다. 옆에서 찰리가 진저리를 치거나 말거나 호기심 어린 눈으로 집 안 곳곳을 살펴보는데, 문득 어디선가 끼익 문 열리는 소리가 들린다. 자연스레 둘의 시선이 등 뒤로 돌아갔다.

"아……."

알렉은 저도 모르게 깊은 탄성을 흘렸다. 복도 끄트머리에서 방문을 열고 나온 사람은 다름 아닌 빅토리아였다. 단출한 셔츠와 바지 차림으로, 숱을 주체할 수 없어 질끈 올려 묶은 은발이 허리께로 쏟아져 내린다. 길게 하품하며 눈을 비비던 빅토리아가 인기척에 고개를 돌렸다.

"어, 전하랑……."

졸음기 가득한 빅토리아의 눈길이 찰리에게 머물렀다.
"누구였죠?"
"찰리 스튜어트입니다. 이름 좀 기억하시죠?"
"맞다, 스튜어트 씨."
빅토리아가 고양이처럼 팔을 쭉 뻗어 기지개를 폈다.
"다들 일찍 일어났네요."
"덕분에요."
"일찍은 무슨. 지금이 몇 시인지는 아십니까, 네?"
"내 집이다, 생각하고 편하게들 지내요."
"이런 먼지 소굴에서 어떻게 편하게 지내란 말입니까! 손님을 모실 거면 청소부터 하셔야죠! 이런 데서 지내다간 제명에 못 죽겠습니다!"
찰리가 괜한 시비를 거는데도, 빅토리아는 귀찮아 죽겠다는 얼굴로 귀를 후비적거릴 뿐이다. 그런 행동에 더욱 열받은 찰리가 목소리를 높이려던 찰나, 빅토리아가 몹시 성가시다는 듯 알렉을 향해 호소했다.
"전하, 이 사람 꼭 여기 있어야 돼요?"
"네, 네?"
"너무 시끄러운데. 하는 짓이 꼭 막시랑 똑같잖……."
알렉은 절 마주하는 빅토리아의 얼굴을 멍하니 바라보았다. 분명 자다 막 일어난 얼굴인데도 눈에 걸리는 구석 하나 없이 맑기만 하다. 저 얼굴로 내게 손을 내밀고, 내 뺨을 만지고……. 뒤이어 떠오르는 꿈결 같은 목소리에 얼굴이 화끈 달아올랐다. 갑작스러운 열기에 어쩔 줄을 몰라 당황한 사이, 어째선지 반대로 빅토리아의 표정은 점차 싸늘하게 식고 있었다.
직후, 빅토리아가 땅을 세게 박찼다.
알렉이 본 것은 순식간에 제게로 근접하는 빅토리아의 어렴풋한 윤곽이다. 본능적으로 뒷걸음질하려는데, 무언가 그의 어깨를 탁 치고 지나갔다. 그것이 빅토리아의 발이었음을 깨달은 것은 수초 후다.

"전하!"

눈을 휘둥그레 뜨고 다가오는 찰리를 손짓으로 막으며, 알렉은 멀거니 뒤를 돌아보았다. 그의 어깨를 발판 삼아 뛰어오른 빅토리아는 이제 로비 샹들리에에 한 손으로 대롱대롱 매달려 있었다. 나머지 손으로는 샹들리에 뒤쪽을 마구 헤집는 통에 샹들리에가 불안정하게 흔들거리기 시작했다.

"너 이리 안 나와!"

저기 누가 있나. 알렉은 눈을 가느다랗게 뜨고 샹들리에 부근을 신중히 살펴보았다. 그러자 하얀 솜털 같은 무언가 언뜻 시야를 스친다.

"막시!"

빅토리아의 노성이 떨어지기 무섭게 비둘기 한 마리가 파드득 샹들리에에서 날아올랐다. 벽에서 벽으로 옮겨 다니는 막시무스를 따라 빅토리아도 탁자에서 소파, 소파에서 장식장을 마구 뛰어다녔다. 비둘기 한 마리 잡겠다고 집안 살림 거덜 내는 마녀를 알렉과 찰리는 얼빠지게 지켜볼 따름이다.

"이리 오라고!"

"아가씨가 저라면 가겠습니까!"

"왜 도망치는 건데!"

"그러는 아가씨는 왜 절 쫓아오시는데요!"

그리 쫓고 쫓기는 실랑이가 계속되다가, 가까스로 빅토리아의 손길을 피한 막시무스가 다급히 창가로 돌진했다. 조금만, 조금만 더. 자유가 눈앞에 다가온 순간, 돌연 창문이 쾅 닫혔다. 미처 날갯짓을 멈추지 못한 막시무스는 그대로 유리창에 머리를 박았다.

반쯤 졸도하여 스르르 내려앉는 막시무스를 들어 올린 사람은 역시나 빅토리아다. 기세등등하게 막시무스의 목을 틀어쥔 빅토리아가 사납게 으르렁대며 물었다.

"너, 설마 고모한테 다녀온 건 아니지?"

"아이고, 막시무스 죽네! 막시무스 죽어!"

"진짜 죽고 싶어서 그래?"

고래고래 앓는 소리를 내지르던 막시무스가 얌전히 부리를 다물었다. 오래도록 빅토리아를 모셔 온 그는 저 마녀가 농담이라곤 전혀 할 줄 모르는 인사임을 잘 알았다. 그녀의 손아귀에 잡힌 이상, 자칫 심기를 그르쳤다간 끓는 물에 풍덩 빠져 비둘기찜이 될지도 몰랐다.

"막시, 대답."

"제가 주인님께 갔다가 이번엔 또 무슨 봉변을 당할 줄 알고 거길 가겠습니까!"

"봉변?"

빅토리아가 고개를 갸웃 기울였다. 삽시간에 억울함이 차오른 막시무스가 마구 뻗대기 시작했다.

"아이고, 주인님! 제가 이러고 삽니다! 너무 억울해서 눈물이 앞을 가려요!"

"진짜 봉변당하게 해 줄까?"

"봉변은 이미 당할 만큼 당했습니다! 이참에 한번 여쭤보지요. 아가씨, 대체 저한테 걸어 두신 마법이 몇 갭니까? 도대체 아가씨 성함도 밝히지 못하게 입을 막아 두신 건 무슨 연유예요!"

"그게 무슨 소리야. 내가 네 입을 왜 막아."

빅토리아가 슬며시 미간을 찌푸렸다. 도리어 의아하다는 반응에 막시무스의 혈압만 높아졌다.

"제가, 이 막시무스가 아가씨의 성함도 말을 못 해서 저기 왕자 전하 보시는 앞에서 얼마나 망신을 당했는지 아십니까? 아가씨의 성함이 읍! 읍!"

"……너 뭐 해?"

"읍!"

막시무스가 눈을 부릅뜨고 숨 막히는 소리를 냈다. 그러자 물끄러미 비둘기를 응시하던 빅토리아가 살며시 다른 손을 들어 탁, 손가락을 튕긴다.

"—용 저리 가라 할 정도로 포악하기 짝이 없는 빅토리아 알피어스라고 말도 못 하고!"

싸늘한 침묵이 내려앉았다.

자신이 내뱉은 말을 뒤늦게 깨달은 막시무스가 삐걱거리는 목을 간신히 돌렸다. 빅토리아의 어깨 너머, 얼굴을 감싸 쥐는 알렉의 모습이 보인다.

"흠."

여전히 속을 알 수 없는 얼굴로 지그시 막시무스를 응시하던 빅토리아가 갑자기 몸을 돌렸다. 막시무스가 불안한 기색으로 제 몸통을 거머쥔 그녀의 손등 위에 살며시 날개를 올려 보았지만, 복도를 가로지르는 발걸음에는 조금의 망설임도 없다.

빅토리아는 단숨에 문을 열고 방으로 들어갔다. 우당탕 무언가 떨어지는 소리, 좀체 알아들을 수 없는 막시무스의 비명 소리, 조곤조곤한 빅토리아의 목소리가 뒤섞여 한참을 시끄럽게 하더니 곧 정적이 밀려든다.

그리 조용한 사위로 끼익, 문 열리는 소리가 침입했다. 마치 아무 일도 없었다는 듯 빅토리아가 사뿐사뿐 복도로 걸어 나왔다.

"자, 우리 어디까지 얘기했죠?"

그 후련한 얼굴을 보며 알렉은 가만히 생각했다.

그래. 내가 저런 여자에게 반했을 리 없지.

세 사람은 일단 식사를 하기로 했다. 먼지가 모래처럼 쌓인 식당의 정경을 찰리가 보기 전까지진.

"절대! 절대 안 돼요! 이런 곳에서 전하를 식사하시게 할 수는 없습니다!"

"난 괜찮은데……."

"제가 안 돼요!"

찰리는 거의 눈물을 떨굴 기세였다. 알렉이 난처한 기색으로 빅토리아를 힐끔거리자, 그때껏 상황을 관망하던 빅토리아가 조용히 한숨을 내쉬었다.

그리고 신기한 일이 벌어졌다.

"어……?"

알렉의 발치에서 눈물로 읍소하던 찰리가 믿기지 않는다는 듯 눈을 크게 떴다. 빗자루와 쓰레받기, 그리고 걸레들이 저절로 청소를 시작한 것이다.

"이러면 됐죠?"

느긋이 식당을 가로질러 상석에 앉은 빅토리아가 보란 듯이 다리를 꼬았다.

"난 요리 못하니까 식사는 그쪽에서 준비해요. 참, 나는 스테이크랑 포도 주스로."

식사는 그렇게 시작되었다.

손에 물 한번 안 묻혀 본 알렉이나 주방에 한 발짝 들어갔다가 기함하며 뛰쳐나온 찰리가 요리할 수는 없으므로, 자연스레 메뉴는 찰리가 밖에서 사 온 요리가 되었다. 평소 호기심이 많은 알렉은 거리에서 파는 즉석요리도 잘 먹었는데, 다행히도 입맛이 까다롭지 않기는 빅토리아도 마찬가지인 듯했다.

그리고 식사가 끝나 갈 무렵에야 이야기는 본격적으로 재개되었다.

"그 남자들 말이에요, 전하를 습격했던."

별로 기억하고 싶지 않은 이들이 언급되자 자연스레 알렉의 얼굴에 떨떠름한 빛이 떠올랐다. 물론 타인에게 무관심한 마녀답게, 빅토리아는 그런 불편한 기색은 조금도 개의치 않았다.

"새벽에 잠깐 심문을 해 봤는데, 배후를 밝히긴 영 그른 것 같아서요."

"왜요?"

"혀가 굳어지던데요."

도무지 이해할 수 없는 답변에 알렉과 찰리는 서로를 마주 보며 의아한 눈빛을 주고받았다. 다행히 두 사람의 의문을 곧 알아챈 빅토리아가 미간을 살짝 찌푸린 채로 포크를 빙빙 돌리며 어렵게 말을 골랐다.

"음, 혓바닥에 금제가 걸렸다고 해야 하나?"

"그 사람들이 마법에라도 걸렸다는 거예요?"

"정확히 말하자면 '배후를 말할 수 없는 마법' 이겠죠."

삽시간에 입맛이 달아나는 말이다. 아무리 마녀들이 인간의 의뢰를 받아 생계를 꾸려 나가는 시대라 한들, 일정 수준 이상의 마녀를 고용할 수 있는 인간은 몹시 드물다. 그만한 마녀를 고용하기 위해선 거금이 필요하기 때문이다.

"마법을 걸 수 있다는 건, 마법을 풀 수도 있다는 거잖아요. 시도라도 해 봐요."

"맞습니다. 다른 분도 아니고 빅토리아 경이라면 하실 수 있을 거예요."

알렉과 찰리, 특히 찰리의 눈이 기대감으로 반짝반짝 빛났다. 한여름에 겨울도 불러온다는 이즈리얼 알피어스의 진정한 후예가 고작 혓바닥을 굳게 만드는 조잡한 마법 따위 풀어내지 못할 리가 없노라, 단단히 믿고 있는 눈치였다.

"난 그런 거 못 해요."

"뭐, 왜, 왜요?"

"못 하니까 못 하는 거죠."

"경이 못 하면 안 되죠!"

"그러는 전하는 할 수 있어요?"

기습적인 질문에 알렉은 말문이 막혔다. 빅토리아는 그의 입을 막아 버렸다는 데 만족하며 어깨를 으쓱였으나, 알렉에겐 아직 찰리 스튜어트라는 강력한 조력자가 남아 있었다.

"그럼 다른 마녀한테 의뢰하면 되잖습니까?"

갑작스레 두 사람의 시선이 저에게로 몰리자 조금 당혹스러운 기색을 내비치던 찰리는 얼떨결에 설명을 덧붙였다.

"그렇잖아요. 빅토리아 경은 못 해도 다른 마녀들은 할 수 있을 거 아닙니까. 그럼 금제를 풀 수 있는 마녀에게 의뢰를 하면 되죠."

"나야 상관없긴 한데, 그쪽은 괜찮겠어요?"

"그게 무슨 말이에요?"

알렉이 떠름하게 묻자, 빅토리아가 포크를 빙빙 돌리며 여상하게 대꾸했다.

"그 마녀를 믿을 수 있겠냐고요."

마녀란 기본적으로 이기적인 족속이다.

가족, 친지, 연인, 벗. 인간에게 때로는 자기 자신보다 중요하게 여겨지는 존재도 그네들에겐 무가치한 경우가 많다. 배 아파 낳은 자식조차 외면하는 것이 마법 사회의 일상적인 모습이니, 믿음이야말로 마녀들을 상대할 때 가장 부질없는 기대가 되곤 했다.

그러나 지금은 잉그람의 하나뿐인 왕자의 목숨이 걸린 위급한 상황. 다른 때였으면 몰라도, 이런 위중한 시기에 믿을 수 없는 자를 끌어들일 수는 없다. 마녀란 금화 한 줌에 자식까지도 팔아넘기는 족속이다. 애국심은커녕 국적에 일말의 소속감도 느끼지 못하는 그네들은 자신의 이익을 위해서라면 자국의 왕자 따위 아무런 죄책감도 느끼지 않고 불구덩이로 밀어 넣을 것이었다.

그러니 저 빅토리아 알피어스처럼 바라는 것이 확실한 마녀가 아니라면, 최대한 타인의 개입을 삼가는 편이 좋다.

"결국 그 괴한들에겐 뭔가 알아낼 방도가 없겠군요."

찰리가 한숨을 폭 내쉬었다. 여상하게 고개를 끄덕이던 빅토리아가 마침 생각났다는 듯이 말했다.

"참, 그 사람들은 안전한 곳에 가둬 놨어요."

"……살아는 있는 거죠, 그 사람들?"

"당연하죠. 날 뭘로 보고."

믿기지 않게도 빅토리아는 살인이 중범죄라는 건 아주 잘 인지하고 있는 듯했다.

"그 사람들과 연락이 끊겼으니 지금쯤엔 전하를 노리는 배후도 뭔가 일이 잘못되었다는 걸 알아챘을 거예요. 당분간은 이 집에서 꼼짝도 하지 마요. 여기도 아주 완전한 건 아니지만."

"아주 완전한 곳이 있긴 해요?"

알렉이 한숨처럼 내뱉는 푸념에 빅토리아가 눈을 동그랗게 떴다.

"당연히 있죠. 알피어스의 솔즈베리 호수성, 자일스의 엑서터 거성. 아홉 마법 가문의 본성은 요새나 다름없어요. 먼 옛날 부활의 마법사, 헤센 그윈티르가 대도(大盜)로 이름을 떨친 것도 다 〈오만한 오르테가〉의 본성을 뚫었기 때문인걸요."

"그 소리를 들으니 차라리 수리 알피어스 경에게 나 좀 숨겨 달라 부탁하고 싶어지는데요."

"호수성에 숨고 싶어서 그래요?"

"당연하죠."

빅토리아가 턱을 괴고 물끄러미 알렉을 응시했다.

"글쎄요. 호수성은 괴한들로부터 전하를 지켜 주겠지만, 그곳에 머무는 알피어스의 마녀들에게도 세상에서 가장 안전한 도피처가 되어 줄 거예요."

"……지금 알피어스의 마녀들이 날 노린다는 건가요?"

"설마요. 다만 그럴 가능성도 완전히 배제할 수 없다는 거죠."

그래도 당신의 가족이 아니냐 물으려던 알렉은 금세 말문을 닫았다. 살갗 아래 흐르는 피가 얼음장보다 차갑다는 마녀들에겐 핏줄조차 큰 의미가 없었다.

"전하. 이거 하나만 알아 둬요."

"……."

"아무도 믿지 말 것."
알렉과 시선을 맞댄 채로 빅토리아가 조용히 경고했다.
"가족도, 친구도, 연인도. 아무도 믿지 마요. 무모한 믿음은 때로 독이 든 사과가 되어 돌아오니."
"믿고 싶어도 믿을 만한 사람이 없어서요."
"그것 참 다행이네요."
"……이런 얘기를 다행이라 받아치는 사람도 아마 경밖에 없을걸요."
알렉이 한숨을 짓든 말든, 빅토리아는 변함없이 무심한 태도로 말했다.
"그래서 말인데, 앞으로 알렉이라 부를게요."
"마음대로 해……. 네?"
"이름이 알렉 맞죠? 알렉, 어감도 좋네."
멋대로 이름을 부르는 그녀를 알렉이 멀거니 쳐다보기만 하자, 도리어 빅토리아가 의아한 얼굴을 했다.
"왜요? 이름 틀렸어요?"
"아니, 맞긴 한데……."
"그럼 불러도 되죠?"
"안 됩니다!"
그때껏 얌전히 두 사람의 대화를 듣기만 하던 찰리가 난데없이 분기탱천하여 외쳤다.
"어, 어떻게 감히 전하의 존함을 함부로 부를 수가……!"
"뭐 어때요. 이상한 이름도 아니고."
"그래도 안 됩니다! 애당초 전하라는 올바른 호칭이 있는데 어떻게가, 감히 존함을 부를 생각을 하세요!"
"하지만 전하(Your Highness)는 너무 길잖아요."
아, 그래서였구나.
알렉이 이유 모르게 씁쓸한 심정에 잠겨 있는 동안, 졸도할 만치 기함한 찰리가 노성을 내질렀다.

"길긴 뭐가 길어요! 고작 두 단어, 네 음절밖에 안 되는데!"

"알렉이 더 짧잖아요."

"또, 또 함부로! 길고 짧은 게 뭐가 중요하다고 이런 불경을 저지르십니까!"

"불경이든 뭐든. 경제적으로 살자고요, 우리."

빅토리아가 짐짓 억울한 표정을 지으며 나름대로 그럴듯한 논리를 들이대자, 찰리는 마구 치솟는 분노를 참느라 말을 잇지 못하였다. 저 되통스러운 마녀를 설득할 바에야 차라리 말하는 비둘기를 설득하고 말지. 찰리는 그런 심정으로 알렉에게 매달리기 시작했다.

"전하, 전하께서 한마디 해 주십시오. 어찌 감히 전하의 존명을 함부로 부를 수 있답니까?"

"글쎄……. 딱히 내 말이라고 들을 것 같진 않잖아."

"어느 안전이라고요!"

알렉은 분노한 황소처럼 콧김을 뿜어내는 찰리를 슬슬 피하며 빅토리아를 흘끔 쳐다보았다.

"음, 빅토리아 경?"

"네."

"내 이름, 다시 한번 불러 봐요."

넌지시 권하자, 빅토리아가 냉큼 말했다.

"알렉."

"으아악! 하지 말라고요! 하지 마!"

찰리가 터트리는 괴성 속에서도 알렉은 어렵지 않게 평화로운 고민을 이어 갈 수 있었다. 사실 고민이랄 것도 없었다. 제 이름을 발음하는 빅토리아의 목소리를 들은 순간, 그의 대답은 이미 정해져 있었으므로.

"좋아요. 이름이 대순가, 마음대로 해요."

지금까지 그의 이름을 불러 준 사람은 단둘뿐이다. 부친인 하워드 국왕과, 고모인 캐서린 공주. 조세핀 왕비는 일찍이 죽었고, 달리 이름을 불러 줄 형제자매도 없으니 당연한 결과였다. 세상 만인이 그의 얼굴과 이름을 알지만, 정작 이름을 불러 줄 사람 하나가 없었다.

그러니 한 번쯤은 괜찮지 않을까.

"전하!"

"아, 시끄러워."

"안 됩니다, 전하!"

"안 되긴 뭐가 안 돼. 그렇게 억울하면 너도 이름으로 부르든가."

알렉이 짜증스럽게 대꾸하자, 찰리의 얼굴이 순식간에 시허옇게 질렸다. 차마 말을 잇지 못하는 벗을 외면하며 알렉은 괜스레 입술을 불퉁하게 내밀었다. 짜증이 섞이긴 했어도 진심으로 건넨 말이었는데, 정작 공포에 질린 얼굴을 마주하자니 기분이 영 별로다.

"인간이란 참 알다가도 모르겠네요."

설익은 사과를 한입 베어 물며 빅토리아가 노래하듯 말했다.

"고작 이름 하나에 저렇게 시퍼레졌다가, 시뻘게졌다가 하니."

"그러게나 말이에요."

"알렉은 인간이잖아요."

"인간도 모르겠는 게 인간인걸요. 경이 헷갈릴 만도 하죠."

알렉이 눈가를 살짝 찡그리며 웃었다. 선선히 고개를 끄덕이며 사과를 우물거리던 빅토리아가 문득 입을 연다.

"그런데 언제까지 경이라고 부를 거예요?"

"……평생?"

"나도 이름으로 불러요."

"내가 왜 그래야 하는데요?"

"비경제적이잖아요. 굳이 경을 붙일 필요가 있을까요?"

극단적으로 능률과 효율을 따지는 가히 마녀다운 사고다. 이제야 겨우 빅토리아의 사고방식을 이해할 수 있게 된 알렉이 명랑하게 웃었다.

"네. 굳이 경을 붙일 필요가 있네요."

"어째서요?"

"난 경과 달리 예의범절을 아는 사람이거든요."

"경을 붙이면 예의범절을 아는 거고, 경을 떼면 예의범절을 모르는 게 되나요? 그것 참 간단한 예의범절이네요."

묘하게 빈정거리는 투였다. 일평생 왕실의 허례허식에 냉소적인 태도로 일관했던 알렉조차 순간 겸연쩍어질 정도로.

"경이 무슨 말을 하고 싶은지는 알겠는데, 그게 전부가 아니에요."

"그럼요?"

"우리 관계에 선을 긋자는 거죠."

나는 왕자, 당신은 마녀. 혹은 나는 의뢰인, 당신은 나를 지켜야 하는 호위.

알렉이 싱긋 웃었다.

"호칭에는 묘한 힘이 있거든요. 경이야 그런 데 휘둘릴 사람이 아니라지만, 나처럼 유약한 인간들은 친근함을 표현한답시고 괜히 스스럼없이 이름을 불렀다가 은연중 자신의 처지를 잊고는 해요."

간혹 어울리던 무리에게 이름을 허락했다면 어떻게 되었을까.

알렉은 그 뒷일은 쉽사리 예상할 수 있었다. 이름을 부른다는 것만으로 마음속 거리감이 좁혀 들어 그네들은 왕자를 제 동네 친구로 착각하며 오만방자하게 굴었을 것이다. 제게 그러는 것이야 상관없다 치더라도, 온갖 사고를 치며 왕자의 이름을 팔아먹는다면 곤란하다.

"그런 좋지 않은 일을 미연에 방지하자는 거죠."

"난 당신 이름 따위 팔아먹지 않을 건데요."

빅토리아가 불쾌하다는 듯 미간을 확 좁혔다.

"알아요. 경은 안 그러겠죠."

"그런데도 싫다?"

"네."

"나랑 가까워지는 게 싫어요?"

바닥까지 내보일 듯 맑은 벽안이 순수한 호기심을 담고 그를 향한다. 멋쩍은 듯 귀밑을 매만지던 알렉이 조금 난처한 얼굴로 대꾸했다.

"그게 아니라 내가 무서운 거죠."

어디까지 내어 줄지 모르겠고, 어디까지 바랄지 모르겠는 내가.

마지막 말을 가까스로 삼키며 알렉은 겸연쩍게 웃어 보였다. 그러곤 자꾸만 시선을 끄는 빅토리아의 얼굴에서 얼른 눈길을 돌려 버렸다.

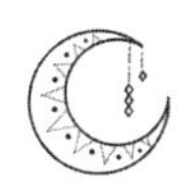

그 뒤로 사흘, 알렉은 빅토리아의 집에서 조용히 은거하며 지냈다.

대외적으로는 왕자가 병명을 밝힐 수 없는 질환에 걸려 완치될 때까지 외부 활동을 삼간다는 성명서를 발표한 상태지만, 알 만한 사람들은 그 성명서가 순 거짓부렁이라는 걸 알았다. 전염성이 극도로 높은 병이라 접객을 금한다고 하면서, 정작 왕실에서 부랴부랴 보내 준다는 의사는 단칼에 거절했기 때문이다.

"다들 꾀병이라 여기고 있습니다."

어차피 당분간 은거할 작정으로 대충 지어낸 것이기에 예상은 했지만, 아무도 제 주장을 믿어 주지 않는 것에 알렉은 심기가 조금 불편해졌다.

"아프다 하면 걱정부터 해 주는 게 인지상정 아냐?"

"전하께서 아프다는 핑계로 놀러 다니신 전적이 상당해서요."

"그래도 이번엔 진짜 아픈 걸지도 모르잖아."

"멀쩡하시잖습니까."

"내가 멀쩡한지 아닌지, 사람들이 어떻게 알아!"

어린애 같은 투정에 찰리가 엄격한 표정으로 끌끌 혀를 찬다.

"전하처럼 거짓말을 일삼던 양치기 소년도 결국 마을 사람들의 신뢰를 잃고 말았죠. 자업자득이라 생각하십시오."

"국민들은 그렇게 생각 안 할걸."

"예. 전하께서 이렇게 유치하신 분이란 걸 모르는 대다수의 국민들이야 그렇겠죠."

뾰로통한 얼굴로 쿠키를 우물거리던 알렉이 끝내 미련이 가득한 투로 물었다.

"진짜 아무도 걱정 안 해? 옥슬리 남작은? 브랜포드 백작 부인은? 매럴린 양은 뭐래?"

"……갑자기 여기서 매럴린 양이 왜 나옵니까? 설마 다음 스캔들 상대가 그 영애인 건 아니죠?"

"당연히 그러면 안 되지. 매럴린 양은 약혼자가 있잖아."

"그런데 그 영애는 왜 언급하신 겁니까?"

"날 좋아한다던데."

찰리가 입을 떡 벌렸다. 그 유난스러운 반응에 이번에는 알렉이 영문을 몰랐다. 일국의 유일한 왕자라는 지위에 잘생긴 외모까지 갖춘 그에게 사랑을 고백하는 사람들이야 차고 넘쳤다. 젖먹이 시절부터 왕자의 지난한 역사를 곁에서 지켜봐 온 찰리가 저토록 놀랄 만한 일이 아니란 뜻이다.

그런데도 왜 저렇게 놀란담. 사방으로 뻗친 머리를 성가시다는 듯 매만지던 알렉이 우뚝 움직임을 멈춘다.

"너 설마……."

"그러고 보니 캐서린 공주 전하께서, 무려 메시나에서 편지를 보내셨습니다."

"매럴린 양을……."

"제 선에서 끊어 보려 했지만 영 쉽지가 않네요. 내용은 대충 예상이 되시겠지만, 되도록 마음의 준비를 하시고 열어 보시길 바랍니다."

누가 보아도 심란하기 그지없는 얼굴로 찰리가 편지 한 장을 내려놓았다. 멀거니 찰리를 쳐다보던 알렉이 식겁하여 물었다.

"진짜?"
"답장은 직접 하시고요."
"대체 언제부터?"
"간청하오니, 부디 공주 전하의 편지를 무시하진 말아 주세요."
"그 아가씨는 알아?"
"웬만하면 답장도 정성껏 쓰시고요."
"왜 나한텐 말 안 했어!"
끼익! 갑자기 찰리가 의자를 뒤로 끌며 일어섰다.
"이러실까 봐 말씀드리지 않았습니다."
"……."
"금방 드렸던 말씀, 꼭 주의하세요. 답장이 시원찮으면 잉그람으로 돌아오자마자 사택으로 들이닥칠 분이시라는 건 전하께서 더욱 잘 알고 계시겠지만요."
그럼 이만 물러가겠다는 말과 함께 찰리는 집을 나가 버렸다. 남몰래 여기 숨어 있는 알렉을 대신하여 사택에 산적한 문젯거리를 해결하기 위함일 테지만, 알렉은 차마 당혹스러운 기분을 지울 수 없었다.
찰리가 매럴린 로웰을 좋아하는 줄 알았으면 매럴린의 M 자도 꺼내지 않았을 것이다. 적잖이 심란할 텐데도 제 본분을 잊지 않고 단신으로 왕실과 기자단에 맞서 저의 비밀을 지키려 부단히 노력하는 찰리에게 미안한 감정이 무럭무럭 샘솟았다.
아니, 근데 대체 언제부터 좋아한 거래?
불과 일주일 전 고백을 받았음에도 기억이 흐릿한 로웰 가문 아가씨의 얼굴을 떠올리려 애쓰며 알렉은 조그맣게 혀를 찼다. 그야 없는 말도 지어내는 기자들에게 진력이 나서 본의 아니게 연애를 피하는 쪽이라면, 찰리는 그야말로 세상에 다시없을 철벽이다. 오로지 가족과 일만 알던 친구가 누군가를 마음에 품었다는 사실만으로도 족히 놀랄 일이다.

그리 찰리를 보내고도 침대에 드러누워 한참을 빈둥대던 알렉은 시곗바늘이 오후 3시에 이른 무렵에야 겨우 바닥에 발을 내디뎠다. 찰리가 수없이 답장을 보내라 충고했던 캐서린 공주의 편지는 여전히 밀봉된 채로 탁자에 놓여 있었다. 그는 되도록 저 편지를 읽지 않을 작정이었다. 무어라 쓰였을지 너무나도 빤하기 때문이다.

"하수처럼 굴지 말고 똑바로 처신하라는 내용이겠지, 뭐……."

알렉은 맥없이 혼잣말을 중얼거리며 휑한 복도로 나왔다. 캐서린 공주는 만사에 차등이 분명한 사람이다. 옥슬리 남작이 그토록 재앙의 상징이라 부르짖었던, 겨울을 불러오는 마녀도 그만치 냉혈한은 아니리라.

……아마도.

"끄아악! 막시무스 살려!"

느릿느릿 계단을 내려오던 알렉은 불현듯 층계참에 멈춰서 멀거니 아래층을 내려다보았다. 난간 아래로 보이는 광경은 빈말로도 평화롭다 하지 못했다.

"주인님! 제가 이리 구차하게 살아가고 있습니다! 대체 어디서 뭘 하고 계시기에 이 막시무스를 이토록 가련하게 두십니까!"

"엄살은."

"엄살이라니요! 이렇게나 비윤리적인 처사를 행하시고도 그런 말씀이 나오십니까!"

황금빛 새장에 갇혀 고래고래 소리를 지르는 것은 역시나 외알 안경을 쓴 비둘기, 막시무스다. 새장을 대롱대롱 천장에 매달아 둔 빅토리아는 소파에 방만하게 들어앉아 무언가 열심히 끼적이고 있었다.

"거기라도 가둬 두지 않으면 도망갈 거잖아."

"제가 왜 도망을 가겠습니까!"

"음…… 겁쟁이라서?"

도무지 말이 통하지 않는다는 듯 막시무스가 양 날개로 머리를 부여잡았다. 그러거나 말거나 빅토리아는 나지막이 콧노래를 흥얼거리며 펜을 놀리기 여념 없다. 콧노래에 맞추어 머리도 조금씩 까딱이는 모습을 보아하니, 어쩐 일로 기분이 몹시 좋은 듯했다.

"오, 왕자 전하!"

때마침 계단에서 내려오던 알렉의 모습을 발견한 막시무스가 반색했다. 알렉은 조금 떨떠름한 기색으로 발걸음을 옮겼다. 도대체 뭘 적고 있는지는 몰라도, 거실 바닥에는 빅토리아가 꾸깃꾸깃 뭉쳐서 던져 버린 종이 뭉치가 한 아름이다.

"오랜만이에요, 막시무스 씨."

부담스러울 정도로 번쩍이는 보석이 수두룩하게 박힌 새장을 흘끗 쳐다본 알렉이 조금 질린 표정으로 어물거렸다.

"새장이…… 대단히 화려하네요."

"행여 오해하실까 말씀드립니다만, 큼, 저희 아가씨의 취향이 본디 이러합니다. 저의 높은 식견으로는 도무지 이해할 수 없는 천박한, 악!"

천장에 얌전히 매달려 있던 새장이 갑자기 위태롭게 흔들거리기 시작했다. 실내에 바람이 불 리 없으니 당연하게도 빅토리아의 짓이다. 막시무스는 새장을 부여잡은 채로 '이 막돼먹은 아가씨가 또!', '이렇게 교양 없는 짓을 어떻게!', '당장 그만두지 않으면!' 등등의 저주를 퍼부었으나, 금세 기력을 잃고 새장 바닥에 엎어지고 말았다. 저 수다스러운 비둘기도 멀미에는 당해 내지 못하는 듯했다.

막시무스의 입이 조용해지자, 새장은 스르르 진동을 멈추었다. 어쩐지 조금 어색한 얼굴로 서서 남몰래 빅토리아를 힐끔거리던 알렉은 최대한 자연스럽게 행동하려 애쓰며 맞은편 소파에 슬그머니 엉덩이를 붙였다. 그리고 넌지시 말을 붙일 때까지, 부산스레 양손을 비비거나 한 손으로 뒷목을 쓰는 등 도무지 가만히 있질 못했다.

"……뭘 그렇게 써요?"

그렇게 겨우 목소리를 짜냈는데도 대답은 곧장 돌아오지 않았다. 알렉이 맞은편에 앉거나 말거나, 부산을 떨거나 말거나 신경도 쓰지 않던 빅토리아는 이번에도 노트에 눈을 박은 채 한 박자 늦게 대답했다.

"편지요."

그렇구나. 어떻게 호응해야 할지 몰라 민망하게 입을 다문 알렉은 괜스레 커프스를 매만지는 척하다가, 또다시 힐끗 눈만 돌려 빅토리아를 훔쳐보았다. 무표정한 얼굴은 평소와 다름없는데 이상하게 오늘따라 기분이 좋아 보인다. 당최 정체를 알 수 없는 콧노래는 똑같은 가락만 벌써 수십 번째 반복하고 있었다.

끝내 궁금증을 참지 못하고 알렉이 물었다.

"무슨 좋은 일이라도 있어요?"

"왜요?"

"아니, 그냥 기분이 좋아 보여서요."

당황한 티가 역력한 대꾸가 무색할 정도로, 빅토리아의 신경은 여전히 편지에만 집중되어 있었다. 알렉에겐 억겁처럼 느껴지는 몇 초의 정적이 지나서야 겨우 대답이 들려왔다.

"고모가 밀림에 갔대서요."

"고모라면, 수리 알피어스 경?"

"네. 누굴 찾으러 갔다는데 누군진 빤하죠. 내가 먼저 찾기 전까진 부디 잡히지 말아야 할 텐데……."

빠르게 대답을 늘어놓던 빅토리아가 문득 펜을 움직이던 손을 멈추었다. 펜 끝을 입술에 드리운 채로 미간을 좁힌 걸 보면 편지를 쓰다가 막힌 듯하다. 숨죽이고 그녀를 관찰하던 알렉은 다음 순간 저도 모르게 어깨를 움찔하고 말았다. 돌연 빅토리아가 종이를 쫙 찢더니 양손으로 꾸깃꾸깃 구겨서 어깨 너머로 내던졌기 때문이다.

방해하지 말아야지.

알렉은 속으로 다짐을 되뇌며 애써 빅토리아에게서 시선을 돌렸다. 매일을 사람들에게 둘러싸여 살다가 갑자기 고독한 적막 속에 남겨져서 그런지, 실은 저 상식이 통하지 않는 마녀라도 붙잡고 시시껄렁한 얘기를 나누고 싶었다. 하지만 그는 목숨 아까운 줄 아는 사람이다. 적어도 겨울을 불러온다는 무시무시한 마녀의 심기를 잘못 그르쳐, 저 종이처럼 구겨지고 싶진 않았다.

일찍이 비둘기도 입을 다문 거실은 도로 정적에 잠겼다. 펜이 종이를 스치는 사각사각 소리만 간간이 들려오는 가운데, 알렉은 고개 돌려 가만히 창밖을 내다보았다. 오킹엄 교외에 위치한 이 이층집은 무성한 수풀로 둘러싸여 있었다. 빅토리아의 말로는 지난 2년, 국경에서 군인으로 복무하느라 전혀 관리하지 못한 탓이라 했지만, 당분간 숨어 살아야 하는 입장에선 외려 감사한 일이다.

그리 빽빽한 나뭇잎을 하나하나 헤아리던 중, 불현듯 이상한 물체가 그의 시선을 사로잡았다. 온통 녹음으로 가득한 곳에 잿빛 무언가가 포르르 날아다닌다면 누구든 수상하게 생각할 터. 알렉은 눈을 가느스름하게 뜨고서 정체 모를 물체를 유심히 지켜보았다. 달리 할 일이 없어 관성처럼 이어지던 눈길이 어느새 지척으로 옮겨 온다.

어, 하는 순간에 새는 목전으로 다가와 있었다. 알렉은 조금 멍한 얼굴로 눈만 깜박였다. 그새 소리 없이 창틀에 내려앉은 새가 고개를 갸웃 기울인다. 새를 따라 같은 방향으로 고개를 기울이던 알렉은 그제야 느지막이 깨달았다.

저 새는 그냥 일반적인 새가 아니다. 금속으로 이루어진 기계 새였다.

놀라운 자각이 등골을 서늘하게 휩쓸기 무섭게, 기계 새가 포르르 공중으로 날아올랐다. 저를 희롱하듯 멀찍이서 왔다 갔다 하는 모양새를 멀거니 지켜보던 알렉이 저도 모르게 입을 연다.

"저게 뭐야……."

"뭐가요?"

문득 들려오는 목소리에 알렉이 깜짝 놀라 옆을 돌아보았다. 빅토리아는 펜을 끼적이던 손을 멈추고 그를 똑바로 응시하고 있었다. 거실에 내려온 이후로 처음 마주치는 눈이다.

"어, 그게."

갑작스러운 마주침에 말을 더듬거리던 알렉이 다급히 창밖을 가리켰다.

"웬 기계로 만들어진 새가 저기 날아다녀서……."

빅토리아가 멈칫하며 펜을 떨어트렸다.

"……기계 새?"

"네. 분명 기계였는데."

아직도 저만치를 떠도는 기계 새를 확인한 알렉이 재차 빅토리아를 돌아보려던 순간, 구불거리는 은빛 머리칼이 눈앞을 빠르게 스쳤다. 알렉은 멍하니 눈을 깜빡였다. 정신을 차렸을 때 빅토리아는 이미 잽싸게 창틀을 넘어 정원을 내달리고 있었다.

"빅토리아 경!"

알렉이 벌떡 창틀을 짚고 일어섰다. 그러나 부르는 소리에도 아랑곳않고 빅토리아는 새를 따라 필사적으로 달렸다. 그녀답지 않게 일렁이는 벽안이 허공을 빠르게 활주하는 기계 새에 못 박혔다.

"휴고!"

빅토리아가 간절하게 외쳤다.

"잠깐만요, 휴고! 나 할 말이 있는데……."

담벼락이 코앞이다. 그럼에도 기계 새와의 거리는 가까워지긴커녕 시시각각 멀어지고 있다. 빅토리아가 지그시 입술을 깨물었다.

"지금 어디 있어요? 그것만 알려 줘요!"

기계 새가 어느새 담벼락을 넘어 하늘로 날아오른다. 미련을 버리지 못하여 담벼락에 매달린 빅토리아가 절박하게 부르짖었다.

"휴고!"

3. 스캔들

겨우내 남국으로 떠났던 철새들이 하나둘 돌아와 신명나게 지저귀는 어느 봄날.

뭇 사람들은 진작 출근하여 열심히 일하고 있을 시간에도 늘 그렇듯 늦잠을 퍼질러 자는 사람이 있기 마련이다. 다행히도 전자에 해당하는 찰리 스튜어트는, 불행히도 후자에 해당하는 자신의 직속상관을 무척이나 한심하게 내려다보았다. 30년 가까이 되는 수도 생활을 훌훌 청산하고 고향으로 내려가신 어머니를 마지막까지 근심스럽게 만들었던 장본인은 아직도 정신을 차리지 못했나 보다.

이 나태한 모습을 보고 누가 목숨을 위협받는 사람이라 생각할까.

이불에 둘둘 말려 정신없이 숙면하는 알렉의 얼굴 위로 끌끌 혀 차는 소리가 내려앉는다. 그래도 오래도록 쌓아 온 충성심을 바닥까지 긁어모아 왕자를 배려하려던 찰리의 깊은 마음은 오래지 않아 바닥나고 말았다. 마지막으로 싸한 눈길을 건넨 찰리가 성큼성큼 창가로 걸어가 커튼을 활짝 쳤다.

"으……."

눈가로 볕이 드리워지기 무섭게 알렉의 입가에서 희미한 신음 소리가 새 나왔다. 이리저리 뒤척이며 햇볕을 피해 보려는 노력이 참으로 가상했으나, 찰리의 엄격한 표정은 풀어질 줄을 몰랐다.

"이만 일어나십시오."

"아으……."

"벌써 열한 시입니다. 대체 언제까지 주무실 작정이세요?"

다시금 손목시계를 확인한 찰리가 도리 없다는 듯 침대로 다가가 이불을 붙잡았다. 이런 위기는 귀신같이 알아채는 알렉이 황급히 이불을 쥔 손에 힘을 주었다.

"아, 알았어. 일어나면 되잖아……."

찰리는 그제야 침대에서 한 발짝 물러섰다. 제대로 눈도 못 뜨고 침상에서 거의 헤엄하듯 몸부림치던 알렉이 느지막이 윗몸을 일으켰다. 이불은 여전히 어깨에 두른 채로 느릿느릿 침대에 걸터앉자, 마치 못 볼 것을 보았다는 양 찰리가 왈칵 표정을 구겼다.

"매일 그러고 주무시는 겁니까?"

"……뭐가?"

"옷이요. 잠옷 갖다 드렸잖아요."

아직 잠이 덜 깬 얼굴로 멍하니 찰리를 올려다보던 알렉이 느긋하게 제 몸을 내려다보았다. 여느 때와 마찬가지로 속옷만 입은 맨몸이 밝은 아침 햇살 아래 훤히 드러났다.

"나 원래 벗고 자잖아."

젖형제로 함께 자라난 둘은 서로의 알몸 따위 눈 감고도 떠올릴 수 있었다. 물론 굳이 기억하고 싶은 장면은 아니지만, 저리 대놓고 인상을 쓸 정도로 충격적이진 않다는 소리다. 단언컨대 알렉은 지금 당장 찰리가 발가벗고 뛰어다닌대도 놀라지 않을 자신이 있었다.

"압니다만, 여기서까지 그러시면 안 되죠."

"왜?"

“여긴 빅토리아 경의 집이잖습니까.”

친절한 설명에도 알렉은 여전히 이해할 수 없다는 표정이다. 갑갑한 마음에 찰리가 소리를 높였다.

“빅토리아 경과 단둘이 지내시잖아요.”

“뭐 어때. 한 침대서 자는 것도 아니고.”

“농담이라도 그런 말씀은 삼가 주세요.”

찰리가 대번에 정색했다. 알렉은 까치집이 된 머리를 긁적이며 늘어지게 하품했다.

“내가 이 꼴로 돌아다니는 것도 아니고, 빅토리아 경도 노크할 텐데 뭐.”

“그 마녀가 노크를 하긴 합니까?”

“제발 해 달라고 부탁했지.”

“원래는 노크도 안 했단 말씀이세요?”

기겁하는 찰리에게 알렉은 고개를 끄덕여 보였다. 참으로 놀라운 일이지만, 이 집에서 지낸 첫날만 하더라도 빅토리아는 노크는커녕 방에 들어가도 되냐는 허락조차 받지 않았었다.

‘노크 좀 해요!’

‘꼭 해야 돼요?’

‘그럼 안 해요?’

‘안 해도 된다면, 굳이 할 필요가 있을까요?’

돌이켜 생각해도 어처구니없는 발언이다.

‘마녀들은 원래 노크도 안 하고 살아요?’

‘다른 마녀들이 어떻게 사는지는 나도 잘 몰라서요.’

‘내 생각에, 마녀라고 노크를 안 하고 살진 않을 것 같은데.’

'그럴지도요.'

좌우지간 빅토리아는 그가 여기서 머무는 동안에는 꼭 노크를 하기로 약속했다. 그다지 미덥진 않았으나, 예상외로 빅토리아는 그의 방을 찾을 때마다 빠짐없이 노크하기 시작했다. 불쑥불쑥 방문을 열어젖히던 모습만큼이나 충격적인 변화다.

"놀랍네요."

"많이 놀랍지."

오랜만에 마음이 맞은 두 사람은 비슷한 표정으로 고개를 주억거렸다. 다른 마녀는 어떤지 몰라도, 빅토리아 알피어스는 양극단의 인간 군상도 한마음 한뜻으로 모으는 신비한 재주를 지니고 있었다.

여전히 졸음이 가득한 얼굴로 눈을 끔벅거리는 알렉에게 찰리가 편지 한 장을 내밀었다.

"캐서린 공주 전하의 편지입니다."

"……."

"그런 표정 하셔도 어쩔 수 없어요. 제가 뭐 어떻게 해 드릴 수 있는 일이 아니잖아요."

"알아."

알렉이 한숨 지으며 영 내키지 않는 기색으로 편지를 받아 들었다. 그럼에도 편지를 열지 않고 붉은 실(seal)을 만지작대기만 하자, 찰리가 나지막한 목소리로 말을 건넨다.

"메시나에서 곧 돌아오신답니다. 듣기로는 왕실에서 전하의 약혼 준비가 한창이라는데……."

찰리는 슬슬 알렉의 눈치를 보았다. 한 발짝 앞에 서 있는 그의 시야에선 알렉의 표정이 보이지 않았다. 삐죽삐죽 머리카락이 솟은 정수리만 보일 뿐이다.

"더 알아볼까요?"

“됐어. 안 그래도 바쁠 텐데.”

“그래도…….”

“곧 돌아오신다니, 약혼인지 뭔지도 곧 알게 되겠지.”

짐짓 여상하게 대꾸한 알렉이 캐서린 공주의 편지를 뜯지 않은 채로 침대 옆 탁상에 올려 두었다. 그리고 고개 들어 빙긋 웃어 보이곤 슬며시 자리에서 일어난다.

“일단 씻고 옷부터 입어야겠다.”

“알렉. 식사할 시간…….”

그런데 말을 마치기도 전에 갑자기 벌컥 문이 열렸다. 막 방으로 들어오려던 빅토리아가 문손잡이를 잡은 채로 멈칫한다. 노래하듯 낭랑한 목소리가 뚝 끊긴 자리로 마치 태풍의 전조처럼 싸한 침묵이 몰아닥쳤다. 맨어깨에 이불만 걸치고 서 있던 알렉도, 황급히 문가를 돌아보는 찰리도 하나같이 경악한 얼굴이다.

여전히 속을 알 수 없는 얼굴로 그들을 응시하던 빅토리아가 뒤늦게 입술을 벌렸다.

“아, 맞다. 노크.”

“…….”

“미안해요. 다시 노크하고 들어올게요.”

침착하게 사과하는 말까지 덧붙인 빅토리아가 도로 문을 닫고 나갔다. 곧이어 똑똑 문을 두드리는 소리가 들리더니, 조금 전과 마찬가지로 벌컥 문이 열린다.

“알렉. 식사할 시간이—”

“나, 나가요, 당장!”

그제야 공황에서 벗어난 알렉이 화들짝 기겁하며 이불을 여몄다. 큰 소리에 놀라 가까스로 정신을 차린 찰리가 다급히 그의 앞을 막아섰으나, 안타깝게도 찰리보다 훌쩍 키가 큰 알렉은 빅토리아와 시선을 마주할 수밖에 없었다.

"아니, 막시가 다 요리했는데……."

"알았으니까 나가라고요!"

"왜 화를 내요?"

빅토리아가 슬쩍 눈썹을 찌푸렸다. 당혹스러운 마음 반, 부끄러운 마음 반으로 알렉은 차마 말을 잇지 못하였다. 순식간에 벌게진 그의 얼굴을 빅토리아는 의아하다는 듯이 쳐다볼 따름이다.

결국에는 찰리가 나설 수밖에 없었다.

"경. 전하께서 옷을 입으셔야 하니 잠시 나가 주셨으면 합니다."

"아, 그래서 화난 거예요?"

"화난 게 아니라……!"

알렉이 다급히 말을 덧붙였으나, 빅토리아는 이미 문턱을 넘은 뒤였다. 스르르 무정하게 닫히는 문틈으로 여상하기 그지없는 빅토리아의 목소리가 흘러든다.

"난 또 뭐라고. 요리 식으니까 빨리 내려와요."

철컥. 문이 닫힌 방 안에는 민망한 정적만이 가득했다.

쭈뼛거리며 뒤돌아선 찰리가 슬슬 제 눈치를 보는 걸 알면서도, 알렉은 도무지 표정을 풀 수가 없었다. 도로 침대에 털썩 주저앉아서는 한숨을 길게도 내쉬더니, 그렇잖아도 엉망진창인 머리를 갑자기 세게 틀어쥐며 앓는 소리를 냈다.

"저, 전하?"

진심으로 죽고 싶다.

참으로 오랜만에 맛보는 창피함에 알렉은 차마 고개를 들지 못하였다.

"왠지 평소랑 달라 보이는데요?"

부디 왕자님을 잘 보살펴 주십사, 찰리가 은근슬쩍 뇌물로 건넨 보석 카탈로그를 팔락거리던 빅토리아가 의아한 얼굴을 했다. 외출하지 않는다는 이유로 늘 후줄근한 차림이던 알렉이 오늘따라 유난히 멋들어진 모습으로 식당에 들어오고 있었다.
"혹시 샤워했어요?"
"샤워야 매일 하죠."
"그런데 왜 오늘따라 반짝거려요?"
아직 창피함에서 벗어나지 못하여 은근히 시선을 피하던 알렉이 그제야 슬쩍 빅토리아를 힐끔거렸다.
"……내가 반짝거린다고요?"
"네."
"옷이 반짝거리는 게 아니라?"
"옷이 어떻게 반짝거려요."
말도 안 되는 소리라도 들은 것처럼 빅토리아가 미간을 좁혔다. 지금 알렉이 걸친 옷 한 벌의 값이 이 식당에 자리한 모든 가구들을 합한 것보다 비쌀 테지만, 금전 감각이 현저히 떨어지는 마녀가 그런 걸 알 턱이 없다. 외려 그녀의 대답에 은근히 기분이 좋아진 알렉이 어깨를 으쓱이며 너스레를 떨었다.
"그냥 내가 잘생긴 거예요."
"하긴."
"……하긴?"
"잘생겼잖아요, 알렉."
빅토리아가 빤히 그를 쳐다보며 턱짓했다. 미처 예상치 못한 대답에 알렉이 말문이 턱 막힌 사이, 뒤쪽에서 찰리가 바삐 식당으로 들어왔다.
"와, 맛있는 냄새! 오늘도 막시무스 씨가 요리한 건가요?"
"네. 그런데 스튜어트 씨의 몫은 없어요."
"왜요!"
"하도 내려오질 않길래 내가 다 먹었거든요."
이번에는 찰리의 말문이 막혔다. 단 몇 마디로 두 사람의 입을 막아버린 빅토리아는 가벼운 콧노래를 흥얼대며 보석 카탈로그를 읽기 시작했다. 식당에 감도는 침묵은 조금도 개의치 않는 평온한 자세다.

"전하. 비록 제 몫은 저 못돼 먹은…… 아니, 굶주린 빅토리아 경이 홀랑 가로챘지만, 전하의 몫은 남아 있지 않습니까. 어서 식사하시고 나가실 채비를 하셔야죠."

"……."

"왕자 전하?"

그제야 퍼뜩 정신을 차린 알렉이 절 의아하게 쳐다보는 찰리에게 어색하게나마 웃어 보였다. 그리고 자리에 앉자, 쫄래쫄래 뒤따라온 찰리가 그 맞은편에 앉았다.

"참, 빅토리아 경. 오늘 전하께선 잠시 외출하십니다."

"안 돼요."

뜨거운 커피를 호로록 마시며 빅토리아가 단호하게 대꾸했다. 아직도 조금 멍한 얼굴로 포크를 들어 올리려던 알렉이 흠칫하며 고개를 들었다.

"안 된다고요?"

"네, 안 돼요."

"이유를 물어도 될까요?"

"위험하니까요."

딱 잘라 말한 빅토리아가 느긋이 카탈로그를 한 장 넘긴다. 그러자 절대로 밀리면 안 된다는 듯 찰리가 시퍼레진 얼굴로 다급히 고개를 저었다. 알렉은 조금 난감해진 표정으로 어렵사리 운을 뗐다.

"……도저히 빠질 수 없는 자리라서 그래요. 평소보다 호위를 배로 늘려서 다녀올게요."

"안 돼요."

"빠질 수가 없는 자리라니까요?"

"음, 그래도 안 돼요."

잠시 고민하는 척하더니 역시나 대답은 한결같다. 절 쳐다도 보지 않는 태도에 욱한 알렉이 대차게 쏘아붙였다.

"안 된다고만 하지 말고, 대안을 제시해 봐요. 하늘이 두 쪽 나도 참석해야 하는 일정이 오늘만 있는 것도 아닌데. 그걸 다 빠질 수는 없잖아요?"

"하늘이 두 쪽 나도 내가 지켜 줄게요."

"……그것참 고마운 말이긴 한데."

알렉이 심란한 얼굴로 한숨을 길게 내쉬었다.

"그럼 경이 같이 가든가요."

"내가요?"

"네. 경이 동행해서 날 지켜 주면 되죠."

빅토리아는 그제야 흘끗 카탈로그 위로 눈을 올려 알렉을 보았다. 바닥까지 내려다보일 듯 맑은 벽안에선 여전히 아무것도 읽어 낼 수가 없다.

"좋네요, 그거."

"……."

"앞으로는 나도 같이 갈게요. 대신 오늘만 빼고."

갑자기 빅토리아가 자리에서 벌떡 일어났다. 곧바로 식당을 가로질러 나가려는 그 뒷모습에 대고 알렉이 당황이 역력한 목소리로 물었다.

"어디 가요?"

"잠깐 볼일이 있어서요. 그리고 오늘은 나가지 마요."

"아까 말했잖아요! 빠질 수가 없는 자리라고!"

"빠지면 빠지는 거지, 빠질 수 없는 자리가 어디 있어요. 하여튼 오늘은 내가 같이 못 가니까 빠져요."

어디선가 나타난 지도를 바삐 뒤적이던 빅토리아가 문득 뒤를 돌아보았다.

"혹시라도 몰래 나갈 생각 마요. 어차피 나가지도 못하겠지만."

그리고 한순간에 자취를 감춘다.

알렉은 멍하니 눈을 깜박거렸다. 분명 저기 있었던 빅토리아가 갑자기 온데간데없이 사라져 버렸다. 마치 마법처럼…….

아, 마법이겠구나.

뒤늦은 깨달음에 나지막한 탄성을 흘리며 알렉이 느릿하게 몸을 돌렸다. 맨손으로 장정 셋을 때려눕히는 광경을 눈앞에서 목격했음에도, 그는 여전히 빅토리아가 부리는 마법에 깜짝깜짝 놀라곤 했다. 그녀의 마법에는 한계가 없는 것만 같았다.

본격적으로 식사를 시작할 마음으로 알렉은 한 손으로 포크를 집으며, 다른 한 손으로는 꽉 조였던 넥타이를 느슨하게 풀었다. 멀뚱히 그를 지켜보던 찰리의 눈이 등잔만 해졌다.

"전하. 정말 안 가시려고요?"

"응. 가지 말라잖아."

"안 됩니다! 국왕 전하께서도 참석하시는 행사인데, 무조건 가셔야 해요!"

"아프다고 전해."

"그 말을 누가 믿겠어요!"

그새 수프가 미지근해진 모양이다. 알렉은 조금 떫은 표정을 지었다.

"병이 다시 도졌다고 하면 되잖아."

"전하!"

"귀 안 멀었어."

망연자실한 표정으로 한동안 알렉을 응시하던 찰리가 허탈한 목소리로 토로했다.

"요즘 이상하십니다."

"내가?"

"네! 하루만 외출하지 않으셔도 좀이 스는 분께서 벌써 열흘째 잘도 두문불출하시질 않나, 남의 말은 죽어도 귀담아듣지 않으시던 분이 빅토리아 경의 말은 순순히 들으시질 않나!"

"내가 언제 빅토리아 경의 말만 순순히 들었어?"

"방금도 그러셨잖습니까! 제 말을 그렇게 순순히 들어주신 적이나 있으십니까!"

찰리가 몹시 억울한 기색으로 소리를 높였으나, 억울하기는 알렉도 마찬가지다. 빅토리아에게만 순순하다는 걸 인정하기도 어려울뿐더러, 그는 늘 찰리의 말을 유모의 말처럼 섬겨 듣노라 여겨 왔기 때문이다.

"아, 됐어. 이상한 소리 하려거든 돌아가."

"정말로 안 가시려고요? 다음에 국왕 전하를 어찌 보시려고 그러십니까?"

"그리 걱정되면 네가 나 대신 가든가."

"안 갑니다. 전하도 불참하시는 마당에 저만 갔다가 괜히 불똥 맞을 일 있어요?"

하여간에 죽어도 안 지지. 알렉은 속으로 가지가지 불평을 늘어놓으며 빵을 쭉 찢었다.

"참, 내일은 아무도 모르게 콜린스 좀 데려와."

"……콜린스요? 설마 《더 트레이스》의 조셉 콜린스?"

찰리의 표정이 싹 굳었다. 잘게 찢은 빵을 입 속으로 집어넣으며 알렉이 고개를 끄덕였다.

"응, 그 콜린스."

"그 작자는 왜 부르십니까? 기자가 필요하신 거라면, 정론지의 훨씬 훌륭한 기자들도 있습니다만."

"아니. 콜린스여야 해."

찰리가 불만스러운 얼굴로 입을 꾹 다물었다. 알렉이 간간이 정보를 주고받으며 삼류 기자들과 연을 이어 가던 것을 원래부터 못마땅하게 여기던 찰리다. 이유도 모르고 그 빌어먹을 작자에게 연락을 넣기는 죽도록 싫었다.

"너무 그런 표정 짓지 마. 나라고 만나고 싶어서 만나겠어?"

"그럼 왜 만나시는 겁니까?"

"필요하니까."

스테이크를 자르며 알렉이 여상하게 말했다.

"앞으로 꼭 나가야 하는 일이 생긴다면, 난 반드시 빅토리아 경을 대동할 거야. 그런데 생각해 봐. 호위로 데리고 다니기에 빅토리아 경은 너무 튀지 않나?"

높이 묶고도 허리까지 물결치는 은발과, 심해처럼 푸른 벽안. 흔치 않은 색이라는 건 둘째 치더라도, 빅토리아는 여러모로 눈에 띄는 사람이다.

"하기야 마녀를 호위로 데리고 다니는 사람은 없으니까요."

빅토리아가 호위로 동행하는 장면을 곰곰이 상상하던 찰리가 이내 수긍했다. 그러곤 무언가 깨달은 것처럼 미간을 살짝 찌푸린다.

"이상한 소문이 돌겠군요."

"별별 말이 나돌겠지."

"……국왕 전하의 심기를 그르치게 될까요?"

찰리가 사뭇 걱정스러운 기색으로 물었다. 알렉은 말없이 웃기만 했다.

다른 마녀였다면 모두들 웃어넘겼을 것이다. 본디 마녀란 학자에 가까운 족속. 호위는커녕 싸우는 데는 젬병이니, 도리어 왕자가 마녀를 지켜 줄 판이라 비웃는 소리가 빗발칠 것이었다.

하지만 빅토리아 알피어스는 다르다. 그녀는 겨울을 불러오는 이즈리얼 알피어스의 진정한 후예일 뿐만 아니라, 무슨 수를 썼는지는 몰라도 일찍이 국왕이 국경의 분쟁 지역으로 불러들인 마녀였다. 이상하리만치 전투와 살상에 능한 마녀를 곁에 끼고 다닌다면, 당연히 그 속뜻을 의심하고 추측하는 이들이 많을 것이다. 아무리 호위라고 주장한들, 그걸 곧이곧대로 받아들이는 사람이 얼마나 있을까.

그리고 국왕은 절대로 그럴 만한 사람이 아니다. 호위랍시고 빅토리아를 데리고 나타난 순간, 젊은 후계자가 자신의 자리를 노린다며 의심하는 촉각을 곤두세울 것이 빤했다.

"그렇잖아도 누가 날 노리는지도 불명확한 상황에 아버지까지 신경 쓸 여력은 없지."

"그럼 콜린스를 부르시는 연유가 설마……."

찰리의 얼굴에 점차 경악이 스며들기 시작했다. 알렉이 가볍게 어깨를 으쓱였다.

"뭐, 목숨이 달린 일이니 빅토리아 경도 이해해 주겠지."

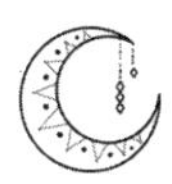

한낮의 직사광선이 내리꽂히는 연병장.

중세의 교회를 연상시키듯 장엄한 육군성 건물을 배경으로 도열한 군인들이 장검을 바닥에 내리쳤다.

쾅!

쥐 죽은 듯 고요해진 사위에는 군인들의 숨소리 하나 들리지 않는다. 예식에서나 입을 법한 푸른 정복 위로 주렁주렁 매단 훈장들이 햇빛에 반사되어 하얗게 바스러졌다.

그 적막하던 연병장에 별안간 누군가 또각거리는 발소리를 내며 등장했다. 푸른 군모를 눈두덩까지 덮어쓴 군인들은 차마 그녀를 눈짓할 생각조차 못 했다. 느긋이 눈앞을 스쳐 지나가는 은빛 머리칼의 잔상을 흘트리려 눈을 두어 번 깜빡일 뿐, 나는 새도 떨어트린다던 잉그람의 군인들이 여자의 호리호리한 그림자 하나에 맥을 못 추렸다.

그리고 도열한 군인들의 끄트머리. 육군성 건물의 입구에는 군의 숨겨진 실세라는 크레이그 중령이 양손을 바지 주머니에 꽂고 서 있었다.

"아주 신수가 훤해 보이십니다."

어딘지 불쾌한 기색으로 크레이그 중령이 입매를 일그러뜨렸다.

"……빅토리아 경."

빅토리아는 중령에게서 네댓 걸음 떨어진 곳에 멈추어 섰다. 웬일로 반듯하게 다려 입은 푸른 잉그람 군복이 멀찍이 불어오는 바람에 펄럭인다. 두 사람 사이에 싸한 긴장감이 감돌았다.

"어쩐 일로 말이 없으십니다? 그리도 입을 잘 놀려 대시던 분이."

중령이 한껏 이죽거렸다. 살짝 미간을 찌푸린 빅토리아가 머뭇거리며 입술을 뗀다.

"음, 그러니까……."

"……."

"옥슬리 소령?"

"……크레이그 중령입니다. 옥슬리 중령은 지난해 전역했습니다. 누구 덕분에."

"누군지는 몰라도 좋은 일을 하셨네요."

그렇잖아도 팬 중령의 미간에 더욱 깊은 골이 새겨졌다. 어쩌다 보니 두 사람 사이에 서게 된 군인이 남몰래 침을 꿀꺽 삼켰다.

"육군성을 방문하실 때는 미리 약속을 잡는 것이 원칙입니다. 기대도 안 했지만, 역시나 무례하시기가 하늘을 찌르는군요."

"중령의 키가 작다고 하늘도 낮은 건 아닌데요."

"바로 그런 말씀을 두고 무례하다 하는 겁니다."

"오랜만에 만나서는 안부도 묻지 않는 사람이 자꾸 무례하다 하기예요?"

"이름도 기억하지 못하시던 분이 안부 운운하시니 우습기 그지없습니다."

크레이그 중령이 음산하기 짝이 없는 웃음소리를 흘렸다. 도열한 군인들의 등골을 저미기 충분한 소리였으나, 정작 그를 마주하는 빅토리아의 표정은 심드렁하기 그지없다.

"난 잘 지냈어요. 중령의 머리카락은 그다지 안녕하지 못한 듯하지만."

"당연히 잘 지내셨겠죠. 갑자기 2주씩이나 군영에서 홀연히 자취를 감추어 육군성을 들썩이게 만드셨지만."

"궁금한 게 하나 있는데, 원래 영관은 나이가 들면 다들 그렇게 머리가 벗겨지는 건가요? 깁슨 대령도 점점 머리카락이 드물어지고 있거든요."

"누구 덕분에 스트레스가 한계치에 달했기 때문이겠죠."

"누군지는 몰라도 참 고약한 분이네요. 어쩜, 뺏을 것이 없어서 안 그래도 빈약한 머리카락을 앗아 갈까?"

순간 크레이그 중령의 뺨이 씰룩였다. 눈앞의 빅토리아를 당장이라도 찢어발기고 싶다는 듯 번들거리는 눈빛. 도열하여 미동하지 않는 군인들이 제각기 불안한 눈으로 중령과 빅토리아를 힐끔댔다.

다행히 자신의 위치를 깨달은 크레이그 중령은 지그시 눈을 감으며 어렵사리 본래의 침착함을 되찾았다.

"……로빈슨 소장님이 기다리고 계십니다. 들어가시죠."

크레이그 중령이 육군성의 문을 열고 가만히 비켜섰다. 그러자 기다렸다는 듯 빅토리아가 느릿하게 발걸음을 뗀다. 육군성으로 드는 그녀의 뒤를 중령이 따르고, 그 뒤로 문이 굳게 닫혔다.

"오, 빅토리아 경."

감미로운 음악에 심취하여 화초에 물을 주던 반백의 군인이 반색하며 문가로 다가갔다.

"다행히 무사하군요. 갑자기 투텔에서 경이 사라졌다는 소식이 들려 얼마나 놀랐는……."

로빈슨 소장이 반갑게 손을 내민 것이 무색하도록, 빅토리아는 무심히 그를 스쳐 지나갔다. 문가에서 거수경례하던 크레이그 중령이 무례한 행동에 눈을 부릅떴다. 집무실의 공기가 삽시간에 차갑게 가라앉는데도 빅토리아는 소파에 방만하게 들어앉을 뿐 별다른 말이 없다.

"저런 천둥벌거숭이가……!"

크레이그 중령이 이를 갈며 한 발짝 앞으로 나서기 무섭게, 로빈슨 소장이 손짓으로 그를 만류했다.

"그만 나가 보게."

"소장님, 하지만!"

로빈슨 소장이 말없이 눈짓했다. 크레이그 중령은 울컥 치솟는 화를 애써 짓누르며, 도로 경례하곤 집무실을 나갔다.

무감각한 얼굴에 다시금 사람 좋은 미소를 내건 로빈슨 소장이 뚜벅뚜벅 빅토리아의 맞은편으로 다가왔다.

"깁슨 대령이 아주 기함했더군요."

빅토리아는 소장에게 눈길도 주지 않았다. 한가로이 옆에 놓인 화초나 매만지는 그녀에게 소장이 손수 커피를 따라 주었다.

"오킹엄에 용건이 있거든, 대령에게라도 미리 언질을 주지 그랬습니까. 그렇잖아도 투텔의 잡것들 때문에 노이로제만 늘어 가는 사람인데."

"분리주의자."

"네?"

"투텔의 잡것이 아니라, 투텔의 분리주의자라고요."

빅토리아는 어느새 소장을 똑바로 직시하고 있었다. 잠시 말문이 막혔던 로빈슨 소장이 푸근한 미소를 지어 올린다.

"이런, 내가 실수를 했군요."

그저 무심하게만 보이던 빅토리아의 눈이 슬며시 가늘어졌다. 그녀의 빤한 시선은 모른 척 외면하며 소장은 여상하게 말을 이어 나갔다.

"좌우지간 경이 무사한 걸 확인했으니 되었습니다. 투텔 군영에서 무단으로 자리를 비웠던 지난 2주는 휴가로 처리했으니 안심해요."

"과한 처사네요. 탈영을 휴가로 탈바꿈하다니."

"다른 사람도 아니고, 빅토리아 경을 감히 탈영으로 처벌할 수는 없지 않겠습니까?"

로빈슨 소장이 짐짓 너스레를 떨었다. 물끄러미 그를 쳐다보던 빅토리아가 느긋하게 찻잔을 들어 올렸다.

"듣자 하니 곧 승진한다면서요."

"깁슨 대령이 그럽니까?"

"깁슨 대령이 아니면 누가 나한테 그런 말을 하겠어요? 아주 술에 절

어서는 소장이 승진하면 곧 자기도 승진한다면서, 투텔과는 영영 이별이라 아주 자랑이던데요."

"그 사람, 참."

못 말린다는 듯 소장이 고개를 내젓는다.

"술김에 한 소리일 겁니다. 아무렴, 아무리 장성급이라도 함부로 인사에 관여할 수는 없지요."

"뭐, 깁슨 대령이야 원래도 그만한 그릇이니 그러려니 하지만."

빅토리아가 차분히 찻잔에 입술을 댔다.

"중장씩이나 될 사람이 그러면 안 되죠."

"그게 무슨 뜻입니까?"

"아무리 장성급이라도 탈영을 함부로 휴가라 바꾸는 게 말이 되나요? 탈영은 탈영이고, 휴가는 휴가죠."

"……빅토리아 경이 이렇게나 양심적인 분인 줄은 미처 몰랐습니다."

로빈슨 소령이 입을 벌리며 너털웃음을 지었다. 빅토리아가 슬쩍 눈살을 찌푸렸다.

"양심? 언제부터 이런 일에 양심까지 필요해졌죠?"

"경."

"인간 왕국의 군대가 어떻게 돌아가는지 나와는 하등 상관없지만, 당신을 믿고 따르는 군인들이 불쌍해서 그래요. 소장, 마지막으로 투텔을 방문한 것이 도대체 언제인가요? 거기서 무슨 일이 일어나는지 관심이나 있어요?"

내리 웃는 상이던 로빈슨 소장의 얼굴이 점차 머쓱하게 굳어 간다. 머리를 긁적이며 시름에 잠겼던 소장이 어렵사리 말을 꺼냈다.

"……빅토리아 경이 그런 데까지 신경을 쓸 줄은 정말 몰랐군요."

"나도 신경 쓰고 싶지 않아요."

"그런데?"

"자꾸 신경을 쓰게 만들잖아요, 그쪽에서."

로빈슨 소장이 양손을 가볍게 들어 올렸다.

"같은 배를 탄 사이에 그쪽, 이쪽이 어디 있습니까?"

"그래서 이만 그쪽 배에서 내리려고요."

소장은 웃는 낯으로 잠시 말이 없었다. 빅토리아가 미련 없이 찻잔을 내려놓았다.

"탈영이란 좋은 명분도 만들어 줬잖아요. 군에서 퇴출하든 어찌하든 맘대로 해요. 난 누구랑 다르게 빛깔만 좋은 명예에는 관심 없으니까."

"……뭔가 착각하고 있군요. 빅토리아 경, 당신은 내 멋대로 퇴출시킬 수 있는 존재가 아닙니다."

"왜요? 잉그람 군부에서도 실세 중의 실세라는 분께서."

지나치게 순진한 질문이라도 들은 것처럼 로빈슨 소장이 빈정대듯 웃었다.

"당신은 국왕 전하와 계약한 마녀가 아닙니까. 내 멋대로, 또한 당신 멋대로 군에서 나갈 수는 없습니다."

"내가 국왕과 계약한 기간은 이미 만료되었어요."

"그리고 전하께선 곧 계약을 연장하실 예정이죠."

"난 받아들일 생각 없어요."

"과연 수리 알피어스 경도 그럴까요?"

고모의 이름이 나오기 무섭게 빅토리아는 싸늘하게 얼굴을 굳혔다. 그 와중에도 마치 어린아이를 달래듯 녹녹한 소장의 말소리가 이어진다.

"왕실에서 워낙 쉬쉬하는 터라 모르는 척하고 있었습니다만, 국왕 전하와 빅토리아 경의 계약에 대해서는 저도 대강은 들어 압니다. 싫다는 경을 억지로 군에 보낸 것이 수리 알피어스 경이라죠."

"……."

"본디 마녀들은 자신의 이익에 반하면 기꺼이 가문과도 의절할 수 있을 정도로 개인주의적인 성향이 짙다더니, 수리 알피어스 경에게 복종하는 경의 모습을 보면 마냥 그렇지도 않은 모양입니다. 어떻습니까. 제 말이 틀렸나요?"

흘끗 빅토리아를 향하는 눈에 음험한 빛이 서렸다. 빅토리아는 어느새 차게 가라앉은 낯으로 소장을 응시했다.

"오랫동안 공들인 자리일 텐데, 아깝지 않은가 보죠?"

"무엇을 말하는지 도통 모르겠군요."

"그 자리 말이에요. 국왕에게 알랑거린 건지, 수상에게 아첨을 떨었는진 모르겠지만 거기까지 오르느라 많이 희생했을 거 아녜요. 아무것도 모르는 새파란 군인들을 사지로 보내고, 무기상한테 뒷돈 받아 뇌물로 주고. 다들 그렇게 하던데, 소장이라고 다르겠어요?"

로빈슨 소장이 슬그머니 이맛살을 찌푸렸다.

"무슨 말인지 도통 알 수가 없군요. 공들여 오른 자리임은 분명합니다만, 그걸로 지금 날 협박하는 겁니까?"

"그렇게 안 들렸나요?"

"조금 의아해서 말이죠. 빅토리아 경이 어떻게 날 협박할 수 있겠습니까? 경이 무슨 짓을 저지르든 내 지위는 공고할 텐데. 지금 당장 내 목숨을 거두겠다는 것이라면 조금 달라지겠지만, 그건 말도 안 되고."

"왜 말이 안 된다고 생각해요?"

문득 빅토리아의 벽안이 싸늘하게 빛났다. 본능적으로 손을 떨었던 로빈슨 소장이 뒤늦게 어색하게나마 미소를 지어 올렸다.

"……여기서 날 해치면 경도 끝입니다."

"알아요. 발롬피에 협약에 따라, 발푸르기스 평의회 산하 사냥꾼들이 일제히 날 쫓겠죠."

"그런 아둔한 선택은 하지 않으리라 믿습니다. 사실, 나는 경이 왜 이렇게 날 적대시하는지 도통 모르겠습니다."

"모르겠다고요?"

진심으로 의아하다는 듯 빅토리아가 눈을 크게 떴다.

"당신들이 날 살인자로 만들었잖아요."

"……."

"투텔에서 나는 무의미한 살인을 자행했어요. 내게 맞서 총을 쏘던 '적군'은 고향의 독립을 바라는 학생이고 목수고 의사였죠. 아무도 내게 그런 걸 알려 주지 않았어요. 당신을 포함한 모두가 그들은 죽어 마땅한 벌레들이라 말했죠."

"감히 잉그람에 맞서는 반군입니다. 응당 철퇴가 내려져야 마땅해요."

"그런데 그 철퇴가 나였잖아요."

빅토리아가 슬며시 웃는다.

"왜, 철퇴에겐 진실을 말해 주기 싫었어요? 영원히 말 못 하는 철퇴인 줄 알았나 보죠?"

"……빅토리아 경. 내 진의를 왜곡하지 마십시오. 그들은 반군이 맞습니다. 이 땅에서 영원히 궤멸해야 하는 존재예요."

"난 그들과 당신들의 차이점을 모르겠어요."

"그것 참 대단히 불쾌하군요."

"불쾌함을 느끼는 게 신기하네요. 난 지금까지 당신들은 감정을 모르는 것이 아닌가 의심했거든요."

흔히들 마녀들에겐 감정이 결여되었다고들 한다. 하지만 그것은 사실이 아니다. 마녀는 인간이 아닐지언정, 사람은 맞기에 당연히 감정이 있다. 인간은 쉽사리 이해할 수 없는, 마녀들만의 감정 체계와 질서가 빼곡히 자리 잡고 있었다.

그렇다면 인간은 감정이 풍부한 것일까?

빅토리아는 당연히 그런 줄 알았다. 그들이 쉽게 보이는 기쁨과 슬픔과 분노 따위의 감정에 그녀는 제대로 휘둘려 본 적이 없으므로. 쉽게 웃고 쉽게 슬퍼하는 그들을 보며 빅토리아는 역시 인간은 감정적이라 생각했다. 또한 올바른 감정은 돋우고 그릇된 감정은 억제하기 위해 그들이 체계적으로 짜 놓은 법체계와 윤리를 경험하며, 인간이란 참으로 어렵게 사는 존재라 여겼다.

하지만 그런 생각은 얼떨결에 투텔로 보내지며 산산조각 깨졌다. 죽고 싶지 않으면 죽여야 하는 난장판. 죽이고 싶지 않아도 죽여야만 하는 아수라장. 분명 사람을 죽이면 감옥에서 평생을 썩는다고 들었는데, 그곳에선 살인이야말로 축복받는 행위였다. 많이 죽인 살인자가 더 높이 올라가는 이상한 구조였다.

그 구렁텅이에서 보낸 2년 동안 빅토리아는 수많은 살인을 저질렀다. 헤아릴 수 없이 많은 피가 그녀의 손을 탔고, 어느덧 투텔의 분리주의자들은 그녀를 두고 악에 받친 소리를 질러 댔다. 뒤따르는 한없는 전공, 혹은 한없는 악행을 그녀는 부정하지 않았다.

그럼 나는 살인자인가?

죽어 마땅한 죄인인가?

의문은 자연스레 사방으로 퍼졌다. 적군을 쏘아 죽이는 잉그람의 젊은 군인들. 그들은 멋모르고 입대하여 최전방으로 보내진 젊은이들이다. 비록 정도의 차이는 있을지언정, 그들도 빅토리아와 마찬가지로 많은 사람을 죽였다. 그럼 저들도 살인자인가? 저들도, 죽어 마땅한 죄인인가?

답은 간단했다.

정말 죽어 마땅한 자들은 전쟁을 일으키고도 스스로 전쟁을 감당하지 않는 이들이다.

멋모르는 어린애들과, 운 좋게 약점을 잡아낸 '철퇴'를 방패 삼아 분에 맞지 않는 권력을 누리는 이들이다.

"당신들은 마녀를 보고 비인간적이라고들 하죠. 맞아요. 마녀는 인간이 아니니 비인간적일 수밖에요."

인형처럼 무기질적인 얼굴로 빅토리아가 갸웃 고개를 기울인다.

"그럼 비인간적인 당신들은 뭐죠?"

"……."

"인간이 아닌 인간을 어떻게 불러야 하는지 나는 도통 모르겠어요."

로빈슨 소장은 침묵했다. 침통한 듯하면서도 불쾌해 보이는 얼굴에는 그저 이 상황을 모면하고픈 난처함만이 떠올랐다. 어차피 그에게서 납득할 만한 대답을 기대하진 않았기에 빅토리아는 곧 다시 말문을 열었다.

"국왕에게 전해요. 군이 투텔에서 몰래 민간인을 학살했다는 걸 내가 알고 있다고."

"그게 무슨……!"

"마녀는 봄 날씨처럼 변덕스럽다고들 하죠. 네, 난 변덕스러우니까 언제 수틀려서 그걸 오만 데 떠들고 다닐지 몰라요. 어디 보자. 인간 왕국에선 신문에 떠드는 게 제일이라던데, 지금 당장 신문사로 가 볼까요?"

지루할 만치 가라앉았던 소장의 얼굴이 삽시간에 당혹으로 물들었다.

"빅토리아 경!"

"소장이 멋대로 날 군에서 쫓아내면 입장이 난처해지겠죠. 그러니까 국왕한테 전하라고요. 날 놔주지 않으면 멋대로 떠들고 다닐 거라고. 당신들이 대령에 준하는 지위를 준 덕분에 내 말에도 신빙성이 더해질 테니, 그거 하나는 참 고맙네요."

경악한 얼굴로 멀거니 빅토리아를 응시하던 로빈슨 소장이 돌연 표정을 구기며 잇새로 빠르게 속삭였다.

"국왕 전하와의 계약이 경의 뜻이 아님은 잘 알겠습니다. 하지만 그 화가 어째서 모조리 이쪽으로 돌아오는지 모르겠군요. 어쨌거나 경에게 계약을 강요한 것은 수리 알피어스 경이 아닙니까? 탓하려거든 경의 고모를 탓하—"

"한 번만 더."

스산한 목소리가 소장의 말을 자르고 들어왔다.

"그 더러운 입으로 고모의 이름을 말하면, 그땐 용서 안 해요."

슬그머니 올라오는 벽안이 음산한 빛으로 젖어 있다. 순간적으로 흠칫한 로빈슨 소장이 저도 모르게 몸을 뒤로 물렸다. 그를 차게 쏘아보던 빅토리아는 그쯤에서 미련 없이 자리를 털고 일어났다.

"다시는 볼 일 없겠군요. 빈말로도 잘 지내란 말은 못 하겠어요. 길지 않은 생, 부디 회개하며 살아요. 죄 많은 인간들은 죽어서 지옥에 간다잖아요?"

규칙적으로 또각거리는 발소리가 점점 멀어진다. 이내 싸늘한 정적만이 내려앉은 집무실. 넋을 놓고 앉은 로빈슨 소장의 맞은편에서는 덩그러니 남은 커피 한 잔만이 차갑게 식어 갔다.

"어, 왔어요?"

의자에 올라가 부엌 찬장을 뒤지던 알렉이 문득 들려오는 인기척에 반색하며 뒤를 돌아보았다. 예상치 못한 환대에 빅토리아가 잠시 말문을 잃고 서 있는 사이, 돌연 알렉이 밟고 선 의자가 흔들리기 시작했다.

"어, 어?"

흔들리는 의자를 따라 알렉이 위태롭게 휘청거리자, 빅토리아는 나지막한 탄성을 흘리며 즉각 마법을 부렸다. 삽시에 흔들림이 멈춘 의자 위에서, 알렉은 거의 껴안듯 찬장을 짚고서 안도의 한숨을 내쉬었다.

"하마터면 죽을 뻔했네……. 고마워요, 빅토리아 경."

"……."

"경?"

이상하게 멍한 빅토리아를 바라보며 알렉이 의아한 얼굴을 했다. 눈도 깜빡이지 않고 지그시 알렉을 응시하던 빅토리아가 불현듯 말문을 연다.

"인간적인 사람……."

"네?"

마치 그 자리에 못 박힌 듯 미동 없던 빅토리아가 그제야 거실 쪽으로 발걸음을 옮겼다.

"좋다고요."

뭐라는 거야. 여전히 의문이 가시지 않은 눈으로 멀어지는 그녀의 뒷모습을 지켜보던 알렉이 아차차, 소리를 내며 의자에서 얼른 내려왔다.

"저기, 빅토리아 경! 잠깐 할 말이 있는데요."

"나도 할 말 있어요."

앞서 걸어가던 빅토리아가 돌연 몸을 홱 돌렸다. 난데없이 지척에서 그녀를 마주하게 된 알렉이 멈칫하며 굳었다.

"나 이제 군인 아니에요."

"……네?"

"이제 군인 아니니까, 그렇게 알라고요."

느닷없는 폭로에 알렉이 기함했다.

"설마 지금 육군성에 다녀온 거예요?"

"네."

"관두고 온 거라고요?"

"네."

"그걸 그쪽에서 순순히 받아들여요?"

"설마요. 그래서 비장의 카드를 썼죠."

알렉은 멍하니 그녀를 바라보았다. 저렇게나 자신만만하다면 모르긴 몰라도 잘 풀렸을 것이다. 군 장성들이 얼마나 꼬장꼬장하게 구는지 누구보다도 잘 아는 그로선 쉽사리 상상할 수 없는 전개지만, 늘 상상을 뛰어넘는 빅토리아라면 군 장성쯤이야 쉽게 요리할 수 있을 터다.

그래도 군복이 꽤 잘 어울렸는데.

갑작스럽게 치고 들어오는 생각에 흠칫하며 알렉은 줄줄이 이어지는 상념을 황급히 끊어 냈다. 침착, 침착하자. 저 사람은 겨울을 불러온다는 무시무시한 마녀고, 내게서 무언갈 뜯어내려는 사람에 불과한…….

"잠깐만요. 설마."

알렉이 저도 모르게 입을 열었다.

"……아니죠?"

"뭐가요?"

"군을 나온 거요. 혹시 나 때문에 관둔 건 아니죠?"

빅토리아가 고개를 모로 기울였다.

"왜 그런 생각을 해요?"

"아니……. 내가 아침에 앞으로 중요한 일정이 있으면 날 호위해 달라고 했잖아요. 군인 신분으로 개인을 호위하기는 좀 꺼림칙해서 그런 건 아닌가 해서……."

"알렉은 그냥 개인이 아니라 왕자잖아요. 근위대도 군대로 알고 있는데, 아니에요?"

"맞아요. 맞는데……."

좀처럼 정리되지 않는 생각에 알렉이 얼굴을 찡그리며 뒷머리를 마구 흩트렸다.

"경은 근위대가 아니잖아요. 엄연히 투텔에 배치된 군인이니, 경이 군인 신분으로 날 호위하기는 무리죠."

"그럼 원래는 어떻게 할 요량이었어요?"

"휴가를…… 권할 생각이었는데요."

슬그머니 빅토리아의 눈치를 살피며 알렉이 웅얼거렸다. 쉽사리 이해가지 않는다는 듯 빅토리아가 미간을 좁힌다

"휴가를 내도 군인이 아니게 되는 건 아니잖아요."

"그렇긴 하지만……."

"여러모로 아예 관두는 게 낫지 않겠어요?"

"진짜 나 때문에 관둔 거예요?"

알렉의 뺨이 금세 당혹감으로 달아올랐다. 어쩔 줄 몰라 전전긍긍하는 얼굴을 물끄러미 쳐다보던 빅토리아가 느리게 고개를 주억거렸다.

"일단은 그렇게 해 둘게요."

"그게 무슨 소리예요. 일단이라니?"

"생각해 보니 알렉 때문에 관둔 것 같아서요."

"이봐요."

"할 말 있다면서요. 뭔데요?"

미심쩍은 표정으로 빅토리아의 곳곳을 살펴보던 알렉이 이내 한숨을 길게 내쉬었다. 아무래도 군을 나온 것은 그 때문이 아닌 듯하지만, 이제부터 말하는 것은 정말로 빅토리아에게 폐가 되는 내용이다.

"……일전에 날 지켜 준다고 했잖아요."

"그랬죠."

"날 지키려면 반드시 날 호위해야 하고."

"당연하죠."

"그리고 호위를 하려면 내 옆에 찰싹 달라붙어 있어야 하겠죠?"

"자꾸 당연한 소리 할래요?"

앓는 소리를 내며 한참이나 말을 꺼내길 주저하던 알렉이 끝내 자포자기하여 털어놓았다.

"당분간 나랑 연인 행세 좀 해 줘요."

"……."

"진짜 미안해요. 진심으로 미안한데, 당신을 단순히 호위로만 소개하기엔 상황이 여의치가 않아요. 별별 이상한 소문이 다 돌 거고, 아버지도—"

"좋아요."

알렉이 멍하니 눈을 끔벅였다.

"……네?"

"좋다고요."

빅토리아는 변함없이 무표정했다. 알렉은 순간 환청을 들었나 싶어 제 귀를 의심할 수밖에 없었다.

"……진짜 동의하는 거예요?"

"네. 뭐 어려운 일도 아니고."

어깨를 타고 앞으로 흘러내린 머리칼을 뒤로 쳐 내며 무심히 고개를 돌렸던 빅토리아가 문득 알렉을 돌아보았다.

"그런데 그 연인 행세라는 거, 정확히 어떻게 하면 돼요? 남들 보는 앞에서 입이라도 맞추면 되나?"

순간 알렉의 얼굴이 시뻘겋게 달아올랐다. 귓불이 타들어 갈 듯 뜨겁고, 혀는 딱딱하게 굳어 어떻게 말할 수도 없다.

"그건 아닌가 보네."

그의 얼굴을 유심히 살펴보던 빅토리아가 지레짐작하여 결론지었다.

"뭐 어떻게 해야 하는지 정확히 알려 줘야 내가 연인 행세를 하든 말든 하죠."

"그냥 내가 가는 곳마다 옆에 붙어 있으면 돼요."

"그게 끝?"

"옷도 좀 차려입고……."

무엇이든 수용할 것처럼 너그러워 보이던 빅토리아가 처음으로 얼굴을 구긴다.

"설마 치렁치렁한 드레스라도 입으라는 거예요?"

"아무래도 내가 가는 자리가 자리이다 보니."

"굽 높은 구두도 신고?"

"보통……은 신죠."

"화장도 해야 돼요?"

이제 알렉은 죄인이라도 된 것처럼 주눅 든 얼굴로 얕게 고갯짓했다. 헛숨을 내뱉으며 팔짱을 낀 빅토리아가 영 못마땅한 눈으로 그를 쏘아보았다.

"좋아요. 필요하다면 해야죠."

"참, 그리고."

"또 있어요? 참고로 말하지만, 난 귀부인처럼 호호 웃으면서 남들 비위 맞추는 건 못해요. 하기 싫은 게 아니라 못하는 거라고요. 물론 하기 싫은 것도 맞지만, 못하는 걸 하루아침에 잘할 수는 없잖아요."

"그런 건 나도 안 바라요."

알렉이 눈매를 살짝 찡그리며 웃었다.

"그게 아니라, 내일 기자가 한 명 올 거예요. 그 기자한테 우리의……

연애에 대해 밝힐 예정인데요."

"기자요?"

"네. 왜요, 기자들 싫어해요?"

알렉이 의아하게 물었다. 빅토리아는 신중하게 고개를 저었다.

"그건 아닌데, 기자들이 날 싫어해요. 깁슨 대령은 내가 기자들 화나게 만드는 재주가 아주 탁월하다던데요."

"……어떤 상황이었는지 대충 그려지긴 하네요. 내일 만날 기자는 그런 기자가 아니니, 걱정하지 않아도 돼요."

"어떤 기자인데요?"

곰곰이 생각하던 알렉이 흘끗 빅토리아를 내려다보았다.

"화제가 될 만하다면 영혼까지 팔아 버릴 기자."

"……."

"아마 당신을 굉장히 좋아할 거예요."

도무지 이해할 수 없다는 듯 빅토리아가 연신 고개를 갸웃거렸다. 알렉은 그저 말없이 웃기만 했다.

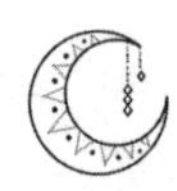

이튿날. 찰리가 뭐 씹은 표정으로 찾아왔다.

"데려왔습니다."

알렉은 말없이 찰리의 어깨 너머를 넘겨보았다. 아마도 찰리에게 벌써 한 소리를 들었는지, 커다란 안경을 쓴 말라깽이 남자 하나가 가방을 품에 안고 오들오들 떨고 있다.

"오랜만이네요, 콜린스 씨."

알렉이 선한 미소를 지으며 그에게 손을 내밀었다. 마치 구세주라도 보는 것처럼 간절하게 절 향하는 눈빛에 알렉은 실소를 금치 못하였다.

조셉 콜린스.

수많은 황색 신문이 난립하는 이 오킹엄에서도 악질적이기로는 손에 꼽히는 《더 트레이스》의 기자로, 근 3년 그가 터트린 추문만 하더라도 열 손가락을 훌쩍 넘기는 인물이다. 비록 겉보기로는 간신히 빌어먹고 사는 이 시대 가련한 가장의 모습과 별반 다르지 않지만, 그의 진가는 취재를 앞두고 드러난다.

바로 지금처럼.

"음, 그러니까……. 빅토리아 알피어스 경."

빅토리아의 이름을 발음하기 무섭게 둥그런 안경 너머 축 처진 콜린스의 눈이 형형한 빛을 띴다. 마치 눈앞의 빅토리아를 잡아먹기라도 할 듯 끈덕진 시선이 이어졌으나, 정작 그를 마주하는 빅토리아는 평소와 다름없이 심드렁했다.

"올해로 스무 살. 이명(異名)은 혹한의 마녀. 겨울의 마법사, 휴고 알피어스의 뒤를 이어 알피어스 가문이 배출한 겨울을 불러오는 마녀. 알피어스의 수장인 수리 알피어스 경이 가장 아끼는 조카로, 사실상 알피어스의 차기 수장으로 여겨지고 있다고 알려졌는데……. 맞습니까?"

"아니요."

"네, 그럼 다음 질문으로……. 잠깐, 아니시라고요?"

콜린스가 조금 당황하여 안경을 추켜올렸다. 빅토리아는 단호히 대꾸했다.

"아니에요."

"어느 부분이 틀렸습니까?"

"사실상 알피어스의 차기 수장으로 여겨지고 있다는 부분이요."

"예에? 하지만 그 부분은 불과 지난해 수리 알피어스 경이 《데일리 오킹엄》과의 인터뷰에서 직접 밝히신 내용입니다. 정확히는 '내 후계자요? 내 조카들 중에 정신머리 똑바로 박힌 애가 있긴 합니까? 다들 제정신이 아니라면 능력이라도 출중한 애한테 물려줘야겠죠. 뭐요? 이멜다? 진심으로 하는 소립니까? 도박에 미친 애한테 가문을 물려줘? 내가 말한 건 빅토리아입니다. 당신, 기자가 맞긴 해요?' 라고 말씀하셨습니다만…….”
“물론 내 사촌들 중에 성격적으로나 능력적으로 가장 월등한 사람이 내가 맞긴 해요.”
멀찍이서 인터뷰를 지켜보던 찰리가 다시 한번 뭐 씹은 표정을 지었다. 그러거나 말거나, 빅토리아의 대답은 강물처럼 줄줄 이어진다.
“하지만 내게 가문을 물려주려는 건 오롯이 고모의 의사일 뿐이에요. 난 원하지 않아요.”
“어째서입니까?”
“귀찮잖아요. 그런 멍청한 질문에도 하나하나 대답해 줘야 하고.”
“대외적으로 노출을 꺼리신다는 말씀인가요?”
“굳이 번거로운 일에 얽히고 싶지 않다는 게 맞겠죠.”
콜린스는 잠시 입을 다물고, 2인용 소파에 나란히 앉은 알렉과 빅토리아의 모습을 찬찬히 살펴보았다. 팔걸이에 팔꿈치를 올리고 턱을 괸 채로 편안히 앉아 있는 알렉과, 도도하게 다리를 꼬고 앉은 빅토리아. 콜린스의 얇은 입술에 은근한 미소가 올랐다.
“그런 맥락이라면 지금 이 자리도 실은 원치 않으셨다고 이해해도 되겠습니까?”
물끄러미 콜린스를 응시하던 빅토리아가 고개 돌려 알렉을 보았다. 알렉은 느긋한 미소를 걸친 채로 고개를 까딱였다. 마음껏 편하게 대답하라는 신호다.
“당연하죠. 내가 왜 인간들 시시덕거림에 놀아 주고 싶겠어요.”
아, 이건 좀 센데. 한가롭게 상황을 지켜보던 알렉이 슬쩍 눈썹을 들어 올리기 무섭게, 빅토리아가 그를 돌아보았다.
“그저 알렉을 보고 하는 거죠.”
잠시 침묵이 흘렀다. 알렉은 무심히 절 향하는 벽안을 마주 보며 저도 모르게 입술을 살짝 벌렸다. 전혀 기대하지 않은 낭만적인 대답이다.
사각사각 펜이 종이를 스치는 소리가 언뜻 들려왔다. 한참이나 빅토리아를 응시하던 알렉은 뒤이어 절 부르는 소리에 반사적으로 고개를 돌렸다.

“두 분께서 어떻게 만나셨는지 참으로 궁금합니다. 사실 인간과 마녀는 맺어지기 어려운 경우가 대부분인데, 하물며 왕자 전하와 알피어스 가문의 촉망받는 마녀라면 더더욱 그렇지 않겠습니까?”

“어려울 게 있나요. 운명이면 어떻게든 만나게 되어 있는데.”

“그 말씀인즉, 빅토리아 경이 전하의 운명적 상대라는 뜻입니까?”

콜린스가 음험하게 눈을 빛냈다. 알렉은 보란 듯이 고개를 끄덕이며 쐐기를 박았다.

“오매불망 기다려 온 운명의 상대죠.”

“그럼 지금까지 터졌던 전하의 스캔들 상대들은 그저 지나가는 바람이었을 뿐인가요?”

“아, 그걸 여기서 말하시네…….”

알렉은 부러 난감한 척 눈썹을 매만졌다.

“지금까지 수백 번도 넘게 말해 왔지만, 내 이름이 들어간 소문의 대다수는 뜬구름 잡는 이야기예요. 말도 안 된다고요.”

“다 거짓이다?”

“멋모르던 어릴 적 소꿉장난은 눈감아 주신다면요.”

알렉의 능청스러운 대답에 콜린스가 빙긋 웃으며 빅토리아를 보았다.

“어떠십니까, 빅토리아 경. 왕자 전하께선 수없이 터지는 염문설로도 꽤나 이름을 날리셨는데, 연인으로서 이런 점이 불쾌하게 다가오진 않으신가요?”

“다 거짓부렁이라는데 불쾌할 게 뭐 있겠어요.”

“오, 전하의 말씀을 다 믿으시는 겁니까?”

“그럼 내가 알렉의 말을 믿지, 잘 알지도 못하는 사람들의 말을 믿겠어요?”

“하지만 때로는 주변에서 들려오는 말들이 맞을 때도 있지 않습니까?”

콜린스가 거듭 던지는 집요한 질문에 빅토리아가 슬며시 미간을 찌푸렸다.

"그런데 왜 자꾸 아까부터 스캔들을 사실로 몰아가요? 본인이 거짓이라잖아요."

"만에 하나라는 것이 있지 않습니까. 실제로 불과 며칠 전부터는 전하와 매럴린 로웰 양의 염문설이 슬슬 들려오고 있고……."

"누구요? 매럴린 로웰?"

알렉이 기함하여 소리쳤다. 본능적으로 눈을 굴려 살펴본 찰리의 표정은 전에 없이 굳어 있었다.

"모르셨습니까?"

"생전 처음 듣는 소리예요."

"빅토리아 경께서는?"

"매럴린 로웰이 누군데요?"

콜린스는 고개를 살짝 주억거리며 빠르게 수첩을 채워 나가기 시작했다. 그 모습을 바라보며 알렉이 제법 단호한 목소리로 말했다.

"이 자리를 빌려 말할게요. 매럴린 양과 난 그런 사이가 절대 아닙니다."

"오, 지금까지 전하께선 스캔들에 별다른 대응을 하지 않으셨던 것으로 기억합니다만."

"대응할 가치를 못 느껴서 그런 거죠. 하지만 이제는 그러면 안 되잖아요?"

알렉은 그리 대꾸하며 넌지시 빅토리아에게 다정한 눈길을 주었다. 사심이 아예 없다고는 못 해도 일단은 연출된 표정과 눈짓이었는데, 정작 그 눈길을 받는 빅토리아는 어리둥절할 뿐이다.

"아, 하긴 빅토리아 경께서 상처 입으시겠군요."

"내가요?"

영문 모를 빅토리아의 눈이 이번에는 콜린스를 향한다.

"연인이신 전하께서 다른 여성분과 염문설에 휩싸였는데, 상처받지 않으십니까?"

"그게 상처받을 일인가요?"

"……대개는 그렇죠?"

"아, 그럼 상처받는다고 할게요."

콜린스가 떨떠름한 얼굴로 알렉을 보았다. 이게 뭐냐며 힐난하는 눈빛이지만, 알렉은 그저 어깨를 가볍게 으쓱일 따름이다.

"마녀잖아요. 인간이랑은 좀 다르죠."

"……예. 그럼 이번엔 두 분의 첫 만남에 대해 여쭙겠습니다."

조금 복잡한 얼굴로 콜린스는 수첩을 한 장 넘겼다. 기다렸다는 듯 알렉의 목소리가 쏟아져 나왔다.

"내가 빅토리아 경과 만난 건 정말 운명이라는 말로밖에 설명할 수 없어요. 정확히 날짜를 밝힐 수는 없지만 대강 몇 주 전의 이야기예요. 난 가끔 근위대를 따돌리고 산책을 나가곤 하는데, 그날 밤에도 저택을 몰래 빠져나가 혼자서 거리를 거닐고 있었죠. 그러다가 우연히 질 나쁜 불량배들과 맞닥뜨린 거예요."

아무도 없는 골목에서 위험에 처한 왕자. 그리고 그를 멋있게 구한 마녀. 보통은 전자가 아가씨고 후자가 왕자지만, 성별만 다를 뿐이지 어디선가 많이 보았던 운명적인 첫 만남임엔 틀림없다.

"그때 빅토리아 경이 얼마나 멋있었는지 달리 설명할 방도가 없네요. 어쨌든 나는 한동안 내 눈을 의심해야 했어요. 도저히 믿을 수 없는 광경이 내 눈앞에서 펼쳐지고 있었으니까요."

"그때 한눈에 반하셨군요."

"그런 셈이죠."

알렉이 선선히 고개를 끄덕였다. 콜린스는 꽤나 흡족한 얼굴로 빅토리아를 돌아보았다.

"빅토리아 경은 어떠십니까?"

"나도 한눈에 반했어요."

“전하께서야 절체절명의 순간 본인을 구해 준 사람에게 반하신 셈이라 쳐도, 빅토리아 경이 그 순간 전하께 반할 이유가 있었습니까?”

인터뷰를 시작한 이후 거의 처음으로 빅토리아는 고심에 잠겼다. 첫 만남이나 연인으로 지낸 기간 등 필수적으로 말을 맞춰야 하는 문제를 제하고는 오로지 빅토리아에게 대답을 맡겼던 알렉도 자연스레 긴장을 금치 못했다. 저 입에서 어떤 말이 나올지는 누구도 알지 못했다.

미간을 살짝 찌푸린 채 한참이나 뜸을 들이던 빅토리아가 아주 신중하게 입을 열었다.

“……얼굴?”

“…….”

“더 상세히 말해야 하나요?”

이마를 짚으며 한숨을 삼킨 콜린스가 느릿하게 고개를 끄덕였다.

“예. 일단은 상세히 말씀해 보시죠.”

“눈이요.”

빅토리아가 슬쩍 알렉을 보았다.

“눈이 참 예쁘잖아요.”

눈, 하고 중얼거린 콜린스가 이내 납득했다.

“그건 괜찮군요. 다른 점은 없으십니까?”

“……다른 게 더 필요해요?”

“한눈에 반하는 데 다른 이유가 더 필요하진 않습니다만, 그래도 전하를 더 잘 알게 되면서 좋아진 부분이라든가. 여러 가지가 있지 않습니까?”

기계적으로 대답을 이어 가던 콜린스는 문득 고개를 들었다가, 참으로 난감하기 그지없어 보이는 빅토리아의 얼굴을 마주했다. 지금까지 무서울 정도로 표정의 변화가 없던 빅토리아가 처음으로 내비치는 감정이었으나, 저 난감함을 어떻게 이해해야 할지 그는 좀처럼 갈피를 잡을 수 없었다.

때마침 알렉이 요령 있게 끼어들었다.

“성격적으로 잘 맞았다고 하죠.”

"아, 그게 좋겠네요."

대놓고 보란 듯이 말을 맞춘 두 사람이 콜린스를 빤히 쳐다보았다. 콜린스가 어색하게 입매를 끌어 올리자, 그를 격려하듯 알렉이 유쾌한 목소리를 낸다.

"빅토리아 경은 이런 질문에 익숙하지 않아서요. 뭐, 마녀잖아요."

마녀. 이 한마디로 모든 걸 수습하려 드는 왕자였지만, 콜린스는 크게 개의치 않으려 노력했다. 이런 좋은 기사를 단독으로 낼 수 있는 기회는 흔치 않다. 실은 흔치 않은 수준이 아니라, 하늘이 내려 준 기회나 다름없었다.

그때, 무언가 이상한 점이 그의 뇌리를 훑고 지나갔다. 콜린스는 본능적인 감각을 놓치지 않고 눈매를 예리하게 세웠다.

"그런데 전하. 어째서 빅토리아 경을 그렇게 부르십니까?"

"네?"

"보통 연인 사이에서 경이란 호칭을 사용하는 건 매우 드물지 않습니까?"

매우 드문 것이 아니라, 거의 전무하다고 말하는 것이 옳다. 그제야 자신의 실수를 알아차린 알렉이 겸연쩍은 표정으로 뺨을 긁적였다.

"실수했네. 그건 콜린스 씨가 알아서 잘 수정해 줘요."

"그러게 내가 비키라고 부르라 할 때, 순순히 내 말을 들었어야죠."

"비키는 너무 가까워 보이잖아요."

"그럼 빅토리아는 어때요?"

"음, 그건 생각해 볼게요."

마치 만담을 주고받듯 한가로이 대화를 이어 가는 두 사람을 보며 콜린스는 생각했다.

아무래도 오늘 밤, 눈물을 머금고 접어 두었던 작가의 꿈을 되살려야겠노라고.

이튿날.

오킹엄 시민들의 출근길을 보다 다채롭게 만들어 준다고 주장하는 신문, 《더 트레이스》의 앞면은 알렉 왕자의 단독 인터뷰로 채워져 있었다. 또 농담 따먹기나 하는 내용이겠거니 하면서도 호기심에 신문을 구매한 사람들은 하나같이 눈을 휘둥그레 뜨고 기사를 재독하기 시작했다. 하지만 한 번 읽고, 두 번 읽어도 충격적인 인터뷰의 내용은 변치 않았다.

그날, 오킹엄 일대를 뒤흔든 파장은 만 하루 만에 잉그람 전역으로 퍼져 나갔다. 사람들은 왕자가 직접 열애를 밝혔다는 것에 놀랐으며, 그 열애 상대가 마녀라는 사실에는 거의 졸도할 만치 기함했다. 심지어는 그 마녀가 대중 사이에서도 곧잘 이름이 오르내리던 위대한 마법사, 휴고 알피어스의 조카이자 후계자란 사실이 알려지며 충격은 더욱 거세졌다.

당연하게도 만인이 왕자의 사택을 주목하였다. 한동안 병환으로 두문불출하던 왕자는 열애를 밝히고도 좀처럼 모습을 드러내지 않고 있었다. 오킹엄의 모든 기자들이 왕자의 사택 앞에 모여 카메라를 들이댔으나, 왕자의 머리카락 하나 발견하는 사람이 없었다. 홀로 날개 돋친 듯 팔려 나가는 《더 트레이스》만 좋은 꼴이었다.

왕실에서도 난리가 났다. 왕자가 독단적으로 행한 인터뷰에 꼬장꼬장한 왕실의 어른들은 불만을 토했으나, 그들로선 달리 상황을 수습할 방도가 없었다. 왕자를 불러내 몇 마디 혼쭐을 내려 해도 정작 연락이 닿질 않았고, 왕자의 연애에 찬성하니 반대하니 성명서를 내는 것도 우스운 일이다.

하워드 국왕의 경우는 분노했다는 말도 있고, 실소했다는 말도 있으나 누구도 정확한 소식은 알지 못했다. 국왕은 언제부턴가 공식적인 일정을 제하면, 로엔그렌 궁전 가장 깊숙한 방에 틀어박히기 시작했다. 그 밀실에서 어떤 말이 오가고, 무슨 일이 벌어지는지 아무도 몰랐다.

그리고 알렉 왕자의 열애 소식은 저 멀리 남쪽 나라 메시나에도 번졌다.

평생 눈길 닿은 적 없는 저급한 황색 신문을 난생처음 읽어 본 캐서린 공주의 반응은 간단했다.

"돌아갈 때가 되었구나."

아크라이트 왕실의 수호자, 한편으로는 알렉 왕자의 호적수가 이윽고 화려한 귀국을 결심하는 순간이었다.

4. 가면무도회

쾅!

난데없이 굉음이 터지며, 천장에서 조그만 벽돌 가루가 우수수 떨어진다. 느긋하게 오후의 티타임을 즐기던 알렉이 떨떠름한 표정으로 찻잔을 내려놓았다. 맑은 갈빛으로 잘 우러난 찻물에 잿빛 가루가 둥둥 떠다녔다.

오래지 않아 층계참으로 모습을 드러낸 빅토리아는 거의 뛸 듯이 계단을 내려왔다. 다짜고짜 거실의 서랍장을 죄다 열어 대는 모습에, 시시각각 터지는 폭발음을 애써 무시하던 알렉도 이제는 마냥 모르는 척할 수가 없었다.

"무슨 일 있어요?"

마법 회로를 손봐야 한다며 늦잠 자던 그를 아래층으로 쫓아낸 것이 불과 세 시간 전이다. 알렉은 마법에 문외한이지만, 적어도 지금 이 상황이 썩 바람직하지 못하다는 것쯤은 능히 짐작했다.

"당분간 2층 올라가지 마요."

빅토리아는 마법으로 서랍장 여럿을 동시에 뒤지며 무언가를 열심히 찾고 있었다. 잘은 모르겠지만, 더 이상 방해하지 않는 것이 좋겠다. 그런 생각으로 알렉이 입을 다물기 무섭게, 저 멀리 2층에서 막시무스의 우렁찬 목소리가 들려왔다.

"아가씨! 무너집니다, 무너져요! 빨리 오세요!"

"아직 못 찾았어. 조금만 더 버텨 봐."

"안 됩니다! 이제 한계예요!"

얼핏 듣기에도 거의 죽어 가는 목소리다. 미간을 찌푸린 채로 정신없이 서랍을 뒤집어 놓던 빅토리아가 돌연 장식장 아래를 받치고 있던 고서를 빼 들었다. 그러곤 흔들리는 장식장을 마법으로 고정시킨 후, 고서를 품에 안고 곧장 계단으로 내달렸다.

"찾았어! 몇 페이지라고?"

"1,847페이지요! 빨리 오세요! 전 이제 버티지 못할 것만 같……."

"버텨! 넌 못 버텨도 집은 버텨야 돼!"

쿵!

2층으로 이어지는 문이 세게 닫히는 소리와 함께 빅토리아와 막시무스의 정신없는 대화도 단숨에 잦아들었다. 조금 질린 눈으로 층계참을 응시하던 알렉이 한숨을 삼키며 소파 옆자리에 올려 두었던 편지를 집었다. 겉봉에 유려한 필체로 쓰인 '캐서린 아크라이트'라는 이름은 볼 때마다 심장을 덜컹거리게 만드는 마법이라도 걸려 있는 듯했다.

"내일인가……."

알렉은 심란하기 그지없는 눈을 돌려, 조금 전 소란으로 반쯤 찢겨져 나간 달력을 바라보았다. 4월 18일. 꽃 피는 봄이 한창인 오킹엄에 드디어 파란이 밀려들려 하고 있었다.

쾅!

이 집에는 벌써 파란이 밀려들었고.

아까와는 비교할 수 없이 커다란 벽돌 알갱이들을 우수수 맞으며 알렉은 다시금 깊은 한숨을 내쉬었다. 어쩐지 지난 한 달, 안락한 침실이 되어 주었던 2층 방으로 다시는 돌아가지 못할 것 같은, 무척이나 좋지 않은 예감이 들었다.

사월 중순에 이른 오킹엄은 그야말로 물오른 봄으로 만발하고 있었다. 연옥빛 아름다운 로엔그렌 궁전의 담벼락 아래는 붉은 모란이 한 아름 피어났고, 오킹엄에서 유일한 볼거리라는 앰브로즈 광장에는 이름 모를 들꽃들이 봄바람에 살랑거렸다. 날로 따사로워지는 햇살은 겨울에 찌든 사람들을 밖으로 불러내어 웃음소리를 꽃피우게 했다.

그리고 이런 봄날에 빠질 수 없는 것이 바로 무도회다.

반제나 메시나, 혹은 잉그람의 다른 도시들을 보더라도 그만큼 성하지 못했다 평해지는 오킹엄 사교계는 그야말로 이날만을 기다렸다는 듯 무도회를 개최하고 있었다. 그간 나이 어려 배제되었던 영애와 영식들도 사교계에 정식으로 데뷔했고, 오래도록 약혼으로 맺어졌던 이들도 서로 앞다투어 따스한 봄날의 결혼식을 거행했다. 점심때 사교 모임에서 봤던 이를 오후 결혼식에서 보고, 또 저녁 무렵 열리는 무도회에서 마주치는 일이 흔하디흔한 날이다.

파티광들에겐 더할 나위 없이 행복한 나날이요, 사회적 지위가 있어 쉽사리 초대장을 물리지도 못하는 이들에겐 어떻게든 그럴듯한 변명을 쥐어짜 내야 하는 시기. 머리가 하얗게 물들어 전원에서 요양하는 노인네들도 초대장을 받으면 응당 답장을 하는 것이 미덕으로 여겨지는 사교계에서, 보좌관이 답서한 것이 역력한 투로 모든 초대를 거절하는 이가 있다면 어떻게 될까. 당연히 사교계 특유의 빙빙 돌려 말하는 화법으로 잘근잘근 씹히겠으나, 정작 그 당사자가 일국의 왕자쯤 된다면 그조차 불가할 것이다.

하물며 그 사람이 오킹엄을 뒤흔드는 열애의 주인공이라면야!

그 사람이란 물론 요사이 오킹엄의 어딜 가든 이야깃거리로는 빠지지 않는 알렉 아크라이트 왕자다. 진위를 확인할 수 없는 무성한 스캔들의 중심에 섰을 때도 늘 화제가 되었던 인물이니, 본인이 스스로 열애를 밝힌 지금이야 오죽할까. 심지어는 그 열애 상대가 —지금까지 스캔들의 상대가 대부분 연상이었던 것을 들어 혹시 남몰래 불륜을 자행하고 있는 것이 아니냐 몇몇 사람들의 의심을 부추겼던— 브랜포드 백작 부인도 아니고, 근래 들어 주가를 올리던 브리오니 애버딘 양도 아니다.

그 이름도 무시무시한 빅토리아 알피어스. 산골 마을의 무지렁이도 알 법한 저명한 마법 가문 〈공정한 알피어스〉의 직계이며, 겨울을 불러온다는 이즈리얼 알피어스의 진정한 후예. 벌써 수십 년째 알피어스의 수장 자리를 역임하고 있는 수리 알피어스의 공공연한 후계자로 여겨지고 있으며, 들리는 소문으로는 여타 다른 마녀들과 달리 유난히 흉포한 성정을 지녀 그 험하다는 투텔에서조차 살인귀로 악명을 떨치고 있다는, 바로 그 마녀다!

왕자와 마녀. 그것만으로도 족히 기겁할 만남이건만, 그 마녀가 다른 마녀도 아니고 하필 빅토리아 알피어스라는 점에서 오킹엄 사교계의 일원들은 호기심과 걱정, 그리고 악의를 섞어 수군수군 입을 놀리고 있었다. 거기에는 일단 마녀라면 덮어 두고 꺼리는 인간들의 기본적인 성향도 영향을 미쳤지만, 알피어스라면 무조건 목에 핏대를 세우고 보는 옥슬리 남작의 영향도 지대했으리라.

'휴고 알피어스, 그 작자는 수십 년 전 펜잔스에서 우리 아버지께 어마어마한 스트레스를 주었지. 그리고 그 작자의 조카라는 빅토리아 알피어스는 내게 지울 수 없는 상처를 남겼소! 여기 이 자상! 그 마녀가 내 명령에 복종만 했다면, 난 아직도 군에서 잉그람의 국격을 드높이고 있었을 거란 말이오!'

제대한 지 1년이 넘었는데도 군에 미련을 버리지 못한 옥슬리 남작은 이렇듯 왕자와 마녀가 부재한 틈을 타 빅토리아 알피어스에 대한 악담을 마구잡이로 늘어놓았다. 예전 같았으면 또 저런다 싶어 흘려들었을 사람들도 이제는 하나둘 그의 목소리에 집중했다. 자연히 빅토리아 알피어스의 평판은 시작과 동시에 나락으로 꺼졌다. 알렉 아크라이트에 대해서는 사악한 마녀에게 홀린 불쌍한 왕자라는 의견과, 사람이란 본디 유유상종이라 왕자도 그 사악한 마녀와 비슷한 부류가 아니겠냐는 냉소적인 의견이 대립하기 시작했다.

좌우지간 사람이 둘만 모여도 왕자와 마녀에 대한 이야기가 나온다는 시국이다. 입이 깃털보다 가볍다는 사교계 일원들이 대거 모이는 연회장에선 당연히 그들의 이야기로 갑론을박이 벌어졌다. 그러나 정작 이야기의 당사자들이 좀처럼 모습을 보이지 않아 의구심만 커져 가던 차에, 만인이 기다려 마지않던 캐서린 공주가 드디어 짧지 않은 메시나 체류를 마치고 잉그람으로 귀국했다.

들리는 이야기로, 캐서린 공주는 자택에 도착하자마자 이런 말을 남겼다고 한다.

'내 귀여운 손자를 보고 왔으니 연회를 열어야겠다. 왕실의 위엄에 걸맞게 성대한 무도회를 열자꾸나.'

'바로 초대장을 돌릴까요?'

'그래. 특히나 내 귀애하는 조카와 그 연인에겐 꼭 참석해 달라 전하렴.'

캐서린 공주가 주최하는 무도회라면 알렉 왕자와 그 마녀도 모습을 드러낼 것이다. 사람들은 그런 기대를 품고 제각기 초대해 주셔서 감사하다는 답장을 보냈다. 4월 19일. 따사로운 봄밤에 오킹엄을 뒤흔들었던 두 남녀가 비로소 베일을 걷고 나타나리라.

사월 중순에 이른 오킹엄은 그다지도 불안정하게 부풀어 오르고 있었다.

“오늘입니다.”

“오늘이지.”

찰리와 알렉은 서로를 마주 보며 결연한 눈빛을 주고받았다. 웬일로 시곗바늘이 정오를 넘기 전에 일어난 빅토리아가 졸린 눈으로 연신 하품을 흘렸다.

“오늘이 무슨 날인데요?”

마치 별일이 아니면 지금이라도 당장 방으로 돌아가 자겠다는 투다. 알렉이 어이없다는 표정으로 그녀를 돌아보았다.

“전에 말했잖아요.”

“음…….”

“오늘 경이 반드시 동행해야 하는 무도회가 있다고, 내가 며칠 전에 초대장까지 보여 줬잖아요. 여기 있네.”

마침 탁상에 놓인 초대장을 발견한 알렉이 빅토리아에게 얼른 건네주었다. 알렉 아크라이트 왕자 전하로 시작하여, 전하의 연인이신 빅토리아 알피어스 경도 부디 대동하시길 바란다는 말로 끝나는 초대장을 무심히 스쳐본 빅토리아가 그제야 느릿느릿 고개를 끄덕인다.

“그게 오늘이었어요?”

“네. 오늘이었네요.”

“그런데 여기 저녁 7시라고 쓰여 있잖아요. 그때 되면 어련히 알아서 잘 일어날까, 왜 이런 꼭두새벽부터 깨운 거예요?”

평소 무던하기 그지없는 빅토리아지만, 잠이 부족한 탓인지 평소보다 배로 예민한 태도를 보였다. 알렉은 지금 12시가 다 되었다며, 도대체 어디가 꼭두새벽이냐 묻고 싶은 마음을 꾹 참았다.

“무도회는 그냥 맨몸으로 가는 곳이 아니거든요. 전쟁 나갈 때 총 안 들고 나가는 군인 봤어요? 뭐든 준비를 해야죠.”

"준비……?"

갑자기 엄습하는 불길한 기운에 빅토리아 슬그머니 눈썹을 찌푸렸다. 알렉이 짐짓 개구지게 웃으며 찰리에게 눈짓했다. 빅토리아를 볼 때면 늘 경직된 얼굴이던 찰리도 웬일인지 흥겨운 기색이다.

"다들 들어오세요."

찰리의 말을 기점으로 커다란 가방을 바리바리 챙겨 온 무리가 집 안으로 쏟아져 들어왔다. 난데없는 상황에 놀란 빅토리아가 눈만 동그랗게 떴다.

"누군데 함부로 내 집에 들어오는 거예요?"

"누구긴 누구예요. 오늘 하루, 빅토리아 경을 위해 고생하실 분들이시죠."

"날 위해?"

"네. 경을 위해."

몹시 신이 난 표정으로 팔다리를 휘적거리며 문가로 다가간 알렉이 찰리의 옆에 선 중년 여성을 소개했다.

"이분은 프레다 캐벗 씨예요. 캐벗 씨, 이쪽은 보다시피 빅토리아 알피어스 경."

"처음 뵙겠습니다."

뾰족한 안경을 쓴 깐깐한 인상의 여자가 반듯한 자세로 손을 내민다. 그래도 인간 사회의 물을 꽤 먹어 악수가 무엇인지 잘 알 텐데도, 빅토리아는 물끄러미 프레다 캐벗의 손을 내려다볼 뿐 별다른 제스처가 없다.

흠, 얕은 콧숨을 내쉬며 고민하던 알렉이 한 발짝 빅토리아에게 다가가 그녀의 귓가에 입술을 가까이 붙였다.

"날 지켜 주기로 약속했잖아요."

소곤소곤 속삭이는 소리가 귓가를 간질인다.

"나만 보내려고요? 무슨 일이 일어날지 모르는데?"

빅토리아가 흘끗 눈만 틀어 알렉을 보았다. 척 보기에도 심기 불편한 눈빛에 알렉이 부러 한쪽 눈썹을 들어 올렸다.

"경의 고모인 수리 알피어스 경을 포함해서 〈공정한 알피어스〉는 일단 계약한 일에는 책임감을 갖고 임한다더니……. 딱히 그런 것도 아닌 모양이네요."

수리 알피어스란 이름이 나오기 무섭게 빅토리아의 눈빛이 차게 일변했다. 다 알면서도 알렉은 슬쩍 고개를 뒤로 물리려 했다.

"경의 뜻은 잘 알겠어요. 별수 있나, 나 혼자라도 가야—"

미련 없이 떨어져 나가는 알렉의 얼굴을 돌연 빅토리아가 홱 끌고 왔다. 시야를 가득 메우는 맑은 벽안에 알렉은 순간 흠칫하며 눈을 부릅떴다. 서로의 숨결이 얽히는 아주 짧은 거리를 사이에 두고, 빅토리아가 씹어뱉듯 속삭였다.

"어딜 혼자 간다는 거예요?"

알렉은 아무런 말도 내뱉지 못했다. 그의 뺨을 붙잡았던 손길이 덧없이 떨어져 나간다. 꿀 먹은 벙어리가 된 알렉을 그대로 스쳐 지나간 빅토리아가 당당히 프레다 캐벗에게 손을 내밀었다.

"빅토리아 알피어스예요. 날 위해 뭘 한다는 건지는 모르겠지만, 어쨌건 잘 부탁해요."

호승심이 등등한 빅토리아의 얼굴을 보며 찰리가 남몰래 엄지를 치켜들었다. 느긋하게 소파에 허리를 기대고 선 알렉이 승리의 미소를 지었다.

물론, 빅토리아의 호승심은 오래가지 못했다.

빅토리아보다 준비할 것이 적을 뿐이지, 제게 단단히 벼르고 있을 고모에게로 나아가는 만큼 철저히 준비해야 하는 알렉도 느지막한 점심을 먹고 욕조에 몸을 담갔다. 따뜻한 물에 잠겨 꾸벅꾸벅 졸던 그를 깨운 것은 다름 아니라 건너편 욕실에서 들려오는 우당탕 소리였다.

"……제발 가만히 좀……."

"……꼭 하셔야 하는 단계……."

잘 들리지는 않아도 무슨 일이 벌어지고 있는지 대강 짐작할 만하다. 알렉은 졸음에 겨운 눈을 깜박이며 실실 웃었다. 왕자의 의젓한 모습만 보아 온 잉그람 국민들은 잘 모르지만, 그는 어린 시절부터 왕실 어른들도 혀를 내두르던 장난꾸러기였다. 나이 좀 먹었다고 가실 장난기가 아니다.

욕조에서 나와 머리를 말리고, 미리 골라 둔 옷을 입고, 옷맵시를 다시 철저하게 점검하고, 반쯤 마른 머리를 매만질 때까지도 건너편 방에서 들려오는 소란은 좀체 끊이질 않았다. 중간중간 찰리가 저러다 빅토리아 경이 마법이라도 부려서 프레다 선생이 다치기라도 하면 어쩌느냐 조잘조잘 근심을 늘어놓았으나, 알렉은 변함없이 느긋했다.

"에이, 그렇게 생각 없는 사람 아니야. 네가 신경 긁을 때도 별 반응 없었잖아."

"제가 언제 신경을 긁었다고 그러세요!"

"그럼 아니야?"

미용사의 손에 가만히 머리를 맡기고 있던 알렉이 눈을 큼직하게 뜨고 찰리를 올려다보았다. 자연스레 머릿속을 스쳐 지나가는 온갖 빈정거림에 찰리는 잠시 말문을 잃었다. 물론 잠시였다.

"하, 하지만 빅토리아 경이 평소 막시무스 씨를 대하시는 것 좀 보세요. 그분이 얼마나 폭력적인 분이신지는 전하께서도 다 보셨잖습니까!"

"하긴 그건 좀……."

막시무스를 다루던 빅토리아의 험악한 손길을 떠올리며 알렉은 살짝 경직된 표정을 지었다.

"뭐, 둘만의 사정이 있나 보지."

"둘만의 사정은 무슨! 그건 그냥 빅토리아 경의 성격이 나쁜 겁니다!"

"넌 꼭 빅토리아 경이랑 원수진 것 같다?"

"그러시는 전하께선 이상하게 유독 빅토리아 경에게만 너그러우시고요?"

의심 가득한 두 사람의 시선이 허공에서 맞부딪쳤다. 금방이라도 불똥이 튀길 듯 강렬한 눈빛이었으나 정작 끝은 시들했다. 내심 뜨끔한 알렉이 먼저 꼬리를 말고 슬그머니 시선을 피한 탓이다.

"어, 진하. 방금 제 눈 피하신 거죠?"

"무슨 소리야. 눈이 따가워서 깜빡인 건데."

"아닙니다! 어디서 제 눈을 속이려 드세요! 제 말에 뜨끔하신 거잖아요!"

"글쎄, 아니라니까 그러네?"

"그럼 저랑 다시 눈 마주쳐 보시든가요! 못 하시잖아요!"

"징그럽게 왜 이래! 내가 너랑 왜 눈을 마주쳐!"

"그러니까 인정하시라고요! 빅토리아 경에게 딴마음 있으신 거죠? 그렇죠?"

계속되는 찰리의 끈질긴 추궁에 알렉은 조금 곤란해졌다. 남녀 사이엔 젬병인 찰리가 알아차릴 정도면 티가 나도 무진장 났다는 것이다. 연인 행세를 할 때야 괜찮을지 몰라도, 어디로 튈지 모르는 저 마녀에게 들키면 그대로 끝장이다.

그때 복도에서 쾅, 문 열리는 소리가 들려왔다. 뒤잇는 고함과 발소리에 두 사람의 눈길이 빠르게 오간다.

"제가 나가 보겠습니다."

알렉을 추궁하던 친구의 얼굴에서 충성스러운 보좌관의 얼굴로 순식간에 갈아탄 찰리가 뚜벅뚜벅 걸어 나갔다. 지체 없이 방문을 열자, 하얀 치맛자락을 휘날리며 빅토리아가 복도를 뛰어다니는 충격적인 모습이 눈을 빠르게 스쳤다.

"빅토리아 경!"

오래도록 귀족 가문을 상대하여 기품이 몸에 밴 프레다 캐벗이 웬일로 소리를 높였다. 알렉은 조용히 자리에서 일어나, 문가에서 그대로 얼어붙은 찰리의 곁으로 향했다. 제대로 보니 복도의 상황은 더욱 가관이다.

"숨 막힌다고요!"

"그래도 그렇게 뛰어나가시면 어떡합니까! 다른 신사분들이 보시면 어쩌시려고……."

문가에 자리한 알렉과 찰리를 발견한 프레다 캐벗이 입을 떡 벌렸다. 교양 없는 행동이지만, 인간적으로 이해할 만한 상황이다. 거의 영혼이 빠져나갈 것 같은 얼굴로 서 있는 찰리를 대신하여 알렉이 겸연쩍게 입을 열었다.

"힘들죠, 캐벗 씨?"

"저, 저, 저, 전하."

"내가 좀 도와줘야 할 것 같은데."

그러면서 알렉의 눈이 스르르 빅토리아에게로 굴러가자, 프레다 캐벗이 온몸을 던져 그의 시야를 막았다.

"법도에 어긋납니다. 송구하지만 방으로 들어가 주십시오."

"법도니 송구니, 아직도 그런 구닥다리 소리를 해요?"

"구닥다리라 하셔도 어쩔 수 없습니다. 지금 빅토리아 경의 차림으로는 전하를 알현할 수 없다는 점, 부디 이해해 주시길 간청합니다."

그러자 프레다 캐벗의 뒤쪽에서 빅토리아의 목소리가 날카롭게 날아들었다.

"그걸 왜 당신이 결정해요? 내가 누굴 만나든 말든, 그거야 내 맘이지."

저벅저벅 가까워지는 발소리에 프레다 캐벗이 기겁하며 뒤를 돌아보았다.

"빅토리아 경! 수치를 안다면 얼른 방으로 들어가세요! 이 무슨 추태입니까!"

"가릴 데는 다 가렸는데, 대체 어디가 추태라는 거예요?"

"뭐, 뭐라고요?"

프레다는 거의 졸도할 듯 기함했다. 이대로는 안 되겠다고 판단한 알렉이 요령 좋게 끼어들었다.

"저기, 빅토리아 경?"

"왜요."
"정말 다 가린 거 맞죠? 내가 봐도 괜찮아요?"
"그럼요."
지금 상황이 몹시 못마땅한 듯 불퉁한 기색이 역력하지만, 자신이 뱉은 말에는 아주 당당한 목소리다. 알렉은 별다른 걱정 없이 문턱을 넘어 복도로 나갔다. 찰리가 움찔하며 그를 말리려 손을 들었으나 미처 닿지 못했다.
"음……."
퍼렇게 질려선 입술만 달싹대는 프레다 캐벗의 옆에 서자, 비로소 빅토리아의 모습이 훤히 들어온다. 알렉은 턱을 매만지며 찬찬히 그녀의 차림을 훑었다. 프레다가 왜 그렇게 펄쩍 뛰었는지도, 빅토리아가 왜 그렇게 당당했는지도 이제야 이해가 간다.
복도 끄트머리. 빅토리아는 불만을 표하듯 팔짱에 다리까지 꼬고선, 허리춤까지 오는 서랍장에 편하게 걸터앉아 있었다. 입은 옷이라 해 봤자 종아리까지 오는 얇은 슈미즈가 전부고, 심지어 복부에는 반쯤 조이다 만 코르셋이 간신히 매달려 있다. 서랍장 아래서 달랑거리는 발은 당연하게도 맨발이다.
빈말로도 단정하다고는 못 할 차림이지만, 확실히 가릴 데는 다 가렸네. 그런 한가로운 생각이나 하며 알렉이 느긋하게 말문을 열었다.
"코르셋? 아니면 하이힐?"
"코르셋."
"아하."
두 사람의 대화에 가까스로 제정신을 되찾은 프레다 캐벗이 황급히 알렉을 돌아보았다.
"전하!"
"뭐 어때요. 누구 말대로 가릴 데는 다 가렸는데."
프레다의 격렬한 반응에도 개의치 않으며 알렉은 빅토리아에게 천천히 다가갔다. 느긋한 발걸음이 곧 서랍장 코앞에서 멈추었다. 부어터진 빅토리아의 얼굴을 마주하며 알렉은 슬며시 양손을 뻗어 서랍장을 비딱하게 짚고 섰다. 순식간에 그의 품에 갇힌 빅토리아가 불퉁하게 그를 째렸다.

"와, 이렇게 보니까 시선이 맞네요."

"내가 작은 게 아니라, 그쪽이 큰 거예요."

"이름으로 부른다면서요."

"그쪽도 날 이름으로 안 부르잖아요."

"그래서 계속 그쪽이라고 부르려고요?"

빅토리아는 말없이 고개만 홱 돌렸다. 알렉이 웃음을 터트리며 명랑한 얼굴로 뒤를 돌아보았다.

"캐벗 씨. 코르셋 필요 없는 드레스 있죠?"

"있기야 하지만……."

"그럼 그걸로 준비해 주세요."

프레다가 반론을 제기하려 했으나, 알렉은 이미 고개를 돌린 뒤였다. 장난기 서린 눈으로 알렉이 물었다.

"이제 됐죠?"

풀어 헤친 머리칼을 손가락을 비비 꼬며 물끄러미 알렉을 쳐다보던 빅토리아가 흘끗 그의 어깨 너머, 파르르 떨고 있는 프레다 캐벗을 보았다.

"그래도 괜찮은 거예요?"

"경이 싫다는데 어떡하겠어요. 솔직한 심정으로는 하이힐 신어 주는 것만으로도 감지덕지인데."

"그건 이미 각오했으니까요."

서랍장에서 폴짝 뛰어내린 빅토리아가 알렉의 어깨를 톡톡 치고 지나갔다. 그대로 프레다 캐벗을 지나 방으로 들어가는 뒷모습을 가만 지켜보던 알렉도 싱긋 웃으며 찰리에게로 고개를 돌렸다.

"너도 슬슬 준비해."

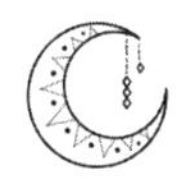

잿빛 어스름이 내리는 저녁.

은은하게 푸른 광택이 도는 검은 정장을 걸치고 현관에 기대어 서 있던 알렉이 허리춤에 매달린 회중시계를 들어 올렸다. 저녁 6시 20분. 지금 출발하면 아슬아슬하게 늦지 않을 시간이다.

그때, 길쭉한 그림자 하나가 불쑥 그의 발치로 치달았다. 반사적으로 고개를 든 알렉은 저도 모르게 그대로 넋을 잃고 말았다.

복도를 비추는 흐릿한 불빛 아래, 빅토리아가 오도카니 서 있었다. 심해처럼 깊은 푸른빛의 얇은 비단이 그녀의 호리호리한 몸을 맵시 있게 감싸며, 늘씬한 몸의 윤곽을 은근하게 드러낸다. 가녀린 듯 단정한 어깨부터 훤히 드러난 팔에는 진주색 숄이 걸쳐져 있고, 주체할 수 없이 숱이 많아 평소 높게 묶었던 은발은 핀으로 하나하나 고정시켜 우아하게 틀어 올렸다.

하지만 어둠 속에서도 빛을 발하는 벽안. 그것이야말로 단번에 시선을 사로잡은 제일의 보석이다.

바닥에 끌리는 치맛자락도, 높은 굽의 구두도 아직은 불편한지 빅토리아는 전에 없이 신중하게 발걸음을 내디뎠다. 가까워질수록 차츰 밝아지는 그녀의 모습을 멍하니 응시하던 알렉에게 불현듯 프레다 캐벗이 종종거리며 다가왔다.

"코르셋이 필요 없는 드레스를 준비하라 하셔서 피치 못하게 저 드레스를 골랐습니다만……."

긴장된 얼굴로 입술을 지그시 깨문 프레다가 어렵사리 말을 잇는다.

"높으신 분들의 연회에서 보일 만한 드레스가 아니라 염려가 가시질 않습니다. 요사이 유행하는 디자인이긴 하나, 여배우들이나 입을 법한 드레스를 감히 전하의 연인분께 권했다는 것이……."

"잘했어요."

"네?"

당황하는 프레다를 두고 알렉은 뚜벅뚜벅 빅토리아에게로 단걸음에 다가갔다. 구두코에 걸린 치맛자락을 신경질적으로 잡아당기던 빅토리아가 문득 가까워지는 인기척에 고개를 든다. 드물게 무표정한 얼굴로 지그시 그녀를 내려다보던 알렉이 천천히 한쪽 무릎을 바닥에 대고 앉더니, 손수 구두에 걸린 치맛자락을 빼 주었다.

도로 훌쩍 올라가는 알렉의 얼굴을 물끄러미 응시하며 빅토리아가 붉게 칠한 입술을 열었다.

"인간들은 원래 불편한 걸 좋아해요?"

"그럴 리가요."

"그런데도 이런 걸 입는다고요?"

"편하면서 멋있는 옷은 없거든요."

눈살을 살짝 찌푸리며 고심하던 빅토리아가 이내 몸을 살짝 돌려 등을 보였다. 허리께까지 깊게도 파인 드레스에 하얀 등이 훤히 드러나 있다. 알렉의 눈썹이 슬쩍 올라갔다.

"나 감기 걸리면 책임져요."

"……알아서 모시죠."

슬그머니 입매를 틀어 웃으며 알렉이 우아하게 손을 내밀었다. 빅토리아도 짐짓 도도하게 손을 올린다. 하얀 장갑끼리 맞붙은 사이로 기묘한 열기가 피어올랐다.

달리는 마차 안은 한적했다. 마주 앉아 서로 반대편의 창문을 내다보는 두 사람 사이에는 좀처럼 말이 없다. 부연 창밖으로 하나둘 오르기 시작하는 가로등 불빛이 언뜻언뜻 그들의 뺨을 스쳤다.

문득 알렉이 피식거리며 입을 열었다.

"그거 알아요? 앞으로 10년만 지나면 바퀴로만 달리는 상자가 마차를 대체할 거래요."

"말이 끄는 게 아니라, 상자가 알아서 달린다고요?"
"그렇다네요."
말도 안 된다는 듯 빅토리아가 단번에 일축한다.
"상자가 무슨 수로 저 혼자 달려요."
"기차도 혼자서 달리잖아요."
"기차에는 증기 기관이 있잖아요. 그 커다란 걸 상자에 달겠다고요?"
"아마도?"
"말도 안 돼. 마법이겠죠."
알렉은 선선히 고개를 끄덕였다. 사실 그 말을 처음 들었을 때, 그도 당연히 마법이겠거니 생각했다.
"갈수록 인간에게도 마법이 가까워지는 느낌이에요."
"대가만 잘 지불하면 불가능한 일도 아니겠죠."
"마법 회로처럼?"
"그건 좀 비쌀 텐데요."
일찍이 마법 회로의 견적을 받아 봤다가 기함한 적이 있는 알렉이 웃음을 터트렸다.
"하기야 마법 회로가 상용화되려면 마녀가 늘든지, 잉그람 사람들이 전부 국왕 전하처럼 부자가 되든지 해야겠네요."
"대단히 어렵게 들리는 말이네요."
"요원하겠죠, 그런 날은."
잠시 입술을 다물었던 알렉이 그답지 않게 조금 머뭇거리며 말문을 열었다.
"……그럼 인간과 마녀가 가까워질 날은 과연 올까요?"
빅토리아는 그제야 창문에서 시선을 떼고 고개를 돌렸다. 창밖에서 흘러드는 가로등 불빛을 등져 어둡게 가라앉은 얼굴은 변함없이 무표정하기만 하다. 역시 괜한 걸 물었다며 알렉은 남몰래 쓴웃음을 머금었다.
다행스럽게도 어색한 정적은 오래가지 않았다. 멀찍한 창밖으로 캐서린 공주의 으리으리한 저택이 보이기 시작한 것이다.

"빅토리아 경."

절 부르는 소리에 빅토리아가 다시금 고개를 돌렸다. 어쩐지 조금은 경직된 미소를 걸친 알렉이 느릿하게 손을 뻗어 그녀의 한쪽 손목을 부드럽게 감쌌다. 도대체 무슨 짓을 하려나 싶어 느긋하게 그의 손짓을 지켜보던 빅토리아는 불현듯 손가락에서 느껴지는 생경한 감각에 의아한 얼굴을 했다.

알렉의 손길이 떠나간 자리. 왼손 약지에 호화로운 다이아몬드 반지가 끼워져 있다.

"찰리가 그러는데, 이 보석을 마음에 들어 했다면서요."

빅토리아는 천천히 손을 들어 자갈만큼 굵은 다이아몬드를 홀린 듯이 바라보았다. 창밖에서 흘러드는 불빛이 보석의 단면을 따라 영롱한 빛을 자아낸다. 저토록 무언가에 집중하는 모습은 처음이라, 꽤나 어렵게 보석을 구했던 알렉은 단숨에 모든 노고를 보상받는 느낌마저 들었다.

"……부디 마음에 들었으면 좋겠어요."

그가 누군가에게 선물하는 것은 그다지 드문 일이 아니다. 이유야 어쨌든, 동년배의 여성에게도 그럴듯한 선물을 보낸 적이 많았다. 하지만 이렇게 긴장되었던 적도, 이렇게나 떨렸던 적도 없다. 단순히 값의 문제가 아니었다. 선물에 담긴 진심의 무게가 그토록 무거웠기 때문이다.

한참이나 보석을 응시하던 빅토리아가 갑자기 고개를 틀었다.

"알렉. 부자였어요? 이거 엄청 비싸던데."

대화가 생각지 못한 방향으로 튀자, 알렉이 조금 난처한 얼굴을 했다.

"좀 무리를 했죠."

"나한테 뭘 원하는 거예요, 대체?"

빅토리아가 빤히 그를 쳐다보았다.

"지켜 주기로 한 거? 그건 나중에 왕실의 보고에서 내가 원하는 물건을 가져다주기로 서로 합의한 거잖아요. 나한테서 뭘 더 바라길래 이런 보석까지 안겨 주는 거예요?"

"꼭 뭘 바라야만 줄 수 있는 건 아니잖아요."

"하지만 우리가 아무런 이유 없이 이런 선물을 주고받을 사이는 아니죠."

서늘한 칼날이 느릿하게 가슴께를 찔러 오는 느낌이다. 잠시 서리가 내려앉았던 알렉의 표정이 불현듯 금방이라도 깨질 듯한 유리창처럼 연약하게 변모했다. 머쓱한 얼굴로 괜스레 뒷머리를 매만지던 그가 짐짓 쾌활한 어조로 대꾸했다.

"그런 사이는 아니죠. 아닌데."

"……."

"그냥, 앞으로 이런 날이 많을 텐데 잘 부탁한다고요. 이제 저 안에서 벌어질 일들이 경에게도 그다지 유쾌하지만은 않을 것 같거든요."

창밖의 으리으리한 저택을 눈짓하며 알렉이 희미하게 웃어 보였다. 그러나 반대로 빅토리아의 미간은 살포시 좁혀진다. 여전히 그의 설명에 납득하지 못하는 기색이었다.

"말했다시피 난 다른 인간들처럼 마음에도 없는 말로 남의 비위 맞추고, 굽실거리는 건 못 해요. 원숭이한테 말하라고 시켜도 말 못 하는 거랑 똑같다고요."

"알아요. 그런 걸 바라지도 않고."

알렉은 언젠가 건넸던 말을 똑같이 읊조리며 상냥한 눈빛을 전했다.

"그저 있는 그대로의 당신을 보여 줘요. 저 안의 사람들이 어떻게 보든, 뭐라고 말하든 신경 쓰지 말고. 남들이 뭐라고 떠들든 당신이 위대한 마녀임엔 틀림없으니까."

"……나중에 후회하지나 마요."

입술을 잘근거리던 빅토리아가 어렵사리 대꾸했다. 알렉은 웃음으로 대답을 대신했다. 후회라니, 그는 죽음에 이르러서도 그녀를 선택한 걸 인생에서 가장 잘한 선택이라 자부할 것이었다.

그즈음 마차가 천천히 멈추어 섰다. 덜컹거리는 소음이 잦아든 사위에는 신사들의 말소리, 귀부인들의 웃음소리가 어지럽다. 아마도 그중 몇몇은 왕가의 문양이 새겨진 마차가 도착했음을 알아챘을 터. 총성이 울리지 않는 전쟁은 이제 시작이었다.

먼저 문을 열고 마차에서 내려간 알렉이 우아하게 몸을 돌려 빅토리아에게 손을 내밀었다.

"그럼 이만 가 볼까요?"

장난스러운 미소가 그의 입가에 점점이 번진다.

"빅토리아."

눈부신 샹들리에 불빛이 폭포처럼 쏟아지는 무도회장.

아름다운 실내악 선율 사이사이로 찰나의 적막을 채워 나가던 신사숙녀의 목소리들이 차츰 잦아든다. 구슬픈 바이올린 선율만은 홀로 매끄럽게 이어지는 가운데, 모두의 시선은 무도회장의 입구로 쏠렸다. 또각거리며 대리석 바닥을 울리는 구두 굽 소리가 유독 커다랗게 들렸다.

아슬아슬하게 시간을 맞춰 등장한 이는 알렉 아크라이트 왕자였다. 은은하게 푸른 광택이 도는 검은 정장을 착용한 그는 늘 그렇듯이 후리후리하고 날렵한 인상이다. 뒤로 단정하게 넘긴 갈색 머리칼 아래 자리한 녹안이 번들거리는 샹들리에 불빛을 받아 봄에 어울리는 산뜻한 빛을 띠었다.

태어나길 만인의 주목을 받았던 사람답게, 그는 쏟아지는 눈길을 익숙하게 받아 내고 있었다. 입가에 가볍게 매달린 미소는 변함없이 여유롭고, 무도회장을 가로지르는 발걸음에는 한 치의 망설임도 없다. 이름 모를 병환으로 잠시 사교계를 비웠던 시간이 무색하도록 변치 않은 모습이었다.

하지만 오늘의 주인공은 그가 아니다. 평소라면 만인의 주목을 받았을 왕자조차 오늘만은 들러리에 불과했다. 오늘의 진정한 주인공은 다름 아닌 그의 파트너.

빅토리아 알피어스.

누군가는 겨울을 불러오는 위대한 마녀로, 누군가는 옥슬리 남작이 말하는 폭언의 당사자로 알고 있겠으나 이렇듯 그녀가 만인의 앞에서 모습을 드러낸 것은 최초였다. 사람들은 제멋대로 그려 보았던 빅토리아 알피어스의 모습을 잊고, 무도회장으로 들어오는 여인의 자태를 멀거니 지켜보기만 했다.

실로 눈길을 잡아끄는 용모다.

여자치고는 제법 큰 키에 날씬한 몸매는 그저 마르기만 한 것이 아니었다. 필수적인 근육으로 얇게 둘러싸인 몸은 그야말로 균형이 맞는 모습이다. 짙푸른 드레스는 굴곡 있는 몸매를 넌지시 드러냈으며, 단정한 어깨와 길고 가느다란 팔은 훤히 내보였다.

하지만 무엇보다도 눈에 들어오는 것은, 어둠 속에서도 빛을 발할 법한 벽안이다. 북방의 잔잔한 호수처럼 새파란 눈동자는 하얀 피부나 은빛 머리칼과 대조되어 더욱 존재감을 발하였다. 마치 백지에 떨어진 파란 물감처럼 묘하게 시선을 잡아끄는 매력이 있었다.

중구난방이었던 왕자의 지난 스캔들 상대들을 하나씩 거론하며 얼굴도 모르는 마녀를 은근하게 깔보던 사람들은 순간적으로 말문을 잃었다. 분명 이런 자리는 처음일 텐데도 그녀의 발걸음에는 거침이 없고, 자세는 더없이 당당했다. 높게 틀어 올린 머리 아래로 훤히 드러난 뒷목과 등을 뒤늦게 발견한 몇몇 사람들은 고상한 자리에 어울리지 않는 지극히 파격적인 드레스에 눈살을 찌푸렸으나, 그리 흔치 않은 노출도 빅토리아의 위세를 퇴색시키지는 못했다.

좌우간 빅토리아 알피어스는 사교계 일원들이 상상하던 마녀의 모습과는 아주 동떨어진 인상을 준 셈이다.

"전하."

둘을 둘러싼 분위기가 지나치게 강렬했기 때문일까. 본의 아니게 외딴섬처럼 고립되어 있던 두 사람에게로 고상하게 차려입은 브랜포드 백작 부인이 다가왔다.

"아, 백작 부인. 오랜만이에요."

"예. 오랜만에 뵙습니다. 많이 편찮으셨다고 들었는데, 이제는 완쾌하신 건가요?"

"그럼요. 젊음이 이럴 때 좋은 거 아니겠어요?"

명랑하게 웃어 보이는 알렉을 따라 몇 마디 웃음소리를 보태던 백작 부인이 슬며시 그와 팔짱을 끼고 서 있는 빅토리아에게 눈길을 주었다.

"그리고 이쪽이 그 소문의……."

"빅토리아 알피어스 경이에요. 다른 설명은 필요 없겠죠?"

백작 부인이 떨떠름하게 웃었다. 차마 왕자의 웃는 낯에 침은 못 뱉겠다는 기색이다.

"빅토리아."

화려하기 그지없는 무도회장의 면면을 무심하게 훑어보던 빅토리아가 그제야 고개를 돌린다. 알렉은 가볍게 백작 부인을 고갯짓했다.

"이쪽은 브랜포드 백작 부인이세요. 나한테는 먼 고모뻘 되시는 분인데, 사고뭉치 왕자에게 늘 살갑게 대해 주시는 좋은 분이죠."

"아이, 전하도 참."

부러 듣기 좋으라 하는 말이 빤한데도 백작 부인은 기분 좋아하는 기색이 역력했다. 전하는 요즘 시대에 보기 드물게 반듯하시다는 둥, 백작 부인은 어떻게 늙지를 않으신다는 둥 이참에 사이좋게 덕담을 주고받는 두 사람을, 빅토리아는 마치 해괴한 장면이라도 목도한 것처럼 지켜보았다.

다행히도 아닌 척하면서 이쪽을 주시하는 사람들의 시선을 알아차렸는지, 백작 부인이 금세 호호 웃으며 빅토리아를 돌아보았다.

"안녕하세요, 빅토리아 경. 이렇게 만나게 되어 정말 반가워요."

"……안녕하세요."

지극히 무표정한 얼굴로 건네는 무뚝뚝한 인사에, 그새 부드럽게 풀렸던 백작 부인의 얼굴에도 살짝 금이 갔다. 그럴 줄 알았다는 듯 호기심 어린 눈으로 이편을 기웃거리던 사람들도 어느새 하나같이 꺼림칙한 얼굴이 된다.

싸하게 가라앉은 분위기를 빠르게 눈치챈 백작 부인이 부채를 펼치며 짐짓 목소리를 높였다.

"어머나, 긴장하셨나 보네요. 하기야 처음에는 모든 것이 낯설고 어려울 자리지요. 저도 처음 사교계에 데뷔했던 날에는 너무 긴장되어서 물 한 모금 제대로 넘기지 못했답니다."

"네."

"자, 그리 멀뚱하게 서 계시지만 말고 술이라도 가볍게 한 잔 들어요. 전하도요. 연회에 참석하시거든 술부터 찾으시던 분이 웬일로 아직 빈손이세요?"

근처에서 와인 잔 두 개를 집어 온 백작 부인이 두 사람에게 선뜻 잔을 내밀었다. 물론 잉그람에서 제일가는 애주가라는 알렉이 동하지 않을 리 없었다. 거의 한 달 만에 보는 술이라 그런지, 이상하게 빛깔이 남달리 영롱해 보이기까지 했다.

"감사합니다."

신나서 잔을 건네받은 알렉이 술을 들이켜려던 순간. 돌연 빅토리아의 하얀 손이 그의 입술과 잔 사이로 끼어들더니, 아예 손바닥으로 술잔의 입구를 막아 버렸다.

"안 돼요."

무시무시할 정도로 단호한 목소리가 유난히 지척이다. 가까스로 눈을 굴린 알렉의 시야에 무섭게 잔을 쏘아보는 빅토리아의 얼굴이 들어왔다.

"……왜, 왜요?"

"뭐가 들어 있을지 누가 알아요."

맞는 말이긴 한데…….

알렉은 난처한 얼굴로 슬그머니 주변을 돌아보았다. 목숨을 위협받는 처지에 호위로 계약한 마녀까지 연인으로 속여 이런 개방된 자리까지

나왔으니, 먹고 마시는 것 하나하나에 신중을 기해야 하는 것이 당연하다. 알렉도 자신의 부주의에는 반성했다. 빅토리아의 경계심에도 동의한다. 다만 문제는 그녀의 목소리가 그다지 작지 않았다는 점이다.

"뭐가…… 들어 있냐니요."

당연하게도 코앞에서 빅토리아의 말을 주워들은 브랜포드 백작 부인은 이제 어긋나는 표정을 어찌 수습하지도 못했다. 그뿐만이 아니다. 아닌 척하면서 빅토리아의 언행에 모든 촉각을 곤두세우던 사람들도 죄다 뜨악한 얼굴로 속닥속닥 귓속말을 주고받고 있었다.

무언가 터질 줄은 알았지만, 이렇게 일찍 터질 줄은 몰랐지. 알렉은 그런 심정으로 허탈하게 웃었다. 그러거나 말거나, 홀로 진지한 빅토리아는 아직도 술잔을 유심히 살피며 혹시나 있을지도 모르는 독극물을 찾고 있었다.

그때, 유난히 매섭게 울리는 발소리가 회장을 울렸다. 누군가 싶어 돌아보았던 치들이 하나같이 흠칫하며 얼른 고개를 돌린다. 조금 전에 알렉과 빅토리아가 입장했을 때와 마찬가지로 고요하게 가라앉은 무도회장. 뒤늦게 정적을 알아채고 뒤돌아본 알렉이 금세 딱딱하게 굳었다.

우아하게 틀어 올린 갈색 머리칼과 예리하게 빛나는 고동색 눈. 나이 들어 생기는 주름조차 세월에 따라 더해지는 기품으로 느껴질 만치 고상한 여인이 멀찌감치 다가오고 있었다.

하워드 국왕의 하나뿐인 누이동생이자, 현 왕실의 실세라고 알려진 여장부.

캐서린 아크라이트.

"……메시나는 잘 다녀오셨나요, 고모님."

제게로 다가오는 캐서린을 가만히 지켜보던 알렉이 불현듯 여트막한 미소를 지어 올렸다. 모두가 숨죽인 가운데, 캐서린이 고혹적인 미소를 흘렸다.

"그래. 원래는 메시나에 더 머물며 에드위나를 돌보려 했는데, 오킹엄에서 들려오는 소식이 영…….”

짐짓 콧등을 찌푸리며 말을 고르던 캐서린이 어렵지 않게 말을 잇는다.

“좋지 않아서 말야.”

“늘 어지러운 곳이죠, 오킹엄은.”

“원래는 평화로운 곳이었지. 오킹엄을 난잡하게 만드는 주범이 너라는 사실을 부디 잊지 말았으면 좋겠구나.”

한껏 비꼬는 말에도 알렉은 그저 말없이 웃기만 했다. 그 웃는 얼굴을 못마땅하게 쏘아보던 캐서린이 흘끗 시선을 틀어 빅토리아를 보았다. 얼결에 눈이 마주친 빅토리아가 빤히 그녀를 쳐다보기만 하자, 어처구니없다는 듯 캐서린의 입술 사이로 나지막한 헛숨이 터져 나왔다.

“분명 내가 얌전히 지내라고 경고했던 것 같은데.”

“그게 마음대로 되나요.”

“그렇게나 충동적이어서야. 훗날 왕위를 이을 사람이 그리 경거망동하거든, 잉그람의 국격만 손상시킨다는 것을 왜 모를까?”

알렉이 가볍게 어깨를 으쓱였다.

“이렇게 타고난 걸 어쩌겠어요.”

가까스로 미소 한 자락 걸쳐져 있던 캐서린의 얼굴이 무섭도록 음산해진다. 찌를 듯이 알렉을 노려보는 눈빛에는 흡사 살기라도 어려 있는 듯했다. 그런 눈빛을 한 몸에 받고 있는데도 변함없이 여유로운 작태로 싱글거리는 알렉을 보다 못한 브랜포드 백작 부인이 몰래 그의 옷깃을 잡아당겼으나, 알렉은 별다른 변화가 없었다.

그리 싸한 침묵 속. 눈을 지그시 감았다 뜬 캐서린이 보다 차분해진 태도로 빅토리아를 돌아보았다.

“해서, 이 아가씨가 네가 고르고 고른 상대라고.”

캐서린은 알렉이 대답할 틈도 주지 않고, 곧바로 빅토리아에게 손을 뻗었다. 차갑게 식은 손가락이 하얀 목덜미에 닿았으나, 빅토리아는 미동 없이 조용한 시선만 보낼 따름이다.

"이유를 모르겠구나. 왜 하필 이 아가씨인지."

살짝 고개를 틀어 빅토리아의 뒷모습을 확인한 캐서린이 조소를 머금었다.

"천박한 옷차림에."

뒤이어 가느다란 손가락에 끼워진 커다란 다이아몬드 반지를 발견하자, 잘 정리된 눈썹이 꿈틀거린다.

"유난스러운 사치에."

마지막으로 캐서린의 싸한 눈길이 빅토리아의 벽안과 정면으로 마주쳤다.

"심지어는 제 주제도 모르는 시건방짐까지."

캐서린이 기도 안 찬다는 듯 웃으며 고개를 내저었다. 뒤이어 알렉을 돌아보는 얼굴에는 한심해하는 기색이 역력했다.

"네 안목이 이렇게나 형편없는 줄은 내 미처 몰랐구나. 고르려면 적어도 남부끄럽지 않은 걸 골라 와야지, 이런 철부지를 데려오면 어쩌자는 거니?"

드넓은 무도회장에는 숨소리 하나 들리지 않았다. 캐서린의 말이 이어질수록 차차 굳어 가던 알렉의 얼굴은 이제 차가운 얼음장이 깔린 지 오래다. 그런 조카를 같잖다는 듯이 쳐다보던 캐서린이 재차 입술을 떼려던 찰나, 느닷없이 낭랑한 목소리 하나가 싸한 적막을 깨트렸다.

"철부지라면, 날 말하는 건가요?"

모두의 시선이 빅토리아를 향했다. 기함하는 시선, 기대하는 눈빛, 노한 째림을 동시에 받으면서도 전혀 개의치 않으며 빅토리아는 살며시 고개를 기울였다.

"알렉. 방금 나보고 철부지라는 거였어요?"

갑작스러운 질문에 알렉이 얼결에 고개를 끄덕였다. 다음 순간, 당황하여 황급히 입을 열려 했으나 빅토리아가 한발 빨랐다.

"철부지라니. 되게 신선하네."

고개를 주억거리며 하는 말이란 고작 그게 전부였다. 행여 사달이 벌어질까, 어떻게든 상황을 무마하려던 알렉도 말문을 잃었다. 그러나 기가 차기로는 캐서린 공주가 제일이다. 일부러 상처받을 만한 말만 족족 골랐는데, 상처는커녕 아무런 흠도 내지 못했다.

"……재미있는 아가씨네."

입꼬리를 부들거리며 가까스로 웃는 낯을 유지하던 캐서린이 짐짓 눈을 가늘게 떴다. 순식간에 위엄 있는 왕족의 모습을 되찾은 그녀가 빅토리아의 눈앞으로 우아하게 오른손을 내밀었다.

"어쨌든 내게 인사할 기회는 줘야겠죠. 비록 앞뒤 못 가리는 철부지일지언정, 왕가의 은총을 받을 기회는 한 번쯤 주어져야 할 테니까. 안 그래요?"

"고모님. 말씀이 너무……."

알렉이 울컥하여 나서려는 걸 빅토리아가 눈짓으로 제지했다. 그러곤 변함없이 무심한 눈으로 캐서린 공주를 직시하며 또박또박한 목소리로 대꾸한다.

"반지에 입이라도 맞추라는 건가요?"

"다행히 예의를 알긴 하는군요."

"하기 싫다면요?"

"그럼 예의를 알면서도 행하지 않는 못난 사람이 되겠지요."

캐서린의 붉은 입술이 가느다란 호를 그렸다. 빅토리아가 이해할 수 없다는 듯 미간을 좁혔다.

"이유를 모르겠네. 왜 인간의 예의를 나한테서 찾아요?"

"그대는 잉그람 왕실과 충성 계약을 맺은 마녀가 아닌가요? 계약에 따라 응당 충성심을 보여야지요."

"……충성 계약?"

문득 낮설도록 가라앉은 목소리가 무도회장을 울렸다. 알렉이 본능적으로 흠칫하며 빅토리아를 내려다보았다. 불과 한 달 함께 지냈을 뿐이지만,

저토록 서늘하게 식은 얼굴을 그는 본 적이 없었다.

"인간들은 마녀와 국왕의 계약을 그렇게 부르나 보죠, 충성 계약이라고."

캐서린이 가만히 눈만 깜박였다. 송곳처럼 쏟아지던 다른 말은 들은 척도 안 했으면서, 공공연히 쓰이는 충성 계약이란 말에 민감하게 반응하는 빅토리아의 모습이 어지간히 당혹스러운 모양이다.

"충성 계약에 무슨 문제라도 있나요?"

"충성 계약이 아닌 걸 충성 계약이라고 부르니 문제죠."

"이해할 수 없군요. 경도 국왕 전하와 계약을 체결했을 텐데요."

"계약을 맺었죠. 하지만 난 국왕에게 충성을 바치진 않아요."

빅토리아가 단언했다.

"잉그람 국왕과 마녀들의 계약은 단순해요. 잉그람의 마녀들은 200년 전 체결된 발롬피에 협약에 따라 잉그람 법전의 심판을 받는다. 잉그람 국민들이 법을 어기면 처벌받는 것과 마찬가지로, 잉그람 국적을 가진 마녀들도 법을 어기면 똑같이 처벌받는다는 내용이에요."

"하지만 당신네들은 국왕 전하의 왕명에 절대적으로 복종해야 하죠. 그것이 다른 국민들과 당신네들의 차이점이에요."

캐서린이 엄격한 목소리로 말했다. 국왕이 실권을 잃고 그저 상징적인 존재로 자리매김한 이 시점에서, 과거와 마찬가지로 국왕이 영향력을 발휘할 수 있는 분야는 마녀들에게 한정되었다. 국왕이 독점하고 있는 마녀와의 계약이 유효한 이상, 그것이야말로 변치 않을 현실이라 캐서린은 말하고 있었다.

"절대적으로 복종? 대체 어느 나라를 말하는 건지 모르겠네."

드물게 답답하다는 기색을 내비치며 빅토리아가 나직한 헛숨을 흘렸다.

"왕명이 유효한 경우는 천재지변이나 전쟁, 아니면 극심한 인명 피해가 우려되는 경우뿐이에요. 그것도 국왕이 마음대로 마녀를 선별할 수 있는 게 아니고, 그 지역에 거주하는 마녀를 우선적으로 동원할 수 있는 거고요. 설마 대규모 전쟁이라도 벌일 심산은 아니죠?"

순간 캐서린의 눈썹이 꿈틀거렸다.

"그런데도 뭐라고요? 충성 계약? 마녀가 국왕에게 완전히 종속되어 개처럼 납작 엎드려야 하는 나라는 잉그람이 아니라 반제예요. 난 이제 당신이 도대체 어느 나라 공주인지 모르겠어요. 잉그람의 공주가 맞긴 해요? 반제의 공주가 아니라?"

캐서린의 아랫입술이 파르르 떨렸다. 피처럼 붉은 입술 사이로 간신히 침착함을 유지하는 목소리가 새어 나온다.

"이런 무례한……."

"정확한 사실을 짚어 주는 말 어디가 무례하다는 건지는 모르겠지만, 처음 보는 사람한테 철부지 운운하는 사람이 할 만한 소리는 아니죠. 당신네들이 맨날 무례하다고 비난하는 마녀들도 그런 말은 안 하거든요."

빅토리아는 어느새 심드렁한 얼굴이 되어 기계적으로 말을 이어 나갔다.

"그럼에도 내게서 당신들이 말하는 '예의'를 보고 싶다면 적당한 대가를 지불하면 돼요. 계약을 맺자고요. 당신은 나한테 '예의'에 걸맞은 대가를 주고, 나는 당신에게 적당한 '예의'를 보이고. 간단하잖아요?"

"간단하죠. 그러니 고모님. 혹시 생각이 있으시거든, 계약서는 제 앞으로 보내 주시길."

요령 좋게 끼어든 알렉이 그녀의 어깨에 손을 올리며 나직이 속삭였다.

"오늘은 여기까지만."

"……내가 너무 심했나요?"

그제야 입을 다문 빅토리아가 흘끗 그를 올려다보았다. 그녀의 귓가에 입술을 가까이 붙이며 알렉이 여트막한 웃음소리를 흘렸다.

"심하긴요, 내 속이 다 시원한데. 그런데 저분이 화나면 일이 좀 복잡해지거든요."

"나도 화나면 무서워요."

"물론 그렇겠죠."

알렉은 빅토리아의 어깨를 부드럽게 감싸 안곤 캐서린을 돌아보았다. 우아하게 미소를 짓고 있긴 하지만, 심기 불편함이 여실하게 드러나는 고모의 모습에 알렉은 내심으로 식은땀을 훔쳤다.

"다른 분들께도 인사드릴 기회를 주셔야죠. 다른 분들이라면 기꺼이 고모님의 뜻에 따라 반지에 입을 맞추실 텐데요."

말리겠다고 나서 놓고 알렉은 끝까지 이죽거리는 말을 참진 못했다. 그런 조카를 같잖게 보던 캐서린이 고상하게 입매를 틀었다.

"그래. 내가 쓸데없는 논쟁에 너무 몰입했구나."

"……."

"그리고 빅토리아 경."

뒤돌아 가려던 캐서린이 문득 빅토리아를 보았다. 고혹적으로 휘어진 눈매에서 은은하게 그녀를 깔보는 기색이 느껴진다.

"최근에 국왕 전하와의 계약을 일방적으로 파기했다 들었어요."

"말은 똑바로 해야죠. 일방적으로 파기한 게 아니라, 계약 기간이 끝났을 뿐이에요."

"전하께선 계약을 무척 연장하고 싶어 하셨답니다. 본의 아니게 계약을 끝내게 되어 몹시 아쉬워하셨지요."

캐서린이 싱긋 웃었다.

"과연 당신이 언제까지 자유로울지 궁금해지는군요."

일순 빅토리아의 얼굴이 싸하게 굳었다. 캐서린은 둘을 뒤로하고 우아하게 발걸음을 내디뎠다. 멀어져 가는 그녀의 뒷모습이 차츰 인파에 가려 사라진다.

캐서린 공주가 빠져나간 자리는 삽시간에 다른 사람들로 메워졌다. 제각기 호기심과 악의를 담은 사람들은 왕자의 공식적인 첫 연인이란 타이틀을 꿰찬 빅토리아에게 어마어마한 관심을 보였다. 그네들에게 적당히 어울려 주느라 춤출 기회를 잃어버린 것은 다행이지만—빅토리아는 춤을 출 줄 모른다—, 한편으로 빅토리아의 상태는 시시각각 나빠져만 갔다.

그 무서운 캐서린 공주에게도 당당히 맞섰던 빅토리아가 중구난방으로 질문을 던지는 어중이떠중이들에게 밀린 것은 물론 아니다. 누구도 두렵지 않을 것 같던 그녀의 기세를 꺾은 것은 다름 아닌 하이힐이었다.

"발 괜찮아요?"

"죽을 것 같아요."

결국 빅토리아의 입에서 앓는 소리가 나오고서야 알렉은 그녀를 급히 피신시킬 수밖에 없었다. 찰리가 미리 점찍어 둔 빈 테라스로 빅토리아를 내보낸 알렉은 이후 빅토리아의 몫까지 제게로 쏠리는 관심을 혼자서 감당했다. 평생을 이렇게 살아온 그에겐 진작 익숙해진 흐름이지만, 익숙하다고 피곤하지 않은 것은 아니다. 근 한 달, 평화로운 삶에 젖어 있었다고 그새 정신적 피로가 눈에 띄게 가중되고 있었다.

그런 알렉에게는 천만다행으로, 무도회의 주최자인 캐서린 공주의 연설이 다가왔다.

"얼른 나가 보세요."

찰리의 귓속말을 들은 알렉이 눈치껏 사람들의 눈길을 피해 슬슬 테라스 쪽으로 빠졌다. '가장 고상한 왕족'이라는 별칭답게 고루하기가 200년 전 귀족들과 조금도 다르지 않은 캐서린 공주는 이런 자리에서 늘어놓는 연설도 참으로 남달랐다. 무도회에 참여한 사람들의 이름을 일일이 읊으며 감사 인사를 전하는 통에, 좁은 구두에 익숙지 않은 어린 아가씨들은 으레 울상을 지으며 공주의 연설이 끝나기만을 기다리곤 했다.

마치 그림자처럼 벽에 붙어 걸으며 알렉은 가까스로 커튼에 가려진 테라스에 다다랐다. 그러나 치렁치렁한 커튼을 걷고 유리문을 직면한 순간, 기겁하여 비명을 내지를 뻔했다.

바로 유리문 건너편에 빅토리아가 찰싹 달라붙어 있던 것이다.

알렉은 기함한 표정을 간신히 갈무리하곤 다급히 테라스로 들어갔다. 유리문을 닫기 무섭게 놀란 심정을 그대로 표출한다.

"여기서 뭐 해요?"

"쉬라면서요."

"아니, 왜 하필 문 앞에서 그러고 있었냐고요!"

그제야 알렉의 질문을 이해한 빅토리아가 선선히 대답한다.

"지켜보고 있었죠. 혹시나 내가 자리를 비운 사이에 누군가 당신을 노리면 안 되잖아요."

예상치 못한 대답에 순간 말문이 막힌 알렉이 머쓱한 표정으로 고개를 틀었다. 그러자 시야에 빅토리아의 맨발이 들어온다. 저 멀찍이 버려진 하이힐까지 발견하자, 금세 걱정과 고마움이 뒤섞인 감정이 솟구쳤다.

"발은 좀 괜찮아요?"

"음, 이제는 죽을 것 같진 않아요."

지극히 무탈하게 대꾸한 빅토리아가 치렁치렁한 드레스 자락을 아무렇게나 끌고 테라스 끄트머리로 걸어갔다. 알렉은 커튼이 유리문을 꼼꼼히 가린 것을 재차 확인하고서야 빅토리아를 뒤따랐다.

드높은 상록수 정원 사이로 시원한 봄바람이 밀려드는 테라스. 고개 들어 어두운 밤하늘을 물끄러미 올려다보던 빅토리아가 갑자기 석재 난간 위로 훌쩍 뛰어올랐다. 야생 동물처럼 잽싼 움직임에 놀란 것도 잠시. 판판한 난간에 엉덩이를 붙이고 앉아 맨발을 흔드는 모습은 전에 없이 편안해 보인다.

"……거기 편해요?"

"네."

알렉은 호기심 어린 눈으로 슬쩍 난간 밖을 내다보았다. 괜찮으면 빅토리아 옆에 앉을 심산이었지만, 족히 3층 높이는 될 법한 까마득한 거리에 기함하여 시선을 물리고 만다. 다행히도 그는 목숨 아까운 줄은 아주 잘 아는 사람이었다.

걸터앉는 대신 난간에 양팔을 올리고 몸을 기댄 알렉이 흘끗 빅토리아를 올려다보았다. 그녀는 달조차 뜨지 않은 암암한 밤하늘을 가만히 올려다보고 있었다. 마치 무언가를 찾는 듯 끈질기던 눈빛에 오래지 않아 어렴풋한 실망감이 서린다.

"여긴 별이 잘 안 보이네요."

"오킹엄 어딜 가든 그렇죠."

"대체 왜 그런 거예요?"

"인근에 공장이 많거든요. 굴뚝에서 내뿜는 연기가 별빛을 가린다고 하더라고요."

오킹엄이 별빛을 잃은 것은 어제오늘의 이야기가 아니다. 로엔그렌 왕궁에서 남몰래 밤하늘을 올려다보던 그의 어린 시절에도 이미 오킹엄의 밤은 어둡기만 했다. 소설에 흔히 등장하는 '별이 총총 박힌 밤하늘'을 그는 오킹엄에서 멀리 떨어진 시골 마을에서 처음 보았다.

"별이 보고 싶어요?"

하지만 빅토리아가 저리 간절하게 별빛을 찾아 헤매는 것은 단순히 낭만적인 이유에서가 아닐 것이다. 별빛이 없으면 전등을 켜면 되는 인간들과 달리, 마녀들에게 별이란 없어도 그만인 존재가 아니었다. 애당초 마녀들이 부리는 마법은 별에서 기인하기 때문이다.

마법이란, 별이 내려 준 축복.

밤하늘의 무수한 별들 중 하나가, 여인이 배 속에 잉태한 어느 아이에게 축복을 내림으로써 마법을 부릴 줄 아는 마녀가 탄생한다. 자연히 오래전부터 마녀들은 하늘의 별을 어버이로 섬기고 숭배했다. 마법을 부릴 적마다 마녀는 별에게 간곡한 기도를 올리고, 사랑하는 자식이 올리는 기도를 들어 별이 기적 같은 마법을 내려 주는 식이다.

"당연히 보고 싶죠. 이렇게 오랫동안 별을 보지 못한 적이 없는걸요."

빅토리아가 조금 시무룩한 기색으로 대꾸했다. 알렉은 말없이 밤하늘을 올려다보았다. 달도 뜨지 않은 하늘은 어쩨 텅 비어 버린 느낌이지만, 마법사가 아닌 평범한 인간으로서 달리 심각한 소회는 느껴지지 않았다.

"별을 보면 어떤 기분이에요? 하늘에서 부모님이 지켜봐 주는 느낌인가?"

"난 부모의 얼굴도 몰라서, 부모님이 지켜봐 주는 느낌이 뭔지 잘 모르겠어요."

젠장. 알렉이 고개를 수그리며 제 입을 탓하는 사이, 밤하늘을 지그시 올려다보던 빅토리아가 느릿하게 말을 이었다.

"그래도 누군가 지켜봐 주는 느낌이 들긴 해요. 고모보단 덜 무섭고, 휴고보단 더 살가운 느낌이라고 해야 하나……. 흔히들 별을 부모라고 하니, 알렉이 말한 부모님이 지켜보는 느낌이 맞을지도요."

알렉은 가만히 난간을 응시했다. 수리 알피어스와 휴고 알피어스. 좀처럼 자신에 대해 이야기하지 않는 빅토리아가 유독 자주 언급하는 두 사람이다.

"……아마 그 두 분이 경에겐 부모 같은 존재인가 보네요."

"부모?"

빅토리아가 의아한 기색으로 그를 돌아보았다.

"더하죠."

"네?"

"고모랑 휴고는 내게 부모보다 더한 존재라고요."

너무나도 자명한 진리를 말하듯 확신에 찬 어조에 알렉은 잠시 입을 다물었다. 혼자서 고립되어 살아온 줄만 알았던 빅토리아가 저리 누군가를 중요하게 언급할 줄 몰랐기 때문일까. 어쩐지 씁쓸한 기분이 파도처럼 단숨에 밀려들었다.

"어떤 사람인데요, 그 두 분?"

"……되게 어려운 질문이네요."

짐짓 미간을 찌푸리고 고심하던 빅토리아가 신중하게 대답했다.

"일단 고모는 굉장히 무서운 사람이에요."

"우리 고모님보다?"

"공주님도 알렉이 말 안 들으면 무인도에 갖다 버리고 그랬어요?"

"방금 한 말 철회할게요. 우리 고모님은 천사였네요."

예상했다는 듯 빅토리아는 선선히 고개를 주억거렸다.

"솔직히 내가 말을 안 듣기도 했지만, 고모도 악마 저리 가라 할 정도로 악랄하긴 했어요. 아무리 그래도 어린애를 서른일곱 번씩이나 무인도에 갖다 버리는 게 말이 돼요?"

"그때마다 경이 무사히 살아 돌아온 게 용한데요."

"내가 원래 좀 특출하긴 하죠."

빅토리아가 의기양양하게 어깨를 폈다.

"어쨌든 고모도 참 대단해요. 내가 생각해도 어릴 적의 나는 감당이 안 되는 수준이었거든요. 그런데도 꾸역꾸역 가르치고 혼내고 달래고 해서, 어쨌든 겉보기엔 그럴듯한 마녀로 만들어 줬잖아요."

"너무 과장하는 거 아니에요?"

"알렉이 어릴 때의 나를 몰라서 그래요. 내가 어렸을 때 어땠는지 알면 누구든 개과천선했다고 생각할걸요."

"도대체 어느 정도였는데 그래요?"

"음, 내가 고모였으면 날 땅에 묻어 버렸을 거예요."

알렉이 멍하니 입술을 벌렸다.

"그렇게 말해도 돼요? 아까는 수리 알피어스 경이 무인도에 갖다 버린 걸로 아주 무서운 사람이라더니."

"원래 의견은 입장 따라 달라지는 거 아니겠어요?"

궤변이지만 어째 반박할 수 없는 말이다. 알렉은 헛웃음을 지으며 설레설레 고개를 흔들었다. 양손으로 등 뒤를 짚고 가슴을 쭉 펴며 빅토리아가 시원시원하게 말을 덧붙였다.

"무섭지만 좋은 분이에요. 날 위해서 아주 많이 희생하시기도 했고."

"……."

"솔직히 내가 고모였으면 진작에 날 내다 버렸을 거예요. 능력은 반쪽

짜리에, 말도 안 듣는 왈가닥을 세상 누가 예뻐하겠어요? 그런데도 아직까지 날 붙잡고 있는 걸 보면, 나 같은 것도 아껴 주는 좋은 분이란 거겠죠."

알렉이 입술을 잘근거리며 어렵게 말을 꺼냈다.

"왜 그렇게 본인을 비하해요."

"비하하는 게 아니라 사실인걸요. 나 하나 때문에 고모가 감내해야 했던 불필요한 희생이 한둘도 아니고."

"그만큼 경은 지킬 가치가 있는 사람이란 거겠죠."

"……정말로 그럴까요?"

빅토리아가 물끄러미 그를 내려다보았다. 알렉은 어슴푸레한 미소를 지으며 고개를 끄덕였다. 무언가를 깊이 생각하듯 난간을 가만히 응시하던 빅토리아가 이내 시선을 돌린다. 알렉은 턱을 괸 채로 느긋하게 그녀의 옆얼굴을 흘깃거렸다.

"휴고 알피어스 경은 어떤 사람이에요?"

"게으름뱅이요."

더 이상 이어지지 않는 설명에 알렉은 잠자코 눈만 깜박였다.

"그게 끝이에요?"

"네."

"아까 수리 경에 대해서는 구구절절 길게도 설명하더니."

"그건 고모니까 그렇죠."

"두 분 다 소중한 사람이라면서요. 부모보다 더한 존재라면서 게으름뱅이로 끝이라고요?"

"하지만 진짜 게으름뱅이인걸요."

빅토리아가 억울하다는 듯 눈썹을 늘어트렸다.

"고모가 시키는 일은 귓등으로도 안 듣고, 맨날 아무도 모르게 숨어선 이상한 동물이나 기르고, 고모가 전국을 뒤져서 겨우 찾아내도 본 척도 안 하고. 하도 게을러서 나한텐 제대로 마법을 가르쳐 주지도 않고!"

설명할수록 분이 쌓이는지 빅토리아의 목소리가 점점 높아진다. 당황한 알렉이 그녀의 말을 가로막았다.

"휴고 알피어스가, 그 유명한 겨울의 마법사가 그런 사람이었어요?"

"몰랐어요?"

"세간에는 그저 좀 특이한 괴짜라고만 알려졌는데요."

"좀 특이한 괴짜 정도였다면 나랑 고모가 이렇게 분통을 터트리진 않겠죠."

빅토리아가 투덜거리며 신경질적으로 다리를 흔들었다.

"휴고는 마법사로서의 특징이 아주 확연한 사람이에요. 지극히 냉철하고 개인주의적이죠. 딱 인간들이 생각하는 마녀 · 마법사가 그렇잖아요."

"그렇긴…… 하죠."

"휴고는 그게 조금 더 심해요. 옛날엔 이 정도는 아니었다는데 나이를 먹을수록 노망이 든 건지, 어째 갈수록 심해지네요. 저러다 오지에서 객사해도 아무도 모를걸요."

입술을 불퉁하게 내민 빅토리아가 한껏 조잘댄다. 알렉은 넌지시 그녀를 올려다보았다.

"많이 섭섭한가 봐요."

"네?"

"휴고 알피어스 경이 보고 싶은 거 아니에요? 왜, 전에 기계 새가 집으로 찾아왔을 때도 휴고 경을 애타게 불러 댔잖아요. 어찌나 간절하게 부르던지, 난 또 생이별한 남매인 줄 알았네."

까맣게 잊고 있었던 기억이 떠오르자, 빅토리아의 얼굴에 당혹감이 스며들었다.

"……찾고 있긴 해요."

"역시."

"약속을 어겼거든요. 날 도와주겠다고 해 놓고 말도 없이 내뺐으니, 당연히 찾아서 마땅한 응징을 내려야 하지 않겠어요?"

예상과는 180도 다른 대답에 알렉이 잠시 멈칫했다.

"……보고 싶어서 찾는 게 아니라?"

"날 배신한 사람이 왜 보고 싶겠어요?"

빅토리아가 대번에 정색했다. 뭐라고 대답해야 할지 몰라 알렉은 슬그머니 시선을 돌렸다.

"물론 지금은 알렉을 지키는 게 1순위지만, 나중에 여유가 생긴다면 직접 휴고를 찾아볼 생각이에요. 고모도 여기저기 뒤지고 다니는 걸 보면, 휴고가 어디 있는지 단서도 못 찾은 것 같지만……. 참, 그거 하나는 다행이네요. 휴고가 도망간 덕에 고모가 지금 솔즈베리에 없다는 거."

"전국을 뒤지느라 고생하고 있을 수리 경이 안타까운 게 아니라요?"

"안타깝기는. 알렉도 그 점에 대해서는 휴고한테 고마워해야 돼요. 만약 고모가 솔즈베리에 있었다면 지금쯤 내 이름이 신문에 오르내리는 걸 봤을 테고, 그럼 고모는 당장에 오킹엄으로 올라와서 날 끌고 갔을걸요."

"오늘부터 밤마다 휴고 알피어스 경이 부디 오래도록 잡히지 않길 기도해야겠네요."

"좋은 생각이에요."

알렉은 나지막한 웃음소리를 흘리며 느긋하게 턱을 괴었다. 얼굴도 모르는 마녀 · 마법사들이 빅토리아의 이야기를 통해 점차 형체를 갖추어 나가고 있었다.

"그래도 왠지 충격이네요. 휴고 경이 그런 사람이었다니."

"그 정도예요?"

"난 지금까지 겨울의 마법사 하면 펜잔스의 영웅을 떠올렸거든요. 인간의 눈에는 조금 특이한 괴짜일지 몰라도, 마법 사회에선 만인이 존경하는 위대한 마법사인 줄만 알았죠."

"마법 사회도 비슷해요. 잘 모르는 마녀들이야 존경한다 어쩐다 하지만, 한번 겪어 보라 해요. 애완 악어보다 못한 제자로 1년쯤 같이 살다 보면 돌아 버릴걸요."

"그런데도 그렇게 좋아요?"

일순 빅토리아가 멈칫했다. 알렉은 그녀와 시선을 마주하며 가만히 웃었다.

"그런데도 좋아하는 거잖아요, 그분."

늘 똑같은 표정에 똑같은 목소리인 듯해도 빅토리아는 기본적으로 굉장히 솔직한 사람이다. 좋아하는 사람을 말할 때는 자연스레 목소리가 높아지고, 싫어하는 사람을 말할 때는 표정부터가 좋질 않다. 그런 빅토리아가 제 고모를 말하거나, 숙부를 말할 때는 언제고 들뜬 모습이었다.

'휴고!'

훗날 기필코 응징하겠다는 사람을 그토록 애타게 부를 수는 없다. 또한 무섭기만 한 상대를 두고, 만약 자신이 고모였다면 진작에 자길 버렸으리라 말할 리도 없다. 애당초 부모보다 더한 의미를 지니는 사람들이었다. 부끄러워 좋아한다고 대놓고 말은 못 해도, 실상 부모보다 더하다는 데서 빅토리아의 진심은 분명했다.

아니나 다를까, 좋아한다는 말 한마디에 눈에 띄게 당황하는 빅토리아를 보며 알렉은 애써 쓴웃음을 집어 삼켰다. 부모보다 더한 사람이라면 도대체 얼마나 큰 존재일까. 빅토리아가 그들에게 보내는 극진한 신뢰와 애정을 그는 감히 짐작할 수 없었다. 부모조차 부모로 느끼지 못했던 그에게 그런 감정은 일평생 닿지 못할 이상이나 마찬가지리라.

그래서 부럽다.

밤하늘의 별처럼 영원히 그녀를 지켜봐 줄 사람이 둘이나 있는 빅토리아가 부럽고, 그녀에게서 저만한 경애를 받는 두 사람이 부러웠다. 저 사랑의 십분지 일만 오가도 알렉은 눈물겹게 행복할 것만 같았다. 영원히 이루어지지 못할 비현실적인 가정은 그토록 가슴 저미게 다가왔다.

"……휴고는."

어렵사리 당혹감을 진정시킨 빅토리아가 짐짓 여상하게 말을 꺼냈다.

"눈이 예쁘거든요."

"……."

"아, 물론 고모도 눈이 굉장히 예뻐요."

심히 엉뚱한 소리에 알렉은 멀거니 그녀를 보았다. 그 와중에도 유리알처럼 눈이 맑다는 둥 보석보다 파랗다는 둥 끝없는 찬탄이 이어지자, 설마설마하는 마음으로 물어볼 수밖에 없었다.

"눈이 예뻐서 좋아한다는 거예요, 지금?"

"그렇게 안 들렸어요?"

빅토리아가 고개를 갸웃 기울인다. 알렉은 당황하여 잠시 말문을 잃었다.

"경 때문에 많이 희생하셨다면서요. 마법을 가르쳐 준 스승이고. 그래서 좋아하는 거 아니었어요?"

"음, 그것도 그렇긴 한데."

잠시 눈살을 찌푸리고 고민하던 빅토리아가 선뜻 말을 이었다.

"시작은 눈이었어요."

"……."

"눈이 예뻐서 좋아하기 시작한 것 같아요."

알렉은 멍하니 그녀를 바라보았다. 도무지 이해할 수 없는 말이지만, 애당초 빅토리아는 이해할 수 있는 상대가 아니다. 마녀의 사고방식이란 인간이 쉽사리 이해할 수 있는 영역이 아니므로.

갑작스레 대화가 끊긴 테라스로 물밀듯 정적이 밀려들었다. 무도회장에서 전해지는 실내악 연주 소리와 두런거리는 사람들의 목소리가 한데로 뒤섞여 기저로 흘러드는 사위. 묘하게 소란스러운 듯하며 고요한 테라스에는 적막조차 달가운 분위기가 형성되었다. 두 사람은 제각기 편안한 자세로 밤하늘을, 혹은 어두운 정원을 내다보며 무도회와 동떨어진 평화를 즐기고 있었다.

그때, 흐린 밤하늘 사이로 별 하나가 빼꼼 고개를 내밀었다. 아무도 모르게 나타난 별은 한동안 지붕 언저리로 조심스러운 빛을 흘리다가, 이내 본격적으로 어두운 밤을 밝히기 시작했다. 마치 오밤중 숲을 밝히는 횃불처럼, 달 뜨지 않은 밤하늘을 홀로 진두지휘하기 시작한 것이다.

그리 별빛은 교외의 외진 테라스에도 닿았다. 지붕에서 흘러내린 별빛이 한 줌, 정원의 호수에서 반사된 별빛이 한 줌, 그리고 밤하늘에서 직접 전하는 별빛이 한 줌. 어느덧 밝아진 사위가 의아하여 고개를 들던 알렉은 허공에서 하늘하늘 내려오는 별빛을 발견하곤 눈을 큼직하게 떴다. 아주 사라진 줄 알았던 별빛이 안개비처럼 남모르게 흐르고 있었다.

빅토리아와 눈이 마주친 것도 바로 그즈음이다.

그가 의식한 때에 빅토리아는 이미 그를 빤히 굽어보고 있었다. 난간 바깥으로 장난스럽게 흔들거리던 다리도 이때는 미동조차 없다. 마치 무언가에 홀리기라도 한 것처럼, 한 번 깜박이지 않고 그에게로 곧장 쏟아지는 눈빛이 하늘의 별빛보다 따가웠다.

"……빅토리아?"

그 줄기찬 시선에 꽁꽁 얽매인 채로 알렉은 간신히 입술을 달싹거렸다. 하지만 돌아오는 대답은 없다. 절 부르는 소리 따위 듣지 못한 것처럼 멀거니 그를 바라만 보던 빅토리아가 불현듯 느릿하게 손을 들어 올렸다. 별빛에 반사되어 하얗게 바스러지는 가느다란 손가락이 천천히 그의 눈가로 엄습한다.

"그거 알아요?"

무엇을, 물으려던 알렉은 일순 눈가에 와 닿는 체온에 소스라치듯 놀라고 말았다. 아주 찰나의 접촉임에도 마치 불에 덴 것처럼 얼굴이 화끈거린다. 삽시간에 홧홧하게 달아오르는 뺨이 부끄러워 어디로든 숨고 싶은 심정이었으나, 알렉은 한 치도 움직이지 못했다. 저 파란 눈이, 빤한 시선이 그의 사지를 옭아매고 있었다.

"평소에는 그저 평범한 녹안인데……."

빅토리아가 천천히 그에게로 얼굴을 기울인다. 제게로 드리워지는 그림자를 알렉은 잠자코 지켜보는 수밖에 없었다.

"빛을 받으면 금빛 테두리가 생겨요. 그러다가 빛이 강해질수록 전체가 황금빛으로 물들기 시작해서……."

어느덧 코앞으로 다가온 빅토리아가 슬며시 미소를 흘린다.

"그게 참 아름다워요."

"……."

"나한테 줄래요?"

알렉은 눈을 깜박이는 것도 잊고 멍하니 그녀를 바라보았다. 그녀가 정확히 무슨 말을 했는진 그다지 중요하지 않다. 실은 제대로 듣지도 못했다. 그저 둥글게 휘어지는 저 눈이, 매끄럽게 벌어지는 입매가, 하얀 뺨에 피어오르는 불그스름한 홍조가 너무나도 사랑스러워서.

그리해 알렉은 제 처지도 잊고 하염없이 그녀를 쳐다보기만 했다. 별빛이 찬란하게 쏟아지던 어느 봄날의 테라스. 소리가 멀어진 세상에는 오로지 겨울을 불러온다는 마녀만이 존재했다.

그렇게 테라스에서의 낭만적인 기억으로 하루를 마감했다면 참으로 좋았으련만, 캐서린 공주는 마지막까지 찬물을 끼얹고 말았다.

"네가 아주 대대적으로 난리를 피운 덕분에 약혼은 물 건너가게 생겼구나. 하기야 아무리 왕자라지만, 너처럼 가벼운 사내를 기꺼이 사위로 받아들일 가문이 많진 않겠지."

사람들 다 보는 앞에서 기어코 약혼 소리를 꺼내고야 마는 고모에게 알렉은 아주 힘들여 미소를 지어 보였다.

"그것 참, 대단히 기쁜 소식이네요."

"과연 언제까지 네가 기쁠지 두고 보자꾸나."

캐서린 공주는 그 한마디 남기고 훌훌 떠나갔다. 알렉은 호기심 어린 얼굴로 약혼에 대해 물어보는 사람들을 웃는 낯으로 쳐 내며 가까스로 마차에 올라탔다. 하지만 그걸로 끝이 아니었다. 마차가 캐서린 공주의 저택을 빠져나오기 무섭게 들이닥치는 기자들과 카메라 셔터 소리는 그야말로 알렉에게 골 아픈 두통을 선사했다.

"젠장, 어떻게 알아서는……."

마차의 문틈으로 들려오는 기자들의 질문은 대다수가 그의 약혼에 관한 것이었다. 금방 무도회장에서 캐서린 공주의 말을 주워들은 누군가 대문 밖에 진 친 기자들에게 정보를 넘긴 것이 틀림없다. 세상이 영원토록 모르길 바라는 기대는 애초부터 없었다만, 이렇게까지 빠르게 퍼질 필요는 없지 않나.

그때, 커튼을 살짝 걷고 흥미로운 눈으로 마차 창밖을 내다보던 빅토리아가 의아한 얼굴로 그를 돌아보았다.

"아무래도 마차가 못 움직이겠는데요?"

"무서운 소리 하지 마요……."

"무서운 소리가 아니라 사실인데."

알렉은 고개를 푹 수그린 채 양손으로 머리를 감싸 쥐고 앓는 소리를 냈다. 귓청을 터트릴 듯 밀려드는 기자들의 소란은 도무지 끝날 것 같지가 않다. 어딜 가든 세상 반대편까지 쫓아올 기세에 그는 거의 시퍼렇게 질려 있었다.

웅크린 그의 자세나 미약하게 바들거리는 손 따위를 훑어본 빅토리아가 고민할 겨를도 없이 선뜻 손을 내밀었다.

"가요."

알렉이 어깨를 움찔하며 슬며시 눈을 들어 올린다.

"……어딜요?"

"집으로."

하얀 손이 성큼 다가와 알렉의 손을 움켜쥐었다. 그리고 다음 순간, 그들은 딱딱하게 배기는 마차가 아니라 푹신한 소파에 앉아 있었다.

오래된 책 냄새가 나는 이곳은 다름 아닌 빅토리아의 집이다.

기자들의 고함 소리가 한순간에 소거된 귓가에는 쟁쟁 울리는 정적만이 남았다. 갑작스러운 적막이 살갗에 와 닿는 느낌이 묘하게 선득하여 알렉은 어리둥절한 상태로 느리게 뒷목을 쓸었다. 때마침 빅토리아가 손가락을 튕기자, 촛불 여러 개가 타올라 거실을 밝히기 시작했다.

"……방금 마법이었어요?"

"촛불이요?"

"아니, 여기로 온 거요."

이제는 손짓만으로 찻주전자를 가져온 빅토리아가 —아마도 마법으로 끓였음이 분명한— 뜨거운 찻물을 졸졸 따라 낸다.

"당연하죠. 처음 겪는 것도 아닌데 왜 그래요."

알렉이 머쓱한 얼굴로 목을 긁적였다. 웬일로 친절한 빅토리아가 선뜻 그에게 찻잔을 건넸다.

"그런데 약혼해요?"

간신히 떨림이 멈춘 손으로 찻잔을 받아 들던 알렉은 순간 손을 삐끗할 뻔했다.

"……제발 부탁인데, 그렇게 갑자기 훅 치고 들어오지 좀 마요."

"언제 물으면 갑작스럽지 않을까요?"

빅토리아가 미간을 살짝 좁히고 진지하게 물었다. 알렉은 대답하기를 포기했다. '심신이 좀 안정되면' 이라고 말하면, '언제쯤 안정되겠느냐' 물어볼 사람이었다, 빅토리아는.

"약혼 안 해요. 아까 고모님도 약혼은 물 건너가게 생겼다고 그러셨잖아요."

"왜 물 건너갔는데요?"

"내가 난리를 피워서?"

"난리?"

알렉은 빅토리아를 빤히 쳐다보며 그녀와 자신을 차례로 손짓했다.

"우리, 연인이라고 소문 다 났잖아요. 그런데 누가 나랑 약혼하려 들겠어요."

"아하."

"……그게 신경 쓰였어요?"

차를 마시는 척 찻잔으로 입가를 가리며 알렉은 넌지시 그녀를 떠보았다. 빅토리아는 솔직한 사람이다. 신경이 쓰였다면 곧이곧대로 대답할…….

"혹시라도 약혼하게 되면 약혼녀도 조심하라 말해 주려고 했죠. 배후가 누군지 모를 때는 가까운 사람부터 의심해야 하니까."

빅토리아가 다리를 꼬고 방만한 자세를 취하며 단언했다. 조금 김빠진 표정으로 알렉이 힘없이 고개를 끄덕인다. 그럼 그렇지.

"오늘 고마웠어요. 경이 아니었으면 난 아마 그대로 약혼식장으로 끌려갔을지도 몰라요."

"그 전에 누군가에게 납치당했을지도 모르고요."

"……그렇겠죠."

몸은 하나고 기운은 없는데, 신경 쓰이는 일들이 너무나도 많다. 다 죽어 가는 얼굴로 찻잔의 손잡이만 매만지던 알렉이 풀 죽은 목소리로 웅얼거리듯 말했다.

"미안해요. 그런 소리 듣게 해서."

여유롭게 차를 마시던 빅토리아가 의아한 기색으로 그를 보았다. 알렉은 차마 그녀와 눈을 마주치지 못하고 느릿느릿 말을 이었다.

"고모님이 경에게 심한 말들을 하셨잖아요."

"철부지라고 한 거요?"

"……그것도 그렇고."

알렉이 한숨을 푹 내쉬었다.

"내 선에서 끊어 냈어야 했는데 그러질 못했어요. 정말 미안해요. 다시는 그런 일 없을 거예요."

진지하다 못해 서글픈 분위기 속에서 빅토리아가 찻잔을 양손에 쥐고 데구루루 눈을 굴렸다.

"그렇게 결연할 것까지는 없는데요."

"불쾌했을 거 아녜요."

"뻔히 기분 나쁘라고 하는 소리에 정말로 불쾌해하면 지는 거죠."

알렉이 바람 빠진 소리를 내며 웃었다.

"경은 참 강하네요."

"내가요?"

"누구도 무서워하질 않잖아요."

"알렉은 그 공주님이 무서워요?"

대뜸 들어오는 질문에 알렉은 쓰게 웃으며 물끄러미 찻잔을 내려다보았다. 제 얼굴이 둥둥 떠다니는 맑은 찻물 위로 지난날의 기억들이 새록새록 떠오른다.

"……네. 많이 무서워하는 것 같아요."

"공주님한테 많이 혼났나 봐요."

"단순히 혼난 거면 이렇게 무섭진 않겠죠."

쓴웃음을 머금고 알렉은 민망한 듯이 뒷머리를 매만졌다.

"있잖아요, 내가 아주 어릴 때는 옷장 속의 괴물이 제일 무서웠어요. 나뿐만 아니라 많은 어린애들이 그랬을 거예요. 옷장 속에 숨어서 애들이 잠들기만을 기다린다는 털북숭이 괴물이야말로 어른들이 들려주는 괴담의 1순위거든요."

"……."

"그런데 어른이 되고 보니, 제일 무서운 건 그게 아니더라고요."

어릴 때는 윽박지르는 사람이 가장 무서웠다. 모두가 상냥하던 세상에 균열을 일으키는 사람은 그야말로 한두 사람에 불과했으므로, 그들만 피하면 되는 줄 알았다.

조금 자라고 보니 생각이 바뀌었다. 앞에선 웃고 뒤에선 손가락질하는 사람들. 잘 알지도 못하면서 이러쿵저러쿵 씹어 대기 바쁜 익명의 사람들. 제게 윽박지르는 사람들에겐 납득할 만한 이유라도 있었건만, 그들에겐 달리 이유가 없었다. 그저 심심풀이였을 따름이다.

그래서 어느 순간부터는 웃어 주는 사람들이 무서웠다. 하지만 진정으로 무서운 건 그들도 아니었다. 제 평생을 지지해 주던 사람들의 섬뜩한 이면을 알아챈 날, 알렉은 인두겁을 쓴 괴물을 보았다.

그들은 사람의 형상을 한 괴물이었다.

"……사람이 사람처럼 보이지 않을 때가 있어요."

입술을 짓씹으며 한참을 고민하던 알렉이 겨우 입을 열었다.

"그럴 때는 사람이 아니라 괴물처럼 보이더라고요. 옷장 속의 괴물? 그건 누가 봐도 괴물이잖아요. 피하면 그만인데, 사람의 몸을 뒤집어쓴 괴물은 어떻게 피할 도리가 없어요. 저건 사람이 아니라 괴물이구나. 그렇게 알아차렸을 때는 이미 사지를 옴짝달싹할 수 없는 거죠."

허무하게 웃으며 고개를 들어 올리던 알렉은 문득 빅토리아와 눈이 마주치고 말았다. 유리알처럼 투명한 벽안은 짐짓 무감정해 보이기까지 하다. 마치 전혀 다른 존재인 것처럼 이질적인 눈빛에 알렉은 순간 극심한 수치심으로 달아올랐다.

마녀한테 도대체 무슨 소리를 하는 거야.

같은 인간도 쉽사리 이해하지 못할 말을 마녀가 이해할 리 없다. 마녀란 지극히 냉철하고 이지적인 족속. 무서울 정도로 강한 저들이 나약한 인간의 말에 공감할 수는 없었다.

"미안해요. 내가 괜한 말을……."

"나도 알아요."

물끄러미 그를 응시하며 빅토리아가 말했다.

"많이 봤어요, 그런 사람들."

알렉은 멀거니 그녀를 바라보았다. 어쩐지 뺨이 화끈거리고, 감격인지 기쁨인지 모를 무언가 자꾸 목울대로 치밀어 오른다. 누구에게도 털어놓지 못하고 꽁꽁 숨겨 왔던 상처가 조금이나마 보상받는 기분이었다.

"그런 사람들한테 지지 마요."

어느새 빈 찻잔을 내려놓곤 빅토리아가 자리를 털고 일어났다.

"고모가 늘 그랬어요. 강하지 않아도 이길 수 있다고. 약해 빠졌어도, 지는 게 일상이어도 마지막 순간에 승리를 쟁취하면 되는 거라고. 그렇게 아득바득 기어올라야만 끝까지 살아남을 수 있는 거래요."

"……."

"그러니까 약해도 돼요. 무서워하는 걸 부끄럽게 여기지 마요. 세상 무엇도 무섭지 않은 걸 강하다고 하는 거라면, 차라리 약해져요. 난 알렉이 강하지 않아서 좋은걸요."

빅토리아가 싱긋 소리 없이 웃어 보였다. 늘 무표정하던 그녀가 저만치 웃는 것만도 기함할 노릇이건만, 그럼에도 알렉은 차마 미소 비슷한 것도 지어 주지 못한 채 그대로 빅토리아를 떠나보내야만 했다. 어두운 복도에서 한 발짝 앞서 켜지는 촛불을 따라 멀어지는 그녀의 뒷모습을 지켜보며 알렉이 멍하니 입술을 달싹거렸다.

약해도 된다.

가만히 눈을 깜박이던 그가 이내 느릿하게 고개를 끄덕인다. 잘은 모르겠지만 이걸로 충분한 것 같다. 투박하지만 진심 어린 위로가 그의 가슴을 콩콩 두드려 왔다.

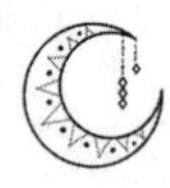

이튿날, 오킹엄의 신문들은 하나같이 전날 밤 열린 캐서린 공주의 무도회를 대서특필했다. 물론 중요한 화제는 알렉 왕자와 그의 연인, 빅토리아 알피어스였다.

근 한 달 만에 공식 석상에 모습을 드러낸 왕자가 처음으로 연인을 대동한 자리는 당연하게도 많은 사람들의 관심을 이끌어 냈다. 평소라면 빵 하나씩 입에 물고 바삐 거리를 가로질렀을 사람들이 신문에 눈을 박은 채로 걸어 다니는 기묘한 광경이 오킹엄의 아침 출근길을 가득 메웠다.

앞다투어 특집호를 간행한 황색 신문들은 아주 오래간만에 새로운 정보들로 충만했다. 아니면 말고 식의 카더라도 '평소에 비하면' 아주 적은 수준이다. 이를테면 마차에서 내리는 빅토리아 알피어스의 모습을 아주 멀리서 찍은 사진이라거나—거의 하얀 점으로 보이는 수준이지만 그것으로도 충분했다—, 기자들에게 둘러싸인 채 마차에 갇혀 있던 그녀가 살짝 커튼을 들추고 바깥을 내다보는 장면을 귀신같이 포착한 사진이 앞면을 당당히 장식했다.

이외에도 익명의 누군가가 제보한 무도회 중간에 홀연히 사라졌다는 젊은 연인, 그리고 캐서린 공주가 직접 언급했다는 알렉 왕자의 약혼 문제까지. 짐작건대 앞으로 한 달은 우려먹어도 충분한 특종감이 여럿이다.

<빅토리아 알피어스는 천사 같은 얼굴의 마녀?!>
<이것만 알면 당신도 무도회를 꿰뚫는다! 정원은 연인들의 밀회 장소!>
<알렉 왕자의 사택에 도착한 빈 마차……. 두 연인은 어디로?>

대강 이런 기사들이 줄을 이은 셈이다.

제발, 나는 덜떨어졌다 욕해도 빅토리아를 모욕하는 기사는 없길 간절히 바라는 마음으로 황색 신문을 펼쳤던 알렉은 오래간만에 만족스러운 표정으로 신문을 완독할 수 있었다. 아니, 언제 신문을 읽고 이토록 만족스러웠던 적이 있을까. 중간중간 거슬리는 부분이 없다고는 못 하겠지만, 이만하면 생각보다도 훨씬 선방이다.

"전하. 괜찮으십니까?"

근심스럽게 지켜보던 찰리가 알렉이 신문을 덮기 무섭게 쪼르르 다가왔다. 짐짓 심각한 표정으로 차를 한 모금 마신 알렉이 느지막이 고개를 끄덕였다.

"나름 괜찮네. 고모님이 점찍어 둔 약혼녀가 사브리나 체임벌린이라는 엉터리 기사만 제외하면."

어째 이 여자는 이름이 빠지질 않아. 알렉은 불만이 가득한 얼굴로 사브리나 체임벌린 운운하던 아니꼬운 신문을 두 손가락으로 집어 침대 아래로 떨어트렸다.

"그만하길 다행입니다. 어제 공주 전하와 빅토리아 경이 신경전을 벌이실 때만 해도 전 정말이지 아찔했다니까요?"

"그거야 고모님이 기를 쓰고 막으셨겠지. 자기 체면은 무엇보다 중요하게 생각하시는 분이니."

"그러길래 그 귀한 체면 더럽히는 말씀을 왜 하셨나 몰라요."

찰리가 불퉁하게 웅얼거리는 말에 알렉은 깜짝 놀랐다. 저 고지식하기 이를 데 없는 찰리 스튜어트가 왕실을, 그것도 알렉과 더불어 현 왕실의 얼굴이라는 캐서린 공주를 비꼬는 말을 입에 담을 줄은 상상도 못 했다.

"이야, 네가 그런 말도 하고. 많이 컸다?"

알렉이 장난스럽게 웃으며 찰리의 팔뚝을 툭툭 치자, 찰리가 적잖이 당황한 얼굴로 말을 더듬었다.

"그, 그게, 초면인 사람한테 할 소리는 아니었잖아요."

"그렇지."

"빅토리아 경이 뭘 크게 잘못하신 거도 아닌데……."

천성적으로 순한 찰리는 그동안 빅토리아를 꺼리던 것도 잊고 그녀를 염려하는 모양새였다. 모처럼 보는 것 같은 인간의 선한 면모에 알렉은 저도 모르게 감화되는 기분이었다.

"공주 전하가 왜 그렇게 민감하게 반응하셨는진 아직도 잘 모르겠어요. 원래는 마음에 안 드셔도 겉은 그럴싸하게 말씀하시는 분이잖아요."

"초장에 기를 눌러 버리고 싶으셨나 보지. 아무런 효과도 없는 것 같지만."

알렉은 건성으로 대꾸하며 오색찬란한 황색 신문은 한쪽으로 죄 밀어 버리고, 한눈에도 딱딱한 틀의 정론지를 집어 들었다. 왕자의 파혼이 어쩌고 하며 한 적도 없는 약혼을 파한 꼴이 되어 버린 전면의 기사를 무심히 지나치니, 새로운 소식이 눈에 들어온다.

<반제의 외무성장, 다음 주 중 잉그람 내방>

페이지를 넘기려던 손을 멈칫하며 알렉은 신중히 기사를 읽어 보았다. 평범한 사람들이라면 심드렁히 지나쳤을 기사고 그도 마음만은 그러고 싶지만, 도저히 지나칠 수가 없는 내용이었다. 특히 '산티그마 교국 방문 일정으로 잉그람을 비울 하워드 국왕을 대신하여 알렉 아크라이트 왕자와 캐서린 아크라이트 공주가 체임벌린 수상과 함께 외무성장을 맞이할 예정이다' 라는 부분이.

"……찰리. 나 지금 도망가면 유모가 받아 줄까?"

뜬금없는 소리에 찰리가 의아한 얼굴을 했다. 알렉은 땅이 꺼져라 한숨을 내쉬었다.

산 넘어 산이다.

한참을 머뭇거리다가 겨우 다음 주의 일정을 꺼냈을 때, 빅토리아가 보인 반응은 단 한 가지였다.

"궁전에서 열리는 건 아니죠?"

묘하게 날카로운 기세에 알렉이 눈에 띄게 당황하자, 찰리가 사뭇 조심스러운 태도로 입을 열었다.

"로엔그렌 궁전은 아니고, 중앙성에서 열린다고 합니다."

"그럼 다행이네요."

조금 전 예리하던 눈빛은 어디 가고 다시금 흐리멍덩한 졸린 눈으로 돌아온 빅토리아가 늘어지게 하품했다. 궁금증을 참지 못하고 알렉이 물었다.

"궁전이면 안 돼요?"

"네."

"어째서요?"

"마법을 못 쓰니까."

영문을 몰라 멀뚱거리던 알렉이 뒤늦게 탄성을 흘렸다. 잉그람의 마녀는 로엔그렌 내궁에선 마법을 쓰지 못한다. 뭐, 궁전 말고도 몇몇 장소가 더 있었던 것 같은데 잘은 기억이 나질 않는다.

"그런데 왜 못 쓰는 거예요? 내궁이라고 달리 특별한 것도 아닌데."

"계약 조건 중에 하나예요. 로엔그렌 내궁, 산티그마 교단에 공식적으로 귀속된 교회당, 괄티에로 벨리에서는 마법을 사용할 수 없음."

"고작 계약 하나 했다고 진짜로 못 쓰는 건 아닐 텐데요."

기껏해야 벌금 좀 물지 않을까 싶었던 생각은 단숨에 깨졌다.

"진짜로 못 써요."

"정말요?"

"당연하죠. 내가 왜 이런 걸로 거짓말을 하겠어요?"

짐짓 알렉을 흘겨본 빅토리아가 선선히 설명을 이어 갔다.

"마녀들의 계약은 인간들의 계약처럼 도장 찍고 끝나는 게 아니에요. 어떤 계약 방식을 사용하는지에 따라 다르지만, 강력한 계약일수록 구속력도 강하죠. 국왕과의 계약은 발푸르기스 평의회에서 직접 관장하기 때문에 현존하는 계약 중에서는 가장 강력한 계약으로 꼽히고요."

"그럼 내궁에선 경도 평범한 인간이나 마찬가지겠네요?"

알렉이 신기하다는 듯 물었다. 못내 내키지 않는 기색으로 빅토리아가 고개를 끄덕인다.

"그렇겠죠. 정확히는 '로엔그렌 내궁'이라고 명명된 마법 회로가 깔린 부분에 한하지만."

"그건 또 무슨 소리예요?"

"궁전에는 마법 회로가 촘촘하게 깔려 있잖아요. 왜, 200년 전 당신의 선조가 내 선조한테 금궤 칠천 개를 바치며 부탁했다면서요."

"……난 금궤 칠백 개로 알고 있지만, 일단 그래서요."

"내 선조인 르로이 알피어스가 마법 회로를 설치한 곳은 궁전뿐만이 아니에요. 괄티에로 벨리에도 설치했고, 교단에 귀속된 몇몇 교회당에도 설치했죠. 물론 대다수 교회당은 팔리아치나 이스톨포 쪽에서 도맡았겠지만."

팔리아치와 아스톨포라면, 남국 메시나에 소속된 마법 가문이다.

"그런데 마법 회로에는 보통 이름이 붙거든요. 예를 들어 여기는 '빅토리아 알피어스의 집 1호'고, 로엔그렌 내궁은 당연히 그대로 이름이 붙었겠죠. 원래 마녀들이 자신의 영역을 확실하게 표시하기 위해 사용하던 방식인데, 때마침 국왕과의 계약에서도 쓰인 거예요."

요약하자면 '로엔그렌 내궁'에서 마법을 사용할 수 없는 것이 아니라, '로엔그렌 내궁이라고 명명된 마법 회로가 깔린 지역'에서 마법을 사용할 수 없다는 뜻이다. 하기야 어디부터 어디까지가 로엔그렌 내궁이라 계약서에서 면밀하게 설명할 수는 없는 노릇이니, 지극히 영리한 선택이라 할 수 있었다.

들을수록 신비한 마법 세계에 푹 빠져 감탄하던 차에, 불현듯 찰리가 그의 옷깃을 몰래 잡아당기는 것이 느껴졌다. 알렉이 의아한 얼굴로 돌아보자, 찰리는 답답하다는 듯 연방 빅토리아를 눈짓한다. 그제야 한 가지 빠트린 설명을 떠올린 알렉은 자연스레 죽상이 되었다.

"저기, 빅토리아."

"네."

"다음 주에 열린다는 그 행사 말이에요. 실은 고모님도 참석하시거든요."

알렉은 사뭇 긴장된 얼굴로 빅토리아의 표정을 살폈다. 면전에서 철부지 소리를 날린 사람이니 빈말로도 좋다고는 할 수 없을 터. 그럼에도 빅토리아는 졸린 눈을 비빌 뿐 별다른 반응이 없었다.

"그래요?"

"……."

"……."

"그게 끝이에요?"

"무슨 말을 더 해야 해요?"

그건 아니지만. 알렉이 웅얼거리며 입을 다물자, 빅토리아는 찰리가 가져온 쿠키를 한입 먹으며 흘깃 알렉을 보았다.

"싫어도 어쩔 수 없잖아요. 그런 곳에 당신 혼자 보낼 수도 없고."

"그렇……죠."

"게다가 나보단 그쪽 공주님이 더 싫을 거 아녜요."

알렉은 대번에 그녀의 말을 이해하진 못했다. 구불구불한 머리칼을 손가락에 감아 빙빙 돌리며 빅토리아가 친절하게 설명을 덧붙였다.

"공주님이 싫긴 하지만, 싫어하는 사람이 싫어하는 걸 보는 것만은 즐겁지 않겠어요?"

"아, 그런 의미라면."

알렉이 씩 웃었다. 빅토리아도 가볍게 고갯짓하며 입꼬리를 당긴다. 서로 마주 보며 웃는 두 사람의 모습이 꼭 소악마 같다고 생각하면서도, 찰리 역시 양손으로 입가를 가리며 남몰래 싱글거렸다.

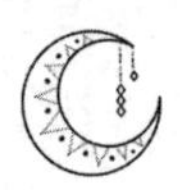

행사의 시작을 알리는 팡파르가 울려 퍼졌다.

군악대가 북을 두드리며 흥겨운 곡을 연주하는 가운데, 붉은 예복을 차려입은 근위대가 발맞추어 행진하기 시작했다. 북 소리에 맞추어 전진하던 근위대는 미리 약속된 지점에서 멈추더니, 곧장 한쪽으로 몸을 돌려 장총을 하늘로 겨누었다. 한낮의 햇살을 반사하는 총구가 눈부시게 빛난다.

탕!

한데로 합쳐진 총성이 장엄하게 땅을 울렸다. 총구에서 튀어나온 것은 총알이 아니라 색색의 종이였다. 처음 보았다면 마치 장난감 병정이 움직이는 것 같다며 신기해할 광경이나, 이런 행사는 물리도록 관람했던 알렉에겐 철학책보다 지루한 순간이다. 그럼에도 보는 눈을 의식하여 미소를 드리우고 있는 것은 캐서린 공주도, 체임벌린 수상도, 하다못해 저 멀리 반제에서 내방한 고위관료도 마찬가지일 것이다.

이제 군악대는 잉그람의 국가를 연주하기 시작했다. 수백 년 전 어느 말 못 하는 작곡가가 만들었다는 이 숭고한 음악이 끝나면, 반제의 장중한 국가가 울려 퍼질 터. 반제의 외무성장을 환영하는 의미로, 또한 양국의 번영과 평화를 기원하는 명목상 의미로 연주된다는 것을 모르진 않지만, 그 느릿느릿한 데다 길기까지 한 음악을 듣는 것은 진심으로 고역이었다. 지금은 모든 것이 신기하여 주변을 두리번거리는 빅토리아조차 오래지 않아 시들시들해질 터.

하지만 어쩌랴, 행사는 이제 시작인 것을.

알렉은 인식하지 못한 새에 내려간 입꼬리를 다시금 반듯하게 올리며, 불현듯 눈이 마주친 반제의 외무성장과 가벼운 눈인사를 주고받았다. 어쩐지 오늘 하루, 아주 길 것만 같은 좋지 않은 예감이 들었다.

야외에서 거행된 환영식이 막을 내린 뒤, 곧바로 피로연이 시작되었다.

이날만을 위하여 사흘 밤낮으로 쓸고 닦았다는 중앙성 피로연장은 실로 눈이 부실 정도로 번쩍거렸다. 사회 각계각층의 인사들이 모인 자리답게 우아하지만 사뭇 긴장된 분위기가 흐르는 가운데, 커다란 나팔 소리와 함께 알렉과 빅토리아가 만인의 주목을 받으며 등장했다. 평소와 다름없이 윤기 흐르는 검은 정장을 입은 알렉의 곁에서, 빅토리아는 치렁치렁한 붉은 드레스 자락을 간수하느라 여념 없다.

"나 넘어질 것 같아요."

필사적으로 말짱하게 걸으려 애쓰며 빅토리아가 넌지시 속닥였다. 남의 이목 따위 신경 쓰지 않던 사람이 어떻게든 그럴듯하게 보이려는 노력이 안타깝기도 하고, 고맙기도 하여 알렉은 슬그머니 그녀의 손을 힘주어 잡았다.

"걱정하지 마요. 내가 잡아 줄게요."

피로연장을 가로지르는 동안 넘어질 뻔한 위기가 아예 없던 것은 아니지만, 빅토리아는 특유의 동물적인 감각을 발휘하여 귀신같이 균형을 유지했다. 최대한 사람들의 눈길을 피할 수 있는 구석으로 알렉이 그녀를 이끌자, 빅토리아는 그제야 안도의 한숨을 내쉬었다.

"왠지 저번보다 오늘이 더 피곤한데요?"

"지난번은 고모님이 개인적으로 주최하신 연회였잖아요. 오늘은 외국의 고위 관료를 환영하는 자리니 규모부터가 다르죠."

사방 온갖 것을 경계하는 빅토리아의 눈치가 보여 차마 물도 못 마시고 한숨을 돌리던 알렉은 문득 저편에서 누군가와 대화를 나누는 캐서린 공주를 발견했다. 눈을 가느다랗게 뜨고 유심히 살피자니, 공주를 마주한 저 땅딸막한 뒷모습으로 미루어 볼 때 체임벌린 수상임을 알겠다. 사석에서는 서로를 탐욕스러운 난쟁이, 권력에 눈이 먼 암탉이라 욕하면서 저렇듯 바깥에서 만나면 세상 둘도 없는 친구다.

"……저 모습을 보고 누가 원수지간이라 생각하겠어."

심란하게 중얼거리며 고개를 돌리려던 찰나, 체임벌린 수상의 어깨 너머로 캐서린 공주와 갑자기 눈이 마주쳤다. 곧장 자연스럽게 시선을 틀긴 했으나, 제게로 줄기차게 이어지는 고모의 싸늘한 시선은 도무지 가시질 않는다. 망할 체임벌린, 하필 키는 왜 그렇게 작아선! 속으로 죄 없는 체임벌린 수상을 욕하며 입술을 짓씹는데, 곁에서 빅토리아의 목소리가 자그맣게 들려온다.

"어디 아파요?"

"아, 아뇨. 괜찮아요. 발은 어때요?"

"다행히도 이젠 아무런 감각도 안 느껴져요."

"……그게 다행이에요?"

"적어도 아프지는 않잖아요."

오늘도 꼭 본받고 싶은 긍정적인 시각이다. 알렉은 힘없이 웃으며 귀밑으로 흘러내린 빅토리아의 은빛 머리칼을 귀 뒤로 살며시 넘겨 주었다. 정면을 응시하던 빅토리아의 눈이 슬그머니 그에게로 올라온다.

"저기 오는데요."

"누가요?"

"양복쟁이 두 명."

최대한 눈에 안 띄는 구석으로 왔다지만, 역시나 눈에 띄지 않을 리 없다. 기껏해야 시시한 인사나 나누고플 사람들이라 여기며 고개를 돌리던 알렉은 저도 모르게 낯을 구기고 말았다. 짐짓 유쾌한 대화를 나누며 이편으로 다가오는 사람들은 다름 아닌 체임벌린 수상과, 오늘 이 으리으리한 행사의 주인공인 반제의 외무성장이었기 때문이다.

"아, 저기 계시는군요."

때마침 체임벌린 수상이 알렉을 손짓하며 사람 좋게 웃어 보였다. 왕자의 위치쯤이야 미리 확인하고 외무성장을 이끌었을 테니, 저 자연스러운 행동만은 가히 대형 연극의 주연감이다.

"전하."

"……안녕하세요, 수상."

알렉은 떨떠름하게 웃으며 맞인사를 건넸다. 수상은 고개를 꺾어 저보다 머리 한 개는 높은 노인을 올려다보며 왕자를 소개했다.

"알렉 아크라이트 왕자 전하십니다. 전하, 아까도 인사하셨지만 반제의 외무성장이신 마누엘 발트하임 경입니다."

"다시 뵙습니다, 전하."

북쪽의 대국을 대표하는 사람답게, 발트하임은 우람한 체격과 위엄 서린 눈빛을 자랑하는 노인이었다. 알렉은 그와 악수하며 부드럽게 웃어 보였다.

"부디 체류하는 동안 즐거운 시간 보내시길 바랍니다."

"잉그람은 반제와는 다르게 역동적인 나라지요. 머무는 동안, 잊고 살았던 젊음의 혈기를 한껏 즐기다 가겠습니다."

북방어 특유의 딱딱한 어투로 점잖게 화답한 발트하임이 고개를 틀어 빅토리아를 보았다.

"여기 이 아름다운 아가씨는 전하의 약혼녀이신가요?"

"아, 이쪽은—"

"약혼은 아직입니다."

다급한 체임벌린의 말소리를 가로채며 알렉이 짐짓 사랑스럽다는 눈으로 빅토리아를 내려다보았다. 발트하임이 풍성한 잿빛 눈썹을 까딱였다.

"참으로 보기 좋은 한 쌍이로군요."

"별말씀을."

"실례지만 어느 가문의 아가씨인지 여쭤도 되겠습니까? 잉그람에 이토록 아름다운 아가씨가 계시다는 소리는 미처 듣지 못해서 말입니다."

알렉은 말없이 빙긋 웃기만 했다. 하여간에 국적을 막론하고 정치인이란 죄다 수백 살 묵은 능구렁이가 틀림없다. 나이에서 비롯한 연륜의 차이인지는 몰라도, 저 체임벌린을 당혹케 하는 수완은 인정할 수밖에 없었다.

"빅토리아 알피어스 경입니다."

알피어스, 그 이름을 담기 무섭게 발트하임은 배부른 사자처럼 느른한 미소를 지었다. 알렉은 차츰 일그러지는 수상의 얼굴을 힐끔 살피며 남몰래 빅토리아의 손을 꽉 잡았다.

북쪽 국경선을 맞댄 반제는 오래도록 잉그람과 대치했던 강국이다. 대륙에서 가장 넓고 가장 혹독한 땅을 점한 반제의 사람들은 천성적으로 호전성이 짙어 저들끼리, 때로는 타국을 포함하여 분란을 자아내곤 했다. 200년 전 지금의 가브릴루크 왕조가 명실공히 통일 왕국을 건립한 뒤로도 끊이지 않던 신경전은 약 100년 전 수교를 맺음으로써 종결된 듯싶지만, 작금의 평화는 그저 외관상의 평화에 지나지 않았다.

알렉은 언젠가 방문했던 북쪽 국경의 싸한 적막을 기억했다. 총성만 울리지 않을 뿐이지 서로를 경계하는 눈길만은 100년 전과 다르지 않던 그 분위기를 감히 평화로 불러도 될는지, 그는 아직도 의심스러웠다. 이 불안정한 평화에서 기인한 이권 다툼이 잉그람을 좀먹는 것을 알아 더 더욱 불안했다.

그 불안감을 저들이라고 모를 리 없다. 국왕이 실권을 잃고 추락한 잉그람과 달리, 아직도 공고한 전제 왕권을 유지하는 반제는 그 절대자의 뜻에 따라 착실히 국력을 증진시키고 있었다. 잉그람에 준하는 총기로 무장했다는 반제의 군대는 어느덧 괴담처럼 오킹엄으로 흘러들어, 심지어는 반제가 투텔의 분리주의자들을 물밑에서 지원하고 있다는 소리마저 들려오는 실정이었다.

그러니 아무리 외국인이라 한들, 이웃 국가를 한동안 들끓게 만들었던 화제를 외무성장이란 사람이 모를 리 없다. 잉그람이 반제의 움직임에 촉각을 곤두세우는 것처럼, 반제도 잉그람을 면밀히 감시하고 있을 터. 도대체 무슨 생각으로 빅토리아를 노리는진 몰라도, 저 빌어먹을 늙은이는 다 알면서도 모르는 척 의뭉이나 떨며 자연스레 빅토리아를 화제에 올린 것이다.

"알피어스라면……. 〈공정한 알피어스〉의 일원이겠군요."

발트하임이 짐짓 인자한 노인의 얼굴로 빅토리아를 굽어보았다. 전나무처럼 큰 키의 노인이 고개를 숙임에 빅토리아의 머리 위로 짙은 그림자가 드리워진다. 그러나 빅토리아는 전혀 개의치 않고 물끄러미 노인을 올려다볼 따름이다.

"네. 맞아요."

"마녀가 왕족의 약혼녀가 된다니, 실로 반제에선 상상도 할 수 없는 일이군요."

"아직, 약혼녀는 아닙니다."

체임벌린 수상이 딱딱하게 굳은 얼굴로 끼어들었다. 발트하임이 넌지시 알렉을 돌아보자, 알렉은 말없이 어깨만 으쓱였다.

"그나저나 벌써 경의 칭호를 받으신 걸 보면, 젊은 나이에 높은 공을 세우셨나 봅니다. 잉그람은 명예 작위를 아주 까다롭게 내린다고 들었는데 말이지요."

"딱히 까다롭지도 않은 것 같아요. 난 그냥 시키는 대로만 했을 뿐이거든요."

"시키는 것도 제대로 해내지 못하는 사람들이 아주 많지요. 경처럼 높은 군공을 세운 경우에는 더더욱."

역시 저 문제군. 알렉은 지그시 입 안의 여린 살을 깨물다가, 영 내키지 않는 기색으로 입을 열었다.

"발트하임 경. 이제 보니 빅토리아를 아주 잘 아시는군요."

"그 이름을 모를 리가 없지요. 투텔에서 명성을 떨치던 마녀가 이토록 아름다운 꽃인 줄은 몰랐지만."

"난 꽃이 아니라 마녀인데요."

"무어…… 비유적인 의미로 쓴 겁니다."

빅토리아가 마뜩잖은 기색으로 눈살을 찌푸렸다. 아름다운 여인을 꽃에 비유하는 인간 사회의 관용적인 표현이 마녀에게는 지극히 낯선 모양이다.

"좌우지간 빅토리아 경의 전공은 반제에서도 익히 유명합니다. 세드릭 자일스 경의 뒤를 잇는 인재가 나왔으니, 잉그람의 전력은 한층 배가 되겠군요. 참으로 부러울 따름입니다."

"그래 봤자 잉그람의 마녀들은 반제처럼 무조건적으로 국가의 명령을 따르지 않는다는 것을 발트하임 경도 잘 아시지 않습니까?"

"유사시에는 강제로 동원할 수 있다는 것 또한 잘 알고 있지요."

발트하임이 넌지시 이르는 소리에 체임벌린은 불편한 기색으로 입을 다물었다. 체임벌린 수상이 당하는 건 보기 좋아도, 잉그람 왕자로서의 위치를 잊지 않은 알렉이 때마침 유쾌하게 말을 보탰다.

"그런 일은 없어야겠죠."

발트하임이 호탕하게 웃었다.

"물론 없어야겠지요. 평화야말로 양국의 가장 소중한 가치 아니겠습니까?"

알아서 다행이네. 알렉은 속으로 안도의 한숨을 삼켰다.

"역사적으로 양국 사이에 이런저런 좋지 않은 일들이 많았던 것이 사실이지만, 아국은 잉그람과 척질 생각일랑 조금도 없습니다. 국왕 전하께 절대적으로 복종한다는 우리네 마녀들도 기실 빛 좋은 개살구에 불과하지요. 세드릭 자일스 경의 그 무시무시한 낙뢰나 구름도 찢는다는 흉악한 용, 혹은 여기 계시는 빅토리아 경에게 제대로 대항이나 할 수 있을지, 솔직한 심정으로는 상당히 회의적입니다."

"민망한 말씀을 하시는군요. 반제의 국력은 아국도 익히 잘 알고 있습니다. 불과 지난달에도 바다 건너 새로운 식민지를 개척하지 않았습니까?"

"식민지라 해 봤자 이제는 예전 같은 효용 가치가 없지요. 잉그람도 식민지 때문에 꽤 고생하고 있지 않습니까?"

체임벌린이 불편한 얼굴로 침음을 흘렸다. 투텔에서 시작된 독립의 바람은 어느덧 바다 건너 식민지에도 들불처럼 번졌다. 하루가 멀다 하고 식민지에서 들려오는 군사적 충돌 소식은 근자에 잉그람 행정부를 속 썩이는 문제 중의 하나였다.

"어쩌면 바다 건너에서 양국이 처음으로 손잡을 일이 있을지도 모르지요. 아국과 잉그람이 많은 문제에서 이견을 보인 것이 사실이나, 바다 건너의 괘씸한 원주민들에 대해서는 같은 입장일 테니까요."

"뜻이 맞군요, 발트하임 경."

거의 처음으로 체임벌린과 발트하임이 호의적인 눈짓을 주고받았다. 이 어처구니없는 상황에 알렉은 헛웃음을 지을 뿐이었다. 정말이지, 정치인이란 국적을 막론하고 다들 냉혹한 인간인 모양이다. 마녀를 두고 살갗 아래 차가운 피가 흐른다 조롱할 것이 못 되었다.

"그럼 저는 이만 물러가겠습니다, 전하."

발트하임이 허리를 굽히며 정중하게 인사했다. 뱀처럼 집요한 노인의 눈길이 흘끗 빅토리아를 향했다.

"……빅토리아 경. 부디 궁정의 아름다운 꽃으로만 남으시길 기원하지요."

빅토리아가 대놓고 미간을 찡그렸다. 하지만 어린 마녀의 불쾌함 따위 아무렇지도 않다는 듯, 일흔이 다 되도록 정정한 노인은 지팡이를 짚으며 훌훌 떠나갔다.

고목처럼 단단한 그의 뒷모습을 싸하게 응시하던 알렉이 이내 빅토리아를 향해 돌아섰다. 잠시 곁방으로 들어가 쉬자는 말을 건네려던 심산이었으나, 이번에는 체임벌린 수상이 그를 붙잡는다.

"전하. 잠시 드릴 말씀이 있습니다."

"……예. 하세요."

알렉은 지친 기색을 구태여 숨기지 않았다. 그러나 체임벌린 수상은 몹시 진지한 표정으로 한 발짝도 물러나질 않는다.

"자리를 옮기는 것이 낫겠습니다."

"……알았어요."

한숨 섞인 목소리로 대답한 알렉이 빅토리아의 손을 잡고 이끄는데, 수상이 은근하게 그들을 막아섰다.

"독대를 청하는 겁니다, 전하."

물끄러미 수상을 응시하던 알렉이 고개 돌려 빅토리아를 보았다.

"잠깐 혼자 있을 수 있겠어요?"

"안 돼요."

눈부시게 밝은 사위에서 유독 빅토리아의 벽안만이 어둡게 빛났다.

"그 대단한 혹한의 마녀도 혼자가 두려운 모양이군요."

체임벌린이 비웃는 말에도 빅토리아는 미동하지 않았다. 외려 자신의 손을 붙잡은 알렉의 손을 힘주어 잡으며 말없이 고개를 내젓는다.

한동안 그녀를 마주 보던 알렉이 느릿하게 고개를 끄덕였다.

"수상. 단둘이 자리를 옮기기는 좀 그렇고, 저기 구석으로 가죠."

"……진심이십니까, 전하?"

"진심이고말고요. 그리고 빅토리아."

알렉이 나긋하게 웃어 보였다.

"당신이 보이는 곳에 있을게요. 염려하지 마요."

잠자코 알렉의 눈을 들여다보던 빅토리아가 그제야 선선히 그의 손을 놓아 주었다. 앞서 걸어 나가는 알렉의 뒷모습을 멀거니 지켜보던 체임벌린 수상이 어처구니없다는 듯 양손을 들어 올렸다.

"참으로 위대한 사랑이군."

알렉과 체임벌린 수상은 기둥으로 가려진 외진 모퉁이에 섰다. 그러면서 알렉이 멀찍이 둘의 대화가 들리지 않을 만한 거리에 있는 빅토리아와 계속 눈짓을 주고받자, 못마땅하게 그 모습을 지켜보던 수상이 툭 내뱉듯 말했다.

"아주 대단하십니다. 누가 보면 세기의 사랑인 줄 알겠군요."

"……왜 또 이렇게 심기가 불편하실까. 좋은 날이잖아요, 수상. 표정 좀 풀어요."

"그러시는 전하야말로 표정 좀 관리하시지요. 제가 잡아먹습니까?"

"잡아먹진 않아도 자꾸 좋은 시간을 방해하잖아요. 사람이라면 당연히 좋아하는 사람이랑 있고 싶지, 누가 배불뚝이 아저씨랑 같이 있고 싶겠어요?"

"배불뚝이……."

불쾌하다는 듯 입매를 씰룩거린 체임벌린 수상이 이내 표정을 가다듬고 진중한 얼굴을 했다.

"오래 붙잡지는 않을 겁니다. 전하께서 협조만 해 주신다면."

"네, 협조해 드릴 테니 어서 말씀하시죠."

알렉이 건성으로 손짓했다. 이번엔 콧등을 씰룩거린 수상이 언짢은 기색으로 입을 열었다.

"마녀와의 충성 계약에 대해서 말입니다."

"충성 계약이 아니라 그냥 계약이죠. 충성을 바치지도 않는 사람들한테 왜 자꾸 충성을 강요합니까?"

"……아주 여인네 치마폭에 푹 빠지셨군요. 마녀들이 충성을 바치든, 뭘 바치든 관심도 없던 분께서."

알렉은 눈을 가느다랗게 뜨고 사뭇 건방지게 웃었다. 수상이 진저리치며 고개를 돌렸다.

"좌우지간 그 계약 건 말입니다. 보아하니 빅토리아 경과 아주 세기의 사랑을 나누시는 듯한데, 이쯤에서 전하께서도 의회 쪽에 힘을 실어주시지요."

"내가 빅토리아와 세기의 사랑을 나누는 것과, 그 계약 문제가 도대체 무슨 상관인지 모르겠는데요."

"상관있으실 텐데요. 진정으로 저 마녀를 아끼신다면."

뜻 모를 말에 알렉이 슬며시 눈을 찌푸린다. 한 발짝 앞으로 다가온 체임벌린 수상이 간교한 목소리로 속삭였다.

"국왕 전하께서 저 마녀의 약점을 잡아 휘두르고 계신다는 걸 모르십니까?"

"……그게 무슨 소리예요."

"이런, 정말로 모르셨던 모양이군요."

"무슨 소리냐고요. 제대로 설명해요."

알렉은 어느새 딱딱하게 굳은 얼굴이다. 체임벌린이 피식거리며 입매를 비틀었다.

"말 그대로입니다. 빅토리아 알피어스 경에게는 아주 치명적인 약점이 있고, 이를 국왕 전하께서 이용하고 계시지요. 아시지 않습니까? 오래전부터 국왕 전하께선 마녀들을 이용하여 자신의 영향력을 넓히고자 아주 열심이셨다는 걸."

"국왕 전하께서 빅토리아의 약점을 잡아 협박이라도 했단 거예요?"

"싫다는 빅토리아 경을 억지로 군부에 넣어 투텔로 보내셨지요. 지금 투텔이 어떤 곳인지는 전하께서도 잘 아시리라 믿습니다."

알렉은 지그시 입술을 깨물었다. 작금의 투텔은 분리주의자들과 잉그람 군대의 충돌로 총성이 끊이지 않는 곳이다. 빅토리아가 투텔에서 복무했다는 것은 알고 있었지만, 그것이 국왕의 강제인 줄은 미처 몰랐다.

"……약점에 대체 뭔데요."

"글쎄요, 이걸 제가 감히 말씀드려도 될지."

체임벌린이 느물거리며 등 뒤를 눈짓했다.

"캐서린 공주 전하께 한번 여쭤보시지요. 공주 전하께선 본디 국왕 전하와 뜻이 아주 잘 맞는 남매가 아니십니까."

알렉은 말없이 체임벌린의 어깨 너머, 발트하임과 화기애애하게 이야기를 나누고 있는 캐서린을 노려보았다. 꾹 다물려 있던 입술이 오래지 않아 열린다.

"그런데 빅토리아의 사정과 마녀들의 계약 문제가 대관절 무슨 관계인지 모르겠군요. 국왕 전하께서 빅토리아의 약점을 잡아 이용하신 건 확실히 불유쾌한 일이지만, 내가 알기로 빅토리아는 최근 군을 나왔습니다. 약점이 무엇이든 이젠 과거의 일이죠."

"순진한 발상이시군요. 안타깝게도 지금은 국왕 전하께서 잠시 빅토리아 경을 풀어 주신 것뿐입니다. 다른 누구도 아닌 왕자 전하께서 처음으로 밝히신 열애 상대가 바로 빅토리아 경이니까요."

"국왕 전하께서 아들의 사랑까지 지켜 주는 다정한 아버지이신 줄은 미처 몰랐군요."

"어차피 오래갈 관계가 아니지 않습니까? 후일 두 분이 헤어지시고 사람들의 관심이 잦아들거든, 다시금 약점을 이용해서 빅토리아 경을 맘껏 부려 먹으려 하시겠지요."

알렉의 눈빛이 사나워졌다. 체임벌린은 슬며시 미소를 띠며 간특한 목소리로 속살거렸다.

"그러니 이만 의회에 힘을 보태 주시지요."

"……."

"이제 곧 마법 부대를 창설하자는 말이 스멀스멀 기어 나오기 시작할 겁니다. 물론 국왕 전하의 공작이죠. 총선을 앞둔 의회가 몸을 사리는 틈을 타서, 화제를 선점하고 여론에 힘입어 끝내 국왕 전하의 주도로 마법 부대를 창설하려는 의도입니다. 만약 그리된다면, 지금 국왕 전하께서 독점하고 계신 마녀와의 계약은 구시대적인 지배자의 손에서 영영 벗어나지 못하게 되겠죠."

수상의 눈이 음험하게 빛났다.

"전하께서 막으실 수 있습니다. 기자를 데려다가 인터뷰를 하시죠. 국민들의 준엄한 명령으로 의회에 실권을 이양한 국왕이 아직도 마녀와의 계약을 틀어쥐고 있는 것은 이치에 맞지 않는 일이다. 그리 입장을 밝혀만 주신다면, 일은 자연스레 순리를 따르게 될 겁니다."

"대단한 파장이 일겠군요. 말씀 잘하시던데 차라리 수상이 그렇게 밝히지 그래요?"

"안타깝게도 선거를 앞둔 사람이 할 말은 아니라서요."

"내가 할 말은 맞고요?"

알렉이 허탈하게 웃었다. 한마디로 수상은 지금 선거 직전에 불똥이라도 튈까 염려하는 문제를 그에게로 밀어 넣는 격이었다. 만일 알렉이 수상의 뜻을 따라만 준다면, 이 문제는 왕실 내 다툼으로만 비화될 것이고 높은 확률로 마녀와의 계약은 의회로 넘어갈 것이다. 그렇잖아도 사회 전반적으로 왕실의 존재 의의에 대한 의구심이 높아지는 상황에서, 왕실은 절대로 여론을 외면할 수 없을 것이기에.

결국에는 멀찌감치 지켜보기만 하던 의회만 이득인 셈이다. 더하자면 아마도 연말 선거에서 수상직을 연임하게 될 저 능구렁이 사내에게도.

"뭐…… 국왕 전하와의 관계는 돌이킬 수 없는 지경으로 흐르겠지만, 어차피 전하의 지위는 국왕 전하께서도 어찌하실 수 없는 것이 아닙니까? 국왕 전하와의 관계가 어떻든 전하께서는 잉그람의 유일한 왕자로서 공고한 위치를 유지하시겠지요."
"남의 일이라고 함부로 말씀하시네요."
"불쾌하셨다면 죄송합니다만, 이는 전하께도 좋은 일입니다. 국왕 전하께서 마녀와의 계약에서 손을 떼시면 빅토리아 경도 자유를 되찾을 테니까요."
계약은 누구나 할 수 있다. 마녀와의 계약을 빼앗기더라도 국왕은 여전히 개인적으로 마녀와 계약을 맺을 수 있었다. 다만 그것은 오직 사적인 영역에만 국한될 것이며, 더 이상은 군 복무와 같은 국가 사무와 관련된 계약은 맺지 못할 것이다.

마녀는 계약을 통해 국가 사무를 관장할 수 있다.

얼핏 보면 마녀에게 권리를 부여하는 듯하지만, 실상 이 조항은 국왕에게 어마어마한 권력을 가져다주었다. 국가 사무에 마녀를 포함하기 위해서는 명목상 국왕의 허가가 반드시 필요하기 때문이다.
의회가 마법 부대 창설에는 동의하면서도, 그에 앞서 마녀와의 계약을 의회로 가져오려는 것 역시 비슷한 맥락이다. 마녀와의 계약을 의회로 환수하지 못할 시 마법 부대를 창설하기 위해서는 국왕의 인가가 필요하므로, 어떻게든 국왕의 영향력을 축소시키려는 의회의 입장에서는 마녀와의 계약을 의회로 환수하는 것이야말로 급선무다.
"그래요. 잘만 풀린다면 빅토리아는 국왕 전하의 손아귀에서 자유로워지겠죠."
알렉이 서늘한 눈으로 수상을 보았다.
"대신 당신의 손아귀에 잡히겠지만."
체임벌린은 조용히 웃기만 했다. 변명하지도 않는 모습에 기가 찬 알렉이 헛숨을 내뱉었다.

“보아하니 수상도 빅토리아의 약점을 알고 있는 눈치인데, 당신이 빅토리아를 자유롭게 하리란 보장은 없잖아요.”

“이런, 저를 너무 나쁘게만 보시는 것이 아닙니까?”

“안타깝게도 내 눈엔 국왕 전하나 수상이나 피차일반이라서요.”

“그 의견에는 동의하지 못하지만, 사실 저와 국왕 전하 사이에는 커다란 차이점이 있습니다. 종신직인 국왕 전하와 달리, 저는 임기가 정해져 있지요. 총선에서 승리해 봤자 6년 재임하면 끝입니다. 이는 왕자 전하께서도 동의하실 수밖에 없는 사실이죠.”

알렉이 피식거리며 웃었다.

“당신이 물러나면 제2의 체임벌린, 제3의 체임벌린이 나오겠죠. 페인당에 당신 같은 인재가 아주 많다고 들었거든요.”

“음, 그 말씀은 칭찬으로 듣겠습니다.”

체임벌린이 짐짓 너스레를 떨었다. 물끄러미 그를 쳐다보던 알렉이 쌀쌀맞게 고개를 틀었다.

“빈말로도 빅토리아를 놓아주겠다곤 하지 않는군요.”

“그 마녀는 제 입장에서도 상당히 탐이 나는 인재라서요. 사실 누구라도 그렇지 않겠습니까? 빌어먹게 제멋대로인 세드릭 자일스와 달리, 빅토리아 알피어스는 손에 쥐고 이용할 수 있는 약점이 있으니까요.”

체임벌린이 마치 선심 쓴다는 듯 말했다.

“하지만 사람은 때로 포기할 줄도 알아야 한다죠. 만약 전하께서 제 뜻에 동참해 주신다면, 훗날 마녀와의 계약이 의회의 손에 들어온다 하더라도 빅토리아 경의 손끝 하나 건드리지 않겠노라 약속드리죠.”

“당신의 어딜 믿고요. 설사 수상이 약속을 지킨다 하더라도, 당신의 후임자들이 약속을 지키리란 보장은 어디에도 없잖아요.”

“해서, 사랑하는 연인이 국왕 전하의 손아귀에 놀아나는 모습을 계속 지켜보기만 하실 작정이십니까?”

미묘하게 감정을 건드려 절 탓하는 말에도 알렉은 어깨를 으쓱이기만 했다.

“다른 방법이 있는지 더 찾아봐야죠.”

“이 문제에 다른 방법이 있겠습니까?”

“혹시 모르죠. 게다가 말했잖아요. 내 눈엔 국왕 전하나 당신네들 여당이나 똑같이 보인다고.”

알렉이 은근하게 웃으며 속삭였다.

“그리고 수상은 잊은 듯한데, 내가 바로 왕위를 이어받을 사람이에요.”

“…….”

“도저히 못 믿을 사람들한테 빅토리아 평생의 안위를 넘기느니, 차라리 끈질기게 기다렸다가 내 손으로 그녀를 자유롭게 풀어 주는 편이 낫지 않겠어요?”

체임벌린은 처음으로 동요를 보였다. 입매를 씰룩이며 한참을 침묵하던 그가 어렵사리 말문을 열었다.

“……왕위를 이어받을 생각을 하시다니, 참으로 놀랍군요.”

“사랑의 힘이죠. 그리 질색하던 왕위도 나름대로 괜찮아 보이게 되었으니.”

“저 마녀를 진심으로 사랑하시는군요.”

“그럴지도요.”

체임벌린 수상은 더없이 진중한 얼굴로 경고했다.

“후회하실 겁니다. 마녀는 인간과 달라요. 지금이야 저 예쁘장한 얼굴에 속으신 모양입니다만, 저 살갗 아래 얼마나 차가운 피가 흐르는지 아시는 날에는 기함하며 도망치실 겁니다.”

“빅토리아에 대한 감정을 이용해서 날 꾀어내려던 분이 하실 말씀은 아닌 듯한데.”

“진심으로 전하를 저어하여 올리는 말씀입니다.”

체임벌린은 전에 없이 심각한 낯이다. 고개를 비딱하게 기울이고 얼마간 그를 마주 보던 알렉이 빙긋 입꼬리를 올렸다.

"마음만은 감사하게 받죠."

"전하."

"이제 더 이상 할 말 없죠? 미안하지만 먼저 자리를 떠야겠네요. 날파리가 꼬여서."

저 멀리, 빅토리아의 주변을 얼쩡거리는 몇몇 남자들을 발견한 알렉이 수상에게 종언을 고했다. 침중하게 입을 다문 체임벌린이 느릿하게 허리를 숙여 예를 취했다. 비로소 지지부진하던 대화의 끝이었다.

"왔어요?"

지루한 얼굴로 바닥만 내려다보던 빅토리아가 인기척에 고개를 들어 올렸다. 알렉은 그녀의 얼굴을 보자마자 피로가 싹 가시는 기분이었다.

"뭐 하고 있었어요?"

"그냥 바닥에 세모가 몇 개 있나 세고 있었어요."

알렉은 의아한 얼굴로 고개를 숙여 보았다. 세모, 네모, 타원 등 기하학적 무늬가 얽히고설킨 바닥은 잠깐 보는 것만으로도 어지러워질 지경이다.

"몇 개나 셌는데요?"

"625개요."

"……늦어서 미안해요."

뒤늦은 사과에 빅토리아는 말없이 고개만 내저었으나, 그 무표정한 얼굴 사이사이로 내려앉은 피로가 그의 눈에는 여실히 비쳤다. 그는 일평생 이런 행사를 겪고서도 이렇듯 정신적 피로를 호소하는데, 고작해야 두 번째 참석하는 빅토리아는 그보다 더하면 더했지 덜하진 않을 터. 그럼에도 힘든 내색 없이 자리를 지키는 그녀가 마음 깊이 고마웠다.

"이제 가요."

애틋한 감정을 애써 짓누르며 알렉은 손을 내밀었다. 멀뚱하게 그의 손을 바라보던 빅토리아가 그 위로 천천히 자신의 손을 얹었다.

"이렇게 가도 돼요?"

"안 되죠."

알렉이 개구지게 웃었다.

"그러니까 몰래 나가는 거예요."

우연히 마주친 사람들에게는 잠시 곁방에서 쉬고 오겠다 잘도 지껄이며 알렉은 여유롭게 빅토리아를 데리고 나갔다. 몰래 나간다며 호언장담했던 것을 생각하면 한두 번 해 본 솜씨가 아니다.

"맨날 이렇게 빠져나갔죠?"

"아니라곤 못 하겠네요."

사람이 바글바글하던 피로연장과 달리 복도는 텅 비어 있었다. 어느덧 붉은 황혼이 길게 늘어진 복도를 걸으며 두 사람은 차츰 웃음꽃을 피워 나갔다. 피로연장에서 멀어질수록, 제각기 속내를 감추는 가면을 쓴 사람들에게서 멀어질수록 어깨를 짓누르던 피로도 옅어지는 느낌이다.

"돌아가면 술이나 한잔할래요? 찰리가 좋은 걸로 하나 가져다 놨는데."

"독이 없는지부터 확인하고요. 며칠 걸릴 거예요."

"찰리가 가져왔다니까요. 한번 믿어 봐요."

빅토리아는 미간을 좁히고 신중하게 고민했다. 어떻게든 그녀의 마음을 돌리려 재차 말문을 열던 알렉이 돌연 맞은편 복도를 돌아보았다. 누군가의 발소리가 엇박으로 치고 들어온다. 차츰 가까워지는 인기척에 빅토리아마저 고개를 들어 올렸다.

인적 드문 복도의 저편. 정복을 차려입은 왕실의 사용인이 걸어오고 있었다.

"전하."

어느새 목전으로 다가온 사용인이 깊게 허리 숙여 인사했다.

"캐서린 공주 전하께서 기다리고 계십니다."

복도를 걷는 동안 피어났던 생기가 도로 거멓게 잦아든다. 알렉은 땅이 꺼져라 한숨을 내쉬며 우울한 표정을 지었다.

"지금 당장이요?"

"긴히 하실 말씀이 있다고 하십니다."

"당연히 나만 데려오라 하셨을 테고."

"예."

알렉은 갑갑한 마음에 머리를 거칠게 쓸어 넘겼다. 솔직한 심정으로는 고모님이고 뭐고 그냥 도망가고 싶었다. 캐서린 공주는 말짱한 상태로 대면해도 어려운 상대. 이번엔 또 어떤 말로 그의 복장을 뒤집어 놓을지 차마 상상하기도 싫었다.

'캐서린 공주 전하께 한번 여쭤보시지요.'

하지만 오늘만은 체임벌린 수상의 말 한마디가 그의 발목을 붙잡는다.

"……어디 계시는데요."

"알렉."

빅토리아가 다급히 그의 팔을 붙들었다. 알렉은 쓴웃음을 머금고 그녀를 돌아보았다. 이제 와 빅토리아를 떼어 놓는다는 것이, 그를 안전히 보호하겠다는 명목으로 오늘 이토록 고생한 그녀에게 못 할 짓이라는 건 잘 안다. 하지만 그걸 감수하고서라도 알아낼 가치가 있는 일이었다.

"괜찮아요, 빅토리아."

"안 돼요."

"좋은 분이라곤 죽어도 말 못 하겠지만, 날 해치실 분은 아니에요."

해치려거든 진작 해치셨을 분이니까.

알렉은 상냥하게 웃으며 제 팔을 붙잡은 그녀의 손 위로 자신의 손을 올렸다. 그의 심중을 가늠하듯 물끄러미 알렉의 눈을 들여다보던 빅토리아가 입술을 살짝 깨물며 느지막이 손을 뗐다.

"기다리고 있을게요."

알렉은 고개를 끄덕이며 사용인을 돌아보았다.
"빈방으로 안내해 드려요."
"네."
사용인은 캐서린 공주가 있는 방의 위치를 설명하곤, 빅토리아를 데리고 모퉁이 너머로 사라졌다. 모퉁이를 돌 때까지도 미련이 가시질 않는지 빅토리아는 자꾸만 뒤를 돌아보았다. 그런 빅토리아에게 안심하라는 듯 잠자코 웃어 주던 알렉은 둘의 발소리가 멀어질 무렵에야 내키지 않는 발걸음을 뗐다.
저녁 어스름이 지는 복도 위로 그의 그림자가 길게 늘어졌다.

문 앞을 지키던 사용인은 알렉의 얼굴을 확인하자마자 방문을 열어 주었다. 느릿하게 문턱을 넘은 알렉이 고개를 모로 돌렸다.
"……고모님."
캐서린은 소파에 앉아 휴식을 취하고 있었다. 온종일 고상한 모습을 보이느라 만만찮게 피곤할 텐데, 쉬는 중에도 흐트러짐 없는 자세를 유지하고 있다.
"웬일로 네가 재깍 오는구나."
알렉은 조용히 맞은편 소파에 앉았다. 캐서린의 시중을 들던 사용인이 그의 앞으로 따끈한 김이 모락모락 피어오르는 찻잔을 내려놓은 뒤, 소리 없이 방을 나갔다.
그제야 알렉이 말문을 열었다.
"이번에는 무슨 일로 부르셨어요?"
"글쎄, 네가 더 잘 알 것 같다만."
"제가 고모님의 깊은 심중을 알 턱이 있나요."
묘하게 이죽거리는 말투는 여전하나 그 목소리만은 전에 없이 잠겨 있다. 피로한 얼굴로 차를 한 모금 마시는 알렉을 가만히 응시하며 캐서린이 운을 뗐다.

"앞으로 1년. 네가 맘껏 놀 수 있는 시간을 주마."
"……어째 1년 뒤에는 맘껏 놀지 못한다는 말로 들리는데요."
"다행히 말귀는 트여 있구나. 맞아. 네가 이렇게 경거망동할 수 있는 시간도 딱 1년 남았다는 뜻이지."
캐서린은 더없이 우아한 손길로 찻잔을 들어 올렸다.
"내년 이맘때엔 약혼부터 올리게 될 거다. 상대는 로웰 가문의 여식이야. 누군지는 너도 잘 알겠지. 버릇없는 요즘 아가씨들과는 달리 아주 참하고, 운 좋게 남자 보는 눈은 낮아서 너 같은 것에게 아직도 푹 빠져 있는 아가씨란다. 정말이지 넌 얼굴만은 국왕 전하를 닮은 걸 다행으로 여겨야 해."
"……제가 싫다면요."
"싫어?"
캐서린이 의아한 기색으로 눈을 크게 떴다.
"무엇이 싫은지 명확하게 말하렴. 약혼이 싫은 건지, 매럴린 양이 싫은 건지."
"다 싫어요."
"약혼하기 싫다는 뜻이로구나."
참다못한 알렉이 으득, 이를 갈았다.
"다 싫다고요, 다! 진정 제 말을 못 알아들으시겠어요? 약혼이고 뭐고, 고모님 맘대로 1년이란 기한을 정해 두는 것 자체가 싫다고요! 대체 언제까지 절 휘두르려 하실 거예요? 네?"
갑작스러운 큰 소리에 눈을 부릅뜬 캐서린이 느릿하게 입술을 뗐다.
"……널 휘두르려 했다고? 내가 언제?"
"그걸 설명해야 아시겠어요?"
알렉이 제풀에 지쳐 이마를 감싸 쥐었다. 마치 벽을 상대하는 기분이다. 아무리 그가 난리를 치고 정신 나간 짓을 벌여도 절대로 무너지지 않을 벽.
"내가 널 통제하려 했음은 인정한다. 하지만 네가 언제 내 뜻대로 휘둘러 준 적이나 있니?"

"애초 스무 살 넘은 조카를 통제하려 하시는 것 자체가 이상한 일이에요."

"하지만 넌 왕자잖니."

자명한 진리를 읊듯 캐서린이 말했다.

"하물며 차기 국왕으로 가장 유력한 사람이 바로 너야. 만일 네가 왕자가 아니었거나, 설사 왕자였어도 왕위 계승 서열에서 밀렸다면 나도 이렇게나 널 신경 쓰진 않았을 거다. 하지만 네가 잉그람의 유일한 왕자인 이상에야 어쩔 수 없는 일 아니겠니?"

"왕자, 왕자. 하실 말씀은 그것뿐이시겠죠. 고모님이 늘어놓는 변명은 늘 그게 전부잖아요."

전에 없이 사나운 대꾸에 캐서린이 눈살을 찌푸린다.

"그 마녀 때문이니?"

알렉이 깊은 한숨을 내쉬며 고개를 틀었다. 캐서린은 몹시 기함한 표정으로 찻잔을 소리 내어 내려놓았다.

"설마설마했는데 정말일 줄이야. 알렉, 너 정말 그 마녀에게 반하기라도 한 거니? 그 마녀와 함께할 날이 고작 1년밖에 남지 않아 이렇게 화가 난 거야?"

"고모님."

"하지만 생각해 보렴. 1년은 생각보다 긴 시간이야. 너처럼 젊은이들에겐 더더욱 그렇지. 지금은 1초라도 그 마녀가 없으면 죽을 것 같겠지만, 그런 열렬한 마음은 뜨거울수록 빨리 식는단다. 내 장담해. 너의 그 마음, 길어 봤자 반년일 거야."

"……진짜 가지가지 하시네요."

양손에 얼굴을 파묻으며 알렉이 웅얼거렸다.

"제가 정말 빅토리아 때문에 이런다고 생각하세요?"

"아니라고 말하진 말렴. 근 몇 년, 조금 엇나가긴 했다만 넌 누구 못지않게 착실한 왕자였어. 내게 한 번도 목소리를 높인 적 없던 네가 지금 이러는데, 나로선 당연히 그 마녀를 의심할 수밖에."

문득 캐서린이 목소리를 낮추었다.

"그런데 너, 그 마녀가 어떤 사람인 줄은 알고 그러니?"

알렉은 본능적으로 귀를 세웠다. 지금 캐서린이 말하려는 그것. 내키지 않는 마음을 무릅쓰고 이곳으로 달려오게 만든 빅토리아의 약점이 틀림없다.

"재스퍼 알피어스라고, 네가 들어 봤을지 모르겠구나."

"그게 누구죠?"

"누구긴 누구야, 그 마녀의 아버지지."

캐서린의 붉은 입술이 호를 그린다.

"수리 알피어스의 형제이자, 〈공정한 알피어스〉가 끈질기게 흔적을 지워 온 가문의 수치."

"……."

"알렉, 그는 살인귀란다."

나지막한 속삭임이 진득하게 감겨든다. 멀거니 캐서린을 응시하던 알렉이 느리게 말문을 열었다.

"……그래서요?"

"뭐?"

"아니, 그게 끝이냐고요. 고모님이 잡은 흠이라는 게 고작……."

차마 말을 잇지 못하는 알렉을 보며 캐서린은 살포시 미간을 찌푸렸다.

"고작이라니? 재스퍼 알피어스는 열한 명의 인간과 일곱 명의 마녀를 죽인 살인마야. 완전히 정신이 나간 작자라고."

"하지만 그게 빅토리아의 잘못은 아니잖아요. 연좌제는 폐지된 지 오래예요, 고모님."

알렉이 갑갑하다는 듯 소리를 높였다. 얌전히 입을 다물었던 캐서린이 오래지 않아 도로 말문을 열었다.

"그럼 넌 빅토리아 경이 어째서 그렇게 전투에 능하다고 생각하니?"
"……."
"마녀들은 천성이 학자란다. 신체적으로 움직이는 걸 싫어하고, 밤낮 가림 없이 연구에 매진하지. 그들은 수천 년을 그리 살았어. 간혹 자신이 가진 힘을 주체하지 못하고 살육을 일삼던 자들은 광인이라 명명되어 동족들의 손에 목숨을 잃었다. 그런데 빅토리아 경은 달라. 광인들과는 달리 제정신이고, 딱히 살육을 즐기지도 않지. 그런 사람이 어째서 그런 힘을 지니게 되었는지, 넌 궁금하지도 않니?"
"그런 재능을 타고났나 보죠."
"알렉, 그런 재능은 세드릭 자일스 같은 경우에나 들어맞는 말이란다. 그 마법사가 사용하는 낙뢰 마법은 지난 수천 년 동안 〈고결한 베가〉의 핏줄을 타고 계승된 마법이지. 아주 오래전부터 베가의 낙뢰는 공포의 대상이었다. 무려 용을 죽이는 마법이야. 그런 마법을 계승했기에 만인이 세드릭 자일스의 이름을 두려워하는 거란다."
"빅토리아는 겨울을 불러오는 마녀예요."
"그래, 겨울을 불러오지. 위대한 마법이지만 낙뢰와는 달라. 능력을 극한까지 끌어 올린다면 사람을 얼려 죽이는 것도 가능하겠지만, 낙뢰에 비해 살상 능력은 현저히 떨어진다. 겨울을 불러오는 또 다른 마법사인 휴고 알피어스를 보렴. 그는 널리 명성을 떨치는 위대한 마법사지만, 세드릭 자일스처럼 공포의 대명사로 자리매김하진 않았잖니."
캐서린은 찻잔에 입술을 붙이며 속삭였다.
"빅토리아 알피어스가 2년 전에 무슨 짓을 저질렀는지 찾아보렴. 그럼 내가 왜 이렇게 그녀를 반대하는지 알게 될 거야."
알렉이 멈칫하며 캐서린을 보았다.
"무슨 짓을 저질렀는데요?"
"스스로 찾아보라 이르지 않았니."
"전에 찾아봤어요. 딱히 이상한 점은 없던데요."

차를 마시려던 캐서린이 어처구니없다는 듯 헛웃음을 터트렸다.

"세기의 사랑을 하고 있는 줄 알았더니, 이미 뒷조사까지 끝내? 알렉, 너 대체 무슨 생각인 거니?"

"그건 아실 필요 없고, 빅토리아가 도대체 무슨 일을 하고 다녔는지나 알려 주세요."

"그토록 사랑하는 네 임에게 묻지 그래. 왜, 알려 주지 않을 것 같아? 아님 그걸 약점으로 틀어쥐고 그 마녀를 뒤흔들고 있는 사람이 네 아버지라 차마 묻지 못하겠어?"

순간 알렉의 얼굴이 싸늘하게 식었다. 그럴 줄 알았다는 듯 캐서린이 맥없이 고개를 내저었다.

"그럴 줄 알았다. 체임벌린 수상이 이상하게 너한테 달라붙어 있는다 했지."

"……."

"그 능구렁이가 또 뭐라던? 국왕 전하께서 가련한 여자애를 괴롭히고 계시다 하니? 오, 알렉. 부디 네가 그 능구렁이의 말에 속아 넘어갈 정도로 아둔하지 않기만을 바란다."

알렉이 입술을 세게 짓씹었다. 속에서 치솟는 울화에 신경이 타들어 가는 듯했다.

"그럼 진실이 뭔데요. 도대체 그 2년 전 행적에 뭐가 숨어 있길래 이 난리냐고요."

"말했잖니. 그건 네가 스스로 찾으라고."

붉은 입술 위로 캐서린이 우아한 미소를 덧그렸다.

"내 장담하건대 진실을 알게 되면, 너도 더 이상 그 마녀를 지금과 같은 눈으로 보지 못할 거다. 빅토리아 알피어스는 네가 아는 그런 사람이 아니야. 그러니 나중에 후회하지 말고 내 제안을 받아들이렴."

1년의 유예 기간. 그리고 이듬해 약혼으로 시작될 '차기 국왕'으로서의 마땅한 행보.

알렉은 저도 모르게 주먹을 꽉 움켜쥐었다. 그는 알지 못하는, 오직 캐서린만이 알고 있는 그의 미래가 숨통을 옥죄는 듯했다.

"……저도 마찬가지예요."

이해할 수 없는 소리에 캐서린이 살포시 눈썹을 찡그린다. 고개를 수그린 채로 알렉이 더듬더듬 말을 이어 나갔다.

"저도 빅토리아가 아는 그런 사람이 아니잖아요."

평소와 다름없이 차분한 캐서린의 얼굴을 마주하며 알렉이 허탈하게 웃었다.

"왜 모르는 척하세요. 다 아시면서."

"……."

"사생아잖아요, 저."

사생아.

그 말을 입에 담는 순간 온몸의 힘이 빠져나갔다. 알렉은 차마 고개를 들 자신이 없어 그대로 무릎 사이에 얼굴을 묻었다. 아주 오래전부터 덕지덕지 눌어붙기 시작한 피로감이 온몸을 짓누르는 듯하다. 시시각각 바닥으로 침몰하는 기분이었다.

그때, 숨 막히는 정적 사이로 여상한 목소리가 흘러들었다.

"또 그 소리니."

가로막힌 어둠 속에서 알렉은 멍하니 입술을 벌렸다. 순간적으로 잘못 들은 줄 알았으나, 설마 하는 마음이 그대로 들어맞았다.

"지치지도 않는구나. 도대체 언제까지 그 일을 들먹여야 속이 후련하겠니?"

드물게도 캐서린은 짜증을 내비치고 있었다. 부스스 고개를 든 알렉이 멀거니 그녀를 바라보았다.

"그래, 넌 사생아야. 빌어먹을 오라버니께서 분별없이 하녀를 건드렸다가 벌어진 사달이지. 만약 조세핀이 아기와 함께 죽지만 않았어도, 넌 영원히 그늘 속에서 자라야 했을 거다. 그런데 죽은 아기와 뒤바뀐 네 운명에 감사하긴커녕, 그런 되바라진 소리나 지껄여?"

"……진심이세요?"

"진심이고말고! 어릴 때야 족히 혼란스러우리라 생각했다. 어머니라 여기며 평생을 그리워했던 사람이 실은 어머니가 아니고, 진짜 어머니란 여자는 다른 사람 만나 애를 셋이나 낳고 행복하게 살고 있다니 화가 나도 당연하다고 여겼어! 그래서 네가 바깥으로 나도는 것도 눈감아 줬던 거다. 하지만 적당히 해야지! 네 나이 벌써 스물셋이야! 도대체 언제쯤 정신을 차리려고 그래? 응?"

알렉은 가만히 숨만 몰아쉬었다. 그 모습을 응시하며 캐서린은 측은하다는 듯, 한편으로는 답답하다는 듯 복잡한 표정을 지었다.

"알렉. 내가 골백번도 더 말했잖니. 네가 누군지는 상관없어. 네가 어떤 사람인지, 무슨 생각을 하는지, 그런 건 하등 중요하지 않아."

"그럼 대체 뭐가 중요한데요?"

"네가 왕자라는 것. 그리고 사람들이 널 왕자라고 믿는 것."

"……."

"그 외엔 아무것도 중요하지 않아."

간곡한 목소리에 알렉의 어깨가 움찔 튄다. 눈앞의 캐서린 공주는 전에 없이 간절한 얼굴이었다. 마치 지금 건네는 말이 모두 진심이라는 것처럼. 진심으로 그를 위로하고 있다는 것처럼.

위로.

도대체 어떤 사람에게 저런 말이 위로가 될까.

"그거 아세요?"

알렉이 울 것처럼 흐리게 웃었다.

"전 고모님이 무서워요."

"……."

"어떻게 사람이 그럴까. 어떻게 사람이 되어서 그럴 수 있을까. 항상 그런 생각을 했어요. 비단 고모님뿐만이 아니라 아버지, 왕실의 어른들,

체임벌린 수상. 그 사람들을 보면 늘 그런 생각이 들더라고요."

어릴 때는 윽박지르는 사람이 제일 무서웠다. 하지만 자라고 보니, 그 사람이야말로 가장 인간적인 사람이었던 것 같다.

"제가 뭘 바라는지 아시잖아요."

알렉이 일그러진 얼굴로 속삭였다. 이어질 말을 직감한 듯 캐서린이 딱딱하게 굳은 얼굴로 말을 가로챘다.

"알렉."

"전 뒤바뀐 운명에 감사하지 않아요. 진실을 알게 된 뒤로 늘 조세핀 왕비 전하의 아기가 살아남았어야 한다고 생각했어요. 이 자리는 제 몫이 아닌걸요. 제 몫으로 가로채고 싶지도 않아요."

고개를 수그리며 알렉이 토해 내듯 말했다.

"전 왕이 되고 싶지 않아요."

싸늘한 정적이 내려앉았다. 알렉은 차마 캐서린 쪽은 보지도 못하고 비틀거리며 자리에서 일어났다. 천천히 방을 가로지르는 그의 뒷모습으로 캐서린의 차분한 목소리가 전해졌다.

"넌 돌아올 거야. 돌아와 용서를 빌겠지, 제발 다시 받아 달라고."

"……."

"그리고 난 언제든 널 받아들일 거란다."

알렉은 말없이 문을 밀었다. 마치 달아나듯 복도를 밟는 발소리가 차츰 빨라진다.

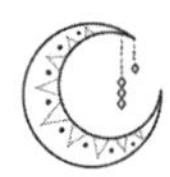

어릴 땐 포크스 공작이 왜 절 싫어하는지 몰랐다.

'꼴을 보아하니 지 애비를 닮아 천하의 망나니로 자라겠구나.'

아크라이트 왕실의 유일한 왕자라는 점, 그리고 죽은 조세핀 왕비의 후광이 더해져 알렉의 유년기는 참으로 다정하고 따사로운 세상이었다. 모두가 그에게 상냥하고, 모두가 그에게 너그럽던 세상. 모두가 그에게 호의를 품은 참으로 쉬운 세상에서 오직 외조부인 포크스 공작만이 선명한 악의를 내비쳤다.

왜 나만 보면 무서운 얼굴로 윽박지르실까.

알렉은 포크스 공작이 두려우면서도 의아했다. 늙은 공작은 어린 손자를 마치 외나무다리에서 만난 원수처럼 대했다. 머리가 조금 굵어져서는 아마도 소중한 막내딸을 요절하게 만든 장본인이라 그리 싫어하시는 모양이라 여겼지만, 해가 지날수록 정도를 더해 가는 공작의 악의에는 그것만으론 설명할 수 없는 기묘한 구석이 있었다.

어린 시절부터 몰래 길러 온 의구심은 열여섯 살이 되던 해 비로소 풀렸다.

'넌 내 손자가 아니다.'

포크스 공작은 죽음에 다다라 가슴속에 맺힌 응어리를 풀어냈다. 곧 죽을 것 같은 목소리로 읊어 대는 피 맺힌 절규에 알렉은 그제야 의문이 가셨다.

그래서 날 싫어하셨구나.

'유모. 내 진짜 어머니는 누구야?'

공작의 장례식이 거행되고 며칠 뒤, 평소와 다름없는 하루를 시작하며 알렉은 넌지시 유모에게 질문을 던졌다. 손이 여물기로는 궁전에서 제일이라던 유모가 찻잔을 깨트리는 모습을 알렉은 그때 처음 보았다.

'어떻게 아셨어요?'

유모는 시퍼렇게 질린 얼굴로 몸을 달달 떨었다. 지난 세월, 아들처럼 절 돌보아 주었던 유모를 막다른 길로 내모는 것이 썩 좋은 기분은 아니었지만, 그래도 알렉으로선 별수가 없었다. 아마도 아버지가, 그리고 고모가 소중한 사람의 안위를 운운하며 입 막을 것을 종용했을 비밀을 이제는 캐내야만 했다.

그리 유모가 더듬거리며 풀어낸 진상은 생각보단 맥이 풀리는 이야기였다.

모두가 입을 모아 망나니라 불렀던 하워드 국왕과, 그 혈기왕성한 젊은 왕자를 올바른 길로 인도했다는 조세핀 왕비. 조세핀 왕비가 젊은 나이에 요절한 뒤로도 하워드 국왕이 일절 새로운 왕비나 정부를 들이지 않았기에, 세상은 둘의 사랑을 낭만적으로만 기억한다.

하지만 실상은 추악했다. 아버지는 결혼하고서도 불륜을 이어 갔으며, 심지어는 조세핀 왕비가 임신한 시기에 궁전에서 일하는 어린 하녀를 임신시켰다. 그 사실을 조세핀 왕비가 알았는지는 모르겠다. 설령 알았더라도 눈감을 수밖에 없었겠으나, 만일 배 속의 제 아이가 사산되어 얼굴도 모르는 하녀의 아이가 자신의 아이를 대체할 것을 알았다면 그리 조용히 넘어가진 않았으리라.

조세핀 왕비가 배 속의 아이와 함께 유명을 달리한 날은 먹구름이 잔뜩 껴서 우중충했다고 한다. 사랑하는 막내딸이 잘못될까 궁전까지 달려온 포크스 공작은 결국 생애 가장 끔찍한 광경을 목격하고야 말았다.

'선택하셔야 합니다.'

의사가 국왕의 의견을 물었을 때, 포크스 공작은 당연히 국왕이 왕비를 선택하리라 여겼다. 국왕은 아직 젊었고, 조세핀 왕비는 그보다도 훨씬 젊었다. 아이는 또 가지면 될 일이었다.

'사내아이인가?'
'아직은 확신할 수 없습니다.'
'그럼 아이를 구하게.'

그 한마디에 포크스 공작은 눈이 벌게져 난동을 부렸다. 내 딸을 살려내라, 고래고래 소리를 질렀으나 누구 하나 그의 말을 귀담아듣는 자가 없었다. 그러자 공작은 눈물 흘리며 애걸했다. 딸아이만 살려 주면 무엇이든 하겠노라, 젊은 국왕의 발밑에 엎드려 눈물로 읍소했다.

'아이는 또 낳으면 되지 않습니까!'
'나는 지금 당장 사내아이가 필요하오.'

당시 하워드 국왕은 왕실의 견제를 받고 있었다. 비록 조세핀 왕비의 호감도가 높다곤 하나 국왕의 지지율은 여전히 과반을 넘지 못하였고, 나날이 여론의 눈치를 보는 왕실의 일원들은 조언이랍시고 캐서린 공주에게 왕위를 양위하라 목소리를 드높였다. 그 상황을 타개할 수 있는 방안은 오직 적합한 후계자뿐이었다.

하지만 조세핀의 아이는 세상의 빛을 보지 못하고 죽었다. 남은 것은 모자의 싸늘한 시체뿐. 난처한 상황에 처한 하워드 국왕에게 예기치 못한 희소식이 날아들었다. 산달에 이르러 오킹엄에서 멀리 떨어진 산골마을로 보냈던 하녀가 조금 전 건강한 사내아이를 낳았다는 소식이 전해진 것이다.

싸늘하게 식은 핏덩이의 시신을 물끄러미 응시하던 하워드 국왕이 말했다.

'후계자가 생겼군.'

로엔그렌 궁전이 아니라 아무도 모르는 외진 산골 마을에서 태어난 그 사내아이가 바로 알렉이다. 본인조차 몰랐던 그 사실은 하워드 국왕과 포크스 공작을 포함한 아주 극소수의 사람만이 알고 있었다. 매일같이 신문에 이름이 오르내리는 왕실의 어른들도 태반이 짐작하지 못할 진실.

그리 유모가 털어놓은 진실을 알렉은 담담히 받아들이는 듯했다. 겉보기로 그는 평상시와 조금도 다르지 않았다. 여전히 학업에 충실한 학생이요, 만인에게 상냥한 왕자였다.

하지만 그 속은 조금씩 문드러지고 있었다. 평생을 그렸던 어머니가 실은 자신의 어머니가 아니었다는 깨달음은 누구도 알아채지 못할 정도로 느리지만 꾸준하게 그의 속을 좀먹어 갔다. 포크스 공작이 죽음에 이르러 알려 준 진실은 비단 그의 친모에만 국한되는 것이 아니었다. 발 딛고 선 그의 세계가 완전히 무너져 내린 계기였다.

잉그람의 유일한 왕자. 이건 그의 몫이 아니다. 세상 모르게 묻혔을 그의 형제에게 돌아갈 영광이다.

알렉 아크라이트. 조부의 이름을 땄다는 이 이름조차 실은 그의 형제에게 붙여져야 했을 이름이다. 하녀의 태에서 난 그에겐 그리 명예로운 이름도, 아크라이트란 왕실의 성도 달 자격이 없었다.

태어날 적부터 드리워졌던 조세핀 왕비의 후광. 이것이야말로 가장 말도 안 되는 짓이다. 조세핀 왕비의 선행은 마땅히 그녀의 아들에게로 돌아가야 했다. 실상 그와 조세핀 왕비는 아무런 관계도 아니므로. 죽은 왕비가 이 사실을 안다면, 죽어서도 억장이 무너져 내릴 것이었다.

결국 그를 규정하는 모든 것이 그의 몫이 아니었다. 알렉은 형제의 것을 빼앗았다는 죄책감, 자애로운 왕비의 후광을 자격 없이 이용했다는 죄악감, 그리고 세상을 속이고 있다는 두려움에 잠 못 이루었다. 당연한 줄 알았던 모든 것이 무너져 내리고 있었다. 열여섯 해를 살아오며 단단히 쌓아 올렸던 그의 자의식은 그리 몰락의 길로 접어드는 듯했다.

그러던 어느 날, 알렉은 충동적으로 궁전을 빠져나갔다.

사용인들을 따돌리고 눈에 잘 띄지 않는 샛길로 궁전을 빠져나가는 것은 생각보다 쉬웠다. 지금까지 알면서도 하지 않았을 뿐이지, 마음만 먹으면 누구든 가능한 일이다. 행여 자신을 알아보는 사람이 있을까, 모자까지 깊게 눌러쓰고 오킹엄 시내를 돌아다니던 알렉은 마치 홀린 것처럼 기차역으로 들었다. 그리고 일전에 유모가 지나가듯이 말했던 먼 바닷가 마을을 종착지로 삼았다.

꼬박 하루가 걸렸다. 주머니를 탈탈 털어 가까스로 돈을 모았지만, 삼등석 티켓 하나 겨우 살 수 있는 돈이었다. 그조차 잔돈은 소매치기에게 털려 온종일 기차에서 굶을 뻔한 것을, 옆자리에 앉은 눈먼 할머니가 더듬더듬 건네시는 삶은 감자 한 알을 아껴 먹으며 배고픔을 달랬다. 그러다 저도 모르게 잠들었던 알렉은 문득 눈가로 드리워지는 햇살에 찡그리며 일어났다. 어느새 텅텅 빈 객실. 창밖으로는 새파란 바다가 펼쳐져 있었다.

그 마을에서 내리는 사람은 그 혼자였다. 알렉은 인적 없이 적막한 간이역에 오도카니 서 있다가 느리게 발걸음을 옮겼다. 따사로운 햇빛이 들이치는 오솔길을 지나 다다른 곳은 멀리서 부우우 기적 소리가 들려오는 평화로운 바닷가 마을이었다.

이곳에 친어머니가 산다고 했다.

알렉은 언젠가 들었던 유모의 말을 떠올렸다. 배 아파 낳은 아들은 국왕에게 넘기고서 조용히 고향으로 내려갔다는 어머니. 유모는 흐릿한 기억을 더듬어 친어머니란 사람의 생김새를 최대한 상세히 묘사해 주었다. 짙은 금발 머리. 주근깨가 옅게 피어난 상앗빛 얼굴. 여린 새싹을 연상시키는 연둣빛 눈. 벌써 10여 년도 더 되었지만, 궁전에서 보기 드물게 생기 넘치는 사람이었다고 유모는 말했다.

처음 보는 이방인을 힐끔거리며 지나가는 사람들 사이로 알렉은 조용히 벤치에 앉았다. 배가 고프고 목도 말랐지만, 아주 오래간만에 깨어 있는 기분이 들었다. 요사이 늘 흐리기만 했던 오킹엄의 하늘과 다르게, 이곳의 하늘은 맑아 내리치는 햇살도 눈부셨다. 알렉은 머릿속을 텅 비우곤 평화로운 바다를 즐겼다. 이런 곳에서 나고 자란 사람이라면 분명 밝고 따스하리라 제멋대로 상상의 나래를 펼쳤다.

몇 시간을 내리 벤치에 앉아 있었다. 지나다니는 사람들을 구경하기도 하고, 좁다란 항구를 드나드는 어선을 지켜보기도 하며. 시간은 잘만 흘렀다. 끝없이 흘러갈 것만 같던 시간이 멈춘 것은 한순간이었다.

멀찍이 어떤 여자가 보였다. 무심히 스쳐 지나가던 눈길이 저도 모르게 그 여자에게로 돌아왔다. 알렉은 별다른 생각 없이 그녀를 응시했다. 평범하기 짝이 없는 듯하다가도 유달리 생기 넘치는 얼굴에 자꾸만 시선이 갔다. 그러다 눈이 마주친 것도 같았다.

순간 여자가 눈을 부릅떴다. 마치 귀신이라도 본 것처럼 삽시간에 질리는 얼굴을 보며 알렉은 서서히 깨달았다.

저 사람이 내 어머니구나.

'엄마!'

벤치 근처에서 흙장난하던 아이들이 환하게 웃으며 여자에게로 달려갔다. 벌벌 떨며 뒷걸음질하던 여자가 얼른 아이들을 품에 안았다. 쫓기듯 달아나는 그 뒷모습이 알렉의 눈에 아프게 박혔다. 그녀의 뒷모습이 완전히 시야에서 사라지고서야 그는 느릿하게 자리에서 일어날 수 있었다.

애당초 만나리란 기대는 없었다. 혹시 만난다 하더라도 딱히 할 말은 없었다. 평생을 어머니라 여겨 왔던 조세핀 왕비가 실은 아무런 관계도 아니란 걸 깨달은 뒤로, 그의 인생에 어머니란 아예 없는 사람이 되었다. 배 아파 낳은 자식이라고 전부 자식이 될 수는 없는 것처럼, 배 아파 낳았다고 전부 어머니가 될 수 있는 것은 아니었다.

아무도 없는 간이역에 앉아 알렉은 멍하니 고개를 수그렸다. 이제는 뭘 어떻게 해야 할지 모르겠다. 눈 딱 감고 아무것도 모르던 화려한 시절로 돌아가고 싶지만, 진실을 깨달은 이상 아무것도 모르는 사람이 될 수는 없다. 그건 스스로에 대한 기만이었다. 하지만 진실을 밝히자니 선뜻 입이 열리지 않았다. 아무도 반기지 않을 진실이다. 때로는 덮어 두는 편이 나은 진실도 있는 법이었다.

내가 원하는 건 뭐지?

종잡을 수 없는 마음속을 헤매며 그는 도무지 답이 나오지 않는 문제를 오래도록 고민했다. 모르는 척 살고 싶지도 않지만, 그렇다고 무작정 밝히고 싶지도 않다. 그럼 어떻게 살아야 할까. 평생을 이렇게 아무것도 선택하지 못하고 어중간하게 살아야 하는 걸까. 그리 떠밀려 결혼하고, 떠밀려 왕이 되고, 떠밀려 죽어야 하는 걸까.

고민하는 사이에 어두운 밤이 찾아들었다. 간혹 밤새 우짖는 소리가 들려오는 간이역은 참으로 적막했다. 그 적막을 뚫고 번쩍번쩍 빛을 뿜어내며 야간열차가 역에 닿았다. 내리는 사람은 단 한 명이었다.

또각또각. 돌바닥을 밟는 구두 굽 소리는 그의 발치에서 멈추었다. 알렉은 반질거리는 구두코를 물끄러미 쳐다만 볼 뿐 고개를 들지는 않았다.

'알렉.'

그는 반항하듯이 눈을 꽉 감았다.

'돌아가세요.'
'널 데리러 왔다.'
'전 가지 않아요.'
'네가 있을 곳으로 가야지.'

'거긴 제가 있을 곳이 아니에요.'
'그럼 네가 있을 곳이 어디니?'

알렉은 독이 올라 붉게 달아오른 눈을 치떴다. 기차가 내뿜는 눈부신 불빛을 등지고 선 캐서린 공주는 시커먼 역광에 잠겨 얼굴이 보이지 않았다. 오직 특유의 고상한 목소리만이 끊임없이 들려올 뿐이다.

'여기까지 온 걸 보면 알게 된 모양이구나. 유모가 말했니?'
'……유모 건들지 마세요.'

새파란 예기가 번뜩인다. 캐서린은 조용히 웃었다.

'언젠간 알게 되리라 여겼다. 예상보다 이른 시기이다만 상관없지. 어차피 크게 중요한 문제도 아니고.'
'중요한 문제가 아니라고요?'
'그래. 세상이 뒤집혀도 왕자는 너고, 네 어머니는 조세핀일 테니까.'

살며시 무릎을 굽힌 캐서린이 어린 조카와 가만히 눈을 맞추었다.

'알렉, 사랑하는 내 조카. 혼란스러운 건 이해한다만, 내 말을 잘 귀담아들으렴. 네가 누군지는 상관없어. 네가 어떤 사람인지, 무슨 생각을 하는지 그런 건 아무짝에도 쓸모없다.'
'……'
'왕자는 너야. 네 어미는 바닷가 출신의 천한 하녀가 아니라, 고고한 포크스의 조세핀이다.'
'그건 거짓말이에요.'
'그래, 만들어진 거짓이지. 하지만 네가 말하는 진실에 귀 기울일 사람

은 아무도 없단다.'

왜냐하면 이제는 거짓이 진실이 되었거든.
캐서린은 한 손으로 알렉의 눈가를 가리며 낮게 속삭였다.

'아무것도 보지 말고, 아무것도 듣지 말렴. 내가 이끌어 주마. 넌 지금까지 살아온 대로 살아가면 충분해.'

그 사근사근한 목소리가 알렉의 전신을 삽시간에 옭아맸다. 마치 마녀가 부린다는 마법처럼.
아무 일도 없었다는 듯이 궁전으로 돌아온 알렉은 아무 일도 없었다는 듯이 일상을 영위해 나갔다. 적어도 겉으로는 그렇게 보였다. 유모는 가끔 걱정스러운 눈길을 보내면서도 입을 다물었고, 별다르지 않은 그의 모습에 캐서린은 흡족해했다.
하지만 어느 순간부터 그는 엇나가기 시작했다. 누구도 눈치챌 겨를이 없었다. 한 번도 고귀한 왕자의 이름이 오르내린 적 없는 천박한 황색 신문을 알렉이 뒤덮어 나가기 시작할 무렵에야 사람들은 이상함을 알아챘다.

'보이는 걸 어떻게 안 보고, 들리는 걸 어떻게 안 듣겠어요.'

첫 스캔들을 보고 노하여 궁전으로 찾아온 캐서린에게 알렉은 아주 명쾌한 목소리로 말했다.

'절 이끌어 주신다고 했죠? 그런데 아무리 봐도 고모님 계신 곳은 더러운 구정물 천지라서요. 비싼 신발이 더러워질까 차마 발 디디질 못하겠네요.'

한 번도 그 앞에서 말문이 막힌 적 없던 캐서린이 처음으로 아무런 말도 못 하고 부들부들 떨기만 했다. 그 모습을 보고 알렉은 더없이 흐뭇하게 웃었다.

그저 왕실에 엿 먹이고 싶다는 목적만으로 날뛰기 시작한 알렉은 사방으로 엇나갔다. 그의 치부를 감추고자 진땀을 빼는 왕실의 노력은 안중에도 없었다. 다만 한번 눈을 뜨니 보이는 상류층의 위선과 더러운 뒷모습에 치가 떨렸을 뿐이다. 앞에서는 온갖 고상한 척을 하면서 뒤로는 상상할 수조차 없이 잔악한 짓을 벌이는 광경에 구역질이 났다.

포크스 공작이 일러 준 '진실'은 계기에 지나지 않았다. 그걸 계기로 잉그람 상류층의 이면을 알게 된 알렉은 그들을 경멸하면서도, 그들에게서 완전히 벗어나지 못했다. 그 역시도 여전히 스스로 경멸해 마지않는 무리에 속해 있었다. 그 견딜 수 없는 간극이 알렉을 끝없는 궁지로 내몰았다.

그리고 막바지에 다다른 지금, 그는 다시금 선택하지 않으면 안 될 기로에 놓였다. 진실에서 눈 돌리고 경멸해 마지않는 저들과 똑같은 길을 걸어갈 것인가, 아니면…….

무작정 복도를 걸어 나가던 알렉이 문득 멈추어 섰다. 흐려진 얼굴은 자신이 무얼 원하는지 몰라 헤매던 열여섯 살의 얼굴과 별반 다르지 않다. 그는 아직도 자신이 무엇을 원하는지 몰랐다. 아버지와 고모가 이끄는 대로 권좌에 오르고 싶지도 않지만, 아무도 원치 않을 진실을 터트리고서 불나방처럼 혼자 타 죽기도 싫다. 그는 살고 싶었다. 의미 있게 살고 싶었다. 섣부른 선택으로 인생을 그르치고 싶진 않았다.

도대체 어떻게 해야 할까. 어떻게 해야 자유롭게…….

이슥한 밤이 찾아들었다.

살갗을 엘 듯 고요한 적막에 사로잡힌 복도에 하나둘 전등이 올랐다. 정성 들여 닦은 대리석 바닥이 불빛에 반사되어 번들거리는 가운데, 깊은 어둠에 잠긴 창밖은 눈이 멀도록 캄캄하기만 하다.

그리 인적 드문 곳을 알렉은 홀로 걸어가고 있었다. 걸음걸이에 힘이란 하나도 없고, 생기가 거멓게 잦아든 눈길은 하염없이 바닥으로만 끌린다. 백색 자기처럼 하얗게 질린 뺨에선 도무지 혈색을 찾아볼 수가 없다. 물먹은 솜처럼 둔중해진 머리는 움직임을 멈춘 채 가까스로 숨만 이어 가고 있었다.

그때, 느릿느릿 걸어 나가던 그의 발치로 문득 기다란 그림자가 드리워졌다.

알렉은 멍하니 고개를 들어 올렸다. 저만치 복도에 비슷한 또래의 남자가 가만히 서 있다. 붉은 조끼에 단정하게 다려 입은 검은색 정장 바지. 피로연장을 누비던 사용인들의 의복이다.

꾸준하던 발소리마저 끊긴 복도에는 기묘한 정적만이 감돌았다. 알렉은 광대처럼 웃고 있는 남자의 얼굴을 물끄러미 들여다보았다. 그는 대체로 사용인들의 얼굴을 눈여겨보지 않았다. 똑같은 옷에 똑같은 표정을 한 그들은 알렉의 머릿속에서 흐릿한 하나의 덩어리로만 인식되었다. 하지만 이 남자는 무언가 달랐다.

갑자기 남자가 발걸음을 뗐다. 뚜벅뚜벅 이편으로 천천히 다가온다. 여전히 먼 듯하다가도 불현듯 흠칫할 정도로 가까워지는 얼굴에 알렉은 좀처럼 감을 잡지 못했다. 오래도록 풀리지 못한 피로에 찌든 머리는 아직도 제대로 돌아갈 생각을 안 했다. 오랫동안 잠 못 든 것처럼 눈꺼풀이 무겁고, 귓전에선 희미한 이명이 돌았다.

남자는 어느덧 목전이었다. 멀거니 그를 마주 보던 알렉은 별안간 손목에서 느껴지는 압박감에 어깨를 움찔하며 아래를 내려다보았다. 남자의 손이 물갈퀴처럼 그의 손목을 꽉 휘어 감고 있다. 얼마나 힘을 주었는지 손아귀에서 벗어날 수가 없다. 도리어 손목 뼈마디까지 시큰하게 아파 오자, 불 꺼진 가게처럼 잠잠하던 머릿속도 위험을 감지하는 수밖에 없었다.

적잖이 당황한 알렉이 어쩔 줄 몰라 고개를 들었다. 눈앞에는 광대처럼 히죽 웃는 사내의 얼굴이 있었다.

"왜, 아프신가?"

"……."

"눈 돌리지 마. 도와줄 사람 아무도 없으니까."

알렉은 공황 상태로 접어든 머릿속을 간신히 부여잡으며 이를 악물었다. 그럼에도 남자에게 붙들린 손목은 바들바들 떨리기 시작했다.

"이걸 어쩌나. 겁에 질린 모양이네."

진심으로 안타깝다는 듯 남자가 짐짓 눈썹을 내린다.

"이렇게 겁 많으신 분께서 미친 마녀와는 어떻게 사랑에 빠진 거지? 응? 그 마녀가 투텔에서 저지른 짓을 보았으면 그런 마음이 생길 리가 없는데 말야."

희미하게 북쪽 사투리 억양이 느껴지는 어투. 알렉이 마른침을 꿀꺽 삼키며 가까스로 말문을 열었다.

"……투텔 사람인가?"

"그래도 눈치는 좀 있나 보네."

"무슨 짓을 하려는 건진 모르겠지만 조용히 돌아가. 아무에게도 알리지 않을 테니."

"오, 방금 말은 취소해야겠어."

남자가 비딱한 비웃음을 지었다.

"이래도 그런 말을 할 수 있으려나 모르겠네."

별안간 목 부근이 따끔했다. 알렉은 스르르 눈만 굴려 아래를 보았다. 어느새 옷깃 사이로 엄습한 남자의 손에 예리한 단검이 들려 있었다.

"입 닥치고, 지금부터 하는 말 잘 들어."

남자가 음산하게 속삭였다.

"도대체 그 마녀랑 엮여서 무슨 연극을 펼치려는 건진 모르겠지만, 허튼 생각일랑 빨리 버리는 게 좋아. 우린 더 이상 당신네들 왕실의 짓거리에 놀아나고 싶지 않거든."

"난 빅토리아와 그런 생각으로—"

"입 닥치랬어."

단검이 연약한 살갗을 조금 파고든다. 새어 나온 핏물이 목 아래로 흐르는 감각이 못내 선뜩했다.

"당신이 그 미친년한테 진짜로 반했든 아니든, 그런 건 중요하지 않아. 당신도 알잖아. 빅토리아 알피어스는 당신 아버지가 세운 투텔 섬멸전의 상징이야. 그런 여자랑 당신이 놀아난다는 게 세상에는 어떻게 비칠지 설마 모른다고 하진 않겠지."

알렉은 입술을 지그시 깨물었다. 일국의 왕자쯤 되면 그가 보이는 모든 사소한 몸짓 하나하나에 의미가 더해지곤 한다. 평생을 스스로 의도하지도 않은 의미에 둘러싸여 살아온 그가 모를 수 없는 사실이다.

"적당히 즐기다, 적당히 끊어 내. 그리고 다시는 우리와 엮일 생각 하지 마."

"......"

"당신이 잘하는 거 있잖아. 웃고 떠들면서 자조나 하란 말이야. 한 번씩 왕실에 욕해 주면서 뭣도 모르는 병신들이 탈권위의 상징이니, 평등의 아이콘이니 추앙하는 걸 즐기라고. 젠장, 침략자의 자손이 평등의 아이콘이라니! 지나가던 개가 웃겠군."

어느 순간 광대의 가면을 벗어 던진 사내가 살기 번들거리는 눈으로 알렉을 쏘아보았다.

"내가 한 말, 죽어서도 잊지 마. 그리고 너처럼 실권도 없는 애새끼한테 신경 쓸 여력 없는 우리한테 감사해. 만약 네가 국왕처럼 지푸라기 하나 쥔 것으로 오만 데 날뛰는 놈이었으면, 넌 이미 나한테 목이 따여도 한참 전에 따였을 테니까."

단검을 옷소매 사이로 집어넣은 남자가 알렉의 가슴을 세게 밀었다. 얼결에 떠밀린 알렉이 멀거니 그를 바라보았다.

"그럼 다시는 보지 말자고, 왕자님."

빙글빙글 웃으며 가볍게 손을 흔든 남자가 반대편으로 서서히 멀어져

간다. 어느덧 복도에 홀로 남겨진 알렉은 그저 멍하니 허공을 응시할 뿐이다. 정체 모를 남자는 아지랑이처럼 사라진 지 오래인데, 그의 목소리만은 거칠게 귓전을 맴돌고 있었나.

난 대체 뭘 하고 있는 걸까.

알렉은 허망한 표정으로 금방 단검이 머물렀던 목 언저리에 손을 댔다. 살짝 따끔하고 말았는데, 정작 피는 좀처럼 멈추질 않는다. 피 묻은 손바닥, 그리고 피로 젖은 옷깃. 실로 엉망진창이다.

"……새벽에야……."

"……내일쯤에는 아마도……."

별안간 복도 어디선가 말소리가 드문드문 들려왔다. 알렉은 퍼뜩 주위를 둘러보았다. 복도 어디도 그림자 하나 얼씬대지 않는데, 누군가의 목소리는 시시각각 가까워지고 있었다. 금방 정체 모를 남자에게 붙들렸을 때보다 더욱 큰 소리로 가슴이 두방망이질하기 시작했다.

어설프게나마 지혈이랍시고 목의 상처를 손바닥으로 누르고는 있지만, 아직도 피는 멈추지 않았다. 잘은 몰라도 병자처럼 창백한 안색일 것이다. 얼핏 유리창에 비치는 모습 역시 빈말로도 성하다 하지 못하니, 이 꼴로 누군가와 마주친다면 필시 내일 자 신문의 전면을 장식하는 건 반제의 외무성장이 아니라 괴한에게 습격당한 왕자가 될 것이었다.

알렉은 다급한 눈길로 사방을 둘러보았다. 다행히 저만치 방문이 하나 있다. 이제는 지척으로 다가온 목소리에 떠밀려 알렉은 황급히 방문을 열고 들어갔다. 닫히는 문틈으로 그새 가까워진 발소리가 스며들었다.

"공주 전하는 이만 돌아가신다던데."

"이제야 한숨 좀 돌리겠구먼."

"그러게나 말이야."

아마도 이번 피로연을 위해 고용된 사용인들인지, 잡다한 이야기가 두런두런 들려온다. 하지만 그조차 오래지 않아 멎어 버리고 말았다.

언제 가셨냐는 듯 물밀듯 들이치는 무서운 적막 속에서 알렉은 갑자기 얼굴도 모르는 그들의 목소리가 몹시 그리워졌다. 마치 침몰하는 선상에 홀로 남겨진 기분이었다.

문가에 우두커니 서 있던 알렉이 문득 힘겹게 한 발짝 내디뎠다. 문손잡이에 손을 올려 보지만, 여길 나가서 어디로 가야 할지 모르겠다.

아무도 없는 이 방을 나가면 필연적으로 마주치게 될 웃는 가면 쓴 얼굴들과, 눈부시게 터져 나올 카메라 셔터, 그리고 절 옭아매고 억압하려 들 사람들. 그들과 부대껴 살아갈 거라면 차라리 아무도 없는 이 방에 스스로를 가두는 편이 나을지도 모른다. 너무나도 지치고 지친 나머지 문턱을 넘기가 그리 힘겨웠다.

그토록 한참을 고심하던 알렉은 결국 천천히 발걸음을 돌렸다. 간단한 침실로 꾸며진 실내에는 작은 침대에 어울리지 않게 커다란 옷장이 하나 있었다. 그는 불 켜지 않아 어두운 방 안을 더듬더듬 나아갔다. 뒤돌아보면 가면 쓴 얼굴들이 쫓아올 것만 같아 필사적으로 손을 내뻗었다.

그렇게 겨우 옷장으로 들어갔다. 등을 구부리고, 다리를 꾸겨 넣으니 그 큰 키로도 어찌어찌 들어갈 수 있었다. 옷장에 들어앉아 시커먼 어둠 속에 잠긴 방 안을 가만히 주시하자, 도대체 뭐가 있을지 모르는 저 어둠 속에서 누군가 절 날카롭게 지켜보고 있는 듯한 섬뜩함이 등골을 타고 기어오른다. 알렉은 고단한 손을 뻗어 옷장 문을 닫았다. 폐쇄된 공간에 이르러 가까스로 가쁜 숨을 돌릴 수 있었다.

참으로 오랜만에 들어온 옷장이다.

어둠 속에 주저앉아 알렉은 툭하면 옷장으로 기어들었던 어린 시절을 떠올렸다. 암암한 밤이 내리거든, 잠든 아이들을 아무도 모르는 세상으로 데려간다던 옷장 속의 털북숭이 괴물. 포크스 공작을 만나 막말을 듣거나, 엄격한 왕실 어른들에게 잘못 걸려 눈물이 쏙 빠지도록 혼쭐이 난 날에는 꼭 밤마다 유모 몰래 옷장 속으로 들어가곤 했다. 차라리 옷장 속의 털북숭이가 절 아무도 모르는 세상으로 데려가길 바랐었다.

어처구니없지만, 지금도 그 간절한 마음만은 별반 다르지 않다.
그런 세상이 있다면. 아무도 날 모르는 그런 세상이.
어쩐지 뱃속에서 뜨거운 무언가가 울컥하며 목울대로 치밀어 올랐다. 알렉은 그것을 애써 삼키려 했지만 쉽지만은 않았다. 다 큰 성인이 옷장 속에 숨어 있는 것만도 충분히 부끄러운 일인데, 여기서 울기까지 하면 이 창피함은 돌이킬 수 없을 테다. 그래서 울지 않으려 부단히 노력했으나, 한번 치밀어 오른 감정은 쉽사리 가라앉질 않았다.
그가 바라는 것. 사실상 그것은 너무나도 자명했다.
자유. 아무도 그를 옭아매지 않고, 아무도 그를 억압하지 않을 미래.
참으로 우스꽝스러운 일이다. 그는 죽은 형제의 몫을 아무렇지 않게 가로챌 만큼 뻔뻔하지 못하지만, 동시에 모든 것을 폭로하고 훌훌 떠날 정도로 용감하지도 못했다. 양심의 가책은 있는 대로 다 느끼면서, 전부를 포기할 용기는 없다. 왕실에서 벗어나고는 싶으나, 진실이 알려졌을 시 제게 손가락질할 사람들이 무서웠다. 세간의 애정이 한순간에 매몰차게 변하는 광경을 그는 수없이 목격해 왔다.
그럼에도 자유를 갈망한다면 선택지는 단 하나다. 차라리 이 나라를 뜨는 것.
알렉도 그 선택지를 모르지는 않았다. 아무도 그가 왕자였다는 걸 모르는 곳으로 떠나, 다른 이름으로 다른 삶을 산다면 그는 진정으로 잉그람이란 나라에서 자유로워지는 셈이다. 그렇게만 된다면 여기서 그를 천하의 사기꾼이라 매도하든 말든 무슨 상관이겠는가. 보이지 않고 들리지 않는다면, 그는 먼 곳에서 아무것도 모르고 충분히 행복할 수 있었다.
하지만 그의 가슴속에 똬리 튼 나약함은 그때마다 발목을 잡고 만다. 한 번도 왕실의 보호를 벗어난 적 없는 네가 밑바닥에서 살아남을 수 있을까? 과연 잉그람의 왕자가 아닌 사람으로 살아갈 수 있을까?
새장 속의 새는 비로소 새장 속에서 행복하듯, 아무도 모르는 오지에서 아무도 모르게 객사하느니 차라리 호사를 누리며 평생을 즐기는 것이

나을지도 모른다. 모든 것에는 대가가 따르기 마련이니 이만한 호사에 자유면 남는 장사라, 나약함은 늘 속삭여 왔다.

쳇바퀴 굴러가듯 번민은 늘 그렇게 반복된다.

지금이 숨막혀 자유를 꿈꾸면서도, 일평생 누렸던 모든 것을 쉬이 놓지 못하여 갈팡질팡 헤매기만 했던 지난 세월.

그는 오늘도 갈피를 못 잡겠는 마음을 어찌할 길 없이 옷장으로 기어들고 말았다. 길거리에 홀로 남겨진 어린애처럼 안절부절못하다가, 종내엔 차라리 털북숭이 괴물이 어디로든 데려가 주길 바라면서.

그때, 옷장 문틈으로 가느다란 빛이 새어 들었다.

눈가로 드리워지는 빛에 알렉은 반사적으로 얼굴을 찡그렸다. 곧이어 스르르 넓어지기 시작한 틈으로 쏟아지는 빛에 지그시 눈을 감았다가, 아주 천천히 눈꺼풀을 위로 밀어젖힌다.

그러자 눈앞에 빅토리아가 있었다.

알렉은 멍하니 그녀를 바라보았다. 흐릿한 불빛이 점점이 내려오는 그녀의 얼굴이, 어둑하게 역광 진 그녀의 모습이 도무지 믿을 수 없을 정도로 비현실적이다.

촛불 하나가 몰아낸 어둠 사이로 기묘한 정적이 흘러들었다. 빅토리아는 속을 알 수 없는 얼굴로 조용히 그를 내려다보았다. 그 모습이 마치 꿈결 같아, 알렉은 저도 모르게 손을 내뻗고 말았다. 한번 닿으면 그녀인 줄 알 것처럼.

그러나 떨림 없이 나아가던 손은 허공에서 멈칫한다. 조금만 더 뻗으면 그녀의 뺨에 닿을 것 같은데, 마지막에 다다라 주저하는 손끝은 그대로 손바닥 안으로 말려들었다. 알렉은 차마 그녀에게 닿지 못하고 입술만 아프게 잘근거렸다. 그러곤 금방이라도 울 것 같은 얼굴이 되어선 목멘 소리를 냈다.

"……잠시만, 만져 봐도 될까요?"

그녀가 환상이 아니었으면 좋겠다. 진짜였으면 좋겠다. 지금까지 날 지켜 줬던 것처럼, 제발 이번에도 무시무시한 고독에서 날 건져 줬으면 좋겠다. 그리고 날 어디로든 데려가 주었으면 좋겠다.

스스로가 너무나도 한심하고 부끄러워 차마 입 밖으로 내지 못한 소리는 속에서만 빙빙 맴돌았다. 말하지 않아도 알아주길 바라지는 않는다. 다만 어떻게 해서든, 닿아서든 그녀의 목소리를 들어서든 눈앞의 빅토리아가 진짜라는 것만은 확인하고 싶었다. 그것만으로도 지금 이 순간, 그녀에게서 구원받을 수 있을 것만 같았다.

물끄러미 그를 내려다보던 빅토리아가 느릿하게 입술을 뗐다.

“이리 와요. 내가 안아 줄게요.”

나지막한 음성이 귓가에 닿기 무섭게, 하얀 손이 목전으로 다가온다. 알렉은 멍하니 눈을 깜빡였다. 따스한 손길이 뒷목을 휘감고, 그의 몸을 부드럽게 당겨 왔다. 그는 저항하지 않았다. 그녀의 손길에 온몸을 내맡겼다. 어느새 그는 빅토리아의 품이었다.

알렉은 놀라지 않았다. 놀라기에 그는 이미 너무나도 지쳐 있었다. 그래서 놀라는 대신 빅토리아의 어깨에 얌전히 얼굴을 파묻었다. 향긋한 향수 냄새가 옅게 배어나는 목 언저리에 코를 파묻고 깊게 숨을 들이쉬었다. 이제야 숨이 제대로 쉬어졌다.

“왜 이런 데 있어요. 한참 찾았잖아요.”

가만히 그를 끌어안은 빅토리아가 자그맣게 속삭였다. 알렉은 그녀를 볼 면목이 없어 어리광을 부리듯 꾸물꾸물 그녀의 작은 품을 파고들었다.

“……미안해요.”

“옷장에 숨어 있는 왕자님이라니. 듣도 보도 못했네.”

“그래서 실망했어요?”

“실망은 무슨. 이런 걸로 왜 실망하겠어요.”

떨림이 잦아드는 그의 등을 토닥이며 빅토리아가 물었다.

“이젠 좀 괜찮아졌어요?”

“네.”

알렉은 빅토리아의 품에서 지친 눈을 느릿하게 내리감았다.

"……이제 집으로 돌아가요."

훅, 촛불이 꺼진 방 안. 반쯤 열린 옷장 속으로 시커먼 어둠이 밀려들었다.

간절한 소원대로, 빅토리아는 아무도 모르는 곳으로 그를 데려갔다.

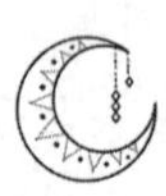

"날 몰래 감시하고 납치하려고 했던 사람들, 투텔의 분리주의자들이 분명해요."

"음, 그건 아닐걸요."

"왜요? 여기, 목의 이 상처도 그쪽 사람이 냈는데!"

"그건 나랑 엮여서 그런 거라면서요."

빅토리아가 아무렇지도 않게 대꾸했다. 하기야 막시무스의 말로는, 빅토리아를 만나기 훨씬 전부터 그의 주변에 수상한 사람들이 얼씬거렸다 하니 상식적으로 투텔의 분리주의자들은 배제하는 것이 맞았다.

그러나 알렉은 자신을 노리는 집단이 둘이나 된다는 걸 믿고 싶지 않았다. 머리로는 이해하면서, 가슴으로는 자꾸만 부정하는 형국이다.

"정말 아닐까요?"

"아니에요."

부엌 찬장에서 옛날에 알렉이 꿍쳐 두었던 과자를 귀신같이 찾아낸 빅토리아가 과자를 하나 꺼내 오물거렸다. 다행히도 과자가 입맛에 맞았는지, 묻지도 않은 설명이 친절하게 뒤따랐다.

"그때, 알렉을 습격했던 사람들 있잖아요. 그 사람들이 썼던 총기는 잉그람제(製)였어요."

"당연히 그렇겠죠. 여긴 잉그람이니까."

"당연히 그럴 리가요. 상식적으로 밴댕이 소갈머리 같은 잉그람 사람들이 투텔한테 총기를 팔겠어요? 내 생각에 투텔한테 파느니, 그리피스 앞바다에 몽땅 빠트릴 것 같은데."

"……적군한테 총기를 파는 사람이 어디 있어요. 밴댕이 소갈머리 같은 게 아니라 정상적인 거죠."

"정상적이라면 투텔에서 그런 난리를 치지도 않았겠죠."

빅토리아가 과자를 하나 더 꺼내 먹으며 대꾸했다. 알렉은 슬그머니 입을 다물고는 빅토리아의 눈치를 살폈다. 그는 투텔에서 정확히 어떤 일이 벌어지는지 알지 못했다. 그저 막연히 다른 사람들처럼 치열한 공방전이 펼쳐지고 있다고만 안다. 그러므로 빅토리아가 투텔에서 무얼 보았고, 무얼 겪었는지 감히 짐작할 수도 없었다.

"어, 잠깐. 그럼 투텔의 분리주의자들은 잉그람 총기를 안 쓴다는 거잖아요?"

"못 쓰는 거죠."

"어쨌든요. 그럼 그 사람들은 대체 어디서 무기를 구하는 걸까요?"

"어디긴 어디겠어요, 반제지."

설마설마하는 마음이 그대로 들어맞았다.

"반제가 물밑에서 투텔을 지원하고 있다는 게 진짜였어요?"

"그럴걸요. 알렉은 왕자라면서 그런 것도 몰라요?"

빅토리아의 핀잔에 알렉은 그만 말문을 잃었다. 관심이 없어서, 관심 없는 척해야 해서. 혀끝을 맴돌던 변명은 어느새 기저로 내려앉고 만다. 알렉은 쓴웃음을 머금곤 민망하다는 듯 뒷머리를 매만졌다.

"그러게요. 그런 것도 몰랐네."

한 손으로 턱을 괴고 지그시 그를 응시하던 빅토리아가 선선히 의자를 밀고 일어났다.

"모르면 이제라도 알면 되죠."

얼결에 그녀를 따라 일어났던 알렉이 서서히 환한 미소를 그려 나갔다. 무심하게 그를 지나쳐 주방을 나가는 빅토리아를 알렉이 얼른 뒤따랐다.

"방금 나 위로한 거죠?"
"음, 아닌 것 같아요."
"에이, 내가 우울해 보이니까 위로해 준 거잖아요."
"아닐걸요?"
"진짜 아니라고요?"
"……아마도?"

방금 그 침묵은 뭐고, 그 어중간한 대답은 대체 뭐냐고 물을 심산이었다. 그러나 알렉이 입을 열기 무섭게, 귀청을 찢는 커다란 굉음이 울려 퍼졌다.

쾅!

난데없이 로비 샹들리에가 떨어져 내렸다. 화려한 샹들리에 장식이 코앞으로 스쳐 지나가는 것을 목격한 알렉은 그대로 얼어붙었다.

그뿐만이 아니다. 샹들리에가 떨어져 나간 로비 천장이 쩍 소리를 내며 갈라지더니, 곧 벽돌 조각을 우수수 쏟으며 그대로 내려앉기 시작했다. 동시에 천장을 바닥 삼아 버팅기던 위층의 가구들이 하나씩 낙하한다. 소파, 테이블, 장식장, 피아노……. 전부 천장에 뚫린 구멍 사이로 발을 걸치고 있다가, 아래층으로 미끄러져 그대로 산산조각이 나고 말았다.

완전히 깨져 버린 샹들리에, 그 위를 덮은 벽돌 조각, 그 위로 쏟아져 우지끈 빠개져 버린 가구들. 삽시간에 처참한 꼴이 된 로비를 응시하며 알렉이 멍하니 입을 열었다.

"이게, 대체 무슨……."

차마 말을 잇지 못하는 그의 곁으로 빅토리아가 조용히 다가온다.

"뭐긴 뭐예요. 집이 곧 붕괴한다는 징조지."

"붕괴한다고요?"

그때, 어두운 창밖에서 무언가 빠르게 돌진해 왔다. 반쯤 열린 창틈으로 몸을 빙그르르 회전하며 놀라운 비행 실력을 선보인 것은 다름 아닌 막시무스다.

"아가씨, 큰일 났습니다! 큰일 났어요!"
"왜?"
"아가씨께서 줄리모어 군도에 가둬 두셨던 그놈들 말입니다! 감히 전하를 습격했던 그 세 명!"
느닷없는 막시무스의 등장에 또 한 번 기함했던 알렉이 저도 모르게 눈썹을 찡그렸다.
"그 사람들이 왜요?"
"달아났습니다! 벽에 아주 제대로 구멍을 뚫어 놓고 도망갔어요!"
막시무스가 고개를 위로 젖히며 목청을 터트렸다.
"아, 아니, 그런데 저 천장은 왜 그럽니까? 아이고, 이게 다 뭐야!"
이제야 처참한 로비의 상황을 발견한 막시무스가 작은 심장을 부여잡으며 빅토리아의 뒤로 쏙 숨어 버린다.
"아가씨, 도대체 여기서 무슨 일이 일어났던 겁니까? 왜 여기도 구멍이 뚫린 거죠?"
"여기도 큰일이 있었거든."
미간을 찡그리며 한참을 고민하던 빅토리아가 사뭇 심각한 목소리로 읊조린다.
"좋지 않네. 인간이 거길 빠져나가는 건 불가능한데."
"외부에 조력자가 있다는 소리예요? 하지만 날 노리는 배후가 있다는 건 이미 파악하고 있었잖아요."
"그 정체 모를 배후에게 마녀가 계속 협력하고 있다고는 생각 못 했죠."
알렉의 얼굴이 딱딱하게 굳었다. 빅토리아는 손가락으로 머리카락을 비비 꼬며 어렵사리 설명했다.
"내가 그 사람들을 가둔 곳은 마녀들이 흔히 말하는 '창고'예요. 사방이 단단한 벽으로 둘러싸여 웬만한 충격에는 끄떡도 안 하죠. 당연히 인간들은 손도 못 대는 고등 마법이에요. 그 잘난 총기로도 흠집 하나 못 낼걸요."

"그럼에도 거기서 빠져나갔다는 건……."

"저쪽에도 마녀가 있단 거겠죠. 그것도 꽤나 능력 있는 마녀가."

상황이 영 마음에 들지 않는지 입술을 불퉁하게 내밀던 빅토리아가 이내 처참한 로비에서 미련 없이 등을 돌렸다.

"도망간 놈들을 뒤쫓는 건 시간 낭비예요. 일단은 안전한 곳으로 이동하죠."

"맞아, 여긴 대체 왜 이렇게 된 거예요?"

얼른 그녀의 뒤를 따라붙으면서도 알렉은 도무지 믿을 수 없다는 듯 로비를 자꾸만 흘깃거렸다.

"아, 그거 마법 회로가 망가져서 그래요."

"고친다고 하지 않았어요?"

"고치고 싶다고 맘대로 고쳐지는 게 아니잖아요."

도대체 수리하는 건지, 망가트리는 건지. 불과 어젯밤까지 위층에서 쾅쾅 소리를 내던 빅토리아는 역시나 이번에도 마법 회로를 고치는 데 실패한 모양이다. 하기야 손만 대도 망가뜨리는 위인이니 어련할까.

"그럼 어디로 가요? 다른 집이라도 있어요?"

"아뇨."

갑자기 빅토리아가 뒤를 돌아보았다.

"그래서 말인데. 알렉, 나 믿어요?"

난데없는 질문에 알렉이 선뜻 대답하지 못했다. 빅토리아는 슬며시 미간을 좁혔다.

"왜 대답을 못 해요? 나 못 믿어요?"

"그런 건 아닌데……. 왠지 모르게 느낌이 불안해서."

"곧 붕괴될 집에 있는 것보다 더 불안한 게 어디 있겠어요."

"그렇죠. 그렇긴 한데……."

알렉이 어물거리며 괜스레 시선을 회피했다. 눈을 가느다랗게 뜨고 알렉을 노려보던 빅토리아가 양손으로 그의 뺨을 단단히 잡더니, 고개를 돌려 제 눈과 마주치게 했다.

"나 믿죠?"

알렉은 마른침을 꿀꺽 삼켰다. 빅토리아에게 붙잡힌 뺨이 뜨겁게 달아오르는 느낌이다. 그 열기가 행여 그녀에게 전해지기라도 할까, 가슴이 마구 뛰었다.

"날 믿으면, 내가 믿는 사람도 믿을 거죠?"

"네……."

"좋아요."

뭐라는지도 모르고 멍하니 고개만 주억거리던 알렉이 뒤늦게 정신을 차렸다. 하지만 자신이 무어라 대답했는지 제대로 자각하기도 전, 눈앞에서 활짝 웃는 빅토리아의 얼굴에 다시금 마음을 놓아 버린다. 아무렴, 좋은 게 좋은 거지.

그 뒤에서 막시무스는 마치 끔찍한 장면이라도 목격한 것처럼 표정을 구겼다.

"오래 사니 별꼴을 다 보는군."

그리고 남몰래 뒤돌아 토하는 시늉을 하는데, 돌연 망치로 머리를 내려치는 듯한 깨달음이 비둘기를 찾아왔다. 하얀 깃털이 시퍼레지도록 질린 막시무스가 바람처럼 빅토리아에게로 날아갔다.

"아가씨! 설마 거긴 아니지요? 예? 그 흉악한 짐승이 있는 곳은 아니겠죠? 어서 대답해 주세요, 아가씨!"

5. 암사자의 주인

추적추적 비가 내리는 한밤.

가느다란 촛불 한 줄기에 의지하여 미친 듯이 펜을 써 재끼는 인영이 하나 있다. 창틈으로 비바람이 들이치고, 번쩍거리는 번개 불빛이 무섭게 들이닥치는데도 여자는 수식을 적는 데만 여념할 뿐이다. 콰르릉! 귓청이 떨어지도록 내리치는 낙뢰가 사위를 하얗게 물들였으나, 신들린 듯이 펜을 놀리는 손길에는 한 치의 망설임도 없었다.

그때, 쾅쾅 무언가 두들기는 소리가 들려왔다. 비바람 소리에 파묻혔던 타격음은 추적거리는 빗소리 사이로 점차 속도를 더해 갔다. 그 급박한 소리조차 들리지 않는다는 듯 여자는 종이에 눈을 파묻은 채 수식을 써 내려갈 따름이지만, 다행인지 불행인지 때마침 근방으로 무시무시한 낙뢰가 떨어져 내렸다. 천지를 뒤흔드는 반동에 닫혀 있던 문이 스르르 열린다.

"아가씨."

문가에 드리운 암암한 어둠 속에서 정중한 목소리가 흘러들었다.

"저, 아가씨?"

"왜."

책상에 들어앉은 뒷모습에서 성마른 대답이 나왔다. 충성스러운 시종은 겸손하게 머리를 조아렸다.

"손님이 오셨습니다."

"쫓아내."

"제가 감히 쫓아낼 수 없는 분이신지라."

"누군데. 채스터티 고모? 설리번 삼촌? 아니면 빌어먹을 영감탱이들?"

"빅토리아 님이십니다."

빅토리아. 그 이름에 멈출 줄 모르던 여자의 손길이 우뚝 정지했다. 촛불 닿지 않는 곳에서 느른하게 몸을 뉘었던 짐승도 시퍼런 안광을 빛냈다. 크르릉, 어둠 속에서 짐승의 목울음이 들려온다.

"……내가 아는 빅토리아?"

"네."

"빅토리아 알피어스? 혹한의 마녀?"

"네, 그분이십니다. 어떡할까요?"

뒤이을 낙뢰를 알리는 섬광이 땅을 하얗게 물들였다. 눈부신 번갯불을 등진 여자가 화려하게 망토를 걸치며 뚜벅뚜벅 방을 가로질렀다.

"내가 나갈게."

시종은 옆으로 살짝 비켜나 얌전하게 고개를 조아렸다. 그 앞으로 망토를 휘날리는 여자가, 그리고 어슬렁거리며 먹잇감을 찾아 헤매는 위험한 짐승이 지나간다. 그리고 성주의 등장을 반기듯, 거대한 낙뢰가 굉음을 흩뿌리며 땅으로 내리꽂혔다.

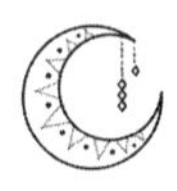

"정말 사람이 사는 곳 맞아요?"

벌써 30분째 빗속에서 오들오들 떨던 알렉이 똑같은 질문을 열댓 번째 반복했다. 빗물에 흠뻑 젖어 해초처럼 줄줄 흘러내리는 머리칼을 뒤로 넘기며 빅토리아가 큰 소리로 되물었다.

"뭐라고요?"

"사람이 사는 곳 맞냐고요."

"빗소리 때문에 잘 안 들려요!"

"아무도 없는 거 아니냐고요, 여기!"

알렉이 빽 소리를 지르고서야 겨우 그의 말을 알아들은 빅토리아가 선선히 고개를 내저었다.

"아까 대문 안쪽에서 누구시냐고 물어봤잖아요."

"난 못 들었는데……."

"어쨌든 누군가 물어보고 갔어요."

"아마 데이지 주니어일 겁니다!"

얄밉게도 커다란 나뭇잎 밑에서 혼자 비를 피하고 있는 막시무스가 확신에 찬 어조로 외쳤다. 난생처음 들어 보는 이름에 알렉이 눈살을 찡그렸다.

"데이지 주니어? 그건 또 누구예요?"

"제가 존경해 마지않던 시종계의 대모, 데이지 씨의 손녀딸이지요. 6년 전, 데이지 씨가 겔렝지어(마녀들의 낙원)로 떠난 뒤 본격적으로 시종장 자리에 올랐답니다."

"음, 막시무스 씨가 존경할 정도면 대단한 비둘기였나 보죠, 그 데이지 씨란 분은."

"데이지 씨는 고양이입니다."

막시무스가 의아한 기색으로 대꾸했다. 순간적으로 혼란에 휩싸였던 알렉은 상식에서 벗어난 상황을 애써 차근히 정리해 나갔다. 비둘기 시종도 있는 마당에 고양이 시종이라고 없으란 법은 없다. 굳이 설명하자면, 능란하게 말도 하고 마법도 부리는 고양이리라.

그런데 머릿속으로 고양이 버전 막시무스를 그려 보던 알렉이 영 난감한 얼굴을 했다. 막시무스 하나의 수다도 버거운데, 둘의 수다는 어떻게 견뎌야 할지 모르겠다.

"혹시 데이지 주니어도 저래요?"

알렉이 막시무스의 동태를 살피며 슬그머니 빅토리아의 귓가로 고개를 기울였다. 그러자 그게 무슨 뚱딴지 같은 소리냐는 듯 빅토리아가 눈을 치뜬다.

"감히 데이지 주니어를 어디다 비교하는 거예요?"

평소에는 그리 지지고 볶고 싸우더니, 시종을 아끼는 마음만은 진실된 모양이다.

"아니, 나도 막시무스 씨가 굉장히 훌륭한 시종이라고는 생각—"

"데이지 주니어는 저 건방지고 되바라진 비둘기와는 하늘과 땅 차이예요. 저 망할 비둘기가 바닥에 굴러다니는 돌멩이라면, 데이지 주니어는 반짝반짝한 황금이라고요. 정말, 시에나가 들으면 펄펄 뛰었을 소리네요."

"나야 잘 모르니까 그랬죠……."

난데없이 야단을 맞은 알렉이 머쓱하게 뒷목을 문질렀다. 실질적으로는 아무런 관계도 아니면서, 왜 저렇게 원수지간처럼 으르렁대는지 모르겠다.

콰르릉!

그때, 천지를 새하얗게 물들이는 거대한 우레가 내리쳤다. 꽤나 가까운 곳에 떨어졌는지 구두 밑창에서부터 고스란히 진동이 느껴진다. 알렉은 본능적으로 어깨를 떨었다.

뒤잇는 서늘한 적막. 번쩍거리는 섬광이 가시기 무섭게, 어스름한 대문의 반사광이 엄습했다. 차가운 빗물에 젖어 하얗게 질린 뺨 위로 서서히 푸른 그림자가 졌다.

대문은 이미 열려 있었다.

알렉은 급작스레 눈가로 들이치는 불빛에 얼굴을 잔뜩 찌푸렸다. 우레가 떨어져 모두의 눈길이 흩어진 사이, 아무도 모르게 열린 대문은 눈부신 불빛만을 내비칠 따름이다.

나뭇잎 아래서 깃털을 말리고 있던 막시무스가 소란을 피우며 문가로 날아들었다.

"오, 시에나 아가씨! 이제야 나오신 겁니까!"

온통 적막한 사위에 막시무스의 우렁찬 목소리가 크게 울려 퍼졌다. 그런데 추적거리는 빗소리 사이로 문득 섬뜩한 살기가 스친다. 위험을 직감한 막시무스가 재빨리 날아올랐으나, 어둠 속에서 튀어나온 무언가 돌풍처럼 막시무스를 덮쳤다.

"끄악!"

난데없는 비명 소리에 놀란 알렉이 문가로 다가가려는 걸 빅토리아가 단호하게 붙잡았다. 뒤를 돌아보는 그에게 빅토리아는 말없이 막시무스 쪽을 눈짓했다.

크르릉…….

그녀의 눈짓을 이해하지 못하고 반문하려던 알렉은 그대로 굳어 버리고 말았다. 바로 목전에서 들려오는 목울음 소리. 차마 움직이지 않는 고개를 어떻게 돌리고 보니, 거대한 짐승의 앞발에 깔려 불쌍하게 바둥대는 막시무스의 모습이 눈에 들어왔다.

"막시무스 죽네! 막시무스 죽어!"

……아직 입이 살아 있는 걸 보면 다행히도 멀쩡한 듯싶지만.

"섬머! 그만두지 못해?"

별안간 대문 안쪽에서 앙칼진 목소리가 내리꽂혔다.

막시무스에게 날카로운 이빨을 들이대던 짐승이 순간 흠칫하며 후다닥 뒤로 물러났다. 불빛 닿지 못하는 어둠 속에서도 안절부절못하는 짐승의 기색이 너무나도 선명하게 느껴진다. 도무지 돌아가는 상황을 알 길 없어 당혹스럽던 알렉은 점차 가까워지는 발소리에 고개를 들었다.

찰박찰박.

군데군데 빗물이 모인 웅덩이를 지르밟으며 다가오는 한 사람. 문가에 둥둥 떠서 암암한 사위를 비추던 등이 춤추듯 옆으로 비켜선다. 등을 대신하여 그 자리를 채운 사람은, 커다란 우산을 앞으로 기울인 젊은 여자였다.

알렉은 눈을 가느다랗게 뜨고 우산의 그림자가 어둡게 드리워진 여자의 얼굴을 응시했다. 어둠 속에서도 형형히 빛나는 눈빛이 외진 곳을 향한다 싶더니, 움츠리고 있던 짐승이 그제야 느릿느릿 여자를 호위하듯 둥글게 감싸 섰다.

빗물에 젖어 더더욱 흉악하게 보이는 암사자. 늘 사슴이나 잡았지, 저런 맹수는 난생처음 보는 알렉이 저도 모르게 뒤로 한 걸음 물러섰다.

"……빅토리아 알피어스."

가만히 우산을 들고 서 있던 여자가 천천히 말문을 열었다.

"뭘 잘했다고 여기까지 기어들어 와?"

"아직 들어가진 않았는데."

축축하게 젖어 거추장스러워진 머리칼을 뒤로 넘기며 빅토리아가 여상하게 대꾸했다. 못마땅한 듯이 그녀를 쏘아보던 여자가 이번에는 느릿하게 알렉을 돌아보았다.

"심지어는 네 기둥서방까지 데리고?"

"저도 있습니다, 아가씨!"

"그래요, 막시무스. 충성스러운 그대야말로 내가 환영하는 유일한 손님이군요."

눈에 띄게 부드러워진 목소리에 알렉은 십중팔구 절 말하는 것이 분명한 기둥서방이란 호칭을 시정해 달라 청해야 할지, 아니면 이대로 쭈그러들어야 할지 고민했다. 기분이 나쁘긴 하다만 가까스로 훈훈해진 분위기를 망치지 말아야겠다는 쪽으로 생각이 기울 무렵, 눈치가 없는 것인지 눈치를 보지 않는 것인지 빅토리아가 피로를 호소하듯 조르기 시작했다.

"인사는 이만하면 충분하지 않아? 언제까지 여기 서 있어야 돼?"

"못 본 새 많이 무례해졌구나?"

"어차피 생색 좀 내다가 들여보내 줄 거잖아. 나 춥단 말야."

아마도 집주인으로 보이는 여자를 유심히 살피며 알렉이 슬며시 빅토리아의 팔을 붙잡았다. 빅토리아가 못내 짜증스럽게 뒤를 돌아보자, 알렉이 넌지시 여자를 눈짓하며 속삭였다.

"이러다간 아예 쫓겨날 것 같은데요."

"그래요?"

"네."

그를 빤히 쳐다보던 빅토리아가 이내 고개를 돌렸다.

"존경하는 시에나. 연락도 없이 늦은 시간에 찾아와서 미안하지만, 정말로 피치 못할 사정이 있었어. 안으로 들여보내만 준다면 올해까지 네 은혜는 잊지 않을게."

말없이 빅토리아를 째리던 여자가 짐짓 도도하게 묻는다.

"입으로만?"

"내가 국경에서 운 좋게 구한 기셀베링거의 열매를 모두 너한테 넘길게."

"그걸로는 부족해."

"네가 유일하게 환영한다는 막시도 덤으로 주면 될까?"

"아가씨!"

"막시무스 씨야 늘 탐나는 시종이지만, 빅토리아, 자고로 선물이란 자기 소유의 물건만 넘길 수 있는 거란다. 막시무스 씨는 수리 경의 시종이잖니."

우아하게 거절을 돌려 말한 여자가 눈가를 가리던 우산을 슬쩍 들어 올렸다. 순식간에 우산 안쪽으로 밀려든 불빛이 어두운 여자의 얼굴을 밝혔다. 도자기처럼 하얗고 매끈한 얼굴에 검은 단발머리. 어쩐지 묘한 느낌이 드는 얼굴을 물끄러미 들여다보던 알렉은 예고 없이 저를 향하는 서늘한 녹안에 긴장으로 몸을 굳혔다.

"……적어도 상황 파악은 제대로 하는 사람이 있어 다행이구나. 무능한 기둥서방인 줄만 알았더니 의외로 쓸 만하네."

여자는 우산을 고쳐 쥐며 대문 옆으로 비켜 섰다.

"들어오세요. 빅토리아, 막시무스 씨, 그리고 오늘 처음 뵙는 알렉 아크라이트 왕자 전하."

고혹적으로 뜨인 녹안이 뱀처럼 요사스러운 빛을 냈다.

"나는 시에나 자일스. 엑서터 거성의 대리 성주입니다."

교활한 자일스.

공정한 알피어스, 고결한 베가와 함께 잉그람 3대 마법 가문의 한 축을 담당하는 이 가문은 예로부터 특별한 예언으로 유명했다. 알피어스가 겨울을 불러오는 것처럼, 자일스가 대를 거쳐 배출하는 마녀란 바로 꿈에서 미래를 보는 예언가. 그들의 예언은 절대 빗나가는 법이 없으므로, 사람들은 자일스의 예언가들을 두려운 마음으로 숭상해 왔다.

"자일스라곤 말 안 했잖아요!"

알렉이 기겁하여 내지르는 목소리가 응접실을 요란하게 울렸다. 수건으로 젖은 머리를 닦아 내던 빅토리아가 눈살을 찌푸리거나 말거나, 그는 목청을 낮출 생각은 추호도 안 했다. 그도 그럴 것이, 지금은 그도 할 말이 아주 많은 상황이다.

"세상에 믿을 사람 하나 없다면서요! 그래서 알피어스 가문에도 비밀에 부친 거 아니었어요? 근데 갑자기 자일스 본성으로 들어오면 어쩌자는 겁니까, 네?"

"내가 알피어스에 알리지 않은 건, 혹시라도 고모의 귀에 내 탈영 소식이 들어갈까 봐—"

"뭐라고요?"

알렉이 욱하자, 빅토리아는 재빨리 말을 바꾸었다.

"물론 당신의 안전이 최우선이었죠. 내 사촌들의 어딜 믿고 알리겠어요."

"그런데도 자일스는 믿음직하다?"

"자일스가 믿음직한 게 아니라, 시에나 자일스가 믿음직한 거죠."

알렉은 영 편치 않은 얼굴로 입을 다물었다. 그를 위로하듯 빅토리아가 마른 수건으로 그의 젖은 머리를 슥슥 닦아 주었다.

"너무 걱정하지 마요. 엑서터 거성이 쓸데없이 넓긴 해도, 시에나의 성격이 워낙 괴팍해서 머무는 사람은 거의 없을 거예요. 아마도."

"……참 믿음직한 말이네요."

알렉이 불퉁하게 중얼거리며 슬그머니 고개를 돌렸다. 여전히 퉁퉁대긴 해도 눈에 띄게 얌전해진 태도에 빅토리아는 한숨 돌리며 조금이나마 휴식을 취하려 했지만, 불행히도 알렉이 끝이 아니었다.

"아가씨."

어느새 알렉과 빅토리아 사이로 들어앉은 막시무스가 엄격한 목소리로 운을 떼었다. 더 이상은 못 참겠다는 듯 빅토리아가 대놓고 넌더리를 냈다.

"나도 좀 쉬자! 온종일 하이힐 신고 서 있느라 힘들어 죽겠는데!"

둘의 싸움에 관여하고 싶지 않아 최대한 뒤로 물러나 있던 알렉이 표나게 움찔했다. 하지만 빅토리아의 역정쯤이야 익숙하다는 듯 막시무스는 위엄 있는 태도로 한 발짝 가까이 다가섰다.

"아까 절 시에나 아가씨께 덤으로 넘긴다 하셨지요?"

"그래, 그랬지."

이제 빅토리아는 모든 걸 포기한 사람처럼 소파에 드러누워 버렸다. 그 방자한 태도에 부리를 파르르 떨던 막시무스가 커다란 노성을 터트렸다.

"어떻게 마녀가 되셔선 그리 말도 안 되는 짓을 저지르려 하십니까! 주인님께서 이를 아시거든 얼마나 통탄스러워하실지, 큼, 이 막시무스 차마 짐작도 할 수 없습니다!"

"내가 장담하는데 고모는 신경도 안 쓸걸."

"아가씨께선 주인님을 하나도 모르십니다!"

"너보단 잘 알아, 이 못된 비둘기야."

둘의 살벌한 시선이 허공에서 맞부딪쳤다. 부리를 딱딱 부닥치며 불편한 심기를 여과없이 드러낸 막시무스가 마치 선심 베풀듯 말한다.

"여하간 사과하십시오."

"내가?"

"예, 아가씨께서요! 감히 절 덤으로 넘기려 하시지 않았습니까! 제가 메인도 아니고 덤이라니! 이게 말이나 됩니까?"

화내는 지점이 거기인가. 알렉은 생각보다 소박한 막시무스의 이유를 반가워해야 할지, 아니면 심란하게 여겨야 할지 갈피를 잡지 못했다.

"덤도 많이 쳐준 건 줄 알아. 덤의 덤이 아닌 게 어디야?"

"지금 말 다 하셨습니까!"

"그래. 다 했다, 왜? 그럼 넌 네가 스스로 기셀베링거의 열매보다 값어치가 있다고 생각하는 거야?"

바로 대꾸하리라 여겼던 막시무스가 이상하게 조용하다. 알렉은 설마 설마하는 심정으로 고개를 내밀어 막시무스의 표정을 살폈다.

"……막시무스 씨, 설마 아니죠?"

믿을 수 없다는 듯한 알렉의 물음에 막시무스가 눈물이 그렁그렁한 눈을 들어 올렸다.

"하, 하지만 제가 어떻게 감히 기셀베링거의 열매보다 값지다고 할 수 있겠습니까?"

"아무리 그래도 생명이잖아요, 고귀한 생명! 기셀 어쩌고의 열매인지 뭔지, 기껏해야 열매인데 어떻게 그게 막시무스 씨보다 귀해요?"

"크흡. 역시 지금 제겐 전하밖에 없습니다. 어쩌다 저 극악무도한 아가씨와 엮이셔선……. 이 모두 10년 전, 아가씨를 거두시겠다는 주인님을 끝까지 만류하지 못한 저의 탓입니다. 모두 저의 죄예요!"

"너 진짜 아직도 정신을 못 차렸구나?"

빅토리아가 짜증스럽게 반문했다. 기겁한 막시무스가 꽁지 빠져라 알렉의 뒤로 숨어 버리자, 졸지에 빅토리아의 사나운 눈길을 받게 된 알렉은 난감한 얼굴로 식은땀만 흘렸다. 1초가 억겁처럼 느껴지는 싸늘한 정적. 다행히도 영원히 이어질 것만 같던 적막을 깨트리며 시에나가 응접실로 들어왔다.

"머무를 방은 준비해 뒀……."

"……."

"분위기가 왜 이러니? 지금 당장 침대라도 잡아 줄까?"

어처구니없는 소리에 알렉이 새빨개진 얼굴로 외쳤다.

"그게 대체 무슨 소리예요!"

"아님 말고요."

응접실을 가로지르며 시에나가 여상하게 어깨를 으쓱인다.

"쟤가 전하를 바라보는 눈빛이 너무나 강렬해서 그만."

"난 알렉을 본 게 아니라, 알렉 뒤에 숨은 막시를 본 거야."

"어머, 그럼 막시무스 씨랑 침대에 들어가려고?"

"내가 왜 막시랑 침대에 들어가?"

"……제발 그만해요, 둘 다."

홍당무처럼 발갛게 익은 얼굴을 양손으로 가리며 알렉이 웅얼댄다. 빅토리아가 의아하게 그를 쳐다보는 것과 달리, 의미심장한 눈길로 알렉을 응시하던 시에나가 불현듯 자그맣게 웃음을 터트렸다.

"보기와는 다르게 순진하신 왕자님이네."

"누구처럼 발랑 까지진 않았지."

"또 누구처럼 막나가지도 않을 테고."

차례로 빅토리아에서 시에나로 이어지는 대화를 들으며 알렉은 제발 좀 둘의 신경전에서 자길 빼 주길 바랐다. 반제의 외무성장인 발트하임 경과 체임벌린 수상, 그리고 캐서린 공주까지 줄을 이었던 만남은 이미 그의 머리 꼭대기까지 피로를 꽉꽉 채워 넣은 지 오래였다. 무지하게 길었던 오늘 하루를 이만 마감하고, 따끈한 침대로 들어가 몸을 녹이는 것만이 그의 간곡한 바람이다.

"알렉, 어디 아파요?"

"아뇨……."

그럼에도 사랑은 사람을 눈멀게 한다고. 알렉은 그 와중에도 빅토리아를 걱정시키고 싶지 않다는 마음만으로 우울하게 고개를 들어 올렸다. 그런데 과부하 걸려 핑글핑글 돌아가는 시야로 불쑥 낯선 얼굴이 치민다.

알렉은 멍하니 눈을 깜박였다. 한 번 보고, 두 번 보니 시에나 자일스라는 걸 알겠다.

"저기……. 시에나 경?"

"네, 전하."

"왜 그렇게 날 빤히 쳐다보는 건지……."

알렉은 난처한 기색을 보이면서도 구태여 시선을 피하진 않았다. 그럼에도 한참이나 그의 얼굴을 들여다보던 시에나는 느지막이 몸을 뒤로 물리며 맞은편 소파에 편안히 앉았다.

"연애엔 관심도 없던 빅토리아가 어느 날 갑자기 열애설에 휘말렸다기에 당연히 착오가 있겠거니 싶었는데……."

시에나가 대견하다는 듯 한 손에 턱을 괴며 빅토리아를 보았다.

"그렇게 싸고도는 이유가 있었구나?"

"무슨 소리가 하고 싶은 거야?"

"잘생겼다고. 우리 아버지보단 못하지만."

시에나가 의미심장하게 웃으며 알렉을 눈짓했다. 빅토리아의 미간이 대번에 좁혀진다.

"알렉이 세드릭 경보다 잘생겼거든?"

"에이, 그건 아니지."

"뭐가 그건 아니야. 알렉의 눈이 얼마나 예쁜데."

"그래, 눈이 예쁘긴 하네. 그런데 넌 원래 눈만 보잖아."

듣다 못한 알렉이 나섰다.

"저기, 나도 다 듣고 있거든요?"

두 마녀가 동시에 그를 돌아보았다. 마치 뭐가 잘못되었느냐는 시선이 줄기차게 이어지자, 가만히 두 사람을 마주 보던 알렉이 멍하니 말문을 연다.

"……그냥 하던 대로 얘기들 나누세요."

이후로도 두 마녀가 티격태격 다투는 소리는 끊임없이 들려왔다.

넌 얹혀살려는 주제에 무슨 혓바닥이 그렇게 기냐는 둥, 그러는 너야말로 기셀베링거의 열매까지 받아먹고 잔소리가 참 길다는 둥, 어쩜 어릴 때랑 변한 게 하나도 없냐는 둥, 그거야말로 내가 하고 싶은 말이라는 둥. 딱 저 나이대 소녀들이 나눌 만한 이야기지만, 정작 그 당사자가 각기 알피어스와 자일스의 차기 수장으로 여겨지는 마녀들이라면 누구든 생각이 달라질 것이다.

더는 두 사람의 대화에 끼고 싶지 않았던 알렉은 일찌감치 자리에서 일어나, 벽에 걸린 액자들을 구경했다. 자일스의 오랜 선조들을 그린 초상화인지, 생김새도 이름도 낯설기 그지없다.

차례로 라이오넬 자일스, 헤리엇 자일스, 유스티나 자일스. 중간에 검은 종이를 덧대어 유일하게 얼굴을 가려 둔 제노비아 자일스를 거쳐 전대 자일스 수장인 바바라 자일스에 이르자, 이제야 좀 현대적인 초상화가 나온다. 그리고 그 옆에는 그다지 오래되어 보이지 않는 커다란 흑백 사진이 걸려 있었다.

알렉은 의아한 눈으로 벽에 걸린 유일한 사진을 유심히 들여다보았다. 자일스 특유의 흑발 녹안을 지닌 대단한 미남과, 그 옆에 앉은 붉은 머리의 미인. 그리고 그 뒤에 선 열댓 살 정도의 소녀…….

아, 시에나 자일스다.

"그거 건드리지 마요!"

벼락같이 들려오는 고함에 알렉이 깜짝 놀라 벽에서 물러섰다. 소파에서 일어나 성큼성큼 다가온 시에나가 바삐 액자를 살핀다.

"안 건드렸어요."

"알아요. 이 액자는 닿기만 해도 위험해서 그래요."

소파 등받이 위로 빼꼼 고개를 내민 빅토리아가 알 만하다는 듯 탄성을 흘렸다.

"세드릭 경이 또 번거로운 짓을 하셨구나?"

"그렇지, 뭐."

영문을 몰라 하는 알렉에게 시에나가 친히 설명을 해 주었다.

"이게 유일한 가족사진이거든요. 혹시나 잃어버리기라도 할까, 아버지가 보호 마법을 좀 강력하게 걸어 두셨죠."

"십중팔구 그게 마지막 가족사진이겠지."

"……빅토리아."

시에나가 부글부글 끓는 것 같은 얼굴로 잘도 웃어 보였다. 또다시 시작되려는 둘의 유치한 공방전을 피해 알렉은 도로 가족사진으로 시선을 돌렸다.

세드릭 자일스와 디아나 솔로 추정되는 부모의 뒤로 시에나와 또 다른 한 명이 서 있다. 얼핏 보기에도 시에나보다 서너 살은 많아 보이는 붉은 머리 청년. 어쩐지 몹시 날 선 듯한 사진 속의 청년을 물끄러미 응시하던 알렉은 문득 옆에서 들려오는 시에나의 목소리에 귀를 기울였다.

"부모님은 지금 줄리모어 군도에서 한창 연구에 매진하고 계세요. 정확히 말하자면 연구에 매진하는 건 어머니고, 아버지는 그저 어머니를 따라가신 것뿐이지만."

짐짓 너스레를 떤 시에나가 선뜻 입꼬리를 올려 웃었다.

"그러니까 편히 계시라고요. 여긴 아무도 없으니까."

"……친절하시네요."

"그럼 친절해야죠. 전하한테 못되게 굴었다간 걔한테 된통 당할 텐데."

가볍게 빅토리아를 고갯짓한 시에나가 깔깔 웃으며 제자리로 돌아갔다. 그러곤 알렉에게 무슨 말을 했느냐며 집요하게 캐묻는 빅토리아를 부러 약 올리며, 이번에는 아주 작정하고 자취를 감춘 휴고 알피어스의 이야기를 꺼낸다. 도무지 끝날 것 같지 않은 대화를 흘려들으며 알렉은 멋쩍은 웃음만 몇 마디 흘리다 말았다.

어쩐지 마음 한구석이 심란했다.

시에나 자일스. 일명 여명의 마녀.

이명에서 알 수 있듯 여명의 별 페베의 축복을 받은 그녀는 위대한 선조, 클레멘틴 자일스의 진정한 후예로 꿈에서 미래를 엿보는 예언가다. 현재 자일스의 수장인 세드릭 자일스의 친자라는 점, 그리고 예지를 지녔다는 점에서 그녀는 이미 오래전부터 〈교활한 자일스〉의 차기 수장으로 점쳐지고 있었다.

하지만 시에나 자일스의 이름이 대중에게 각인된 이유는 따로 있다.

바로, 마법 사회에서는 그 누구도 넘보지 못할 완벽한 혈통.

부계를 살펴보자면, 일단 자일스의 적통을 잇는 세드릭 자일스가 있다. 지상에 남은 마지막 용을 손짓으로 부린다는 그는 일찍이 백색전당에 무시무시한 낙뢰를 내려 돔 천장을 모래로 만든 일화로 유명했다. 또한 그에게 용도 죽인다는 마법, 즉 베가의 낙뢰를 물려준 아버지는 〈고결한 베가〉의 직계로 오랫동안 위명을 떨친 마법사이니, 시에나 자일스의 핏줄에는 자일스와 베가의 피가 동시에 흐르는 셈이다.

그러나 따지자면 모계도 만만치 않았다. 그녀의 어머니인 디아나 솔은 비록 마법 능력은 평범할지 몰라도 오래간 베일에 싸여 있던 고대사의 기틀을 다진 마법 역사학의 선구자이며, 그런 디아나 솔의 하나뿐인 자매 헤스터 솔은 잉그람 마법 공회의 의장직을 맡고 있는 천재적인 마녀다.

하지만 무엇보다 두 자매의 어머니인 그리젤다 솔이 압권이다. 앞서 언급한 모든 마녀 · 마법사의 유명세를 더해도 그녀 한 명에 미치지 못할 만치, 그리젤다 솔은 마법 역사를 통틀어 세 손가락 안에 뽑히는 천재 중의 천재기 때문이다.

뛰어난 마법 재능은 대개 혈연으로 이어지는바, 시에나 자일스의 완벽한 혈통에는 누구도 흠잡지 못할 재능이 깃들었다. 불과 스물의 나이로 아드리엔 방어진의 결점을 밝혀낸 그녀는 자일스의 미래이며, 앞으로 마법 사회를 이끌어 나갈 차세대 마녀로 여겨지고 있었다. 부디 시에나 자일스가 그녀의 하나뿐인 오라비처럼 엇나가지 않기만을, 자일스의 원로들은 바라고 또 바랄 따름이었다.

그런 시에나의 이름을, 알렉도 들어 보지 못한 것은 아니다. 다만 빅토리아와 만나기 전까지는 마법 사회에 아무런 관심도 없던 만큼, 이름을 제하면 아는 것이 전혀 없다고 해도 무방했다. 당장에 사촌보다 신뢰할 만큼 빅토리아와 시에나의 관계가 가까울 줄은 꿈에도 모르질 않았나.

좌우간 알렉은 이름만 어렴풋이 알고 있던 마녀가 느닷없이 현실로 침입하여 조금은 혼란스러운 상태였다. 사람 많고 시끄럽던 오킹엄을 떠나 한순간에 깊은 숲속으로 자리를 옮긴 것도 한몫했다. 덕분인지 오래간만에 아침 일찍 눈을 뜬 알렉은 창문을 열고 청량한 숲속의 공기를 맞으면서도 꿈인지 생신지 한동안 갈피를 잡지 못하였다.

"여기가 대체 어디야……."

창밖으로 끝없이 펼쳐진 녹음의 물결을 내다보며 알렉은 조금 질린 기색으로 중얼댔다. 여기가 자일스 가문의 본성인 건 알겠는데, 정확히 어느 지점에 있는 것인지 모르겠다. 실은 잉그람에 정말 이런 곳이 있는지도 의심스러웠다.

오래지 않아 그는 창문을 닫고 옷을 갈아입었다. 오킹엄은 한창 꽃 피는 봄이었는데, 여기는 아직도 겨울이 물러가지 않은 초봄처럼 쌀쌀하다. 방문을 열자마자 밀려드는 복도의 싸늘한 공기에 어깨를 움츠리며 알렉은 드러난 뒷목을 손바닥으로 문질렀다.

복도는 인적 없이 고요했다. 언젠가 지방 순방으로 잠시 머물렀던 중세의 성처럼 엄숙하고 장엄한 분위기. 게다가 거성(巨城)이란 말대로, 창밖으로 언뜻 보이는 성채의 크기나 깎아지르는 높이가 차마 한눈에 담아낼 수 없는 지경이다. 과연, 수천 년을 버텨 온 자일스의 뿌리는 이다지도 단단한 모양이었다.

조금은 신기한 마음으로, 조금은 겸손한 마음으로 복도를 돌아다니던 알렉은 우연히 몰큰몰큰 풍겨 오는 음식 냄새를 맡았다. 저 아래층 어딘가에 누군가 깨어 있는 듯하다. 그는 신비로운 고양이 시종, 혹은 지상에 남은 마지막 용을 어쩌면 볼 수 있지 않을까 하는 헛된 기대감에 사로잡혔다. 복도를 가볍게 울리는 발소리는 어느덧 불빛이 기다랗게 드리워진 식당으로 향했다.

그리고 그곳에서 알렉은 시에나 자일스와 조우했다.

"어머, 일찍 일어나셨네요?"

노릇노릇 잘 구워진 스콘에 차를 곁들여 마시던 시에나가 의외라는 듯 반색했다. 뜻하지 않은 상대를 만나 잠시 멀뚱한 표정을 짓던 알렉은 문득 주방 쪽에서 들려오는 인기척에 고개를 틀었다. 때마침 마법으로 트레이를 끌고 나오는 고양이 시종, 데이지 주니어다.

"데이지. 전하께는 아침 식사를 차려 드리렴."

"예, 알겠습니다."

데이지 주니어는 정중하게 인사한 뒤, 도로 주방으로 들어갔다. 만사 시끄럽고 요란스러운 막시무스와는 다르게 걸음걸이에서부터 절도가 느껴진다. 시종이라면 응당 저래야지. 알렉은 내심으로 감탄하며, 기다란 식탁 한구석에 적당히 자리를 잡고 앉았다.

"더 주무시지 않고?"

시에나가 찻잔에 입술을 붙이며 가벼이 묻는다. 알렉은 어깨를 으쓱이며 물을 따라 마셨다.

"그러는 시에나 경은요?"

"그렇잖아도 곧 잠들 시간이에요."

뜻밖의 대답에 알렉이 눈을 데구루루 굴린다.

"어……. 간밤에 주무시지 않았나요?"

"마녀들은 보통 야행성이죠. 비키가 조금 특이한 경우고요."

늘 정오를 전후해서 일어나던 빅토리아를 게으름뱅이라 버릇처럼 흉보던 찰리가 안다면 아주 기함할 사실이다. 그러나 정작 알렉의 귀를 잡아끄는 말은 따로 있었다.

비키. 스스럼없이 부르는 애칭에 괜히 마음 한구석이 불편해진다.

"……빅토리아랑 많이 친하신가 보네요."

"왜요. 비키라고 불러서?"

눈치 하나는 정말 기가 막히다. 어긋난 표정을 잽싸게 수습하려던 알렉이 이내 포기하곤 허탈하게 웃어넘겼다.

"그것도 있고요."

"다른 것도 있다는 말로 들리는데요?"

"누구도 믿지 못할 위급한 상황에 여기로 왔거든요. 솔즈베리의 호수성이 아니라."

"비키가 미쳤다고 거길 가겠어요? 호수성엔 수리 경이 계실 텐데."

"아쉽게도 그분은 지금 누굴 찾아서 남쪽 밀림을 뒤지고 계시거든요. 연락도 잘 안 된다나 뭐라나."

그제야 대강 알겠다는 듯 시에나가 짧은 탄성을 흘렸다.

"그런 대형 스캔들을 내고도 아직껏 무사한 게 이상했는데, 역시 그랬군요?"

"뭐, 그렇죠."

"찾는다는 사람은 당연히 휴고 경일 테고?"

"……어째 모르는 게 없네요, 경은."

어색하게 시선을 피하는 알렉에게 시에나는 손사래를 치며 웃어 보였다.

"과찬이세요. 나야말로 모르는 것투성인데."

"글쎄, 그리 말하셔도 잘 안 믿기네요."

"어머? 내 하나뿐인 남매라는 작자를 벌써 4년째 찾고 있다면 믿으시려나요? 그것 말고도 세상에 모르는 게 많아서 얼마나 답답한데요."

"……."

"이를테면 비키랑 전하가 거짓으로 연인 행세를 하고 있는 까닭이라거나."

시에나는 양손에 턱을 괸 채로 은근한 미소를 띘다. 입매는 더할 나위 없이 우아한 호를 그리는데, 정작 눈에는 조금의 웃음기도 없다. 속을 꿰뚫어 보는 듯한 녹안을 슬그머니 피하며, 알렉은 때마침 데이지 주니어가 대령하는 수프와 식전 빵을 반갑게 맞이했다.

"맛있겠네요. 고마워요, 데이지 씨."

"번거로우시겠지만 앞으로는 데이지 주니어라고 불러 주십시오. 아직은 할머니의 이름을 그대로 이어받을 정도로 뛰어나지 못합니다."

"그럴게요. 데이지 주니어."

알렉은 선뜻 대답하며 갓 구워 낸 빵을 찢어 입으로 집어 넣었다. 조금 전, 시에나가 작심하고 던진 말은 귓등으로도 듣지 않은 눈치다. 그 태평한 모습을 잠시간 지켜보던 시에나가 입매를 비틀어 더욱 진하게 웃었다.

"아까 '위급한 상황'에 솔즈베리 호수성을 찾지 않고, 여기로 왔다고 하셨죠. 그 '위급한 상황'이랑 관련이 있으려나?"

"그럴 수도 있고요."

"아닐 수도 있고?"

"잘 아시네."

알렉이 찻잔으로 입가를 가리며 눈매를 매끄럽게 휘어 웃었다. 시에나가 어처구니없다는 듯 짤막한 헛숨을 내뱉었다.

"만만찮으시네요. 캐서린 공주의 멋들어진 꼭두각시라고 들었는데, 역시 이제껏 궁정에서 살아남은 데엔 다 이유가 있나 보죠?"

"이유는 무슨. 그게 다 정부는 만들어도, 사생아는 만들지 않으시는 우리 아버지 덕분이죠. 경쟁자가 없으니, 대충 후줄근하게 살아도 살아

남기 얼마나 쉬워요."

"그리 대놓고 말씀하셔도 되는 건가요? 국왕이 죽은 왕비를 못 잊어 수절하고 있다는 것이야말로 왕실의 오랜 자랑거리인데."

"손바닥으로 하늘을 가리라죠. 어차피 지금도 아는 사람은 다 아는데."

알렉이 빵을 우물거리며 시에나를 눈짓했다.

"봐요, 경도 알잖아요."

시에나는 소리 없이 웃었다. 짤막한 침묵 뒤로 조곤조곤한 시에나의 목소리가 이어졌다.

"비키가 뜬금없이 전하와 연인 행세를 하고 있는 까닭. 대충 예상은 돼요."

"……진짜로 모르는 게 있긴 해요? 혹시 체임벌린 수상이 연말 총선에서 어떻게 될지도 안다면 귀띔 좀 해 줘요."

"그것까지 알면 내가 신이게요?"

"유명한 예언가잖아요."

"예언가라고 모든 걸 아는 건 아니죠. 아, 하지만 그 노인네가 언제 죽는지는 알아요."

알렉이 입을 떡 벌렸다. 경악하는 그의 모습에도 아랑곳 않으며 시에나가 여상하게 말을 이었다.

"재작년인가 봤거든요. 궁금해요?"

"……아뇨. 굳이 거기까지 알고 싶진 않네요."

시에나 자일스는 꿈에서 미래를 보는 예언가다. 자일스의 예언은 절대로 틀리지 않는 만큼, 그녀의 말은 하나하나 굉장한 무게를 지녔다.

"그, 정말이었군요?"

알렉이 떨떠름한 표정으로 귓바퀴를 매만졌다.

"미래를 보는 거요. 나는 어떤 비유적인 의미가 아닐까 생각했는데."

"한여름에 겨울도 불러오는 판국인데, 꿈에서 미래를 좀 엿보는 게 어때서요."

"그래도 미래를 안다는 건 조금 다르잖아요."

"그럼 뭐 해요. 정작 짓궂은 여명의 별께선 내가 알고 싶은 건 하나도 보여 주지 않으시는데."

시에나가 처음으로 미간을 좁히며 투덜댔다. 잠시 고민하는 척하던 알렉이 넌지시 물었다.

"경이 그토록 알고 싶어 하는 건, 4년째 행방이 묘연하다던 남매인가요?"

"그것도 그렇지만."

티스푼으로 맥없이 찻잔을 휘저으며 시에나가 권태롭게 말을 덧붙인다.

"전하께서 비키에게 무얼 바라는지가 궁금해서요."

"……."

"이렇게 보니 더더욱…… 전하는 비키의 바람을 이뤄 줄 분이 아닌 것 같거든요."

알렉의 입매가 미묘하게 굳었다. 시에나는 턱을 깊게 괸 채로 흘끗 눈만 들어 그의 얼굴을 빤히 들여다보았다.

"대체 이유가 뭘까……. 이유가 뭐길래, 중죄임을 알면서도 왕가의 보고에서 보물을 빼돌리는 걸까."

"……보물을 빼돌린다고요, 내가?"

"네. 며칠 전, 꿈에서 봤어요."

시에나가 비밀스럽게 속닥였다.

"비키가 바라는 건 그거잖아요. 왕가의 보고에 있을 알피어스의 가보를 가져와 달라. 왕가의 보고에 깔린 마법 회로는 르로이 알피어스 슬하의 일곱 남매가 온 힘을 다한 것이니, 제아무리 손대는 것마다 족족 망가뜨리는 비키여도 정면으로 뚫기는 어렵겠죠. 그래서 전하를 찾아갔을 테고요. 그런데 아무리 생각해도 전하가 그 청을 받아들일 이유는 없거든요. 왕가의 보고에서 허락 없이 보물을 훔친다? 왕실에서 아예 쫓겨날 각오가 없다면 불가하죠. 그리고 내 보기에 전하는 왕실과 척질 만한 분이 아니시고."

"계약을 맺었어요."

알렉은 입꼬리만 올려 제법 그럴싸하게 웃어 보였다.

"요새 내 신변이 꽤나 위험해서 말이죠. 누구도 믿을 수 없는 상황에서 마침 빅토리아가 날 찾아왔어요. 날 구해 줄 테니, 왕가의 보고에서 보물 하나만 빼돌려 달라고."

"음, 어떤 경위인지는 알겠어요. 하지만 그것만으로는 부족해요."

시에나가 허공에서 티스푼을 빙빙 돌리며 말했다.

"비키의 마법 실력은 내가 잘 알아요. 어느 한 방면으로는 천재적으로 특출하지만, 다른 방면은 볼 것도 없죠. 계약도 마찬가지예요. 상대에게 계약 이행을 강제하는 고위 계약을 그 애가 맺을 수 있을 리 없잖아요?"

"내가 약속을 저버릴 사람이라는 거예요, 지금?"

"네."

시에나의 즉답에 알렉은 할 말을 잃었다. 도대체 날 얼마나 봤다고 그런 파렴치한으로 모느냐 따지고 싶었지만, 시에나의 말이 먼저였다.

"전하, 비키를 좋아하시잖아요."

마치 자명한 진리를 말하듯, 당연하게.

"비키를 좋아하는 사람이, 왕가의 보고에서 보물을 왜 빼돌리겠어요?"

"잠깐, 잠시만요. 도대체 무슨 소릴 하는 거예요?"

"전하가 비키를 좋아하다는 것과, 전하가 왕가의 보고에서 보물을 빼돌린다는 소리요."

뜻하지 않은 방향으로 흘러가는 대화에 알렉은 몹시 곤혹스러웠다. 입술만 달싹거리며 멍하니 시에나를 응시하던 그가 갑자기 따지듯 물었다.

"그 두 개가 무슨 상관인데요? 좋아하는 건 좋아하는 거고, 계약은 계약인데."

"……설마 했는데 정말로 모르시나 보네. 전하, 비키가 그 보물을 손에 넣으면 뭘 할 줄이나 아세요?"

"다시는 빼앗기지 않도록 꽁꽁 숨기겠죠."

"아뇨. 틀렸어요. 비키는 그걸 수리 경께 돌려드릴 거예요. 말이 보물이지, 그건 비키의 보물이 아니라 알피어스 가문의 보물이거든요."

알렉은 슬며시 눈썹을 찌푸렸다. 어쩐지 아까부터 정작 핵심은 피하면서 빙빙 돌기만 하는 느낌이다.

"그래서요?"

"알피어스 가문의 보물이 어째서 왕가의 보고에 있는지, 이상하지 않아요? 그게 다 비키가 국왕 전하께 빚을 졌기 때문이에요. 그 애는 빚이라 말하기도 싫어하겠지만……. 일종의 약점이죠. 그것도 아주 큰 약점."

시에나가 뱀처럼 속살거린다.

"그때 국왕이 제시한 조건이 바로 비키의 무상 군 복무와 알피어스의 가보였어요. 말도 안 되는 조건이죠. 차라리 국왕의 목을 따겠노라 비키가 길길이 날뛰었는데, 수리 경이 먼저 가보를 내놓으셨어요. 잠자코 국왕의 뜻에 따르지 않으면, 비키가 감옥에 갇힐지도 모르는 상황이었으니까. 비키는 그걸 빚이라 생각해요. 정확히는 수리 경에게 진 빚이죠. 나야 알피어스의 보물 정도만 알지만, 그 외에도 수리 경이 떠맡은 짐이 꽤 많았을 거예요. 그러니까 그 웬수가 국경에서 얌전히 시키는 대로 했겠죠."

"……."

"그리고 비키는 지금 그 빚을 갚으려는 심산이에요."

잠자코 시에나의 말을 경청하던 알렉이 살짝 고개를 기울였다.

"그럼 그다음엔 뭘 하려는 생각이죠?"

시에나는 그가 빅토리아의 바람을 이루어 주는 것이 이상하다고 말했다. 이유는 오직 그가 빅토리아를 좋아하기 때문에. 빅토리아를 좋아하는 사람이라면, 보물을 손에 얻은 빅토리아가 이후에 벌일 일을 싫어하는 것이 마땅하다는 투였다.

"그걸 내게서 들으시려고요?"

시에나가 눈을 반쯤 접으며 웃었다.

"비키에게 물으세요. 순순히 대답해 줄 거예요. 그 애는 거짓이란 걸 모르니까."

빅토리아는 정오를 훌쩍 넘긴 느지막한 오후에 이르러서야 모습을 드러냈다. 풀어 헤친 숱 많은 머리나 아직도 몽롱한 눈빛이 참으로 가관이다.

"……피곤하면 더 자지 그래요."

후원에서 검은 사냥개와 놀아 주던 알렉이 조금 떨떠름한 얼굴로 물었다. 그럼에도 휘청휘청 위태롭게 계단을 내려온 빅토리아가 정원 한쪽에 마련된 의자에 맥없이 주저앉았다.

"배가 너무 고파요."

"데이지 주니어를 불러올게요."

알렉이 벌떡 일어나기 무섭게 빅토리아가 조그맣게 말을 잇는다.

"목도 마르고, 머리도 아프고……."

"……."

"근데 발이 제일 아파요."

애처럼 보채는 말투에 알렉은 순간 제 귀를 의심했다. 늘 단호하고 굳건하던 빅토리아가 저토록 유약해 보이는 때가 있던가. 알렉은 경악한 마음을 꽁꽁 숨기며 짐짓 능청스럽게 받아쳤다.

"그러게요. 왜 발이 아플까."

"왜긴 왜예요, 어제 쓸데없이 굽만 높은 구두를 신고 온종일 돌아다녀서 그렇지."

살짝 찌르자마자 뾰족한 대답이 돌아온다. 거짓을 모른다고 할 정도로 속을 훤히 내보이는 사람. 늘 가면을 쓰고 철저하게 제 속을 숨기는, 오킹엄의 높은 분들과는 천지 차이다.

느긋하게 그녀에게로 다가간 알렉이 고개를 살짝 모로 기울여 빅토리아를 내려다보았다. 꼿꼿하게 고개를 꺾어 절 응시하는 눈빛에 억울한 기색이 그득하다. 하기야 어제 행사가 쓸데없이 길긴 했다. 알렉은 미안한 마음을 숨기지 않으며 그녀의 발치에 선뜻 무릎을 굽혀 앉았다.

"……지금 뭐 하는 거예요?"

"주물러 주려고요. 이렇게 하면 좀 낫다던데."

알렉은 조심스레 빅토리아의 오른발을 들어 슬리퍼를 벗겨 냈다. 금세 손아귀에 미지근한 체온이 닿았다.

제 발을 움켜쥐는 손길을 말리지는 않으면서, 차마 의심을 지우진 못한 빅토리아가 그의 정수리를 유심히 지켜보며 물었다.

"해 본 적은 있어요?"

"본 적은 있어요."

"실제로는 처음 해 본다는 거잖아요."

"누구에게나 처음은 있는 법이죠."

입에 기름이라도 칠한 것처럼 줄줄 대답을 이어 가던 알렉이 문득 떠오른 생각에 의아함을 내비쳤다.

"그런데 마녀의 몸도 인간이랑 비슷한 거죠?"

"속에 장기가 있냐고요?"

"……뭐, 그것도 포함해서."

잠시 골똘한 생각에 빠졌던 빅토리아가 선선히 고개를 끄덕인다.

"비슷할 거예요, 아마."

"다른 점이 있긴 하나 봐요?"

"인간은 목이 잘리면 바로 즉사하잖아요."

"……마녀는 안 그래요?"

"강한 마녀들은 바로는 안 죽죠."

목이 잘려서도 입을 나불대는 마녀의 모습을 상상하던 알렉이 곧 떠름한 표정을 지었다. 그다지 떠올리고픈 상상은 아니다.

"그 정도 차이면, 주무르는 것만으로 금방 괜찮아질 거예요."

알렉은 그리 말하며 빅토리아의 발바닥을 꾹꾹 누르기 시작했다. 의자에 옷감처럼 늘어져 있던 빅토리아가 돌연 찌르르 전해지는 고통에 어깨를 움찔거렸다.

"아파요!"

"아, 이게 아닌가?"

"알렉!"

"조금만 참아 봐요. 찰리는 이렇게 하던데……."

영 자신 없는 기색으로 빅토리아의 발 곳곳을 눌러 보던 알렉은 오래지 않아 감을 잡았다. 그사이 몇 번이나 신음을 토하던 빅토리아도 슬슬 잦아드는 아픔에 편안히 의자에 기대어 앉는다. 힘이 사르르 풀린 온몸에 채 가시지 못한 졸음이 몰려들기 시작했다.

빅토리아가 무거운 눈꺼풀과 사투를 벌이는 동안, 알렉은 오직 그녀의 발을 안마하는 데만 몰두했다. 손톱을 세우지 않고 고르게 발을 주무른다. 귀한 공예품이라도 다루듯 손끝을 섬세하게 움직이자, 빅토리아도 더는 아프다는 소리를 하지 않았다. 어느덧 사위가 조용해진 걸 보면 그새 선잠이라도 든 모양이다.

빅토리아의 발은 작았다. 그가 제대로 보았던 여자의 발이래 봤자 유모의 발이 전부이니, 세상 모든 여자들의 발이 이만치 작은 것인지는 모르겠다. 다만 한 손으로도 족히 감쌀 수 있는 조그만 발이 온통 굳은살투성이, 상처투성이, 생채기투성이라. 그것이 못내 안쓰러울 뿐이다.

그녀가 살아온 스무 해가 어떠했는지 알렉은 제대로 알지 못했다. 그가 아는 빅토리아의 생애란 고작해야 지난 2년간 투텔의 격전지에 머물며 사선을 넘나들었다는 것뿐. 아마도 이 작은 발을 딱딱한 군화로 감싸고 온갖 험지를 쏘다녔을 것이다. 부드럽던 살갗이 찢기고 터지고 짓무르는 걸 수없이 반복한 끝에 이런 모양새로 남았으리라.

원해서 간 것이 아니라 했다. 국왕이, 다른 사람도 아니고 그의 아버지가 그녀를 사지로 보냈다 한다. 그녀를 손아귀에 쥐고 맘껏 부리려 했다고.

속에서 울화가 치민다. 알렉은 이를 악물었다. 빅토리아의 발을 주무르던 손끝에도 절로 힘이 들어갔다.

"아!"

빅토리아가 새된 비명을 지르며 확 깨어났다. 알렉이 화들짝 그녀를 올려다보았다.

"미안해요. 많이 아팠어요?"

도리어 제가 한 짓에 놀란 알렉이 안절부절못했다. 빅토리아는 말없이 그를 째리며 슬그머니 발을 거두어들였다.

"나한테 감정 있는 거 아니죠?"

"무, 무슨 감정이요?"

"무슨 감정이긴, 당연히 나쁜 감정이죠."

일순 제 속내를 들켰나 싶어 철렁했던 알렉은 그만 웃음을 터트리고 말았다. 그럼 그렇지. 알아주길 바란 적도 없지만, 말로 꺼내지 않은 남의 마음을 먼저 가늠할 정도로 섬세한 사람은 못 되었다, 빅토리아는.

"내가 당신한테 왜 나쁜 감정이 있겠어요?"

"그렇지 않고서야 어떻게 이런 무자비한 짓을 해요?"

"어, 방금 그거, 막시무스 씨가 자주 하는 말버릇인데. 그렇게 싫어하더니 서로 닮나 보네."

"당장 사과해요. 얻다 대고 그 멍청한 비둘기랑 날 비교해요?"

빅토리아의 얼굴이 무섭게 굳었다. 알렉은 입술을 꼭 다물고 웃음을 참으려 했지만, 기실 소리만 터지지 않았을 뿐이지 웃음을 참는 기색이 너무나도 뚜렷했다. 슬슬 가늘어지던 빅토리아의 눈에 어느덧 심술이 대롱대롱 맺힌다.

"그래요. 알렉한테는 나나 막시무스나 다 그게 그거였나 보네."

"내가 언제 그랬어요?"

"난 그것도 모르고."

"빅토리아."

"아, 세상에 믿을 사람 하나도 없다더니."

비극에 직면한 주인공처럼 과한 연극조로 읊어 대던 빅토리아가 이제는 아예 고개를 모로 틀어 버렸다. 그제야 빅토리아가 단단히 삐쳤음을 알아챈 알렉이 조금 난감한 얼굴로 그녀를 살살 달래기 시작했다.

"저기, 빅토리아?"

"……."

"앞으로 막시무스 씨랑 비교 안 할게요. 네?"

"……."

"아니, 근데 그게 그렇게 기분 나쁠 일인가? 막시무스 씨가 말이 좀 많긴 해도 똑똑한 비둘기……가 아니죠. 어떻게 감히 당신을 그런 못된 비둘기와 비교하려 했을까요, 내가."

서둘러 말을 바꾸어 보았지만 이미 늦은 듯싶다. 이쪽을 보려고도 하지 않는 빅토리아의 모습에 알렉은 슬슬 애가 탔다. 빅토리아는 지금까지 그가 보았던 사람들 중에 단호하기로는 제일이다. 다시는 그를 보지 않겠노라 결심한다면, 정말로 죽을 때까지 보지 않을 위인이었다.

"빅토리아."

알렉은 마른침을 꿀꺽 삼켰다. 절로 떨리는 목소리가 흘러나왔다.

"……비키."

그게 뭐라고 이렇게 떨리는 것인지.

먼 숲에 시선을 고정한 채로 무료하게 눈만 깜박이던 빅토리아가 뒤늦게 절 돌아보는 기척이 느껴진다. 알렉은 차마 그녀를 마주 보지 못하고 고개를 깊이 수그렸다. 뺨이 달아오르는 느낌이 선명하다. 아마도 홍당무처럼 달아올랐으리라. 찰리가 부끄러움을 탈 때마다, 머리와 얼굴색이 똑같다며 놀리는 것이 아니었다.

"방금 뭐라고 했어요?"

성마르게 묻는 소리에도 알렉은 대답하지 못했다. 한군데 정착하지 못한 눈길은 하염없이 풀밭을 배회할 뿐. 그런데 문득, 귓불에 차가운 손끝이 닿아 화들짝 놀라고 말았다.

"……귀가 빨개서."

엉겁결에 절 올려다보는 알렉에게 빅토리아가 변명하듯 읊조린다. 멍하니 그녀를 응시하던 알렉이 황급히 양손으로 귓가를 감쌌다. 그 어처구니없는 모습에 빅토리아가 새처럼 웃었다.

"어, 이제 보니 얼굴이 더 빨갛네?"

"놀리지 마요!"

"사실을 얘기하는 게 어떻게 놀리는 거예요?"

빅토리아가 아무리 비상식적인 얘기를 꺼내더라도 술술 받아치던 알렉의 입이 웬일로 조용하다. 입을 열긴커녕 붉어진 얼굴로 차마 이러지도 저러지도 못했다. 지진이라도 난 것처럼 흔들리는 그의 눈을 물끄러미 들여다보던 빅토리아가 모처럼 환히 웃으며 그의 양손을 잡아 내렸다.

"어쨌든 축하해요."

"뭐, 뭘요?"

"이제야 좀 경제적으로 살 생각이 든 거잖아요. 난 옛날부터 전하니, 무슨 백작이니, 무슨 각하니 부르는 것들이 잘 이해가 안 됐거든요. 너무 비경제적이잖아요?"

이걸 또 저렇게 이해하는구나.

저래야 빅토리아답다는 생각이 절반, 아무리 그래도 너무하다는 생각이 절반의 절반, 옛적에 포기했다는 마음이 나머지 절반의 절반이다. 망연히 그녀를 올려다보던 알렉이 더듬더듬 대답을 이어 갔다.

"……시에나 경이, 그렇게 부르길래."

"시에나랑 만났어요? 나 없을 때?"

그늘 없이 말끔하던 빅토리아의 얼굴이 웬일로 찌푸려진다. 알렉은 의아한 표정으로 착실히 고개를 끄덕였다.

"아까 아침에 잠깐."

"걔가 무슨 이상한 소리 하진 않았어요?"

"……평범한 대화는 아니었죠, 아무래도."

아무렴, 미래를 보는 사람과 나누는 대화가 평범할 리 없다. 알렉은 폭풍처럼 지나간 아침 식사를 떠올리며 헛웃음을 지었다. 그런 알렉을 지그시 응시하던 빅토리아가 평소처럼 무심한 얼굴로 돌아와 말했다.

"걔가 하는 말, 함부로 믿지 마요."

"왜요?"

"천하의 거짓말쟁이거든요."

뜻밖의 소리에 놀란 알렉이 한 박자 늦게 대꾸했다.

"누가요, 시에나 경이?"

"……그렇게 놀라는 걸 보니 이미 단단히 홀렸나 본데."

빅토리아의 눈이 대번에 가늘어졌다. 당황하여 입술만 벙긋대던 알렉은 삽시간에 혼란에 휩싸였다.

거짓말쟁이라면, 도대체 무엇이 거짓인가?

제가 왕실의 보고에서 알피어스의 가보를 끝내 훔쳐 내리라는 예언? 빅토리아를 좋아하는 사람이라면 무조건 그녀의 계획을 싫어할 것이라던 말? 아니면 아버지와 수리 알피어스, 그리고 빅토리아 사이에 뒤얽힌 은원 관계인가?

'비키에게 물으세요. 순순히 대답해 줄 거예요. 그 애는 거짓이란 걸 모르니까.'

뱀처럼 속삭이던 목소리가 귓가에서 쟁쟁하게 메아리친다. 멍하니 그 소리에 귀 기울이던 알렉이 저도 모르게 입술을 열었다.

"빅토리아. 아니, 비키."

의심스러운 눈으로 그를 지켜보던 빅토리아가 계속 말하라는 듯 턱짓했다. 알렉은 긴장감과 불안감이 한데 뒤섞인 얼굴로 조심스럽게 말을 이어 나갔다.

"나한테 왕가의 보고에서 보물을 하나 꺼내 달라고 했잖아요. 만약 그 보물을 손에 넣으면, 그다음엔 어떻게 할 거예요?"

"마땅한 주인에게 돌려줘야죠."

'비키는 그걸 수리 경께 돌려드릴 거예요. 말이 보물이지, 그건 비키의 보물이 아니라 알피어스 가문의 보물이거든요.'

또다시 환청처럼 들려오는 시에나의 목소리에 알렉은 지그시 입술을 깨물었다. 정작 중요한 것은 다음 질문이건만, 도저히 입에 떨어지질 않는다. 행여나 시에나 자일스의 말이 진실일까 봐. 빅토리아를 좋아하는 사람이라면 당연히 그녀의 계획을 반기지 않을 것이라던 예언가의 말이 사실일까 두려워서.

"알렉."

심상치 않은 분위기를 감지한 빅토리아가 살포시 미간을 좁혔다. 알렉은 빠듯하게 조여진 성대를 열어 간신히 목소리를 내었다.

"……돌려준 다음은요?"

빅토리아의 눈이 조금 크게 뜨인다. 예상치 못한 질문이었는지 대답은 한발 뒤늦었다.

"내가 말 안 해 줬나요?"

알렉은 말없이 고개만 주억거렸다. 고개를 이리저리 갸웃거리던 빅토리아는 이내 선선히 수긍하며 대수롭지 않게 말을 이었다.

"이 나라를 뜰 거예요."

'비키를 좋아하는 사람이, 왕가의 보고에서 보물을 왜 빼돌리겠어요?'

아, 이거구나.

가만히 발치만 내려다보던 알렉은 느지막이 상황을 이해했다. 왕가의 보고에서 알피어스의 보물을 빼돌리는 왕자의 미래를 꿈에서 보고 시에나 자일스가 의아해하던 것도, 이제야 전부 납득이 되었다.

빅토리아는 수리 알피어스에게 빚이 있다. 그 빚을 갚기 전까지는 잉그람을 떠나지 않을 것이다. 한데 그녀의 능력으로는 빚을 갚을 수 없다. 왕가의 피를 이은 누군가의 도움이 무조건적으로 필요했다.

즉, 수리 알피어스에게 빚만 갚는다면 언제고 훌훌 이 나라를 떠날 수 있다는 뜻이다.

"어디로 갈 건데요? 반제? 메시나?"

느릿하게 상황을 정리하던 알렉이 불현듯 멍하게 물었다.

"둘 다 아니에요. 발푸르기스 평의회의 힘이 미치지 않는 아주 먼 곳으로 가려고요."

"거기가 어딘데요?"

"음, 바다 건너?"

바다 건너라면, 잉그람을 비롯한 중앙삼국이 한창 식민지 개척에 열을 올리고 있는 땅이다. 언젠가 흘려들었고 흘려 보았던 조각 난 정보들이 그의 머릿속에서 휘몰아치기 시작했다.

"거긴 어딜 가나 분쟁이 한창일 텐데요."

"알아요. 평화롭던 땅을 잉그람이 들쑤셔 놓았죠."

"그런데도 가려고요?"

빅토리아는 문득 입을 다물고 그를 빤히 쳐다보았다. 어중간한 침묵을 뚫고 알렉의 목소리가 더듬더듬 이어진다.

"거긴 지금 완전히 무법지대예요. 길 가다가 총 맞아 죽을지도 모른다고요. 그런 위험한 곳에 가겠다는 거예요, 지금?"

"난 강해서 괜찮아요."

알렉은 순간 말문을 잃었다. 빅토리아는 강하다. 그녀보다 강한 마녀를 찾기 어려울 정도로.

"……투텔이 싫었다면서요."

"……."

"누구랑 싸우는 것도 사실 별로 좋아하지 않잖아요. 그냥 평화로운 곳에 있어요. 다시는 투텔처럼 위험한 곳으로 가지 않게끔, 내가 손을 써 볼게요."

이제는 떠나지 말라 설득하는 것이 아니다. 제발 이곳에 남아 달라 간청하는 것이었다. 어느 순간부터 알렉은 한없이 절실해진 눈으로 빅토리아를 바라보았다. 그녀가 떠나지 않겠다고만 한다면, 지금 이 자리에 주저앉아 그녀의 바짓가랑이라도 붙잡을 수 있을 것만 같았다.

그녀가 떠나지만 않는다면.

그녀가 없는 이곳을 이제는 견디지 못할 것만 같아서.

"……알렉. 당신은 좋은 사람이에요."

불현듯 빅토리아가 나지막하게 속삭였다. 말뜻을 몰라 알렉이 망연한 표정을 짓는 사이, 읊조리듯 가만가만한 목소리가 이어진다.

"만약 이 나라에 당신처럼 좋은 사람들이 많았다면, 그럼 나도 괜찮았을지 몰라요. 조금은 더 견딜 만했겠죠."

"……."

"그런데 그게 아니잖아요."

곧바로 그를 직시해 오는 빅토리아의 벽안은 흔들림이 없었다.

"나는 바다 건너를 동경해서 떠나려는 게 아니에요. 여기가 싫어서, 더 이상 여길 견딜 수 없어서 떠나려는 거지."

무엇이 당신을 그토록 구속하는지 묻고 싶었다.

평생을 나고 자란 터를 떠나게 만들 정도로 나의 아버지가 당신을 악랄하게 괴롭힌 것인지. 나는 차마 상상할 수도 없는 투텔의 참담한 광경이 당신을 그토록 슬프게 만든 것인지. 아니면 나는 알지 못하는 당신의 과거가 아직껏 당신의 발목을 붙들고 놓아주지 않는 것인지.

고개를 돌리고, 눈을 감고, 귀를 막으면 그래도 적잖이 살 만한 이곳을.

그럼에도 완전히 외면하지 못하는 나만 두고서.

나만, 여기 버려두고서.

"……나도 같이 가면 안 돼요?"

알렉은 멍하니 눈을 깜박였다. 마냥 흐릿하던 생각이, 정작 말로 내뱉고 나니 뚜렷한 형체를 갖추어 나간다. 나도 같이, 당신과 함께.

수년을 아무에게 말도 못 하고 끙끙 품기만 했던 고민이다. 모든 비밀과 죄책감을 끌어안고 거짓된 허수아비로 살다 죽을 것인지, 아니면 모두 털어 버리고 내 지난 평생과 작별할 것인지. 이성은 늘 후자가 맞다고 외쳤지만, 정든 고향에 대한 미련과 한 줌의 나약함, 혹은 교만함 따위가 자꾸만 마음을 뒤흔들었다.

평생을 부유하고 안전하게만 살아온 내가 낯선 세상의 가난과 풍파를 견뎌 낼 수 있을까? 이 땅의 사랑하는 사람들을 영영 떠나 혼자서 살아갈 수 있을까? 그리 갈팡질팡하며 헛되이 보낸 세월만도 족히 여덟 해.

그런데 처음으로 결심이 섰다.

당신과 함께라면, 나도 마침내 이곳을 떠날 수 있을 것 같다.

"비키, 나도 당신이랑 같이……."

들끓는 환희에 휩싸여 미소를 꽃피우던 알렉이 갑자기 멈칫했다. 눈앞의 빅토리아가 조금 이상하다. 곤란한 듯, 난처한 듯. 늘 막힘없던 사람답지 않게 어렵사리 말을 고르고 있는 저 얼굴에 어린 것은, 다름 아닌 선명한 당혹감이다.

피가 식는 기분이었다.

"……저기, 알렉."

빅토리아가 어렵게 말을 꺼냈다. 알렉은 이어질 그녀의 목소리를 더는 듣고 싶지 않았다. 할 수만 있다면 귀를 틀어막고 싶은 심정이다. 끝을 모르고 솟구치던 환희는 싸늘하게 가라앉은 지 오래.

그는 더 이상 기쁘지 않았다. 생애 가장 참담한 순간이 바로 지금이었다.

"내가 실언했어요."

알렉은 본능적으로 입을 열었다. 다가올 파국이 두려워 던지는 임시방편의 변명들. 최초로 우뚝 선 결심을 스스로 짓밟는 몸부림.

"미안해요. 이런 말을 하려던 게 아닌데."

"알렉."

"잠을 제대로 못 자서 그런가."

"알렉, 잠시만."

"빅토리아."

연이어 그녀의 시선을 피하던 알렉이 그제야 빅토리아를 똑바로 마주보았다.

"부탁할게요."

"……."

"그냥 잊어 줘요."

빅토리아는 몹시 당혹스러운 표정으로 입술만 달싹거렸다. 그녀가 누구의 말을 순순히 들을 사람은 아니지만, 알렉은 진심으로 빅토리아가 이번만큼은 그의 말을 들어주길 바랐다. 그는 충분히 비참했다. 이보다 참담하고 싶지 않았다.

끔찍한 정적 끝에 비로소 빅토리아가 얕게 고갯짓했다. 안도인지 절망인지 모를 한숨을 간신히 삼키며 알렉은 느릿느릿 그녀에게서 뒤돌아섰다. 내딛는 발걸음마다 무겁게 처진다. 뒤로 따라붙는 시선도 적나라하게 느껴졌다. 그러나 알렉은 이 악물고 돌아보지 않았다.

빅토리아는 시에나 자일스를 두고 천하의 거짓말쟁이라고 했다. 그는 부디 빅토리아의 말이 들어맞길 간절히 바랐으나, 이번만큼은 빅토리아가 틀렸다.

시에나 자일스는 그에게 거짓말하지 않았다.

그는 이대로 빅토리아를 떠나보내고 싶지 않았다.

호화로운 촛대 위로 불이 올랐다. 수십의 촛불이 영롱하게 빛나는 샹

들리에 아래, 아주 오래간만에 성을 방문한 손님들을 맞이하는 성대한 만찬이 펼쳐져 있다.

“실은 늘 이곳을 방문하고 싶었어요. 지상에 남은 마지막 용을 죽기 전에 꼭 한 번은 보고 싶었거든요.”

“어머, 아쉬워라. 작년 이맘때 오셨다면 윈터를 보실 수 있었을 텐데.”

“용의 이름이 윈터예요?”

“네. 아버지께서 어릴 적에 지어 주셨다고 해요. 채스터티 고모는 항상 멋없는 이름이라 불평하시지만, 그 흉폭하고 이기적인 성정에 아주 잘 어울리는 이름이죠.”

시에나는 제 무릎에 머리를 올리고서 한껏 재롱을 부리는 암사자의 털을 부드럽게 쓰다듬어 주었다.

“이 아이의 이름이 섬머인 것도 다 윈터와 짝을 맞추기 위함이고요.”

“음…….”

“내가 성심껏 훈련한 아이에요. 물지 않으니 염려하지 않으셔도 된답니다.”

시에나가 사근사근하게 건네는 말과 달리, 넌지시 그를 돌아보는 암사자의 눈빛이 예사롭지 않았다. 알렉은 모르는 척 고개를 돌리며 남몰래 식은땀을 흘렸다.

화려한 만찬에 어울리도록, 식탁 위로 오가는 대화는 내내 화기애애했다. 알렉은 시에나의 아버지인 세드릭 자일스에게 매인 지상의 마지막 용에 대한 관심이 아주 지대했고, 시에나는 우아한 성주의 모습으로 답변을 이어 갔다. 언뜻 듣기로는 그보다 더 온화할 수가 없었다.

그러나 식탁의 전경을 한 번 둘러보거든 누구든 이상함을 눈치챌 것이다. 만찬을 즐기는 사람은 셋인데, 정작 들려오는 목소리란 단둘뿐이다. 알렉의 맞은편에 앉아 전투적으로 식기를 놀리는 빅토리아는 식당으로 들어온 이래 말 한마디 없었다.

“아버지는 아마 당분간 줄리모어 군도에서 꼼짝도 안 하실 거예요.

작년 그곳에서 수천 년 전 유물이 발굴되었거든요. 어머니께서 유물을 연구하시느라 아예 거기에 터를 잡으시니 고작 나흘 만에 아버지가 어머니를 따라가셨고, 당연히 윈터는 울면서 아버지를 따라갔죠."

"아무래도 용을 만날 날은 요원하겠군요."

"나중에 아버지께서 돌아오시면 로엔그렌 궁전으로 편지를 보낼게요. 언제든 놀러 오세요. 엑서터 거성은 늘 전하를 환영한답니다."

시에나가 산뜻하게 웃어 보였다. 알렉은 미소를 띤 채로 고개를 까딱하며 감사를 표했다. 거기까지만 본다면 참으로 화목하기 그지없는 풍경이다. 거기까지만 본다면.

멀찍이서 대기하며 그들을 지켜보던 데이지 주니어가 살금살금 식탁으로 다가왔다. 충성스러운 고양이 시종이 향한 곳은 일찍이 그녀가 충성을 맹세한 시에나 자일스도, 잉그람의 하나뿐인 왕자도 아니다. 데이지 주니어가 아장거리던 시절에 이미 몇 번이고 잡아먹힐 뻔한 전적이 있는 무시무시한 빅토리아 알피어스였다.

"……빅토리아 아가씨."

데이지 주니어가 아주 조심스럽게 목소리를 냈다. 작은 소리라 한들 코앞에서 식사하는 다른 두 명이 듣지 못할 리 없건만, 모르는 척 대화를 이어 가는 모습이 아주 노련하기 그지없다. 으레 살기라고 느껴질 만치 번뜩이는 눈으로 뚫어져라 알렉을 지켜보던 빅토리아가 그제야 흘끗 데이지 주니어를 내려다보았다.

흉포한 암사자 앞에서도 주눅 든 전적이 없는 데이지 주니어는 남몰래 침을 꿀꺽 삼켰다.

'저건 짐승이야, 짐승!'

어린 빅토리아를 처음 본 날, 졸도할 만치 기겁하여 외치시던 할머니의 음성이 되살아났다.

"최근에 메시나에서 공수한 와인이 있습니다. 원하신다면 그 와인을 대령……."

말이 채 끝나기도 전에 빅토리아의 시선은 도로 정면으로 돌아갔다. 매몰차기 그지없는 옆얼굴을 얼마간 올려다보던 데이지 주니어는 하릴없이 뒤로 물러났다. 괴팍한 주인 아가씨 한 분을 모시는 것만으로도 진이 빠질 지경인데, 이제는 어쩐 이유에선지 속이 뒤틀린 손님의 눈치마저 살펴야 했다.

꽃 피는 오월. 엑서터 거성의 봄은 아직 요원하게만 보였다.

"알렉."

절 부르는 소리에 알렉은 뒤를 돌아보았다. 무섭게 굳은 얼굴로 복도를 걸어오는 사람은 다름 아닌 빅토리아다.

"무슨 일이에요?"

버릇처럼 미소를 그려 보지만, 뭐가 그리도 불만스러운지 빅토리아의 얼굴은 펴질 길이 없다. 몹시 노한 듯하면서도 어딘지 억울해 뵈는 벽안을 물끄러미 응시하던 알렉이 조금 난처한 기색으로 뒷목을 매만졌다.

"음, 빅토리아? 용건이 없다면—"

"왜 날 피해요?"

한참이나 입을 다물고 감정을 삭이던 빅토리아가 불쑥 던지듯 말을 내뱉었다. 깜빡깜빡, 그녀를 마주 보던 알렉이 곧 웃음기를 더하여 대꾸했다.

"내가 언제 당신을 피했어요. 지금도 이렇게 마주 보고 있는데."

"아까 식당에선 피했잖아요."

"그거야 기분이 안 좋아 보여서 그랬죠."

"자꾸 날 피하니까 기분이 안 좋아진 거잖아요."

빅토리아가 성큼 다가왔다. 반사적으로 알렉이 한 걸음 뒤로 물러나자, 빅토리아의 눈이 대번에 가늘어진다.

"내가 떠난다고 해서 그래요?"

"……."

"아님 같이 떠나자는 말에 제대로 대답을—"

"빅토리아."

알렉이 나지막하게 말을 자르고 들어왔다. 잠시 입술을 잘근거리며 고뇌하던 그가 어렵사리 말을 이었다.

"그냥 좀 섭섭했나 봐요. 떠날 거라고 말하는 모습이 너무 홀가분해 보여서……."

조금 멋쩍게 웃어 보인 알렉이 머뭇거리며 손을 들어 올렸다. 흘러내린 머리칼을 빅토리아의 귀 뒤로 넘겨 주는 손길이 못내 조심스럽다.

"걱정하지 마요. 이제는 신경 쓰이지 않도록 할 테니까."

빅토리아는 지그시 그를 노려보기만 했다. 어쩐지 이 상황이 마음에 들지 않았다. 평소와 달리 난감하게 웃기만 하는 저 얼굴도, 자꾸만 묘하게 거리를 두는 태도도, 전부 다.

"……비키라고 불러 줘요."

그 말에 알렉의 표정이 미묘하게 허물어졌다. 행여나 그가 달아나기라도 할까, 빅토리아는 성급히 그의 옷소매를 붙들고 바짝 다가섰다.

"시에나가 날 부르는 것처럼, 그렇게 불러 줘요."

"……안 돼요."

"왜요? 아까는 불러 줬잖아요."

빅토리아가 사뭇 간절한 눈으로 그를 올려다보았다. 몹시 괴로운 표정으로 하염없이 그녀의 시선을 피하던 알렉이 망설임 끝에 가까스로 입술을 열었다.

"이럴 때는 당신이 참 원망스럽네요."

혼잣말하듯 흘려 버린 알렉이 바짝 다가온 불길을 피하듯 그녀의 손길에서 달아났다. 삽시간에 멀어지는 그의 뒷모습을 빅토리아는 서름한 눈길로 지켜보는 수밖에 없었다.

고요한 밤의 적막을 벗 삼아 연구에 몰두하던 시에나의 방으로 별안간 불청객이 들이닥쳤다.

"너, 도대체 알렉한테 무슨 말을 한 거야?"

물론 그 불청객은 오랜 소꿉친구였다.

"그렇게 앞뒤 자르고 말하면 내가 제대로 알아듣겠니?"

이쯤에서 빅토리아가 들이닥치리라 예상했던 시에나는 기실 조금도 놀라지 않았다. 그럼에도 짐짓 짜증스럽게 대꾸하며 뒤를 돌아보자, 역시나 폭발하기 일보 직전의 모습으로 서 있는 빅토리아가 눈에 들어온다.

"단둘이서 얘기했다며. 그때 도대체 무슨 말을 한 거냐고."

"누가 들으면 오해하겠네. 그냥 차 한잔했을 뿐이야. 별말도 안 했고."

"거짓말. 별말을 안 했는데 알렉이 왜 날 피하겠어?"

"어머, 전하가 널 피하시디?"

굉장히 재미난 얘기라도 들은 것처럼 시에나가 반색했다. 빅토리아의 낯이 왈칵 구겨진다.

"무슨 말을 한 거냐고!"

"글쎄, 그렇게 다그쳐도 할 말이 없네. 진짜 별말 안 했다니까?"

슬그머니 자리에서 일어난 시에나는 한 손으로 빅토리아의 어깨를 가볍게 스치곤 방을 빙 둘러 돌아갔다. 방 한구석에 마련된 조그만 탁자에는 데이지 주니어가 미리 준비해 둔 찻물이 차갑게 식어 가고 있었다.

"전하가 널 피하신다고……."

차갑게 식은 찻주전자를 마법으로 뜨겁게 달구며 시에나가 나지막하게 중얼거렸다. 힘없이 발치만 내려다보던 빅토리아가 고개를 무겁게 끄덕였다.

"이유는? 설마 전하께서 무고한 내 핑계를 대진 않으셨겠고."

"……섭섭하대."

"뭐가?"

"내가 이 나라를 떠나려는 게."

빅토리아를 등지고 선 시에나의 입가에 가느다란 미소 한 줄기가 살며시 드리워졌다. 그새 뜨거워진 찻물을 찻잔에 차례로 따르며 시에나는 짐짓 웃음기 지워 낸 건조한 목소리로 대꾸했다.

"그럼 내 탓이 아니라 네 탓이잖아. 왜 아무런 죄 없는 날 탓하려는지 모르겠네."

"단순히 내가 떠나는 걸로 알렉이 날 피할 리 없잖아. 네가 분명 이상한 말을 흘렸겠지."

"어머나, 억울해라. 느닷없이 기둥서방 데리고 성에 들이닥친 것만으로도 피곤해 죽겠는데, 이제는 네 짜증까지 감수하라고?"

빅토리아의 눈썹이 꿈틀거린다.

"갑자기 그 얘기가 왜 나와? 여기 머무는 대가로 기셀베링거의 열매를 열세 개나 받아 놓곤."

"그게 네 쓸데없는 추궁에 시달리는 대가는 아니었지, 아마?"

시에나는 향긋한 냄새를 뿜어내는 찻잔 두 개를 들고 소파로 향했다. 탁자에 찻잔을 내려놓으며 자리를 권하자, 입을 꼭 다물고 오도카니 서 있던 빅토리아도 못내 불만스러운 기색으로 다가와 앉는다.

"그래서, 전하께서 널 피하시는 게 그리도 속이 상했니? 오밤중에 날 찾아와 닦달할 정도로?"

"……정말로 이상한 말 안 한 거지?"

"안 했다니까 그러네. 그리도 의심스럽거든, 가서 전하께 물어보든가."

시에나의 거듭된 항변에 빅토리아도 더는 그녀를 추궁하길 단념했다. 하지만 시에나가 아니면 달리 짚이는 이유도 없다. 우울한 얼굴로 김이 모락모락 피어오르는 맑은 찻물만 한없이 내려다보던 빅토리아가 침중하게 말문을 열었다.

"너한테서 이상한 말을 들은 것도 아닌데, 도대체 날 왜 피하는 걸까?"

"네가 떠나는 게 섭섭해서 그러셨다며."

"그러니까, 그게 왜?"

시에나는 느긋하게 차를 들이켜며 부러 뜸을 들였다. 자꾸만 불쑥불쑥 솟아오르려는 눈치 없는 웃음을 간신히 참고는, 아무것도 모르는 척 여상하게 말을 잇는다.

"나도 이해는 잘 안 되지만, 인간들은 흔히 애국심이 깊다고들 하잖니. 하물며 잉그람의 왕자신데, 이 나라를 떠나겠다는 네 말이 마냥 기분 좋진 않겠지."

"딱히 애국심이 투철해 보이진 않던데."

"그럼 말 그대로 네가 떠나는 것 자체가 섭섭하신가 보네."

빅토리아는 멀뚱멀뚱 시에나를 바라보았다. 그녀의 말을 조금도 이해하지 못하는 표정에 시에나의 입가에도 절로 미소가 치밀었다. 작게 헛기침하며 미소를 갈무리한 시에나가 제법 친절한 어조로 설명을 덧붙였다.

"네가 여길 떠나면, 재회할 날이 요원하잖아."

"다시 만날 수 있을까?"

빅토리아가 몹시 심각한 얼굴로 되물었다. 시에나는 어깨를 가볍게 으쓱였다.

"돌아올 수는 있고?"

"글쎄."

"돌아올 마음은 있니?"

빅토리아는 선뜻 고개를 저었다. 경직된 미소를 띤 채로 시에나가 한 발 늦게 대꾸했다.

"전하는 바로 그게 섭섭하신 거야."

어쩐지 묘하게 들리는 목소리에 빅토리아는 고개를 들어 시에나를 보았다. 평소와 다름없이 고아하게 웃고 있는 얼굴이 어째서 이토록 낯설게 느껴지는지, 도통 이유를 모르겠다.

"왜?"

"널 좋아하시니까."

빅토리아는 가만히 눈을 깜박였다.

"날 좋아한다고?"

"응."

"네 아버지가 네 어머니를 좋아하시는 것처럼?"

"혹은 내 어머니가 내 아버지를 좋아하시는 것처럼."

갑자기 빅토리아가 왈칵 표정을 구겼다.

"말도 안 돼."

"뭐가 말도 안 된다는 거야? 어머니가 아버지를 좋아하시는 게?"

"알렉이 날 좋아한다는 게 말이 안 된다고."

충분히 예상했던 반응에 시에나는 실소를 머금었다.

"왜 말이 안 되는데?"

"날 좋아할 이유가 없잖아."

"하긴. 그건 그렇긴 하다."

빅토리아를 아래위로 훑어본 시에나가 금세 납득했다.

"하지만 세상엔 다양한 취향이 있으니까. 전하의 취향도 많이 특이한가 보지."

"그래도 말이 안 돼."

"널 좋아하는 사람이 있다는 게 그리도 의아하니? 왜, 너도 겉보기엔 나름대로 그럴싸하잖아."

"고작 그런 걸로?"

빅토리아는 더없이 혼란스러운 얼굴이었다. 하룻밤 잠자리 상대로 끌리는 것이면 모를까, 고작 두어 달 알고 지낸 사이에 이별을 섭섭해한다는 건 확실히 마법 사회에선 경험하기 힘든 일이긴 하다.

한 손으로 턱을 받치고 앉아 있던 시에나가 소리 없이 찻잔을 내려놓았다.

"사랑에도 여러 가지 종류가 있잖니. 그럴싸한 겉모습에 홀리는 것도 충분히 사랑이라 할 수 있고."

"알렉도 그렇단 소리야?"

"글쎄, 그거야 나도 모르지. 전하는 나보다 네가 훨씬 더 잘 알잖아?"

시에나는 소파 팔걸이에 팔꿈치를 올리며 짙은 미소를 지어 올렸다.

"요는 세상 사람들 모두 내 부모님처럼 사랑하진 않는다는 거야."

세상에는 여러 형태의 사랑이 있다.

연인과 나누는 사랑, 친구와 나누는 사랑, 자식에게 베푸는 사랑. 형태는 다를지언정, 모두가 사랑이란 이름으로 불린다. 그리고 마법 사회에서 자라난 빅토리아는 책에서 흔히 말하는 완벽한 사랑보다는 어딘지 찌그러지고 뒤틀린 사랑을, 그리고 불완전한 사랑보다는 사랑 없이 건조한 관계를 훨씬 많이 목격했다.

흔히들 인간들은 마녀를 두고 살갗 아래 차가운 피가 흐르는 무감정한 족속들이라 말한다. 빅토리아는 어쩌면 그 말이 맞을지도 모른다고 생각했다. 배신을 일삼는 연인, 자식을 버리는 부모, 우정을 쉽사리 내버리는 사람들을 지금껏 수두룩하게 목격했으므로.

언제나 마녀들에게 중한 것은 대체로 마법 연구를 표방하는 목표이며, 그 목표를 위해서라면 사랑도 선뜻 배신할 수 있었다. 애당초 사랑이 피어나지 않은 관계이기에 가한 일인지도 모르겠다고, 빅토리아는 늘 생각해 왔다.

물론 이제 와 그것이 틀렸다고 여기진 않는다. 마녀로 성장하여 마녀다운 사고방식이 뿌리박힌 그녀는 도무지 이해할 수 없는 인간의 잣대를 기준으로 마법 사회의 냉혹함을 평가할 생각은 추호도 없었다. 투텔에서 비인간적인 광경을 너무나도 많이 목도한 나머지, 너희가 감히 사랑을 논할 자격이나 있느냐 비웃고 싶은 심정이라면 모를까.

다만 세상엔 여러 사람이 존재하는 만큼, 사랑도 여러 가지로 존재한다고 여길 뿐이다. 고모가 절 위해 수많은 희생을 감내한 것도, 시에나의 부모님이 그토록 서로를 위하는 것도 전부 사랑이 있기에 가한 일이라고. 그러나 동시에 고모의 사랑을 물리치고서라도 여길 뛰쳐나가고픈 저의 마음도, 그만치 완벽해 보이는 부모의 사랑을 보고 자랐으면서도 어딘지 뒤틀려 버린 시에나도, 그저 그렇게 존재할 뿐이라고.

그러니 알렉도 충분히 저를 좋아할 수 있다. 다만 그 마음을 그리 무겁게 받아들이지는 않아도 된다고 시에나는 말하고 있었다. 세상 모든 사람들이 시에나의 부모님처럼 서로를 애틋하게 사랑하진 않으므로. 알렉의 마음 역시도 한 철이면 끝날 감정이라고.

"뭐, 그럴 수도 있다는 소리야. 정확한 건 전하께 직접 물어야겠지."

적당히 상황을 정리한 시에나가 물 흐르듯 자연스럽게 화제를 바꾸었다.

"그나저나 너, 전하를 호위하고 있는 거라며?"

"……그건 또 어떻게 알았어?"

깊은 생각에 잠겨 흐리멍텅하던 빅토리아의 눈빛이 날카로워졌다.

"어떻게 알긴, 전하가 알려 주셨지. 네가 날 끔찍하게 믿고 있노라 알고 계시던데? 우리의 우정은 딱 기셀베링거 열매 열세 개짜리인 줄도 모르시고."

마치 조롱하듯 시에나가 깔깔 웃음을 보태었다. 사납게 그녀를 흘겨본 빅토리아가 불편한 기색이 가득 묻어나는 손길로 찻잔을 들어 올렸다.

"어디 퍼트리기만 해 봐 . 아주 후회하게 만들어 줄 테니까."

"어머나, 이젠 협박까지 하네?"

"가보를 되찾을 수만 있다면 뭘 못 하겠어."

빅토리아는 여상하게 찻물을 들이켰다. 남모르게 유심한 눈길로 그녀를 스쳐본 시에나가 넌지시 말을 흘린다.

"전하를 지키는 대가로, 왕가의 보고에서 이즈리얼 알피어스의 반지를 빼내려는 수작이지?"

"……이래서 너한텐 말하기 싫었는데."

"날 뭘로 보는 거니? 네가 왕가의 사람을 데려왔을 때부터 대강 눈치는 챘거든?"

짐짓 새침한 표정을 지으며 시에나가 톡 쏘아붙였다.

"그런데 말이야, 너 전하를 믿을 수는 있고?"

"무슨 소리야?"

"네가 하는 일이야 빤하지, 뭐. 계약이나 제대로 했겠어? 호레이샤 맹세 7단계나 이젤론의 서약 같은 거, 넌 이론도 제대로 모르잖아."

정곡을 찌르는 소리에 빅토리아는 심기 불편한 얼굴로 입술을 꼭 다물었다. 복잡한 이론이 동원되는 마법에 취약하다는 것은 오래전부터 그녀의 약점으로 지적되었던 사항이다.

"……계약서를 쓰긴 했어."

"어떤 계약서?"

"카를 베네딩거가 보증하는……."

"얘, 그건 그냥 틀이잖아! 그걸 계약으로 치는 사람이 어디 있니?"

어처구니없다는 듯 시에나가 이마를 부여잡는다.

"내 이럴 줄 알았지. 그래서 그런 거였어."

"뭐가?"

"뭐긴 뭐야, 네가 곧 뒤통수 맞을 거란 얘기지."

빅토리아는 말없이 그녀를 쳐다보았다. 한 손으로 부채질하며 살짝 달아오른 뺨의 열기를 식힌 시에나가 성급히 찻잔을 들어 입매를 가렸다.

"전하는 포기해. 네 소원을 들어줄 사람이 아니니까."

"왜?"

"왜긴 왜야. 전하가 계약을 이행하지 않을 거니까 그렇지. 이건 네 잘못이 더 커. 도대체가 잘 알지도 못하는 왕자의 어딜 믿고 계약 이행을 강제할 마법 하나 제대로 걸어 두지 않은 거야? 참, 걸어 두지 않은 게 아니라, 걸어 두지 못한 거랬지?"

시에나는 마지막까지 빈정거림을 잊지 않았다. 작게 콧방귀를 뀐 그녀가 슬쩍 빅토리아를 돌아보았다.

"왜 말이 없니? 설마 이런 미래를 생각도 못 한 거야?"

재촉하는 소리에도 빅토리아는 얌전히 고개를 숙인 채 아무런 말이 없었다. 어딘지 모난 눈으로 그녀를 쏘아보던 시에나가 새기듯 재차 말을 꺼냈다.

"내가 꿈에서 봤어, 빅토리아. 이만 포기해."

"……."

"넌 실패할 거야."

마치 선언과도 같은 예언이다. 여명의 별 페베가 당신의 사랑하는 딸에게 내려 주는 미래 어느 날의 기억. 한 번도 비켜난 적 없고, 한 번도 비켜날 일 없는 확고부동한 자일스의 예지.

가만히 찻잔만 내려다보던 빅토리아도 그제야 흘끗 눈을 들어 올렸다. 새벽처럼 서늘한 시에나의 얼굴을 찬찬히 살피는 시선이 줄기차게 이어지더니, 오래지 않아 도로 맥없이 찻잔으로 떨어진다.

"거짓말."

일순 얼음처럼 매끄럽던 시에나의 얼굴에 균열이 갔다. 조각 난 표정을 빠르게 수습한 시에나가 조금 가라앉은 목소리로 반문했다.

"……뭐?"

"방금 거짓말했잖아."

한 손에 턱을 괴고 웅얼대는 빅토리아는 숫제 지루하기까지 보이는 얼굴이다. 차마 말을 잇지 못하는 시에나는 안중에도 없다는 듯, 빅토리아는 힘없이 말을 이었다.

"도대체 넌 언제까지 그럴래? 귀찮지도 않아?"

"……거짓말 아니야."

"그래, 그러시겠지."

빅토리아는 보란 듯이 한숨을 내쉬었다. 시에나가 입술을 지그시 깨물었다. 저도 모르게 날카로운 소리가 튀어나왔다.

"거짓말이라고 어떻게 그리 확신해? 예언가는 나지, 네가 아니잖아."

"그걸 꼭 들어야 돼?"

"어, 들어야겠어."

자못 고집스러운 대답에 빅토리아는 고개를 절레절레 내저었다. 그러곤 어찌할 수 없다는 기색으로 말문을 연다.
"우선 알렉은 그럴 사람이 아니고."
"진하를 그렇게나 믿는단 말야? 네가?"
"내 말부터 들어 봐. 난 알렉을 믿는다고 한 적 없어. 알렉을 잘 알 뿐이지."
뒤이어 빅토리아는 검지로 시에나를 가리켰다.
"그리고 뭣보다 내가 널 너무나도 잘 알아."
"……."
"내가 네 거짓말에 당한 게 몇 번인 줄 알기나 해? 정확히 736번이거든? 이 세상에 나만큼 네 거짓말에 속은 사람도 없겠지만, 나만큼 네 거짓말을 잘 간파하는 사람도 없을걸."
작게는 휴고가 곧 돌아올 거라는 장난부터, 크게는 잠자는 용의 콧털을 뽑으면 블루 다이아몬드를 얻을 수 있다는 장난까지. 시에나야 바뀌지 않는 미래가 싫증 나 조금이라도 즐겁게 살고픈 일념이었다며 항변하곤 했지만, 실제로 잠자는 용의 콧털을 뽑다가 죽을 뻔했던 빅토리아에겐 도무지 곱게 들리는 소리가 아니었다.
그러니 수백 번 장난에 당하고 나면, 제아무리 빅토리아처럼 앞만 보는 사람도 천하의 거짓말쟁이가 늘어놓는 거짓말은 쉽사리 시시비비를 가릴 수 있게 되는 법이다. 더불어 아직도 습관처럼 거짓말하는 시에나를 조금은 한심하게 바라볼 수도 있게 되고.
"전에 디아나 경에게 한 소리 듣고도 정신을 못 차렸구나. 적당히 해. 너 그러다 아주 큰코다칠걸?"
늘 주변 사람들에게 잔소리를 듣고 살던 빅토리아가 웬일로 설교를 늘어놓았다. 갑작스레 뒤바뀐 역할이 썩 마음에 드는지, 종일 우중충하던 낯빛이 꽤나 밝아졌다.
"나야 너 이러는 게 하루 이틀이 아니라서 그냥 넘어간다지만…….
그래도 덕분에 하나는 알았네."

소파 등받이에 팔을 턱 올려놓은 빅토리아가 사뭇 거만하게 웃어 보인다. 싸늘하게 굳은 얼굴로 침묵하던 시에나는 어쩐지 좋지 않는 느낌에 미간을 살짝 찌푸렸다.

"뭘?"

"알렉이 왕가의 보고에서 가보를 꺼내는 걸 네가 봤다는 거잖아. 오, 시에나. 더 이상은 거짓말하지 마. 이번엔 정말로 화낼 거야."

다급히 입술을 떼던 시에나가 도로 머뭇머뭇 말문을 닫는다. 화나다 못해 시무룩하기까지 보이는 친구의 얼굴을 즐기며 빅토리아는 노래하듯 말을 이었다.

"이 땅을 떠날 날도 이제는 머지 않았구나. 덕분에 확신이 더해졌어. 물론 네 의지는 아니었다지만, 진심으로 감사를 표할게."

"……벌써 축배를 들지는 말렴. 내가 본 건 어디까지나 왕가의 보고에서 알피어스의 가보를 꺼내는 왕자의 모습뿐이었으니까."

"그런데?"

"왕자가 그걸 너한테 준다는 보장이 어디 있니?"

시에나가 비뚤게 웃었다.

"너는 잊고 있는 듯하지만, 왕자는 널 그토록 괴롭혔던 하워드 국왕의 아들이란다. 국왕의 명으로 알피어스의 가보를 옮기는 것일 수도 있지."

"국왕과 그다지 사이좋아 보이진 않던데."

"아무리 그래도 혈연 간이야. 세상 모든 사람들이 너와 네 아버지처럼 서로를 소 닭 보듯 하진 않단다."

"여기서 그 사람 얘기가 왜 나와?"

예민하게 반응하는 빅토리아를 아무렇지 않게 넘기며, 시에나는 여상하게 대꾸했다.

"내 말은, 왕자를 너무 믿지 말라는 소리야. 자일스의 예지는 불변하지만, 안타깝게도 여명의 별 페베는 내게 모든 미래를 설명해 주진 않으신단다. 왕자는 확실히 미래 어느 날, 왕가의 보고에서 알피어스의 가보를 꺼내지만, 그것이 바로 네 소원 성취로 직결되는 건 아냐."

시에나는 깔끔하게 말을 마쳤다. 그새 미지근해진 찻물로 메마른 목을 축이는 내내, 빅토리아는 아무런 말도 없었다. 대화가 어중간하게 끊긴 방 안으로 조금 서늘하게 느껴지는 적막이 밀려들었다.

잠시 뒤, 찻잔을 비워 낸 시에나가 소리 없이 자리에서 일어났다. 찻물이 반쯤 남은 빅토리아의 찻잔마저 손짓으로 회수한 그녀는 한 손으로 빅토리아의 어깨를 가볍게 두드리며 소파를 지나쳤다.

"너무 상심하진 말렴. 어디 그 왕자만 해답이겠어? 뭐, 왕가의 보고에 들어갈 수 있는 직계 왕족이래 봤자 왕자가 아니면 국왕, 혹은 캐서린 공주뿐이겠지만. 뭔가 다른 방법이 있겠지."

짐짓 이죽거리기까지 들리는 말이지만, 시에나는 조금도 개의치 않았다. 조금 전 빅토리아의 반론에 시무룩하던 얼굴은 어디 가고, 아주 산뜻한 표정만이 남았다.

그런 와중에도 빅토리아는 내내 고요하게 침묵할 뿐이었다. 찻잔마저 사라진 탁자는 먼지 한 톨 없이 깨끗하다. 아마도 데이지 주니어가 매일같이 쓸고 닦았을 탁자를 뚫어져라 쳐다보던 빅토리아가 문득 말문을 열었다.

"넌 내가 여길 떠나는 게 그리도 싫어?"

손수 찻잔을 갈무리하던 시에나의 손길이 우뚝 멈추었다. 아주 잠깐의 간격을 두고 자연스레 찻잔을 정리하는 손길이 이어졌으나, 빅토리아의 예민한 감각이 그 찰나를 놓칠 리 없다.

"갑자기 그게 무슨 소리니?"

"네가 자꾸 날 방해하려는 것처럼 보여서."

"재미있네. 내가 널 방해해서 얻는 이득이 뭐라고."

"그러게나 말이야. 나도 그게 궁금하네."

뒤돌아 앉아 시에나의 뒷모습을 가만히 지켜보던 빅토리아의 벽안이 선득한 빛을 띘다. 시에나는 남몰래 입술을 깨물었다.

"속없는 소리나 하려거든 얼른 네 방으로 돌아가. 네 헛소리 들어줄 정도로 한가하지 않으니까."

"너무하네. 난 네 거짓말도 잘 들어줬는데."

시에나의 등에 못 박힌 것처럼 빅토리아의 눈길은 미동도 없었다. 어느새 찻잔을 정리하던 것도 멈추고 가만히 정지한 그 뒷모습을 샅샅이 살피며 빅토리아가 나지막하게 물었다.

"대답해, 시에나."

"……."

"나한테 왜 거짓말한 거야?"

수백 번도 더 들었던 질문이다. 시에나의 거짓말에 놀아날 때마다 빅토리아는 늘 저런 질문을 던졌고, 그때마다 시에나는 지루해서 그리했다 말하곤 했다. 그런 맹랑한 대답에도 빅토리아는 수백 번 수긍하고 지나갔다. 미래를 보는 예언가의 삶이 얼마나 지루할지, 그녀로선 상상도 못 했기에.

하지만 이번만은 그리 대답할 수 없었다. 늘 진실이었던 대답이 이번만은 거짓이다. 그리고 조금 전 그러했듯, 빅토리아는 시에나의 거짓말을 단번에 알아챌 것이었다.

빅토리아를 등진 그대로 시에나는 주먹을 꽉 쥐었다. 부들부들 떨리는 손에서 애써 힘을 빼 보지만, 경련은 멈추지 않는다. 난잡해진 머릿속을 억지로 틀어잡으며 시에나는 간신히 잇새로 목소리를 내어놓았다.

"그래. 네가 떠나는 게 싫어. 아니, 끔찍해."

반듯하게 자른 검은 머리칼 아래로 이제는 어깨마저 미약하게 떨린다. 빅토리아는 그런 시에나의 뒷모습을 무심하게 지켜보았다.

"왜?"

"……왜냐고? 넌 바다 건너가 어떤 곳인지 알기나 해?"

시에나가 슬며시 뒤돌아보았다. 어두운 그늘 아래 반쯤 드러난 녹안이 못내 형형하다.

"몰라. 너도 모르잖아."

"그래, 모르지. 모르니까 갈 생각을 안 하는 거야."

"겁쟁이네. 난 모르니까 더 가고 싶던데."

순간 시에나가 폭발했다.

"겁쟁이? 이게 겁쟁이고 아니고의 문제야? 바다 건너 어떤 마녀들이 있는지, 마법이 제대로 구현되기나 하는지, 아무것도 모르잖아! 좌표도 제대로 정립되지 않았다며? 간단한 이동 마법조차 불가능한 곳에서 뭘 어쩌려는 거야!"

"이동 마법을 못 쓰면 걸으면 돼. 손끝에서 불길이 일지 않으면 성냥을 긁으면 되고. 성에서 공주님처럼 살아온 넌 모르겠지만……."

"아무것도 모르는 건 너잖아!"

시에나가 입술을 파르르 떨었다. 숨 막히는 정적 속, 가련할 만치 떨리는 몸에서 간신히 한 줄기 목소리가 새어 나온다.

"거긴 아무도 없다고……."

"……."

"수리 경도, 휴고 경도, 하다못해 막시무스 씨도 없어. 떠나면 영영 돌아오지도 못해. 그런데도 갈 셈이니? 혼자 외롭게 살다 죽을 거야?"

시에나를 응시하던 벽안은 어느새 싸늘하게 식었다. 빅토리아는 미련 없이 고개를 틀었다.

"다들 그렇게 살아."

"그래서 다들 미쳐 가지."

헛웃음을 삼키며 시에나는 이마를 붙잡았다.

"웃기는 일이야. 떠나갈 사람들은 근심이라곤 조금도 없는데, 늘 남겨진 사람들이 주제도 모르고 걱정하지. 그래 봤자 어차피 외롭게 남겨질 텐데. 크로슬리도, 너도, 남겨질 사람들이 어떤 마음인지는 생각도 안 하잖아."

창백한 얼굴에 쓸쓸하기 그지없는 미소가 내려앉는다.

"한 번쯤은 생각해 봐. 네가 이렇게 떠나 버리면, 과연 수리 경의 마음이 어떨지."

"……."

"그러면 전하가 널 피하는 이유도 알게 될 거야."

빅토리아는 못내 불편한 얼굴로 창밖을 쏘아보았다. 밤이 내려앉은 창밖은 한없이 어둡기만 했다.

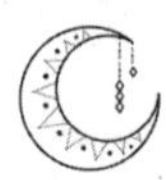

세상과 동떨어진 성에서는 시간도 느리게 흘러간다.

엑서터 거성에 머문 지 벌써 엿새째. 예정에 없던 전원 생활에도 알렉은 제법 잘 적응해 나가고 있었다. 지금까지 겪었던 전원 생활이라 해 봤자 그림즈비 사냥터에서 보냈던 서너 달이 전부건만, 늘 그의 하루를 가득 메웠던 파티와 사람들의 웃음소리가 가신 숲속에서 그는 도리어 편안함을 느꼈다. 어쩌면 제 적성은 이런 은둔 생활이었는지도 모르겠다는 생각마저 들 지경이다.

엑서터의 대리 성주인 시에나 자일스는 생각보다 친절한 마녀였다. 둘째 날 단둘이 대화할 때 느꼈던 섬뜩함은 이후로 찾아볼 수 없었다. 때로 짓궂고 의뭉스러운 모습을 보일지언정, 지금까지 그가 만났던 마녀 · 마법사들 중에 가장 사교적인 사람이라 평해도 좋을 정도다.

"하기야 마녀들이 죄다 괴팍하긴 하죠. 나도 마녀지만 부정하진 않겠어요."

심지어 시에나는 자신의 동족들을 선뜻 이렇게 평하기도 했다.

"1년에 한 번꼴로 잉그람에서 내로라하는 마녀들이 한자리에 모이는 회담이 있어요. 잉그람 마법 공회라고, 아마 전하께서도 잘 아실 거예요. 공회당이 로엔그렌 궁전에 자리했으니까."

"외궁(外宮) 가장자리에 있는 회색 건물을 말하는 거죠?"

"잘 아시네요. 올해는 아마 가을쯤에 열린다고 들었는데……. 혹 시간이 나시거든 슬쩍 들여다보세요. 출입이 엄격히 제한되는 곳이지만, 일국의 왕자쯤 되면 남들은 모르는 샛길도 잘 아시겠죠."

"제법 볼만한가 보네요?"

"그럼요. 세상에서 가장 괴팍한 사람들이 한자리에 모였는데, 그냥 심심하게 지나가겠어요?"

특유의 빈정거리는 투로 시에나가 설명해 주는 일화는 하나같이 뜨악한 것이었다. 이를테면 대리 참석한 시종들끼리 크게 다툼이 벌어져 사자 시종이 사슴 시종을 잡아먹었다거나, 그 일이 마녀들 간의 목숨을 건 결투로까지 불똥이 튀었다거나, 아니면 도무지 끊이지 않는 말다툼에 노한 의장이 단숨에 공회당의 유리 천장을 날려 버렸다는 믿지 못할 일화라거나.

"마법을 다뤄서 그런가, 확실히 규모부터 다르네요."

기껏해야 어느 댁 영애와 어느 댁 영식이 정분 났다느니, 모 백작 부처가 맞바람을 피고 있다느니 하는 시답잖은 스캔들만 접해 왔던 알렉은 감탄을 감추지 못했다. 잉그람에서 내로라하는 마녀들이라면 가히 걸어 다니는 대포에 준할 것이니, 괴팍한 대포들이 모여 빚어낼 사건 사고란 아주 무궁무진했다.

"덕분에 헤스터 이모만 늘 골머리를 앓으시죠."

10여 년 전 잉그람 마법 공회의 최연소 의장에 오른 마녀를 언급하며 시에나는 간단히 대화를 마무리했다.

시에나가 그리 수더분한 모습을 보이던 지난 엿새. 빅토리아는 어쨌느냐 하면, 말 그대로 아무것도 하지 않았다. 평소처럼 막시무스와 으르렁대던 것도 아니요, 시에나와 쓸데없는 신경전을 펼친 것도 아니다. 시에나는 한참 꿈나라를 헤매고 있을 이른 오후에 일어나, 인적 드문 후원이나 높다란 탑에 틀어박혀 오래간 생각에 잠겨 있었다.

상황이 그러하니, 알렉이 빅토리아를 마주하는 때는 하루 중 기껏해야 저녁 식사 시간이 전부였다. 물론 그때라고 단단히 봉한 입술이 열리는 것은 아니다. 호화로운 만찬을 앞에 두고도 빅토리아는 크게 감흥 없는 얼굴로 조용히 식사에만 매진할 뿐이었다. 식탁 위에 오가는 목소리란 알렉과 시에나의 것이 전부였다.

"개의치 마세요. 고민이 있을 때는 늘 저러니까."

행여 무슨 일이 있나 싶어 염려하는 알렉에게 시에나는 그런 말을 건넸다. 키가 지금의 반 토막이던 시절부터 알아 온 사이라니 아마도 시에나의 말이 맞을 테지만, 그럼에도 알렉은 쉽사리 근심을 지우지 못했다. 그간 보았던 빅토리아는 한결같이 막힘없던 사람이다. 대관절 무슨 고민이기에 저토록 심각한 것인지, 그로선 차마 짐작할 수도 없었다.

그리고 엑서터에 도착한 지 엿새째 되는 날, 오킹엄에서 편지 한 통이 도착했다.

반제의 외무성장을 환영하는 행사에서 돌아온 뒤 갑자기 자취를 감춘 저희를 행여 걱정하기라도 할까, 비둘기를 빌려 찰리에게 편지를 보낸 지 닷새째 되는 날이기도 했다. 찰리에게로 보냈던 비둘기 편에 아무런 답신도 없기에 조금 의아했는데, 이제야 돌아온 답장을 대충을 읽어 보니 비둘기 녀석이 답장을 매달려는 찰리의 손길을 피해 창밖으로 달아났던 모양이다.

> 정말이지, 억울합니다, 전하! 막시무스 씨도 그러더니, 저랑 비둘기 사이에는 무슨 악연이라도 있는 걸까요? 이젠 길가에 돌아다니는 비둘기도 무서워서 가까이 다가가질 못하겠습니다.

어쩐지 찰리의 억울한 목소리가 귓전에서 울리는 듯하다. 알렉은 피식거리며 한 장을 넘겼다.

일단 외부에는 병환이 도져 칩거하셨노라 발표해 놓았습니다. 어떤 병환인지는…… 묻지 마십시오. 제 탓이 아닙니다. 언론이 헛소문을 퍼트리는 것마저 제가 막을 수는 없지 않습니까?

좌우간 전하께서 하루빨리 돌아오셨으면 좋겠습니다. 멋모르는 사람들이야 전하의 쾌유를 바란다며 기도를 드린다지만, 어디 왕실의 어른들이 전하의 꾀병에 속으실 분들입니까? 어젯밤엔 캐서린 공주 전하께서 갑자기 들이닥치셔서 얼마나 곤혹스러웠는지 몰라요. 전하께서 아프신 모습을 직접 보셔야겠다며 침실에 들어가시려는 걸 제가 치맛자락 붙잡고 말렸습니다. 이러면서까지 꾸역꾸역 오킹엄에 붙어 있어야 하나 회의감마저 들어요.

이번 일이 마무리되면 부디 장기 휴가를 내어 주시길 간곡히 부탁드립니다. 고향으로 내려가 쉬고픈 마음이 굴뚝같습니다.

추신 1. 주변에 물어 자일스 본성의 위치를 가까스로 알아내긴 했습니다만, 과연 배송이 가능할지 모르겠습니다. 만일 이 편지를 무사히 받으시거든 웬만하면 바로 오킹엄으로 돌아와 주시고, 만일 불가하시다면 부디 순하고 말 잘 듣는 비둘기 편으로 답장을 보내 주시길 바랍니다. 꼭이요.

추신 2. 빅토리아 경은 잘 지내시지요? 본문에서 안부를 묻는다는 걸 깜빡했네요.

무거운 피로를 담아,
찰리 스튜어트.

도대체가 말도 없이 사라지면 어떡하느냐, 나보고 언론 왕실 및 기타 등등과 혼자서 맞서라는 것이냐. 하여간에 이런 말들로 가득하리라 여겼던 것이 무색할 만치 찰리의 답장은 간결했다. 아마도 알렉의 편지를 전했던 비둘기를 허망하게 날려 보낸 뒤로 다시 작성한 편지인 만큼, 분노를 가라앉힐 시간이 충분했던 모양이다.

후우, 한숨을 길게 내쉬며 알렉은 의자에 파묻히듯 느른하게 몸을 기대었다. 캐서린 고모의 이름이 나오자마자 본능적으로 긴장했는데, 다행히 얼기설기라도 봉합은 된 듯하다. 그래 봤자 언제 터질지 모르는 문제인 만큼, 찰리의 말대로 빨리 돌아가긴 해야겠지만.

살짝 미간을 찌푸리고 고민하던 알렉은 곧 만년필을 집어 들었다. 유려한 필체가 금세 백지를 채워 나간다.

> 언제나 고맙고 미안한 찰리에게,
>
> 다행히도 편지는 잘 도착했어. 비록 우체부가 나흘이나 이 근방을 헤매긴 했지만 말이야. 윈우드 숲에 거대한 성이 있다고 말로만 들었지, 두 눈으로 직접 본 건 처음이래.
>
> 오랜만에 보는 인간이 반가워서 차라도 한잔 마시며 얘기를 나누고 싶었는데, 내가 엑서터 거성에 있는 건 비밀이니까. 벽 뒤에 숨어서 우체부랑 데이지 주니어가 나누는 대화를 주워듣기만 했어. 참, 데이지 주니어는 엑서터 거성을 관리하는 자일스 가문의 시종이야. 막시무스 씨와는 다르게 아주 겸손하고 정중한 시종이지.
>
> 아직은 내 부재가 탄로 나지 않아서 다행이야. 왕실 어른들이 날 여섯 살 먹은 사내애 취급하는 게 하루 이틀도 아니고, 너무 신경 쓰지 마. 그래 봤자 또 어디로 놀러 갔겠거니 하시겠지. 만약 고모님이 또 찾아오시거든, 그때는 오킹엄이 너무 숨 막혀서 바다로 갔다고 해. 아리아나 해변이 좋겠네. 여기랑은 정반대니까.
>
> 네게 모든 걸 떠맡긴 듯해서 마음이 영 좋질 않다. 오킹엄에서 머물 안전한 사택을 찾으면 바로 돌아갈게. 아마 시에나 경에게 부탁하면 될 거야. 적당한 값만 치른다면, 마법 회로가 깔린 집 한 채쯤이야 선뜻 빌려줄

사람이니까.

추신. 빅토리아는 잘 지내.

미안한 마음을 담아,

알렉 아크라이트.

손아귀에서 빠져나간 만년필이 데구루루 책상 위를 구른다. 무표정한 얼굴로 편지를 가만히 내려다보던 알렉이 문득 고개를 모로 틀었다. 새카만 어둠에 잠긴 창밖. 한낮에도 너른 숲과 공활한 하늘밖에 보이지 않던 풍경은 기다란 밤의 장막으로 가려진 지 오래다.

시에나 자일스가 고양이 시종과 단둘이서 살아가던 거대한 성채는 소리가 드물고, 사람은 그보다 더 드문 곳이었다. 덕분에 지난 엿새, 알렉은 이보다 더 평화로운 날을 떠올리기 어려울 정도로 안락한 나날을 보냈다. 아무도 그를 재촉하지 않고, 아무도 그를 지켜보지 않는 삶. 늘 꿈꾸었던 게으른 일과가 놀랍게도 이곳에서 실현되었다.

그러나 완전히 홀로 남겨지는 밤이면, 언제나 스멀스멀 몰려드는 상념들에 휩싸여 잠 못 이루곤 했다. 방금 찰리에게 보낼 답장을 쓰면서 비로소 확실해진 오킹엄으로의 귀환도, 기실 생각만은 끊이지 않았다. 돌아가야지, 돌아가야지. 생각은 하면서도 선뜻 결정은 내리지 못했던 지난 밤들.

이제는 정말로 돌아가야 했다. 언제까지고 세상에서 벗어나 유예된 평화를 누릴 수는 없으므로.

하지만 돌아가면, 그때는 무조건 결정해야 한다. 고모의 손길을 따라 허수아비 왕으로 살아갈 것인지, 아니면 몇 안 되는 사랑하는 사람들을 등지고서 낯선 땅을 외로이 방랑할 것인지. 더는 미룰 수 없었다. 오킹엄으로 돌아가는 날이면, 당장에 고모가 달려와 다시는 달아나지 못하도록 목줄을 채우려 들 것이기에.

또한 결정해야 한다. 빅토리아를 이대로 보내 줄 것인지.

알렉은 입술을 씹으며 지그시 둔통이 밀려드는 관자놀이를 꾹 눌렀다. 저를 뒤쫓는 정체 모를 무리도 이제는 정리할 때다. 짚이는 구석이 아예 없는 것은 아니니, 오킹엄으로 돌아가 열심히 파헤치고 찌르고 다닌다면 머잖아 그 흉악한 정체가 드러날 것이다. 두어 달 놀아났으면 되었지, 지칠 대로 지친 지금은 더 이상 어울리고 싶은 마음도 없었다.

다만 그들을 정리하고 나면 필연적으로 다가올 결정의 순간.

시에나 자일스는 그가 왕가의 보고로 들어가 알피어스의 가보를 꺼내는 모습을 꿈에서 보았다고 했다. 자일스의 예지는 백발백중. 어떤 이유로든 그는 시에나 자일스의 꿈을 그대로 따를 것이다.

하지만 왕가의 보고에서 알피어스의 가보를 꺼내는 것이 바로 빅토리아를 순순히 보내 준다는 것은 아니지 않나? 다른 곳에 숨길 수도 있고, 다른 이에게 넘길 수도 있다. 시에나 자일스의 예언은 무조건적으로 그가 알피어스의 가보를 순순히 빅토리아에게 넘긴다는 것만을 의미하진 않았다.

그러니 결국은 제자리다.

빅토리아와의 약속을 지킬 것인가, 말 것인가.

"하아……."

끓어오르는 한숨을 내쉬며 알렉은 머리를 마구 헝클어트렸다. 수백 수천 번 고민해도 도저히 답이 나오질 않는 문제다. 출구 없는 미로를 헤매듯 그저 막막하기만 했다.

솔직한 심정으로는 이대로 보내고 싶지 않았다. 이 땅이 싫어서 떠난다는 사람이다. 모든 걸 훌훌 털어 버리고 떠나간다는 사람이 다시 이곳으로 돌아올 가능성이 얼마나 될까. 짐작건대 빅토리아는 돌아오지 않을 것이다. 이대로 보낸다면 영영 이별이다.

이별. 생각만으로도 눈앞이 캄캄해졌다.

좋아하는 이 마음을, 그녀가 떠난다는 생각만으로도 숨 막히도록 옥죄어 드는 이 마음을 알아주길 바란 적 없다. 하지만 알아주길 바라지 않는다고, 영원한 이별마저 순순히 받아들일 수는 없었다. 그저 빅토리아와 함께하고 싶었다. 곁을 맴돌고 싶었다. 그만하면 도저히 견딜 수 없는 순간도 조금은 견딜 만해질 것 같았다.

그러니 조금만, 조금만 더.

그녀를 만난 지 고작 두 달이다. 두 달은 너무 짧았다. 함께하는 추억을 조금만 더 쌓고 싶었다. 미래를 보며 살아가는 사람이 있으면, 현재를 보며 살아가는 사람도 있고, 또한 과거를 보며 살아가는 사람도 있는 법이다. 여생을 곱씹으며 살아갈 수 있도록 충분한 추억을 남겨 주었으면 좋겠다. 함께하는 추억을 조금만 더 남겨 준다면, 평생을 그 시절만 되감으면서도 그럭저럭 잘 살아갈 수 있을 것만 같았다.

그 조금만, 내게 더 허락된다면.

똑똑.

그때, 지지부진한 상념을 꿰뚫는 노크 소리가 들려왔다.

"……빅토리아?"

반사적으로 창가를 돌아본 알렉이 멍하니 중얼댔다. 희미한 불빛이 드리워진 창문에 어른거리는 빅토리아의 얼굴. 환각을 보는 건가 싶어 두 눈을 비벼 보았지만, 창가에 어른거리는 빅토리아의 모습은 좀체 가시질 않는다.

똑똑.

다시금 빅토리아가 창문을 두드린다. 멀거니 그녀를 마주 보던 알렉은 문득 이곳이 3층임을 깨달았다. 3층 창문에 사람 얼굴이 비친다니, 있을 수 없는 일이다. 다른 때였으면 비명을 지르며 방을 뛰쳐나갔을 테지만, 이번만은 정신없이 창가로 달려가고 말았다.

"빅토리아?"

창문을 열자마자 내뻗은 손끝으로 미지근한 뺨의 온기가 와 닿았다. 그제야 빅토리아가 실재한다는 것을 깨달은 알렉이 황망히 소리를 높였다.

"대체 여기서 뭐 하는 거예요!"

"노크하고 있었는데요."

저 뚜한 목소리마저 빅토리아다. 알렉은 영혼이 빠져나간 듯한 얼굴로 멍하니 그녀를 바라보았다. 검은 우산을 쓴 채 허공에 둥둥 떠 있는 빅토리아는 전에 없이 편안한 모습이다.

"……그 우산, 설마."

"눈썰미 좋네요. 맞아요, 시에나 거예요. 잠시 빌린 거지만."

우산을 뒤로 기울인 채로 어깨를 가볍게 으쓱한 빅토리아가 나머지 한 손을 내밀었다.

"산책이나 할래요? 밤하늘이 무척 맑은데."

"이 시간에 산책은 무슨."

본능적으로 고개를 끄덕이려던 알렉이 나가고픈 심정을 꾹 참으며 마음에도 없는 말을 내뱉었다. 아무렴, 그렇잖아도 갈피를 못 잡겠는 마음으로 더 이상 빅토리아를 마주할 수는 없다. 빅토리아를 볼 때마다 무럭무럭 자라나는 마음을 그도 더 이상은 통제하기 어려웠다.

"뭐 어때요. 한겨울도 아니고."

빅토리아가 고개를 살짝 기울였다.

"같이 나가요."

바닥이 그대로 비치는 호수처럼 맑은 벽안이 올곧게 저를 향한다. 말없이 그녀를 응시하던 알렉은 저도 모르게 슬그머니 시선을 아래로 내렸다. 저건 반칙이다. 저런 눈으로 바라보면 거절할 방도가 없다.

"……지금 나갈게요."

그러니 종내는 순순히 그녀의 말을 따르는 수밖에.

봄의 끝물에 다다른 시기에도 숲의 밤은 여전히 찼다. 서둘러 내려오느라 외투를 깜빡 잊은 알렉은 정원으로 들자마자 몰아치는 찬 바람에 몸을 살짝 떨었다. 절로 움츠러드는 팔뚝을 문지르며 꾸물꾸물 발을 옮기자, 그럴 줄 알았다는 듯 한심한 표정을 짓던 빅토리아가 난데없이 커다란 천 뭉치를 던졌다.

"감기 걸리려고 작정했어요?"

얼결에 천 뭉치를 받아든 알렉이 의아하게 품을 내려다보았다. 두꺼운 털실로 짠 담요. 양손으로 담요를 들고 만지작거리던 알렉의 표정이 점차 이상해진다.

"……이걸 준비했다고요? 당신이?"

빅토리아로 말할 것 같으면, 한마디로 앞만 보며 돌진하는 들소다. 주변에 알짱거리는 타인의 사정을 미리 눈여겨 살피고 챙기는 세심한 부류가 아니란 소리다. 외려 주변을 신경 쓰지 않는 돌파력이나 담대함에 반했던 알렉은 빅토리아의 그런 면모를 결코 나쁘게 생각하지 않았지만, 그래도 아닌 건 아닌 거다. 빅토리아는 절대로 자진하여 남을 보살필 만한 인물이 아니었다.

"음, 정확히는 내가 준비한 게 아니라 시에나가 준비한 거죠."

정작 의심을 받는 당사자인 빅토리아조차 그런 의심을 타당하게 여기는 듯했다. 빅토리아는 한쪽 어깨에 둘러맨 자그만 가죽 가방을 손짓하며 대꾸했다.

"여기서 나왔거든요."

"그건 시에나 경의 가방이고?"

"그렇죠."

알렉은 멍하니 고개를 주억거렸다. 그러거나 말거나, 빅토리아는 진작 접은 우산을 지팡이처럼 짚으며 땅을 콩콩 두드렸다.

"더 이상 궁금한 게 없다면 이만 자리를 옮겨도 될까요? 여기 계속 서 있으면 시에나한테 들킬지도 모르는데."

둘은 지금 정원과 맞닿은 동관 입구에 서 있었다. 창가에서 내려다보면 바로 한눈에 보이는 위치. 온통 시커먼 가운데 유일하게 흐릿한 불빛이 깜빡이는 높다란 창문을 흘끗 올려다본 알렉이 영 내키지 않는 발걸음을 뗐다. 기다란 우산을 가방끈 사이에 가로로 끼워 넣은 빅토리아가 자욱한 어둠에 휩싸인 정원을 앞장섰다.

드넓은 윈우드 숲을 정원 삼았다는 엑서터 거성은 실로 너르고 광막했다. 한낮에 걸었다면 아마도 끝없이 펼쳐졌을 녹음의 물결에 감탄했을지도 모르나, 암암한 어둠이 내려앉은 한밤에 이르러선 그저 가도 가도 끝이 보이지 않는 길일 뿐이다. 간간이 멀리서 전해지는 올빼미 울음소리를 제하거든 쥐 죽은 듯 고요한 정적에 사로잡힌 정원은 그토록 아득한 구석이 있었다.

다행히도 빅토리아는 오래지 않아 걸음을 멈추었다. 듬직한 느티나무 한 그루가 버티어 선 공터. 야트막한 언덕인지, 다른 데선 머리 위를 뒤덮은 나뭇잎에 가려 뵈지 않던 밤하늘이 한눈에 올려다보이는 곳이었다.

"……밤하늘이 무척 맑다고 하지 않았나."

물끄러미 하늘을 올려다보던 알렉이 나지막이 중얼거렸다. 그도 그럴 것이, 어디가 하늘이고 어디가 숲인지 가늠할 수도 없는 지경이다. 어디서 먹구름이라도 몰려 내려왔는지 사위가 온통 어두웠다.

"이게 맑은 거예요?"

뾰족한 가시가 박힌 질문에도 빅토리아는 느긋하게 잔디밭에 앉을 뿐이다.

"곧 맑아질 거예요."

"곧? 곧이 언젠데요? 내일? 아니면 모레쯤 되려나?"

한껏 투덜거리면서도 알렉은 눈치껏 빅토리아와 한 뼘 정도 떨어진 곳에 가 앉았다. 이슬 맺힌 잔디밭이 차가워, 두꺼운 담요를 어깨에 둘렀으면서도 절로 앓는 소리가 흘러나왔다.

"아, 추워……."

계속 걸으며 움직일 때는 몰랐는데, 막상 자리를 잡고 보니 찬기운에 으슬으슬 몸이 떨렸다. 하늘하늘 얇은 셔츠만 입고 나온 알렉은 빅토리아가 건넸던 두툼한 담요를 턱 끝까지 끌어 올렸다. 봄에 태어나 평생을 따뜻한 오킹엄에서 살아온 그는 태생적으로 추위에 약했다.

그러자 물끄러미 그를 응시하던 빅토리아가 가방 속으로 쑥 손을 집어넣었다. 고작해야 손바닥만 한 가방인데, 팔꿈치까지 들어가는 모습이 퍽 괴이하다. 미간을 찡그린 채로 한참이나 가방을 뒤지던 빅토리아가 갑자기 무언가를 끄집어냈다. 아니, 끄집어내려 했다.

"얘는, 이걸, 왜 이렇게, 작게 만들어선!"

한 뼘 남짓한 가방 입구는 좀처럼 벌어지지 않았다. 행여 가방이 망가지기라도 할까 알렉이 만류하려 들었지만, 빅토리아는 아예 가방 입구에 발 하나를 걸친 채로 꾸역꾸역 힘을 주기 시작했다.

"저, 그러다 망가질 것 같은데……."

조심스럽게 꺼낸 소리지만, 역시나 들어 먹을 리 없다. 얕은 한숨을 내쉬던 알렉은 곧 시큰둥한 얼굴이 되어 빅토리아를 가만히 지켜보았다. 이만하면 사람이 싫증 날 법도 한데, 왜 아직도 저렇게나 예뻐 보이는지 모르겠다.

잠시 후, 한참을 끙끙대던 빅토리아가 별안간 거의 튕겨 나오듯 가방에서 떨어져 나갔다. 깜짝 놀라 저도 모르게 반쯤 일어난 알렉의 눈에 땅바닥을 구르는 주전자 하나가 들어온다.

"……주전자?"

한 바퀴 뒤로 굴렀던 빅토리아가 씩씩하게 일어나 주전자를 집어 들었다. 그러곤 결국 망가진 것인지, 흉하게 아가리가 벌어진 가방 속에서 찻잔마저 꺼냈다.

"그게 왜 거기서 나와요?"

알렉이 망연히 묻는 소리에 빅토리아는 아무렇지도 않게 대꾸했다.

"이 가방, 자일스의 지하 창고랑 연결되어 있거든요."

"시에나 경이 그런 귀한 물건을 함부로 빌려줄 정도로 자비로운 마녀라고요?"

"당연히 아니죠."

빅토리아가 빤히 그를 돌아본다.

"몰래 빌려서 나온 건데."

알렉은 침묵했다. '몰래'와 '빌리다'가 서로 호응하는 단어인 줄은 미처 몰랐다.

"춥다면서요. 따뜻한 차나 좀 마셔요."

그새 마법으로 찻주전자를 뜨겁게 달군 빅토리아가 선뜻 차를 따라 주었다. 얼결에 찻잔을 받아든 알렉은 김이 모락모락 피어오르는 찻물을 신기하게 바라보았다.

"언제 봐도 신기하네요, 마법이라는 거."

"나도 그래요."

찻물에 비친 제 얼굴을 물끄러미 응시하던 알렉이 뒤늦게 그녀를 돌아보았다.

"……당신도 신기하다고요?"

"나는 못 다루는 마법이 많거든요. 이를테면 마법 회로라거나."

빅토리아는 여상하게 읊조리며 찻잔에 입술을 붙였다.

"고모가 항상 그랬어요. 널 천재라고 해야 할지, 바보라고 해야 할지 모르겠다고."

총을 든 장정 셋은 손쉽게 해치우면서, 이론만 정확하게 익힌다면 누구나 다룰 수 있는 마법 회로에는 젬병이다. 이 신기할 정도로 불균형한 재능은 마녀들이 보기에도 퍽 이상했던 모양이다.

"어릴 적, 고모가 나한테 마법을 부리던 광경이 아직도 눈에 선해요. 아주아주 어려운 고난도의 마법이었거든요. 그런 마법은 생전 처음 봤어요. 그동안 내가 다루었던 마법과는 너무 다르더라고요."

"어떤 마법이었는데요?"

"봉인."

빅토리아가 검지로 제 입을 가리켰다. 알렉은 말끄러미 그녀를 응시했다.

"……입을 봉인한다고요?"

"네."

물음표가 가득 떠오른 알렉의 표정은 개의치 않으며 빅토리아는 말을 이었다.

"그때 고모가 앞으로 그런 마법을 가르쳐 준다고 했는데, 결국 고모의 발치에는 닿지도 못했어요. 옛날에는 그게 좀 분했지만……. 어떻게 사람이 다 잘하겠어요. 그리젤다 솔이나 그렇지."

멍하니 과거를 되짚어 나가던 빅토리아가 문득 잠에서 깨어난 듯이 고개를 돌렸다. 알렉에게 찻잔을 넘기고서 손이 향하는 곳은 망가진 가방이다.

"입이 좀 심심한데."

잠시 가방을 뒤적거리던 빅토리아는 바삭한 쿠키 두어 개를 꺼내어 사이좋게 알렉과 나눠 먹었다. 그러고도 만족하지 못하여 한참이나 가방을 들쑤시더니, 이번에는 담뱃갑을 갖고 나온다.

"담배 피워요?"

아직도 뜨거운 찻물을 후후 불던 알렉이 놀란 얼굴로 물었다. 유심히 담뱃갑을 살펴보던 빅토리아가 설레설레 고갯짓했다.

"투텔에서 군인들이 피우는 거 보고 몇 번 태워는 봤는데, 영 맛이 없더라고요."

"그런데 왜 꺼냈어요?"

"시에나가 피우는 줄은 몰랐어요."

빅토리아가 멈칫하며 미간을 좁혔다.

"디아나 경인가? 아님 세드릭 경? 크로슬리?"

탐정처럼 신중하게 고민하던 빅토리아는 곧 포기했다. 아무렴, 누구면 어떻다고. 심드렁히 담뱃갑을 도로 가방에 넣으려는데, 느닷없이 알렉이 호기심 어린 얼굴로 담배 하나를 집어 갔다.

"담배 피워요?"

이번에는 빅토리아가 물었다. 담배를 들고 이리저리 살펴보던 알렉이 웃음기 띤 얼굴로 고개를 끄덕였다.

"피울 줄은 알아요."

"좋아해요?"

"아뇨. 딱히 좋아하진 않는데, 마녀들은 어떤 담배를 피우는지 좀 궁금해서요."

그런데 불이 없네. 주변을 두리번거리기 무섭게, 눈앞으로 자그만 불빛이 드리워진다.

"자, 여기요."

불꽃은 빅토리아의 손끝에 피어올라 있었다. 그 신비로운 광경을 잠시 넋 놓고 지켜보던 알렉이 슬며시 미소 지었다.

"성냥이 따로 필요없네요."

"그렇다고 날 성냥 취급하면 곤란해요."

"설마요."

담배를 입술에 문 알렉이 빅토리아의 손끝으로 조심스레 고개를 밀었다. 살짝 말려 올라간 담배 꽁지가 붉게 달아오르더니, 이내 거멓게 타들어 가며 약한 탄내를 풍겼다. 자연스레 코끝으로 치닿는 쌉싸래한 향. 알렉은 눈을 반쯤 감은 채로 담배를 깊게 빨아들였다.

도대체 얼마 만의 담배인지 모르겠다. 출생의 비밀을 알게된 직후, 나름 반항이랍시고 태웠던 담배는 참으로 지독한 맛이었다. 그럼에도 어떻게든 사진으로 찍혀야 한다며 꾸역꾸역 담배를 피워 댔는데, 나중에 알고 보니 찰리가 남몰래 어렵사리 구해 왔다던 담배는 사실 담뱃잎이 아니라 약재였단다. 상관의 건강을 저어하는 충심이 거기까지 발현되었던 것이다.

그때, 찰리한테 뭐라고 했더라.

희뿌연 담배 연기를 멍하니 바라보며 알렉은 깊은 상념에 잠겼다. 화를 냈던 것 같기도 하고, 어이없게 웃어 넘겼던 것도 같다. 하여간에 이후로는 진짜 담배를 구해서 보란 듯이 태우고 다녔다. 풀풀 풍기는 담배 냄새에 낯을 찡그리는 캐서린 고모도, 죽상으로 말도 못 붙이는 찰리도 그때는 말도 못 하게 기꺼웠다. 이렇게 다들 탈선하여 탕아가 되는구나 싶었다.

물론 얼마 못 갈 생각이었다. 오래지 않아 그는 술이라는 더욱 매혹적인 취미를 찾았다. 담배를 태울 때의 몽롱한 느낌도 나쁘지 않았지만, 취해서 어질어질한 상태로 죽은 듯이 잠드는 기분에 비할 바는 아니었다.

고작해야 석 달. 짧다면 아주 짧다고 할 흡연 생활이지만, 당시 보란 듯이 어울리던 무리가 무리였던 만큼 배울 것은 전부 익혔다.

"내가 신기한 거 보여 줄까요?"

알렉이 활짝 웃으며 물었다. 빅토리아가 빤히 쳐다보자, 곧바로 자신만만하게 연기를 뿜어낸다. 순간 빅토리아가 눈을 부릅떴다.

허공으로 맥없이 퍼져 나가던 담배 연기가, 이번에는 둥그런 도넛 모양으로 날아가고 있었다.

"신기하죠?"

오랜만의 시도가 성공하여 도리어 놀란 표정을 지었던 알렉이 갑자기 소리 내어 웃었다. 퍼뜩 생각이 나서 시도하긴 했는데, 이렇게 바로 성공할 줄은 몰랐다. 게다가 만사 심드렁한 빅토리아가 저토록 집중하는 모습은 드물기도 하고.

빅토리아는 도넛 모양의 연기가 완전히 흩어질 때까지 눈 한 번 깜빡이지 않았다. 자칫 숨이라도 크게 내쉬면 연기가 흐트러질 것처럼 호흡조차 잦아든 상태로 정지해 있길 잠시. 갑자기 손을 뻗어 알렉의 입술에 걸쳐 있던 담배를 뺏어 든다.

코앞에서 담배를 빼앗긴 알렉은 어리둥절하여 옆을 돌아보았다. 그러다 제가 피웠던 담배를 거리낌없이 입에 무는 빅토리아를 보곤 경악했다.

"그걸 왜!"

"조용히 해요."

알렉이 시뻘겋게 달아오르거나 말거나, 빅토리아는 몹시 심각한 얼굴로 담배를 깊이 빨아들였다. 씁쓰레한 맛이 영 익숙지 않은지 목에서 터져 나오는 잔기침 사이로 흐린 연기가 조금씩 새 나온다. 그럼에도 꾸역꾸역 담배를 흡입하고선, 당차게 연기를 내뿜었다.

물론, 될 리가 없었다.

허무하게 흩어지는 연기를 보는 얼굴이 참으로 볼만하다. 그제야 빅토리아의 심중을 알아차린 알렉이 저도 모르게 헛웃음을 지었다. 놀리고픈 마음은 손톱만큼도 없었다. 그저 이 상황이 어처구니없을 뿐이었는데, 빅토리아는 이를 비웃음으로 잘못 알아들은 모양이다. 분한 얼굴로 그를 째리기 무섭게, 허공에서 무성히 흩어지던 담배 연기가 하나로 뭉쳐 정확히 동그란 도넛 모양이 되었다.

"어, 저건 반칙이죠!"

알렉이 뒤늦게 항변해 보지만, 빅토리아는 뻔뻔하기 그지없는 얼굴로 어깨를 으쓱일 뿐이다.

"마법 쓰면 안 된다는 말은 안 했잖아요."

마법을 사용할 거였으면, 그리도 당차게 도전한 이유는 뭘까. 알렉은 얼빠진 표정으로 그녀를 응시했다.

"원래 그렇게 지기 싫어해요?"

"네."

"왜요?"

"지면 죽으니까."

빅토리아는 간단하게 대꾸하며 반쯤 타들어 간 담배를 돌려주었다. 알렉은 멍하니 담배를 입술에 물고 생각에 잠겼다. 이쯤 되면 단순히 좋아하는 사람의 과거가 궁금한 수준이 아니다. 도대체 어떤 세상을 살아왔기에 '지면 죽는다'란 대답이 아무렇지 않게 나오는 것인지, 사람 대 사람으로서 몹시 궁금해졌다.

"으, 그런데 진짜 맛없네요."

"……네? 뭐가요?"

"그거요, 담배."

빅토리아가 선뜻 담배를 눈짓했다. 멀거니 그녀를 마주 보던 알렉은 지금 물고 있는 담배가 빅토리아의 입술을 거쳤다는 것을 뒤늦게 깨달았다. 간신히 잦아들었던 열기가 순식간에 머리 꼭대기로 치솟는다.

차마 담배를 입에서 빼지도 못하고, 그렇다고 뻔뻔하게 피우지도 못하고 가만히 고개를 수그린 알렉은 붉어진 귓가를 감추기 급급했다. 그런 알렉을 멀뚱하게 쳐다보던 빅토리아가 그의 붉어진 귓가로 가만히 손을 내뻗었다. 그런데 손끝이 아슬아슬하게 그의 귓가에 닿으려는 찰나, 갑자기 시야가 점차로 밝아진다. 빅토리아는 반사적으로 고개를 홱 돌렸다.

그저 캄캄하던 밤하늘. 먹구름이 지나가는 자취를 따라 별빛이 하나 둘 얼굴을 드러내기 시작했다.

"……알렉. 저기 좀 봐요."

불현듯 들려오는 목소리가 참으로 생경하다. 홍당무처럼 달아오른 얼굴로 잘도 낯 두껍게 담배를 빨아 보려던 알렉은 의아하게 고개를 들다, 환희로 차오른 빅토리아의 옆얼굴을 발견했다. 무엇이 그토록 기쁘기에. 깊게 고민할 겨를 없이 그녀의 손길을 따라 눈을 돌리자, 이번에는 폭포처럼 쏟아지는 별빛이 시야를 가득 메웠다.

알렉은 저도 모르게 숨을 삼켰다. 곧장 제게로 쏟아지는 무수한 별빛. 인류의 기적이라 일컬어지는 성 아그리파 대교회의 천장화도 저만치 경이롭진 못했다. 매일같이 머리 위로 지고 살던 밤하늘이 이토록 반전으로 다가올지 누가 알았을까.

"별빛이 참 아름답죠?"

가만가만 속삭이는 목소리가 들려온다. 알렉은 밤하늘에서 좀처럼 눈을 떼지 못하며 말없이 고개만 끄덕였다. 매일 보았던 밤하늘이 낯선 이유. 바로 별빛이 낯설기 때문이다.

예로부터 전해지길, 사시사철 불빛이 꺼지지 않는 태양의 도시. 이제는 무수한 공장의 굴뚝마저 들어선 오킹엄에선 별빛 한 줌 보기가 그다지도 힘들었다. 불빛에 쫓겨나고, 굴뚝이 내뿜는 연기에 가려진 밤하늘은 그저 시커먼 구멍처럼 뻥 뚫린 듯했다. 거기에는 별들의 왕 둘시네아를 정점으로 한 별들의 위용도, 소금처럼 흩뿌려졌다는 별빛의 잔재도 찾기 어려웠다.

그러나 오킹엄에서 조금만 벗어나거든, 빛바랜 옛 신화를 간직한 밤하늘이 이렇게나 건재하다. 과학의 발전과 산티그마 교단의 권세로 마냥 시들어 가는 줄 알았던 목동들의 이야기는 아직도 남모르는 곳에서 계속되고 있었다.

"저 별들이 마녀들에게 축복을 내려 주는 거예요."

마치 옛이야기 들려주는 할머니처럼, 빅토리아가 조곤조곤 속닥였다.

"어느 여인이 품은 배 속의 아기에게 '얘야, 너에게 선물을 하나 주마.' 라고 말하는 거죠. 그러니 마녀들이 부리는 마법은 전부 저 별들에게서 기인하는 거예요. 내게 마법이란 축복을 내려 준 별에게 정성껏 기도드리면, 저 하늘의 별께서 내게 마법이란 기적을 선사하시는 거니까."

마녀에겐 탄생성(誕生星)이란 것이 있다. 수억의 사람들을 제치고 '나'라는 한 사람을 택한, 밤하늘 수억 별들 가운데 단 하나의 별. 그리하여 마녀들은 일생토록 그 별을 자신의 어버이로 모시며, 정성껏 기도를 올리고 감사를 표한다. 마법을 가능케 하는 마력이란 즉 별에서 비롯하는 힘이기 때문이다.

"나도 마찬가지예요. 당연히 탄생성이 있죠."

빅토리아의 눈이 반짝였다. 잠자코 그녀의 목소리를 경청하던 알렉은 뒤이을 말을 쉽게 짐작할 수 있었다.

"맞혀 보라고요?"

"할 수 있겠어요?"

부러 호승심을 자극하는 말임을 알면서도 알렉은 도전을 피하지 않았다. 다행히 그는 하늘의 별들에 대해 대략적으로는 알고 있었다. 잉그람의 기초 교육을 받은 사람이라면 모두가 그러할 것이다.

"당신은 겨울을 불러오는 혹한의 마녀죠. 또한 대대로 겨울을 섬기는 알피어스 가문의 직계이기도 하고."
"그래서요?"
"겨울의 별 발디비아."
알렉이 씩 웃는다.
"날 너무 무시하는 거 아네요? 당신의 이름만 알면, 코흘리개 어린애도 맞힐 텐데."
그러나 자신만만한 말이 무색하도록, 빅토리아의 도도한 표정은 좀체 가시질 않는다. 고개를 까딱이며 그의 말에 선뜻 동의를 표한 빅토리아가 말없이 하늘을 눈짓했다. 이름만이 아니라, 위치마저 답해 보라는 뜻이다.
한데 밤하늘을 올려다보는 알렉의 표정이 영 좋질 않다. 너른 밤하늘에 소금처럼 박힌 수억 개의 별들. 저 가운데서 운 좋게 빅토리아의 탄생성만 골라내기란 불가능했다. 그토록 등등하던 기세가 삽시간에 쪼그라들었다.
"음, 겨울의 별 발디비아는 사계의 별이니까……."
비뚤배뚤 이름을 쓰던 시절 배웠던 오래전의 설화를 열심히 떠올리는데, 문득 어떤 기억이 번개처럼 그의 뇌리를 스치고 지나갔다.
"맞다, 별들의 왕 둘시네아! 사계의 별은 둘시네아를 감싸고 있잖아요!"
순식간에 알렉의 얼굴이 밝아졌다. 여기까지 왔으면 다음은 쉽다. 별들의 왕 둘시네아는 하늘의 정중앙에 있다고 했으니까…….
"……없네."
아무리 눈을 깜박여도 빈자리가 채워질 일은 없다. 멍하니 밤하늘 어딘가를 헤매던 눈길이 도로 빅토리아에게로 내려왔다.
"없는데요?"
"뭐가요?"
"둘시네아가."
그러자 빅토리아가 당연하다는 듯 대꾸했다.
"둘시네아는 뜨는 날이 더 귀한걸요. 그것도 몰랐어요?"

그러고 보니 그랬던 것도 같다. 점차 혼란스러워지는 머리를 감싸 쥐며 알렉은 앓는 소리를 냈다.

"둘시네아가 없으면 무용지물이잖아요. 난 사계의 별이 별들의 왕 둘시네아를 감싸고 있다는 것밖에 모르는데!"

"하도 잘난 척을 하길래 아는 줄 알았죠."

"내가 언제 잘난 척을 했어요?"

열심히 항변해 보지만, 빅토리아는 귓등으로도 듣지 않는 눈치였다. 대신에 한 뼘 남짓했던 거리를 단숨에 좁히며 알렉에게로 바짝 붙어 앉더니, 그의 얼굴을 지나쳐 하늘 어드메를 가리켰다.

"저기."

돌연 가까워진 거리에 굳어 버린 알렉이 가까스로 고개를 틀었다. 길게 뻗은 그녀의 검지를 따라 조심스레 시선을 옮겨 보지만, 그곳엔 시커먼 어둠만 가득할 뿐 별빛은 조금도 보이지 않았다.

"……아무것도 없는데요."

"당연하죠. 지금은 봄이니까."

알렉은 멀뚱하게 빅토리아를 돌아보았다. 만고불변의 진리를 말하듯 빅토리아는 눈 하나 깜짝하지 않았다.

"겨울의 별이 봄에 뜨겠어요?"

"……안 보이는 게 당연한 거예요?"

"네."

"그럼 왜 찾아보라고 했어요?"

"음, 재미있으니까?"

이런 기분이구나.

늘 찰리를 놀려 먹던 알렉은 스물세 해 만에 비로소 오랜 벗의 참담한 기분을 깨달았다. 그렇다고 아예 찰리를 놀리지 말자는 다짐보다는 조금만 덜 놀려 먹자는 다짐으로 생각이 기울었으나, 좌우지간 기운이 쭉 빠지는 것만은 어찌할 도리가 없다.

"저기, 저 별이 봄의 별 오르페델레예요."

그리 침울한 알렉은 안중에도 없다는 듯 빅토리아가 아무렇지도 않게 말을 이었다.

"그 반대편이 여름의 별 프라가고. 좀 흐릿하지만 보이죠? 여름이 다가오고 있어서 그래요."

"여긴 이렇게 추운데 벌써 여름이라니. 믿기지가 않네요."

"그러게요. 우리가 만난 지도 한 계절이 지나갔다는 건데."

여상하게 대꾸하던 빅토리아가 알렉을 꽁꽁 싸매고 있던 담요를 불쑥 들추었다. 알렉은 갑자기 얇은 셔츠 사이로 들이치는 찬 바람에 놀랐으나, 뒤이어 제 옆으로 쏙 들어오는 빅토리아의 모습에는 더더욱 놀라고 말았다.

야무지게 담요를 두르던 빅토리아는 경악이 스며든 알렉의 얼굴을 보곤 고개를 갸웃한다.

"왜요? 난 들어오면 안 돼요?"

"아니, 안 되는 건 아닌데……."

애당초 이 담요를 건넨 사람이 빅토리아인데, 안 될 리가 없다. 다만 잠자리 날개처럼 얇은 셔츠를 사이에 두고 전해지는 미지근한 체온에 온 신경이 집중될 뿐. 아무리 담요가 커다랗더라도, 담요 하나를 둘이서 함께 두르려면 필연적으로 살갗이 맞닿기 마련이다. 알렉은 갑작스레 치솟는 긴장감이나 떨림 따위를 목구멍 아래로 쑤셔 넣으려 필사적이었지만, 담요를 당기며 그의 곁으로 꼭 붙어 오는 빅토리아에겐 그런 생각은 추호도 없는 모양이다.

"좀 가까이 와요. 안 그래도 둘이 덮기엔 작은데."

빅토리아가 불평하는 소리에 알렉은 낑낑대며 피하던 것을 멈추고 얌전히 그녀의 곁으로 붙어 앉았다. 그러고 보니 빅토리아도 꽤나 추웠을 것이다. 하늘하늘한 셔츠 하나 입고 내려온 알렉과 달리 빅토리아는 그다지 두껍지도 얇지도 않은 차림이었지만, 살갗에 와 닿는 냉기가 제법 시렸다.

불현듯 예기치 못한 침묵이 내려앉았다. 바짝 붙어 앉은 빅토리아를 의식하지 않으려 부단히도 애쓰던 알렉은 모르겠지만, 빅토리아는 그때부터 넌지시 그를 지켜보고 있었다. 맞닿은 어깨. 간간이 부딪치는 무릎. 조금씩 움직일 때마다 살짝살짝 스치는 옷깃. 평소에는 조금도 신경 쓰지 않았던 것들을 하나씩 눈여겨보던 차에, 이번에는 알렉의 무릎 위에 놓인 손이 시야에 들어왔다.

어딘지 덜 여문 듯한 소년 같은 얼굴로 소년같이 웃어서 좀처럼 깨닫지 못할 뿐이지, 실은 알렉도 군데군데 완연한 성인 남자의 모습을 보이곤 했다. 이를테면 시퍼런 혈관이 툭 튀어나온 손등이라거나, 길쭉길쭉 시원하게 뻗은 손가락이라거나. 그만하면 키도 훤칠하게 컸고, 어깨도 널찍하다. 취미로 운동을 했다더니, 겉보기엔 그저 호리호리하게 보이는 몸에도 제법 자잘한 근육들이 붙어 있었다.

그럼 얼굴만 소년처럼 보이는 건가?

갑작스러운 인식의 전환에 빅토리아는 살포시 미간을 찌푸렸다. 성질은 괴팍해도 외모만큼은 누구 못지않게 수려한 수리 알피어스와 휴고 알피어스 남매 슬하에서 자라난 빅토리아는 눈이 높은 것과는 별개로 남의 외모를 유심히 살펴본 적이 거의 없었다. 어차피 누구든 알피어스 남매의 빛나는 외모에는 준하지 못했기 때문이다.

하지만 알렉은 달랐다. 첫 만남에서야 어두운 방 안이라 제대로 살피지 못했다지만, 괴한들을 쓰러트리고 처음 제대로 내려다본 그의 얼굴에서 유독 눈이 반짝반짝 빛났다. 어렴풋한 가로등 불빛을 삼키고 금빛으로 타오르던 눈. 언젠가 휴고를 만났을 때처럼 또다시 홀릴 수밖에 없었다.

그러니 알렉의 눈이 아니라, 알렉의 전신을 이토록 완전하게 의식하는 것은 이번이 최초일 것이다. 직접 살갗으로 맞대고, 가까이서 유심히 살펴본 감상은 나쁘지 않았다. 나쁘지 않다 뿐일까, 세상 사람들 전부 이렇게 생겼다면 살아가기 한결 즐거웠으리라.

외투 너머로 느껴지는 따뜻한 온기를 기분 좋게 즐기며 빅토리아는 슬며시 그의 어깨로 몸을 기울였다. 담요 안으로 들어왔을 때도 그러더니, 조금 더 깊게 들어온다고 바짝 굳는 알렉의 몸이 여실히 느껴진다. 정말로 날 좋아하는 걸까? 아니면 잉그람을 떠나겠다는 내가 이제는 싫어진 걸까? 좀처럼 파악하기 어려운 알렉의 심중을 헤아리며 빅토리아는 왼손마저 미끄러트리듯 그의 무릎 쪽으로 기울였다.

슬며시 접하는 맨살. 그 사이에서 피어오르는 열기.

이제 당신은 어떻게 할까.

손등이 살짝 맞닿기 무섭게 흠칫했던 알렉은 얼마간 반응이 없었다. 흘끗 눈만 들어 표정을 살피려도 어렴풋한 난감함만 떠오른 얼굴에선 도무지 그의 속내를 읽어 낼 수가 없다. 이런 것도 해 본 사람이 잘한다고, 살면서 누군가의 눈치를 살펴본 적 없는 제가 잘해 낼 리 없다.

어쩐지 바짝바짝 마르는 입술을 달싹이며 빅토리아는 저도 모르게 속을 태웠다. 도저히 가늠할 수 없는 당신의 진심은 어디로 향하는지. 여태 궁금한 적 없었던 타인의 심중이 돌연 미치도록 알고 싶어졌다.

그때, 알렉이 살며시 손을 내뻗었다. 기다란 손가락이 차례로 그녀의 손가락을 휘감아 그러쥔다. 숲속 찬 공기에 식었던 손끝으로 뜨겁게 맥동하는 그의 온기가 전해졌다. 빅토리아는 눈도 깜빡이지 못하고 알렉에게 잡힌 자신의 손을 가만히 내려다보았다. 한 번도 의식한 적 없는 심장의 맥박이, 주먹만 한 심장에서 피가 한 움큼씩 전신으로 퍼져 나가는 감각이 노도처럼 그녀를 덮쳐 왔다.

"……손이 많이 차네요."

알렉이 머뭇머뭇 입을 열었다. 얌전히 그의 말을 듣던 빅토리아는 한발 늦게, 기계적으로 대꾸했다.

"원래 차요."

"원래?"

"겨울을 불러와서 그런가. 휴고도 그래요."

하얗게 변색된 머릿속에서 재차 고민할 겨를 없이 대답이 튀어 나간다.

빅토리아가 뒤늦게 제가 한 말을 줍는 사이, 말없이 생각에 잠겨 있던 알렉이 조심스레 손가락을 당겨 그녀의 손을 조금 더 강하게 그러쥐었다.

"전에 잡았을 때는 이렇게 차갑지 않았는데."

빅토리아는 침묵했다. 그가 말하는 전이 언제인지도 모르겠을뿐더러, 애당초 그녀는 추위를 느끼지 않았다. 하지만 춥지 않다고 말하면, 이렇게 손잡고 있을 이유도 사라지는 셈이다. 지극히 당연한 사실을 밝히지 않는 스스로가 너무나도 이상하여 빅토리아는 한참이나 혼란스러웠다. 이상하단 걸 알면서도 말문을 열지 않는 이유는 또 무엇인지, 그 역시도 모르겠다.

서름한 정적은 오래갔다. 그사이에 따뜻하던 알렉의 손은 미지근하게 식었고, 차갑던 빅토리아의 손은 냉기를 잃었다. 어느덧 두 손의 체온이 비슷해질 무렵, 알렉은 예고 없이 손을 거두어들였다. 졸지에 홀로 남겨진 빅토리아의 손이 갑작스레 떨어져 나간 온기를 뒤쫓아 허공을 휘젓고 만다.

어느새 무릎을 세우고 앉은 알렉은 양손으로 다리를 감싼 채 멀찍한 밤하늘만 하염없이 올려다보았다. 맞닿을 상대를 잃어 한참을 배회하던 빅토리아의 손은 그제야 제자리로 돌아왔다. 빅토리아는 입술을 다물고 가만히 그를 응시했다. 예리한 콧날에 베여 뺨으로 번지는 별빛이 그의 얼굴을 하얗게 물들인다. 또한 거리에 쓰러져 있던 그를 일으켜 세우던 때처럼, 혹은 테라스 난간에 앉아 그를 내려다보았을 때처럼, 다시금 아름다운 금빛으로 물드는 눈동자.

이윽고 빅토리아는 깨달았다. 이렇게 바라보고 있는 동안, 그는 한 번도 자신을 돌아보지 않았음을.

지금까지 빅토리아는 알렉을 찾으려 노력할 필요가 없었다. 문득 그를 돌아보거든, 언제나 새싹처럼 여린 연둣빛 눈동자가 저를 향해 매끄럽게 휘어지곤 했으므로. 그 모습이 참으로 보기 좋다 생각했을 뿐이지, 그 자체에 의아함을 품은 적은 없었다. 알렉은 늘 그랬으니까. 늘 거기 있었으니까. 알렉이 언제나 저를 바라보고 있었기에 가한 일이었음을 이제야 깨닫고 만다.

하지만 이제는 돌아보지 않는다. 내가 싫어진 걸까? 하지만 방금 손을 잡아 주었는데. 단순한 동정심으로? 알렉 아크라이트가 단순히 손이 차다는 이유만으로 싫어하는 사람과 선뜻 살을 맞댈 위인이던가. 늘 제게 친절했을 뿐이지, 의외로 알렉은 자신의 불호를 드러내는 데 거리낌이 없었다. 지위가 있어 함부로 말하지 못할 뿐, 우아하게 돌려서 가시를 드러내는 화법은 언제 들어도 놀라울 지경이었다.

그렇다면 당신은 어째서 날 피하는 걸까.

'웃기는 일이야. 떠나갈 사람들은 근심이라곤 조금도 없는데, 늘 남겨진 사람들이 주제도 모르고 걱정하지. 그래 봤자 어차피 외롭게 남겨질 텐데. 크로슬리도, 너도, 남겨질 사람들이 어떤 마음인지는 생각도 안 하잖아.'

별안간 신랄하게 저를 비난하던 시에나의 목소리가 떠올랐다.

'한 번쯤은 생각해 봐. 네가 이렇게 떠나 버리면, 과연 수리 경의 마음이 어떨지.'

'…….'

'그러면 전하가 널 피하는 이유도 알게 될 거야.'

빅토리아는 하염없이 하늘만 올려다보는 알렉의 옆얼굴을 가만히 응시했다. 이렇게 어깨를 맞대고 있으면서도, 고작해야 절 돌아보지 않는다는 사실에 공연히 서운해진다. 지금도 이런데, 어느 날 갑자기 알렉이 훌훌 떠나 버리면 어떨까. 너는 아무런 가치도 없다는 듯 홀가분한 뒷모습을 보거든.

구태여 상상할 필요도 없다. 빅토리아는 이미 그 기분을 누구보다 잘 알고 있었다. 휴고가 절 놔두고 사라질 때마다 도리 없이 마음을 옥죄던 상실감. 휴고가 애지중지 키우는 기계 새의 그림자만 보아도 애타게 그의 이름을 부르짖던 제 모습에는 이미 알렉의 그림자가 깊게 스며들어 있었다. 꿋꿋이 절 외면하는 알렉의 모습에서, 홀연히 떠났듯 홀연히 돌아온 휴고를 거부하던 어린 날의 제 모습이 겹쳐졌다.

어릴 때는 툭하면 자취를 감추는 휴고가 참으로 미웠다. 좋아해서 따랐던 만큼 배신감도 컸다. 원래부터 그런 사람이니 네가 포기해라 고모는 늘 일렀지만, 포기를 몰랐던 시절엔 사람에 대한 기대를 놓는다는 것이 그토록 어려웠다. 지금이야 타고나길 바람 같은 사람이려니 싶지만, 그녀도 분명 그런 때가 있었다.

그때도 지금도 휴고는 자신의 방랑과 은둔에 대해 아무런 설명도 하지 않았다. 실로 아무런 이유도 없기 때문이다. 그렇게 태어나 그렇게 살아가는 것일 뿐이니, 스스로는 남에게 그런 자신의 모습을 설명해야 하는 당위조차 느끼지 못할 것이다. 빅토리아도 이제는 안다. 하지만 홀로 남겨져 속 태우던 지난날을 떠올리거든, 어찌할 도리 없이 휴고에 대한 앙금마저 되새기곤 했다.

그를 포기하기까지 어언 6년이나 걸렸다. 외면받고 홀로 남겨지는 기분을 6년이나 뼈저리게 느꼈다. 빅토리아는 알렉에게마저 그런 감정을 느끼게 하고 싶진 않았다. 실은 그것이 아닌데도, 상대에게 내 자신이 무가치한 것은 아닌지 연거푸 고심하다 보면 스스로가 작아지기 마련이다. 하물며 그녀는 잉그람으로 다시 돌아오지 않을 것이다. 다시 돌아올 수도 없다. 어쩌면 평생 갈지도 모르는 외면의 아픔으로 그에게 남겨지고 싶진 않았다.

그러니 제대로 설명해야 한다. 휴고가 제게 그러했듯, 똑같은 아픔을 알렉에게 새기고 싶지는 않기에.

"알렉."

빅토리아는 결연히 입을 열었다. 겉보기야 평소와 다르지 않은 듯하면서도, 속으로는 칼날 위를 걷듯 서늘한 긴장감에 휩싸여.

"발디비아가 어떤 별인지 알아요?"

그제야 알렉의 시선에 땅으로 내려온다. 오래간만에 그의 눈을 마주하자, 이유 모를 만족감이 몽글몽글 샘솟았다. 하지만 지금 중요한 건 그게 아니다. 빅토리아는 날카롭게 벼려진 신경을 오로지 그에게 집중하며 어렵사리 입술을 뗐다.

겨울의 별 발디비아.

늦가을부터 북쪽 하늘에서 써늘한 빛을 뿜어내기 시작하는 그 별은 오래전 세상을 다스리던 여신이 분노로 달군 검이요, 복수심으로 갈아낸 창날이다.

때는 하늘과 대지가 맞닿아 있던 아주 먼 옛날. 세상의 주인이던 여신에겐 마음 깊이 아끼고 사랑하는 형제가 있었다. 거울처럼 자신을 꼭 닮은 형제에게 여신은 수없이 많은 황금과 보석을 베풀었으나, 여신의 시혜를 만용으로 착각한 형제는 주제도 모르고 여신을 배반하고 말았다.

지난 수세기, 목동들이 입에서 입으로 전하길 그만치 세상이 위태로운 때가 없었다는 시절. 날개 달려 하늘을 날아다니는 이들은 여신을 지지하였으나, 비천하게 땅을 기어 다니는 치들은 여신의 형제에게 힘을 보탰다. 형제를 믿고 사랑했던 만큼 배신감은 드높았고, 아름다운 만큼 무자비했던 여신은 자신을 배반한 이들을 결코 용서하지 않았다. 도리어 배신자들과 같은 숨을 들이켜고, 같은 물을 마시는 것조차 증오했다.

마침내 여신의 분노가 하늘과 땅을 갈랐다. 세상이 갈라지는 틈으로 이제껏 경험하지 못했던 추위가 몰아닥쳤다.

그리 겨울은 도래했다.

헤아릴 수 없을 정도로 많은 이들이 죽었다. 매일같이 봄의 따스함과 여름의 무더움, 그리고 가을의 풍요로움을 만끽하던 이들은 가혹한 계절을 견디지 못했다. 얼어 죽는 이들을 여신은 하늘에서 무심하게 지켜보았다. 하얗게 얼어붙은 아랫세상이 퍽 마음에 들었던지, 손수 겨울을 하늘에 올려 별로 만들기도 하였다.

그때부터 불리길, 겨울의 별 발디비아.

때로는 여신이 세상에 내리는 혹독한 단죄로, 때로는 여신의 영원한 연인인 둘시네아를 지키는 무자비한 칼날로. 세상을 얼리는 혹한의 계절은 여신이 가장 아끼는 무구임과 동시에 가장 편리한 도구이기도 했다. 무정한 여신은 손속의 자비를 두지 않았으므로, 티끌만 한 죄로도 겨울은 도래했고 수없이 많은 사람들이 죽어 나갔다.

그리하여 겨울은 예로부터 만인이 두려워 마지않는 계절이었다. 땅이 얼어 곡식이 자라지 않는 계절이야 내일을 가늠하지 못하는 사람들에겐 당연히 두려운 것이겠지만, 걸핏하면 여신이 휘둘러 대는 겨울은 지상의 공포심만 가중시켰을 따름이다. 그럼에도 충직한 겨울은 영원토록 둘시네아를 지키며 여신의 명을 따랐으나, 빅토리아는 그러고 싶지 않았다.

겨울의 축복을 받은, 겨울의 딸.

자신에게 마법이란 축복을 내려 준 겨울의 별을 빅토리아는 당연히 사랑했다. 남들은 춥다며 꺼리는 겨울을 언제나 그리고 반겨 왔다. 하지만 어버이의 전철을 그대로 밟을 생각은 추호도 없다. 누군가에게 목이 매여 평생을 노예처럼 휘둘리는 생은 그녀가 바라는 것이 아니었다.

그러니 더는 이 땅에 머물러선 안 된다. 미련이 발목을 잡는 순간, 그녀는 겨울의 별 발디비아가 그러했듯 누군가의 종으로 일생을 보낼 것이기에.

"여긴 날 멋대로 휘두르려는 사람들이 너무 많아요."

어떻게 말해야 할까. 혀로 입술을 축이며 짧게 고민하던 빅토리아는 이제껏 그러했듯 솔직하게 털어놓기로 했다.

"당신의 아버지인 국왕 전하도 그렇지만."

가만히 그녀의 말을 경청하던 알렉이 어깨를 움찔하는 것이 선명하게 느껴진다. 빅토리아는 어설프게 웃었다. 역시 알고 있었던 모양이다.

"국왕만이 아니에요. 잉그람 군부, 체임벌린 수상, 그리고 발푸르기스 평의회까지. 모두가 멋대로 날 판단하고, 멋대로 날 휘두르려 들어요. 정말 진저리 나게 싫은데, 더 싫은 게 뭔 줄 알아요?"

"……."

"날 핑계로 내가 사랑하는 사람을 괴롭히는 것."

늘 고고하고 오만하던 수리 알피어스가 고개 숙이는 모습을 빅토리아는 그때 처음 보았다. 고모는 널 지키기 위함이라며 개의치 말라 하였으나, 외려 그 말이 빅토리아를 더욱 비참하게 만들었다.

고작 나 하나 지키겠다고 고모가 희생해야 하는 것들이 너무나도 많았다. 10년 전, 존재도 모르던 조카를 얼결에 떠맡았을 때 그녀가 감내했던 희생은 아무것도 아니었다. 평의회의 일방적인 통보는 거들떠도 보지 않던 위인이 순순히 국왕의 발 아래 엎드렸다. 그 방약무인한 자에게 담담히 충성을 고하던 고모의 모습을 아직도 믿을 수 없다.

모두 내 탓이다. 나만 없으면 고모는 굴욕을 감내할 이유가 없다.

"그러니 내가 떠나야 하잖아요."

절망은 의문이 되고, 의문은 확신으로 자랐다. 마침내 결심한 빅토리아는 어느 날 휴고 알피어스에게 아낌없이 속내를 털어놓았다. 저를 가문의 울타리 내에서 보호하려 필사적인 고모와 달리, 휴고만은 떠나고픈 제 진심을 알아주리라 여겼다.

'도망치면 모든 것이 해결될까?'

그래서 난색을 표하는 휴고를 처음에는 이해하지 못했다. 평생 어느 한 군데 정착하지 못하고 방랑하는 그가 정작 제 마음을 알아주지 못한다는 것에 처음에는 심한 배신감을 느끼기도 했다.

'너의 힘은 언제 어디서 누구나 노릴 만한 힘이야. 바다 건너면 괜찮을까? 그곳에도 이미 잉그람 군부가 진출했다고 알고 있는데. 잉그람이 있다면, 잉그람에 맞서는 세력이 있겠지. 그들이 널 탐내지 않을 이유는 없어. 발푸르기스 평의회의 사냥꾼들이 바다 건너까지 널 쫓지 않는다는 보장도 없고.'

'…….'

'만일 거기서도 일이 틀어진다면, 그때는 어쩌려고 그러지? 또 달아날 건가? 어디로?'

실로 정곡을 찌르는 말이었다.

빅토리아는 다시금 고민에 휩싸였다. 바다 건너에도 탐욕스러운 사람들은 있다. 힘이 고픈 사람들은 어디고 차고 넘쳤다. 세상 사람들이 보기에 자신이 전지전능한 존재임을 익히 잘 아는 그녀로선 고심할 수밖에 없는 문제였다. 그녀는 다시는 투텔에서처럼 누군가를 대신하여 손을 더럽히고 싶지 않았다. 지독하고 지독했던 그곳에서의 2년을 다시금 되풀이할 수는 없었다.

그리 간절해지자, 머릿속은 절로 맑아졌다. 사람 사는 모습은 바다 건너도 다르지 않다. 하지만 바다 건너에는 고모가 없다. 그녀의 목줄을 잡고 휘두를 사람도, 혹은 그녀를 휘두르려 목줄을 걸 만한 사람도 없었다. 그곳에서 그녀는 실로 혼자가 될 것이었다.

빅토리아는 재차 자신의 결심을 휴고 알피어스에게 밝혔다. 휴고는 그제야 실낱같은 미소를 보여 주었다.

'네 결심이 바로 섰구나.'

행여 제자가 그저 지금을 모면하고자 달아나는 것은 아닌지 저어하던 스승의 근심이고 걱정이었다.

"그러니 나는 떠날 거예요."

밤하늘 수억 별 아래, 빅토리아는 당당히 선언했다.

"낙원을 바라 떠나는 것이 아니에요. 바다 건너도 이곳과 다르지 않겠죠. 날 이용하려 들고, 휘두르러 드는 사람들이 분명 있을 거예요. 그런데 있으면, 뭐 어때서요. 여기서는 내 행동을 고모가 감내해야 하지만, 바다 건너는 오로지 나 혼자잖아요. 나는 내가 감내해요. 나는 강하니까."

그곳에 날 억압하는 것이 있다면 무참히 깨부술 것이다.

"누구든 상관없어요. 여신이라면 죽일 거고, 하늘이라면 찢을 거예요. 나는 할 수 있어요."

멋모르고 덤비다 죽는 한이 있더라도 다시는 순종하지 않으리라. 굴종하여 목숨을 부지하느니, 차라리 이 한목숨 거기서 끝내는 편이 나았다. 다시는 누군가에게 매여 개처럼 살고 싶지 않았다.

'네 힘은 오로지 너의 것이다. 그것만을 기억하렴.'

나의 것. 나의 힘.

그것도 모르고 순순히 내 손을 더럽혔던 지난 2년.

빅토리아는 이를 악물었다. 뜨거워지는 눈시울로 하늘을 본다. 만고불변한 별빛. 지금은 잠들어 보이지 않는 겨울의 별 발디비아가 영원히 자신을 지켜보리라 의심치 않는다.

그러니 괜찮을 것이다. 나고 자란 이 땅을 떠나더라도. 미지의 땅으로 떠나더라도.

"알렉."

빅토리아는 떨리는 입술을 열었다.

"나는 이만 자유로워지고 싶어요."

누구에게도 말 못 했던 진심. 부끄러워 차마 휴고에게도 풀어놓지 못했던 말.

그것은 최초의 고백이었다.

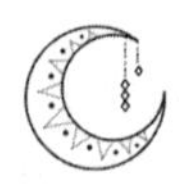

늦은 밤.

쥐 죽은 듯 적막하던 시에나의 방이 돌연 누군가 성급히 문을 두드리는 소리로 가득 찼다. 여느 때처럼 책상에 앉아 연구에 매진하던 시에나는 다급한 노크에 조금도 개의치 않았으나, 갈수록 잦아들긴커녕 소리를 더해 가는 두드림에 뿔이 날 수밖에 없었다.

"내가 분명 방해하지 말라고 그랬지? 몰래 훔쳐 갔던 우산이랑 가방이나……."

손짓만으로 문을 연 시에나가 짜증스럽게 뒤를 돌아보다가 멈칫했다. 살짝 열린 문을 밀고 들어오는 사람은 빅토리아가 아니었다. 알렉 아크라이트다.

"시에나 경. 오킹엄에 집 한 채 있죠? 값은 부르는 대로 지불할 테니까, 며칠만 빌려줘요."

어디 멀리서 달려오기라도 했는지, 늘 깔끔하게 빗어 넘겼던 갈색 머리칼이 아주 엉망이다. 가쁘게 들썩거리는 어깨나, 발갛게 달아오른 코끝은 또 어떻고. 얇은 셔츠 바람으로 달려온 왕자를 유심히 살펴보던 시에나가 슬며시 눈썹을 찡그렸다.

"갑자기 집이라니요?"

"마법 회로가 잘 깔린 안전한 집 한 채 있을 거 아니에요. 제발 없다고는 하지 마요."

"오, 없을 리가요. 처치하지 못해서 넘치는 게 빈집인데."

"그럼 빌려주는 겁니다? 내일 아침 당장?"

어찌나 박력 넘치던지 시에나는 저도 모르게 고개를 끄덕였다. 아무렴, 빈집 한 채 빌려준다고 큰일이 벌어지는 것도 아니고. 하지만 그의 제

안을 흔쾌히 수락했던 결정이 지나치게 안일했음은 곧 드러나고 말았다.

"그리고 왕가의 보고에 보관되어 있다는 알피어스의 가보. 그게 대체 뭐죠?"

피로감에 습관적으로 눈을 쓸어내리던 시에나가 문득 손짓을 멈추었다. 슬그머니 내려가는 손 위로 언뜻 드러나는 눈가가 자못 음산하게 가라앉아 있다.

"……도대체 이게 무슨 일이람."

말끝에 짜증스러운 웃음이 선명하게 묻어나는데도 알렉은 개의치 않았다. 도리어 그녀에게로 한 발짝 가까이 다가섰다.

"보석이에요? 아니면 책? 장식품?"

"그걸 알아서 뭐 하시게요?"

"가져오려고요."

"가져온 다음엔?"

"돌려줘야죠. 빅토리아에게."

선선한 대답에 시에나가 어처구니없다는 듯 헛웃음을 터트렸다. 누구 하나 죽일 것처럼 선득한 웃음소리에, 그늘에서 졸던 암사자가 스르르 눈을 떴다.

"갑자기 왜 이러실까, 우리 전하께서. 빅토리아가 가보를 손에 넣으면 어떻게 할지 잘 아시는 분이."

"아니까 돌려주려는 거예요."

거짓을 모르는 빅토리아. 늘 감정에 솔직한 빅토리아.

그녀를 오래 알아 온 시에나가 보기에도, 고작 두어 달 보았던 알렉이 보기에도 빅토리아는 누구보다 선명한 사람이다. 언제나 여과없이 자신을 내비치는 솔직한 사람. 하지만 솔직하다고 자신의 밑바닥 진심마저 만인에게 보여 주는 사람이 어디 있을까. 알렉은 오늘 빅토리아의 진심을 보았다. 그녀가 그토록 고심하고 정성 들여 말하는 것을 그는 처음 보았다.

'낙원을 바라 떠나는 것이 아니에요.'

며칠 전, 잉그람을 떠난다 고하는 모습이 홀가분해 보여 섭섭했던 것이 사실이다. 이 땅이, 이곳의 사람들이, 내가 빅토리아에겐 아무런 가치도 없는 듯해서. 속이 꼬이고 꼬인 나머지, 심지어는 그녀와의 약속을 저버릴 못된 생각마저 품었다.

하지만 빅토리아에겐 떠나야 하는 이유가 있었다. 떠나보내고 싶지 않다는 이기심만으로 붙잡기엔 너무나도 숭고한 이유. 그녀의 진심을 듣는 내내 알렉은 약속을 저버릴 생각이나 했던 스스로에게 심한 부끄러움을 느꼈다. 저토록 간절한 사람에게 무슨 짓을 할 뻔했던 것인지 그제야 실감할 수 있었다.

"……그거 알아요, 시에나 경?"

알렉은 어렵사리 운을 뗐다.

"진실을 알게 된 이후로 나는 언제나 잉그람을 떠나고 싶었어요. 거짓된 허수아비로 사느니, 조금은 궁상맞고 어려울지언정 내 뜻대로 진실되게 사는 편이 낫지 않나 싶어서요. 그런데 그때마다 마지막 결단력이 부족하더라고요. 평생을 왕가의 보호 아래 살아온 내가 과연 험지에서 혼자 살아남을 수 있을까. 어차피 누구도 원하지 않을 진실인데, 나만 모르는 척 덮으면 되지 않을까. 약한 생각인 걸 알면서도 어쩔 수 없이 그런 미련이 발목을 잡았어요. 실로 우유부단했죠."

시에나는 뜻 모를 눈으로 물끄러미 그를 응시했다. 알렉은 용기 내어 그녀와 눈을 맞추었다.

"빅토리아도 똑같아요. 더는 누군가의 뜻대로 살고 싶지 않아서, 이 땅을 떠나겠다는 거잖아요. 그게 어떤 마음인진 세상 누구보다 내가 제일 잘 알아요. 나도 마음만은 몇 번이고 여길 떴으니까."

"……."

"그러니 내가 방해하면 안 되잖아요."

'난 이만 자유로워지고 싶어요.'

어깨를 맞댄 채로 흘러들던 절절한 고백. 훤히 보이면서도 늘 어렵던 빅토리아의 마음이 비로소 제 마음처럼 확실하게 느껴졌다. 그도 언제나 빅토리아와 같은 고민으로 잠 못 이루었기에.

그러니 다른 사람은 몰라도, 그가 빅토리아를 방해하면 안 되었다. 여길 떠나고픈 마음을 누구보다 잘 이해하는 그가 그러면 안 된다. 그건 그야말로 기만이고 이기심이다. 진정으로 빅토리아를 아끼고 사랑한다면, 이쯤에서 그녀를 놓아주어야 했다. 그는 망설이느라 가지 못했던 길을 걸으려는 그녀에게 힘이 되어 주어야 했다.

그녀를 사랑하는 만큼, 그녀의 등을 밀어주어야 했다.

"……이건 미처 생각도 못한 전개네."

시에나가 조용히 입을 열었다. 조금 전, 시퍼렇게 날 선 칼날처럼 날카롭던 기세는 허물어진 지 오래다.

"진심이신가요, 전하?"

"물론이죠. 경은 이미 꿈에서 보았다지 않았나요?"

"보았죠. 다만 전하가 알피어스의 가보를 순순히 비키에게 돌려주지 않으리라 여겼을 뿐."

무척이나 피로한 얼굴로 의자에 앉으며 시에나가 맥없이 말을 잇는다.

"아니면 비키가 전하를 강제했다거나."

"……."

"하여간에 이렇게 제 발로 날 찾아오실 줄은 몰랐어요. 놀랍네요."

알렉은 대꾸하려다 말고 입을 다물었다. 한 손으로 가만히 이마를 짚는 시에나의 모습이 너무나도 고단해 보였다. 마치 세상의 모든 짐을 짊어지기라도 한 것처럼 시름이 가득하다.

얼마간의 정적 뒤로 시에나가 나지막이 물었다.

"인간의 사랑이란 다 그런가요?"

알렉은 잠시 생각에 잠겼다. 그의 사랑은 빅토리아가 처음이므로, 자연스레 고민의 방향은 지금까지 살면서 보았던 사랑의 형태를 향했다. 이를테면 아버지와 조세핀 왕비의 사랑이라든가, 불륜과 파혼으로 얼룩진 상류층의 결합이라든가.

절로 헛웃음이 튀어나왔다. 사랑 없는 결합은 흔했다. 지금은 파혼했지만 사브리나 체임벌린과 케인 데이비스가 그러했듯, 서로의 사생활에는 간섭하지 않는 조건으로 결혼하는 경우도 허다하다.

그렇다고 드물게 사랑으로 결혼했던 모두가 그처럼 헌신적이지도 않았다. 돌이켜 보자면, 세기의 사랑이라 칭송받는 아버지와 조세핀 왕비의 사랑조차 기저에는 아버지의 숱한 바람이 깔려 있질 않았나. 우습게도 그 결실이 바로 그였다.

"설마요."

출생의 비밀을 알게 된 뒤로 알렉은 스스로를 사랑 없는 결합의 결정체로 여겼다. 아버지는 한낱 하녀였던 어머니를 사랑하지 않았으며, 어머니 역시도 마찬가지였다. 사랑 없는 관계에서 태어난 만큼, 살면서 제대로 된 사랑을 할 수 있을지 지레 겁먹기도 했다. 아버지처럼 사느니, 차라리 죽을 때까지 사랑을 모르고 싶었다.

그러나 똑같은 인간이라고 사랑마저 똑같진 않다. 그 자명한 사실에 알렉은 마침내 안도했다.

"다들 그러진 않죠."

"……."

"다만 내가 바라는 사랑이 그래요."

사랑하면서까지 이기적이고 싶진 않다. 그런 마음으로 알렉은 어렴풋이 웃어 보였다.

잉그람 남부 어딘가.

끝없이 펼쳐진 밀림에는 요사이 누구도 드나들지 않는 지점이 있다. 어딜 가더라도 비슷비슷한 풍경이라 정확한 좌표로는 설명하지 못하지만, 매일같이 밀림을 드나드는 사냥꾼이나 벌목꾼이라면 '아, 거기.' 하고 알아차릴 곳이다. 불과 석 달 전부터 흉흉한 소문이 이 일대를 감돌기 시작한 탓이다.

혹자는 귀신이 나온다고 했고, 혹자는 미치광이 마법사가 눌러앉았다고 했다. 좌우지간 뜬소문이 퍼진 이후로는 사람의 발길이 뚝 끊겼으니, 이제와 소문의 진실을 가려 줄 사람도 없었다. 어차피 널린 것이 나무고 사냥감이라, 어느 한 군데 들지 못해도 상관없다고들 여기는지도 모르겠다.

그런데 최근에는 이상한 소문이 하나 더 추가되었다. 눈처럼 하얀 머리에 보석 같은 벽안을 지닌 어느 미인이 마구잡이로 밀림을 뒤지고 다닌다는 것이다.

아마도 이 일대를 드나드는 벌목꾼이라면 죄다 말도 안 되는 헛소문이라 여기겠지만, 놀랍게도 그 소문은 진짜였다. 울창한 밀림에는 도무지 어울리지 않는 깔끔한 차림으로 이곳저곳 돌아다니는 여자의 모습은 생각보다 자주 발견되었다. 말을 걸긴커녕 홀린 듯이 바라볼 수밖에 없는 아리따운 얼굴에 한겨울 찬 바람처럼 싸늘한 기운이 가득했다고, 누군가는 신나게 떠벌거리고 다녔다.

그 여자의 이름은 수리 알피어스였다. 〈공정한 알피어스〉를 벌써 수십 년째 떠받치고 있는 수장이자, 마법 사회에서도 명성이 자자한 얼음의 마녀.

어느덧 마흔 중반에 이른 나이에도 주름 하나 없이 매끄러운 얼굴을 유지하고 있는 강대한 마녀는 종종 그러했듯 이번에도 제 오라비인 휴고 알피어스를 찾아 전국을 뒤지고 있었다.

어느 날 갑자기 자취를 감춘 휴고를 찾아 수리가 오만 군데를 뒤지고 다니는 것은 이제 연례행사처럼 여겨지는 일이나, 자주 벌어진다고 찾기 쉬워지는 것은 아니다. 도리어 이번에는 아주 단단히 작심했는지, 밀림 한복판에 숨어 있다는 흔적을 찾아내기까지도 제법 오랜 시간이 걸렸다.

바꿔 말한다면, 휴고 알피어스는 이번에 잡히면 그야말로 끝장이다.

금방이라도 살얼음이 떨어질 듯한 얼굴로 밀림을 가로지르던 수리는 어느덧 울창한 수풀에 가려진 통나무집에 이르렀다. 석 달 전, 갑자기 자취를 감추어 잉그람을 종단하게 만든 장본인이 바로 저기 있으렷다. 늘 이지적으로 가라앉아 있던 수리의 벽안이 선득한 빛을 띴다.

끼익. 문은 손대기 무섭게 열렸다. 서서히 벌어지는 문틈으로 실내의 광경을 대강 훑어 내린 수리가 느지막이 집으로 발을 들였다.

실로 난장판이었다. 이런 산간벽지에서 무슨 연구를 하였는지 한쪽 벽면은 시커멓게 그을렸고, 한 발짝 내디딜 때마다 얼굴로 드리워지는 오색찬란한 천들은 아주 대롱대롱 천장에 잘도 매달려 있다. 수리는 신경질적으로 천을 쳐 내며 조금씩 안으로 들었다. 인기척이 없는 것은 진작 알아챘으나, 놀랍게도 창문이 활짝 열린 창가에는 휴고가 그리도 애지중지 아끼던 기계 새가 얌전히 앉아 있었다.

"……이건 또 뭐 하자는 수작일까."

창가에 우뚝 선 수리가 서늘하게 읊조렸다. 고개를 꺾어 그녀를 올려다보는 기계 새에서 곧 건조한 남자의 목소리가 흘러나온다.

"멀리서 왔는데 환영은 해 줘야지."

"여기까지 오게 만든 장본인이 본인이란 건 까맣게 잊었나? 그 나이에 벌써 오락가락하면 안 되지."

"난 네게 찾아오라고 한 적 없는데."

"대신 가문의 인장을 훔쳐 갔잖아, 이 빌어먹을 마법사야."

늘 고고하던 수리가 웬일로 씹어 먹듯 욕설을 내뱉었다. 어지간히도 쌓인 것이 많은지, 흉흉하게 빛나는 벽안에는 번드레한 광기마저 흐를 지경이다.

"참, 그랬지."

그럼에도 기계 새의 부리에선 태평한 대답이나 흘러나올 따름이다.

"괜한 걸 갖고 나왔군. 난 필요 없으니까 어서 가져가."

"뭐?"

"거기서 동쪽으로 351.7m 떨어진 지점에 있어. 오랜만에 얼굴 보고 대화하게 되겠군."

수리는 차마 말을 잇지 못하였다. 무표정하던 얼굴 가득 아연한 감정이 떠오른다.

"무슨 수작질이야?"

"순순히 돌려준다는데도 싫다니, 원."

"도대체 인장은 왜 훔쳐서 달아난 건데?"

"널 끌어내야 했으니까."

보석을 박아 넣은 기계 새의 무기질적인 눈알에 수리의 얼굴이 비스듬히 비친다.

"석 달이면 충분했겠지. 나도 더 이상은 널 피해 돌아다니기 힘드니, 오늘로써 헤어지자."

"에두르지 말고 똑바로 말해."

"너라면 무슨 소리인지 능히 짐작할 텐데."

수리는 무섭게 가라앉은 눈으로 기계 새를 쏘아보았다. 숨 막힐 듯 갑갑한 침묵 속, 도무지 열릴 것 같지 않던 그녀의 입술이 느릿하게 벌어졌다.

"……빅토리아의 짓이로군."

고요한 노기가 통나무집을 싸하게 휘감았다. 미련 없이 창가에서 떨어지는 수리의 뒷모습으로 의아해하는 휴고의 목소리가 꽂힌다.

"인장은?"

"네가 제자리로 돌려놔."

"날 너무 믿는 거 아닌가?"

"……적당히 해, 휴고 알피어스. 당장이라도 널 찢어발기고 싶은 심정이니까."

그늘 아래서 수리의 벽안이 섬뜩하게 빛났다. 다른 이라면 오금이 저릴 만한 눈빛이나, 기계 새가 전하는 휴고의 음성은 변함없이 건조했다.

"빅토리아는 이제 아이가 아니야."

"머리만 굵어졌지, 하는 짓은 아직도 애야."

"나한테 하던 소리랑 비슷한데."

"그걸 알면서 이래!"

살벌한 분노가 몰아닥쳤다. 사납게 일갈한 수리는 어깨를 들썩거리며 기계 새를 죽일 듯이 노려보았다. 드물게도 밑바닥 감정을 고스란히 내비치며.

"넌 나한테 이러면 안 돼. 내가 어떤 마음으로 그 애를 들였는지 알잖아."

"빅토리아의 인생이야. 더 이상 우리가 간섭할 여지는 없어."

"해서, 그 애를 영영 잃어버릴 작정이야? 이대로 떠나보내겠다고?"

기계 새는 잠시 침묵했다. 들뜬 감정을 갈무리할 시간을 벌어 주듯, 새카만 눈알이 수리의 기색을 면밀히 살폈다.

"……아무래도 기나긴 대화가 필요할 것 같군."

새의 부리를 빌려 휴고 알피어스가 고했다.

"내게로 와, 수리. 들려줄 이야기가 아주 많아."

피로가 가득 쌓인 얼굴로 수리는 지그시 눈을 내리감았다. 그녀를 가만히 지켜보던 기계 새가 어느덧 날개를 펴고 창밖으로 날아간다. 날아가는 방향은 동쪽, 새의 주인이 기다리고 있는 곳이다.

6. 사랑하는 그대에게

붉은 장미가 화사하게 피어나는 유월.

어느덧 초여름을 맞이한 오킹엄은 나날이 짙어지는 녹음으로 한껏 부풀어 오르고 있었다. 하루가 다르게 길어지는 낮 시간에 발맞추어 햇볕은 점차 따가워지고, 거리를 돌아다니는 사람들의 옷차림도 갈수록 얇아졌다. 사람들은 눈 깜짝할 새 지나간 봄을 아쉬워하며 곧 다가올 여름을 대비하였다.

그리 분주한 초여름 오킹엄에 오래간 굳게 잠겨 있던 자일스 저택의 문이 열렸다. 정확히는 오킹엄에 위치한 일곱 채의 자일스 저택 중 세 번째로 작은 저택으로, 서쪽에서 흘러드는 몬강의 지류에 자리하여 낮에는 서늘하고 밤에는 따스한 곳이다. 부유한 사업가나 은퇴한 은행가들이 모여 사는 지구인 만큼, 오밤중 난데없는 소란에 놀라 깨어날 일도 없었다.

당연하게도 오래간만에 저택의 문을 연 사람은 시에나 자일스였다. 그녀가 대동한 두 명의 손님과 세 마리의 동물은 곧 제집처럼 편안히 짐을 풀어 놓았다. 비록 막시무스가 호시탐탐 저를 노리던 암사자를 피하느라 야밤에 때아닌 소란을 피우긴 했지만, 여기는 천 명의 군대가 들이

닥쳐도 건재하다는 마녀의 저택. 마법 회로에 한해서는 얼치기란 소리를 들어도 할 말이 없는 빅토리아는 새로 도착한 저택을 한 바퀴 빙 둘러보더니 선뜻 감탄했다.

"확실히 용의주도한 집이네."

"기왕 칭찬하는 거, 세심하다거나 꼼꼼하다고 말해 주면 어디가 덧나니?"

"왠지 너한텐 그런 말 해 주기 싫어."

늦은 밤, 마차를 타면 장장 나흘은 걸릴 법한 거리를 이동 마법으로 단숨에 건너온 세 사람과 세 마리의 동물은 제각기 편한 대로 잠들었다.

그리고 이튿날, 인간 사이에서는 두말없이 게으르다 지탄받을지 몰라도, 마녀들 틈바구니에선 손꼽히게 부지런한 알렉은 성실한 시종 데이지 주니어에 뒤이어 일어났다. 아마도 이른 새벽녘에 잠들었을 빅토리아나 막시무스는 지금쯤 숙면을 취하고 있을 터.

엑서터 거성에서 그러했듯, 식당에는 이제 막 잠들 준비를 하는 시에나 자일스가 하루의 마지막을 따뜻한 차로 장식하고 있었다.

"오늘도 일찍 일어나셨네요."

몇 번을 들어도 익숙하지 않은 인사말을 들으며 알렉은 흘끗 벽걸이 시계를 보았다. 오전 10시 30분. 그에게 저런 말을 하는 사람은 마녀들밖에 없을 것이다.

"오킹엄으로 올라오는 데 비키가 군말 없이 수긍하길래 조금 놀랐어요. 도대체 뭐라고 설득하신 건가요?"

"이만 돌아갈 때라고 했죠. 나도 언제까지 보좌관한테 만사 맡겨 둘 수도 없는 노릇이고, 빅토리아도 언제까지 나와의 약속을 미뤄 둘 수 없으니."

"아, 그 약속."

알렉은 가볍게 어깨를 으쓱였다.

"일단은 내 뒤를 쫓는 정체 모를 괴한들을 잡아내야지, 알피어스의 가보를 넘겨줄 수 있다는 약속이었으니까요."

“……그 괴한들 말인데요.”

시에나가 짐짓 심각한 얼굴로 말문을 여는 때였다. 종종거리며 식당으로 들어온 데이지 주니어가 정중하게 고개를 숙였다.

“아가씨. 손님이 오셨습니다.”

“손님? 이 시간에?”

매끄럽던 시에나의 미간이 슬쩍 좁혀진다.

“내가 여기로 올라온 건 아직 아무도 모를 텐데. 누구야?”

“정확히는 왕자 전하를 찾으시는 손님입니다. 본인을 찰리 스튜어트라고 밝히셨어요.”

“아, 내 보좌관이에요.”

“그럼 안으로 들이도록 하겠…….”

갑자기 먼 복도에서 쿵쿵거리는 소리가 들려왔다. 인간이고 마녀고 시종이고 할 것 없이 의아한 얼굴이 되어 식당 입구를 바라본다. 오래지 않아 식당으로 거의 넘어질 듯 뛰어들어 오는 사람은 붉은 머리만큼 붉어진 얼굴의 찰리 스튜어트였다.

“찰리?”

놀란 알렉이 반쯤 자리에서 일어섰다. 헉헉대며 어깨를 들썩거리던 찰리가 금세 울상이 되어 그에게로 달려왔다.

“전하!”

“무슨 일이야? 왜 그래?”

“저기, 저, 저기에 사자가…….”

가엾게도 현관에서 데이지를 기다리다가, 어슬렁어슬렁 복도를 돌아다니던 시에나의 암사자와 맞닥뜨린 모양이다. 그 짐작대로 곧이어 집채만 한 암사자가 슬슬 식당으로 들어오기 시작했다.

“히익!”

경악한 찰리가 얼음처럼 바짝 굳었다. 조금 전까진 홍당무처럼 붉던 얼굴이 이제는 백지처럼 허옇다. 그를 한심하게 쳐다본 암사자는 그대로 식탁을 가로질러, 상석에 앉은 시에나에게로 향했다. 시에나의 무릎에 머리를 올리고 뺨을 비비는 모습이 꼭 애교 부리는 고양이와 비슷하다.

"사람을 물지는 않으니 걱정하지 마."

아마도.

현명하게도 마지막 말은 꿀꺽 삼킨 알렉이 안심하라는 듯 웃어 보였다. 그럼에도 찰리는 쉽사리 긴장의 끈을 늦추지 못하고 시에나 쪽을 연신 흘깃거릴 따름이다.

"어머나, 겁쟁이 도련님이신가 보네."

아무렇지도 않게 암사자의 털을 쓰다듬던 시에나가 찰리를 돌아보며 진하게 웃었다. 찰리의 낯빛이 이번에는 시퍼렇게 물들었다.

"어, 어……."

"이름이 뭐라고요? 아까 잘 못 들었는데."

붉게 칠한 입술이 고혹적으로 휘어졌다. 벌벌 떠는 찰리를 보다 못한 알렉이 그 사이를 막아 섰다.

"그만 놀려요. 안 그래도 심약한 앤데."

"내가 뭘 했다고 이러실까? 이름 묻는 것도 안 돼요?"

"네, 안 됩니다."

알렉은 심드렁하게 대꾸하며 찰리의 등을 밀었다. 얼결에 식당에서 떠밀려 나가던 찰리는 저도 모르게 흘끗 뒤를 돌아보았다가 그만 시에나와 눈이 마주치고 말았다. 그때까지도 흥미진진하게 둘의 모습을 지켜보던 시에나가 때마침 살랑살랑 손을 흔든다. 그 모습에 찰리는 마치 귀신이라도 본 것처럼 황급히 식당을 달려 나갔다.

"대체 저 여자는 또 누굽니까? 네?"

찰리는 복도로 나오자마자 알렉을 붙들고 닦달했다. 원래도 심약한 구석이 있긴 했지만, 찰리가 이토록 시에나 같은 여자에게 겁부터 집어먹는 것은 어찌 보면 전적으로 그의 탓인지라 알렉은 순순히 옷깃을 붙들려 주었다. 고모의 눈을 피해 들로 산으로 나다니던 그를 대신하여 무시무시한 캐서린 공주를 대면하는 것은 늘 찰리의 몫이었기 때문이다.

"누구긴. 여기 집주인이지."

"서, 설마 그 괴팍하다는 여명의 마녀요?"

"그렇지."

알렉은 선선히 고개를 끄덕이며, 반쯤 영혼이 빠져나간 찰리의 손에서 서류를 뺏어 들었다. 팔락팔락 넘겨 보니, 명의가 그의 앞으로 되어 있는 부동산의 매매나 지난달 지출 내역 따위의 자질구레한 내용이다.

"여기다 서명하면 되지?"

"네……."

알렉은 가슴팍 주머니에 꽂혀 있던 만년필을 꺼내 멋들어진 사인을 그려 넣었다.

"달리 별일은 없었어? 사라 숙모님이 도박하다 걸린 거 말고. 여기로 올라오기 전에 네 편지 받아 봤어."

"도박으로 잡히신 분은 애들레이 공이십니다. 공작 부인께선 며칠 전 사기 혐의로 송치되셨죠."

"부부가 쌍으로 난리네."

진저리 치는 알렉에게 찰리가 조금 불안한 얼굴로 다가왔다.

"전하. 그보다 아셔야 할 것이 하나 있습니다."

캐서린 공주와 대면하는 일이 아니고서야 좀처럼 냉정함을 잃는 일이 없던 찰리가 웬일로 목소리를 떤다. 알렉은 말없이 눈길만 주었다.

역시나, 찰리의 입에서 튀어나오는 이름은 예상대로였다.

"어젯밤, 캐서린 공주 전하께서 다녀가셨습니다. 전하께 전하라 하시더군요. 행여 신변에 위협을 느껴 오킹엄을 떠나 있는 것이라면, 이제 그만 돌아와도 괜찮다고."

속을 알 수 없는 얼굴로 말끄러미 찰리를 응시하던 알렉이 문득 입매를 휘었다. 웃느라 살짝 벌어진 입술 사이로 변함없이 태평한 목소리가 흘러나온다.

“아, 그건 예상 못 했는데.”

“…….”

“뭐, 상관없으려나. 어차피 조만간 뵈려고 했으니.”

새싹처럼 연한 녹빛 눈동자가 서서히 어둠에 잠긴다. 전에 없이 서늘한 기운에 찰리는 저도 모르게 마른침을 삼켰다. 오래지 않아 본래의 밝은 모습으로 돌아온 알렉이 가볍게 명했다.

“마차 가져왔지?”

“네? 네.”

“그럼 잠깐 고모님 좀 뵙고 오자.”

당장 출발하려는 듯 현관으로 향하는 알렉의 모습에 찰리가 아연한 얼굴로 외쳤다.

“지금요?”

“어. 지금.”

“혹시 공주 전하랑 다투려고 가는 건 아니시죠? 만약 그런 거라면 마음의 준비가 필요합니다.”

슬쩍 돌아본 찰리는 꼭 전쟁터에 나가는 기사처럼 결연한 얼굴이다. 도리 없다는 듯 알렉은 야트막한 웃음을 터트렸다.

“내가 고모님이랑 왜 싸우겠어. 도리어 감사드려야지.”

맥락을 알 수 없는 얘기에 찰리는 멍한 표정만 지었다. 이제 그만 따라오라는 듯 손짓하며 알렉이 활짝 미소 지었다.

“덕분에 수수께끼가 풀렸잖아.”

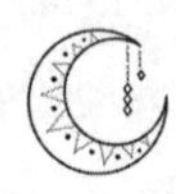

오킹엄 부촌 중에서도 으뜸가는 부촌, 로얄 이스트구(區)에 위치한 캐서린 아크라이트의 저택에 반가운 손님이 들었다.

"웬일로 네가 날 다 찾아왔구나. 지금쯤 이름 모를 바닷가에서 낮잠이나 즐기고 있을 줄 알았거늘."

마침 서택에 있던 캐서린은 늘 그렇듯 고상한 차림으로 조카를 반겼다. 그녀의 손등에 짤막하게 입을 맞춘 알렉이 눈만 빙그레 웃었다.

"세상에서 가장 아름답다는 아리아나 해변도 한 달씩이나 보고 있으려니 영 물려서 말이죠. 역시 저한테는 오킹엄의 화려한 연회장이 어울리나 봐요."

"듣던 중에 반가운 소리구나. 당분간은 네가 오킹엄에 얌전히 눌러앉을 테니."

두 사람은 밝은 햇살이 들이치는 응접실에 앉았다. 커다란 창문을 등진 캐서린의 갈색 머리칼이 가을철 잘 익은 밀처럼 빛난다. 더없이 우아한 자태로 차를 마시는 고모의 모습을 지켜보던 알렉이 느리게 말문을 열었다.

"찰리한테 말씀을 남기셨더라고요."

"……어젯밤에 남긴 말인데. 그걸 듣고 돌아온 거라면, 역시나 그 마녀도 동행했던 모양이구나."

찻잔 너머 캐서린의 얼굴이 영 불쾌한 기색을 띤다. 알렉은 가벼운 웃음소리를 흘리며 대꾸했다.

"그건 좀 봐주세요. 제가 누군가에게 쫓기는 걸 아셨다면, 때아닌 염문설을 감수하면서까지 빅토리아를 데리고 다닌 이유도 능히 짐작하실 거잖아요."

"글쎄. 네가 생각이 있는 아이라면, 그런 터무니없는 짓을 저지를 게 아니라 내게로 왔어야지."

"제가 고모님을 어떻게 믿고요."

알렉이 사근사근 말했다. 그의 입가에는 어느덧 미미한 미소가 떠올라 있었다.

"고모님께서 왕위를 탐내신다는 거야 골목길에서 뛰노는 어린애들도 다 알 법한 사실이고, 저만 없으면 고모님께서 유력한 왕위 계승자가 되는 것도 당연한 사실이고. 만약 누군가 제 목숨을 노린다면, 맨 먼저 의심할 사람은 당연히 고모님이 아니겠어요?"

"……굉장히, 불쾌하구나."

눈을 깜빡이는 것조차 잊고 빤히 알렉을 응시하던 캐서린의 얼굴이 어둡게 가라앉았다.

"지금까지 날 그리 여겨 왔던 거니? 언제든 네 목숨을 위협할 사람이라고?"

"비약하지 마세요. '누군가 제 목숨을 노리는 상황'에 한해서라고 말씀드렸잖아요."

"네 의심에 부응하지 못하여 안타깝구나. 안타깝게도 나는 아니야. 내가 왕위에 욕심을 내던 것은 맞다만, 조카를 해하면서까지 왕위에 오르고 싶진 않구나."

알렉은 느긋한 얼굴로 깍지 낀 양손을 무릎에 올려놓았다.

"네, 알아요. 고모님이셨다면 찰리에게 그런 말씀을 남기셨을 리 없죠."

그를 노리는 정체 모를 무리는 처음부터 이상했다.

이를테면 고작 말하는 비둘기도 알아내는 그들의 자취를 예순 명 가까운 근위대가 전혀 눈치채지 못했던 것이나, 대체로 무언가를 파괴하는 행위에는 걸맞지 않은 마녀들 사이에서 빅토리아의 창고 마법을 뚫고 괴한들을 빼돌릴 만치 군사 작전에 익숙한 마녀를 섭외했다는 것이나.

하지만 무엇보다 가장 이상한 것은 기초적인 마법 회로조차 제대로 갖추어지지 않았던 그의 사택이다.

'전하의 집은 마법 회로가 너무 부실해서 위험해요. 그런 집에서 머무는 건 순순히 내 목을 가져가시오, 하는 거랑 다를 바 없다고요.'

기본적으로 왕실의 건물에는 마법 회로가 깔려 있다. 부유한 사업가

들도 재산을 보호하기 위하여 억만금을 들여 촘촘한 마법 회로를 설치하는 마당에, 고귀한 왕족들이 머무는 곳에 마법 회로가 깔리지 않을 리 없다. 로엔그렌 궁전만 하더라도, 200년 전 알피어스 가문에 무려 칠백 개의 금궤를 대가로 바치며 마법 회로를 설치하지 않았나.

그러니 잉그람의 유일무이한 왕자요, 가장 유력한 차기 왕위 계승자가 머무는 저택에 부실한 마법 회로가 깔리는 것은 절대로 있을 수 없는 일이다. 심지어는 그냥 부실한 것도 아니고, 아무런 수작도 없이 곧이곧대로 날아드는 비둘기 한 마리조차 막지 못할 지경이라면.

'마법 회로가 작동하고 있는데, 그 비둘기는 여길 어떻게 들어온 거지?'

한마디로, 처음부터 말도 안 되는 이야기였다는 소리다.

"이상하죠. 놀라울 정도로 무능하던 근위대도, 괴이할 정도로 엉성하던 저택의 마법 회로도."

그는 마법사가 아니다. 마법 회로 같은 것이야 어렴풋한 존재만 알지, 어떻게 작동하고 어떻게 생겼는지 전혀 알지 못한다. 제아무리 마법 회로가 엉성한들 알아차릴 계제가 못 된다는 소리다.

만일 그날 예기치 않게 빅토리아가 나타나지 않았더라면, 지금까지도 그 사실을 전혀 눈치채지 못했을 터.

"전부 이상한 상황이었는데, 반대로 생각해 보니 그제야 말이 되더라고요."

근위대가 무능한 것이 아니라면. 군사 작전에 능한 마녀를 섭외할 정도로 돈과 권력이 넘쳐 나는 무리라면.

마지막으로, 그에게 일부러 부실한 저택을 내려 준 것이라면.

"답은 하나죠."

"……."

"왕실."

근위대는 왕자를 노리는 이들의 자취를 눈감아 주었다. 썩어 날 정도로 많은 금화와, 군부에 맞닿은 연이 빅토리아의 손에 잡힌 괴한들을 끄집어낼 수 있는 마녀를 연결해 주었다. 왕실의 사유 재산을 관리하는 브랜디 행정관은 윗선의 명으로 왕자에게 방어가 부실한 사택을 양도했다.

그렇게 가정하면 전부 말이 되었다.

"그래서 생각했죠. 정확히 왕실의 누구일까. 근위대와 군부와 왕실의 행정 부서를 맘껏 다룰 수 있으며, 나를 해칠 명분이 있는 사람. 사실 얼마 안 되잖아요. 몇 년째 이혼하네 마네 하는 버트윈 공일 리도 없고, 도박에 미친 애들레이 공일 리도 없죠. 뭣보다 그분들은 절 해칠 명분이 없어요. 제가 사라진들, 그분들이 왕위에 오르시려면 고모님 또한 사라져야 하니까."

"그래서 날 의심한 거니?"

"오, 너무 섭섭하게 생각하진 마세요. 제 입장에서 가장 의심스러운 사람을 찾으라면, 도리 없이 고모님을 지목해야 한다는 것 정도는 이해하시잖아요. 고모님께선 군부와 왕실 행정부를 다룰 능력도, 저를 해칠 뚜렷한 명분도 갖고 계시니까."

누구나 인정하는 왕실의 2인자. 둘째로 태어났다는 이유만으로 천하의 망나니 오라비에게 밀린 캐서린 공주는 능력도 야망도 충분했다. 왕위를 잇기 싫다며 바깥으로만 나도는 알렉에겐 늘 엄격한 어른의 얼굴을 보여 주지만, 훗날 그가 국왕이 되자마자 왕위를 넘긴대도 흔쾌히 받을 사람임을 알렉은 누구보다도 잘 알고 있었다.

그러니 왕실의 명예와 개인적인 야망 사이에서 번민하던 어느 날, 캐서린 공주가 갑자기 생각을 바꾸어 조카를 해친대도 아예 불가능한 일은 아니다. 저 드높은 자긍심으로 그런 추잡한 짓을 저지를 수 있겠느냐 싶지만, 평생을 간직해 온 욕망에 불이 붙는다면 사람이 완전히 뒤바뀔 여지도 충분했다.

"그런데 고모님도 아니다."

가장 유력했던 용의자가 제외된 선상에는 오직 한 사람의 이름만이 남아 있었다. 알렉은 가을철 낙엽처럼 버석하게 말라비틀어진 미소를 지으며 낮게 읊조렸다.

"그럼 그분밖에 없잖아요."

잉그람의 국왕.

나의 아버지.

몇 분째 가만히 찻잔을 들고만 있던 캐서린이 소리 없이 찻잔을 탁상에 내려놓았다. 망설임 끝에 고개를 들어 알렉을 바라보는 갈색 눈에는 드물게도 씁쓸한 빛이 떠올라 있었다.

"……진심으로 널 해치시려던 건 아니다."

"그러시겠죠. 제가 없으면 국왕 전하의 자리도 위태로우니까."

알렉이 날카롭게 웃었다.

"이유도 대강 짐작은 돼요. 요새 전하께서 아주 공을 들이시던 게 있잖아요. 마법 부대를 새롭게 창설한다나 뭐라나. 운 좋게 마녀와 계약할 수 있는 권리도 아직 남아 있겠다, 이참에 본인 주도로 이슈를 몰아 마법 부대를 창설한다면, 앞으로 의회와의 힘겨루기에서 우위를 점할 수 있겠다 생각하신 거겠죠."

마녀들을 모아 군부대로 만든다는 것은 오래전부터 논의되었던 사항이다.

북쪽 국경을 맞댄 반제에서 매해 시도하는 마녀의 군사화, 날이 갈수록 거세어지는 바다 건너 식민지의 저항, 더불어 끝이 보이지 않는 투텔 분리주의자들과의 전쟁까지.

200년 전 마녀들이 인간 사회에 편입된 이래, 위정자들의 눈에 마법이란 언제나 어마어마한 군사적 잠재력이 숨겨진 보석으로 비쳤다. 눈에 띄게 발전한 과학으로도 설명할 수 없는 마법의 신비를 부국강병의 수단으로 판단한 것이다.

하지만 대다수의 마녀들은 체질적으로 책상물림에 가까웠다. 대중에게 널리 알려진, 마른하늘에서 낙뢰를 내리거나 한여름에 겨울을 불러오는 거대한 마법은 수많은 마녀들 중에서도 오직 한두 명만이 가능한 이적이다. 나머지 마녀들은 별을 탐구하고 마법 이론을 가다듬는 데나 능하지, 사람을 죽이고 무언가를 파괴하는 행위에는 젬병이었다. 국왕에게 무조건적으로 충성하는 반제의 마녀들이 아직껏 군사적으로 큰 도움이 되지 못하는 것도 그런 연유다.

상황이 이러하니, 마법 부대의 창설 논의는 늘 중간에 흐지부지되곤 했다. 실효성도 없을뿐더러 마녀들의 반대도 심할 문제를 구태여 밀고 나갈 필요가 없다고 여겼기 때문이다.

그런 와중에 빅토리아 알피어스가 등장했다.

단신으로 대대 하나에 필적하는 힘을 지닌 마녀. 사실상 마법 병기.

마녀를 군사화하는 것이 영원히 불가능하다 여겼던 치들도 빅토리아의 찬란한 군공을 보고선 생각을 바꾸었다. 마녀를 병기로 써먹는 것은 가능했다. 그 산증인이 바로 빅토리아 알피어스다. 무수한 시행착오를 겪겠으나, 마녀의 군사화란 그만한 대가를 지불하고서라도 실행할 가치가 있는 사업이었다.

"그 시작이 바로 마법 부대의 창설이고요."

마녀의 군사화란 하워드 국왕도, 체임벌린 수상도 모두 동의한 사항이다. 새로이 마련된 마법 부대의 토대 아래, 마녀를 병기로 탈바꿈하는 작업이 장기적으로 이어질 것이었다. 그러니 일단 마법 부대를 만드는 것이야말로 급선무였다.

"그런데 여론의 지지가 따라 주질 못했죠."

예상 밖으로 여론은 마법 부대 창설에 호의적이지 않았다. 일차적으로 마른하늘에 낙뢰를 내리고 한여름에 겨울을 불러오는 몇몇 마녀·마법사들의 힘을 지나치게 경계한 까닭이며, 부차적으로는 마녀들과 국왕의 계약 문제였다. 마녀들이 국왕과 맺는 계약은, 마법 사회의 우두머리인 발푸르기스 평의회가 보증하는 계약이므로.

즉, 마법으로 이루어지는 계약인 것이다.

"충분히 그럴듯한 의심이에요. 마법으로 이루어지는 계약인 만큼, 행여 마녀들이 우리를 배신할 수도 있다는 생각은 누구나 할 수 있겠죠."

200년 전, 마녀의 피를 이은 에크하르트 왕에게 자발적으로 영원히 구속될 것을 맹세했던 반제의 마녀들과는 다르다. 잉그람의 마녀들은 반제에 비하면 훨씬 동등한 계약을 맺었다. 만일 마법 부대가 창설되어 마녀의 군사화가 이루어진다면, 잉그람 정부는 마녀들을 돈을 주고 고용해야 했다. 일종의 직업 군인인 셈이다.

하지만 그리 단련된 마녀들이 잉그람을 배신한다면? 발푸르기스 평의회가 보증하는 계약은 보증 당사자인 평의회조차 깨트릴 수 없는 강력한 계약이라지만, 어디나 예외는 있었다. 수십 년 전 인간 사회와 마법 사회를 들썩이게 만들었던 그리젤다 솔 같은 세기의 천재가 어느 날 갑자기 나타나, 잉그람 마녀들을 국왕과의 계약에서 해방시켜 줄지도 모르는 일이었다.

"기르던 사냥개에게 물려 죽는 것만큼 낯뜨거운 일도 없죠. 전 시민들의 우려가 당연하다고 생각해요. 윗분들은 조금 생각이 다르신 듯하지만."

마녀의 군사화란 입장은 같을지 몰라도, 국왕과 수상은 마법 부대 창설 시기에 대해선 의견이 달랐다. 총선을 앞둔 체임벌린 수상은 당연히 선거가 끝나기 전까지는 여론에 어긋나는 마법 부대 창설 문제에서 한 발 떨어져 있을 테지만, 누구보다 이 문제의 주도권을 쥐길 원하는 국왕은 수상이 발을 들이기 전에 이슈를 선점하려 들었다. 수상이 먼저 알렉에게 고개 숙이며 들어와, 자신에게 힘을 실어 달라 청한 것도 다 국왕의 재빠른 움직임에 위기감을 느꼈기 때문이다.

하지만 고삐 풀린 황소처럼 무작정 밀어붙이던 국왕도 이제는 도무지 바뀔 줄 모르는 여론의 벽에 부딪쳤다. 외려 마법 부대 창설을 고집하는 국왕의 지지율만 나날이 떨어지는 실정이었다.

하루가 다르게 전해지는 식민지의 어지러운 소식, 그리고 끝날 줄 모르는 투텔 분리주의자들과의 전쟁에서 사람들은 극심한 피로감을 호소하고 있었다. 많은 이들이 평화를 원했다. 근 200년, 누구도 먼저 잉그람을 공격한 적 없건만 도리어 잉그람의 침략으로 시작된 전쟁만 수십 수백 건이었다.

더한 권력을 누리겠다 덤볐다가 도리어 본인의 자리마저 위태로워진 국왕은 필사적으로 타개책을 모색했다. 평화를 원하는 사람들에게 경계심을 심을 수 있는 사건. 사람들이 마법 부대의 필요성을 절감할 단초가 반드시 필요했다.

"그게 바로 저였고요."

알렉은 못내 허탈하게 웃었다. 차츰 맞물리는 사건의 골자가 어처구니없다는 듯, 고개마저 내두르며.

"그래요. 확실히 제가 납치라도 된다면 반향이 대단하겠죠. 자비로운 조세핀 왕비 전하의 하나뿐인 아드님이 사라지셨노라 아주 난리도 아닐 거예요."

"널 다치게 하려는 의도는 아니셨어."

"네, 국왕 전하께서 어떤 의도셨는진 저도 잘 알겠어요. 두어 달, 어디 시골에 가둬 두려고 하셨겠죠. 영문도 모르고 감금된 채로 벌벌 떨 제 걱정은 조금도 하지 않으셨겠지만."

허탈하던 웃음이 일순 비뚜름하게 변모했다. 알렉은 마치 연극 배우처럼 양손을 과장되게 들어 올리며 한껏 빈정거렸다.

"엇나가던 왕자도 그 참에 제대로 정신을 차리면 얼마나 좋으셨겠어요. 잔뜩 겁을 집어먹고 돌아와선 '구해 주셔서 감사합니다', '앞으로는 무조건적으로 전하의 뜻에 따르겠습니다', 제가 이런 말을 늘어놓길 바라셨겠죠. 제가 탕아처럼 노는 꼴을 아주 불쾌하게 여기시던 분이잖아요? 본인 더럽게 노는 꼴은 생각도 못 하고."

"알렉."

상스러운 비난에 캐서린이 표정을 굳혔다. 알렉이 비웃듯 어깨를 들썩거렸다.

"왜요, 고모님도 내심 한심하게 여기시잖아요. 저조차 허락을 받아야만 드나들 수 있는 저 로엔그렌 내궁의 밀실에서 우리 국왕 전하께선 어떤 추잡한 놀이를 즐기시는지, 꼭 제 입으로 말씀드려야 하나요?"

"그만해라. 네 아버지야."

"그런 아버지라면, 차라리 없는 게 낫습니다."

알렉의 눈이 차갑게 번뜩였다. 지그시 입술을 깨물던 캐서린은 잔뜩 피로가 내려앉은 얼굴로 이마를 부여잡았다.

"이 문제는…… 그냥 이렇게 생각하자꾸나. 그만큼 국왕 전하께서 벼랑으로 몰리셨다고."

"마음도 넓으셔라."

"달리 방도가 없잖니. 궁전으로 쫓아가 국왕 전하께 따지기를 할 거야, 아님 국왕이 날 죽이려 했노라 떠벌리길 할 거야. 알렉, 날 믿으렴. 너는 덮는 것 말고는 할 수 있는 게 없어."

제아무리 하워드 국왕이 아들의 호감도를 발판으로 연명한다 할지라도, 그가 잉그람의 국왕인 이상 알렉은 그에게 복종하는 수밖에 없었다. 캐서린 역시 마찬가지다. 세상에서 하워드 국왕을 제일 잘 다루는 사람이 바로 그녀라곤 하지만, 종내에는 그녀도 오라비의 뜻을 따르는 수밖에 없었다.

"국왕 전하께는 내가 잘 일렀다. 더는 널 노리는 무리가 없을 거야. 넌 이제 안전해."

"그러니 이만 묻으라고요?"

알렉은 무표정한 얼굴로 캐서린을 쳐다보았다. 얼마간 알렉과 가만히 시선을 맞대던 캐서린이 천천히 손을 뻗었다. 못내 조심스러운 손길이 그의 뺨에 닿는다.

"알렉, 내 조카."

늘 얼음처럼 견고하던 얼굴에 황혼처럼 애틋한 빛이 감돌았다.

"너는 네 아버지처럼 변하지 않았으면 좋겠구나. 너만큼은 좋은 왕이 되었으면 좋겠어."

"전 자신이 없어요."

"내가 도와주마."

나만 따라오렴. 고요히 속삭이는 목소리가 깃털처럼 귓전에 내려앉는다. 알렉은 고개를 살짝 돌려 캐서린의 손에 가만히 얼굴을 파묻었다. 이 온기가 진실로 제 안위를 염려한다고 생각했던 적이 있었다.

"제가 어떻게 하길 원하세요?"

무기력하게 눈을 내리뜨고 알렉은 나지막이 물었다. 마치 어린아이를 어르듯 다정한 목소리로 캐서린이 속삭였다.

"네 미래는 이미 오래전 그려 두었다."

"어떤 미래죠?"

"잉그람 수백 년 역사가 칭송할 현왕. 만고에 길이 남을 잉그람의 성군."

내내 창백하던 캐서린의 얼굴에 점차 열기가 피어올랐다. 오래전 그려 두었던 조카의 미래가 눈앞에 펼쳐지기라도 한 듯이. 그녀의 오랜 꿈이 눈앞에 이루어지기라도 한 듯이.

말끄러미 그 얼굴을 들여다보던 알렉이 다시금 묻는다.

"제가 어떻게 하길 원하세요?"

캐서린은 점점 진하게 웃으며 알렉의 뺨을 정답게 쥐었다.

"우선은 대학을 제대로 졸업하는 것이 먼저겠지."

"그다음은요?"

캐서린은 가만히 웃기만 했다. 오래지 않아 붉은 입술이 고혹적으로 벌어진다.

"매럴린 양은 참 좋은 사람이란다. 요즘 아가씨답지 않게 선하면서 강단 있지. 그래, 마치 조세핀을 보는 듯해."

"……."

"네게도 잘 어울릴 거다."

말없이 캐서린을 바라보던 알렉은 그녀에게 순종하듯 얌전히 눈을 내리깔았다. 그런 조카가 장하여 캐서린은 오래도록 웃었다. 끈질기게 기다렸던 지난 몇 년. 드디어 그녀의 손에 왕자가 떨어졌다.

"어딜 그렇게 바쁘게 다녀와요?"

해 지는 저녁. 노을을 몰고 돌아온 알렉을 반긴 것은 빅토리아의 뾰족한 목소리다.

막 마차에서 내리던 알렉은 현관에 비딱하게 기대어 선 빅토리아를 보고 잠시 멈칫하더니, 씩 웃었다.

"몰래 다녀오려고 했는데 들켰네요."

"지금 시간이 몇 신데. 나 모르게 다녀오려거든 일찍 다녔어야죠."

"정신없이 바쁘다 보니 그만."

빅토리아의 미간이 살포시 찌푸려진다. 성큼성큼 다가오는 모습에는 골난 기색이 다분했다.

"며칠 엑서터에 있었다고 경계심마저 다 사그라든 거예요? 지금 본인의 상황이 어떤지 잘 알고 있다면, 이렇게 겁 없이 혼자서 나다닐 리가 없는데."

"그래서 찰리 데려갔잖아요."

"나 지금 장난하는 거 아니에요."

빅토리아의 표정이 서늘하게 가라앉았다. 그 얼굴이 어찌나 무시무시하던지, 마차에서 내리며 반갑게 손을 흔들려던 찰리가 혀 깨물 것처럼 놀라 얼른 자리를 피했다.

그럼에도 알렉은 눌리는 기색 없이 난감하게 뒷목이나 어루만질 따름이다. 한동안 시선을 피하며 말을 고르던 그가 한숨을 푹 내쉬며 백기를 들었다.

"미안해요. 곤히 잠든 사람 깨우기도 영 뭐해서."

"그래도 깨웠어야죠. 아님 내가 일어날 때까지 기다리든가."

"그래도 멀쩡하게 돌아왔으니 잘된…… 게 아니죠. 미안합니다. 다음부터는 멋대로 돌아다니지 않을게요."

빅토리아의 섬뜩한 눈빛과 마주치기 무섭게 알렉은 곧장 꼬리를 내렸다. 고개마저 숙여 보이는 그를 못마땅하게 쳐다보던 빅토리아가 팔짱을 끼며 취조하듯 캐묻는다.

"정오가 되기도 전에 나갔다면서요. 도대체 어딜 그렇게 싸돌아다녔길래 이제야 들어오는 거예요?"

"그냥 이곳저곳……."

"제대로 말 안 해요?"

"고모님 좀 뵙고 왔어요. 오킹엄으로 돌아왔다고 인사도 드릴 겸."

알렉의 즉답에 빅토리아의 표정도 아주 조금은 풀어졌다.

"그다음은?"

"로엔그렌 궁전이랑……."

"거긴 왜요?"

"브랜디 행정관이 나한테 할당된 내년 예산을 대폭 삭감해 버렸거든요. 가서 한바탕하고 왔죠."

짐짓 너스레를 떨 듯 알렉은 막힘없이 대답을 내어놓았다. 빅토리아는 눈을 가늘게 뜨고 그를 응시했다. 마치 진실과 거짓을 가늠하듯 집요하던 눈길이 머잖아 그를 떠나간다.

"다음부터 이 집을 나갈 일이 있으면, 꼭 나한테 말해요."

"네."

"자칫하다간 그 아까운 목숨 한순간에 끝날 수도 있단 말이에요. 대답만 잘하지 말고 똑바로 새겨들어요."

빅토리아는 전에 없이 진지한 태도였다. 가만히 눈을 깜박이며 그녀를 내려다보던 알렉이 문득 장난스럽게 웃는다.

"내가 그렇게 걱정됐어요?"

빅토리아의 눈썹이 도로 찌푸려졌다. 그러거나 말거나, 알렉은 묘하게 신이 난 기색으로 말을 이었다.

"그렇잖아요. 지금까지 문 앞에서 날 기다린 것도 그렇고, 이렇게 주의를 주는 것도 그렇고."

"당연히 걱정되죠. 당신이 잘못되기라도 하면, 우리 계약은 영영 물거품이 되는데. 이 일만 잘 해결되면 왕가의 보고에서 보물 꺼내 주기로 한 거, 잊지 않았죠?"

지극히 심드렁한 대답에 알렉은 그만 말문이 막혔다. 민망하게 웃으며 한 손을 들어 뒷목을 문지르려는데, 어째 빅토리아의 눈길이 그의 손을 따라 천천히 움직인다. 멈칫한 알렉은 의아하게 제 손을 내려다보았다.

손에 들린 편지 한 장. 조금 전, 마차에서 찰리가 건네주었던 수없이 많은 편지들 중에 하나였다.

"아, 이건 브랜포드 백작 부인의 초대장인데……."

알렉은 눈을 깜빡이는 것도 잊고 멀거니 초대장을 내려다보았다. 갑자기 떠오른 기막힌 생각이 그의 머릿속을 환히 밝혔다.

"빅토리아."

알렉은 저도 모르게 입을 열었다.

"나랑 생일 파티 갈래요?"

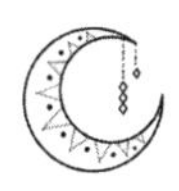

며칠 뒤, 브랜포드 백작 부인의 생일 파티가 성대하게 열렸다. 솔기가 다 터진 옷도 수선하여 입을 정도로 검소한 브랜포드 백작은 결혼한 지 스무 해가 지나도록 공처가를 자처하는 사람답게, 매해 사랑하는 부인의 생일만은 아낌없이 주머니를 풀었다. 실로 왕실에서 주최하는 연회에 버금갈 규모이니, 참석하는 이들의 면면만 보더라도 대단히 위용스럽다.

하지만 이번 연회에서 가장 주목할 점이 있다면, 단연 알렉 아크라이트 왕자의 참석 여부였다. 지난봄, 잉그람을 뒤흔들었던 염문설의 주인공은 벌써 한 달째 두문불출하며 머리털 하나 보이지 않고 있었다. 왕자의 보좌관인 찰리 스튜어트는 전하께서 힘겹게 병마를 이겨 내고 계시노라 공식적으로 발표했지만, 사실상 알 만한 사람들은 그 말을 전혀 믿지 않았다. 오죽하면 오킹엄 사교계의 일원들이 왕자를 두고 산으로 놀러 갔니, 바다로 놀러 갔니 내기를 걸 지경이다.

그러나 왕자를 아끼는 잉그람 국민들을 근심으로 이끌었던, 또한 왕자로 먹고 살던 삼류 기자들을 시름으로 이끌었던 왕자의 부재도 이제는 슬슬 막을 내리는 듯했다. 며칠 전, 캐서린 공주의 저택에서 왕자를 보았다는 목격담이 슬슬 번지더니, 근 한 달 잠잠하던 왕자의 최측근 찰리 스튜어트가 갑자기 바깥으로 나돌기 시작한 것이다.

툭하면 고소를 일삼는 캐서린 공주가 무서워 그녀의 저택을 취재하는 것만은 되도록 자제하던 삼류 기자들은 거의 목숨을 걸듯 결연한 의지로 저택 사이사이에 카메라를 밀어 넣기 시작했다. 물론 오래지 않아 내쫓길 운명이었다. 몇몇은 매일같이 왕자의 사택에서 출발하여 어딘가로 향하는 찰리 스튜어트의 마차를 쫓기도 했지만, 그조차 어느 지점에 이르러선 꼭 맥없이 놓치곤 했다.

'참으로 이상해. 마법에라도 걸린 것 같단 말이지.'

번번히 눈앞에서 마차를 놓친 삼류 기자들은 고개를 갸우뚱했다. 왕자의 연인이 마녀라는 걸 떠올리기 무섭게, 떨떠름한 얼굴이 되어 찰리 스튜어트의 뒤를 캐길 포기하긴 했지만.

하지만 이렇게 포기할쏘냐. 그들에겐 다행히도 브랜포드 백작 부인의 생일 연회라는 마지막 보루가 남아 있었다. 브랜포드 백작 부인으로 말할 것 같으면, 왕자의 먼 친척이자 오래전부터 친분을 다져 온 지인. 만약 왕자가 오킹엄으로 돌아온 것이 맞다면 이 자리에 불참할 리 없었다.

그 예상대로, 알렉 왕자는 늦은 밤 브랜포드 가문의 저택에서 근 한 달 만에 모습을 드러냈다.

"전하! 지금까지 어디 계셨는지 알려 주십시오!"

"이쪽을 봐 주세요, 전하!"

"《더 트레이스》의 독자들에게 한 말씀 부탁드립니다!"

내쫓는 경호원들의 손길에도 불구하고, 대문의 창살 사이로 얼굴을 끼운 채 카메라를 들이미는 이들이 수없이 많다. 마차에서 폴짝 뛰어내린 알렉은 상쾌한 미소로 그들을 맞이했다. 시장통처럼 난리인 대문 바깥과 다르게, 한적하기 그지없는 정원에서 손까지 흔들어 주는 여유를 보이기도 했다.

뒤이어 빅토리아 알피어스가 조심스럽게 마차에서 내렸다. 찰칵, 찰칵. 왕자의 웃는 얼굴을 집요하게 찍던 사진 기자들이 황급히 초점을 돌려 빅토리아 알피어스의 전신을 담기 시작했다. 틀어 올려 보석으로 장식한 은빛 머리칼과, 단정한 어깨를 그대로 드러내는 하얀 드레스. 지상에선 별빛보다 밝은 카메라 셔터가 수없이 어두운 대문 안팎을 밝혔다.

이전에는 잉그람 군의 샛별로 불리던 빅토리아 알피어스는 불과 두어 달 전부터 왕자의 연인으로 널리 이름을 알리기 시작했다. 처음에 사람들은 그녀가 마녀라는 데 집중했으나, 왕자의 연인으로서 공식 석상에 처음 모습을 드러낸 뒤로는 상황이 180도 바뀌었다. 사람들은 보기 드물게 미려한 그녀의 외양이나, 등을 훤히 드러내는 파격적인 차림에 집중했다. 물론 자극적인 소재를 좋아하는 삼류 기자들이 그쪽으로 사람들의 관심을 유도한 것도 없잖아 있다.

좌우지간 빅토리아 알피어스는 자신도 모르는 새, 잉그람의 유행을 선도하는 아이콘이 되어 있었다. 윗가슴은 드러내도 다른 신체 부위는 결벽적으로 가리던 상류층 아가씨들이 조금씩 살결을 드러내기 시작한 것은 두말할 것 없이 빅토리아의 영향이다. 기자들은 멀리서나마 눈을 빛내며 그녀의 차림을 훑어 내렸지만, 특징적인 점을 잡아내기도 전에 젊은 연인은 연회장으로 발걸음을 옮기기 시작했다.

등 뒤에서 기자들이 자신의 이름을 연호하거나 말거나, 빅토리아는 땅에 끌리는 기다란 드레스 자락과 높은 구두 굽에만 온 정신을 집중했다. 몇 번이고 넘어지려는 걸 알렉이 단단히 받쳐 주었다.

"다시는 이런 데 안 와요."

빅토리아가 몹시 분한 기색으로 읊조렸다. 그녀의 팔을 받치며 알렉은 순순히 수긍했다. 여기서 더 빅토리아의 성질을 건드렸다간, 정말로 잉그람 역사에 길이 남을 파국이 벌어지는 수가 있었기에.

기실 빅토리아가 이토록 예민해진 까닭은 따로 있었다. 거추장스러운 드레스 자락이나 뜨악할 정도로 높은 굽, 사람들의 이목 따위야 이전에 참석했던 두 번의 연회에서도 크게 개의치 않았던 것들이다. 하지만 처음 입는 드레스도, 처음 신는 구두도, 처음 겪는 상황도 무던히 넘기던 빅토리아가 도무지 참을 수 없는 사람이 있었다.

바로, 시에나 자일스.

'섬머! 데이지! 이리 와 비키를 좀 보렴. 세상에나, 완전히 다른 사람 아니니? 밖에서 보면 못 알아보겠어. 때 빼고 광 내면 하찮은 돌멩이도 보석이 된다더니. 비키, 너도 그런 게 가능했구나?'

화려하게 치장한 빅토리아의 모습을 보자마자, 시에나 자일스는 칭찬인지 조롱인지 모를 말을 줄기차게 늘어놓았다. 이제는 듣는 것만으로 피로감을 가져오는 깔깔거리는 웃음소리는 덤이다.

심지어는 잔뜩 골이 난 빅토리아가 드레스 차림으로 시에나에게 덤비려다, 그만 치맛자락을 밟고 바닥에 엎어지기까지 했다. 그마저 시에나는 허리를 꺾어 가며 웃었고, 오직 알렉만이 건드리면 터질 듯 예민해진 빅토리아를 어떻게 달래야 할지 고심했다.

"오늘이 내 생애 두 번째로 최악인 날이에요."

연회장을 앞두어 빅토리아가 조그맣게 투덜거렸다. 알렉은 그저 씁쓸하게 웃기만 했다. 시에나와 막시무스가 쌍으로 난장을 피웠을 때 이미 마음을 놓은 까닭일까. 생애 첫 번째로 최악은 아니라 다행이란 생각마저 들었다.

"알렉 아크라이트 왕자 전하, 그리고 빅토리아 알피어스 경이 드십니다!"

우렁찬 시종의 목소리에 뒤이어 두 사람은 연회장의 문턱을 넘었다. 삼삼오오 모여 재잘거리던 이들이 눈을 휘둥그레 뜨고 문가를 돌아본다. 삽시간에 말소리가 잦아든 연회장에는 부드러운 바이올린 선율만이 흘렀다. 하지만 그것도 잠시, 왕자와 면식이 있는 자들이 발걸음을 뗀 것을 시작으로 적잖은 사람들이 문가로 모여들었다.

"전하. 오랜만에 뵙습니다. 이제 몸은 괜찮으신 건가요?"

"얼마나 근심했는지 모릅니다. 매일 밤마다 전하께서 얼른 쾌차하시기만을 바라며 기도드렸어요."

목소리만 다를 뿐이지, 정작 내용은 죄다 비슷비슷한 말을 들으며 알렉은 버릇처럼 미소를 지어 올렸다. 어릴 적, 무서운 고모를 앞에 두고 매일같이 연습해야 했던 미소는 오늘도 빛을 발하였다.

그때, 바글바글한 인파의 틈바구니로 캐서린의 냉정한 얼굴이 언뜻 스쳤다. 알렉은 사방에서 빗발치는 쓸데없는 질문에 적당히 대꾸해 주며, 웃음기 가득한 눈으로 넌지시 캐서린을 마주 보았다. 조카를 말없이 지켜보던 눈길이 어느덧 무료해 뵈는 빅토리아에게 닿더니, 금세 못마땅한 빛을 띤다. 그쯤에서 알렉은 자연스럽게 빅토리아의 귓가로 고개를 숙여 나지막이 속삭거렸다.

"잠시 고모님께 인사만 드리고 올게요."

"……나는 같이 안 가도 돼요?"

소란의 가운데서 영혼이 반쯤 빠져나간 얼굴로 가만히 서 있던 빅토리아가 그제야 고개를 슬쩍 들어 올렸다. 알렉은 조용히 웃어만 보이며 그녀의 가느다란 어깨를 살짝 쥐었다가 놓았다. 덧없이 온기가 떨어져 나간 어깨를 빅토리아는 제법 오래간 내려다보았다.

빅토리아를 구석의 기둥으로 보낸 뒤, 알렉은 수없이 쏟아지는 인사에 미소로 화답하며 캐서린에게 향했다.

"우리 고모님께선 또 무엇이 그리도 마음에 들지 않으실까. 제겐 어디서든 웃으라시던 분이."

마차에서 내릴 때부터 연신 싱글거리던 낯은 얼음처럼 차가운 캐서린 공주를 대면하고서도 변치 않았다. 싸한 눈으로 흘끗 그를 올려다본 캐서린이 못내 차디찬 미소를 머금었다.

"방금 못 볼 사람을 보아서 말이다."

"……."

"오늘 매럴린 양이 참석하지 않은 것을 다행으로 알렴. 아직은 네게 환상이 많아 상처도 클 테니."

마치 가소로운 것을 대하듯 캐서린은 알렉의 뺨을 검지로 톡톡 두드렸다. 물끄러미 그녀를 내려다보던 알렉이 빙긋 웃었다.

"그렇다고 하루아침에 잘라 낼 수는 없잖아요? 저 때문에 고생한 사람인데."

"질질 끌어 봤자 좋을 것 하나 없단다."

"적당한 때란 게 있잖아요, 고모님."

알렉이 사근사근 눈웃음 치며 속삭인다.

"고모님은 나서지 마세요. 제가 저지른 일이니, 제가 마무리할 겁니다."

"도대체 널 믿을 수가 있어야지."

"염려하지 마세요. 전 그저 지금까지 고생해 준 빅토리아 경에게 마지막까지 예의를 지키고자 할 뿐이니."

"네 이런 우유부단한 행동이 매럴린 양에겐 상당한 무례가 된다는 걸 어찌 모를까?"

딱하다는 듯 캐서린이 소리 내어 혀를 찼다. 알렉은 그저 어깨만 가볍게 으쓱였다.

"정말로 왕실의 사람이 될 거라면, 이쯤에서 환상은 접어야지 않겠어요?"

한동안 캐서린은 말없이 그를 응시하기만 했다. 속내를 샅샅이 훑어보는 집요한 시선을 별탈 없이 받아 내며 알렉은 여상하게 말을 이었다.

"저와 매럴린 양의 약혼 소식을 왕실에서 일방적으로 발표한다면 십중팔구 온갖 말이 나돌 겁니다. 뻔하죠, 뭐. 저랑 빅토리아 경은 한순간에 비극적인 연인이 될 테고, 국왕 전하와 고모님, 심지어는 매럴린 양까지 듣지 않아도 될 말을 듣게 되겠죠. 그건 고모님도 바라시는 바는 아닐 테고요."

"공개 기자 회견이라도 하겠다는 말이니?"

"예전처럼 내로라하는 기자분들을 전부 초청한 자리면 좋겠네요."

벌써 5년이나 지난, 잉그람에선 불문율이나 다름없는 〈봄비에리의 참극〉을 운운하는 소리였다. 그 당시 머리가 빠개지도록 알렉의 뒷수습을 하고 다녔던 캐서린은 조용히 입술을 다물었다. 홉뜬 눈이 지독하게 써늘하다.

"그래. 자리는 마련해 주마."

"……."

"다만 저 마녀는 오늘로 끝내렴. 다시는, 내 눈에 띄게 하지 마."

한 발짝 가까이 붙어선 캐서린이 단호히 경고했다. 말끄러미 그녀를 응시하던 알렉이 말없이 싱긋 입꼬리만 올려 웃었다.

기둥에 기대어 한참이나 바닥의 마름모 무늬를 헤아리던 빅토리아가 문득 고개를 들었다. 저 멀리로, 무엇이 그리도 재미난지 하나같이 웃는 얼굴로 대화를 나누는 사람들이 보인다. 눈부신 샹들리에 불빛을 머리에 드리운 채로 음악에 맞추어 춤추는 모습을 물끄러미 바라보고 있노라면,

도대체 내가 여기서 무얼 하고 있는 것인지 자괴감이 밀려오곤 했다.

생의 절반을 고독한 짐승으로, 나머지 절반은 알피어스의 마녀로 살아온 빅토리아는 당연히 인간을 쉽사리 이해하지 못했다. 저들이 마녀를 괴이한 족속으로 치부하는 것처럼, 으레 마녀들의 눈에도 인간은 이상하게 비쳤다. 특히나 당장이라도 벗어 던지고픈 굽 높은 구두를 매일같이 신고 돌아다닌다는 점에서, 평생토록 인간을 이해할 날은 오지 않으리라 여겼다.

그럼에도 그녀는 지금 여기에 있다. 목줄에 걸린 것도 아니요, 천치처럼 속아서 온 것도 아니다. 같이 가 줄 수 있느냐는 조심스러운 물음에 난색 한 번 표하지 않고 고개를 끄덕였다. 불편하기 짝이 없는 차림과, 진기한 동물이라도 보듯 끈덕지게 이어지는 눈길을 감수하면서까지.

어째서?

빅토리아는 저도 모르게 슬쩍 눈썹을 찌푸렸다. 매사에 단호하고 솔직했던 그녀는 흐린 안개라도 낀 것처럼 불투명한 자신의 심중이 참으로 낯설었다. 무엇을 원하고 어떻게 느끼는지 언제나 확실했던 나날들. 요사이 갑작스럽게 엄습한 불확실의 나날은 그녀에게 적잖은 불안감을 선사하고 있었다.

그때, 발치로 검은 그림자가 불쑥 치밀었다. 기둥에 등을 기대고 사람들이 춤추는 모습을 한가로이 지켜보던 빅토리아는 느지막이 고개를 들었다. 볕에 그을린 중년의 사내. 잘 차려입은 걸 보면 무슨 남작이니, 무슨 백작이니 하는 귀족일 테지만 전혀 안면이 없다.

"참으로 편해 보이십니다, 빅토리아 경."

조롱하는 기색이 다분한 목소리다. 아무래도 낯선 얼굴을 가만히 응시하던 빅토리아가 느릿하게 말문을 열었다.

"내가 편해 보여요?"

"투텔에서 죽어 가는 가엾은 군인들은 나 몰라라 내팽개치고, 왕자 전하의 연인 자리를 꿰찼지 않습니까? 게다가 감히 이런 연회에도 초청

되질 않나."

사내는 얇은 입술을 비틀었다. 웃는 것인지, 찡그린 것인지 모를 일그러진 얼굴을 빅토리아는 그저 말없이 지켜보기만 했다.

"참으로 낯짝도 두껍지. 끝내 내게는 사과 한마디 없군요."

"사과?"

"오호라. 이제는 아예 기억도 안 난다, 이겁니까?"

빅토리아는 가만히 눈만 깜박였다.

"우리가 아는 사이던가요?"

갑자기 써늘한 침묵이 밀려들었다. 빅토리아는 터질 듯 팽팽하게 당겨진 분위기를 쉬이 감지했다. 멀찍이서 힐끔댈 뿐 가까이 다가와 말 붙일 생각은 못 하던 사람들이 죄다 경악한 얼굴로 이편을 돌아보는 기척도 느껴진다.

사내는 꽤나 오랜 시간 침묵했다. 묘하게 불편해진 분위기도, 좀체 이어지지 않는 대화에도 빅토리아는 슬슬 지루함을 느끼던 차였다. 하지만 인간들은 무릇 쓸데없는 예의란 걸 아주 중요하게 여긴다고 했다. 혼자서 온 것이면 모를까, 알렉과 동행한 입장에서 괜한 사고를 친다면 사람들 입방아에 오르내릴지도 모른다. 물론 빅토리아야 그런 건 조금도 신경 쓰지 않았지만, 잉그람의 왕자 전하는 사정이 다를 터였다.

그리 끈질기게 대답을 기다린 지 얼마나 되었을까. 빅토리아가 스스로의 인내심에 극찬을 보낼 지경이 되어서야, 사내는 무거운 입을 열었다.

"잉그람 북방 사령부 휘하 투텔 특수 작전 부대."

"……."

"이래도 생각나는 게 없습니까?"

어쩐지 음울하게 가라앉은 주름진 얼굴을 들여다보며 빅토리아가 천천히 운을 뗐다.

"음……. 더글라스 소령?"

"옥슬리 소령입니다! 마틴 옥슬리!"

"아, 그 휑한 이마를 보니 떠오르네요."

이제야 생각난 듯이 빅토리아가 가볍게 박수를 짝 쳤다. 부글부글 끓어오르는 표정으로 옥슬리 남작이 일갈했다.

"도대체가 경의 그 잘난 머리는 장식입니까? 어떻게 날 잊어요! 다른 사람은 몰라도 내 얼굴, 내 이름은 똑바로 기억해야 하는 것 아닙니까!"

"내가 왜 소령을 기억해야 돼요? 딱히 기억하고 싶은 얼굴도 아닌데."

기나긴 침묵에도 얼굴을 찌푸리는 일 없던 빅토리아가 별안간 불쾌한 표정을 지었다. 다른 건 몰라도 눈 하나는 대단히 높은 마녀다웠다.

"경이 내 다리를 이 지경으로 만들어 놨잖습니까!"

얼굴이 시뻘게질 정도로 분노한 남작이 돌연 바지를 걷어 올렸다. 굳이 남작의 맨다리를 보고 싶지 않았던 빅토리아는 이맛살을 찌푸리며 고개를 돌리려 했지만, 남작의 종아리에 길게 새겨진 검붉은 흉터가 먼저 그녀의 눈을 사로잡았다.

마치 뱀이 기어가듯 꿈틀거리는 상흔. 조금 놀란 기색으로 흉터를 들여다보던 빅토리아는 무럭무럭 떠오르는 기억에 절로 입술을 벌렸다.

"아."

그 건조한 감탄사에 옥슬리 남작은 폭발하고 말았다.

"평생을 절뚝이며 살아야 한답니다. 평생 사라지지 않을 흉터고요! 난 당신 때문에 제대했습니다. 내 청춘을 모조리 바친 군대에서, 망할 당신 때문에 내쫓겼다고!"

"나 때문에?"

남작의 일갈을 심드렁하게 듣던 빅토리아가 슬쩍 미간을 찌푸린다. 열불이 터진다는 듯 옥슬리 남작은 가슴팍을 마구 두드렸다.

"곁에서 날 보호하라고 했잖습니까! 부대의 대장이 무너지면 나머지도 전멸이라고! 그런데 당신은 어찌했습니까? 날 버리고, 우리 부대원도 버리고 혼자서 멋대로 돌아갔잖아!"

"하지만 거긴 학교였잖아요."

도무지 이해가 안 된다는 듯 빅토리아가 항변했다.

"기껏해야 열네댓 되는 애들이 다니는 학교였다고요. 애당초 거길 공격한 게 잘못이죠."

"전쟁에 공격하면 안 될 곳이 있답니까? 투텔에서 그리 구르고도 아직도 그 무른 생각을 못 고쳤어요? 게다가 거긴 그냥 학교가 아니라, 반동분자들을 숨기고 있는 굴이었습니다!"

"그럼 그 반동분자인지 뭔지만 잡아들이면 되죠. 왜 멋모르는 애들까지 죽이라고 해요?"

빅토리아가 못내 짜증스럽게 대꾸했다. 그러자 갑자기 얼어붙은 공기가 피부로 와닿는다. 의아하게 주변을 돌아보던 빅토리아는 오래지 않아 이유를 깨달았다.

"아, 맞다. 이건 기밀이랬는데."

경악한 사람들을 배경으로 삼아 서 있던 옥슬리 남작이 별안간 절뚝이며 다가왔다. 남작은 빅토리아의 코앞에서 걸음을 멈추더니, 이내 음산하게 가라앉은 눈을 들어 올렸다.

"……경은 그 주둥이가 문젭니다."

"의외네. 그 명령이 잘못되었다는 건 아나 봐요?"

"잘못? 허, 잘못이라니."

옥슬리 남작은 코웃음을 터트렸다.

"어차피 지 애미 애비 따라서 반동분자로 자랄 애들입니다. 아마도 지금쯤, 경이 제멋대로 살려 준 그 애새끼들이 우리 잉그람의 청춘들을 잔인하게 척살하고 있겠죠. 미리 재앙의 씨앗을 제거하지 않은 탓입니다. 경의 잘못이라고요."

"그러게 잉그람이 싫다는 동네는 그냥 좀 놔주지, 왜 그렇게 아득바득 쥐려고 해서 불쌍한 청춘들을 사지로 내몰아요?"

"어째 반동적으로 들리는 말씀입니다?"

"아니꼬우면 잡아 가시든가. 참, 이제는 군인도 뭣도 아니랬죠?"

빅토리아가 피식 웃었다. 한 뼘 정도 차이 났던 거리가 단숨에 좁혀들었다.

"있잖아요, 한때 소령이었던 아저씨."

지근거리에서 마녀의 벽안이 새파랗게 빛난다.

"적당히 해요. 자꾸 그러면 한쪽 다리, 아예 못 쓰게 만들어 주는 수가 있으니까."

남작의 뺨이 부들부들 경련을 일으켰다. 분노와 수치심으로 얼룩진 얼굴에서 절로 떨리는 목소리가 흘러나왔다.

"감히 잉그람의 귀족을 협박하는 겁니까?"

"지루하네. 결국에 기댈 데는 잘난 신분밖에 없죠?"

"난 국왕 전하께 훈장을 받은 명예로운 군인입니다. 내 생에는 한 치의 부끄러움도 없습니다."

"그건 나한테 할 소리가 아니라 기자들한테 할 소리죠. 그렇잖아도 내일 신문에 소령이 저지른 민간인 학살 얘기가 대문짝만하게 실릴……. 참, 말하면 안 되는데."

낭패라는 듯 빅토리아가 눈을 찡그렸다.

"좌우지간 내일부터 바빠질 거라고요. 인간들은 어려운 일이 닥치면 꼭 교회에서 기도를 드린다던데, 오늘 집으로 돌아가는 길에 교회라도 들러 보시든가."

산뜻하게 마무리하며 빅토리아는 한 발짝 뒤로 물러섰다. 흉하게 일그러진 남작의 얼굴도, 대경하여 시퍼렇게 질린 낯으로 이편을 주목하는 사람들의 모습도 참으로 마음에 든다. 아마도 내일부터는 육군성에서 날아드는 편지로 꽤나 골치가 아프겠지만, 그 거지 같은 족속들에게 한 방 먹였다는 것만으로도 충분히 감내할 가치가 있는 고생이다.

"……그러는 경은 뭐가 그리도 잘났습니까?"

그쯤에서 자리를 피하려는 순간이었다. 발목을 잡는 음산한 목소리에 빅토리아는 눈을 돌렸다.

"투텔에서 가장 많은 전공을 세운 자가 누굽니까. 투텔의 반동분자들이 이를 갈며 증오하는 사람이 대체 누구였죠? 바로 경입니다. 다른 사람도 아니고, 가장 많은 피를 묻힌 당신이 내게 그따위로 설교를 해?"

숨죽였던 남작의 분노가 삽시간에 되살아났다.

"당신은 날 비난할 자격 없어. 똑같은 나락에서 굴렀으면서 뭐가 그리 잘났다고 날 비난해! 적어도 난 잉그람의 명예를 위해 싸웠어! 근데 당신은 뭐야! 감옥으로 끌려가기 싫어서 온 거잖아! 까딱하면 죄인이 될 뻔했던 주제에, 뭐? 잘못? 당신 제정신이야?"

어느덧 바이올린 선율마저 끊긴 연회장에 남작의 고함 소리만 쟁쟁하게 울려 퍼졌다. 붉으락푸르락 달아오른 사내의 얼굴을 빅토리아는 그저 말없이 지켜보기만 했다. 눈 한 번 깜빡하지 않는 무표정한 낯에선 쉽사리 감정을 읽어 낼 수 없다.

마침내 지옥 같은 정적이 찾아들었다. 누구 하나 선불리 말리지 못하는 대치 상황에서 문득 빅토리아가 입술을 뗀다. 흘러나올 대답은, 아마도 선선한 긍정.

그때, 경쾌한 목소리가 둘 사이를 비집고 들어왔다.

"남작과는 다르죠."

조용히 기둥 옆으로 다가온 알렉이 빅토리아에게로 허리를 숙이며 눈을 맞추었다. 매끄럽게 휘어진 눈가에는 봄처럼 상냥한 웃음기가 만발했다. 빅토리아는 일순 말문이 막힌 표정으로 멍하니 그를 바라보았다.

"적어도 빅토리아는 그걸 자랑스럽게 여기진 않잖아요."

알렉의 목소리가 연회장을 둔중하게 울렸다. 경악하는 옥슬리 남작. 놀라 까무러치는 사람들. 그 틈바구니에서 빅토리아는 남몰래 가느다랗게 떨리는 숨결을 내뱉었다. 누구도 알아채지 못할 긴장감의 흔적을.

알렉은 빅토리아의 손을 잡고 밖으로 나왔다. 충격에 휩싸인 연회장에선 선불리 그들을 말리는 사람도 없었다. 알렉에게 이끌려 연회장의 문턱을 넘으며 빅토리아는 흘끗 뒤를 돌아보았다. 서서히 좁아 드는 문틈으로 경악을 금치 못하는 사람들의 얼굴이 언뜻 비친다.

이대로 마차에 들어 시에나의 저택으로 연행되리라 여겼던 예상과 달리, 알렉은 그녀의 손을 꼭 붙들고 연회장 뒤편의 후원으로 향했다. 간간이 오솔길을 내리비추는 가로등을 제하면 장대처럼 키 큰 가로수들만 한없이 늘어선 정원. 앞서 걷는 알렉의 뒷모습을 물끄러미 응시하던 빅토리아가 입을 열었다.

"이렇게 나와도 괜찮아요?"

간혹 밤새 우짖는 소리만 들려오던 사위에 나지막한 목소리가 스며들었다. 알렉은 그제야 뒤를 돌아보았다. 조금 멍한 시선이 빅토리아의 이마께를 헤매더니, 어느덧 그녀의 등 뒤로 펼쳐진 어둠에 가닿는다. 뒤쫓는 사람이 없음을 확인한 알렉은 널찍하던 보폭을 줄이며 빅토리아와 나란히 걷기 시작했다.

"연회의 주연인 브랜포드 백작 내외와도 인사를 나눴으니, 누가 뭐라고 하겠어요."

"……내 말은 그게 아니라."

입술을 살짝 깨문 빅토리아가 짤막한 고심 끝에 말을 잇는다.

"미안해요. 괜히 불똥 튀게 만들어서."

매사 지나칠 정도로 당당하던 사람답지 않게 시무룩한 투였다. 흠, 얕은 콧숨을 내쉬며 입매를 매만지던 알렉이 선뜻 입을 열었다.

"계속 비밀로 간직하려고 했어요? 아닐 것 같은데."

"여길 뜨기 전에 터트리려고 했죠."

"그럼 상관없잖아요. 어차피 터트리는 건 매한가진데."

"난 여기 당신의 연인으로 온 거잖아요. 오롯이 빅토리아 알피어스로 온 게 아니라."

내리 여유롭던 알렉의 표정이 조금 미묘해졌다. 전혀 생각지도 못한 소리라도 들은 것처럼 좀체 말을 잇지 못하자, 그 사이로 빅토리아의 여상한 목소리가 비집고 들어온다.

"모르긴 몰라도, 내일부터는 많이 시끄러울 거예요. 마녀인 내가 보기에도 심각한 사안이니까."

"……음, 시끄럽겠죠. 아주 많이."

저택을 에워싸는 기자 무리, 이곳저곳서 빗발치는 편지들, 무서운 고모님의 호출. 그다지 낯설지 않은 미래를 어렵지 않게 상상한 알렉이 허탈한 웃음소리를 냈다.

"하지만 꼭 알려져야 하는 일이잖아요. 군이 투텔에서 그런 짓을 저질렀을 줄은 짐작도 못 했는데……."

알렉은 씁쓸한 표정으로 읊조렸다.

"게다가 알 만해요. 보나 마나 남작이 짜증스럽게 굴었겠죠."

"어떻게 알았어요?"

"유명해요, 원래."

대강 얼버무리며 넘어가려던 알렉의 시도가 무색하도록, 빅토리아는 특유의 동물적인 감으로 이상함을 감지했다.

"왜요. 소령이 맨날 내 욕 했어요?"

"욕이라기보다는……."

"아하, 욕했구나?"

"맨날은 아니고……."

알렉은 슬슬 빅토리아의 시선을 피했다. 망할 옥슬리 남작. 하여간에 그 작자는 지랄맞은 성질이 문제다.

"어쨌든 너무 개의치 마요. 언젠가는 반드시 터져야 할 일이었으니까. 옳은 일을 한 거예요."

빅토리아가 멈칫하며 그를 빤히 올려다보았다. 어둠 속에서도 어렴풋하게 빛나는 벽안을 마주하며 알렉은 조금 어설프게 웃어 보였다. 최대한 자연스럽게 웃으려고 했는데, 뱃속에서 들끓는 긴장감 때문인지 좀체 입꼬리가 제 맘대로 움직이질 않는다. 그래선지 빅토리아가 운을 떼는 소리에도 반응이 뒤늦었다.

"2년 전에 실수를 했어요."

한동안 입술만 달싹거리던 빅토리아가 신중하게 말을 이었다.

"평소처럼 길을 걷는 중이었는데, 갑자기 누가 칼을 들이밀며 가진 돈 다 내놓으라 하더라고요. 상대하기도 번거로워서 그냥 마법으로 밀치고 가려고 했는데, 그 사람 발을 헛디뎠는지 뒤로 넘어지더라고요. 기껏해야 머리 좀 깨졌겠지 싶었죠. 그런데 그대로 죽어 버렸어요."

"……."

"왜요. 내가 거짓말하는 것 같아요?"

"아, 아뇨……."

알렉은 적잖이 당혹스러운 얼굴로 고개를 저었다. 사람은 생각보다 쉽게 죽는다. 자명한 사실이지만 설마 캐서린 공주가 운운하던 비밀이, 아버지가 잡았다던 그녀의 약점이 저런 사정일 줄은 꿈에도 몰랐다.

"다들 안 믿더라고요."

빅토리아는 무심히 고개를 틀었다.

"나도 이해는 돼요. 내가 생각해도 어처구니없는 일이니까. 오죽했으면 고모도 처음엔 날 의심했을까요. 어느 날, 내가 수틀려서 사람을 죽이고 거짓말만 일삼노라, 다들 그렇게 여기던걸요."

"하지만 그건 다 심증일 뿐이잖아요."

"글쎄요. 만약 알렉, 당신이 그런 일에 휘말렸다면 의심하는 사람들도 섣불리 당신을 살인자라 매도하진 않겠죠. 하지만 난 달라요."

빅토리아가 물끄러미 그를 응시했다.

"난 전적이 있으니까."

알렉은 말없이 입술만 살짝 벌렸다. 찰리가 며칠 밤낮을 새우면서도 찾지 못했던 그녀의 열 살 이전의 행적. 어쩐지 불현듯 그것이 떠올랐다.

"그 이전에 내가 살인을 저질렀단 건 아니에요. 그저…… 사회화가 좀 덜 되었던 시절이 있었어요."

"사회화요?"

"짐승처럼 살았다고 해야 하나."

진지하게 중얼거린 빅토리아가 연신 고개를 주억거렸다.

"맞아요, 짐승처럼 살았다는 게 맞겠네요. 어릴 때 난 이름도 없고, 상식도 없었어요. 당연히 누굴 해치면 안 된다는 사실조차 몰랐죠. 그래서 날 잡으러 온 사람들을 조금 아프게 하긴 했었어요."

빅토리아는 은근히 '조금'이란 단어를 강조했다.

"여하튼 그때는 고모가 날 책임지고 사람답게 만들겠노라 약조해서 무사히 넘어갈 수 있었지만, 2년 전엔 그것도 불가능했어요. 발푸르기스 평의회도, 잉그람의 경찰들도 날 맘껏 대로를 활보하는 사자쯤으로 보기 시작했으니까. 그 사람이 날 먼저 위협했고, 난 그저 밀쳤을 뿐이라는 말도 공허하게만 들렸어요. 아무도 내 말을 믿지 않았죠."

"……."

"그래서 투텔로 간 거예요. 아니면 내 아버지처럼 평생을 괄티에로 벨리의 독방에서 썩어야 했으니까."

잉그람의 마녀는 발롬피에 협약에 따라 잉그람 법전의 심판을 받는다. 하지만 징역형 이상의 중범죄에 한하여 발푸르기스 평의회로 심판의 권한이 넘어간다.

얼핏 보기로는 마녀에게 유리한 것 같지만, 실상은 그렇지 않다. 마법 사회의 중추인 발푸르기스 평의회는 자신들이 제어하지 못하는 힘을 늘 경계해 왔다. 지금껏 수많았던 광인들을 만장일치로 모조리 지상 최악의 감옥, 괄티에로 벨리에 감금한 것도 다 그런 맥락이었다.

"맘 같아선 잉그람이고 발푸르기스 평의회고 다 뿌리치고 어디론가 떠나고 싶었어요. 내게 그런 건 하등 중요하지 않으니까. 날 감옥으로 보내지 않겠다고 애쓰는 고모한테 너무 미안해서 결국은 투텔로 가긴 했지만, 여전히 난 그날을 후회해요. 그때, 가지 말았어야 했어요. 날 그토록 살리려 애쓰던 고모도 내가 투텔에서 그런 짓을 저지르는 건 바라지 않았을 텐데."

빅토리아는 지그시 입술을 깨물었다. 어둑한 회한이 몰아치는 그녀의 표정을 보다 못한 알렉이 나섰다.
"당신의 잘못이 아니에요."
잘못이 있다면, 낭떠러지로 내몰린 사람을 비겁하게 사지로 내몬 아버지에게 있다. 전쟁을 일으킨 밀실 속 권력자들에게 있었다. 애당초 인간이 아닌 사람을 인간들의 일에 개입시킨 사람들의 잘못이었다.
"글쎄요. 내 잘못이든 아니든, 내가 흘린 피는 평생 지워지지 않겠죠."
더없이 건조하게 대꾸하며 빅토리아가 흘끗 알렉을 보았다.
"당신이 가슴 아파할 필요는 없어요. 이건 내가 짊어져야 하는 거니까."
"하지만……."
"당신의 아버지가 저지른 짓이라고 사과할 필요도 없어요. 사과나 받으려고 말한 게 아니에요. 난 그저……."
잠시 말을 끊어 낸 빅토리아가 미간을 살짝 좁혔다.
"당신은 알아야 할 것 같아서요."
"……."
"당신이 비호하는 사람이 어떤 사람인지는 알아야 하잖아요."
빅토리아가 입술을 살짝 벌리며 여트막한 웃음소리를 냈다. 보기 드물게 밝은 그녀의 얼굴을 알렉은 그저 멀거니 바라볼 뿐이었다. 그녀에게서 저런 말을 들을 줄은 미처 상상도 못 했기에.
오래지 않아 빅토리아가 주변을 두리번거리기 시작했다.
"그런데 우리 지금 어디 가는 거예요?"
멍하니 눈만 깜박이던 알렉이 뒤늦게 그녀를 따라 어둠에 잠긴 사위를 돌아보았다. 여기는 브랜포드 백작저의 뒤편. 가만히 상황을 반추하던 그에게로 불현듯 섬광처럼 생각이 스쳐 지나갔다.
"아, 그걸 말 안 해 줬네."
모처럼 개구지게 웃으며 알렉이 슬쩍 앞으로 치고 나갔다. 훌쩍 거리가 벌어지며 손 맞잡은 둘의 팔이 팽팽하게 당겨진다. 빅토리아는 저도 모르게 눈을 크게 떴다. 앞서 나가는 알렉을 따라 몸이 앞으로 기울어지더니, 이내 맞잡은 손이 덧없이 떨어져 나갔다.

"이리 와요. 멋진 걸 보여 줄게요."

알렉이 어린애처럼 활짝 웃으며 손짓했다. 거의 뛰듯이 나아가는 그를 따라 빅토리아는 느긋하게 발걸음을 옮겼다. 점점 멀어지는 그의 뒷모습이 꼭 고삐 풀린 채로 들판을 쏘다니는 말처럼 자유롭게만 보였다.

그리 얼마를 걸었을까. 좁다란 구두 속에 짓눌린 발에 아무런 감각도 느껴지지 않을 즈음이 되어서야 빅토리아는 탁 트인 광경을 마주하게 되었다. 살갗을 스치는 시원한 밤공기와, 잔잔한 수면에 반사되는 은은한 별빛. 어둡게 가라앉은 사위를 찬찬히 헤아리던 빅토리아는 오래지 않아 이곳이 호숫가임을 깨달았다.

"빅토리아!"

먼저 호숫가에 당도한 알렉이 저편에서 손을 흔들었다. 성급히 발을 내디디려던 빅토리아가 멈칫하며 걸음을 뒤로 물렸다. 그러곤 구두를 하나씩 벗어 낸다. 이제야 겨우 숨통이 트인 맨발을 조심스레 호숫가로 내딛자, 포근한 잔디가 지친 발을 보드랍게 감싸 주었다.

한 손에 구두 한 짝씩을 대롱대롱 매달고 빅토리아는 알렉에게 다가갔다. 물가에 쪼그리고 앉아 물장난을 치던 알렉이 함박웃음을 지으며 그녀를 올려다본다.

"어때요. 아름답죠?"

빅토리아는 섣불리 대꾸하는 대신, 눈을 돌려 호숫가의 전경을 살펴보았다. 새 우짖는 소리조차 저문 고요한 호수. 높다란 가로수가 멀찍이 후퇴한 이곳에는 오킹엄에서 보기 드문 밤하늘의 별빛이 하늘하늘 내려오고 있었다. 수면 위로 드리워지는 요요한 빛을 그녀는 오래간 홀린 듯이 지켜보았다.

"……이런 곳이 있을 줄은 몰랐어요."

듬성듬성 고개를 내민 별도, 어깨가 움츠러들 만치 생경한 정적도. 굴뚝의 연기가 밤하늘을 가리고, 밤낮 가림 없이 파티가 열리는 이곳 오킹엄에서는 쉽사리 만날 수 없는 것들이다. 심지어 이들을 연회장의 배후에서 만나게 될 줄은 미처 상상도 못 했다.

쉽사리 호수에서 눈을 떼지 못하는 빅토리아를 흐뭇하게 지켜보던 알렉도 조용히 고개를 돌려 어둠에 잠긴 호수를 응시했다. 화려한 연회장 뒤편에 이런 호숫가가 자리하는 줄 누가 예상이나 할까. 눈을 어지럽히던 샹들리에의 불빛과, 귀를 어지럽히던 가식적인 웃음소리에서 해방된 지금 오래도록 심란했던 마음은 그저 평화롭기만 하다.

"이 호수에 얽힌 전설이 하나 있대요."

알렉은 조용히 운을 떼었다.

"당신이 들으면 우스울지도 모르지만……."

이야기는 얼마 이어지지도 못했다. 어설프게 말을 끊어 낸 알렉이 민망한 기색으로 머리를 긁적였다. 그답지 않게 머뭇대고만 있는 모양새에 빅토리아가 흘끗 눈만 내려 그를 보았다.

"비웃지 않을게요."

"약속하는 거죠?"

"네."

빅토리아가 선뜻 고개를 끄덕였다. 그에 용기를 낸 알렉이 조심스럽게 말문을 열었다.

"여기서 고백하면 영원히 행복하게 산다고 하더라고요."

짤막한 침묵이 내려앉았다. 표정 한 점 변치 않은 얼굴로 빅토리아는 금세 고개를 돌렸다.

"그다지 우습진 않아요."

"대신 시시하다는 말투인데."

"음, 부정하진 않을게요."

알렉은 자그맣게 웃었다. 애당초 그녀에게선 조금의 낭만적인 면모도 기대하지 않았다.

“오킹엄에서 20년째 불화설 한 번 터지지 않은 부부는 아마 브랜포드 백작 부처가 유일할 거예요. 그만큼 브랜포드 백작이 대단한 공처가거든요. 그런데 백작이 이 호숫가에서 청혼했다는 게 알음알음 알려진 뒤로, 많은 사람들이 여기서 고백했다네요.”

“그 사람들도 다 영원히 행복하게 살았대요?”

“이상하게 다들 그 얘기는 안 하더라고요.”

그럴 줄 알았다는 듯 빅토리아는 시큰둥한 감탄사를 흘렸다. 슬쩍 눈만 들어 남몰래 그녀의 옆얼굴을 훔쳐본 알렉이 조금 망설이는 기색으로 입술을 달싹거렸다.

“……그래도 언젠가 고백을 한다면, 여기서 하고 싶었어요.”

시답잖은 대화가 으레 그러하듯, 넌지시 들려오는 그의 목소리를 여상하게 흘려듣던 빅토리아가 불현듯 고개를 돌렸다. 여전히 호숫가에 쪼그려 앉아 있는 알렉은 좀처럼 표정을 가늠할 수 없다. 어둠에 잠겨 시커멓게만 보이는 머리칼 아래 언뜻 드러난 녹안은 저 멀리, 별빛이 반짝반짝 튀어 오르는 수면에 머무르고 있었다.

쥐 죽은 듯 고요한 적막이 밀려들었다. 빅토리아는 알렉을, 알렉은 먼 수면을. 어긋난 시선은 좀체 들어맞을 기미가 보이지 않았고, 시간이 흐를수록 무거워지는 정적은 누구 하나 쉽사리 깨트릴 생각을 못 했다.

그러다 문득, 알렉이 양손으로 무릎을 짚으며 천천히 자리에서 일어났다. 호수를 향했던 몸이 서서히 빅토리아에게로 돌아왔다. 한 뼘 남짓한 거리를 사이에 두고 마주 선 두 사람의 시선이 단숨에 허공에서 얽혀 든다. 꼬이고 꼬여 도저히 풀어낼 수 없는 시선의 끝에서, 알렉은 어쩐지 어설프게만 보이는 미소를 힘들게 지어 올렸다.

“잠시만 눈을 감아 줄래요?”

물끄러미 그를 들여다보던 빅토리아가 순순히 눈을 내리감았다. 보석처럼 찬연하던 벽안이 차츰 눈꺼풀 아래로 자취를 감춘다. 그리고 곧장 찾아드는 시커먼 어둠. 동시에 활짝 열리는 귀와, 한껏 예민해진 살갗이 빅토리아의 감각을 조금씩 깨우기 시작했다.

시각이 차단된 세상은 다른 방면으로 더욱 풍요롭다. 호수가 잔잔히 물결치는 소리, 콧잔등 위로 내려앉는 들꽃 향기, 머리칼을 살랑이는 초여름의 산뜻한 밤바람. 눈을 뜨고 있을 때는 몰랐던 세상이 조금씩, 아주 조금씩 그녀에게로 밀려들었다. 또한 눈을 뜨고 있을 때는 몰랐던 그의 체취가, 그가 다가오는 소리가, 서서히 손을 감싸는 그의 온기가 한순간에 심장으로 달음박질했다.

밤공기에 서늘하게 식었던 손이 차츰 그의 온기로 따스하게 덥혀진다. 겨울의 냉기가 빠져나가는 감각은 언제고 간지럽다. 절로 오므라드는 손끝이 그의 손등 아래로 머리를 숨긴다. 그조차 부드럽게 펴는 손길이 못내 상냥하다. 돌이켜 생각하거든, 그의 손길은 언제나 정중하고 조심스러웠다.

군데군데 굳은살이 박이고 전쟁의 상흔이 남은 손을 마치 귀중한 예술품 다루듯 부드럽게 쓰다듬던 손길이 어느덧 그녀의 약지에 닿았다. 빅토리아는 그곳에 자리한 다이아몬드 반지를 떠올렸다. 앞으로 잘 부탁한다며, 뇌물이랍시고 손수 반지를 끼워 주던 알렉의 모습도 꼭 어제 일처럼 선명하다.

그 반지가, 미끄러지듯 그녀의 손가락을 떠나고 있었다. 알이 크고 빛깔이 고와 특히나 아꼈던 보석이다. 그럼에도 빅토리아는 눈을 뜰 수 없었다. 반지를 빼내는 그의 손길을 쳐 낼 수도 없고, 몸을 비틀어 손을 빼낼 수도 없다. 마치 마법에라도 걸린 것처럼, 숨결 한 번 내뱉기가 그토록 어려웠다.

하지만 이제는 아쉬워할 틈도 없었다. 덧없이 반지가 빠져나간 자리에 다른 반지가 들어온다. 낯선 금속이 제 약지를 타고 흘러드는 감각이 못내 소름 끼쳤다. 빅토리아는 가까스로 호흡했다. 가느다란 미동조차 없는 몸속에서 온갖 감정이 폭죽처럼 터져 올랐다. 머릿속을 오색찬란하게 물들이는 폭죽 사이로 이유 모를 환희로움이 북받친다.

새로운 반지가 그녀의 약지에 자리 잡기 무섭게 알렉의 손은 떨어져 나갔다. 그 순간, 빅토리아는 잠에서 깨어난 것처럼 화들짝 눈을 떴다. 눈 감은 것과 별다르지 않게 어두운 시야. 그러나 순식간에 잦아드는 청각과 촉각의 세상.

빅토리아는 미약하게 떨리는 손을 천천히 들어 올렸다. 아직 그의 따스한 온기가 머무는 왼손. 등골 저미도록 익숙한 반지가 아스라한 별빛을 받아 써늘하게 빛났다.

"이건……."

하늘까지 부풀어 올랐던 감정이 삽시간에 찬물 맞은 듯 오그라들었다. 빅토리아는 저도 모르게 아랫입술을 파르르 떨었다. 아무런 장식도 없는 수수한 반지. 땅바닥을 굴러다닌들 누구도 개의치 않을 모양새나, 그녀만은 이 반지의 진가를 알았다.

지금까지 그토록 애타게 찾아 헤맸던 가문의 보물.

옛 선조, 이즈리얼 알피어스의 반지.

"……기뻐할 줄 알았는데. 많이 놀랐어요?"

사뭇 어색하게 들리는 알렉의 목소리가 귓전으로 흘러든다. 빅토리아는 퍼뜩 고개를 들었다. 웃는 듯 마는 듯, 긴장한 듯 여유로운 듯 미묘한 알렉의 얼굴이 시야를 꽉 채웠다.

"이걸, 왜."

떨어지지 않는 입술을 간신히 열어 그 한마디 내뱉었다. 알렉은 눈매를 살짝 찡그리며 겸연쩍게 웃어 보였다. 늦가을 바스라지는 낙엽처럼 버석거리는 웃음소리가 들려온다.

"날 노리던 이상한 무리는 어쩌다 보니 잘 해결됐어요. 이제는 딱히 위험할 일도 없고 해서."

"그렇대도 우리 계약은 성립되지 않아요. 이 반지는 어디까지나 당신의 안전을 위협하는 무리를 내 손으로 잡는 대가였으니까."

빅토리아는 기계적으로 대꾸했다. 어차피 실질적인 효력도 없을 계약이건만, 지금은 그 계약서 한 장이 그토록 간절했다.

"지금까지 날 지켜 줬잖아요."

알렉은 그리 속삭이며, 아직도 허공에 어정쩡하게 펴져 있는 빅토리아의 왼손을 손수 접어 주었다. 그러자 뜨거운 불길에라도 덴 듯, 빅토리아가 화들짝 그의 손길을 쳐 냈다.

"지켜 주는 건 당연해요. 그것도 계약이었으니까. 하지만 이건 아니에요. 왜 맘대로 계약을 어그러뜨리려 해요?"

빅토리아는 이를 악물며 반지를 빼내려 했다. 그녀는 〈공정한 알피어스〉의 마녀. 서로의 신의를 토대로 맺은 계약을 하늘 아래 무엇보다 귀중히 여기는 가문의 일원으로서, 이건 말도 안 되었다. 있을 수 없는 일이다.

"……잘 생각해요. 다음은 없을지도 몰라요."

반지를 빼내는 그녀의 모습을 가만히 지켜보던 알렉이 문득 나지막이 읊조렸다. 빅토리아가 움찔하며 손짓을 멈추었다.

"날 노리던 무리는 이미 해결되었어요. 당신이 계약을 완수할 가능성은 아예 사라졌다고요. 이미 해결된 문제를 어떻게 해결하겠다는 건데요."

"……하지만."

"당신도 알고 있잖아요. 이런 기회가 다시는 없으리라는 걸."

왕가의 보고에 드나들 수 있는 사람은 왕실의 직계뿐. 이미 척진 하워드 국왕이나 캐서린 공주는 가망이 없다. 그녀에게 남은 기회라곤 이제 알렉, 단 한 사람밖에 없었다.

실로 천재일우의 기회. 빅토리아는 몹시 갈등하는 얼굴로 입술을 꽉 깨물었다.

"이건 내 호의예요. 지금까지 내게 많은 것을 알려 주었던 당신에게 주는 내 마지막 선물."

반쯤 빠진 반지를 도로 알맞게 끼워 주며 알렉은 가만가만 속삭였다.

"다른 건 생각하지 마요. 이 반지를 바랐던 간절한 마음만 기억해요.

더 망설이다가 행여 내가 변심하면 어쩌려고 그래요."

말끝마다 서글픈 웃음기가 묻어났다. 빅토리아는 제 왼손을 마지막 남은 동아줄이라도 되는 것처럼 꼭 잡아 쥐는 그의 손을 지그시 내려다보았다. 뒤이어 머뭇머뭇 고개를 들자, 못내 서글피 웃어 보이는 알렉의 얼굴이 아프게 눈에 들어온다.

"……내가 뭘 그렇게 알려 줬는데요."

우습게도 원망하듯 나간 소리는 무를 겨를도 없었다. 눈물 맺힌 얼굴로 더없이 활짝 웃은 알렉이 어렵지 않게 사근사근 대답을 이어 갔다.

"당신은 내게 세상을 알려 줬고."

멋모르던 왕자에게 어느 날 갑자기 찾아든 마녀. 고작 한 계절에 왕자의 세상은 배로 넓어졌다.

"행복을 알려 줬으며."

지난 생을 전부 끌어모아도, 당신과 함께였던 계절 만끽했던 행복에 미치지 못한다는 것을 과연 당신은 알까.

"또한……."

알렉은 주저하며 입술을 달싹였다. 북받치는 감정이 헛된 웃음소리가 되어 잇새로 새어 나갔다. 마지막 남은 한마디가 혀끝에서 자꾸만 형체 없이 사라지는 통에, 말을 끝맺기가 그토록 힘들었다.

하지만 진실한 마음이라고 전부 털어놓을 필요는 없다. 그는 빅토리아가 이 땅을 훌훌 떠나길 바랐다. 그녀의 날개를 잡아 뜯고, 목을 옥죄는 이 땅에서 영영 벗어나 행복하게 살아가길 바랐다. 고작 저의 마음 따위가 그녀에게 짐이 되어서는 안 되었다.

그러니 빅토리아.

"이만 자유로워져요."

알렉은 진심으로 웃었다. 그녀의 자유야말로 그의 행복이라는 것처럼. 그것이야말로 그가 바라는 단 한 가지 소원이라는 것처럼.

늦은 밤, 시에나의 저택으로 돌아온 사람은 한 사람뿐이었다.

"전하는?"

오늘도 느지막이 하루를 시작했던 시에나는 야심한 시각에도 더없이 명료한 목소리로 빅토리아를 맞이했다. 하지만 마차에서 내리던 빅토리아는 흘끗 시에나를 쳐다볼 뿐 별다른 반응이 없었다.

"전하는 어디 가셨냐니까? 어머, 얘!"

초주검이 되어 마차에서 내려온 빅토리아는 한 손에 구두를 대롱대롱 매단 채로 시에나를 스쳐 지나갔다. 졸지에 없는 사람으로 취급당한 시에나가 어이없다는 듯 눈을 치뜨며 빠르게 그녀의 뒤를 따라붙었다.

"비키! 왜 너만 왔냐고!"

"……피곤해. 말 시키지 마."

그 말대로 구두를 아무렇게나 던져 버린 빅토리아는 곧장 기다란 소파에 엎어졌다. 드레스가 구겨지거나 말거나, 공들여 치장한 머리가 엉망이 되거나 말거나. 소파에 엎어져선 마치 시체처럼 미동도 하지 않는다.

"무슨 일 있었어?"

거실 문턱에 기대어 서 있던 시에나가 못내 걱정스러운 얼굴로 다가왔다. 한층 낮아진 목소리에는 근심이 가득하다. 그럼에도 한참을 침묵하던 빅토리아는 여전히 얼굴을 소파에 묻은 채로 조그맣게 중얼거렸다.

"……갔어."

"뭐?"

"갔다고."

아주 영영.

웅얼대는 소리를 제대로 듣지 못한 시에나가 특유의 쨍한 목소리로 반문했으나, 빅토리아는 대꾸하지 않았다. 대신에 꾸물꾸물 소파의 등받이를 마주 보고 옆으로 누워선, 슬그머니 왼손을 눈앞으로 끌어 올렸다. 그토록 절실하게 찾아 헤맸던 반지가 마법처럼 약지를 장식하고 있는 모습이 시야에 들어온다.

모든 것이 원래대로 돌아왔다. 가문의 보물도, 그녀도, 알렉도. 모두 원래의 자리로 돌아갔을 뿐인데, 왜 이다지도 상실감이 큰 것인지 그녀는 쉽사리 이해하지 못했다. 기쁘긴커녕 갈수록 저미는 마음에 절로 슬프고 무기력해졌다.

빅토리아는 우울한 얼굴로 몸을 둥글게 말았다. 이제는 시에나마저 추궁하길 포기했는지, 눈부시던 거실의 불빛이 달칵 꺼진다. 때맞추어 찾아든 어두운 정적 아래서 빅토리아는 어렵사리 눈을 내리감았다. 잠들고 싶지만 잠들지 못할 것을 안다. 설령 잠든다 할지라도, 꿈속으로 찾아들 그를 생각하면 잠들고 싶지 않아졌다.

서글피 웃던 마지막 그의 얼굴.

눈 감아도 보이는 기억을 덧그리고 덧그리며 그녀는 선잠의 경계에서 계속 갈팡질팡했다.

어느 초여름의 밤. 잠 못 드는 밤은 그리 영원한 듯했다.

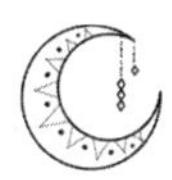

겨울이 지나 봄이 돌아오듯, 모든 것은 제자리를 찾았다. 알렉은 장장 석 달 만에 사택으로 돌아왔으며, 그가 부재하는 동안 혼자서 아득바득 왕자의 빈자리를 메웠던 찰리는 비로소 평범한 보좌관으로 돌아갈 수 있었다. 왕자의 목숨을 노리던 정체불명의 괴한들도, 그들을 모른 척하던 근위대도 마치 없던 일처럼 세상은 조금도 변하지 않은 듯했다.

"오늘 점심에는 벨파체 왕립 도서관의 개관식이, 저녁에는 반제 대사와의 만찬이 예정되어 있습니다."

"저녁은 패스하고 싶은데."

"절대로 아니 될 말씀이죠. 아, 그리고 내일 저녁에는 사브리나 체임벌린 양의 약혼식이 있습니다."

"와, 거긴 정말이지 가기 싫다."

"싫어도 가셔야 합니다. 불참하셨다간 또 전하와 사브리나 양을 엮는 기사가 쏟아질 거예요."

침대에서 간단히 식사하던 알렉이 몹시 진저리 쳤다.

<알렉 왕자, 사브리나 체임벌린의 새로운 약혼자를 질투하다?>

삼류다운 망상으로 써 재낄 기사가 안 봐도 눈에 선하다.

"도대체 사람들은 왜 나랑 그 여자를 엮지 못해서 안달일까? 솔직히 말해 그 여자랑 나 사이엔 그럴 껀덕지도 없잖아. 안 그래도 나만 보면 으르렁대는 게 피곤해 죽겠는데."

철딱서니 없는 붉은 머리 아가씨를 떠올리며 알렉은 질린 얼굴로 포크를 물었다. 만나기만 하면 서로 비웃으며 비수를 날리는 모습을 보고도 그딴 기사를 써 재끼는 기자들은 눈이 단춧구멍이거나, 아니면 진실을 알린다는 기자의 사명 따위 진작 저버린 한심한 작자들임에 틀림없다.

"그래 봬도 사브리나 양은 체임벌린 수상이 아끼는 막내딸이잖습니까. 잉그람의 왕자와 수상의 딸. 딱 팔릴 만한 소재 아니겠어요?"

상관의 고통은 보좌관의 소소한 기쁨. 찰리는 남모르게 히죽히죽 웃으며 오늘 아침 도착한 편지들을 하나씩 넘겨 보았다. 어느 후작의 결혼식 초대장, 어느 남작 부인의 티 파티 초대장. 별다르지 않은 편지들을 건성으로 넘기던 손길이 우뚝 멈춘다.

"……매럴린 양이 뵙길 청하시네요."

사브리나 체임벌린이 화두로 오를 때부터 우울하기 짝이 없는 얼굴로 베이컨을 뒤적거리던 알렉이 순간 미묘하게 표정을 굳혔다. 물론 아주 잠시였을 뿐, 곧 아무렇지 않은 얼굴로 돌아와 포크로 베이컨을 콕 찍는다.

"음, 조금 힘들 것 같은데."

"힘드시다고요?"

"오늘내일은 스케줄이 꽉 찼잖아."

"그럼 모레 만나시면 되죠."

"모레는 배가 아플 것 같아."

알렉은 천연덕스럽게 대꾸하며 베이컨을 입에 쏙 집어넣었다. 잠시 말문을 잃었던 찰리가 어처구니없다는 듯 헛숨을 들이켠다.

"지금 아프신 것도 아니고, 아프실 것 같다고요?"

"오늘은 아프면 안 되지. 점심에는 개관식, 저녁에는 반제 대사와의 만찬이 있다며."

"그렇게나 매럴린 양과 만나는 게 싫으세요?"

"싫다고는 안 했어."

찰리는 이제 와 식사에 열중하는 알렉을 뚫어져라 보았다. 평소 같았으면 찰리가 표정을 싹 지우자마자 달려들어 오랜 벗의 화를 풀어내려 애썼을 알렉도 오늘만은 물러서지 않는다. 불현듯 내려앉은 정적. 입술을 잘근거리며 가까스로 화를 죽이던 찰리가 어렵사리 입을 열었다.

"……혹시 저 때문에 그러십니까? 제가 감히 매럴린 양에게 마음을 두어 이러시는 거라면, 부디 재고해 주세요. 그릇된 마음은 뿌리를 뽑아낸 지 오랩니다."

"너 때문에 이러는 거 아냐."

"그럼 빅토리아 경 때문에 그러세요?"

알렉은 말없이 포크를 놀리는 데만 열중했다. 찰리는 입 안의 여린 살을 지그시 깨물었다. 하얀 가운만 걸친 왕자의 어깨가 오늘따라 유난히 처진 듯했다.

"곧 떠나신다면서요, 그분. 붙잡지 않으실 겁니까?"

"내가 왜?"

"좋아하시잖아요."

알렉은 그제야 고개를 살짝 들어 올렸다. 늘 감정이 생생하게 역동하던 연둣빛 눈동자가 무감하게 시들어 버렸다. 찰리는 이쯤에서 그만해야 한다는 걸 알면서도 말을 멈추지 못했다.

"빅토리아 경을 좋아하시잖아요. 그런데 이대로 보내실 겁니까? 다시는 못 볼지도 모르는데?"

"내가 보냈어."

"……네?"

"내가 보냈다고."

내가 보냈는데 어떻게 붙잡아.

알렉은 무미건조하게 읊조리며 미지근하게 식은 찻물을 한 모금 들이켰다.

"네가 걱정하는 거 알아. 하지만 찰리, 날 믿어. 모든 것은 순리대로 흘러갈 거야."

찻잔 너머 엷은 녹안이 부드럽게 휘어졌다. 눈이 마주치기 무섭게 찰리의 표정도 도리 없이 풀어졌다. 찰리가 헛웃음을 흘리며 절레절레 고개를 내젓는 사이, 알렉이 농담처럼 덧붙였다.

"물론 네 사랑 매럴린 양에게 아무런 해도 없을 테고. 이건 정말로 장담할게."

"아, 진짜! 아니라니까요!"

찰리가 바락 성을 내며 침대 위로 편지 서너 장을 내던졌다.

"하여간에 진지한 게 10초를 못 가시죠!"

"그냥 이러고 가게? 편지 안 읽어 줘?"

"알아서 읽으세요!"

쾅! 침실 문이 요란하게도 닫혔다. 하여튼 저 성질. 제가 찰리의 속을 긁은 건 까맣게 잊은 알렉이 혀를 끌끌 차며 이불 위에 흩뿌려진 편지들을 모았다. 크럼프턴 왕립 도서관 관장, 험프리 행정관, 옥슬리 남작……. 가장 성가실 것 같은 옥슬리 남작의 항의 편지는 냅다 바닥으로 내던지니, 멋드러진 글씨체가 아주 의외의 수신인을 알려 온다.

시에나 자일스.

물끄러미 그 이름을 응시하던 알렉이 곧장 편지 봉투를 뜯었다.

내가 거짓말을 했어요.

"……뭘 어쩌란 거야."

알렉은 김이 샌 얼굴로 그마저 바닥으로 던져 버렸다. 하여간에 속을 알 수 없는 여자다.

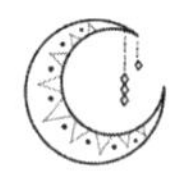

이튿날, 알렉은 거의 도살장에 끌려가는 소처럼 체임벌린 수상의 저택으로 향했다. 마차에서 내리기 직전까지도 다시 돌아가면 안 되겠느냐는 둥, 이대로 내빼도 아무도 모를 거라는 둥 말도 안 되는 소리를 지껄였지만, 이런 상황에 익숙한 찰리는 아주 단호하게 그의 말을 묵살했다.

"너 나중에 두고 봐."

"네, 나중에 두고 보시고 지금은 좀 내리시죠."

알렉은 이를 바득바득 갈며 마차의 문을 열어젖혔다. 다행히 마차에서 내려서는 평소처럼 재기 발랄한 왕자의 모습을 완벽하게 연기해 냈으나, 이럴 때면 찰리는 늘 자신이 왕자의 보좌관인지 젖먹이 유모인지 헷갈리곤 했다.

기원이 수백 년 전 절대 왕정 시절로까지 거슬러 올라가는 유서 깊은 가문답게, 체임벌린 가문의 저택은 몹시 장엄했다. 가히 로엔그렌 궁전에 버금간다 할 정도지만, 사실상 체임벌린 가문이 이토록 융성했던 시절은 역사를 뒤져도 찾을 수 없다.

한마디로, 지금의 체임벌린을 있게 한 사람이 바로 수상인 프랭클린 체임벌린이란 소리다.

“어째 이 저택은 날이 갈수록 화려해지는 것 같습니다.”

저명한 화가의 그림이 줄지어 걸린 회랑을 걸으며 찰리가 조심스레 속삭였다. 때마침 등장한, 캐서린 공주와 체임벌린 수상이 경매에서 경쟁이 붙었다는 유명한 그림을 스쳐본 알렉이 심드렁하게 동감했다.

“그러게나 말이다.”

“도대체 수상은 이 돈이 다 어디서 났을까요? 수상 봉급이 이렇게 많지는 않을 텐데.”

“봉급이 이렇게 많았다간 나라 재정이 바닥나지. 다 방도가 있는 거 아니겠어?”

알렉이 웃음기 가득한 얼굴로 흘끗 찰리를 돌아보며 지폐를 세듯 검지와 엄지를 맞부딪쳤다. 찰리의 미간이 대번에 찌푸려진다.

“수상이 뒷돈을 받았다는 말씀이세요?”

“뻔하잖아.”

“하지만 가장 청렴한 정치인으로 체임벌린 수상이 뽑혔다고, 어제 《데일리 오킹엄》에서 봤는데…….”

“하이고, 믿을 걸 믿어라. 거기 사장이 수상의 대학 동창인데, 어련히 알아서 잘 써 줬을까.”

“그럼 진짜로 수상이…….”

찰리가 입을 떡 벌렸다. 왕자의 유모였던 어머니를 따라 평생을 상류층과 가까이 살아왔음에도 찰리는 놀라울 정도로 순진한 구석이 있었다. 그리고 알렉은 찰리의 그런 면모를 아주 좋아했다.

“모르지. 몰락해 가는 저택의 지하실에서 수백 년 묵은 금궤라도 발견했을지.”

떡하니 찰리의 어깨에 팔을 올린 알렉이 눈을 찡긋대며 웃었다.

체임벌린 수상이 가장 아끼는 막내딸, 사브리나 체임벌린의 약혼을 축하하는 자리는 그 명성대로 대단히 호화로웠다. 샹들리에는 보석이라도 매단 듯 눈부시고, 연회장에 깔린 식기는 죄다 금으로 장식되었다.

벽에 걸린 그림 한 점, 벽을 장식하는 조각 한 점 모두가 최상급이나, 그 하나하나가 눈에 들어오지 않을 정도로 모든 것이 귀하고 휘황했다.

그에 걸맞게 참석자들의 면면도 굉장히 위용스럽다. 행정부의 고위 관료들, 군부의 장성들, 법조계의 유명한 판관들이 대거 참석하여 체임벌린 수상의 면을 세워 주었으니, 연말 총선에서 프랭클린 체임벌린의 연임이 거의 확실하다는 풍문이 아무래도 사실인 모양이다.

"세상에나, 크리스틴 릴리예요."

찰리가 황망히 중얼거렸다. 해군성의 늙은 고래, 캘빈 중장의 옆구리를 꿰찬 아리따운 여인은 요사이 폭발적으로 주가를 높이는 여배우다. 아주 자랑스럽게 팔짱을 끼고 다니는 모습을 찰리의 어깨 너머로 넌지시 스쳐본 알렉이 기가 차다는 듯 헛숨을 내뱉었다.

"캘빈 부인이 이혼하겠다며 아주 난리를 치더니. 이유가 저거였구만."

"……전하. 크리스틴 릴리는 가넷 극단 소속 배우입니다."

가넷 극단은 오래전부터 체임벌린 수상이 후원해 온 극단이다. 지금은 사브리나 체임벌린이 극단 운영에까지 간섭하며 사실상 극단주의 자리에 올랐으나, 젊은 예술가들을 후원한답시고 그녀가 뒤에서 어떤 추잡한 짓을 벌이는지 알렉은 아주 잘 알고 있었다.

"체임벌린 수상은 옛날부터 군부와 깊은 연을 맺겠다고 아주 공을 들였잖습니까. 혹시 저런 식으로 군 장성들의 환심을 산 걸까요?"

찰리의 눈이 시름으로 물들었다. 알렉은 샴페인으로 목을 축이며 여상하게 대꾸했다.

"글쎄."

"놀라지 않으시네요?"

"놀랄 것까지야. 비일비재하잖아, 저런 일은."

알렉이 피식거리며 어깨를 으쓱였다. 그는 당장 오늘 밤, 국왕의 침실에서 가넷 극단의 여배우를 목격한다 해도 놀라지 않을 자신이 있었다.

"진짜로 놀라운 건 저거지."

알렉은 술잔으로 입매를 가리며 남몰래 연회장 한편을 눈짓했다. 사랑하는 막내딸의 약혼식이랍시고 가슴팍에 훈장까지 매단 체임벌린 수상이 반갑게 환대하는 한 사람.

"……제 눈이 잘못된 게 아니죠?"

"아닐걸. 나도 방금 내 눈을 의심했거든."

여러 갈래로 파가 갈린 군부에서도 뼛속까지 국왕의 사람이라 할 수 있는 군 장성.

"로빈슨 중장님이 어째서 여기에……."

찰리가 더없이 황망한 얼굴로 중얼댔다. 저러다 눈치 하나는 귀신 같은 수상과 눈이라도 마주칠까 저어한 알렉이 부드럽게 찰리의 어깨를 잡아 틀었다. 그러곤 빙긋 웃는다.

"고모님이 아시면 엄청나게 노하시겠지?"

"공주 전하께서 당연히 노하실 일이죠! 어떡해요, 당장 내일 신문에 참석자 명단이 오를 텐데……."

"뭘 그렇게 걱정해. 우리야 멀찍이서 불구경이나 하면 되지."

알렉이 가볍게 어깨를 두드려 주었지만, 찰리는 좀처럼 근심을 지우지 못했다.

"로빈슨 중장이 수상 쪽으로 갈아타려는 걸까요?"

"글쎄."

역시나 귀신같이 시선을 알아채고 이편을 돌아보는 수상을 피해 알렉은 자연스레 고개를 틀었다. 주변을 알짱거리던 이들에게 차례로 인사를 건네는 중에도 그의 머리는 빠르게 회전하고 있었다.

로빈슨 중장. 그는 군부의 대표적인 친왕파다. 국왕에게 충성하는 것을 넘어, 왕실과 여러 차례 인척 관계를 맺었을 정도로 얽히고설킨 관계다. 단순히 젊고 아리따운 애인을 붙여 주는 것만으로 수상의 사람이 될 위인이 아니란 소리다.

그렇다면.

알렉은 고개를 돌려 천천히 연회장을 둘러보았다. 웬만한 집 한 채 가격을 호가하는 예술품. 보석을 박아 넣은 벽. 로엔그렌 궁전만큼, 혹은 로엔그렌 궁전보다 호화로운 샹들리에.

즉, 로빈슨 중장을 흔들 정도로 어마어마한 재력.

"……무섭네, 정말."

불현듯 알렉이 여트막한 웃음을 터트렸다. 고모님이 왜 그렇게 수상을 경계했는지 이제야 알겠다. 일이 이렇게 될 줄 알았던 것이다. 굳이 캐서린 공주가 아니어도 알 만한 사람들은 진작 알고 있었을 테다. 그렇지 않고서야 잉그람을 대표하는 이 모든 사람들이, 고작 스물 남짓한 아가씨의 약혼 따위를 축하하러 모였을 리 없다.

하지만 이런 일이 으레 그러하듯, 눈치챈 뒤에는 이미 손쓸 수 없는 지경에 이르렀기 마련이다. 행정부는 진즉 수상의 손아귀에. 군부와 법조계도 아마 수상에게로.

나머지는 일찌감치 수상과 손잡은 언론의 몫이다. 연말 총선까지 열심히 수상의 대외적인 이미지를 포장한다면, 앞으로의 6년은 또다시 프랭클린 체임벌린에게로 떨어질 터. 그 6년이 10년이 되고, 20년이 될지는 아무도 모르는 일이었다.

교활한 늙은이라고 생각은 했지만, 이 정도로 판을 넓혔을 줄이야.

알렉은 서늘하게 가라앉은 눈으로, 저 멀리 어린 손자를 안아 올리는 체임벌린 수상의 뒷모습을 응시했다. 어쩌면 더한 준비가 필요할지도 모르겠다. 부디 남은 시간이 빠듯하지 않으면 좋으련만.

그때, 반쯤 열린 창틈으로 비둘기 한 마리가 날아들었다. 드높은 연회장의 천장 아래서 맘껏 활공하던 비둘기는 스르르 날개깃을 아래로 세우며 완만하게 하강하기 시작했다. 고상하게 차려입은 신사 숙녀의 머리 위를 지나쳐 마침내 비둘기가 당도한 곳은 바로 알렉의 눈앞이다.

연회장의 기저에 흐르던 음악 소리는 어느덧 멎었다. 시끄럽진 않아도 조용하지도 않던 사람들의 말소리도 마찬가지다. 모두가 왕자를 주목했다. 그의 손짓 하나, 눈짓 하나에 수백 가지 시선이 들러붙는다.

비둘기를 가만히 응시하던 알렉은 불현듯 멀찍한 단상에서 인사말 낭독을 준비하던 사브리나 체임벌린과 눈이 마주쳤다. 타오르는 불꽃처럼 정열적인 머리칼을 지닌 아가씨가 표독스럽게 저를 노려본다. 자신의 약혼을 축하하는 자리에서 예기치 않게 사람들의 이목을 빼앗긴 것이 그토록 억울한 모양이다.

잠잠하던 알렉의 입매가 차츰 매끄러운 호를 그렸다. 더더욱 흙빛으로 변하는 사브리나 체임벌린의 얼굴이 참으로 보기 좋다만, 이제는 누군가의 장난에 어울려 줄 시간이다. 자연스레 비둘기에게로 시선을 돌린 알렉이 보란 듯이 손을 들어 올렸다. 그러곤 비둘기 다리에 매인 쪽지를 꺼내어 펼쳤다.

사실 꿈에서 봤어요.

도무지 맥락을 알 수 없는 이야기에 알렉은 슬며시 미간을 찌푸렸다. 하여간에 의뭉스러운 마녀다. 전날 품었던 생각을 되풀이하며 쪽지를 한 장 넘기자, 곧바로 눈에 들어오는 소식 한 줄.

삽시간에 바닥이 무너져 내렸다.

6월 20일 pm 6:00 메릴랜드 비행선

"……전하?"

곁에서 찰리가 걱정스럽게 속삭이는 소리가 들려온다. 그러나 알렉은 차마 아무런 말도 건넬 수 없었다. 이대로 입을 열었다간 저도 모르게 절규하는 소리가 터질 것만 같았다. 제 손으로 보내 놓고 이제 와 붙잡을 것만 같았다.

하지만 그래선 안 되니까.

조그만 쪽지가 그의 손안에서 사정없이 우그러들었다. 알렉은 버릇처럼 기계적인 미소를 지어 올리며 찰리를 돌아보았다.

"술이나 한잔할래?"

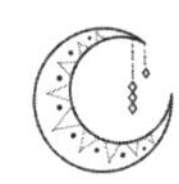

"정말 이대로 떠날 거야?"

방문에 비딱하게 기대어 선 시에나가 적잖이 불만스러운 얼굴로 물었다. 침대에 멍하니 누워 있던 빅토리아는 흘끗 그녀에게 시선을 던질 뿐이었으나, 그것으로도 대답은 충분했다.

"휴고 경은? 만나 보지도 않으려고?"

"지금 어디 있는지도 몰라."

"그럼 수리 경은!"

"고모 눈에 띄면 당장 호수성 지하실에 처박힐걸."

"그걸 아는 애가……."

갑갑하다는 듯 시에나가 입술을 지그시 깨문다.

"해서, 작별 인사도 안 하고 영영 떠나시겠다?"

"그럼 어떡해. 한 명은 죽었는지 살았는지도 모르겠고, 한 명은 기를 쓰고 날 말릴 텐데."

"왜 그렇게 말리는지 들어 볼 생각도 없지?"

"너한테서 충분히 들었잖아."

여상하기 그지없는 대답에 시에나는 말없이 주먹만 말아쥐었다. 파르르 떨리는 입술에서 곧 노성이 터져 나왔다.

"그래, 네 맘대로 해! 가서 굶어 죽든, 뭘 하든 더는 신경 안 쓸 테니까!"

시에나는 그 말을 끝으로 방을 박차고 나갔다. 분노가 묻어나는 발소리가 점점이 멀어진다. 어느덧 밀려오는 정적 속에서 빅토리아는 한참을 멍하니 천장만 올려다보았다. 그러다 문득, 손을 들어 올렸다.

메릴랜드 비행선 편도 티켓
6월 20일 pm 6:00

이른바 신세계로 향하는 티켓. 그녀를 바다 건너로 데려다줄 초대장.

하지만 그토록 염원했던 것치고 티켓을 바라보는 빅토리아의 표정은 그리 밝지 않았다. 결심이 틀어진 것도 아닌데, 이상할 정도로 기분이 가라앉았다. 단순히 실감이 나지 않기 때문이라 여기기엔, 요 며칠을 잡아먹은 심란함이 정도가 지나쳤다.

그때, 조악한 종이에 인쇄된 글씨를 무감하게 응시하던 눈길이 불현듯 약지에 가지런히 자리한 반지에 닿았다. 반지는 자연스레 그날의 기억을 떠올렸다. 별빛이 내려오던 호숫가. 그곳에서 꼭 고백하고 싶었다던 목소리. 반지를 끼워 주던 섬세한 손길. 그리고 눈물 맺힌 마지막 얼굴.

늘 굳건하던 벽안에 순간 고요한 파문이 일었다.

"……그렇게나 가라고 등 떠미는데, 안 갈 수가 없잖아."

빅토리아는 입술을 지그시 깨물었다. 자못 고통스러운 눈으로 반지를 쳐다보더니, 이내 몸을 홱 돌려 눕는다. 애벌레처럼 등을 둥글게 말고선, 아무것도 보지 않겠다는 듯 두 눈을 질끈 감았다.

침대 밑, 시에나가 보라고 던져 주었던 신문이 어지러이 펼쳐져 있었다.

「왕실의 대변인은 6월 20일 저녁 6시경, 알렉 아크라이트 왕자의 공개 기자 회견이 있다고 밝혔다. 왕자가 기자 회견을 여는 이유에 대하여 의견이 분분한 가운데, 데일리 오킹엄의 주필 오웬 스펜서는…….」

7. 몰려오는 겨울

대망의 6월 20일, 아침 해가 밝았다.

며칠 전부터 오킹엄을 떠들썩하게 만들었던 알렉 왕자의 공개 기자 회견 소식은 이미 잉그람 전역으로 퍼진 지 오래였다. 하루가 멀다 하고 비보가 빗발치던 투텔도, 또 어디서 반란이 일어났다며 난리가 아니던 바다 건너 식민지도 웬일로 조용한 이때. 몇 안 되는 정론지부터 툭하면 발에 채는 황색 신문까지, 모두가 5년 만에 열리는 왕자의 공개 기자 회견을 둘러싸고 나름대로 진지한 논의와 추론을 이어 갔다.

<알렉 왕자의 기자 회견. 무수한 경우의 수…….
왕위 계승? 약혼? 혹은 마법 부대 창설에 대한 의견 표명?>

가능한 한 거의 모든 경우가 거론되고 있으나, 가장 무난한 예측은 약혼이었다. 왕위 계승을 운운하기에 하워드 국왕은 지나치게 정정했으며, 이제 와 마법 부대 창설에 대한 의견을 표명하기에 왕자는 지금껏 정치적 사안과 지나치게 유리되어 있었다. 총선 전에 어떻게든 마법 부대를 창설하려 애쓰는 국왕이 압박을 넣었을 수도 있지만, 파티를 전전하던 젊은이의 정치적 발언을 보수적인 시민들이 어떻게 받아들일지는 미지수였다.

하지만 약혼은 다르다. 캐서린 공주를 위시한 왕실에서 빅토리아 알피어스를 못마땅하게 여기고 있다는 것이 기정사실화된 마당에, 심지어는 알렉 왕자가 공식적인 자리에 빅토리아 알피어스를 대동하지 않은 지도 벌써 열흘째였다. 삼류 기자들이 떼로 달라붙어 왕자의 뒤를 캐냈지만, 왕자의 주변에선 알피어스 가문 특유의 아름다운 은빛 머리칼 하나 발견하지 못했다. 사실상 결별한 것이 아니겠느냐는 추측이 자연스레 뒤따랐다.

따라서 이제는 정론지고 황색 신문이고 가릴 것 없이, 죄다 왕자의 예비 약혼녀를 찾아 잉그람의 모든 귀족 가문을 뒤지고 있는 실정이었다. 유력한 인물로는 클라인 후작가의 오델리아 클라인과 애버딘 백작가의 브리오니 애버딘이 꼽히고 있으며, 그 외에도 왕실과 오래도록 친분을 유지해 온 브랜포드 백작 부인의 조카인 줄리아 셰리던이나 지난달 조용히 파혼했던 매럴린 로웰도 종종 거론되었다.

"생각보다 매럴린 양을 언급하는 기사가 적은데요? 파혼 때문에 그런 걸까요?"

잉그람의 저명한 정론지들을 펼치고 기사를 탐독하던 찰리가 의아한 기색으로 물었다. 거울에 연설문을 붙여 놓은 채로 사용인들의 손에 온몸을 내맡긴 알렉이 거울에 비친 찰리에게 흘끗 눈길을 주었다.

"파혼이 뭐 대수라고. 나랑 친분이 없어서 그렇겠지."

"그렇게 따지자면 오델리아 양이나 브리오니 양과도 대단한 친분이 있으신 건 아니잖아요."

"대신 그 영애들은 고모님과 친하니까."

그럴듯한 추측에 찰리는 순순히 수긍했다. 기실 상류층의 자제들이라면 누구나 한 번쯤은 파혼을 경험하기 마련이다. 따라서 매럴린 로웰이 주목받지 못하는 까닭은, 병약한 어머니를 간호하느라 오킹엄에서 멀리 떨어진 동부 시골에서 유년기를 보낸 영애의 개인적인 사정 때문이라 여기는 편이 옳았다.

"그러게 이제라도 한번 만나 보시지……."

연설문을 읽는 데 열중하는 알렉을 보며 찰리가 시무룩하게 중얼거렸다. 그 혼잣말을 들었는지 못 들었는지, 알렉은 여전히 연설문에 시선을 꽂은 채로 돌연 찰리의 옷소매를 붙잡았다.

"그보다 이것 좀 들어 봐."

흠, 작게 헛기침한 알렉이 느닷없이 우렁찬 목소리를 터트렸다.

"오늘 이 자리에 모인 기자분들의 노고에 감사를 표합니다!"

"……."

"어때?"

알렉에게 달라붙어 신발끈 하나까지 철저하게 매듭짓던 이들이 푸흡, 저도 모르게 웃음을 터트렸다. 그새 싸늘해진 표정으로 찰리가 대꾸했다.

"꼭 그러셔야겠어요?"

"왜. 이상해?"

"사이비 종교 전도하는 사람 같아요."

"이상하단 거네."

알렉은 펜을 인중에 올린 채로 한껏 찌푸렸다.

"좀 더 강렬한 인상을 주고 싶은데."

"강렬한 인상이고 나발이고, 그 대목은 거의 초반부잖아요."

"초장부터 세게 나가야지."

"어디 결투라도 나가세요?"

찰리의 반박에 알렉은 다시금 고심에 빠졌다. 아무래도 모르겠다는 듯 찰리는 고개를 절레절레 내저으며 남몰래 한숨을 내쉬었다. 젖형제로 함께 자라난 사이지만, 그는 아직도 알렉의 속을 가늠하기가 참으로 어려웠다. 오늘 자로 약혼식을 올리는 것도 아니요, 그저 약혼을 발표하는 것뿐인데 저토록 전투적으로 임하는 것만 보아도 그렇다.

오히려 신경 써야 할 부분은 빅토리아와 관련한 질문일 것 같은데.

찰리는 내심 그 부분이 걱정스러웠으나, 구태여 채근하진 않았다. 기자들이 왕자의 첫 공식적인 연인을 내버려 두지 않으리란 것은 누구보다 알렉이 잘 알고 있을 터였다.

똑똑.

그때, 점잖은 노크 소리가 들려왔다. 찰리는 얼른 자리에서 일어나 문가로 향했다. 빼꼼 문을 여니, 낯익은 얼굴이 정중하게 쪽지를 건네 온다.

"전보가 도착했습니다."

예의 바르게 고개를 까딱인 찰리는 스르르 문을 닫으며 쪽지를 펼쳐 보았다. 내용을 확인하기 무섭게, 그의 얼굴이 속절없이 굳는다.

"전하."

심상찮은 부름에 알렉은 슬쩍 문가를 돌아보았다. 몹시 심각한 얼굴로 뚜벅뚜벅 다가온 찰리가 나지막하게 속삭였다.

"기자 회견 장소가 변경되었습니다."

"어디로?"

"……로엔그렌 내궁이랍니다."

알렉은 피식 웃기만 했다. 별다른 언질은 없지만, 그 역시도 지금 이 상황이 참으로 기가 찰 것이다. 기자 회견까지 남은 시간은 고작 세 시간. 본디 기자 회견이 예정되었던 중앙성이 대포라도 맞은 것이 아니라면, 굳이 세 시간 남기고서 장소를 변경할 이유는 없다.

누군가 일부러 영향력을 행사한 것이 아니라면.

"고모님인가? 아니면 국왕 전하?"

셔츠 위에 조끼를 걸치며 알렉은 한껏 빈정거렸다. 찰리는 참담한 심정으로 고개를 푹 수그렸다.

"죄송합니다. 이런 정보는 미리 잡아냈어야 했는데……."

"네가 죄송할 게 뭐 있어. 그쪽에서도 극비리에 처리했을 텐데."

개의치 말라는 듯 알렉이 가볍게 눈웃음쳤다.

"너무 걱정하지 마. 달리 큰일도 아니고. 오랜만에 내궁에 놀러 간다 생각해야지."

"하지만……."

찰리의 눈이 불안하게 흔들렸다. 장소 변경은 큰일이 아니지만, 로엔그렌 내궁으로 변경된 것은 큰일이다. 왕실의 직계 가족만이 거주할 수 있다는 내궁. 작금 그곳에서 기거하는 사람은 단 한 명뿐이기 때문이다.

잉그람의 국왕. 하워드 아크라이트.

"괜찮아. 고모님도 계실 테니까."

알렉은 손을 뻗어 찰리의 어깨를 두드렸다.

"여차하면 막아 주시겠지."

"저도 있습니다!"

"네가?"

저보다 키가 한 뼘 정도 작은 찰리를 깔보듯 눈짓하던 알렉이 쾌활한 웃음을 터트렸다. 욱한 찰리가 열심히 자신의 필요성을 역설하려던 차에, 불쑥 그의 눈앞으로 종이 한 장이 드리워졌다.

"……이게 뭡니까?"

얼결에 종이를 받아 든 찰리는 순간 눈을 휘둥그렇게 떴다.

"이거 기차표잖아요. 메이블로 가는…… 심지어 오늘이네요? 오후 5시 45분? 그럼 두 시간 남았네?"

황급히 벽걸이 시계를 돌아본 찰리가 입을 떡 벌렸다.

"이걸 왜 주시는 거예요?"

"이번 일 해결되면 휴가 달라며."

"아직 해결 안 됐잖아요! 일단 오늘을 무사히 넘기셔야죠!"

"그냥 가서 시키는 대로 읊으면 되는데, 뭘. 넌 없어도 돼."

알렉이 장난스럽게 웃으며 손가락으로 찰리의 이마를 튕겼다. 얼떨결에 양손으로 이마를 부여잡은 찰리가 연신 입술만 벙긋거린다.

"하, 하, 하지만……."

"하지만은 뭐가 하지만이야. 마지막으로 유모 본 지도 오래됐잖아. 이참에 가서 푹 쉬다 와."

"하지만!"

"싫어? 도로 가져간다?"

정말로 기차표를 뺏어 가려는 시늉에 찰리가 얼른 품속에 기차표를 숨겼다. 그럴 줄 알았다는 듯 알렉이 시원하게 웃었다.

"빨리 가서 짐이나 싸. 금고에 휴가분 월급 넣어 뒀으니까 챙기고."

"휴, 휴가에도 월급 책정해 주시는 겁니까?"

"안 주면 나 고소할 거잖아."

"이렇게 훌륭하신 분을 제가 어떻게 고소합니까?"

찰리의 드문 아부에도 알렉은 얼른 가 보라는 듯 손짓할 뿐이다. 그제야 정말로 고향에 내려간다는 것을 실감했는지, 찰리는 순식간에 환해진 얼굴로 여러 번 허리 굽혀 감사를 표했다. 그리고 방을 나서려다가, 문득 생각난 듯이 알렉을 돌아보며 줄줄 잔소리를 읊어 대기 시작했다.

"전하, 오늘 절대로 기자 회견에 늦지 마시고요. 행여 국왕 전하를 만나시더라도 평소처럼 얄밉게 굴진 마십시오. 전하와 국왕 전하의 사이가 원만치 못하다는 건 알 만한 사람들은 다 아는 사실인데, 굳이 티 내실 필요는 없잖아요."

"알았어, 알았어. 빨리 가라니까?"

"잠시만 좀 귀담아들어 보세요. 전하만 두고 가려니 마음이 놓이질 않아서 그럽니다."

그러고도 찰리의 잔소리는 장장 10분이나 이어졌다. 대체로 '이거 하지 마라' 는 부정어가 많았지만, 가끔은 '이건 꼭 해라' 는 강조어도 있었다. 어쨌거나 들을수록 몸이 배배 꼬인다는 점에선 유모의 잔소리와 조금도 다르지 않았다. 누가 모자 관계 아니랄까 봐 이런 점까지 꼭 닮았다.

"나중에 한가해지시거든 메이블로 한번 놀러 오세요. 어머니께서 아주 기뻐하실 겁니다."

"내가 가면 네가 귀찮아질 텐데?"

"그게 제 일인걸요."

찰리는 활짝 웃으며 문 너머로 사라졌다. 문이 닫히는 모습을 끝까지 지켜본 알렉이 웃음기를 가득 머금은 채로 고개를 돌렸다. 그러자 눈앞으로 보이는 연설문. 미소가 담뿍 올랐던 입매가 서서히 어긋난다.

물끄러미 정면을 응시하던 알렉이 천천히 손을 들어 올렸다. 손가락을 뻗어 아직도 거울에 붙어 있는 연설문을 미련 없이 떼어 내자, 그새 미소가 가신 얼굴이 정면으로 비친다. 표정이 사라져 의뭉스럽게만 보이는 얼굴에는, 속이 들여다보이지 않게끔 여러 겹으로 덮어쓴 가면이 걸쳐져 있었다.

절 치장하는 사용인들의 손길이 완전히 떠나갈 때까지, 알렉은 거울에 비치는 자신의 얼굴만을 뚫어져라 응시했다. 마치 거기에 일생일대의 적이라도 있는 듯이.

로엔그렌 내궁.

왕실의 행정관이나 몇몇 고위 관료들이 출퇴근하며 업무를 보는 외궁과 다르게, 왕실의 직계만이 거주할 수 있는 내궁에는 몇 년 전부터 하워드 국왕 혼자만이 기거하고 있었다. 직접적인 이유는 5년 전 〈봄비에리의 참극〉으로 알렉 왕자가 국왕의 눈 밖에 난 탓이지만, 요사이 내궁에서 내쫓긴 시종만도 가히 세 자리 수에 달했다. 나날이 비대해지는 국왕의 의심병이 드넓은 로엔그렌 내궁을 쓸쓸한 묘지로 만들고 있노라 수군대는 이들이 많았다.

그런데 오래도록 폐쇄적이었던 내궁이 웬일로 성문을 활짝 열었다.

오늘 저녁 6시로 예정되었던 알렉 왕자의 기자 회견 장소가 중앙성에서 로엔그렌 내궁의 장미정원으로 변경된 탓이다.

기자 회견을 불과 세 시간 앞두고 전해진 소식에 기자들은 겉으로야 불만을 표출했으나, 속으로는 공중제비를 다섯 번씩 돌 정도로 기뻐했다. 조세핀 왕비 사후로 사실상 왕족이나 정부의 고관대작들에게만 품을 열었던 내궁이다. 내궁에서 마지막으로 기자 회견이 열린 지 햇수로만 따져도 장장 스물다섯 해가 지났으니, 이참에 로엔그렌 내궁과 관련된 특집 기사를 쏟아 내자는 요량으로 기자들 모두가 눈을 벌겋게 빛냈다.

정론지부터 황색 신문까지. 가깝게는 오킹엄의 지역지부터, 멀리는 반제와 메시나의 외신까지. 가지각색의 기자들이 속속 도착하는 가운데, 기자 회견이 펼쳐질 단상의 뒤편에선 왕실의 실세라는 캐서린 공주가 독수리처럼 날카로운 눈으로 진행 상황을 면밀히 검토하고 있었다.

"외신 기자들은 더 앞쪽에 배치해. 저기, 저쪽의 깃발은 너무 뜬금없지 않나?"

"조금 더 뒤쪽으로 옮기겠습니다."

캐서린은 말없이 고개를 끄덕이며 장미정원으로 들어오는 회랑의 입구를 노려보았다. 출입증에 무슨 문제라도 있는지, 카메라를 들고 근위대와 실강이를 펼치는 기자들이 몇 보인다.

"알렉은 어디쯤이라지?"

불현듯 캐서린이 나지막하게 물었다. 그녀의 말을 빠르게 받아 적던 보좌관이 사뭇 난처한 표정으로 입술을 달싹거렸다.

"실은 궁전에 거의 다 도착하셨는데, 갑자기 저택에 두고 온 것이 있다고 하셔서……."

"두고 온 것?"

"그게, 만년필이랍니다. 행운의 만년필이라고, 그게 없으면 안 된다고 하도 완강하게 말씀하시는 바람에……."

공주의 성격을 잘 아는 보좌관이 슬슬 그녀의 눈치를 보며 말끝을 흐렸다. 다행인지 불행인지 캐서린은 별다른 말이 없었다. 아직은 어두워질 기미 없이 새파란 하늘을 한참이나 올려다보던 그녀가 갑자기 툭 던지듯 말을 내뱉었다.

"리허설은 물 건너갔군."

"예? 예, 그렇지요."

정상적인 리허설이야 애당초 기자들이 입장을 시작한 뒤로는 불가능한 것이나 다름없었다. 그러나 지금 시간, 오후 4시 55분. 이제는 곁방에서 연습할 시간마저 빠듯하다.

"……별일 없어야 할 텐데."

캐서린이 드물게 심란한 목소리로 읊조렸다. 수심이 가득한 눈길은 저 멀리, 하늘에 이를 정도로 우뚝 솟은 종탑에 닿아 있었다.

찰리는 콧노래를 흥얼거리며 짐을 챙겼다. 난데없이 알렉이 기차표를 내밀 때만 하더라도 이번엔 무슨 수작인가 싶어 의심하는 눈길을 지울 수 없었지만, 지금은 속세에 찌든 마음을 모두 내던졌다. 장장 1년 만에 고향으로 돌아간다는 기쁨에 그는 거의 제정신이 아니었다.

"이번에 내려가면 적어도 한 달은 머물러 있어야지. 전하께서 제발 돌아오라, 돌아오라 간청하셔도 소용없어. 귓등으로도 안 들을 거야."

저택의 사용인들이 듣는다면 뒷목 잡고 쓰러질 이야기를 신나게 읊조리며 찰리는 옷장 안의 옷가지를 마구잡이로 가방에 쓸어 넣었다. 빠듯하게 남은 시간에 손길은 바쁘기 그지없으나, 입가에 둥둥 떠오른 미소만은 숨길 수 없다. 마지막으로 모자까지 챙겨 쓰고서 영차, 가방을 들어 올리려던 찰리가 불현듯 스치는 생각에 마구 어수선을 떨었다.

"아차차, 봉급을 잊었네."

찰리는 그길로 곧장 서재로 향했다. 알렉이 로엔그렌 궁전으로 떠난 지도 벌써 40분이 훌쩍 넘은 때. 집주인이 자리를 비운 저택은 텅 빈 듯했고, 고요한 적막만이 흐르는 복도를 찰리는 총총거리며 달려갔다.

알렉의 서재에는 금고가 하나 있다. 저택에 폭탄이 떨어져도 부서지지 않을 만큼 단단하다지만, 실제 폭탄이 떨어진 적은 없어서 사실인지 가늠할 수는 없었다. 여하간 그 정도로 단단하다는 금고의 비밀번호를 오직 알렉과 찰리만이 알고 있었다.

18920421. 즉, 알렉이 자신의 비밀을 알게 된 날.

서재의 한쪽 벽면을 가린 커튼을 조심스레 걷어 내자, 한쪽 구석에 검은 금고가 보인다. 찰리를 그 앞에 쪼그려 앉아 기억 속 비밀번호를 찬찬히 입력했다. 왕자를 둘러싼 출생의 비밀이야 조금도 짐작하지 못했던 어린 날의 그에겐 여느 때처럼 평범하기 그지없던 봄날. 그 어렴풋한 기억에 생각이 미치기도 전, 단단하게 잠겨 있던 금고의 문이 찰칵 열린다.

그리고 눈앞으로 드리워지는 충격적인 광경이 그를 당혹케 했다.

"……이게 뭐야."

찰리가 몹시 아연한 얼굴로 중얼거렸다. 떨리는 손을 들어 금고 속으로 집어넣어 보지만, 손끝에 와 닿는 감각은 눈앞의 광경이 진정 사실임을 일깨워 줄 뿐이다.

금고를 꽉 메운 현금과, 그 앞으로 수북하게 쌓인 보석들.

찰리는 저도 모르게 침을 꿀꺽 삼키며 보석을 두어 개 집어 들었다. 전문적인 보석 감별사는 아니지만, 매일같이 값비싼 보석을 스쳐보았던 관계로 진품과 가품을 구별할 줄은 안다. 그리고 금고 속의 보석들은 진짜가 맞았다. 그것도 보석 한 알에 집 한 채 가격을 호가할 정도로 귀하디귀한 보석.

어째서?

찰리는 황망히 고개를 들어 올렸다. 수북하게 쌓인 보석 너머에 차곡차곡 정리되어 있는 지폐 더미만 하더라도 적잖은 양이다. 어림잡아 3년치 봉급은 될 것이다. 장기 휴가를 달라 당당하게 외치긴 했으나, 그 정도로 긴 휴가를 원한 것은 아니었다. 행여 알렉이 자신을 해고하는 것은 아닌지, 다만 그간의 연을 보아 퇴직금을 넉넉하게 챙겨 준 것은 아닌지, 불안한 생각이 물씬 치고 올라왔다.

'초장부터 세게 나가야지.'

그리고 마치 결투라도 나가듯 결연하던 오늘 왕자의 모습.

찰리는 바들바들 떨리는 무릎을 짚고 간신히 자리에서 일어섰다. 우르르 금고에서 굴러떨어지는 보석들이 어른어른 불안한 시야에 어린다.

"설마……."

아니야, 아닐 거야. 마음속으로 수십 번 외쳐 보지만, 점차 확신으로 변해 가는 의심은 이미 그의 목 끝까지 치달았다. 찰리는 눈을 질끈 감았다 떴다. 이가 딱딱 부딪칠 정도로 떨리는 턱에 힘주며 주먹을 꽉 틀어쥐자, 자신이 지금 무얼 해야 하는지 명확해졌다.

다음 순간, 찰리는 바닥에 떨어진 보석들을 허겁지겁 주머니에 집어넣었다. 아직 금고에 남아 있는 보석 장신구마저 외투 안주머니로 쓸어 넣은 뒤, 넘어질 듯 가쁘게 내달리기 시작했다.

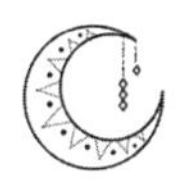

"너 안 갈 거야?"

문가에 비딱하게 기대어 선 시에나가 뾰족한 목소리로 물었다. 그때껏 거실 소파에 드러누워 평화로운 오후를 즐기던 빅토리아가 이마에 얹은 손등 아래로 흘끗 눈길만 준다.

"아직 한 시간 남았잖아."

"정확히 말하자면, 비행선 출발까지 37분 남았지."

"반올림한 거야."

"도대체 누가 남은 시간을 반올림하니?"

시에나가 이마를 감싸며 앓는 소리를 흘렸다. 누구긴 누구일까. 바로 상식이라곤 전혀 통하지 않는 저 빅토리아 알피어스지.

"굳이 일찍 출발할 필요 있어? 어차피 이동 마법이면 순식간에 도착할 텐데."

엑서터 본성을 벗어나서도 여전히 성실한 데이지 주니어가 대령한 포도를 한 알 삼키며 빅토리아가 느긋하게 말했다. 소파에 벌렁 드러누워 포도를 따 먹는 모습은 어디까지나 게으른 백수지, 대략 30분 뒤 머나먼 미지의 세계로 떠나갈 사람의 모습으로는 보이지 않는다.

"……그래, 마음대로 하렴. 나중에 내 탓 하지 말고."

시에나가 사뭇 기묘한 어조로 흘리듯 말했다. 평소라면 기민하게 시에나의 이상한 기색을 알아챘을 빅토리아는 때마침 골똘한 생각에 잠겨 있다. 어쩐지 심각해 뵈는 빅토리아의 표정을 힐끗 스쳐본 시에나가 남몰래 시큰둥하게 콧방귀를 뀌었다.

천장만 하염없이 응시하던 빅토리아가 불현듯 포도를 오물거리며 넌지시 물었다.

"나한테 온 편지는 없어?"

"없어."

빅토리아는 더 묻지 않고 입술을 다물었다. 포도를 꼭꼭 씹어 삼키는 모습을 물끄러미 지켜보던 시에나가 검지로 머리카락을 비비 꼬며 물었다.

"그렇게나 신경 쓰이면, 차라리 네가 가 보지 그래?"

"내가 언제 신경 썼어."

"누굴 말하는 줄은 알고 하는 소리지?"

시에나가 비웃듯 말했다.

"하기야 지금쯤은 전하도 궁전에 들어가셨을 테니, 네가 만나고 싶어도 안 되겠다."

알렉의 기자 회견 소식이 대문짝만하게 실린 신문을 흔들며 건네는 소리가 참으로 얄밉다. 시에나는 아주 즐거운 기색이 다분한 얼굴로 말을 이었다.

"요 며칠 신문이 아주 가관이야. 기껏해야 허수아비 국왕이 될 허수아비 왕자인데 기자 회견 따위로 왜 이리 소란이람? 그래 봤자 약혼 발표밖에 더 되니?"

약혼. 부러 힘주어 말했는데도 빅토리아는 별다른 반응이 없다. 금세 시들해진 시에나가 조금 맥 빠진 얼굴이 되어 물었다.

"비키. 너 정말 이대로 떠나도 괜찮겠어?"

"……."

"너 이렇게 가면, 전하는 다른 사람이랑 약혼할 거야. 너도 알잖아."

빅토리아는 말없이 손만 내뻗어 포도 한 알을 집었다. 포도를 입으로 가져오기까지, 그리고 오물거리며 삼키기까지. 느릿느릿 굼벵이 기어가는 속도로 움직이던 빅토리아가 느지막이 입술을 열었다.

"하지만 알렉이 가랬단 말야."

"……뭐?"

시에나의 얼굴이 차츰 황망하게 일그러졌다.

"나는!"

"뭐가."

"나도 가지 말랬잖아! 전하가 하는 말은 그렇게 잘 들으면서, 왜 내가 하는 말은 귓등으로도 안 들어!"

"너랑 알렉이 같아?"

시에나의 말문이 턱 막혔다. 입술을 잘근거리며 빅토리아를 쏘아보던 그녀가 이내 원망하듯 대꾸했다.

"그럼 수리 경은?"

"또 고모 얘기야?"

빅토리아가 숱 많은 은발을 마구 헝클이며 넌더리를 냈다. 하지만 시에나는 여기서 물러날 마음이 조금도 없다.

"수리 경도 가지 말랬잖아. 만난 지 고작 석 달 된 전하가 수리 경보다 소중해?"

"왜 이렇게 유치하게 굴어?"

"네가 유치하게 굴게 만들잖아!"

"그럼 이게 내 탓이라고?"

"적어도 내 탓은 아니지!"

빅토리아는 고개만 틀어 시에나를 조용히 노려보았다. 살얼음을 밟듯 선뜩한 침묵 뒤로 가만가만한 대답이 이어진다.

"……알렉은, 내가 제대로 해 준 것도 없는데 이즈리얼 알피어스의 반지를 돌려줬어. 반지를 빼돌린 게 들통나면 나중에 큰 화를 입을지도 모르는데."

"사랑의 힘이겠지."

시에나가 빈정거리듯 덧붙였다. 짜증스럽게 그녀를 쏘아본 빅토리아가 꽤나 어렵사리 입술을 열었다.

"나라면 그렇게 못 해."

"……."

"만난 지 고작 석 달 된 사람을 위해 위험을 무릅쓰지도 못하고, 좋아한다는 사람을 그렇게 아무런 대가 없이 떠나보내지도 못해. 알렉을 고모보다 더 좋아하고, 너보다 더 좋아하는 그런 문제가 아니라고."

갈수록 씁쓸하게만 들리는 목소리는 차츰 빅토리아의 입 안으로 잦아들었다. 어느새 시무룩하게 가라앉은 얼굴로 빅토리아는 꾸물꾸물 옆으로 틀어 누웠다. 시에나를 등지고 누운 모습은 더 이상의 대화를 거부하는 듯했다.

"……그것참 미안하네. 나는 그렇게 못 해 줘서."

서늘한 정적 속으로 문득 가느다란 목소리가 들려온다. 빅토리아는 미간을 살짝 찌푸리며 윗몸을 일으켰다.

"뭐?"

"지금쯤 비행선 선착장에 수리 경이 와 계실 거야."

빅토리아는 가만히 시에나를 응시했다.

"너 지금 뭐라고 했어?"

"안 그래도 며칠 전에 연락 주셨거든. 너랑 나랑 같이 있는 거 다 아시는 눈치던데. 그래서 알려 드렸지. 오늘 저녁 6시에 비행선을 탈 예정이라고."

"시에나 자일스!"

무섭게 일그러지는 빅토리아의 얼굴을 마주하면서도 시에나는 눈썹 하나 까딱하지 않았다.

"그러게 내가 아까부터 재촉했잖아. 늦장 부린 건 너니까, 괜히 내 탓하지 말렴."

강대한 두 마녀 사이로 싸한 공기가 흘렀다. 차갑게 얼어붙은 눈으로 시에나를 지그시 노려보던 빅토리아가 소파를 까득 힘주어 쥐었다. 그녀의 손아귀 아래서 두꺼운 가죽이 처참하게 찢어진다.

"저, 아가씨?"

그때, 데이지 주니어의 목소리가 음산한 정적을 깼다. 의아한 얼굴로 거실을 힐끔 들여다본 데이지는 평소답지 않은 미묘한 분위기에 잠시 고개를 갸웃거리다 말을 잇는다.

"빅토리아 아가씨를 찾아오신 손님이 계십니다."

"손님?"

빅토리아가 소파를 딛고 벌떡 일어났다. 그녀의 발 아래 짓밟힌 소파를 아까워 죽겠다는 듯 흘끗대던 데이지가 어렵사리 고개를 끄덕였다.

"예. 찰리 스튜어트 씨라고……."

"빅토리아 경!"

난데없이 쿵쾅거리는 발소리가 가까워진다 싶더니, 땀으로 범벅된 찰리가 헐레벌떡 거실로 뛰어들었다. 경악하여 그를 내쫓으려는 데이지를 시에나가 말없이 손짓으로 막아선다.

"비, 빅토리아 경……."

잔뜩 울상이 되어 빅토리아를 바라보던 찰리가 말릴 새도 없이 주머니에서 미친 듯이 보석을 꺼냈다. 바지 주머니, 외투 주머니, 심지어는 모자 속에도 숨겨 온 보석을 죄다 바닥에 쏟아 내자, 어느덧 값비싼 보석들이 수북한 산을 이루었다.

"이거 다 드릴게요."

끝내 울음을 터트린 찰리가 질질 눈물을 짜며 흐느꼈다.

"제발 전하를 구해 주세요."

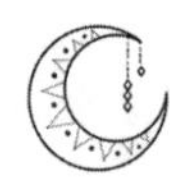

알렉이 로엔그렌 내궁에 도착한 것은 시곗바늘이 6시 정각에 다다른 때였다. 궁전의 근위대고 시종이고 할 것 없이 죄다 창백하게 질려선 그를 재촉하는데, 정작 당사자인 알렉이 때아닌 늦장을 피워 댔다. 결국에 예정된 6시를 조금 넘겨 도착한 왕자를 가만히 웃는 얼굴의 캐서린이 반겼다.

"행운의 만년필은 잘 챙겼니?"

"그럼요."

알렉은 정장 앞주머니에 꽂힌 만년필을 느긋하게 눈짓했다. 그러나 캐서린은 한 점 흐트러짐 없는 미소만 유지할 뿐, 만년필에는 조금의 눈길도 주지 않는다.

"무사히 챙겼다니 다행이구나. 이제는 좀 안심이 되니?"

"기다려 주신 덕분에요."

잔뜩 벼르고 있는 기자들의 사진기 앞으로 모습을 드러내기 전, 마지막으로 옷매무새를 점검하던 알렉이 온몸을 사용인들에게 내맡긴 채로 눈만 빙그레 웃어 보였다.

"솔직히 왜 이렇게 늦었냐며 호통치실 줄 알고 마음 졸였거든요."

"몇 분 늦는 거야 일도 아니지. 네가 기자 회견만 잘 끝낸다면."

"고작 약혼 발표인데, 너무 무게 잡으시는 거 아니에요?"

"무게를 잡을 수밖에. 오늘이야말로 장차 잉그람의 국왕이 될 너의 새로운 시작을 알리는 중요한 날인데."

또각거리며 알렉에게로 바짝 다가온 캐서린이 은근한 어조로 속삭였다.

"국왕 전하께서 오늘의 공개 기자 회견을 반대하셨다는 건 너도 능히 짐작하겠지."

"놀랍지도 않네요."

"그래. 그분은 널 신뢰하지 않으시니까."

하얀 장갑 낀 캐서린의 손이 알렉의 어깨를 가볍게 움켜쥐었다.

"내가 강행했다."

"……."

"네 말대로 고작 약혼이지. 이렇게 외신까지 불러다가 밝힐 만큼 중대한 사안은 아냐. 하지만 알렉, 난 오늘로써 네가 정상적인 궤도로 돌아오리라 믿는다. 오랜 방황 끝에 비로소 네가 돌아왔음을, 네 입으로 직접 만천하에 밝혀 다오."

알렉은 고개를 틀어 물끄러미 캐서린을 내려다보았다. 지척에 서 있는 캐서린의 얼굴이 어둡게 가라앉아 있다. 대답을 종용하는 눈길이 끈덕지게 따라붙었다.

그 집요한 시선을 마주하며 알렉은 살며시 미소를 지어 올렸다.

"빅토리아가 가르쳐 준 게 하나 있어요."

"……뭐?"

뜬금없이 튀어나오는 이름에 캐서린이 살포시 미간을 찌푸렸다.

"용기."

알렉은 자신의 어깨를 쥔 캐서린의 손을 부드럽게 잡아 올리며 손등에 정중히 입 맞추었다. 그리고 그대로 눈만 들어 캐서린을 본다.

"걱정하지 마세요. 모두 고모님이 원하시는 대로 이루어질 테니."

알렉은 옷깃을 가다듬으며 단상 아래 섰다. 마지막의 마지막까지 그의 옷매무새를 가다듬던 사용인들의 손길도 하나둘 떠나간다. 마침내 왕자가 준비되었다는 신호가 오르자, 단상에서 초조하게 기자단을 상대하던 왕실 행정관이 반색하며 곧 기자 회견이 시작된다는 알림을 전했다.

그 와중에도 이름 모를 행정관은 알렉에게 끊임없이 주의 사항을 읊어 나가고 있었다. 계단을 올라가면 단상의 중앙으로 향해라, 키에 맞추어 마이크를 조절해라, 연설문이 바람에 날리지 않도록 주의해라. 왕자가 지각한 탓에 제대로 리허설도 치르지 못한 터라 왕실 행정관의 속은 까맣게 타들어 가고 있었으나, 이런 자리는 물리도록 익숙한 알렉은 그저 한 귀로 듣고 한 귀로 흘릴 뿐이었다.

"마이크 음량은 전하의 성량에 맞추어 저희가 알아서 조절하겠습니다. 기자들의 질문도 저희가 알아서 적당히 거를 테니, 너무 염려하지 마시고요. 참, 그리고 제가 전해 들은 바로는 국왕 전하께서도 맞은편 종탑에서 비공식적으로 전하의 기자 회견을 지켜보신다고 합니다. 정히 긴장이 되시거든, 종탑을 보시는 것도 나쁘지 않은—"

"지금 몇 시죠?"

끝없이 이어지던 설명 사이로 불쑥 알렉의 목소리가 튀어 올랐다. 행정관은 어수룩한 행동거지로 황급히 손목을 내려다보았다.

"어, 6시 15분입니다. 걱정하지 마세요. 15분 정도야 흔한 지연이니……."

되레 본인의 기자 회견처럼 긴장한 행정관이 주절주절 말을 늘어놓았지만, 알렉은 그저 물끄러미 하늘을 올려다볼 따름이다. 뉘엿뉘엿 해 지는 저녁. 불그스름한 노을이 깃든 구름 사이를 애타게 헤아리던 눈길에 어느덧 씁쓸한 빛이 어린다.

"……지금쯤이면 떠났겠네."

"그러니 기자들도 전하를 충분히 배려할, 네?"

"이만 올라가도 되죠?"

알렉이 착잡한 마음을 갈무리하며 단상을 턱짓했다. 멍하니 그를 응시하던 행정관이 양손 가득한 서류를 추리며 얼른 옆으로 비켜섰다.

"전하. 그런데 연설문은 어디에……."

행정관이 불안한 눈으로 알렉의 빈손을 살펴보았다. 도무지 짐작할 수 없는 그의 속내에 애태우지만, 알렉은 그저 말없이 웃으며 계단을 올라갈 뿐이다.

그러자 눈앞으로 펼쳐지는 수십의 기자들. 알렉이 예고 없이 단상으로 오르자, 도대체 언제 시작하냐며 불평을 늘어놓는 기자들을 어렵사리 달래던 행정관도, 끊임없이 불만을 토로하던 기자들도 차례차례 입을 다물었다. 곧이어 행정관은 등을 낮게 숙인 채로 빠르게 단상을 내려갔다. 적잖이 소란스럽던 기자단도 차츰 조용하게 잦아들었다.

단상 끄트머리에 가만히 서 있던 알렉은 그제야 걸음을 뗐다. 뚜벅뚜벅. 단상의 중앙으로 향하는 발소리가 규칙적으로 사위를 울린다. 중앙에 마련된 높다란 탁자에서 걸음이 멈추기 무섭게, 마이크가 움질일 때마다 새는 기계 소리가 적막의 기저를 파고들었다.

끼익. 날카롭게 귓청을 파고드는 기계 소음마저 잦아든 사위는 아주 고요하다. 알렉은 마이크에서 살며시 손을 떼고선, 종이 한 장 없이 텅 빈 탁상을 짤막하게 응시했다. 그러곤 고개를 살짝 들어, 제 입에서 터져 나올 목소리만 하염없이 고대하는 기자들을 본다. 기묘하리만치 무표정하던 그의 얼굴에 불현듯 익숙한 미소가 떠올랐다.

"제가 좀 늦었죠?"

공식 석상에는 어울리지 않는 격의 없는 인사였다. 뒤에서 절 지켜보고 있을 수많은 왕실 행정관들이 〈봄비에리의 참극〉을 떠올리며 퍼렇게 질렸을 것을 잘 알면서도 알렉은 멈추지 않았다. 도리어 느긋한 품새로 정장 앞주머니에서 만년필을 빼 든다.

"실은 이걸 두고 와서요. 이게 뭐냐면, 물론 보시다시피 만년필이지만 단순히 평범한 만년필이 아니거든요. 아주 기막힌 사연이 얽힌 물건이죠. 여러분도 잘 아시는 제 보좌관 찰리 스튜어트의 멋진 어머니이자, 절 어엿한 성인으로 기른 유모인 테레사 여사가 어릴 적 들려주었던 이야기와 밀접하게 관련되었는데, 여러분은 영 관심이 없어 보이시니 이 이야기는 여기서 이만 접을게요."

기자들은 저마다 헛기침하는 척, 안경을 올리는 척하며 왕자의 시선을 피했다. 모두가 얼굴은 제각각이지만, 지각해 놓고 딴소리까지 읊는 그를 못마땅해하는 기색이 역력하다.

"좋아요. 그럼 사과하는 의미로, 여러분께도 굉장히 흥미로울 소식을 하나 전할까 합니다."

알렉은 탁상에 몸을 편안하게 기대며 싱긋 웃어만 보였다. 흥미로운 소식이란 얘기에 한 번, 좀처럼 열리지 않는 왕자의 말문에 한 번 눈을 빛낸 기자들이 슬금슬금 펜을 쥐기 시작했다. 여기저기서 종이를 넘기는 소리가 조용히 빗발쳤다.

그러나 정작 운을 뗀 당사자는 한가로이 전경이나 둘러볼 따름이다. 수십 기자들의 머리 위, 그리고 제자리에 착석한 기자들 뒤편에서 뚫어져라 절 지켜보는 캐서린 공주까지 차근히 스쳐본 알렉의 시선이 어느덧 멀찍한 맞은편에 우뚝 솟은 종탑에 닿았다. 종탑을, 정확히는 음침하게 종탑에 들어앉아 있을 제 아비를 응시하는 눈빛에 차가운 서리가 내렸다.

'결국엔 너도 나처럼 권력만을 탐하게 되겠지.'

죽은 왕비를 잊지 못하는 척, 뒤에서는 수많은 부정을 저질렀던 아버지. 하나뿐인 아들에게조차 따뜻한 눈길 한 번 주지 않았던 아버지. 도무지 믿을 수 없는 진실을 물으며 눈물로 읍소하던 아들을 비웃고 모욕하고 조롱하던 아버지.

나를 옥죄는, 나의 아버지.

'여긴 날 멋대로 휘두르려는 사람들이 너무 많아요.'

지금까진 마냥 순응하며 살았다. 주제에 반항이랍시고 파티를 전전하며 살았지만, 돌이켜 보면 그건 반항도 뭣도 아니었다. 저들의 눈에 그는 고작해야 멋모르는 하룻강아지로밖에 보이지 않았을 터. 저러다 제풀에 지쳐 제자리로 돌아오리라, 아주 당연스럽게 여겼을 것이다.

하지만 이제는 그럴 수 없다. 그래선 안 된다는 걸 안다. 그가 나아가야 하는 길을 그녀가 보여 주었다.

'누구든 상관없어요. 여신이라면 죽일 거고, 하늘이라면 찢을 거예요. 나는 할 수 있어요.'

원하는 것이 있으면 쟁취해야 한다. 갈망하는 것이 있다면 맞서야 한다. 개처럼 묶여서 평생을 사느니, 죽음을 무릅쓰고 목줄을 끊어 내야 한다.

그것이 바로 당신이 내게 가르쳐 준 것.

"나는 조세핀 왕비 전하의 아들이 아닙니다."

알렉은 당당히 선언했다.

"어때요. 이만하면 귀가 좀 트이시나요?"

"저, 전하. 왕자 전하께서 도대체 무슨 소리를 하시는……."

사색이 되어 캐서린을 돌아본 보좌관이 삽시간에 하얗게 질렸다. 단상을 노려보는 캐서린의 눈빛이 심상치 않다. 심상치 않다 뿐일까, 틀어쥔 주먹이며 어깨며 온몸이 파들파들 시퍼런 분노로 떨리고 있었다.

"전하?"

보좌관이 멈칫하며 한 발짝 다가오기 무섭게, 캐서린이 발작하듯 소리를 내질렀다.

"당장 막지 않고 뭐 해!"

충격과 경악의 도가니였다. 방금 들은 왕자의 말을 받아 적을 생각도 못 하고 멍하니 눈만 끔벅거리던 기자들은 돌연 등 뒤에서 내리꽂히는 공주의 비명 같은 목소리를 듣고 고개를 돌리려 했다. 하지만 바로 그 찰나, 알렉의 커다란 목소리가 사이를 비집고 들어온다.

"몇몇 분들 표정을 보아하니, 제가 지금 농담을 하고 있노라 여기시는 모양이군요. 아쉽게도 아닙니다. 아무리 막나간다 쳐도, 감히 돌아가신 어머니를 농지거리로 삼겠어요?"

알렉이 농담조로 말하며 어깨를 가볍게 으쓱였다.

"그러니 거짓도 농담도 아닙니다. 여러분도 잘 알고 계시는 잉그람의 자비로운 왕비 전하. 몇 해 전 영면하신 포크스 공작의 막내딸이자, 지금까지도 국민들의 사랑을 독차지하시는 조세핀 왕비 전하는 제 어머니가 아니에요. 잉그람은 지금까지 속고 있었던 겁니다."

기자들이 입을 떡 벌렸다. 몇몇은 충격에 펜을 떨어트리기도 했다. 평소 특종을 잡기 위해선 물불을 가리지 않던 치들이, 정작 100년에 한 번 나올 법한 특종을 듣고서 그저 한없이 멍청한 낯짝을 하고 있는 모습은 꽤나 볼만했다.

"대단히 충격적이신 듯하군요. 아, 그래도 아버지 쪽은 걱정하지 마세요. 친부는 잉그람의 국왕 전하가 맞습니다. 뭐, 그분의 젊은 시절을 꼭 빼닮은 제 얼굴만 보더라도 다 아시겠지만."

웃음소리까지 곁들이며 경쾌하게 말을 이어 나가던 알렉이 불현듯 미간을 찌푸렸다. 마이크 가까이서 아아, 소리를 내 보고 손으로 톡톡 두드려도 보지만, 아무런 소리도 나지 않는다. 짜증스럽게 뒤를 돌아보니, 예상치 못한 사태를 어찌 수습할 생각은 못 하고 얼결에 전기 코드부터 빼 버린 행정관이 바보스럽기 짝이 없는 얼굴로 그를 바라보고 있었다.

알렉은 눈살을 찡그리며 목을 옥죄는 갑갑한 넥타이를 풀어 젖혔다.

동시에 나머지 손으로는 면전으로 드리워져 있던 마이크를 거칠게 밀어 낸다.

“예, 보시면 아시겠지만 미리 협의된 폭로는 아닙니다. 다 저 혼자서 꾸민 일이니까, 괜히 찰리나 다른 사람들한테 뒤집어씌우지 마세요. 아, 그리고 거기. 누구 명령인진 몰라도 그만 멈추시죠? 저 문 앞을 지키셔야 할 분들이 왜 이쪽으로 슬금슬금 다가오는지 모르겠네.”

당장 왕자의 입을 막으라는 캐서린의 명으로 빠르게 다가오던 근위대가 순간 멈칫했다. 알렉의 입가에 사나운 미소가 어렸다.

“기자분들? 내 얘기 더 듣고 싶지 않아요? 그럼 나 잡으러 오는 저 무서운 분들 좀 막아 주시죠?”

그 말에 가장자리에 앉아 있던 기자들이 분노한 얼굴로 벌떡 일어나 근위대를 막아섰다. 살얼음 밟듯 고요하던 장미정원이 삽시간에 시장통처럼 소란스러워졌다.

“당장 비켜! 공무 집행 방해로 끌고 가기 전에!”

“뭐요? 공무 집행 방해? 당신들이야말로 지금 방해야! 왜 멀쩡한 기자 회견을 망치려 들어? 어? 이거 다 언론의 자유 침해인 거 몰라?”

실강이는 금세 몸싸움으로까지 번졌다. 지원을 요청하려는지, 몇몇 행정관들이 허둥지둥 정원을 나서는 모습마저 보인다. 냉정한 표정으로 전경을 훑어본 알렉이 흘끗 눈을 내렸다. 수첩과 펜을 들고 단상 코앞으로 바글바글 모여든 기자들이 하이에나처럼 눈을 밝히고 있었다.

“정말 사실입니까? 조세핀 왕비 전하의 친자가 아니시라고요?”

“이제 와 사실을 밝히시는 이유는 뭡니까!”

사방에서 빗발치는 질문을 들으며 알렉은 얌전히 목을 가다듬었다. 곧이어 손짓으로 기자들의 입을 다물린 그가 힘껏 목청을 틔웠다.

“몇 번이고 말씀드리지만 사실입니다. 전 조세핀 왕비 전하의 아들이 아니에요. 왕비 전하의 아들은 죽어 태어났다고 들었습니다. 전 그저 죽은 이복형제의 자리를 대신한 사람일 뿐, 조세핀 왕비 전하와는 아무런 관계도 없습니다."

"그럼 전하의 친모는 누굽니까!"

"이미 잉그람을 뜬 분입니다. 어디로 가셨는지는 나도 몰라요. 아마 여러분도 찾지 못할 겁니다."

그때, 굳게 닫혀 있던 장미정원의 문짝이 밀리며 지원을 요청받은 근위대가 대거 밀려들었다. 흡사 난투극을 벌일 지경으로 근위대에 맞섰던 몇몇 기자들은 이미 피투성이 엉망진창인 차림이다. 그 지경으로도 온몸으로 근위대를 막아 내는 모습이 참으로 대견했다.

하지만 이제는 끝이다. 기실 조세핀의 아들이 아니라 공표한 것부터가 끝이었다. 더는 밝힐 사실도, 밝힐 내막도 없다.

고작 한마디로 족한 폭로. 여러 사람 인생을 망친 비밀은 이토록 깨트리기 쉬운 것이었다.

"생전의 포크스 공작이 날 싫어한다고, 아주 소문이 자자했죠."

알렉이 씁쓸한 얼굴로 읊조렸다.

"그때는 나도 이유를 몰랐어요. 다른 사람들도 이유를 몰랐죠. 사랑하는 딸을 죽게 만든 손자라 그렇겠거니 짐작은 했지만, 날 향하던 백작의 증오는 고작 그 정도가 아니었으니까."

"……."

"가엾은 분. 누구에게도 말 못 하고 평생을 가슴만 치셨을 겁니다."

밀물처럼 몰려드는 근위대를 허망하게 응시하며 알렉이 고했다.

"나는 하워드 국왕이 저지른 부정의 씨앗이자, 아크라이트 왕실이 저지른 기만의 상징."

구름처럼 밀려드는 인파 사이로 차갑게 식은 캐서린 공주의 얼굴이 얼핏 스친다. 일순간 사라진 그녀의 잔상을 멍하니 뒤좇으며 알렉은 나지막이 속삭였다.

"내가 왕이 될 수는 없어요."

로엔그렌 외궁과 내궁의 경계.

마치 장난감 병정처럼 기다란 총을 들고 미동 없이 서 있던 근위병이 별안간 코를 씰룩였다. 무언가를 참듯 거세게 얼굴을 일그러트리길 여러 차례. 애처로이 흔들리는 눈으로 사방에 아무도 없음을 확인하고서야 엣취, 커다란 재채기를 토한다.

"감기 걸렸어?"

역시나 근엄한 얼굴로 장총을 들고 서 있던 동료 근위병이 옆자리를 힐끔거렸다. 언제 재채기했냐는 듯, 순식간에 근엄한 얼굴로 돌아온 근위병이 입술만 달싹여 대꾸했다.

"감기는 무슨. 꽃가루 때문이지."

"이맘때마다 고생이다."

"그래도 지금은 좀 나아. 봄에는 그냥 코를 떼어 내고 싶……."

연신 코를 훌쩍이던 근위병이 갑자기 눈살을 찡그렸다. 돌연 끊긴 말소리에 의아한 얼굴로 옆을 돌아보려던 동료 근위병도 마찬가지로 휘둥그레 눈을 뜬다.

"……빅토리아 알피어스?"

도대체 어디서부터 달려왔는지, 어깨가 들썩거리도록 숨을 몰아쉬는 여자가 다급히 이편으로 다가오고 있었다. 근위병들은 멍하니 눈만 끔벅였다. 잔뜩 흐트러진 은발에 보석처럼 선명한 벽안. 이리 보고 저리 보더라도, 신문에서 연일 난리였던 빅토리아 알피어스가 맞다.

"여기가 내궁이에요?"

벅찬 숨을 몰아쉬며 빅토리아가 가까스로 입을 열었다. 멍청하게 고개를 끄덕이던 근위병들은, 성급히 발부터 들이미는 빅토리아의 모습에 기함하며 황급히 총으로 입구를 막았다.

"이, 이게 뭐 하는 짓입니까! 여기부턴 출입 금지입니다!"

"나 당신네들 군복 입은 거 안 보여요?"

"국왕 전하의 허가가 없으면 출입하실 수 없습니다!"

"아, 진짜! 그쪽 국왕인지 뭔지가 나한테 대령에 준하는 지위를 줬다고요!"

짜증스럽게 일갈한 빅토리아가 숱 많은 은발을 마구 헤집었다. 반쯤 미친 듯한 모양새에 근위병들은 침을 꿀꺽 삼키며 슬금슬금 뒤로 물러섰다.

"근데 저 마녀, 엄청 강하다고 하지 않았나? 왜, 투텔에서 게릴라 잡는 귀신이라고 아주 악명이 자자했다던데……."

"그럼 뭐 해. 여긴 로엔그렌 내궁이잖아. 아무리 강한 마녀여도 여기선 마법 못 써."

동료의 말에 근위병은 금세 안심했다. 아직도 집집마다 밤이면 못된 아이들을 잡아먹는다는 늙은 마녀의 이야기가 흘러나오는 때. 마녀라는 존재에 뒤얽힌 미지의 공포는 어엿한 성인이라 하여도 쉽사리 벗어날 수 있는 것이 아니었다.

그 순간, 그들의 머리 위로 짙은 그림자 하나가 지나갔다. 서로를 마주 보며 속닥이던 근위병들이 멍청한 얼굴로 앞을 돌아보았다. 한데 아뿔싸, 조금 전까지만 하더라도 머리카락을 마구 쥐어뜯던 빅토리아 알피어스가 온데간데없다.

"젠장!"

설마설마하는 마음으로 뒤를 돌아보았던 근위병들이 총을 틀어쥐고 냅다 달리기 시작했다. 잠깐의 틈을 타 근위병들을 훌쩍 뛰어넘은 빅토리아 알피어스는 벌써 내궁의 저편으로 멀어지고 있었다.

"이거 놔! 놓으라고!"

"당신들 이러는 거 각오해! 이거 다 불법인 거 우리가 모를 것 같아? 내일 신문에 뭐라고 나오겠어!"

기자들은 죽기 살기로 고함을 내질렀다. 어느 외신 기자는 이런 막무가내 체포는 반제에서도 일어나지 않는다며 열심히 항변했지만, 아무런 소용도 없었다. 근위병들은 죄다 하나같이 귀머거리인 것처럼 책상물림 샌님들을 묵묵히 끌고 갈 따름이다.

"법치 국가에서 이게 뭔 짓이야! 무슨 명목으로 끌고 가는지 알려는 줘야 할 것 아냐!"

"궁전 소란죄입니다."

"그거야 너네가 기자 회견을 방해하려 드니까, 악! 야!"

이제는 길거리 쌍욕마저 빗발치는 정원으로 알렉은 한 발짝 내디뎠다. 단상 아래에선 몇몇 왕실 행정관들이 심란하기 짝이 없는 얼굴로 그를 기다리고 있었다. 알렉은 그들을 향해 싱긋 웃어 보였다. 여름 장미가 다소곳하게 피어난 정원에 유일하게 어울리는 모습이다.

"어디로 갈까요?"

마치 아무 일도 없었던 것처럼 여상하게 묻는 목소리에 행정관들은 깊은 한숨만 토해 냈다.

"……이쪽으로 오십시오."

느릿느릿 내키지 않는 걸음을 떼는 행정관들의 뒤로 알렉은 느긋하게 다리를 움직였다. 단상 너머로 그가 모습을 드러내자, 간신히 잠잠해졌던 기자들 사이에선 또다시 고함이 터져 나왔다.

"전하! 왕자 전하!"

헤어진 연인을 부르듯 애타는 외침에 알렉은 선뜻 고개를 돌려 기자들에게 손을 흔들어 주었다. 찰칵, 찰칵. 근위병에게 잡혀 끌려가는 와중에도 몇몇 기자들의 투철한 직업 정신이 빛을 발했다.

사실 지금 이 광경은 잉그람의 국민들이 절대로 용납하지 못할 짓이었다. 아직도 전제 왕권이 공고한 반제나 산티그마 교단이 득세하는 메시나와는 다르게, 잉그람만은 국민들의 손으로 정치를 이끈다는 자부심이 지대했기 때문이다. 말이 궁전 소란죄지, 저만한 규모의 기자단을 오랜 시간 강제로 억류하는 것은 애당초 불가했다. 그러기엔 오늘의 기자 회견을 기대하는 이들이 너무나도 많다.

아마도 한군데로 몰아넣고 회유부터 하겠지.

시장 바닥처럼 난리인 광경을 무심히 스쳐보며 알렉은 느긋한 생각이나 했다. 오늘 왕자가 했던 말은 전부 거짓이다, 기사화하지 마라, 그 대가로 이러저러한 것을 주겠다. 왕실 행정관들은 대강 이런 말을 늘어놓을 것이다. 늘 그렇듯이.

하지만 이번은 다르다. 평소에는 못 이기는 척 권력 기관의 제안에 귀 기울이던 치들도 오늘만은 강력히 항거할 것이었다. 그만한 특종이다. 왕실에 대적할 만한 가치가 있었다. 어차피 백 명에 다다르는 기자들의 입을 전부 막기는 불가능한 상황이니, 다른 누군가 선수치기 전에 어떻게든 소식을 궁 밖으로 빼돌리려 혈안이 된 기자들이 대다수일 터였다.

그러니 퍼지는 건 시간문제다. 이르면 오늘 밤, 늦어도 내일 아침. 지금 서서히 내려앉는 어둠이 가시고 나면, 온 세상 사람들이 아크라이트 왕실의 비밀을 알아챌 것이다.

알렉은 조금은 떨리고, 조금은 긴장되는 마음을 애써 다잡았다. 늘 꿈꿔 왔으며, 늘 두려워 마지않던 순간이 비로소 엄습했다. 이미 저질러 버린 일에 후회하진 않는다. 이제 와 미련스럽게 후회하기에, 그는 지금껏 아무것도 하지 않은 죄로 너무 많은 시간을 후회하며 보냈다. 가까스로 얻어 낸 새로운 생을 후회로 시작하긴 싫었다.

탕!

그때, 날카로운 소음 하나가 그의 깊다란 상념을 꿰뚫고 지나갔다.

알렉은 영문을 모르고 멈춰 섰다. 그새 후줄근해진 차림으로 근위병들과 말다툼을 하던 기자들도 어리둥절한 표정으로 주변을 두리번거린다.

탕! 탕!

순식간에 깨진 화분 조각이 사방으로 튀었다. 기자들은 그제야 사색이 된 얼굴로 난리를 치기 시작했다.

"초, 총!"

이곳저곳에서 비명 소리가 솟구쳤다. 누군가는 벌게진 눈으로 근위병의 멱살을 잡았다.

"당신들, 우릴 아예 죽일 작정이야? 어?"

"아, 아니. 이건 우리가 아닌데……."

당황하여 말을 더듬는 근위병의 뺨에 별안간 가느다란 핏물이 그어진다. 그의 멱살을 잡고 있던 기자가 눈을 크게 떴다. 근위병은 떨리는 손으로 총알이 아슬아슬하게 스쳐 지나간 뺨을 매만졌다.

"젠장, 도망쳐!"

누군가 외치기 무섭게, 기자들은 그때껏 자신들을 짓누르던 근위병들의 손길을 뿌리치고 힘껏 내달리기 시작했다. 근위대는 기자들을 잡을 겨를도 없었다. 갑작스러운 사태에 이러지도 저러지도 못하고 저격수를 찾기 급급했다.

그리 정신없는 와중에 알렉은 홀로 우두커니 섰다. 느닷없는 총성도, 난데없는 소요도 도무지 이해가 되질 않았다. 여기 모인 기자들을 모조리 죽인다고? 그야말로 말도 안 되는 짓이다. 그것에 비한다면야, 가짜 왕자를 내세워 10여 년간 국민을 기만한 죄는 아무것도 아니었다.

그런데도 왜?

알렉은 멍하니 고개를 들어 올렸다. 불그스름하던 황혼이 시커먼 어둠에 뒤섞여 보랏빛으로 변모한 저녁 하늘. 장미정원을 굽어보는 3층짜리 야트막한 건물에는 어두운 그림자가 드리워져 있다.

저 어딘가 숨어 있을 저격수는 도대체 누구의 명으로, 누구를 노리기에…….

"전하!"

비명 같은 목소리가 귓전으로 꽂혔다. 무언가에 강하게 치받힌 알렉의 몸이 삽시간에 허물어졌다. 갑작스러운 충격으로 닫혔던 감각이 뒤늦게 문을 연다. 바닥에 쓰러진 몸을 추스르며 간신히 고개를 든 알렉은 눈앞으로 보이는 광경에 그만, 싸하게 얼어붙고 말았다.

"얼른…… 몸을 피하셔야……."

조금 전까지 그가 서 있던 자리에 이름 모를 왕실 행정관이 피 흘리며 쓰러져 있다. 알렉은 저도 모르게 아래턱을 파르르 떨었다. 총상에 신음하는 저이는, 단상 아래서 이러저러한 주의 사항을 알려 주던 행정관이다.

말도 안 돼.

알렉은 반사적으로 그에게 손을 내뻗었다. 행정관이 계속해 무어라 말하는 소리는 들리지도 않았다. 다만 눈앞의 광경을 도저히 믿을 수가 없어서, 말도 안 되는 지금의 광경을 인정하고 싶지 않아 무릎걸음으로 다급히 그에게 다가가려 했다.

탕!

바로 그 순간, 총알이 발치에 내리꽂혔다.

알렉은 멍하니 눈을 깜박였다. 무어라 애타게 부르짖는 행정관의 얼굴이 보인다. 이번엔 고개를 돌려 보았다. 시커먼 어둠에 잠겨 절 굽어보는 3층 건물. 저 어딘가에 숨은 저격수. 누군가의 명으로, 누군가를 노리는…….

날 노리는.

"전하! 어서 피하세요!"

갑자기 트인 귓전으로 행정관의 목소리가 날카롭게 들이쳤다. 어둠에 잠긴 건물에선 번쩍번쩍 쇠붙이가 반사하는 빛이 얼핏 눈에 들어온다. 건물의 그림자가 암암하게 드리워진 정원에서 정확하게 표적을 가려내지 못하는 총구가 그의 주변을 이리저리 헤매고 있었다. 달아날 기회다. 지금, 달아나야 했다.

하지만 정말 날 노린다고?

알렉은 맥없이 고개를 꺾었다. 하염없이 떨리는 시선이 우뚝 솟은 종탑에 닿는다. 실권을 잃은 국왕. 하지만 여기서만은 잔인무도한 폭군으로 군림하는 아버지.

나를 죽이려는, 나의 아버지.

순식간에 분노가 차올랐다. 억울함에 손발이 벌벌 떨렸다. 평생을 저 좋을 대로 부려 먹더니, 이제 와 쓸모가 없어지니 바로 처분하려는 작태가 너무나도 기가 막혔다. 짐승도 제 자식을 이렇게 막 대하진 않는다. 명색이 사람이 되어서, 짐승보다 못한 짓을 벌이려는 제 아비에게 넌더리가 났다.

알렉은 이를 악물고 주위를 둘러보았다. 그토록 바글바글하던 정원은 어느새 텅 비었다. 기자들은 달아난 지 오래고, 정체 모를 저격수를 찾는답시고 흩어진 근위대는 소식도 없다. 고모는 진작에 이곳을 떠났다. 이 드넓은 정원에 아무도 없었다.

이내 결심을 굳힌 알렉이 바닥에 주저앉은 채로 슬그머니 뒷걸음질했다. 그러나 조금 움직이기 무섭게 발치로 총알이 박혀 들었다. 멀지 않은 곳에서 경악으로 일그러지는 행정관의 얼굴이 보인다. 아직 정신을 놓지 않은 것을 보면 그다지 심각한 총상은 아닌 듯했다. 알렉은 딱딱하게 굳어 버린 얼굴 근육을 움직여 애써 그에게 웃어 보였다.

여기 더 머무르다간, 마구잡이로 총을 쏴 대는 저격수 때문에 저 행정관마저 위험해진다.

알렉은 마른침을 삼키며 다리에 힘주었다. 당장에 뒤돌아 달리자. 내궁은 넓고, 저쪽은 몇 명인지 가늠할 수조차 없지만 달아날 시도는 해봐야 하지 않겠는가. 겨우 맘 잡고 진실을 터트린 날이다. 오늘 밤 개죽음을 당할지언정, 이대로 순순히 목숨을 내어 줄 수는 없었다.

그리 일어나려던 순간.

끼이익!

난데없이 귀를 찢는 소음이 기다랗게 울려 퍼졌다. 알렉은 반사적으로 고개를 틀었다. 굳게 닫혀 있던 육중한 정원의 문이 서서히 열리고 있었다. 좁다랗던 문틈이 삽시간에 벌어진다. 그 사이로, 양손으로 문을 밀고 들어오는 한 사람이 보였다.

"……빅토리아?"

때마침 불어오는 바람이 아름다운 은빛 머리칼을 흩트렸다. 풍성하게 부풀어 오르는 은빛 물결을 멍하니 지켜보던 알렉은 어느새 코앞으로 다가온 빅토리아의 얼굴을 발견했다. 너무 보고픈 마음에 환각이라도 보이나 싶었다. 하지만 신기루처럼 사라지리라 여겼던 얼굴은 점차 뚜렷해져만 간다. 저도 모르게 내뻗은 손에 이윽고 익숙한 온기가 닿았다.

탕!

조금 전까지 그가 서 있던 자리로 총알 여러 개가 꽂혔다. 알렉은 갑작스레 뒤로 젖혀지는 몸을 이기지 못하고 뒤편으로 크게 걸음을 내디뎠다. 꽉 잡힌 손이 멀찍이 앞서 나가며 팔이 팽팽하게 당겨진다.

알렉은 몽롱한 기분으로 눈앞에서 출렁이는 은빛 머리칼을 응시했다. 마치 달콤한 꿈이라도 꾸는 것 같았다.

"……쪽이에요?"

물먹은 듯 둔중하게만 울리던 귓전이 일순 확 트인다. 알렉은 가만히 눈을 깜박였다. 눈앞에서 이끄는 이를 따라 다리가 멋대로 움직이고 있었다. 귀를 스치는 바람 소리, 멀리서 울리는 총성 따위가 정신없이 몰아친다.

"어느 쪽이냐고요!"

그 경황없는 틈으로 날카로운 목소리가 파고들었다. 그제야 알렉은 지척으로 다가온 갈림길을 발견했다.

"오른쪽이요!"

빅토리아는 곧장 오른쪽으로 몸을 틀었다. 알렉은 충실히 그녀를 뒤따라 달리면서도 몇 번이고 눈을 감았다 떴다. 눈앞의 광경이 도무지 믿기질 않아서. 행여 이미 죽어서 천국에라도 온 것은 아닌가 하는 어처구니없는 생각마저 들었다.

"……왜 여기 있어요?"

진작 떠났으리라 여겼다. 지금쯤이면 하늘에서 자유를 만끽하리라 생각했다. 이 땅을 떠나 먼 곳에서 자유로워지길 바랐다.

"당신이 위험에 처했다잖아요!"

달리기를 멈추지 않으며 빅토리아가 힘껏 소리쳤다.

"미친 거 아녜요? 지금까지 당신 목숨을 노리던 사람이 국왕이라면서요! 그런데 어떻게 여길 올 생각을 해요!"

"정말로 날 죽이려던 건 아니—"

"아까 총 맞아 죽을 뻔하고도 그런 소리가 나와요?"

빅토리아가 신경질적으로 외치는 소리에 알렉은 입을 다물었다. 확실히 지금은 상황이 다르다. 단순한 위협으로 정치적 장애물을 타개하려던 그때와 달리, 아버지는 이제 자신을 배반한 아들을 진정 죽이려는 심산이므로.

"그럼 나 때문에……."

알렉은 차마 말을 잇지 못하고 입술을 지그시 깨물었다. 빅토리아가 그토록 간절히 바라던 자유의 날. 눈 딱 감고 비행선에 오르거든 앞으로 뒤돌아볼 일 없었을 터. 그럼에도 제가 위험하단 소식에 이렇게 달려와 줬다. 아버지도 버린 아들을 구하러, 내게로 와 주었다.

결국엔 당신뿐이다.

감사와 감격과 미안함이 얼룩진 마음으로 알렉은 가만히 고개를 떨구었다. 빠르게 스쳐 지나가는 돌바닥 위로 이루 말할 수 없는 그의 감정이 뚝뚝 떨어져 내린다. 차마 그 마음을 주울 생각도 못 하고 알렉은 다급히 어둠에서 멀어지려 했다. 쿵쿵거리는 발소리가 끊임없이 귓전을 울렸다.

한참이고 회랑을 달리던 둘은 어느덧 아무도 없는 외딴 정원에 이르렀다. 그 앞으로 지엄한 기사처럼 우뚝 선 궁이 두 사람을 맞이했다. 내궁의 마지막 건물. 저기만 통과하면 빅토리아는 마법의 제약에서 벗어날 수 있다.

그리 스산한 궁으로 들었다. 전등이 차갑게 식은 실내는 한밤보다 어둡다. 곁에 좀처럼 사람을 두지 않는 국왕의 성정으로 인적 드물어진 그곳은 흡사 늦겨울처럼 싸늘하기까지 했다.

그곳을, 두 사람은 차근차근 가로질렀다. 문은 끝없이 이어지고, 텅 빈 방도 끝없이 이어진다. 숨이 턱에 받치도록 달리고 또 달렸으나, 출구는 아직 먼 듯했다.

그때, 등 뒤에서 갑자기 문이 쿵 닫혔다.

빅토리아는 걸음을 멈추고 뒤를 돌아보았다. 고요한 정적 사이로 벅찬 숨을 몰아쉬는 소리만이 들린다. 분명 따라오는 발소리는 없었다. 문을 움직일 만큼 바람이 강하지도 않다.

그런데도 조금 전, 열고 들어온 문이 닫혔다면.

"……."

순간 빅토리아는 알렉을 한 팔로 감싸며 기민하게 자신의 등 뒤로 이끌었다. 알렉이 놀랄 틈 없이, 드넓은 연회장 양쪽으로 자리한 창문들이 처참하게 깨어졌다. 그 사이로 검은 복면을 쓴 괴한들이 두꺼운 밧줄을 타고 속속 안으로 뛰어들었다.

알렉은 아연한 눈으로 어두운 사위를 둘러보았다. 휑하던 연회장이 어느새 사람으로 가득 찼다. 그를 노리는 이들이 눈 깜짝할 새 두 사람을 에워싸고 있었다.

"빅토리아 경. 물러나십시오."

누군가 한 발짝 다가와 정중하게 말을 건넸다.

"경과 싸울 생각은 없습니다. 왕자 전하를 돌려주십시오."

하지만 빅토리아는 말없이 그를 쏘아볼 뿐이다. 그녀는 이제 와 물러날 생각도, 알렉을 순순히 저들에게 보낼 생각도 없었다. 새파란 투기가 눈언저리에서 일렁였다.

"……빅토리아."

알렉은 조용히 그녀를 불렀다. 돌아보지 않는 그녀의 꼿꼿한 뒷모습을 보며 알렉은 남몰래 주먹을 꽉 쥐었다.

빅토리아는 강한 마녀다. 단신으로도 군부대 하나에 능히 대적할 수 있으며, 벽돌집을 부수는 대포로도 그녀를 막지는 못한다. 평범한 상황이라면, 지금 눈앞의 이들도 충분히 해볼 만하다고 여길 터.

하지만 그것도 전부 마법이 뒷받침되어야만 가능한 일이다. 잉그람 마녀라면 필히 맺어야 하는 국왕과의 계약은 마녀들에게 일정한 제약을 걸었다. 그중 하나가 바로, 왕실의 직계가 거하는 로엔그렌 내궁에서는 마법을 사용할 수 없다는 것.

"그만 돌아가요."

"……."

"여기선 마법도 못 쓰잖아요."

알렉은 어렵사리 말을 꺼냈다. 그녀는 할 만큼 했다. 그토록 간절하던 자유를 미뤄서까지 그를 구하러 와 주었으며, 심지어는 내궁을 거의 빠져나갈 뻔했다. 만약 그녀가 없었다면 그는 진작 잡혔을 것이다. 어쩌면 얼빠진 채로 멀뚱히 서 있다가 장미정원에서 그대로 총알에 꿰뚫렸을지도 모르는 일이다.

그러니 되었다. 충분히 저항했고, 충분히 도망쳤다. 그의 입으로 터트린 비밀은 이미 왕실의 손을 떠나, 기자들의 입에서 입으로 전해지고 있을 터. 그토록 감추고 싶어 했던 국왕의 비밀도 이제는 낱낱이 까발려졌다. 세상 사람들 전부 알게 되기까지 머지않았다.

게다가 마지막엔 영영 이별한 줄 알았던 사람과도 만나지 않았나.

알렉은 그것으로 충분히 만족했다. 이제는 그녀를 보내 주어야 했다. 이 이상으로 기댈 수는 없었다.

얼마간 머뭇거리던 알렉이 빅토리아의 손을 놓았다. 지탱할 곳 없어진 그의 몸이 일순 위태롭게 흔들렸다. 하지만 상관없다. 늘 위태로웠던 삶. 마지막 기로에서야 겨우 올바른 선택을 내린 그는 조금쯤 홀가분해진 마음으로 발걸음을 뗐다. 오늘의 선택을 일말도 후회하지 않는 제 마음을 자랑스럽게 여기며.

"……빅토리아?"

불현듯 알렉이 의아한 얼굴로 뒤를 돌아보았다. 빅토리아가 돌연 그의 손을 꼭 잡더니 놓아 주질 않았다. 아주 조금이라도 힘을 풀면 그가 날아가 버리기라도 할 것처럼, 온 힘을 다해 그의 손을 붙들고 있다.

고개를 푹 수그리고 있던 빅토리아가 느릿하게 눈을 들었다. 앞머리에 가려 음산하게 가라앉은 벽안이 얼핏 보인다. 그 눈과 마주친 순간, 알렉은 저도 모르게 오한이 들었다. 저를 향하는 살기가 아님을 알면서도, 마치 깊은 숲속에서 맹수와 마주치기라도 한 것처럼.

"전에 내가 했던 말. 기억해요?"

빅토리아가 낮게 읊조렸다.

"맞아요. 난 로엔그렌 내궁에서 마법을 사용할 수 없어요."

"……."

"정확히는 '로엔그렌 내궁이라고 명명된 마법 회로가 깔린 곳' 에서."

갑자기 빅토리아가 한 손을 번쩍 들어 올렸다. 괴한들이 총구를 옮길 겨를 없이, 허공에서 눈부신 불꽃이 튄다. 알렉은 반사적으로 팔을 들어 눈가를 가렸다. 곧이어 무언가 터지는 어마어마한 굉음이 울려 퍼졌다.

쾅—!

가히 귀가 먹먹해질 정도의 굉음. 그 사이로 살갗이 타는 냄새가 코를 찔렀다. 목덜미를 서늘케 하는 꺼림칙한 느낌에 알렉은 조심스럽게 눈을 떴다. 그리고 머뭇머뭇 팔을 내리자, 도저히 믿을 수 없는 광경이 눈에 들어온다.

뚝. 뚜욱.

돌바닥으로 핏방울이 점점이 떨어지는 소리가 유독 커다랗게 들렸다. 알렉은 멍하니 빅토리아를 바라보았다. 정확히는 찌릿찌릿 전기가 튀어 오르는, 시커멓게 타들어 간 그녀의 왼팔을.

그럼에도 아무런 고통도 느끼지 못한다는 듯 무표정하던 빅토리아가 슬며시 입꼬리를 올렸다. 그녀는 황망하게 절 바라보는 알렉을 단숨에 제 등 뒤로 당겼다. 그러곤 자유로워진 나머지 한 손을 들어, 범인은 꿈도 못 꿀 기적을 선보인다.

"덤벼."
빅토리아가 비소를 머금으며 허리를 낮게 굽혔다. 텅 빈 그녀의 손끝에서 차가운 냉기가 피어올랐다.

잿빛 땅거미가 진작 지나간 자리. 차마 목전을 헤아릴 수 없는 어둠 속에서 누군가 세차게 땅을 박차고 올랐다.
탕! 탕!
사방에서 쏟아지는 무수한 총알들이 허공에 떠오른 마법진에 막혀 빙글빙글 회전한다. 그 사이로 뛰어든 괴한 하나가 다짜고짜 시퍼런 날붙이를 들이댔다. 몸을 틀어 가볍게 공격을 피한 빅토리아는 잽싸게 다리를 휘둘러 괴한의 팔뚝을 걷어찼다. 괴한이 악 소리를 내며 단검을 떨구자, 마법으로 손쉽게 무기를 갈취한 빅토리아가 그대로 괴한의 어깻죽지에 단검을 박아 넣었다.
"끄악!"
그 틈으로 등 뒤에서 또다른 괴한들이 달려들었다. 허공에 무수한 마법진을 펼친 채로 빅토리아는 뒤돌아 알렉부터 제 뒤로 끌어당겼다. 순식간에 뒤로 떠밀린 알렉이 눈을 휘둥그레 뜨며 외친다.
"빅토리아!"
괴한 두 명과 대치한 틈을 타, 어둠 속에서 다른 사내가 뛰어들고 있었다. 미리 작전이라도 짠 듯 사내의 손엔 기다란 총기마저 들려 있다. 빅토리아는 곧장 저를 향하는 동그란 총구를 싸늘히 응시했다. 총알이 튀어나오려는 찰나, 그녀의 눈앞으로 새로운 마법진이 둥글게 떠오른다.
"악!"
저격수는 마법진에 튕겨 나간 총알을 맞고 그대로 땅을 굴렀다. 빅토리아와 전면에서 대치하던 두 명의 사내가 혀를 차며 신속히 어둠 속으로 물러났다. 동시에 단검을 든 괴한들이 양쪽에서 뛰어들었다.
"죽어!"

빅토리아는 부드럽게 허리를 뒤로 젖히며 공격을 피했다. 양측에서 들어온 공격이 서로 엇갈린다. 그대로 등을 둥글게 젖혀 한 손으로 사뿐히 땅을 짚은 빅토리아가 다리를 휘둘러 두 괴한의 머리를 강타했다. 그러곤 떨어지는 단검을 가볍게 낚아채, 그대로 알렉의 귓가로 내던진다.

"으악!"

갑작스럽게 귓전에서 비명이 터졌다. 알렉은 뒤늦게 소스라치며 뒤를 돌아보았다. 언제 다가왔는지, 오른쪽 눈알에 칼날이 박힌 사내가 고통스럽게 땅을 구르고 있다.

"조심해요."

순식간에 지척으로 다가온 빅토리아가 그 한마디 남기고 땅을 세차게 박차 올랐다. 멍하니 그녀를 바라보던 알렉마저 그녀의 손에 멱살이 잡혀 질질 끌려간다. 곧이어 괴한들의 틈바구니로, 무릎을 굽혀 우아하게 착지한 빅토리아가 슬쩍 미소 지었다.

"다음은 누구?"

경악하여 뒤로 물러나던 사내의 얼굴이 빅토리아의 손아귀에 무자비하게 붙잡혔다. 그녀의 손가락 사이로 불룩 튀어나온 사내의 눈이 크게 뜨인다. 피지직. 사내의 얼굴에서 가느다란 연기가 피어 올랐다.

"사, 살려……. 끄악! 끄아아악!"

빅토리아는 미련 없이 손아귀에서 힘을 풀었다. 사내는 고통에 몸부림치며 뜨겁게 타들어 가는 얼굴을 감싸 쥐었다. 견딜 수 없는 고통에 흐느끼는 소리가 연회장을 흐른다.

"마법 회로가 망가진 건 여기뿐이야! 옆방으로 몰아!"

어둠 속에서 누군가 다급히 외쳤다. 빅토리아는 코웃음 치며 제 얼굴로 날아드는 단검을 낚아챘다.

"어림없는 소리."

정면으로 드세게 내던진 단검이 푹, 무언가를 찌르는 소리가 들린다. 뒤이어 어둠 속에서 누군가 털썩 쓰러졌다.

싸늘한 정적이 내려앉았다. 무수히 쏟아지던 총탄마저 잦아든 이때. 불안하게 어둠 속을 훑어 내리던 알렉이 조심스레 말문을 열었다.

"몇 명이나 남은 것 같아요?"

"글쎄요. 아마도 마흔 남짓?"

생각보다 많은 숫자에 알렉의 안색이 핼쑥해졌다. 언뜻 느긋해 뵈는 얼굴로 어둠 속을 찬찬히 헤아리던 빅토리아가 불쑥 말을 꺼냈다.

"그보다 걔네 말이 맞긴 해요."

"마법 회로?"

"네. 내가 잡아 뜯은 건 이 연회장의 마법 회로가 고작이거든요. 그리고 보다시피, 다른 마법 회로를 더 잡아 뜯기는 무리고."

빅토리아는 축 늘어진 왼팔을 턱짓했다. 그러고 보면, 그녀는 지금까지 싸우면서 단 한 번도 왼팔을 사용하지 않았다.

"이참에 오른손으로 잡아 뜯고, 다리로만 싸워 볼까."

"말도 안 되는 소리 하지 마요."

"흠……. 그럼 내궁 밖으로 어떻게 나간다."

무미건조하게 읊조리던 빅토리아가 갑자기 알렉의 어깨를 세게 끌어당겼다. 별안간 그녀의 품에 안긴 알렉이 멍하니 눈만 깜박이다 황급히 뒤를 돌아보았다. 금방까지 그가 서 있던 자리에 살벌한 칼날이 들린 손이 툭 튀어나와 있다. 그 손목을 무자비하게 틀어쥔 빅토리아가 무심한 얼굴로 팔을 꺾는다.

"으아악!"

"뭐, 그건 차차 생각하기로 하고."

팔이 부러진 사내가 고통에 신음하며 엉금엉금 기어갔다. 빅토리아는 바닥에 떨어진 단검을 손짓으로 들어 올려 사내의 허벅지에 천천히 박아 넣었다.

"끄윽, 끄아악……."

"일단은 얘네부터 무찌르자고요."

활짝 웃으며 말하는 빅토리아의 머리 위로 네 명의 괴한들이 뛰어올랐다. 빅토리아는 돌아보지도 않고 손가락을 탁, 튕겼다. 그러자 천장에 매달려 있던 거대한 샹들리에가 맥없이 떨어진다.

쾅—!

눈을 꽉 감았다 뜬 알렉이 어안이 벙벙한 얼굴로 팔을 내렸다. 조금 전까지만 하더라도 그들이 서 있던 자리에 샹들리에가 처참히 부서져 있었다. 그 아래 깔린 네 명의 괴한들이 피를 토하며 경련한다.

"아, 안 되네."

눈앞의 처참한 광경을 목도하는 알렉의 곁에서 빅토리아가 한껏 찡그린 얼굴로 중얼댄다.

"이대로 궁전 밖으로 이동하려고 했는데, 안 되나 봐요. 사방이 내궁의 마법 회로로 막혀 있어서 그런가."

"혹시 위험해지면……."

"두고 가라고요? 웃기는 소리 하지 마요. 여기까지 왔으면 같이 살아 돌아갈 생각을 해야지, 왜 벌써부터 포기하고 그래요?"

뾰로통하게 대꾸한 빅토리아가 불만스러운 표정으로 뒤를 돌아보았다. 그 순간, 새카만 어둠 속에서 무수한 총알이 산개했다. 알렉은 별처럼 떨어지는 총탄을 멍하니 응시했다. 어느새 둘을 감싸듯 떠오른 마법진들이 빗발치는 총알들을 받아쳤다.

"난 당신을 구하러 왔어요."

튕겨 나간 총알을 맞고 신음하는 어둠을 뒤로한 채 빅토리아는 나지막이 속살거렸다.

"날 믿어요. 당신은 여기서 죽지 않아요."

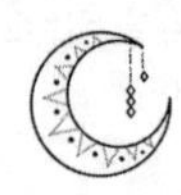

"해서, 궁전으로 달려갔다고?"

무심히 되묻는 목소리에 시에나는 가까스로 고개만 까딱였다. 깐깐하기로 정평이 난 자일스의 원로들 앞에서도 기죽는 법이 없던 그녀가 웬일로 어깨를 잔뜩 움츠린 채다. 간신히 용기를 내어 슬슬 위로 올라가던 눈길이, 곧 이어지는 질문에 즉각 땅으로 떨어졌다.

"왕자가 위험에 처했다는 말을 듣자마자."

"네……."

"빅토리아가 왕자랑 무슨 사이길래? 내가 알기론 서로 안면도 없을 텐데."

드디어 올 것이 왔다. 시에나는 두 눈을 질끈 감고 입을 열었다.

"실은 그게요……."

"서로 연모하시는 사입니다!"

난데없이 등 뒤에서 용감한 목소리 하나가 치고 나왔다. 시에나는 뜨악한 얼굴로 뒤를 돌아보았다. 당신 미쳤냐는 눈빛을 보내 보지만, 눈치 없이 용감하기만 한 왕자의 보좌관은 뭐가 문제냐는 듯 떳떳하게 항변할 따름이다.

"전하도 빅토리아 경도 서로를 진심으로 사랑하고 계세요! 사랑하는 사람이 위험에 빠졌는데, 그 누가 외면할 수 있겠습니까!"

"……그쪽은 이름이 뭐죠?"

"찰리 스튜어트입니다!"

"좋아요, 스튜어트 씨."

싸늘한 눈길이 느릿하게 찰리를 향한다.

"일단 그쪽은 나가 있는 게 좋겠군요."

시에나는 데이지 주니어와 막시무스에게 떠밀려 문턱을 넘는 찰리를 외면했다. 찰리가 고래고래 지르는 소리가 뒷목을 따갑게 했으나, 지금은 그녀로서도 별수 없다. 눈앞의 마녀는 그냥 그런 평범한 사람이 아니었으므로.

얼음의 마녀, 수리 알피어스.

마법 사회에서도 익히 명망 높은 이 마녀는 잉그람을 대표하는 마법 가문인 〈공정한 알피어스〉의 수장이자, 시에나의 어머니인 디아나 솔과는 막역한 벗이다. 애들이라면 일단 눈살부터 찡그리고 보는 수리가 벗의 딸이라고 어린 시에나만은 꽤나 예뻐했을 정도로, 오래도록 돈독한 관계를 유지했던 사이.

그런 수리 알피어스가 진심으로 노한 모습을, 시에나는 살면서 딱 한 번 보았다. 지금으로부터 약 2년 전. 예기치 못한 사고를 친 빅토리아가 감옥으로 끌려가거나, 혹은 분쟁이 한창인 투텔로 끌려가야만 하는 양자택일의 상황에서.

'어떻게 네가 불참할 수 있어!'

그 당시, 발푸르기스 평의회는 전대미문의 상황을 둘러싸고 비공식적인 회담을 개최했다. 마법 사회를 대표하는 아홉 마법 가문의 수장들을 한자리로 모아, 평의회의 입장을 정하기로 한 것이다. 하지만 개인주의가 뼛속까지 스며든 마녀답게, 반제나 메시나의 수장들은 회담을 거들떠도 보지 않았다. 당연히 회담에 응한 사람은 딱 세 사람, 잉그람의 마법 가문인 자일스 · 알피어스 · 베가의 수장뿐이었다.

문제는 회담 당일, 멀리서 유적을 발굴하고 있던 디아나 솔의 사고 소식이 전해진 것이다. 마법 사회에서 공처가로 자자한 자일스의 수장은 즉각 발길을 돌렸고, 결국 회담에 참석한 이는 수리 알피어스와 베가의 수장인 오스먼드 베가. 단둘뿐이었다.

'당연히 알피어스의 의견에 반대합니다.'

남 잘되는 꼴은 죽어도 못 보는 오스먼드 베가가 수리의 의견에 따를 리 없었다. 짝수인 인원으로는 다수결로 결판을 지을 수도 없는 노릇이니 당연히 회담은 흐지부지되었고, 명확한 입장을 정하지 못한 발푸르기스 평의회는 결국 빅토리아의 신병을 하워드 국왕에게 맡겨 버렸다. 어떻게든 국왕의 마수로부터 빅토리아를 지키려 했던 수리로선 청천벽력 같은 일이었다.

그날, 콧노래를 부르며 귀가하던 오스먼드 베가를 딱 기절하기 직전까지 작살낸 수리는 그길로 당장 세드릭 자일스를 찾아왔다. 낙상으로 침대에 누워 있던 디아나와, 그녀를 지극정성으로 간호하던 세드릭이 그녀를 반겼다.

참고로, 디아나는 발목을 삐끗했다.

'회담에 다녀왔다며!'

벗의 조카를 딸처럼 아끼던 디아나는 회담을 내팽개치고 제게로 달려온 남편에게 경악했다. 세드릭은 행여 심각한 사고일까 염려되어 오지 않을 수 없었다고 항변했지만, 솔직히 말해 딸인 시에나조차 그런 아버지를 한심하게 보았었다.

'크게 다친 건 아니니, 걱정하지 말라고 내가 그랬잖아!'

'유적에서 떨어졌다는 말에 너무 놀라서…….'

'뒷말은 듣지도 않은 거야?'

'그게 그러니까…….'

그리고 이 어처구니없는 작태를 지켜보던 수리 알피어스는 천 년 묵은 화산처럼 폭발하고 말았다. 그날, 엑서터 거성의 탑 하나가 날아갔다고 하면 믿을까.

좌우지간 그날 이후로 시에나에게 수리 알피어스는 '무시무시한 악마'로 각인되었다. 이전에 수리의 이미지가 '어머니의 다정한 친구'였던 것을 떠올리면, 급작스럽다 못해 경악할 만한 변화임을 알 수 있다.

그리고 지금. 시에나는 혼자서 집을 박차고 나간 빅토리아를 마음 깊이 원망하며, 부디 수리가 제 앞에서 폭발하지 않기만을 간절히 바라고 있었다.

"사랑이라……."

어둠에 잠긴 창밖을 내다보며 가만히 읊조리던 수리가 문득 피식거리며 웃었다. 남몰래 그 웃음을 지켜보던 시에나는 반사적으로 어깨를 떨며 고개를 수그렸다. 망했다. 머릿속에서 적색경보가 울려 퍼졌다.

"그래, 일단은 알겠다. ……그런데 왜 그렇게 떨고 있니?"

"아, 아뇨. 제가 비키를 붙잡아 놨어야 했는데, 그게……."

시에나가 어색하게 웃으며 말을 어물거렸다. 평소에는 그토록 유창하게 흘러나오던 말소리가 갑자기 버벅거리며 튀어나오질 않는다. 시에나는 엉망진창인 머릿속을 가다듬으려 애썼으나 쉽지 않았다.

그런데 문득, 그녀의 어깨로 미지근한 온기가 내려앉았다.

"자책하지 말렴. 네 잘못이 아니니."

어느새 지척으로 다가온 수리가 그녀의 어깨를 짚으며 씁쓸하게 웃고 있었다.

"굳이 탓하자면, 그 애를 제대로 가르치지 못한 내 탓이겠지."

"그게 어째서 수리 경의 잘못이에요?"

저도 모르게 소리를 높인 시에나가 흠칫하며 바로 목소리를 죽였다.

"정확히…… 따지자면 비키의 잘못이죠."

시에나는 풀 죽은 얼굴로 고개를 떨구었다. 조금 놀란 눈으로 그녀를 내려다보던 수리가 여트막한 미소를 머금었다.

"가자."

"……네?"

수리는 무심히 시에나를 스쳐 지나갔다. 엉거주춤 일어난 시에나가 영문을 몰라 하는 얼굴로 그녀를 돌아본다.

"궁전으로."

어느덧 문가에 달한 수리가 방문을 열어젖히며 오싹한 미소를 그렸다.

"이만 철없는 조카를 잡으러 가야지."

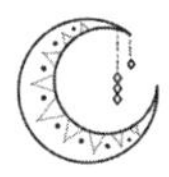

야심한 시각. 로엔그렌 내궁의 외딴 연회장에선 아직도 싸움이 한창이었다.

"제길. 저년은 등 뒤에도 눈이 달린 거야?"

벌써 수십의 동료를 잃은 사내가 욕지거리를 뇌까리며 무작정 돌진했다. 나름대로는 어둠을 틈탄 기습이었으나, 빅토리아에게 채 닿기도 전 팔목이 덜컥 붙들렸다.

"눈은 두 개고."

사내의 팔목을 가볍게 비틀어 무기를 떨군 빅토리아가 무심히 말을 덧붙인다.

"나머지는 직감이지."

"크윽!"

빅토리아의 무릎에 명치를 직격으로 맞은 사내가 흰 거품을 흘리며 쓰러졌다. 짤막한 한숨을 토한 빅토리아가 적잖이 피로한 얼굴로 새카만 어둠 속을 쏘아본다. 무턱대고 총을 쏘아 대던 이들도 이제는 잠잠하다. 쏘아 봤자 제대로 맞추지도 못할뿐더러, 외려 마법진에 튕겨 나간 총알을 맞고 부상당한 이들이 많았기 때문이다.

"언제까지 그렇게들 숨어 있을 거예요?"

기척 없는 어둠에 대고 물어보지만, 돌아오는 대답은 없다. 빅토리아는 시무룩한 얼굴로 어깨를 축 늘어트렸다. 머릿수만 믿고 무작정 돌격하던 공격은 끝났다. 이제 저들은 이 싸움을 장기전으로 끌고가, 빅토리아의 체력을 말려 죽이려는 요량인 듯했다.

좋지 않다.

알렉은 입술을 지그시 깨물며 불안한 눈으로 사위를 둘러보았다. 만약 빅토리아가 혼자라면, 어둠 속에 숨어 시간을 끄는 이들을 차례로 기습하여 쓰러트리면 될 일이다. 하지만 그녀에겐 민간인 왕자라는 짐이 있었다. 사실상 그는 빅토리아의 움직임에 방해가 되지 않도록 눈치껏 쭈그려 있는 것이 최선이었다.

게다가 한정된 마력도 문제였다. 저들이 더 이상 덤비지 않고 적당히 시간을 끌려 하자, 빅토리아는 곧장 연회장 가득 불을 피워 올렸다. 한낮처럼 환해진 연회장에서 빅토리아는 마치 무법자처럼 괴한들을 사냥했고, 이는 적에게 상당한 타격을 주었다.

하지만 지금은 유월 초여름. 겨울의 별 발디비아의 축복을 받은 빅토리아와는 상성이 매우 좋지 않은 시기다. 처음부터 빅토리아는 마력을 최대한 아끼려는 심산으로 체술 위주로 싸웠으나, 마구잡이로 빗발치는 총알에 어쩔 수 없이 마법을 이용해야 했다. 허공에서 무수히 펼쳐지던 마법진은 그녀의 마력을 지속적으로 갉아먹었고, 이에 마력이 바닥난 빅토리아는 할 수 없이 연회장 가득 지폈던 불을 꺼트릴 수밖에 없었다.

그리고 지금이다.

조금 전까지만 하더라도 바닥을 보이는 빅토리아의 마력을 걱정하던 알렉은 이제 그녀의 체력을 염려했다. 뭣보다 연회장의 마법 회로를 잡아 뜯었던 왼팔의 상태가 영 좋질 않았다. 우연찮게 밟았던 피 웅덩이가 적의 피가 아닌 빅토리아의 왼팔에서 흘러나온 핏물임을 알았을 때, 그는 진심으로 기함할 뻔했다.

그러니 이 상황을 최대한 빨리 타개해야 한다. 갈수록 거칠어지는 빅토리아의 숨소리도, 그녀의 이마에 송골송골 맺힌 땀방울도 이제는 그녀가 한계에 다다르고 있음을 알려 주었다.

"……숫자가 줄지 않아요."

불현듯 빅토리아가 속삭이는 소리가 자그맣게 들려왔다.

"줄지 않는다니요?"

"지금까지 쓰러트린 사람만도 예순은 족히 넘을 거예요. 그런데 아직도 그만한 기척이 남아 있어요."

빅토리아의 벽안이 빠르게 사위를 훑었다. 잠시 침묵하던 알렉이 설마 하는 마음으로 깨진 유리창을 돌아보았다.

아까는 마흔이라 했다. 한데 지금은 예순이다. 쓰러트릴수록 숫자가 늘어나는 해괴한 마법이 아니라면, 바깥에서 계속해서 인원이 충원된다는 뜻이다.

"망할 아버지……."

알렉은 욕설을 뇌까리며 빅토리아의 손을 꽉 쥐었다. 이렇게까지 절 죽이려는 아버지에게 새삼스러운 증오심이 샘솟았으나, 그건 부차적인 문제다. 지친 빅토리아와 함께 어떻게든 여길 빠져나가는 것이 급선무였다.

"알렉."

갑자기 빅토리아가 그의 옷깃을 잡아 왔다. 알렉은 자연스레 허리를 굽혀 그녀의 입가로 귀를 가져갔다. 속닥속닥 귀를 간질이는 목소리가 흘러든다.

"저놈들은 내가 유인할 테니, 혼자서 내궁을 벗어나요."

"뭐라고요?"

"흥분하지 말고 잘 들어요. 난 여기서밖에 마법을 못 써요. 그렇지만 다행히 이 건물은 방이 일직선으로 연결되어서, 이 방에서도 충분히 당신을 엄호할 수 있어요. 당신이 이 건물을 빠져나가는 동안, 행여 누군가 당신을 공격한다면 내가 막을게요. 여기만 벗어나면 내궁에서 빠져나갈 수 있잖아요."

하나같이 맞는 소리다. 알렉은 망연히 고개를 끄덕였다. 빅토리아는 흘끗 눈만 들어 그를 마주 보았다.

"난 걱정하지 마요. 혼자서도 충분히 맞설 수 있어요."

“……미안해요. 내가 괜히 짐이 되어서.”

“그런 소리 마요. 어쩌면 당신이 있어서 지금까지 버틸 수 있었던 건지도 모르니까.”

알렉이 미간을 살짝 찌푸리며 반문하려던 찰나, 갑자기 빅토리아의 표정이 싸하게 식었다. 알렉의 뒷목을 눌러 허리를 반으로 접은 빅토리아가 곧장 날아드는 검을 마법으로 쳐 냈다. 동시에 한 손으로 그의 등을 짚고 허공으로 뛰어올라, 어둠 속에서 기습하려던 이들을 차례로 걷어찼다.

“윽!”

쓰러진 괴한의 위로 사뿐하게 착지한 빅토리아가 곧장 빙글 몸을 틀었다. 조금 전까지 그녀가 있던 자리를 급습한 사내가 알렉의 심장께를 노리고 검을 추켜들고 있다. 빅토리아는 다급한 마음에 맨손으로 칼날을 움켜쥐었다. 행여 가까이서 마법을 부렸다가 알렉이 다치기라도 할까, 가까스로 사내의 손목을 붙잡고서야 차가운 냉기를 퍼트린다.

그리고 그 순간, 예상치 못한 총알이 사각지대를 파고들었다.

탕!

느닷없이 제게 다가온 괴한에 놀라 반쯤 바닥에 엎어져 있던 알렉이 눈을 크게 떴다. 그의 얼굴로 튀긴 핏물이 자못 뜨겁다. 뎅거덩. 절 노리던 사내가 무기를 떨구고 고통에 몸서리치며 바닥을 굴렀으나, 그조차 삽시간에 인식의 저편으로 멀어졌다.

보이는 것이란 오직, 허리를 움켜쥐고 휘청거리는 인영.

“……빅토리아?”

까득, 이를 갈며 고통을 참아 낸 빅토리아가 맥없이 질질 밀려 나던 발에 겨우 힘주어 바로 섰다. 허리를 낮게 숙인 채, 거칠게 숨을 몰아쉬는 얼굴에선 식은땀이 뚝뚝 떨어진다. 알렉은 하늘이 무너진 듯한 표정으로 그녀를 바라보았다. 피가 배어 나올 만치 입술을 짓씹던 빅토리아가 돌연 숨을 크게 들이켜며 몸을 홱 돌렸다.

챙!

어둠 속에서 칼날이 엇갈린다. 날붙이가 부딪칠 때마다 써늘한 빛이 튀어 오르고, 귀를 찢는 소음이 바닥을 울렸다. 강한 타격음, 누군가의 신음, 고통에 겨운 비명. 맞아 터지고, 부러지고, 찢어지고, 꿰뚫리는 소리가 궛전을 가득 메웠다.

"죽어, 이 괴물아!"

악만 남은 누군가 고래고래 외치며 뛰어든다. 힘겹게 그를 걷어찬 빅토리아는 뒤이어 밀려드는 공격을 피하며 알렉의 옷깃을 잡아끌었다. 그녀의 손짓대로 이리저리 이끌리며 알렉은 적들의 얼굴을 하나씩 스쳐보았다. 증오로 가득한 눈빛. 살기가 들끓는 목소리. 잘 알지도 못하는 이에게 죽을 둥 살 둥 송곳니를 들이대는 사람들.

도대체 왜?

알렉은 잘게 떨리는 눈으로 모든 것을 지켜보았다. 살이 터지고, 핏물이 흐르는 끔찍한 광경이지만 차마 눈을 감을 수도 없다. 그의 살갗을 타고 흐르는 빅토리아의 피가, 무릎을 짚고 밭은 숨을 몰아쉬는 그녀의 모습이, 그럼에도 날아드는 공격을 피해 이 악물고 움직이는 그녀가. 이렇게 싸우고, 이렇게 다쳐야 할 이유가 없는데.

"알렉!"

갑자기 날카로운 목소리가 귓속을 파고들었다. 본능적으로 고개를 튼 알렉은 일순 눈앞을 스쳐 지나가는 칼날의 써늘한 빛을 보았다. 잠시 멈추었던 숨을 토해 낼 겨를 없이, 빅토리아를 따라 땅을 힘껏 박찬다.

빅토리아의 부상을 알아챈 적들은 이제 온 힘을 다해 총공격을 감행하고 있었다. 지금까진 양동작전으로 그녀의 시선을 끌어 몰래 알렉의 빈틈을 노렸다면, 이제는 모두가 빅토리아를 노렸다. 처음부터 사용하지 못했던 왼팔과, 총알이 박힌 허리춤. 적들은 하나같이 그곳만을 공격했다.

"윽……."

앞서 들어오는 공격을 피하다 총상 부위를 걷어차인 빅토리아가 휘청이며 몇 발짝 옆으로 밀려 났다. 비 오듯 땀을 흘리던 그녀가 흘끗 눈을 들어 올렸다. 어둠 속에서도 형형히 빛을 발하는 벽안이 무기질적으로 적들을 담아낸다.

이대로는 위험하다.

빅토리아는 얼마 남지 않은 마력과, 마찬가지로 얼마 남지 않은 체력을 헤아렸다. 오래 버티진 못한다. 그렇다면 저들이 노리는 알렉이라도 우선 밖으로 내보내야 했다.

"알렉."

나직이 부르는 소리에 알렉이 등 뒤에서 흠칫거리는 기척이 고스란히 느껴진다. 한계에 다다른 상황에서도 빅토리아는 자그만 웃음을 터트릴 수밖에 없었다. 어쩌면 당신은 이다지도 사랑스러울까. 급박한 상황에 마저 이런 생각이 든다니, 미친 것이 틀림없다.

"내가 신호하면 달려요."

크게 확장된 눈이 물끄러미 절 향했다. 그를 안심시키듯 빅토리아는 애써 미소를 지어 올렸다.

"나도 따라갈게요. 걱정하지 말고."

"……."

"……알렉?"

이상한 기색을 감지한 것은 찰나였다. 미간을 좁히며 그의 어깨를 붙잡으려던 순간, 갑자기 알렉이 그녀의 팔을 홱 잡아끌었다. 도리 없이 그의 품으로 이끌린 몸이 별안간 빙글 돌아간다. 빅토리아는 멍하니 그를 올려다보았다. 늘 명랑하던 얼굴이 삽시간에 고통으로 일그러진다.

마치 거센 바람이라도 맞은 듯 크게 경련한 몸이 스르르 제게로 미끄러졌다. 빅토리아는 얼떨결에 그의 어깨를 잡았다. 그럼에도 축 늘어지는 통에, 하릴없이 오른팔로 그의 어깨를 꽉 감싸 안았다. 천천히 바닥으로 스러지는 그를 따라 빅토리아 역시도 바닥에 무릎을 대고 주저앉았다.

"……알렉?"

차가운 바닥에 내려앉아 가만히 그를 안고 있던 빅토리아가 파르르 입술을 떨었다. 심장 박동이 이상스레 빨라진다. 피가 한순간에 머리 꼭대기까지 솟았다가, 바로 발밑으로 가라앉았다. 영문 모르게 숨이 가빠졌다.

"알렉."

빅토리아는 떨리는 손으로 그의 어깨를 천천히 흔들었다. 언제나 가볍게 말하고, 가볍게 움직이던 이가 어쩐 일로 물먹은 솜처럼 무겁다. 제게 기댄 채로 축 처진 몸이 미동도 하지 않았다. 덜컥 겁이 난 빅토리아가 애써 그를 일으켜 세우려 했으나, 손끝으로 느껴지는 싸한 감각에 저도 모르게 손부터 들어 올리고 만다.

끈적끈적한 핏물.

멍하니 제 손을 바라보던 빅토리아가 다시금 그의 곧은 등을 매만졌다. 옷이 축축하다. 심장께서 울컥울컥 따뜻한 무언가 자꾸만 치솟는다. 마치 구멍이라도 뚫린 것처럼, 그의 속이 모조리 빠져나오고 있었다.

안 돼.

빅토리아는 본능적으로 그를 꽉 끌어안았다. 겁에 질린 눈이 어둠 속을 하염없이 헤맨다. 저도 모르게 이가 딱딱 부딪쳤다. 파들파들 떨리는 입술을 그의 귓가에 붙이며, 그의 이름만을 애타게 속삭였다.

"알렉, 알렉……."

어느새 고요하게 가라앉은 사위에는 그를 부르는 여린 목소리만이 가득했다. 자꾸만 축축 늘어지는 그의 몸을 애써 추스르며 빅토리아는 부모 잃은 아이처럼 그의 이름만 불렀다. 머리가, 입술이, 온몸이 고장이라도 난 것만 같았다.

"……빅토리아."

문득 신음처럼 가느다란 목소리가 들려온다. 그의 목덜미에 얼굴을 파묻고 정신없이 이름만 중얼거리던 빅토리아가 흠칫 고개를 들었다.

어느새 눈을 뜬 알렉이 그녀를 보며 미미하게 웃고 있었다.

"괜……찮아요?"

"나, 나는 괜찮은데……."

얼결에 대꾸하던 빅토리아가 순간 앞쪽에서 느껴지는 기척에 홱 고개를 들어 올렸다. 무시무시하게 쏘아보는 눈빛에 사내는 겁을 집어먹고 조용히 뒤로 물러났다. 그러고도 한참이나 어둠 속을 노려보고만 있는데, 갑자기 고통에 겨운 기침 소리가 들려온다.

"알렉!"

"아, 괜찮아요. 그냥 목이 좀, 따가워서."

미간을 찡그리며 몇 마디 웃음소리를 보탠 알렉이 먼 천장을 응시하며 속삭였다.

"이 시간쯤엔, 당연히 잠들었을 줄 알았어요. 아니면 기자들에게 붙잡혀 있거나."

"……."

"아버지한테도 꼭 한마디 해 주고 싶었는데……."

빅토리아는 말없이 아랫입술만 파들파들 떨었다. 어느덧 천장에서 내려온 알렉의 시선이 그녀에게 머문다. 알렉은 더할 나위 없이 상냥한 눈빛으로 그녀를 바라보았다.

"나 대신 해 줄래요?"

"시, 싫어요. 당신이 하면 되잖아요. 왜 나한테 하라고 해요."

"그러게요. 왜 그럴까……."

느릿하게 눈을 감았다 뜬 알렉이 흐릿하게 허공을 응시했다.

"빅토리아."

차츰 잦아드는 숨결이 그의 입가를 조용히 맴돈다.

"고마워요. 내게 와 줘서……."

초봄의 새싹처럼 여리던 연둣빛 눈동자가 서서히 어둠 속으로 잠긴다. 빅토리아는 멍하니 그 모습을 바라보았다. 넋 나간 듯 텅 빈 시선이 밀랍처럼 하얗게 질린 그의 얼굴만을 하염없이 담았다.

한편, 멀찍이서 그들을 지켜보던 괴한들은 쥐 죽은 듯 고요한 침묵을 유지하며 서로서로 눈빛만 주고받고 있었다. 어쩌다 보니 마녀를 대적하게 되었지만, 본디 그들의 목표는 왕자뿐이었다. 왕자가 쓰러진 마당에, 더 이상 마녀를 상대하며 전력을 낭비할 필요는 없다.

누군가 왕자를 눈짓하고, 누군가 고개를 끄덕였다. 바닥에 주저앉은 왕자와 마녀에게로 기척 없이 다가가며, 몇몇은 마른침을 꿀꺽 삼켰다. 왕자를 보호하느라 소극적으로 나오긴 했어도, 혹한의 마녀라면 단신으로도 능히 군부대 하나에 대적할 수 있는 인물. 왕자가 쓰러진 판국에 공연히 그녀의 신경을 건드렸다간, 정말로 큰 화를 입는 수가 있었다.

"음?"

그런데 별안간 누군가의 목소리가 튀어 올랐다. 갑자기 모두의 시선이 제게로 쏠리자, 사내는 적잖이 당혹스러운 기색으로 마녀를 손짓했다. 왕자를 꽉 끌어안은 채로 고개를 푹 숙이고 있는 마녀의 모습. 아까와 조금도 변치 않은 광경에 눈살을 찌푸리며 동료를 책하려던 이들이, 순간 그녀의 입가에 어른거리는 황금빛 띠를 발견하곤 표정을 딱딱하게 굳혔다.

"저게 뭐지?"

여기저기서 수런거리는 소리가 빗발치지만, 정작 답을 아는 사람은 아무도 없다. 괴한들은 도저히 가늠할 수 없는 기묘한 광경에 섣불리 다가가지 못했다. 겁먹어 뒷걸음질하는 이들도 부지기수였다.

그 와중에도, 빅토리아의 입가를 칭칭 동여맨 금빛은 점차 뚜렷한 형체를 갖추어 나가고 있었다. 처음에는 빛무리인가 싶던 것이, 차츰 사슬의 모습을 띤다. 갑갑할 만치 그녀의 입가를 틀어막던 사슬은 오래지 않아 점점 뒤틀리기 시작했다.

철컹, 철커덩.

쇠붙이끼리 부딪치는 듯한 섬뜩한 소리가 연회장을 울렸다. 사슬이 뿜어내는 빛도 갈수록 거세어져만 간다. 예기치 못한 상황에 당혹스러운 눈길만 주고받던 이들도 더는 안 되겠다 판단했는지, 무작정 그녀에게로 뛰어들었다. 높게 추켜든 칼날이 오로지 그녀를 향했다.

그 순간, 사슬이 산산조각 부서졌다. 갑자기 터져 나오는 눈부신 빛에 모두가 눈을 감싸고 바닥을 뒹구는 때.

오래도록 잠들어 있던 겨울이 비로소 눈을 떴다.

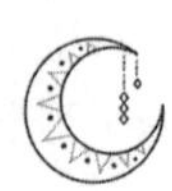

"아이고, 그러니까 국왕 전하의 허락이 있어야만 들어가실 수 있다니까요. 아실 만한 분께서 왜 이러실까."

근위대의 연락을 받고 부랴부랴 뛰어나온 왕실 행정관이 한숨을 푹푹 내쉬며 난색을 표했다. 그렇잖아도 기자들을 포섭하느라 정신없는 이 때, 난데없이 알피어스의 수장마저 쳐들어오면 어쩌자는 말인가.

"내 조카가 내궁에 있습니다."

"오늘 내궁의 출입 명단을 보여 드렸잖습니까. 빅토리아 경은 기록에 없어요. 설사 저희 측에서 빠트린 거라 해도, 빅토리아 경을 발견하는 즉시 돌려보내겠다고 말씀드렸잖아요?"

"댁들이 영 못 미더워서 말입니다."

"예?"

왕실 행정관이 어처구니없다는 표정을 지었다. 그러거나 말거나, 수리는 이마를 짚으며 한숨을 삼켰다. 도무지 말을 들어 먹질 않는 것도 짜증 나는데 심지어 근위대는 수리의 젊어 보이는 외모만 믿고 헛웃음을 터트리고 있으니, 지켜보는 시에나의 입장에선 간이 다 떨릴 지경이었다.

차라리 어머니라도 계셨으면.

시에나는 조마조마한 심정을 여미며 슬그머니 그들에게서 한 발짝 물러났다. 내궁의 입구를 비추는 횃불에서 조금 멀어지자, 아직은 시원한 초여름 밤바람이 밀려들어 조금은 살 것 같다. 홧홧하게 달아오른 뺨을 손등으로 식히며 무심코 밤하늘을 스쳐본 시에나가 갑자기 멈칫했다.

"어?"

가만히 허공을 응시하던 시에나가 불현듯 미간을 찡그리며 도로 밤하늘을 올려다보았다. 익숙한 별들을 대강 훑어 내리던 시선이 어느덧 하늘의 중심에 오른다. 저건 봄의 별 오르페델레, 저건 여름의 별 프라가, 그리고 저건…….

"……수리 경."

스스로 가문의 수장임을 상기하며 열심히 성질을 죽이고 있던 수리는 문득 조용히 들려오는 목소리에 고개를 돌렸다. 빛과 어둠의 경계에 선 시에나가 물끄러미 밤하늘을 올려다보고 있다.

"빅토리아가 겨울을 불러올 수 있던가요?"

난데없는 소리에 수리가 미간을 살짝 찡그렸다.

"원칙적으로는 가능하지. 내가 봉인해서 이제는 어렵겠지만."

"음……. 어떤 봉인인데요?"

"파비우스 봉인 열일곱 단계."

수리는 어린 빅토리아를 앉혀다 겨울을 봉인했던 어느 날을 떠올렸다. 장장 마흔여섯 시간이나 걸렸던 고난도의 마법. 한시도 가만있지 못하던 빅토리아를 어르고 달래 이틀을 버티고서야, 가까스로 완성된 대(大)봉인이다.

"그런데 그건 왜 묻지?"

하염없이 밤하늘만 올려다보는 시에나가 영 이상해 보였는지, 수리는 눈살을 찌푸리며 그녀에게로 다가갔다. 그러자 기다렸다는 듯 시에나가 밤하늘 어드메를 가리킨다.

"저거……."

시에나의 손끝은 밤하늘의 중앙을 향했다. 텅 비어 있는 별들의 왕 둘시네아의 자리. 그리고 왕을 둥글게 에워싸는 사계의 별. 봄과 여름에 걸친 초여름답게, 빛을 잃고 쇠하는 봄의 별 오르페델레와 차츰 강성해지는 여름의 별 프라가가 눈에 띈다.

그리고 북쪽에서 반짝거리며 시린 빛을 뿜어내는 푸른 별.

겨울의 별 발디비아.

"도대체, 무슨 일이……."

지금은 잠들어 있어야 마땅할 어버이의 별빛을 내리받으며 수리는 몹시 당혹스러운 표정을 지었다. 유월 초여름에 겨울의 별 발디비아가 자연적으로 나타난 사례는 없다. 만약 때아닌 시기에 발디비아가 나타난다면, 그것은 하늘 아래 누군가 성심을 다한 기도로 겨울을 불러온 것.

그리고 지금 이 시점에서, 겨울을 불러올 수 있는 이즈리얼 알피어스의 후예는 단둘뿐이다.

휴고 알피어스, 그리고 빅토리아 알피어스.

쿵!

황망히 밤하늘을 헤아리는 수리에게로 일순 강력한 파동이 밀려들었다. 휘청이는 그녀를 시에나가 깜짝 놀라 부축했다. 가슴을 움켜쥐고 가쁜 숨을 토하던 수리가 힘겹게 뜨인 눈을 들어 천천히 내궁을 돌아보았다.

"……빅토리아."

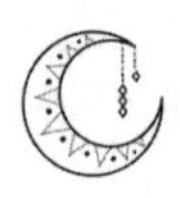

'거대한 마법에는 거대한 마력이 필요하지.'

구석에서 의자를 끌어다 앉은 휴고가 조곤조곤 설명했다.

'가령 아주 맑은 날에 비를 내려야 한다고 가정해 보자. 당연히 먹구름을 형성하고 비를 내릴 만큼의 수증기가 필요해. 그 수증기를 만들어 내는 것이 바로 마법이고. 무(無)에서 유(有)를 창조하는 것은 언제나 어렵지

만, 그 범위에 따라 난도가 현격한 차이를 보이는 것도 사실이야.'

'겨울을 불러오는 것도 그만큼 엄청난 마력이 소비된다는 건가?'

'그래.'

창가에서 포르르 날아온 기계 새가 휴고의 어깨에 찰싹 달라붙었다. 휴고는 기계 새를 보물처럼 소중히 쓰다듬으며 말을 이었다.

'언젠가 내가 늦봄의 펜잔스에서 겨울을 불러온 적이 있었지.'

'이제 와 말하지만, 그건 미친 짓이었어.'

'나도 알아. 사방이 벽으로 막힌 백색전당에서 겨울을 불러오는 것과, 사방이 뚫린 들판에서 겨울을 불러오는 것은 천지 차이더군. 하여간에 펜잔스에서 그 일이 있고선, 사흘이나 마력을 운용하기 어려웠어.'

'…….'

'때아닌 계절을 불러오는 건 그렇게나 어려운 일이야.'

수리는 잠시 침묵했다. 골똘히 생각에 잠긴 듯한 시선이 어느새 불만스럽게 앉아 있는 어린아이에게로 내려앉는다.

'그걸 저 애는 매 순간 벌이고 있는 거고.'

'그야말로 미친 짓이지.'

'자각이 없다는 점에서 너보단 나아. 적어도 저 애는 어리다는 핑계라도 댈 수 있으니.'

연달아 오라비를 박하게 평한 수리가 뚜벅뚜벅 어린아이에게로 다가갔다. 반항심 가득한 벽안이 그녀를 따라 위로 훌쩍 올라온다. 수리는 살포시 미소 지으며 아이의 턱을 잡고 살짝 들어 올렸다.

'이 애를 보면 재스퍼의 어린 시절이 떠올라.'

'네가 태어났을 때 재스퍼는 이미 성인이었을 텐데.'

'비록 재스퍼는 아주 엇나가 버렸지만, 이 아이에겐 아직 기회가 있겠지.'

휴고는 누이동생의 뒷모습을 물끄러미 응시했다.

'너라면 후환이 생기기 전에 죽이자고 할 줄 알았어.'

'이즈리얼 알피어스의 후예를 그리 쉽게 죽일 수는 없지.'

수리는 서늘한 눈으로 아이를 내려다보았다. 아이의 턱을 잡은 손을 서서히 올리자, 고개가 가파르게 꺾인 아이가 눈을 부라리며 난동을 피우려 했다. 만일 사지를 묶어 두지 않았다면, 진작 그녀에게 덤벼들었을 것이다.

'일단 이 입부터 봉해야겠어.'

아이의 턱을 움켜쥔 손이 아이의 입가를 스친다. 순간 살갗으로 흘러드는 스산한 감각에 수리는 천천히 손을 물렸다. 잠깐 스쳤다고 그새 손가락 언저리에 차가운 서리가 맺혔다.

'봉한다고? 겨울을?'

말도 안 되는 소리라도 들은 것처럼 휴고가 반문했다. 수리는 고개를 살짝 기울여 흘끗 휴고를 돌아보았다.

'넌 못 하겠지.'

아이의 입에서 흘러나온 겨울로 잔뜩 얼어붙은 방. 그 중심에서 강대한 얼음의 마녀가 짙푸른 마력을 피워 올렸다.

'나는 해.'

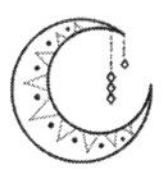

"이, 이게 뭐야!"

괴한들이 경악한 얼굴로 사방을 둘러보았다. 기분 좋게 시원하던 밤공기가 시시각각 차가워지고 있다. 드러난 살갗이 조금 춥다고 느끼기 무섭게, 입가에선 허연 숨결이 뿜어져 나왔다.

"설마……."

영문을 알 수 없는 기온 변화에 당혹을 감추지 못하던 이들이 점차 빅토리아에게로 시선을 모았다. 논리적으로 설명할 수 없는 이적이라면, 단연 마법을 의심할 수밖에 없다. 게다가 빅토리아 알피어스는 한여름에도 겨울을 불러오는 마녀. 무슨 꿍꿍이인지는 몰라도, 더 이상 맘대로 설치게 놔둘 수는 없다.

"그냥 쏴 버려!"

괴한들은 제각기 허리춤에 매단 권총을 꺼내 들었다. 허둥지둥 권총을 겨누고 방아쇠를 당겨 보지만, 정작 총성이 울리지 않았다. 총알이 중간에 걸려 발사되지 않은 것이다.

"제길, 이거 왜 이래!"

성질이 급한 사내가 무작정 맨손으로 총신을 쥐었다. 일순, 총신에 머무르던 써늘한 냉기가 그의 손을 타고 올랐다.

"악!"

사내는 순식간에 얼어붙은 손을 부여잡고 바닥에 주저앉았다. 느닷없는 비명 소리에 돌아볼 겨를도 없다. 나머지 역시 차가운 공기와 직접 맞닿는 살갗부터 조금씩 냉기가 서리기 시작했다.

"윽, 으악!"

단 한 번도 경험하지 못한 이적은 공포감만 가중시켰다. 갑작스레 얼어붙기 시작하는 신체에 경악한 이들이 정신없이 비명을 내지르기 시작했다. 한 치 앞도 가늠할 수 없는 어둠 속. 곳곳에서 처참한 외마디 소리가 빗발친다.

"아, 안 돼……."

느리지만 꾸준히 범위를 넓혀 가는 동상은 끔찍한 고통을 수반했다. 몇몇은 고통에 못 이겨 바닥을 굴렀지만, 몇몇은 이를 악물고 연회장을 가로질렀다. 어떻게든 여길 나가야 한다는 일념만이 그들의 머릿속을 지배했다. 누구는 비틀거리며, 누구는 두 발 두 손으로 기어 간신히 문가에 다다랐지만, 차디찬 문손잡이에 손을 올리기 무섭게 지옥 같은 냉기가 그들을 엄습했다.

그 와중에도 누군가는 처절하게 문을 두드렸다.

"살려 줘! 제발, 제발 살려 줘!"

온 힘을 다해 문을 밀어 보지만, 이미 얼어붙기 시작한 문은 꼼짝도 하지 않았다. 문짝의 위아래 틈새는 이미 투명한 얼음이 낀 지 오래다. 얼어붙어 단단해진 문은 외려 혹독한 냉기만을 풍겼다.

그러자 남은 이들의 눈길은 이제 높다란 창가를 향했다. 그들이 발로 차 깨트리며 들어온 창문. 다행히 여기로 뛰어들며 마구잡이로 내던진 밧줄이 몇 남아 있다. 어떻게든 살고픈 마음에 얼어붙은 손발로 밧줄을 타고 올랐지만, 서리가 끼기 시작한 벽면은 미끄럽기 그지없었다. 밧줄을 오르다 미끄러져, 대리석 바닥에 내동댕이쳐진 이들이 부지기수다.

심지어 이제는 깨진 창문에마저 얼음이 내리기 시작했다. 깨진 유리창을 대신하여 빈 공간을 메워 나가는 얼음을 괴한들은 경악하여 지켜보았다. 저 창문마저 막힌다면 끝장이다. 이대로 마녀가 퍼붓는 저주에 갇혀 얼어 죽을 것이었다.

하지만 서리가 가득 낀 벽면은 누구의 탈출도 허락하지 않았다. 아직 맨정신이 남아 있는 치들은 그저 얼음이 깨진 유리창의 틈을 메우는 광경을 하염없이 지켜보는 수밖에 없었다. 내쉬는 숨결마저 얼어붙기 시작하는 때가 되어선 손끝을 미동하는 이도, 가느다란 신음을 흘리는 이도 없다. 모두가 뼛속까지 얼어붙어, 지척으로 다가온 죽음만을 기다렸다.

그리고 그 중앙에서, 여전히 밭은 숨을 몰아쉬는 이가 있다.

일찍이 넋을 잃었던 빅토리아는 제게 기대어 쓰러진 알렉을 꽉 끌어안은 채로 가만히 주저앉아 있었다. 구불거리는 숱 많은 머리칼 사이로 차가운 서리가 끼고, 창백하게 질린 뺨 위로 얼음이 내려앉는데도 미동하지 않는다. 영혼이 빠져나간 듯 텅 비어 버린 벽안은 잿빛으로 흐려진 지 오래였다.

다만 뺨 위로 수없이 그려진 눈물 자국이 그녀가 아직 살아 있음을 증명할 뿐. 얼어붙은 눈물 위로 다시 눈물이 흐르고, 또다시.

유월의 초여름. 로엔그렌 궁전의 외딴 연회장에 때아닌 겨울이 도래했다.

만물을 얼리고, 만물이 고요해지는 혹한의 계절.

사랑하는 딸의 기도를 들어 오랜 잠에서 깨어난 겨울의 별 발디비아는 오래도록 궁전의 지붕을 내리비추었다.

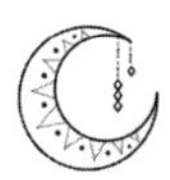

평소라면 고요한 어둠에 잠겼을 내궁 한편이 웬일로 소란스럽다. 전등 여러 개가 올라 기다란 그림자가 일렁이는 벽면으로 세찬 목소리가 연달아 내리꽂혔다.

“이봐! 거기 대체 무슨 일이야! 문 좀 열어 봐!”

근위병 여럿이 달라붙어 문을 힘껏 밀어 보았으나, 이상하게도 문은 꼼짝도 안 했다. 게다가 초여름에 있을 수 없는 기묘한 냉기마저 풍겨선, 맨살이 오래 닿을 수도 없었다.

"아무래도 이상합니다. 문이 아예 얼어붙은 것 같아요."

"나무가 얼어붙었다고?"

아무리 화려하게 금칠했어도, 문의 기본은 나무다. 문짝이 마치 얼음처럼 단단하다는 근위병의 호소를 듣고 고개를 갸웃거리던 왕실 행정관이 천천히 문가로 다가갔다.

"저기, 전하. 혹시 거기 계십니까?"

문틈에다 힘껏 소리를 질러 보지만, 문 너머에선 아무런 기척도 들려오지 않았다. 역시 이상하다. 안 좋은 일이라도 벌어진 것만 같은 불길한 예감에 행정관은 얼른 윗선을 불러야겠다고 마음먹었다.

"거기, 누가 백합의 관으로 좀 가서……."

그때, 갑자기 눈앞을 스치는 여인의 모습에 행정관은 멍하니 눈을 끔벅였다.

"수, 수리 경? 도대체 여긴 어떻게 들어온 겁니까?"

행정관이 놀라 묻는 소리에도, 수리는 말없이 얼어붙은 문을 둘러볼 따름이다. 행정관이 할 말을 잃고 황망히 서 있자, 그 뒤를 지키던 근위병이 대신 짜증스럽게 일갈했다.

"누가 저 여자 들여보냈어? 어?"

"잠깐, 조용히 좀 해 봐요."

다 들으란 듯이 소리 지르는 근위병을 행정관이 얼른 말렸다. 무슨 소리냐며 반문하려던 근위병마저 눈앞의 광경을 목도하곤 절로 입을 다문다. 문에 가만히 손을 댄 수리 알피어스에게선 그만한 박력이 흘러나오고 있었다.

매일 단련하는 근위병조차 쉽사리 손대지 못하는 문짝에 손을 올린 수리는 그대로 느릿하게 눈을 감았다. 조금씩 움직이는 등불을 따라 벽면에 드리워진 그림자들이 현란하게 춤추는 방 안. 어느덧 쥐 죽은 듯

고요해진 틈으로 수리의 나지막한 목소리가 스며든다.

"빅토리아."

그러자 얼어붙었던 문틈이 쨍하며 갈라졌다.

수리는 지체 없이 양손으로 문을 힘껏 열어젖혔다. 서서히 넓어지는 문틈으로 이제껏 경험하지 못한 냉기가 흘러나왔다. 모두가 생경한 추위에 기겁하며 뒷걸음질했지만, 오로지 수리만은 제자리를 지키고 섰다.

쾅.

그리 문이 열렸다.

생각지도 못한 추위에 기겁하여 문가에서 멀찍이 떨어졌던 행정관이며 근위병들이 죄다 휘둥그레 눈을 떴다. 투명하게 서리가 낀 벽면. 천장에서 흘러내리는 고드름. 여름의 문턱을 넘은 시기라기엔 도무지 믿을 수 없는 광경이 눈앞으로 펼쳐졌다.

그리고 그 중앙에 자리한 두 명의 인영.

"어디선가 많이 본 얼굴인데……."

행정관이 미심쩍은 얼굴로 안경을 추켜올리던 무렵, 수리가 예고 없이 연회장 안으로 들었다. 미처 말릴 새도 없었다. 그대로 중앙으로 향한 수리는 바닥에 힘없이 주저앉은 이 앞에서 우뚝 걸음을 멈추었다.

"빅토리아."

조용히 불러 보지만, 들려오는 대답은 없다. 잠자코 그녀를 내려다보던 수리가 곧 바닥에 한쪽 무릎을 대고 꿇어앉았다. 고개를 낮게 수그린 빅토리아와 가만히 시선을 맞대고 그녀의 얼굴을 들여다보길 한참. 느닷없이 빅토리아의 뺨을 세게 갈긴다.

살갗이 터지는 파열음이 고요한 연회장을 울렸다. 문밖에서 사람들이 경악하거나 말거나, 수리는 변함없이 냉엄한 눈으로 빅토리아를 응시할 뿐이다. 수리에게 맞은 채로 기울어져 있던 빅토리아의 고개가 그제야 차츰차츰 제자리로 돌아오기 시작했다.

"……고모?"

코앞에 자리한 수리만이 겨우 알아들을 수 있는 아주 미약한 소리. 빛을 잃고 잿빛으로 얼어붙었던 벽안도 조금은 본래의 색을 되찾았다. 물끄러미 그녀를 들여다보던 수리가 짤막하게 대꾸했다.

"그래."

"나……."

차게 식은 입술이 파르르 떨린다. 빅토리아는 속절없이 흔들리는 눈으로 수리를 보았다. 얼어붙은 눈물 자국 위로 새로운 눈물이 덧그려진다.

"알렉이……."

수리는 그제야 흘끗 시선을 내렸다. 핏물이 엉겨 붙은 채로 축 늘어진 빅토리아의 왼팔에 잠시 머물렀던 눈길은 곧 그녀가 꼭 끌어안고 있는 젊은 남자에게로 내려갔다. 모든 것이 얼어붙은 겨울의 방에서 유일하게 얼어붙지 않은 한 사람. 수리는 조용히 손을 들어 그의 목덜미를 눌러 보았다.

"와, 왕자 전하?"

근위병의 옷을 뺏어 입고 용감하게 연회장으로 들어온 행정관이 크게 기함했다.

"의사! 당장 의사를 불러!"

"의사는 늦었어요."

벌떡 일어난 수리가 갑자기 빅토리아의 품에서 알렉을 떼어 냈다. 빅토리아가 황급히 손을 뻗어 보지만, 알렉은 이미 행정관의 등에 실린 뒤였다.

"빨리 외궁으로 가요."

"네?"

"내가 마법을 쓸 수 있게, 빨리 내궁을 벗어나라고!"

벼락같은 수리의 일갈에 행정관이 기겁하여 내달리기 시작했다. 얼어붙은 다리로 잘도 휘청이며 일어난 빅토리아가 멀어지는 행정관을 따라 몇 발짝 움직였다. 하지만 그조차 수리에게 막히고 말았다.

"넌 여기 있어."

멍하니 눈을 깜박이던 빅토리아가 천천히 고개를 가로저었다.

"나도 갈—"

"또 송장 치우기 싫으면, 여기부터 원래대로 돌려놓으라고."

수리가 얼굴을 가까이 대며 살벌하게 을렀다. 멀거니 그녀를 바라보며 가쁜 숨만 몰아쉬던 빅토리아가 이내 느릿느릿 고개를 끄덕였다. 못마땅한 듯이 그녀를 쏘아본 수리가 미련 없이 돌아섰다.

"저, 수리 경!"

때마침 연회장으로 들어오던 시에나는 빅토리아의 처참한 몰골을 보곤 깜짝 놀라, 절 스쳐 지나가는 수리를 붙잡았다.

"비키도 많이 다친 것 같아요."

"안 죽어."

"하지만……."

골 아픈 듯 잠시 관자놀이를 짚은 수리가 몹시 피로한 눈으로 시에나를 돌아보았다.

"지금 목숨이 경각에 달린 건 왕자다. 난 당장 왕자를 데리고 호수성으로 돌아갈 거야."

"……."

"그리고 나머지는."

사방에 흩어져 얼어붙은 괴한들을 건조하게 훑어본 수리가 깊은 한숨을 내쉬었다.

"저건 빅토리아만이 해결할 수 있어. 부탁하마. 나 대신 저 애를 지켜봐 주겠니?"

시에나의 눈이 잘게 흔들렸다. 이내 결심을 굳힌 그녀가 결연히 고개를 끄덕였다.

"그럼요."

"……그래. 고맙구나."

흐릿하게 웃어 보인 수리가 시에나의 어깨를 가볍게 두드리곤 다시 걸음을 옮겼다. 또각또각. 규칙적인 발소리가 얼어붙은 대리석을 두드리며 점차 멀어져 갔다. 상처 입은 몸으로 오도카니 선 빅토리아는 멀어지는 그녀의 뒷모습을 하염없이 지켜볼 뿐이다. 더없이 간절하고 애타게.

그리고 수리의 발소리마저 잦아들 무렵, 활짝 열려 있던 문 하나가 맥없이 흔들리며 닫혔다. 아직 열려 있는 한쪽 문 너머는 암암한 어둠만이 가득했다.

8. 끝의 시작

어두운 방 안에 촛불이 올랐다.

"자, 시간이 되었으니 이만 회담을 시작하겠습니다."

"나는 잘 지냈습니다."

"나 역시 잘 지냈습니다."

"난 잘 못 지냈습니다. 요사이 꿈자리가 너무 험해서요."

"이런, 어쩐 일로?"

"내 발목을 분지르던 수리 알피어스의 악몽이 가시질 않습니다. 하여간에 흉악한 마녀예요."

"수리 알피어스 경이 불참한 것을 다행스럽게 여기세요. 아마 그녀가 들었다면, 오스먼드 경의 나머지 발목도 무사하진 못했을 겁니다."

"농담으로도 그런 말은 하지 마세요."

"농담으로 들립니까?"

"자, 쓸데없는 담소는 여기까지 나누기로 하죠. 오늘 회담에 참석하신 분은 총 세 분이군요. 〈숭고한 팔리아치〉의 수장인 라마엘 팔리아치 경, 〈냉엄한 볼크하르트〉의 수장인 아델리나 볼크하르트 경, 그리고 〈고결한 베가〉의 수장인 오스먼드 베가 경. 모두 반갑습니다."

"예. 반갑습니다, 의장."

"반갑습니다."

"그럼 오늘의 비공식 안건을 논의하도록 하지요. 여러분도 들어 아시겠지만, 혹한의 마녀 빅토리아 알피어스 경이 또다시 사고를 쳤습니다. 지난번에는 잉그람의 하워드 아크라이트 국왕에게 처분을 맡겼는데, 별다른 효과가 없는 듯하군요. 이에 각 수장분들의 의견을 묻습니다."

"의견을 물을 것이 있나요? 광인 재스퍼 알피어스의 딸입니다. 아비가 미쳤으니, 딸도 미친 게지요. 당장 팔티에로 벨리에 투옥시켜야 합니다."

"재스퍼 알피어스의 딸이라는 이유만으로는 부족합니다. 이미 10년 전, 알피어스 가문이 그녀를 거두었을 때 빅토리아 알피어스는 재스퍼 알피어스와 전혀 교류가 없었음을 증명하는 서류를 제출했으니까요."

"그 10년 전에도 잉그람의 군부대를 거의 몰살시킬 뻔하지 않았습니까?"

"그때는 사회화가 전혀 되지 않았다는 명분이 있었지요. 좌우지간 오늘은 지난 일을 다루는 자리가 아닙니다. 모두들 2주 전, 잉그람의 로엔그렌 궁전에서 벌어졌던 참극에 집중하도록 합시다."

"단어 정정을 요청합니다. 참극이라기엔 민간인 사망자가 한 명도 없군요. 교전이 적절하지 않겠습니까?"

"아델리나 경의 의견을 받아들이겠습니다. 앞으로는 교전이라 칭하도록 하죠."

"운 좋게 민간인 사망자가 없었을 뿐이지, 참으로 대단한 사고를 쳤군요. 애당초 그녀의 힘은 너무나도 위험합니다. 육신에 마력을 깃들인다? 그건 병기나 다름없어요. 심지어는 겨울을 불러오는 이즈리얼 알피어스의 숭고한 힘을 살육에 사용하지 않습니까?"

"단어 정정을 요청합니다. 살육은 일어나지 않았습니다. 얼어붙은 궁전을 결국에는 빅토리아 경이 손수 원상태로 복구했으니까요."

"말을 잘못 골랐군요. 살육에 이용할 여지가 충분하다는 뜻입니다."

"하지만 우리가 그녀의 신병을 괄티에로 벨리로 이송한다 결정하더라도, 사실상 빅토리아 경이 저항하면 별다른 수가 없지 않습니까? 발푸르기스 평의회 산하 사냥꾼들은 분명 훌륭한 능력을 갖추었지만, 전투에 한해 빅토리아 경을 따라잡을 이는 없습니다."

"섬광의 마법사, 에드윈 베가가 있지 않습니까?"

"라마엘 경, 그는 10년도 더 전에 은퇴했습니다. 어디 산간벽지에서 수행이라도 하다 오셨습니까? 참, 팔리아치 가문의 요새는 산간벽지가 맞군요."

"확실히 빅토리아 경에 맞설 수 있는 인물이 없다는 것이 문제로군요. 그럼 지엘린 그윈티르 경은 어떻겠습니까? 그녀는 사냥꾼 중에서도 손꼽히는 베테랑입니다."

"그녀는 이미 2년 전, 빅토리아 경에게 패배했습니다."

"지엘린 경조차 당했다니. 그럼 우리로서도 별수가 없군요."

"별수가 없긴요. 에드윈 베가는 은퇴했지만, 그 아들이 남아 있지 않습니까?"

"세드릭 자일스 경이요?"

"라마엘 경, 진지하게 묻습니다. 미쳤습니까?"

"아델리나 경, 과한 언사는 부디 자제해 주시길 바랍니다. 난 미치지 않았어요. 기실 빅토리아 알피어스를 감옥으로 인도할 수 있는 사람은 지금까지 그녀를 제어해 온 수리 알피어스와 휴고 알피어스뿐입니다. 하지만 손수 그녀를 거두었던 그들이 우리에게 순순히 협조할 리 없지요. 그렇다면 무력으로 그녀를 굴복시키는 수밖에 없지 않습니까?"

"세드릭 자일스 경이 그녀를 굴복시킬 수 있을까요?"

"그는 베가의 낙뢰를 내리지 않습니까? 정작 베가의 이름을 단 오스먼드 경은 내리지 못하지만."

"라마엘 경. 내 오늘 기필코 경의 다리를 분질러 버릴 겁니다."

"자자, 진정하세요. 서로를 향한 험담은 그만두고, 보다 건설적인 의견을 나누었으면 합니다."

"좌우지간 베가의 낙뢰는 개인 대 개인의 결투로는 최강의 무기입니다. 세드릭 경이 몰래 기습한다면 충분히 승산은 있어요."

"게다가 그에겐 용이 있지요."

"아무리 빅토리아 경이라도 용과 싸워 이기기엔 무리겠죠."

"좋습니다. 그럼 세드릭 자일스 경으로 하지요."

"그런데 그가 과연 우리의 뜻대로 움직일까요?"

"그러게 회담에 잘 참석했어야죠. 불참한 자는 말이 없는 법입니다."

"어쩐지 개인적인 원한이 느껴지는 말이군요. 라마엘 경, 혹시 지난번 경이 불참한 회담에서 팔리아치에 일방적으로 부과된 평의회 부담금을 세드릭 경의 짓이라 여기는 겁니까?"

"아닙니까?"

"맞습니다."

"깔끔하군요. 이번 안건은 세드릭 자일스 경에게 맡기는 것으로 합시다."

"동의합니다."

"나도 동의는 합니다만, 행여 세드릭 경이 우리의 뜻을 따르지 않으면 어떡하죠?"

"그렇다면 다음 비공식 안건은 '발푸르기스 평의회의 결정을 따르지 않은 〈교활한 자일스〉에게 어떤 징계가 적절한가' 가 되겠군요."

"동의합니다."

"나도 동의합니다."

"그럼 오늘의 비공식 안건은 찬성 세 표로 라마엘 경의 의견을 따르도록 하겠습니다. 다들 안녕히 돌아가십시오."

촛불이 훅 꺼졌다.

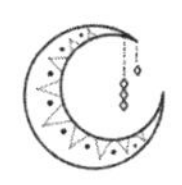

'내가 신호하면 달려요.'

날 보지 마요.

'나도 따라갈게요. 걱정하지 말고.'

날 보면 안 돼.

'……알렉?'

저기, 당신을 노리는 총구가 있는데…….

"허억!"

갑작스레 눈을 뜬 알렉이 숨을 크게 들이마셨다. 확장된 동공이 어두운 천장을 불안하게 헤매고, 느닷없이 열린 청각은 조용한 정적 사이로 스며드는 소음을 일일이 잡아낸다. 가슴팍이 크게 오르내리도록 한참을 부들거리던 알렉은 빳빳하게 경직된 팔다리에 경련이 일어날 즈음에야 간신히 밭은 숨을 삼킬 수 있었다.

쥐 죽은 듯 고요한 사위. 천천히 잦아드는 숨결 사이로 먼 천장을 응시하던 알렉이 불현듯 한 손으로 침대를 짚으며 어렵사리 일어났다. 그러다 돌연 숨통이 콱 막히도록 쑤시는 가슴께를 부여잡으며 웅크려 있길 잠시. 힘겨운 숨을 몰아쉬며, 그새 식은땀으로 축축하게 젖은 얼굴을 들어 올린다.

낯선 방. 낯선 벽지. 낯선 침대. 아무리 둘러보아도 낯설기 그지없는 주위를 차례로 훑던 시선이 어느덧 창밖으로 향했다. 커튼 사이로 얼핏 보이는 새벽녘 호수의 풍경이 못내 시푸르다. 다만 불그스름한 빛이 수면 위로 번지는 것을 보면, 머잖아 동틀 듯싶었다.

조금씩 밝아 오는 창밖을 알렉은 가만히 지켜보았다. 온 세상으로 번져 나가는 오늘의 첫 서광이 눈부시게 그에게로 다가왔다.

"전하!"

찰리가 눈물 콧물 범벅인 얼굴로 달려들었다. 얼결에 그를 받아 낸 알렉이 어리둥절한 표정으로 물었다.

"무슨 일 있었어? 왜 이렇게 울어?"

"무슨 일이냐니요! 전하께서 돌아가시는 줄 알고 몇 날 며칠을 마음 졸였는지 모릅니다!"

"돌아가셔? 내가?"

알렉은 검지로 자신을 가리키며 반문했다. 훌쩍이며 뺨의 물기를 닦은 찰리가 원망스러운 눈으로 그를 흘겼다.

"얼마나 주무신 줄이나 아십니까?"

"하루?"

"……."

"오랜만에 개운할 걸 보니 이틀……?"

점점 썩어 들어가는 표정으로 알렉을 째리던 찰리가 들으란 듯이 한숨을 내쉬었다.

"정확히 2주 만에 깨어나셨어요."

알렉은 가만히 눈만 깜박였다. 놀라 까무러치거나 농담하지 말라 웃으며 넘길 것이라던 찰리의 예상과 달리, 잠자코 고심에 잠겨 있던 알렉은 느릿하게 손을 들어 제 가슴팍을 짚었다.

"……그러고 보니 나 총에 맞았는데."

"참 일찍도 깨달으십니다."

찰리는 한숨을 푹 내쉬며, 창가로 걸어가 커튼을 확 쳤다. 곧장 들이치는 햇빛에 알렉이 인상을 쓰며 팔로 얼굴을 가렸다.

"여기는 솔즈베리예요. 알피어스 가문의 중추인 솔즈베리 호수성."

동화 속처럼 아름다운 호수를 등지고 찰리가 말했다.

"전하는 돌아가실 뻔했어요. 수리 알피어스 경이 죽어 가던 전하를 살려 놓았고요."

눈가를 가리던 팔뚝을 살짝 내리고 물끄러미 찰리를 응시하던 알렉이 느지막이 말문을 열었다.

“빅토리아는?”

“왜 안 물어보시나 했습니다.”

“빅토리아는 어떻게 됐냐니까? 어디 다치진 않았어?”

흡사 침대에서 뛰어나올 기세로 이불을 걷어 젖히는 알렉의 모습에 찰리는 아주 기함했다. 그는 황급히 침대맡으로 달려와 이불을 도로 덮어 준 뒤에야, 못내 착잡한 얼굴로 대꾸했다.

“좀 다치긴 하셨……. 본인이나 신경 쓰세요, 전하. 아무리 심하게 다쳤기로서니, 생사를 오가신 전하보다 더하겠어요?”

“정확히 어딜 얼마나 다쳤는데!”

“허리랑 팔이었나? 저도 들은 거라 자세히는 몰라요.”

알렉은 다급히 찰리의 옷깃을 붙잡았다.

“치료는? 많이 나았대?”

“가슴팍에 총알이 박힌 사람도 살려 내는 마당인데, 당연히 나았겠죠. 애당초 강한 마녀들은 목이 잘려도 한 번에 죽지 않는다잖아요?”

하기야 빅토리아도 그런 말을 했던 것 같다. 그럼에도 여전히 걱정스러운 기색을 지우지 못하던 알렉이 문득 미간을 좁혔다.

“그런데 들었다니? 빅토리아는 지금 어디 있는데?”

“아마 시에나 경이랑 같이 계실 거예요.”

“알피어스의 본거지는 여기인데?”

“안 그래도 저한테 수리 알피어스 경이 외출할 때는 꼭 연락을 넣어 달라 성화예요. 빅토리아 경도 어지간히 전하를 뵙고 싶어 하시는 눈치인데, 전하의 치료를 담당하는 수리 경이 어찌 눈도 못 뜬 전하를 두고 외출하시겠어요. 듣자 하니 부모 같은 고모라면서, 왜 그렇게 수리 경을 무서워하시는지 모르겠습니다. 조금 무뚝뚝하시긴 해도, 좋은 분 같던데.”

세상에서 가장 인자한 어머니를 둔 찰리는 도무지 이해하지 못하겠다는 어조로 웅얼거렸다. 그러거나 말거나, 호수성에 빅토리아가 없다는 말을 들은 알렉은 시무룩해진 지 오래다. 조금 전 저를 닦달할 때의 기운을 완전히 잃어버린 제 상관을 눈치챈 찰리가 어처구니없다는 듯 헛숨을 토했다.

"아니, 그런데 지금 그게 문젭니까? 저한테 뭐 하실 말씀 없으세요?"

그에 알렉은 말끄러미 찰리의 얼굴을 들여다보았다. 눈을 다섯 번 정도 깜박이고 나서야, 대답이 돌아온다.

"……근데 넌 왜 여기 있냐?"

일순 찰리의 얼굴이 마수처럼 일그러졌다. 알렉은 흠칫하며 얼른 설명을 보탰다.

"장기 휴가 달라며. 당분간 고향에서 쉬고 싶다고 네가 그랬잖아!"

"예, 원래는 그러려고 했죠. 예고도 없이 어마무시한 사고를 친 누구누구 씨만 아니었다면."

죄인은 말이 없는 법. 알렉은 얌전히 입을 다물었다.

"도대체 생각이란 게 있으십니까? 폭로를 하시려거든 좀 안전한 곳에서 하셔야지, 왜 하필 로엔그렌 내궁인데요? 국왕 전하의 면전에서 사고를 치고도 안전하실 줄 알았어요? 국왕 전하 때문에 그렇게나 고생하시고, 아직도 그분을 모르십니까? 네?"

"설마 날 죽이려고 하실 줄은 몰랐지……."

"본인의 안위를 위해서라면 왕비 전하의 목숨도 덧없이 저버리는 분이시잖아요. 그분의 잔혹한 성정은 누구보다 잘 아시는 분이 대체 왜 그런 사고를 치셨어요? 어차피 일 벌어진 거 이판사판이겠다, 전하를 암살하고 몽땅 투텔 독립군에 뒤집어씌우리란 예상은 정말 조금도 못 하신 거예요? 심지어 저한텐 말 한마디 없이!"

울 것 같은 얼굴로 줄줄 걱정을 늘어놓던 찰리가 갑자기 돌변했다.

"아니, 다른 사람은 몰라도 저한테는 귀띔이라도 해 주셔야 하는 거 아닙니까? 제가 금고에서 보석이랑 돈 뭉치 발견하고 얼마나 놀랐게요?

제가 그거 받으면, 얼씨구나 좋다 하면서 쫄래쫄래 고향으로 내려갈 멍청이로 보이셨습니까? 네?"

"그건 그냥 고맙다는 의미로—"

"감사를 표하실 거였으면, 애당초 그런 사고를 치시면 안 되죠! 제가 전하 때문에 근 2주, 얼마나 속을 썩였는데요! 전화는 불통이 났지, 기자들은 화장실까지 쫓아오지! 겨우 자려고 불 끄고 누웠는데, 침대 옆자리에 생전 처음 보는 기자가 누워 있었다니까요? 2주 동안 아주 20년을 늙었습니다! 아주 가암사하네요!"

오래 묵은 화산처럼 폭발한 찰리는 가라앉을 기미가 없었다. 슬금슬금 그의 눈치를 보던 알렉이 어렵사리 말을 꺼냈다.

"미안……."

"미안하단 말은 하지도 마세요. 고작 말 한마디로 갚을 상황이 아니니까."

단호한 말에 알렉은 도로 얌전히 입을 다물었다. 묘하게 울적해 보이는 그를 못마땅하게 쏘아보던 찰리가 툭 내뱉듯 말한다.

"저한텐 사과하실 게 아니라, 감사하셔야 해요."

"……감사?"

"도대체 빅토리아 경을 궁전으로 보낸 게 누구라고 생각하시는 겁니까?"

멍하니 눈을 깜박이던 알렉이 뒤늦게 고개를 들어 올렸다.

"네가?"

"당연하죠. 전 가 봤자 도움이 안 될 테고, 그렇다고 어디 붙을지 모르는 수상이나 군부에 알릴 수도 없잖아요. 전하를 구하러 갈 능력이 되고, 또 전하를 구할 마음이 있는 사람을 찾아가야 했어요. 비록 가진 보석은 전부 털렸지만."

알렉은 꿍얼꿍얼 불평을 늘어놓는 찰리를 가만히 지켜보았다. 무어라 말할 것처럼 입술을 달싹대자, 귀신같이 말을 꺼낼 기미를 알아챈 찰리가 사납게 눈을 부라린다.

"혹시 보석을 더 주신다는 말이라면, 정말로 화낼 겁니다."

"나도 그렇게 눈치 없진 않아."

힘없이 웃으며 알렉이 쑥스럽게 손을 내밀었다.

"고마워. 덕분에 살았다."

찰리는 그제야 미소를 되찾았다. 악수하는 두 사람 뒤로, 밝은 여름 햇살이 들이쳤다.

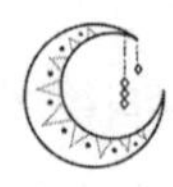

신문은 그야말로 난장판이었다.

<전 국민을 기만한 아크라이트 왕실, 정의의 여신의 칼은 누구에게로?>

<버트윈 공의 선언! "나는 추호도 몰랐다!">

<절절한 심정을 토해 낸 포크스 공작의 일기장, 뒤늦게 발견되어 화제.>

찰리가 눈치껏 건네는 신문을 차례로 스쳐본 알렉이 《데일리 오킹엄》의 사설란을 보곤 헛웃음을 지었다.

"그러나 노벨리엄 대학의 정치학부 교수, 베리 가드너 경의 의견에 따르면, 요사이 잉그람을 노리는 반제의 정치 공작이 심상치 않다고 한다. 이는 즉, 반제에 매수된 알렉 아크라이트 왕자가 잉그람을 혼란에 빠트리려는 의도로 거짓을 폭로……. 가지가지 하는군."

알렉이 신경질적으로 신문을 내던지자, 기다렸다는 듯 찰리가 《오킹엄 포스트》의 사설란을 내민다.

"여기도 좀 보십시오. 알렉 왕자의 폭로가 잉그람 전 일대를 충격에 빠트린 가운데, 일각에서는 이 모두 알렉 왕자의 자작극이라는 의혹이 나오고 있다. 특히 글래드윈 교구의 젠틸리스 주교는 하워드 국왕을 결백한 천사, 알렉 왕자를 악마의 유혹에 빠진 검은 양에 빗대어 논란의 중심에 섰다."

"아주 소설을 써라, 소설을 써."

발라당 침대에 누우며 넌더리를 내던 알렉이 불현듯 눈살을 찡그렸다. 흘끗 찰리에게로 향하는 눈빛에 영 못마땅한 기색이 다분하다.

"그런데 넌 왜 그렇게 신이 났어? 이게 재밌어?"

"재밌죠. 이게 다 돈인데."

"돈?"

"고소하셔야 할 것 아닙니까. 명예 훼손으로."

어찌 그런 당연한 질문을 하냐는 듯 찰리가 눈을 둥그렇게 떴다. 그러면서 베리 가드너 교수와의 합의금은 얼마, 젠틸리스 주교와의 합의금은 얼마, 그의 몇 안 되는 특기인 빠른 암산까지 곁들여 헤아리는 모습이 제법 진지하다.

그런 찰리를 떨떠름한 눈으로 지켜보던 알렉은 천장으로 시선을 돌리며 이마에 손등을 올려 두었다. 그동안 언론의 말도 안 되는 작태에 속이 터지도록 답답했던 적도, 심지어는 남몰래 상처 입은 적도 많다만, 어째선지 이번에는 생채기조차 남지 않았다. 말도 안 되는 이유로 그를 음해하는 베리 가드너 교수나 젠틸리스 주교가 익히 유명한 친왕파란 것도 있으나, 그간 마음에 꼭꼭 담아 두었던 진실을 비로소 세상에 알렸다는 것만으로 그는 적잖은 무상함을 느끼고 있었다.

"그냥 놔둬. 별별 찌라시가 나돌 텐데, 그걸 언제 다 잡으려고."

"찌라시야 그렇다 쳐도, 정론지가 이러면 안 되죠. 전하의 명예에 큰 흠집이 남을지도 모릅니다."

"나한테 남은 명예가 있었나?"

알렉이 피식거리며 자조했다. 그러곤 슬쩍 윗몸을 일으키고 앉아, 찰리를 똑바로 마주 보았다.

"그리고 넌 나한테 언제까지 전하라고 할래? 잘됐다. 안 그래도 보는 눈 없는 데서도 깍듯한 게 마음에 안 들었는데, 이참에 그 존대어 좀 떼봐."

"떼긴 뭘 뗍니까? 전하를 전하라고 부르지, 그럼 뭐라고 불러요?"

"폐위된 왕자한테 전하가 가당키나 해?"

"누가 폐위되었다고 그러세요?"

말문을 잃은 알렉이 뒤늦게 저를 가리키며 반문한다.

"나?"

그럴 줄 알았다는 듯 찰리가 한숨을 푹 내쉬며 근처의 신문을 하나 끌어왔다. 그리고 보란 듯이 펼치는 신문에 알렉은 멍하니 입술만 벌렸다.

<하워드 국왕, 폐위되다! 오리무중에 빠진 차기 국왕.>

"누가 폐위되시긴 했죠."

찰리가 이죽이죽 빈정거렸다.

그길로 알렉은 당장 고모님을 찾아뵙겠노라 침실을 박차고 나갔다. 알렉이 놀랄 줄은 알았어도 이만치 고집을 부릴 줄은 몰랐던 찰리는 쩔쩔매며 그를 말리기 급급했다. 더 안정을 취하셔야 한다며 만류하는 사슴 시종들을 뿌리치고 알렉이 등자에 발을 올렸을 무렵, 저 멀리서 수리 알피어스가 가운을 휘날리며 등장했다.

"주인님!"

솔즈베리의 호수성을 지키는 가련한 사슴 시종들이 울먹울먹 부리나케 수리에게로 달려갔다. 저마다 이 사달의 자초지종을 설명하는 목소리를 들으며 수리는 알렉의 앞에 섰다.

"어딜 가십니까?"

이제 막 일어난 듯 수리는 잠옷에 가운만 걸친 모습이다. 빅토리아와 닮은 듯 닮지 않은 얼굴을 피해 슬며시 눈길을 돌리며 알렉이 어물거리듯 대답했다.

"고모님을 뵈러 가려고요."

"무슨 용건으로?"

"……그분이 빨리 왕위를 잇지 않으시면, 제가 왕위를 잇는 불상사가 일어날지도 몰라서요."

참담한 심정으로 고하는 알렉을, 수리는 잠시간 지켜보았다. 오래지 않아 느릿하게 시종에게로 고개를 돌린 수리가 명했다.

"마차 준비하렴."

몇 분 뒤, 마차에 오른 사람은 총 셋이었다. 알렉과 찰리, 그리고 수리 알피어스.

"그냥 마차만 빌려주셔도 되는데……."

알렉은 슬금슬금 눈치를 보며 말했다.

"굳이 동행하진 않으셔도……."

"전하는 아직 막바지 치료가 필요합니다. 시급한 용무가 아니라면, 이틀은 더 침대에서 두고 봐야 할 부상이죠."

이동 마법으로 눈 깜짝할 새 사라졌다가, 다시 눈 깜짝할 새 나타난 수리는 머리부터 발끝까지 단정하게 차려입은 모양새였다. 불과 몇 분 전, 자다 깨어나 느슨하던 그녀를 기억하는 알렉으로선 자로 잰 듯 정확하게 탄 가르마나 잔머리 하나 없이 깔끔하게 머리카락을 틀어 올린 수리의 모습에 감탄을 금할 수 없었다.

"그렇다고 제 발로 사자 우리에 들어서는 전하를 안전하게 보필할, 다른 믿음직한 사람이 있는 것도 아니고."

한창 바쁘게 서류를 훑어보던 수리가 흘끗 눈만 들어 알렉을 보았다.

"번거롭지만 내가 동행하는 수밖에요."

알렉은 말없이 미소만 지어 올렸다. 입꼬리만 간신히 올린 채로 슬쩍 찰리의 귓가로 몸을 기울여 속삭이는 목소리가 개미만도 못하다.

"혹시 내가 비몽사몽할 때, 저분에게 무슨 실례라도 저질렀니?"

"그랬다면 전하는 진즉 조세핀 왕비 전하와 조우하셨겠죠."

"그런데 왜 저렇게 날 싫어하시는 것 같지. 내 착각인가?"

"불행히도 착각은 아닌 듯합니다."

찰리는 정면을 응시하며 빙긋 웃었다. 어느새 서류에서 눈을 뗀 수리가 물끄러미 그들을 쳐다보고 있었다. 슬그머니 제자리로 몸을 가져온 알렉도 버릇처럼 미소를 지었다.

"그, 그럼 저는 도착할 때까지 잠깐 눈을 붙이겠습니다."

"저도……."

솔즈베리에서 오킹엄까지는 마차로도 장장 여섯 시간이 걸린다. 그때까지 맨정신으로는 도무지 수리와 대면할 용기가 나지 않았던 두 사람은 얼른 피곤한 기색을 내비치기 시작했다. 수리의 저 냉랭한 눈빛을 버티느니, 차라리 얼굴에 철판을 깔고서라도 잠드는 편이 나았다.

"곧 도착할 텐데요."

그리 눈을 감으려는 찰나, 느닷없이 수리의 목소리가 치고 들어온다. 알렉과 찰리는 영문 모를 표정으로 서로를 돌아보았다. 그사이 수리는 허리춤에서 우아하게 회중시계를 꺼내 들었다.

"앞으로 두 시간 안에 솔즈베리로 돌아갈 겁니다."

건조한 음성과 함께 사방에서 눈부신 빛줄기가 쏟아지기 시작했다. 알렉은 경악하여 황급히 창밖을 내다보았다. 허공에서 그려지는 무수한 직선과 곡선. 도저히 이해할 수 없는 마법 언어가 빼곡히 빈틈을 채워 나가는 가운데, 〈공정한 알피어스〉를 상징하는 파란 영양이 마법진 위로 떠올랐다.

그리고 목전으로 휘황한 빛발이 드리워진다.

저도 모르게 눈을 내리감았던 알렉은 문득 귓가로 들이치는 소음에 놀라 번쩍 눈을 떴다. 호외를 외치는 소년의 목소리. 바삐 굴러가는 마차의 바퀴 소리. 한데로 뒤섞인 사람들의 온갖 말소리. 홀린 듯이 내다본 창밖은 익숙하디익숙한 오킹엄의 거리다.

“4분 38초 후에 도착합니다.”

수리는 서류에 눈을 박은 채로 무심히 말했다. 알렉과 찰리는 얌전히 입을 다물고선 정자세로 앉았다. 눈앞에 있는 묘령의 여인이 여러 차례 명성을 떨쳤던 강대한 마녀임을 실감하는 순간이었다.

수리의 말대로, 마차가 캐서린 공주의 저택에 달한 것은 정확히 4분 38초 후였다. 혹시나 하는 마음으로 남몰래 시계를 살펴본 찰리는 마치 괴물이라도 본 것 같은 뜨악한 얼굴로 차마 말을 잇지 못하였다. 그사이 손님의 정체를 캐묻던 근위대에게 슬쩍 창문을 열어 얼굴을 비친 알렉이 영 객쩍은 표정을 지었다.

“혹시 내가 죽었다고 알려진 건 아니지?”

그야말로 말하는 시체 보듯 하던 근위대의 눈길은 빈말로도 반갑다 할 수 없었다. 2주씩이나 행방이 묘연한 절 찾는 기사는 많았지만, 기실 알렉은 제 폭로로 발칵 뒤집혔다는 잉그람의 분위기나 눈 감았다 뜬 사이 홀랑 사라져 버린 2주의 공백을 실감하기 어려웠다. 당장 눈뜬 지 네 시간도 채 지나지 않았으니, 정신이 없을 만도 하다.

“공주 전하께서 뭐라고 하셔도, 이번엔 좀 참아 주세요.”

마차에서 내리려던 알렉을 찰리가 붙잡았다.

“전하께서 정신을 차리지 못하셨을 때, 제게 하루에도 몇 번씩 사람을 보내서 전하의 경과를 여쭈셨어요. 기자들의 눈을 피해 직접 저를 만나러 오신 적도 있고요.”

행여 알렉과 캐서린이 다투기라도 할까, 몹시 염려하는 기색이었다. 알렉은 근심하지 말라는 듯 시원하게 웃어 보였다.

“고모 앞에서는 맨날 쭈그러드는 거 알잖아.”

“다 끝났겠다, 성질대로 덤비실까 영 걱정되어서 말이죠.”

찰리가 못내 불안한 듯이 속삭였다. 말없이 어깨만 으쓱이던 알렉은 아직도 서류에만 집중하고 있는 수리에게로 눈길을 돌렸다.

"여기서 기다릴 테니 다녀오시죠."

기민하게 시선을 눈치챈 수리가 먼저 입술을 뗐다.

"1시간 28분 드리겠습니다."

그 말이 끝나기 무섭게, 알렉과 찰리는 부리나케 마차에서 뛰어내렸다. 저택 앞에는 캐서린을 보필하는 사용인들이 불편하기 짝이 없는 얼굴로 나와 있었다.

"공주 전하께서 기다리십니다. 이쪽으로 오시죠."

그중 가장 연식 있어 보이는 이가 몸을 옆으로 틀며 현관을 가리켰다. 알렉은 그들을 지나쳐 저택으로 들었다. 찰리를 응접실에 홀로 남겨 놓은 뒤, 그가 안내받은 곳은 캐서린 공주가 종종 사색하며 혼자만의 시간을 보내곤 하는 서재였다.

사용인들은 문앞에서 허리를 깊이 숙이곤 물러갔다. 굳건한 방문을 가만히 응시하던 알렉이 손을 들어 노크했다. 그러곤 찰칵, 문을 연다.

서재는 대낮처럼 환했다. 늘 담배 연기 풍기는 밀실에서 뒷공작을 펼칠 듯한 캐서린 공주는 의외로 따사로운 햇볕과 향기로운 꽃을 좋아했다. 서재에서 곧장 화단이 내려다보이도록, 또한 한낮의 햇볕을 담뿍 내리받을 수 있도록 서재의 한쪽 벽면을 창문으로 채운 것은 온전한 캐서린의 의지다.

그리고 그 거대한 창 앞에 캐서린은 가만히 서 있었다. 창문 앞에서 하염없이 정원을 굽어보던 이가 문득 들려오는 인기척에 스르르 뒤를 돌아본다. 언제나처럼 단정하게 틀어 올린 갈색 머리와 고상한 차림. 햇볕을 등지고 선 캐서린의 얼굴은 어두운 역광으로 잠식되어 표정을 가늠할 수 없었다.

고요한 침묵은 오래갔다. 늦가을처럼 써늘하지도, 봄처럼 다정하지도 않다. 알렉은 문가에서 그 진득한 정적을 신중히 버텨 나갔다. 좀체 가시질 않는 캐서린의 시선은 꽤나 오래도록 그를 떠나지 않았다.

"……다친 데는 어떠니?"

캐서린이 침묵을 깨고 물었다. 평소와 다르지 않은 여상한 목소리에 알렉은 잠시 뜸을 들이며 느릿하게 입술을 뗐다.

"괜찮아요."

"다행이구나."

뚝 끊긴 대화 사이로 집요한 눈길이 이어진다. 알렉은 그 시선을 피하지 않고 똑바로 마주했다. 영원히 이어질 것 같던 시선은 불현듯 캐서린이 고개를 돌리며 끊어졌다.

"무슨 일로 왔지?"

낯모르는 사람을 대하듯 사무적인 투다. 알렉은 당황하는 대신, 어릴 적 캐서린에게 혹독하게 배운 미소를 지어 올렸다.

"요사이 두문불출하고 계시다고 들어서요."

"그게 너랑 무슨 상관인지 모르겠구나."

"상관은 없지만, 혹시 누군가를 기다리고 계시나 했죠."

알렉은 면밀히 캐서린의 옆얼굴을 살폈다.

"고모님을 기다리는 사람들이 많습니다. 그만 세상으로 나가셔야죠."

캐서린은 그제야 고개를 돌려 알렉을 보았다. 어렴풋한 역광 속에서 조금 전과 별다르지 않은 표정이 언뜻 보인다. 알렉은 이 방에 들어 처음으로 그녀의 얼굴에 드리워진 그림자를 거두어 내고 싶다는 생각을 했다.

"……내가 원하는 대로 이루어질 거라 했지."

캐서린이 무겁게 말문을 열었다.

"이게, 내가 원하는 거니?"

"왕좌를 원하셨잖아요."

"원했지. 네가 태어나기 전까진."

캐서린은 입술을 지그시 깨물었다. 어느덧 훌쩍 자라난 조카가 몇 발짝 건너에 서 있다. 오라비를 닮은 얼굴에, 오라비를 닮지 않은 성정. 엄마 없이 자라난 아이를 캐서린은 마치 제 자식처럼 정성을 들여 가르쳤다.

"너라면 좋은 왕이 될 줄 알았다. 내가, 그렇게 만들 거라고 다짐했지."

둘째로 태어나 이루지 못한 야심이 얼마나 그녀를 괴롭게 만들었던가. 모든 걸 쥐고 태어났음에도 제 구실을 하지 못하는 오라비는 그녀의 못 이룬 야망만 불 지필 따름이었다. 나는 더 잘할 수 있는데. 나라면 저러지 않을 텐데. 나라면, 더 좋은 왕이 될 텐데.

하지만 그 생각은 조카를 처음 본 날에 사그라들었다. 이름 모를 하녀의 태에서 났다는 아이는 놀랍도록 작고 가벼웠다. 고작 제 팔뚝만 하던 조카를 품에 안았던 날이 아직도 생생하다. 졸음에 겨운 얼굴. 살갗에 와 닿는 따뜻한 온기. 심장이 아릴 만치 자그맣던 손발.

이 아이라면 괜찮지 않을까.

심지어는 스무 해가 넘도록 속을 끓였던 이루지 못한 야심마저 잦아들고 말았다.

"내가 왕이 되고자 했다면, 진작 왕위에 올랐을 게다."

알렉이 밝힌 출생의 비밀을 그녀가 밝힐 수도 있었다. 구태여 자진하여 폭로할 필요도 없다. 적당히 흘리면 득달같이 달려들어 캐낼 기자들은 많고 많으므로. 왕실의 이미지는 실추되겠으나, 그 실추된 이미지마저 회복할 능력이 그녀에겐 충분했다.

하지만 캐서린은 조카를 밟아서까지 왕좌를 탐하진 않았다. 글자를 깨우칠 적부터 품었던 야심은 깊지만, 그보다 조카를 사랑하는 마음이 원대했다. 불미스러운 일로 끌어내릴 바에야 차라리 조카를 성군으로 길러 내리라 이미 오래전 마음먹었다.

"그런데 전부 헛수고가 되었구나."

캐서린은 삭막한 웃음소리를 흘리며 눈을 내리깔았다. 20년에 걸친 노력이 한순간에 물거품이 될 줄 누가 알았을까.

"널 너무 믿은 날 탓해야 하는 것인지, 아니면 믿음에 배신으로 답한 널 탓해야 하는지. 난 아직도 모르겠다. 다만 내가 차지할 왕좌마저 껍데기뿐이라는 건 잘 알겠어."

국민들은 더 이상 왕실을 신뢰하지 않는다. 당장은 하워드 국왕을 폐위하는 것에 그치겠으나, 왕실이 그토록 목매었던 마녀와의 계약은 물론이요, 지금까지 국왕이 지녔던 수많은 권한이 무용지물로 변할 것이다.

"체임벌린 수상이 반기겠구나. 덕분에 마녀들의 계약마저 의회로 넘어가게 생겼으니. 이제는 왕실마저 허울뿐인 장식으로 전락하였으니, 조만간 온 잉그람이 그의 손으로 넘어가겠어."

"……."

"네가 바라던 것이 진정 이런 결말이었니?"

알렉은 대답하지 않았다. 잠시간 그를 지켜보던 캐서린은 여트막한 헛숨을 토하며 문가를 등지고 섰다.

그녀가 바란 것은 오직 조국의 빛나는 미래.

왕좌에 오르기만 한다면, 제 손으로 잉그람의 새로운 막을 열리라 믿어 의심치 않았다. 자신의 능력을 펼칠 수 있는 장만 마련된다면 무엇이든 해낼 줄로만 알았다. 잉그람의 영웅이 되어, 역사 속에 빛나는 이름으로 남을 줄 알았다. 하지만.

"……이제는 덧없는 영광만이 남은 폐허를 지키게 되었구나."

씁쓸히 자조하는 그녀의 머리 위로 오후의 적적한 햇빛이 쏟아져 내렸다.

이튿날.

아크라이트 왕실은 캐서린 공주의 왕위 계승을 공식적으로 발표했다. 새로이 즉위한 캐서린 국왕이 처음으로 공표한 것은 알렉 아크라이트 왕자의 폐위였다.

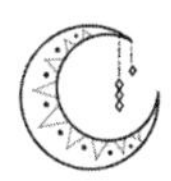

"폐위되신다고 당장 무언가 크게 달라지는 건 아니에요. 왕자의 지위

를 박탈당하셨을 뿐, 왕족으로서의 지위는 여전히 유효하니까요. 챔버스 백작이나 글레이저 후작의 작위도 마찬가지고요."

"그것도 머잖아 고모님이 앗아 가신다는 데 이 포도를 걸 수 있어."

소파에 반쯤 드러누운 알렉이 포도 한 알을 꿀꺽 삼키며 말했다. 동네 백수건달을 보듯 한심하단 표정을 짓던 찰리가 도로 서류를 보며 의연하게 말을 잇는다.

"다행히 전하의 명의로 되어 있던 페어퍼드의 토지와 부동산은 남았네요. 여기가 진짜배기 금싸라기 땅이죠. 왕실에서 회수한 벤네비스나 툭스베리의 땅은 사실상 애물단지잖아요. 사려는 사람이 없으니 팔지도 못해, 세금은 또 엄청 떼 가……. 오, 은행에 신탁도 아직 남아 있습니다. 쪼잔한 왕실에서 언제 회수할지 모르니, 현금부터 먼저 좀 인출해 놔야……."

갑자기 찰리의 말이 뚝 끊겼다. 물끄러미 서류의 한 부분을 노려보던 찰리가 돌연 경악한 얼굴로 비명을 내질렀다.

"뭐야! 이게 왜 이거밖에 안 남았지? 분명 지난달에 확인했을 때만 하더라도 8,000갤런은 족히 남아 있었는데? 전하, 여기 좀 보세요! 잔고가 이거밖에……."

"……."

"전하?"

꾸물꾸물 옆으로 틀어 앉은 알렉은 꿋꿋이 찰리의 시선을 피했다. 멍하니 그의 뒷통수를 쳐다보던 찰리가 느릿하게 입술을 연다.

"아니죠?"

"……."

"전하, 무슨 말이라도 좋으니 말씀을 좀……."

입술을 잘근잘근 깨물며 가까스로 속을 짓누르던 찰리가 폭발했다.

"또! 이번엔 대체 또 무슨 사고를 치신 겁니까? 네? 이 나라를 한 번 뒤집어 놓은 걸로는 성에 안 차세요? 도대체 어디까지 제 속을 뒤집어

놓아야 만족하시겠습니까!"

"아, 아냐. 아직 사고를 친 건 아닌데……."

"그럼 뭔데요! 사고를 칠 예정이십니까? 네?"

순식간에 쭈그러든 알렉이 얌전히 입술을 다물었다. 복장이 다 터진다는 듯 찰리는 제 가슴팍을 마구 두드렸다.

"아니, 뭔가 하시려거든 제게 귀띔이라도 해 주셔야죠! 지난번에도 말씀드리지 않았습니까! 어차피 전하의 뒤치다꺼리는 제가 하는 건데, 미리 좀 알면 좋잖아요!"

"그게……."

"그렇게나 제가 못 미더우십니까? 저한테 귀띔이라도 미리 해 주시면 하늘이 무너져요?"

"아니, 그게 아니라……."

마냥 입술을 달싹거리던 알렉이 아주 조심스럽게 말을 이었다.

"아직 확실한 게 아니라서 그래."

"뭐가 확실하지가 않은데요?"

찰리가 눈매를 날카롭게 세웠다. 말없이 눈을 데구루루 굴리던 알렉이 냉큼 포도를 집어 먹었다.

"그런데 나한테 온 편지는 없어? 콜린스는?"

"전하를 찾는 분들이야 많죠. ……아니, 근데 콜린스요? 《더 트레이스》의 조셉 콜린스?"

가까스로 잦아들었던 찰리의 노기가 다시금 샘솟았다. 어쩐지 물어볼 때를 잘못 잡은 것 같다는 생각을 하며 알렉은 조심스레 빠져나갈 구멍을 찾기 시작했다.

"그 작자랑 관련된 거였습니까? 그 삼류한테 신탁을 갖다 바치셨다고요?"

"갖다 바친 건 아니고……."

"그럼 뭔데요!"

"음, 후원?"

찰리는 제 머리칼만큼이나 시뻘게진 얼굴로 포효했다. 평소에는 얌전해도, 한번 폭발하거든 동화 속 마왕에 못지않은 벗의 양면적인 모습을 알렉은 이미 숱하게 겪었다. 한마디로, 경험자답게 무사히 찰리의 마수에서 빠져나왔다는 것이다.

도저히 알아들을 수 없는 비명 소리로 낭자한 침실을 뒤로한 채 알렉은 양손을 주머니에 꽂고 가볍게 복도를 달렸다. 창가에서 들이치는 따사로운 햇살에 기분이 조금 나아지던 것도 잠시, 저 멀리서 하얀 비둘기가 퍼드덕퍼드덕 날아온다.

"오, 전하! 아니지. 큼, 한때 전하셨던 알렉 아크라이트 씨로군요!"

제발 아니길 바랐던 심정이 무색하도록 비둘기는 막시무스였다. 못들은 척 그를 지나치려던 알렉은 일순 눈앞으로 홱 드리워지는 하얀 깃털에 발을 멈추고 말았다.

"……아, 막시무스 씨. 오랜만이에요."

알렉은 가까스로 미소를 지어 올렸다. 시건방진 눈빛으로 그를 훑어본 막시무스가 잔뜩 거드름을 피웠다.

"오랜만이기는요. 어제도 보았는데요."

"그랬던가요?"

"오, 알렉 아크라이트 씨. 총알이 머리를 스친 게 아니라면, 큼, 그 얄팍한 기억력에 애도를 표하는 수밖에 없겠습니다."

미소 띤 알렉의 입꼬리가 부들부들 떨렸다. 그러거나 말거나, 막시무스는 날개로 외알 안경을 추켜들며 물었다.

"아가씨께는 연락이 없습니까?"

"네. 아직 없네요."

"이상하군요. 그 집요한 아가씨가 벌써 알렉 아크라이트 씨를 포기할 리가 없는데……."

막시무스의 눈이 예리하게 가늘어졌다. 그래 봤자 콩알만 한 비둘기 눈이지만, 어쨌거나 그랬다. 한참이나 알렉을 의심스럽게 쳐다보던 막시무스가 부리를 열려는 순간, 어디선가 그를 부르는 목소리가 들려왔다.

"막시무스!"

흠칫한 막시무스가 허둥지둥 뒤를 돌아보았다.

"예, 주인님! 이 막시무스, 곧 가겠습니다!"

뒤이어 휙 돌아본 알렉의 얼굴에는 변함없이 선량한 미소만이 가득하다. 짤막하게 그를 째린 막시무스가 얄밉게 말했다.

"좌우지간 아가씨께 연락이 오면 꼭 알려 주셔야 합니다. 우리 주인님께서 금쪽같은 시간을 할애하여 치료해 줘, 공짜로 먹고 재워 줘, 큼. 인질로서 마땅히 그 값은 하셔야지요?"

제 할 말만 톡 쏘아붙인 막시무스는 곧장 천장으로 날아올랐다. 주인님! 이 막시무스, 이제 갑니다! 간절하게 외치는 목소리가 오래지 않아 복도의 고요한 적막 속으로 잦아들었다.

알렉은 그제야 느릿하게 미소를 거두었다. 가면처럼 덧씌웠던 미소가 사라진 얼굴에는 그저 고단한 무표정만이 남았을 뿐이다. 야트막한 한숨을 내쉬며 머리를 쓸어 올리던 알렉은 문득 눈이 마주친 사슴 시종에게 반사적으로 웃어 보였다. 물론 싸한 무표정을 똑똑히 목격한 시종에겐 별다른 효과가 없었지만.

수군수군, 저를 둘러싼 시종들의 귓속말이 어렴풋하게 들려온다. 알렉은 어쩐지 외딴섬에 버려진 듯한 느낌을 받았다. 괜스레 헛기침하며 걸음을 옮기자, 행여 부딪히기라도 할까 헐레벌떡 뒤로 물러나는 시종들이 보였다.

저들에겐 낯선 인간이라 그런 것인지, 아니면 무언가 다른 이유가 있는 것인지. 이유는 모르겠지만, 알렉은 이곳 솔즈베리의 호수성에서 흡사 동물원에 갇힌 희귀 동물이 된 것 같다는 느낌을 종종 받았다. 비단 볼 때마다 시비를 걸어오는 막시무스뿐만이 아니다. 호수성을 관리하는 사슴 시종들은 호기심과 불안함, 혹은 영문 모를 공포심이 뒤섞인 눈으로 그를 면밀히 관찰하곤 했다.

이만 떠날 때가 되었는데.

알렉은 어제도 했고, 엊그제도 했던 생각을 멍하니 되풀이했다. 이제 상처는 완전히 아물었고, 더는 수리 알피어스의 치료도 필요하지 않다. 그는 수중에 남은 재산을 모두 끌어모아서라도 목숨을 살려 준 대가를 치르고 싶었으나, 외려 거부한 것은 수리 알피어스였다. 완치된 그를 호수성에 가둬 두는 이 역시, 수리 알피어스다.

'당신은 인질입니다.'

이제 떠나고 싶다는 말을 은근히 흘렸을 때, 수리 알피어스는 그를 똑바로 쳐다보며 말했다.

'당신이 여기 있다면, 빅토리아도 언젠가는 이곳으로 돌아오겠죠. 그때까진 떠날 수 없습니다.'

'빅토리아는 시에나 경에게 몸을 의탁하고 있다던데요. 가서 만나면 될 게 아닙니까?'

'시에나는 자일스의 차기 수장. 그녀의 어머니와 오랫동안 돈독한 관계를 유지하고 있는 사람으로서, 자일스의 저택에서 공연한 소란을 피울 수는 없지요.'

한마디로, 빅토리아가 제 발로 돌아오기 전까지는 그를 밖으로 내보낼 수 없다는 소리였다.

만일 시에나가 들었다면 엑서터 거성의 탑 하나를 진작 날려 먹으신 분이 참으로 대단한 배려를 해 주신다며 빈정거렸을 것이나, 불행히도 알렉은 자일스와 얽힌 수리의 일화를 알지 못했다. 게다가 생명의 은인에게 제 뜻을 고집할 만큼 철면피도 아니기에 순순히 물러나는 수밖에 없었다. 그리 무료한 호수성에서의 나날이 흘러가고 있었다.

터덜터덜 성을 빠져나와 발길 닿는 대로 걷던 그는 어느덧 한적한 호숫가에 다다랐다. 알렉은 걸음을 멈추고 가만히 호수를 바라보았다. 한낮의 햇살이 조용히 내리치는 숲속. 찰랑찰랑 일어나는 물비늘이 그의 시야를 어지럽히며 강물 위를 노닌다.

알피어스의 본거지라는 이곳, 솔즈베리 호수성은 잉그람에서도 손에 꼽힐 정도로 아름다운 곳이다. 아침에는 투명하고 밤에는 남빛으로 흐르는 물결은 사시사철 잔잔히 성을 에두르며, 호수를 감싼 숲은 한때 요정이 살았다는 말이 나돌 정도로 고즈넉했다. 호수 정중앙에 세워진 성벽은 진줏빛으로 하얗게 빛나니, 때때로 호수성을 이루는 정경에 시선을 빼앗기는 것도 무리는 아니었다.

빠르게 변화하는 세상과는 완전히 동떨어진 별세계.

알렉은 심각한 부상으로 정신을 잃었던 지난 2주가 그러했듯, 호수성에서의 나날도 무심히 스쳐 보냈다. 이곳에서의 시간은 마치 손가락 사이로 빠져나가는 모래 같았다. 눈 떠 보면 하루가 시작되고, 눈 감으면 하루가 끝났다. 별생각 없이 무료하게 시간을 죽이다가도 덜컥, 언제까지 이렇게 살 수 있을지 겁이 났다.

'전하. 다 끝나면 메이블로 내려가요. 어머니도 전하를 많이 보고 싶어 하십니다.'

어느 날, 찰리는 지나가듯 그런 말을 했다. 알렉은 대답하지 않았지만, 그것도 나쁘진 않으리라 여겼다. 세상에서 가장 인자한 어머니인 유모는 평생을 제 자식처럼 길러 온 알렉에게도 퍽 다정했다. 폐위당하여 오갈 데 없는 그를 외면할 사람은 아니다.

하지만 그들 모자에게 언제까지 폐를 끼칠 수 있을까. 알렉은 오킹엄의 상류층이 으레 그러하듯 적당히 뻔뻔스럽지만, 아예 염치를 모르지는 않았다. 지금 바깥세상이 어떻게 돌아가는지는 모르겠지만, 십중팔구 그가 모습을 드러내거든 기자고 시민이고 할 것 없이 죄다 들러붙을 것이다. 한적한 시골 마을 메이블이 북새통으로 화하는 것은 순식간이다.

메이블만 그러할까. 잉그람 어딜 가든 사정은 마찬가지다. 잉그람과 육교로 통하는 메시나나 반제라 하여도 안심할 수는 없다. 평생을 사람들의 지나친 관심 속에 살았던 알렉은 대중의 관심이 얼마나 잔혹한지 잘 알았다. 사랑이 혐오로 변하는 것도, 정겨운 관심이 매서운 칼날로 변하는 것도 다 한순간이다.

그러니 멀리 떠나는 것만이 수다.

아무도 그를 알아보지 못하고, 누구도 그에게 눈길을 주지 않는 머나먼 어딘가로.

알렉은 조금 울적한 눈으로 호수성의 정경을 응시했다. 언젠가 지금을 그리는 날이 올 것이다. 다시는 보지 못할 풍경. 다시는 느끼지 못할 감상. 다시는 밟지 못할, 나의 사랑하는 고향.

따스한 오후의 햇살 아래 알렉은 서글피 고개를 떨구었다. 발치로 치닫는 물결이 길게 늘어진 그의 그림자를 따스하게 덮어 주었다.

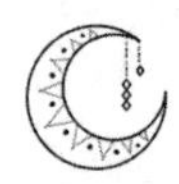

"찰리?"

늘 쥐 죽은 듯 조용하던 복도가 웬일로 부산스럽다. 알렉은 어리둥절한 표정으로 발을 재게 놀렸다. 그럴 리는 없겠지만, 행여 아직도 분이 안 풀린 찰리가 아예 방을 들어 엎고 있다면 조용히 발걸음을 돌려야 했다.

살짝 열린 문틈으로 가느다란 빛이 새어 나오고 있었다. 다행히 아무도 없는 문가로 살금살금 다가간 알렉이 못내 조심스럽게 문을 밀었다. 그러자 서서히 벌어지는 문틈으로 환히 불 켜진 방 안의 정경이 한눈에 들어온다.

엉망진창 늘어진 옷가지. 반쯤 채워진 가방. 죄다 열린 서랍장.

그리고 난장판 한가운데 우뚝 선, 빅토리아.

알렉은 멍하니 그녀의 옆모습을 바라보았다. 높이 올려 묶은 숱 많은 은발도, 허리에 손을 올리고 선 호리호리한 몸매도, 눈부신 불빛 아래 더없이 선명한 색을 띠는 벽안도. 눈이 고장 난 게 아니라면 정말로 빅토리아가 맞다. 현실에서 보지 못하여 늘 꿈에서만 그렸던 사람.

알렉은 저도 모르게 입술을 뗐다. 뱃속으로 훅 꺼진 목소리를 길어 그녀의 이름을 터트리려던 순간, 그를 반쯤 등지고 서 있던 빅토리아가 불현듯 뒤를 돌아보았다.

"……."

허공에서 두 사람의 시선이 맞부딪쳤다. 알렉은 훤히 열린 문가에, 빅토리아는 어지러운 방 한가운데. 두 사람 사이로 함부로 입 열지 못하는 긴장감이 차올랐다. 가까운 어디선가 스며드는 소음도 하릴없이 복도로 밀려난다.

그러다 문득, 빅토리아가 세차게 박차 올랐다. 바닥에 깔린 옷가지를 짓밟고, 훌쩍 소파를 넘어 달려온다. 시시각각 가까워지는 그녀의 모습을 알렉은 멍하니 바라보기만 했다. 뒤이어 빅토리아가 그의 품으로 한가득 안겨 들었다.

마치 꽃다발을 품듯 향기롭다. 알렉은 일순 독주에 취한 듯 아찔한 느낌에 사로잡혔다. 온몸으로 밀고 들어오는 이에 허리가 밀리고, 다리가 휘청인다. 그럼에도 놓칠 수 없어 두 다리로 버티어 섰다.

"알렉……."

으스러져라 그를 끌어안은 빅토리아가 그의 어깨에 얼굴을 깊이 파묻었다. 멍하니 허공을 응시하던 알렉은 느릿하게 시선을 내렸다. 시야를 가득 메우는 은빛 머리카락. 행여 환상인가 싶어 조심스레 머리칼을 쓸어 보니, 손끝으로 와 닿는 보드라운 감각은 너무나도 선명하다.

"난 당신이 죽는 줄로만 알고……."

어깨에 파묻혀 우그러진 목소리가 천천히 물기로 젖어 들었다. 알렉은 조금씩 떨려 오는 턱에 애써 힘주며 그녀의 등에 천천히 손을 올렸다. 손바닥으로 전해지는 미지근한 온기가 눈물겹게 반갑다.

그리 마주 안으려는 찰나에, 갑자기 빅토리아가 홱 뒤로 물러났다. 그러곤 조금 촉촉해진 눈으로 어리둥절하게 서 있는 알렉을 샅샅이 훑는다.

"다친 데는요. 아직도 아파요? 고모가 확실히 고쳐 준 거 맞죠?"

희번득하게 눈을 뜬 빅토리아가 알렉에게 바짝 붙어 섰다. 심각한 총상을 입었던 가슴팍을 무작정 매만지더니, 심지어는 셔츠 단추를 풀기까지 한다. 평상시였으면 이쯤에서 얼굴을 잔뜩 붉히며 후다닥 뒤로 물러났을 알렉은 그저 눈앞의 빅토리아를 내려다보느라 정신이 하나도 없었다.

"빅토리아."

벌써 그의 세 번째 단추를 풀던 빅토리아가 번쩍 고개를 들어 올렸다. 순식간에 시야를 가득 채우는 그녀의 얼굴. 알렉은 홀린 듯이 입을 열었다.

"키스해도 돼요?"

빅토리아는 가만히 눈을 깜박였다. 기다란 속눈썹 아래 사라졌다가, 다시 나타나는 벽안을 알렉은 하염없이 좇았다. 거의 넋 놓고 그녀를 바라보던 까닭에, 빅토리아가 양손으로 제 뺨을 잡는 것조차 알아채지 못했다.

알렉의 뺨을 쥔 빅토리아는 그대로 까치발을 들었다. 훌쩍 가까워진 그녀의 얼굴에 알렉이 영문을 표할 길 없이, 두 사람의 입술이 꼭 맞닿는다. 알렉은 눈 감은 그녀의 얼굴에 한 번, 콧등을 간질이는 숨결에 한 번, 그리고 입술에 닿은 온기에 한 번 놀랐다. 그것이 단순한 입맞춤임을 알아차리기까진 그다지 오래 걸리지 않았다.

자각하기 무섭게, 알렉은 빅토리아의 입술을 삼키듯 열렬하게 달려들었다. 그때껏 어설프게 그녀의 어깨에 걸쳐 있던 손은 각기 그녀의 허리와 뒷목을 감싸 안았다. 그대로 힘주어 부드럽게 끌어당기자, 빅토리아의 몸이 자연스레 뒤로 휘어졌다. 콧대가 부딪치던 거친 키스도 그때쯤엔 부드럽게 변모하여, 그저 하염없이 서로의 입술을 깊게 탐할 뿐이었다.

"헉."

때마침 방으로 들어오던 찰리가 양팔 가득하던 옷가지를 떨구며 입을 벌렸다. 뒤따라 들어오던 시에나도 의외라는 듯 눈을 치떴다.

"와."

하지만 알렉과 빅토리아는 그 두 사람의 존재를 알아챌 겨를이 없었다. 마치 지난 헤어짐과 그리움을 대변하듯, 그들은 좀체 서로에게서 떨어지지 않았다. 그러다 숨이 찬 누군가 헐떡이며 입술을 떼었을 때, 알렉은 더할 나위 없이 행복한 미소를 흘리며 그녀를 힘껏 끌어안았다.

느지막한 오후. 맑은 웃음소리가 성내에 가득 흐드러졌다.

"도대체 지금까지 뭘 하던 거예요! 아니다, 상처는. 그때 다쳤던 상처는 어때—"

정신없이 쏘아붙이는 알렉의 입을 턱 빅토리아가 손으로 막아 버렸다. 순식간에 말문이 막힌 알렉이 어리둥절한 기색으로 눈만 껌벅거린다. 빅토리아는 짐짓 엄격한 눈으로 그를 보며 나지막이 경고했다.

"그다음은 나중에. 일단은 여기부터 탈출하고요."

알렉이 반문할 틈 없이, 빅토리아와 빠르게 눈빛을 교환한 찰리는 눈치껏 짐을 챙기기 시작했다. 빅토리아의 손짓 한 번에 사방에 널려 있던 옷가지들이 순식간에 가방 속으로 자취를 감춘다.

"시에나, 너는 먼저 가서……."

깔끔하게 가방을 챙기며 문가를 돌아본 빅토리아가 왈칵 미간을 좁혔다. 조금 전까지만 하더라도 찰리와 함께 문가에 기대어 서 있던 시에나가 온데간데없다. 방 안에는 그저 입이 틀어막힌 알렉과 바삐 사방을 쏘다니는 찰리뿐이다.

그때, 검은 그림자가 불쑥 문가로 머리를 들이밀었다. 동물적인 감으로 위험을 감지한 빅토리아는 곧장 창가로 내달리기 시작했다. 소파를 뛰어넘고, 바닥을 힘껏 박차 반쯤 열린 창으로 날래게 몸을 밀어 넣었다.

빠져나왔다, 그리 환희로운 생각이 솟아나는 순간. 커튼이 그녀의 발목을 휘감아 도로 방 안으로 내동댕이쳤다.

"악!"

순식간에 바닥을 구른 빅토리아가 허리를 붙잡으며 신음을 흘렸다. 난데없는 상황에 기겁했던 알렉이 그제야 눈을 휘둥그레 뜨며 외친다.

"빅토리아!"

하지만 경악하여 그녀에게로 다가가려던 알렉마저 무언가에 붙들렸다. 황망히 뒤를 돌아보자, 어느새 방으로 돌아온 시에나가 가만히 그의 벨트를 눈짓한다. 마법으로 벨트를 끌어당기고 있던 것이다.

"……젠장."

알렉은 자그맣게 욕설을 뇌까리며 황급히 벨트를 풀려 했다. 그러나 불현듯 시야를 스치는 인영에 놀라 손을 멈추고 말았다.

또각또각.

싸한 정적 속에서 대리석 바닥을 두드리는 굽 소리가 규칙적으로 울린다. 미끄러지듯 방 안으로 들어온 수리는 빅토리아의 코앞에 다다라 걸음을 멈추었다. 그새 애벌레처럼 커튼에 꽁꽁 싸인 빅토리아는 차마 고개도 못 들고 죽은 듯이 바닥에 엎드려 있었다. 수북한 은발을 한동안 물끄러미 지켜보던 수리는 이내 걸음을 돌려선 근처 소파에 착석했다.

"드디어 잡히셨군요, 아가씨!"

열린 문으로 막시무스가 신나게 날아들었다.

"아이고, 고소해라! 아프십니까? 아프세요? 그러게 순순히 주인님께로 돌아오셨어야지요! 이 막시무스를 괴롭힌 죗값을 치르실 때입니다!"

정신없이 빅토리아의 주변을 날아다니며 막시무스가 목청을 높였다. 근 2년, 수리의 명령으로 빅토리아를 보필하며 쌓인 스트레스가 굉장했던 모양이다. 평소에는 그토록 설설 기며 눈치를 보았던 수리가 살벌한 얼굴로 앉아 있는 것도 눈치채지 못하는 걸 보면.

"아주 꼴좋으십니다! 이 막시무스의 속이 이제야 훤히 뚫리는군요! 평소에 마음씨를 곱게 쓰셨다면, 이런 우스운 꼴은 면하셨을 텐데!"

"다들 나가요."

"맞아요, 어서들 나가세요! 우리 주인님께서 빅토리아 아가씨께 긴밀히 드릴 말씀이—"

"막시무스."

돌연 수리가 막시무스의 말을 날카롭게 자르고 들어왔다. 그제야 주변의 싸한 분위기를 감지한 막시무스가 부리를 꼭 다물고 슬며시 뒤를 돌아보았다. 그늘 아래서도 영롱하게 빛나는 벽안이 막시무스에게 닿아 있었다.

"너도 나가렴."

"……예. 주인님."

금방까지 오두방정을 떨던 비둘기는 이제 없다. 삽시간에 세상에서 가장 조신한 비둘기로 변신한 막시무스는 날갯짓조차 유의하며 조용히 방을 나갔다. 찰리가 서둘러 그 뒤를 따르고, 미련이 남는지 계속 뒤를 돌아보는 알렉마저 시에나의 손길에 이끌려 문턱을 넘었다. 그리고 쿵, 문이 닫힌다.

복도와 단절된 방 안에는 한동안 적막만이 감돌았다. 빅토리아는 여전히 바닥에 엎어져 고개를 들지 못하고, 수리는 물끄러미 창밖만 내다볼 뿐이다. 반쯤 열린 창문으로 시종들의 웃음소리가 잔잔히 스며들었다.

그제야 빅토리아는 슬며시 고개를 들어 올렸다. 고모와 얼굴을 마주할 용기가 난 것은 아니고, 그저 방 안의 동태를 살피려 했을 뿐이다. 하지만 고개를 들기 무섭게, 창밖을 쳐다보던 수리의 시선이 이편으로 돌아온다. 빅토리아는 얼결에 수리와 시선을 맞댄 채로 딱딱하게 굳어 버렸다.

"언제까지 거기 드러누워 있을 거니?"

익숙한 타박을 들으며 빅토리아는 슬그머니 자리에서 일어났다. 사지를 꽁꽁 싸맨 커튼 때문에 움직임이 제한적이긴 하지만, 아예 못 걸을 정도는 아니다. 못내 불편한 동작으로 어기적어기적 걸어온 빅토리아는 수리의 맞은편 소파에 얌전히 엉덩이를 붙였다.

그 모습을 물끄러미 지켜보던 수리가 느릿하게 입을 열었다.

"이젠 인사도 없구나."

"……이거 풀어 주시면 인사할게요."

발치에 시선을 떨군 빅토리아가 개미만 한 목소리로 속삭였다. 행여 수틀린 고모가 커튼을 더욱 옥죄지 않을까 염려하던 것이 무색할 만치, 수리는 선뜻 커튼을 풀어 주었다.

직후, 빅토리아는 새처럼 날쌔게 소파를 뛰어넘었다. 아니, 뛰어넘으려 했다.

쾅!

커튼이 기민하게 발목을 잡아채지만 않았다면, 아마 지금쯤 무사히 창문을 통과했을 텐데.

"인사가 참 과격하구나."

마법으로 멀리 떨어진 찻주전자를 끌어온 수리가 느긋하게 차를 따라 마셨다. 커튼에 발목이 걸려 그대로 바닥에 엎어진 빅토리아는 새빨갛게 달아오른 콧등을 문지르며 비척비척 자리에서 일어났다. 그러곤 누가 시키지도 않았는데, 얌전히 소파로 돌아와 앉는다.

"……오랜만이에요, 고모."

"그래."

2년 만에 조우한 친지간이라기엔 지나치게 건조한 인사지만, 둘 중 누구도 그런 것을 신경 쓰지 않았다. 이제 와 그런 것을 따지기에 수리는 만사 건조했으며, 빅토리아는 무서운 고모 앞에서 토끼처럼 오들오들 떨기 바빴다.

"왕자라도 데려다 놓길 잘했구나. 그자가 없었다면 네가 이렇게 제 발로 돌아올 일도 없었겠지."

"원래는 아무도 모르게 나가려고 했는데……."

"그래. 그런 멍청한 계획이라고 시에나가 그러더군."

"망할 시에나! 역시 걔가 고모랑 내통하고 있었던 거죠?"

분노하는 빅토리아의 모습에 어처구니없다는 듯 수리가 헛숨을 삼켰다.

"내통? 그런 것 없이도 넌 내 손바닥 안이야. 휴고가 가문의 인장을 들고 사라지지만 않았어도, 너는 진작 내 손에 잡혔을 거다."

"휴고가 가문의 인장을 들고 사라져요?"

처음 듣는 소리에 빅토리아가 의문을 표했다. 수리가 찻잔을 입술에 붙인 채로 말이 없자, 빅토리아는 조금 조급해졌다.

"그래서요? 휴고는 만났어요?"

"만났지."

"대체 지금까지 어디서 뭘 했대요? 난데없이 가문의 인장은 또 뭐고."

언젠가 잉그람을 떠날 때가 오거든, 어떻게든 도와주겠노라 약속하던 휴고의 목소리가 아직도 귓전에 선하다. 굳건하게 약속한 것치고 연락도 닿지 않아 분노를 터트리던 것이 불과 어제까지의 이야기인데, 그가 가문의 인장을 들고 달아났을 줄은 상상도 못 했다.

하기야 그 괴짜의 속을 어찌 알라고.

빅토리아는 입술을 불퉁하게 내밀곤 속으로 열심히 투덜거렸다. 찻잔 너머로 그 모습을 유심히 지켜보던 수리가 소리 내어 찻잔을 내려놓았다.

"대강의 이야기는 휴고에게서 들었다. 잉그람을 떠나고 싶다고."

불쑥 치고 들어오는 목소리에 빅토리아는 본능적으로 어깨를 약하게 떨었다. 슬며시 눈을 굴려 맞은편의 고모를 살펴보자, 아직은 다행히도 폭발할 기미가 보이지 않는다.

"……네."

조심스레 대꾸한 빅토리아는 조마조마한 심정으로 수리의 대답을 기다렸다. 잉그람을 떠나는 것은 그녀의 오랜 꿈이지만, 이를 수리가 어떻게 받아들일지는 차마 짐작할 수 없었다. 빅토리아를 어떻게든 잉그람에 안전히 붙들어 놓기 위하여 지금껏 수리가 들인 공이 지대했기 때문이다.

그때, 어떤 생각 하나가 빅토리아의 뇌리를 섬광처럼 스치고 지나갔다. 저도 모르게 벌떡 일어선 빅토리아가 황급히 약지에서 반지를 빼냈다.

"참, 이즈리얼 알피어스의 반지도 가져왔어요. 절 감옥에 가두지 않는다는 조건으로 국왕에게 넘긴 게 이거죠? 흠집 하나 없이 가져왔으니까—"

"네가 갖고 있어."

"아마 고모도 만족할……. 네?"

예상치 못한 대답에 빅토리아가 멀뚱멀뚱 눈만 깜박였다. 적잖이 피로한 기색으로 소파 등받이에 몸을 기댄 수리가 느릿하게 말문을 열었다.

"그건 원래 겨울을 불러오는 이즈리얼 알피어스의 후계자가 보관하는 반지다. 네게도 자격은 충분해."

"하지만 원래는 휴고가 보관하던 거잖아요."

"지금 어디 있는지도 모르는 작자에게 어떻게 맡겨. 게다가 휴고는 이미 한 번 그 반지를 잃어버렸던 전적이 있어. 믿음직하지 못해."

빅토리아는 복잡한 눈으로 반지를 내려다보았다. 사실 떠올려 보면 휴고도 집 구석에 반지를 처박아 두고 존재조차 잊은 채 살긴 했지만, 이토록 갑작스레 반지를 물려받을 줄은 또 몰랐다.

하지만 난 머잖아 잉그람을 떠날 텐데.

빅토리아는 슬며시 미간을 좁혔다. 행여 이것이 제 발목을 잡으려는 고모의 수작인지 의심부터 들었다. 가문의 귀중한 보물을 지니고 어찌 이 땅을 벗어날 수 있겠느냐 소리칠 고모의 목소리가 어째 귀에 선하다.

하지만 그런 의심은 진작 예상했다는 것처럼, 수리는 건조하게 말을 읊어 나갔다.

"그걸로 널 붙잡진 않을 테니 안심해. 이제 와 널 가둘 생각도, 또다시 국경으로 내보낼 생각도 없다."

멍하니 반지를 내려다보던 빅토리아가 느지막이 고개를 들어 올렸다. 순간 제 귀를 의심할 뻔했다. 다른 사람도 아니고 고모가 순순히 절 보내 준다는데 어찌 당혹스럽지 않을까.

"……정말이에요?"

빅토리아가 멍하니 묻는 소리에 수리는 그제야 정면을 돌아보았다. 평소와 다르지 않게 서늘한 얼굴에선 감정 한 조각 쉽사리 읽어 낼 수 없다.

"하나만 물으마."

수리는 드물게 머뭇거리며 입술을 열었다.

"……나도 너의 족쇄였니?"

빅토리아는 눈을 깜박이는 것도 잊고 멀거니 수리를 쳐다보았다. 미묘하게 고개를 틀어 그녀의 시선에서 비켜난 수리는 변함없이 무표정했다. 하지만 얼음장처럼 차가운 그 얼굴이 어째선지 빅토리아에겐 잔뜩 긴장한 모습으로만 비쳤다.

"됐다. 듣지 않아도 알겠어."

갑자기 수리가 가볍게 손짓하며 침묵을 깼다. 아예 고개를 모로 돌려 창밖을 내다보는 옆얼굴에 오후의 아스라한 빛이 서린다. 그 모습을 하염없이 지켜보던 빅토리아는 문득, 저것이 고모에 대한 마지막 기억이 될지도 모른다는 생각을 했다.

'첫눈에 알겠어. 누가 봐도 재스퍼의 딸이잖아.'

어릴 적, 가느다란 미소를 띠고서 절 굽어보던 고모의 얼굴. 그것이 바로 고모에 대한 첫 기억이다. 당시의 감상은 이러했다. 예쁘다. 반짝인다. 예쁘게 반짝이는 저 눈, 갖고 싶다.

그토록 뇌리에 깊게 남았던 첫 만남. 그런데 마지막이 고작 이렇다. 피로에 움츠러든 고모. 가을의 낙엽처럼 무상한 고모. 날 외면하는 고모.

외면.

머릿속으로 그 단어가 떠오르자, 빅토리아는 본능적으로 다리를 움직였다. 다가오는 인기척을 알면서도 돌아보지 않는 고모의 모습에 더욱 악이 받쳤다. 그럼에도 참고 인내하라던 고모의 가르침을 받들어 속을 꾹꾹 짓누른다. 그렇게 겨우 다다라, 고모의 발치에 얌전히 무릎을 꿇고 앉았다.

"족쇄 같은 거 아니에요."

빅토리아는 떨리는 손을 머뭇머뭇 수리의 무릎에 올려놓았다. 자꾸만 목이 잠긴다. 이유 모르게 울고 싶은 심정이었다.

"고모가 왜 족쇄예요. 세상에 고모만큼 날 위해 주는 사람이 어디 있다고."

"……."

"나 때문에 상처받았다면 미안해요. 난 둔감해서 그런 거 잘 몰라요, 알잖아요."

마치 고모를 처음 만났던 열 살 어린애로 돌아간 것처럼, 빅토리아는 수리의 무릎에 뺨을 비비며 어리광을 부렸다.

"그러니까 나 미워하지 마요."

고모의 침묵이 두렵다. 좀처럼 돌아오지 않는 대답이 두렵다. 세상천지 두려울 것이 없던 빅토리아도 지금 이 순간만은 못 견디게 두려웠다.

그때, 미지근한 온기가 그녀의 뺨에 닿아 왔다. 우울하게 시선을 내려뜨렸던 빅토리아가 흠칫 고개를 들었다. 어느새 고모의 눈길이 제게로 돌아왔다. 봄날처럼 따스하진 않아도, 아까처럼 삭막하진 않은 겨울의 눈빛이 빅토리아를 온전히 담아낸다.

"……빅토리아, 사랑하는 내 딸."

조심스레 빅토리아의 뺨을 감싸 쥔 수리가 못내 서글피 웃었다.

"내가 어떻게 널 미워할 수 있겠니."

멍하니 수리를 바라보던 빅토리아가 조금 일그러진 얼굴로 그녀의 품에 안겼다. 어린애처럼 자꾸만 제 품을 파고드는 빅토리아를 수리는 한없이 따뜻하게 안아 주었다. 이별의 슬픔에 젖은 벽안이 차츰차츰 내리감겼다.

복도에서 초조하게 빅토리아를 기다리던 알렉은 불쑥 들려오는 인기척에 황급히 문가를 돌아보았다. 때마침 수리가 문을 열어 나오고 있었다.

그런데 여느 때처럼 무심히 그를 스쳐 지나가리라 여겼던 수리가 웬일로 그의 앞에서 걸음을 멈추었다. 예상외로 제 얼굴을 샅샅이 뜯어보는 집요한 눈길에 알렉은 당황을 금치 못했다. 그러다 알렉의 눈가에 시선이 닿은 수리가 헛웃음을 삼키며, 비척비척 복도로 나오는 빅토리아를 돌아보았다.

"도대체 어디에 그리 꽂혔나 했더니……. 대강 알 만하구나."

수리는 뜻 모를 말 한마디 남기고 떠나갔다. 또각거리는 발소리가 규칙적으로 울리는 복도. 마주치는 시종마다 공손히 인사하는 그녀의 뒤로 충성스러운 비둘기 시종 막시무스가 조심스레 따라붙었다. 행여나 지나치게 시끄럽게 굴었던 것이 주인의 심기를 거스르지 않았을까 몹시도 저어하는 기색이다.

"막시무스."

수리가 돌아보지도 않고 막시무스의 이름을 불렀다. 막시무스가 반색하며 얼른 힘차게 날갯짓했다.

"예, 주인님!"

"지금 이멜다가 어디 있지?"

"이멜다 아가씨 말씀이십니까? 보나 마나 도박장에 계시겠지요."

버는 돈마다 도박으로 탕진하는 막내 아가씨를 떠올리며 막시무스는 의아한 표정을 지었다. 언젠가 이멜다가 몰래 가보를 훔쳐다 도박에서 잃은 뒤로, 수리는 이멜다의 머리카락만 보아도 진저리를 쳤다.

"이멜다를 데리러 가야겠어."

막시무스는 언제나처럼 꼿꼿한 주인의 뒷모습을 멀뚱히 지켜보았다. 어쩐지 예감이 좋질 않다.

"저, 주인님. 이멜다 아가씨는 왜……."

"왜긴. 빅토리아가 떠나면, 차기 수장 자리가 공석이 되잖아."

"그, 그 말씀은 설마 이멜다 아가씨를 차기 수장으로 생각하고 계신다는……?"

수리는 대답할 가치도 없다는 듯 묵묵부답으로 걸어 나갔다. 부리를 쩍 벌릴 정도로 기함한 막시무스가 다급히 그녀의 뒤를 따라붙었다.

"주인님! 다시 한번만 생각해 보십시오! 이멜다 아가씨라니, 어찌 그런!"

"데이먼에게 물려주는 것보단 낫겠지."

"아무렴, 데이먼 도련님은 고려할 가치도 없습니다! 가문의 수장 자리에 약쟁이가 가당키나 하답니까!"

하얀 깃털이 시퍼레질 정도로 경악한 막시무스는 황급히 수리의 조카들을 떠올려 나갔다. 망나니 빅토리아, 도박꾼 이멜다, 약쟁이 데이먼, 외톨이 러스티, 편집광 아스트라……. 하나씩 이름을 꼽아 보던 막시무스가 천천히 힘을 잃었다. 저 중에서 빅토리아가 가장 낫다는 사실을 절대로 인정하고 싶지 않았다.

"원래 이런 문제에선 차악을 뽑아야 해."

수리는 흘끗 뒤를 쳐다보며 막시무스를 위로했다. 이미 충격으로 너덜너덜해진 막시무스가 힘겹게 부리를 열었다.

"하지만 주인님. 이멜다 아가씨가 가문의 수장이 되신다면, 〈공정한 알피어스〉는 1년 만에 파산할지도 모릅니다……."

파산뿐일까, 십중팔구 어마어마한 빚더미에 오를 것이다. 수리가 평생을 바쳐 지켜 낸 알피어스의 영광이 폭풍 앞에 선 촛불처럼 위태로이 흔들리고 있었다.

하지만 수리는 크게 걱정하지 않는 기색이다. 잠시 고민에 잠겼던 그녀가 선뜻 대꾸했다.

"글쎄. 정 안 되겠으면 손목을 분질러 버리면 되지 않을까."

막시무스는 얌전히 부리를 닫았다.

따사로운 오후의 햇살이 내리치는 복도. 바삐 걷던 수리가 문득 창밖을 내다보았다. 새로운 시작을 알리듯, 하얀 얼굴 위로 점점이 미소가 번져 나갔다.

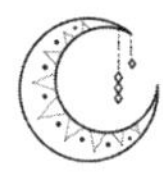

알렉은 빅토리아가 잠시 의탁하고 있는 오킹엄의 자일스 저택으로 거처를 옮겼다. 분명 이곳을 떠난 지 한 달도 채 지나지 않았는데, 체감상으로는 1년 만에 돌아온 것 같다.

"환영합니다, 왕자 전하."

떠날 때와 마찬가지로 자일스 저택을 성실히 관리하고 있던 고양이 시종, 데이지 주니어가 정중히 그를 맞이했다. 모자를 벗어 인사한 알렉이 싱긋 미소를 지었다.

"오랜만이에요, 데이지 주니어. 그런데 난 이제 왕자가 아니라서요."

"죄송합니다. 제가 깜빡 잊었군요. 앞으로는 어떻게 부르면 될까요?"

"그냥 이름으로 불러 줘요."

"예, 알렉 씨."

시에나에게서 미리 손님이 오신다는 연락을 받은 데이지 주니어는 식탁이 부러질 정도로 화려한 만찬을 준비했다. 레드와인에 절인 칠면조고기, 채소와 송아지 고기로 조리한 스튜, 거위 간을 통째로 구운 푸아그라 등 솔즈베리 호수성에서 만만찮은 대접을 받았던 알렉과 찰리마저 혀를 내두를 지경이었다.

"솔즈베리에선 모두가 채식을 해야 하죠."

집주인으로서 상석을 차지한 시에나가 우아하게 포크를 들며 말했다.

"호수성을 관리하는 시종들이 죄다 사슴이잖아요. 초식 동물이 육류를 요리할 순 없으니."

"내가 그래서 거기가 싫어."

거대한 칠면조 요리를 뚫어져라 쳐다보며 군침을 흘리던 빅토리아가 생각하기도 싫다는 듯 눈살을 구겼다.

"사슴 말고 다른 시종을 들이면 되지 않습니까?"

"호수성을 관리하는 건 반드시 사슴이어야 한다는 게 알피어스 가문의 전통일걸요."

"덕분에 1년 치 콩 요리는 다 먹은 것 같네요."

알렉은 찰리와 마주 보며 무상한 웃음소리를 흘렸다. 손님으로서 차마 불평은 못 하고, 꾸역꾸역 접시를 비워야 했던 지난 며칠의 기억이 빠르게 지나갔다.

"자, 이참에 슬픈 기억은 다 잊자고요."

시에나가 와인 잔을 들고 가볍게 흔들었다. 나머지 사람들 역시 환하게 웃으며 와인 잔을 들어 올렸다.

"잠깐! 첫 잔을 기념할 만한 게 없을까요?"

찰리의 급작스러운 질문에 저마다 하나씩 대답을 보태었다.

"알렉의 무사 귀환?"

"그건 좀 늦지 않았어요? 내가 눈뜬 게 일주일 전인데."

"그럼 각자의 만수무강은 어떻습니까?"

"하여간에 누가 애늙은이 아니랄까 봐, 생각하는 거하고는……."

"그럼 전하가 한번 말씀해 보십시오!"

"음, 빅토리아와 수리 경이 화해한 기념?"

"전하의 머릿속엔 빅토리아 경밖에 없죠?"

"됐어요, 스튜어트 씨. 지금 저 둘은 머릿속이 아주 꽃밭일 텐데, 물어 뭐 해요."

심드렁하게 대꾸한 시에나가 와인 잔을 높이 들어 올렸다.

"그냥 무난하게 가죠. 새로운 시작을 위하여."

나머지는 서로를 돌아보며 눈빛을 교환했다. 그리고 모두 약속이라도 한 듯 동시에 술잔을 올린다.

"새로운 시작을 위하여!"

챙! 술잔끼리 부딪치는 영롱한 소리가 식당에 울려 퍼졌다.

시작은 창대하여도, 끝은 미약할지니.

"우웩."

즐거웠던 시작과 달리, 화려한 저녁 식사의 끝은 찰리의 더러운 술주정으로 마무리되었다.

"전하! 제가 전하, 엄청 좋아하는 거 아시죠?"

"그래, 알지."

"한 번만 더 절 속이거나, 어? 그러시면 저 그때는 정말 가만 안 있습니다."

"언제는 가만있었나……."

"뭐라고요?"

"아니, 앞으로는 안 그러겠다고."

제 머리칼처럼 시뻘게진 얼굴로 사방 온갖 군데 삿대질하던 찰리는 끝내 젖은 신문지처럼 축 늘어져선 시종들의 손에 끌려 나갔다. 그를 달랜답시고 장장 한 시간이나 술주정을 들어 주었던 알렉은 그 어느 때보다 기진맥진했다. 조금 전, 찰리가 분수처럼 뿜어낸 토사물을 멀찍이서 마법으로 치우는 데이지 주니어의 표정이 귀신처럼 음산하다면 착각일까.

"……내가 도와줄까요?"

어쩐지 미안해진 알렉이 쭈뼛거리며 다가갔다. 아닌 밤중에 날벼락을 맞은 데이지 주니어는, 그럼에도 성실한 시종답게 정중히 고개를 저었다.

"아닙니다. 알렉 씨는 이만 들어가 쉬십시오."

"미안해요. 재가 원래 저런 애가 아닌데……."

알렉이 애매하게 웃었다. 본인의 더러운 술주정을 누구보다 잘 아는 찰리는 평소 웬만해선 술에 입도 대지 않았다. 그러니 굳이 탓하자면, 찰리에게 교묘히 술을 먹인 시에나의 잘못이리라.

"그런데 나머지 사람들은 어디 갔어요?"

알렉은 못내 의아한 눈으로 텅 빈 식당을 둘러보았다. 찰리마저 실려 나간 식당에는 그와 데이지 주니어 둘뿐이었다.

"시에나 아가씨는 스튜어트 씨가 토하실 때 질색하며 나가셨고, 빅토리아 아가씨는 저도 잘 모르겠군요. 제가 식당에 들어왔을 때는 이미 자리를 비우신 뒤였습니다."

"그래요?"

알렉은 뒷머리를 매만지며 슬그머니 자리에서 일어났다. 아마도 빅토리아는 그가 찰리를 돌보느라 정신없던 때 나간 모양이다.

둘만 남으면 얘기하고 싶은 것이 많았는데.

자꾸만 고개를 드는 아쉬움을 달래며 알렉은 식당을 나왔다. 자정을 넘긴 야심한 시각. 창밖은 어느새 새카만 어둠으로 가득했다. 세상에서 굴뚝이 가장 많은 도시답게, 별빛 한 점 보이지 않는 오킹엄의 밤하늘을 물끄러미 올려다보던 알렉은 곧 손님방으로 발걸음을 옮겼다.

한 시간이 다 되도록 시끄럽게 떠들던 찰리마저 잠든 저택은 쥐 죽은 듯 고요했다. 제 발소리에마저 흠칫하게 되는 적막 속에서 알렉은 조심스레 방문을 열어젖혔다. 불 켜지 않은 방 안은 어둡지만, 진작 어둠에 익숙해진 눈으로 가구의 위치를 대강이나마 짐작할 수 있었다. 그는 등에 불을 올리는 대신, 길게 하품을 흘리며 차근차근 손목의 단추부터 풀기 시작했다.

돌이켜 생각하자면, 참으로 기나긴 하루였다.

복잡한 세상과는 유리된 듯 평화롭던 솔즈베리 호수성. 갑자기 난입한 빅토리아. 내막은 잘 모르겠지만, 어찌어찌 잘 풀린 듯한 빅토리아와 수리 알피어스의 관계. 게다가 이동 마법으로 순식간에 당도한 오킹엄과, 예상치 못했던 술판까지.

알렉은 나지막한 웃음을 흘리며 느릿느릿 침대로 걸었다. 얼마나 피곤한지, 가만히 서 있기만 해도 지절로 눈이 감길 지경이다. 찰리가 안다면 온갖 잔소리를 늘어놓겠으나, 그는 지금 너무 졸려서 옷을 갈아입을 겨를도 없었다. 어차피 찰리도 지금쯤 외출복 그대로 침대에 엎어져 잠들었을 테니, 이제 와 뭐라고 할 사람도 없다.

그런 안이한 생각으로 이불을 걷어 낸 순간, 그토록 간절하던 잠이 싹 달아나 버렸다.

침대 맞은편에 가지런히 누운 인영. 때마침 구름 사이로 고개를 내민 달이 침대맡으로 조요한 달빛을 흩뿌린다. 은은한 빛발 아래, 구불구불한 은발이 하얗게 바스러졌다.

"왜 이렇게 늦었어요?"

침대에 엎드려 누운 빅토리아가 곤한 하품을 흘리며 묻는다. 달빛 아래 도무지 믿을 수 없는 광경을 알렉은 멀거니 지켜보기만 했다. 어찌나 당혹스럽던지, 선 채로 꿈을 꾸고 있는 건가 싶었다.

"알렉?"

홀로 느긋하게 일어나 앉던 빅토리아는 그제야 알렉의 침묵을 이상하게 여겼다. 어둠 속에서도 완연한 빛을 발하는 벽안이 그를 아래위로 훑었다. 곧이어 빅토리아가 엉금엉금 침대를 기어 왔다.

"왜 그래요? 어디 아파요?"

"……아, 아뇨!"

빅토리아가 손을 뻗기 무섭게, 알렉이 화들짝 놀라 멀어졌다. 닿을 사람을 놓치고 허공에 망연자실 떠 있는 손을 빅토리아는 물끄러미 쳐다보았다. 느릿하게 위로 올라가는 시선에 의구심이 서린다.

"왜 피해요?"

"아, 안 피했는데요?"

마구 흔들리는 눈으로 사방을 훑은 알렉이 얼른 침대 끄트머리로 가 앉았다. 빅토리아는 순식간에 멀어진 그를 뾰로통하게 흘겼다.

"그게 안 피하는 거예요?"

"그냥 갑자기 여기 앉고 싶어져서……."

"알았어요, 그럼. 내가 거기로 갈게요."

정말로 이불을 걷고 침대 끄트머리로 기어 오려는 듯한 기색에, 알렉이 기함하며 얼른 일어났다.

"아뇨! 내가 거기로 갈게요."

그러면서 척척 빅토리아의 옆자리로 다가온다. 그래 봤자 빅토리아에게서 최대한 멀리 떨어져 앉은 모양새지만, 그 이상 절대로 가까워질 수 없다는 듯 알렉의 표정은 단호하기만 했다. 침대 옆자리를 꿰찬 보람도 없이 멀찍이 떨어진 거리를 못내 불만스럽게 쳐다보던 빅토리아는 문득 이상하게 붉어진 알렉의 귓가를 발견했다.

열이 나나?

걱정스러운 마음에 손부터 내뻗으려던 빅토리아가 순간 멈칫했다. 방이 어두워 금방 눈치채지 못했을 뿐, 이제 보니 귓가만이 아니라 뺨도 붉다. 심지어는 목덜미도 울긋불긋했다. 본인도 머리 꼭대기까지 열이 오른 것을 잘 아는지, 공연히 손으로 목이나 얼굴을 쓸어내리고 있었다. 그 부산스러운 손짓을 멀뚱멀뚱 지켜보던 빅토리아는 저도 모르게 터져 나오려는 웃음을 간신히 참아 냈다.

어쩜 저리도 사랑스러울까.

행여 웃음을 흘렸다간 삐칠지도 모른다. 빅토리아는 신중하게 목을 가다듬곤 그의 옆으로 바짝 붙어 앉았다. 겨우 심적으로 안정되어 가던 알렉이 느닷없이 튀어 오르는 것이 적나라하게 느껴졌다. 보기 드문 참을성으로 다시 한번 웃음을 참아 낸 빅토리아는 슬그머니 그와 팔짱을 꼈다.

"……덥지 않아요?"

"음, 난 별로요."

속 보이는 수작을 단숨에 쳐 낸 빅토리아는 슬금슬금 그의 손까지 꼭 붙들어 잡았다. 겨울의 별 발디비아의 축복을 받아 사시사철 미지근한 체온을 유지하는 그녀와 달리, 알렉은 언제고 따뜻하다. 그래선지 빅토리아는 알렉과 살갗을 맞대는 것을 참 좋아했다.

"알렉."

"네?"

"아무것도 아니에요."

잔뜩 상기된 얼굴로도 순순히 대꾸하던 알렉이 의아한 표정을 지었다. 이번에도 가까스로 웃음을 참은 빅토리아가 짐짓 여상한 투로 말을 이었다.

"알렉."

"네."

"알렉은 왜 그렇게 귀여워요?"

또다시 그의 몸이 크게 움찔했다. 꽉 붙잡은 손도 점차 뜨거워진다. 알렉은 어떻게든 꿈틀꿈틀 그녀에게서 멀어지려 했지만, 그때마다 빅토리아도 그의 곁으로 바짝 붙어 앉았다. 미세한 움직임은 알렉이 침대 모서리에 달할 때까지 계속되었다.

그래도 침대에서 떨어지긴 싫었는지, 결국에는 알렉이 포기하고 멈추었다. 조금이라도 멀어질세라, 그의 옆으로 찰싹 붙어 앉은 빅토리아가 흘끗 그를 올려다보았다.

"이렇게나 부끄러움 많은 사람이 아까는 어떻게 그랬대요?"

"아까요?"

"아까 나한테 키스할 때요."

갑자기 되살아난 기억이 알렉의 머리 위로 쏟아져 내렸다. 그는 조용히 무릎을 끌어안고 부들부들 떨었다. 무릎에 파묻힌 갈색 머리칼 사이로 터질 듯이 붉어진 귓바퀴가 언뜻 보인다.

"난 키스가 그런 건 줄 몰랐죠. 덕분에 좋은 거 알았어요."

"……."

"저기, 설마 부끄러워서 죽는 건 아니죠?"

알렉은 그제야 부스스 머리를 들어 올렸다. 빅토리아는 이제 그 잘생긴 얼굴을 볼 수 있나 싶어 눈을 반짝였지만, 알렉은 여전히 그녀의 시선을 피하며 양손으로 입가를 가릴 뿐이다.

"……마요."

"네?"

"놀리지 말라고요."

그렇잖아도 개미만 한 목소리가 목구멍 속으로 기어든다. 알렉은 붉게 달아오른 얼굴로 간신히 말을 이었다.

"안 그래도 마주칠 때마다 심장 떨린단 말이에요."

가만히 그를 응시하던 빅토리아가 갑자기 웃음을 터트렸다. 지금껏 참았던 웃음을 죄 풀어놓듯 낭랑한 웃음소리가 방 안에 흐드러진다. 여전히 알렉의 손은 꽉 붙든 채로 어깨를 들썩거리던 빅토리아가 웃음기 대롱대롱 매달린 얼굴을 그의 어깨에 올렸다.

"아까 솔즈베리에서 나한테 물어보려던 거 있잖아요."

"네?"

멍하니 오늘의 기억을 되돌리던 알렉이 돌연 그녀에게로 몸을 홱 돌렸다.

"맞아, 몸은 어때요? 그때 만신창이었잖아요. 총상은 치료 잘했어요?"

"만신창이는 아니었는데요."

"네, 만신창이 아니니까 얼른 말해 줘요. 다 나은 거죠?"

조금 전까지 부끄러워 눈도 못 마주치던 이가 근심 가득한 얼굴로 저를 마주 본다. 예상치 못한 반응에 눈을 깜빡깜빡하던 빅토리아는 저도 모르게 입술을 열었다.

"다 낫긴 했는데……."

"……."

"흉터는 남았어요."

흉터. 그 한마디에 알렉은 하늘이라도 무너진 듯한 표정이었다. 그제야 가까스로 정신을 되찾은 빅토리아가 입가에 살그머니 미소를 올렸다.

"여기, 이거요."

당당하게 소매를 걷은 왼팔에는 마치 뱀이 기어가듯 기다란 흉터가 그어져 있었다. 알렉의 표정이 삽시간에 딱딱하게 굳는 것도 모르고, 빅토리아는 신나서 설명을 이어 갔다.

"이게 바로 마법 반사란 거예요. 남이 설치한 마법을 강제적으로 부수면, 내게도 그 영향이 미치는 거죠. 원래 마법이 강력할수록 마법 반사도 강하기 마련인데, 아무래도 로엔그렌 내궁에 마법 회로를 설치한 내 조상이 엄청난 마법사였던 모양이에요."

빅토리아가 조잘조잘 설명하는 도중에도 알렉은 망연히 그녀의 왼팔을 바라보기만 했다. 이미 마법 반사에서 벗어나 시에나가 어찌나 폭력적으로 치료했는지를 빅토리아가 열심히 토로하는데, 갑자기 알렉이 불쑥 끼어들었다.

"이건 마법으로 없앨 수 없어요?"

"이거요? 이 흉터?"

빅토리아가 의아하게 물었다. 더할 나위 없이 진지한 얼굴로 알렉이 고개를 끄덕인다. 빅토리아의 표정이 어쩐지 미묘해졌다.

"안 없앨 건데요?"

"왜요!"

빅토리아는 잔뜩 흥분한 알렉을 외려 이상하단 듯이 쳐다보았다.

"영광의 상처잖아요. 당신을 구하다 생긴 건데."

순간 알렉의 말문이 턱 막혔다. 빅토리아는 왼팔의 흉터를 제 눈앞으로 올리며 더없이 흐뭇하게 웃었다.

"온 힘을 다해 누군가를 구한 건 처음이에요. 그게 당신이라 더더욱 기쁘고."

흉터를 우러르듯 올려다보는 빅토리아는 마치 학교에서 처음으로 상장을 받아 온 어린애처럼 들뜬 얼굴이었다. 근 2년을 매일같이 내키지 않는 살생을 저질렀던 그녀에게 구원의 상처란 그토록 바라 마지않았던 훈장이다.

그런데 길게 그어진 흉터 위로 불현듯 알렉의 손끝이 닿았다. 그는 말없이 빅토리아의 손목을 잡아 내려선, 뱀처럼 꿈틀거리는 흉터를 하염없이 내려다보았다. 그 표정이 어찌나 참담하던지, 가벼운 농담을 꺼내려던 빅토리아조차 눈치껏 입을 다물 정도였다.

예기치 않게 밀려드는 침묵 속. 꼭 자신이 다친 것처럼 고통스러운 표정을 짓던 알렉이 조심스레 빅토리아의 손목 위로 입술을 내렸다. 흉터가 시작되는 얇은 살갗 위로 따스한 온기가 떨림을 담아 내려앉는다.

"……미안해요."

알렉은 끝내 눈을 질끈 내리감았다.

"정말 미안해요."

빅토리아는 고개를 숙이고 제게 속죄하는 그를 물끄러미 바라보았다. 어디서든 빳빳하던 고개가 죄인처럼 내려가고, 마지막 동아줄처럼 제 손목을 부여잡은 손마저 덜덜 떨린다. 빅토리아는 이제 아프지 않았지만, 저 모습을 보고 있자니 어쩨 가슴 한구석이 욱신거렸다. 차라리 시에나의 폭력적인 치료를 받는 편이 나았다.

"본인이 죽을 뻔했던 거 알죠?"

"……네."

"그럼에도 후회하지 않을 테고요."

죄인처럼 수그린 고개가 얕게 흔들렸다. 빅토리아는 그에게 잡히지 않은 나머지 손으로, 죄책감에 무너지는 알렉의 어깨를 받쳤다. 그러곤 자연스레 그의 턱을 잡아 든다.

"그럼 미안해하지 마요. 죽음을 불사하고서라도 해야만 했던 일이잖아요."

빅토리아가 새뜻하게 웃었다.

"하고 싶다면 해요. 꼭 해야만 하는 일이라면 해요. 내가 지켜 줄게요."

"……."

"그러니까 알렉."

빅토리아는 그에게 잡힌 손목을 살며시 비틀어 빼내었다. 그리고 곧장 그의 손을 깍지 껴 잡는다.

"나랑 같이 떠날래요?"

심장이 두근두근 박동한다. 목구멍이 벌어지고, 손바닥에선 식은땀이 차오른다. 전장에서도 느끼지 못했던 고양감이 서서히 등골을 타고 올랐다. 기분 좋은 긴장감이 전신으로 쏟아져 내렸다.

그리고 용기 내어 바라본 그의 얼굴.

"……진심이에요?"

살짝 입술을 벌리고서 한없이 절 응시하던 알렉이 가까스로 목멘 소리를 냈다. 굉장히 기뻐하리라 생각했는데, 표정이 영 이상하다. 톡 건드리면 울 것처럼 일그러진 알렉의 얼굴에 빅토리아는 적잖이 당황했다.

"무, 물론 여기서처럼 극진한 대접은 못 해 줄지도 몰라요. 바다 건너가 어떤 곳인지는 나도 잘 모르고, 또 거기서 무슨 일이 벌어질지도 모르는 거고……."

드물게 횡설수설하던 빅토리아가 조심스레 입술을 다물곤 그의 눈치를 보았다.

"그래도 나랑 같이 가 주면 안 돼요?"

시에나는 바다 건너가 위험하다고 했다. 휴고도 거기서는 무슨 일이 벌어질지 모른다고 했다. 어쩌면 그에게 발목이 잡힐지도 몰랐다. 그럼에도 빅토리아는 떠나고 싶었고, 끝을 모르는 그 여정에 알렉이 함께하길 바랐다. 단순히 바라는 것이 아니라, 아주 간절하게 원했다.

"……그러니까."

긴장하여 목이 멘 알렉이 중간에 말을 끊고 목소리를 가다듬었다. 빅토리아는 온 신경을 그에게 집중했다. 그의 대답에 앞으로 그녀의 인생이 걸려 있었다.

"진심인 거죠? 정말로 내가 같이 가 줬으면 좋겠다고."

빅토리아는 대답하기도 전에 열렬히 고개를 끄덕였다. 네, 제발 같이 가 줘요. 나랑 같이 떠나요.

다음 순간, 빅토리아는 파도처럼 알렉의 품으로 쓸려 갔다. 빅토리아는 눈을 도르르 굴려 그의 표정을 살피려 했으나, 정작 알렉은 고개를 깊이 숙인 채로 그녀를 꽉 끌어안고 있었다. 맞닿은 몸으로 간간이 전해지는 떨림만이 그가 가까스로 울음을 참고 있음을 알려 주었다.

"음……. 이건 허락으로 이해해도 되나요?"

잠시 그의 진의를 헤아리던 빅토리아가 영 자신 없이 물었다. 그러자 그녀의 목덜미에 얼굴을 파묻고 있던 알렉이 힘겹게 벅찬 숨을 토하며 웃는다.

"당연하죠. 오히려 내가 부탁할게요. 제발 나 좀 데려가 줘요."

이제야 겨우 마음을 놓았다는 듯 시원한 웃음소리가 귓전에서 활짝 피었다. 빅토리아는 저도 모르게 환히 미소 지으며, 알렉의 품에 폭 안겼다.

"무르기 없기예요? 혹시나 마음 바뀌어도 끌고 갈 테니까."

"내가 하고 싶은 말인데요, 그건."

"나는 절대로 마음 바뀔 일 없으니까 안심, 어!"

빅토리아가 계속 품을 파고드는 통에 자꾸만 뒤로 밀리던 알렉의 몸이 별안간 침대 위로 완전히 쓰러졌다. 얼결에 알렉을 덮치는 꼴이 된 빅토리아가 멀뚱히 눈만 깜박였다. 쓰러지지 않으려 알렉의 얼굴 양옆을 짚은 손 사이로 구불구불한 은발이 폭포처럼 쏟아져 내린다.

끊임없던 대화가 끊긴 방 안으론 갑작스러운 침묵이 밀려들었다. 조심스레 얽혀 드는 다리. 맞닿은 복부. 고스란히 느껴지는 체온. 온 시야에 오직 상대만이 가득했다. 아래로 쏟아져 사방을 가리는 은빛 머리칼 안에서 갑갑하도록 서로의 숨결이 홧홧하게 차올랐다.

그때, 불현듯 알렉이 손을 들어 올렸다. 기다란 손가락이 빅토리아의 은발을 헤집어 그녀의 뒷목에 다다른다. 그대로 끌어당기는 힘에 빅토리아는 저항하지 않았다. 순순히 끌려 내려간 입술이 뜨거운 열기를 머금었다.

갓 손잡은 연인이 서로를 열렬히 탐하는 밤. 창으로 쏟아지는 고요한 달빛이 그들을 은은히 내리비추었다.

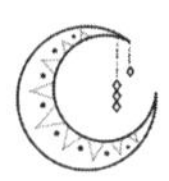

둥근 해가 떠올랐다.

오킹엄의 자일스 저택은 평소처럼 고요한 적막에 사로잡혀 있었다. 셋은 잠들었고 마지막 남은 하나만이 좀비처럼 복도를 쏘다니던 중, 누군가 살금살금 계단을 내려온다.

"알렉 씨. 일어나셨습니까?"

부엌 가까이서 시에나의 가족 사진을 정성스레 닦던 데니지 주니어가 층계참으로 드리워지는 그림자를 보고 반색했다. 조용히 발소리를 죽여 내려오던 알렉이 흠칫하며 아래층을 내려다보았다.

"아, 데이지 주니어."

"오늘은 조금 늦게 일어나셨군요. 아침 식사를 차려 드릴까요?"

"아뇨. 그보다는……."

방금 일어난 것이 명백한 흐트러진 차림으로 알렉이 머쓱하게 귓가를 긁적였다.

"간단한 요깃거리로 준비해 줄래요?"

"알겠습니다."

"2인분으로."

부리나케 부엌으로 돌아가려던 데이지 주니어가 어리둥절한 표정을 지었다. 그새 주변을 둘러본 알렉이 아주 자그만 목소리로 말을 이었다.

“방으로 돌아가서 먹을 테니, 트레이에 담아 줘요.”

“……네, 알겠습니다. 식당에서 기다려 주세요.”

시종계의 대모 데이지의 후계자답게, 데이지 주니어는 쓸데없는 의문점은 깔끔히 접었다. 멀어지는 데이지 주니어의 뒷모습을 짤막하게 응시한 알렉은 이내 식당으로 조용히 발길을 돌렸다.

아무도 없는 식당은 고즈넉했다. 기다란 식탁을 빙 에워가던 알렉은 문득 식탁 한쪽에 놓인 편지 더미를 발견했다. 혹 기다리던 편지가 왔을까. 가벼운 마음으로 하나씩 편지 봉투를 넘겨 보던 차에, 익숙한 이름이 눈을 스친다.

조셉 콜린스

거친 필체를 물끄러미 내려다보던 알렉은 황급히 봉투를 뜯었다. 뜯긴 봉투에서 제법 두꺼운 잡지 하나와 메모가 와르르 쏟아졌다. 알렉은 우선 짧은 메모부터 읽어 보았다.

후원에 보답합니다.

그의 입가에 살며시 미소가 떠올랐다.

“어머나, 어떤 반가운 소식이길래 그리 좋아하세요?”

별안간 낭랑한 목소리가 그의 집중을 깨트렸다. 퍼뜩 문가를 돌아보니, 눈 밑에 짙은 그늘을 매단 시에나가 막 식당으로 들어오고 있다.

“아뇨, 아무것도.”

알렉은 으레 그러하듯 매끄러운 미소를 지으며, 잡지와 메모를 도로 봉투에 집어넣었다. 다행히 시에나는 그에 별다른 관심이 없는 듯했다.

상석에 앉아 곤한 눈을 깜빡이는 그녀를 흘끗 쳐다본 알렉이 짐짓 대수롭지 않게 물었다.

"11시가 넘었는데, 이만 잘 시간 아니에요?"

"재미있는 장면을 놓칠 수는 없죠."

길게 하품하던 시에나가 흘리듯 말했다.

"어젯밤은 좋았어요?"

시에나가 하는 영문 모를 말을 평소처럼 흘려듣던 알렉이 순간 멈칫했다.

"……네?"

"빅토리아가 어제 손님방으로 몰래 들어가던데요. 제 방으로 돌아오지도 않았고."

알렉은 멍하니 시에나를 바라보았다. 그저 피곤하게만 보이던 녹안이 돌연 뱀처럼 집요해졌다면 착각일까. 남몰래 마른침을 삼키며 알렉은 가까스로 말문을 열었다.

"아무 일도 없었어요."

"뭐라고요? 아무 일도 없었다고? 그럼 안 되죠."

갑자기 시에나가 인상을 쓰며 그를 아래위로 훑어보았다.

"혹시 몸에 문제 있는 건 아니죠? 만약 그렇다면 떠나기 전에 치료받고 가요. 바다 건너에선 여기처럼 체계적인 진료는 받지 못할 테니까."

"내 몸은 완전히 정상……. 아니, 그런데 바다 건너라니요? 내가 떠날 거라는 건 또 어떻게 알았어요?"

"흐음, 역시 같이 떠나나 보네."

알렉은 성급했던 자신의 입을 자책하며 눈을 질끈 내리감았다. 그러거나 말거나, 시에나는 여전히 피곤한 얼굴로 하품이나 흘릴 따름이다.

"그래도 덕분에 안심했어요. 알다시피 비키가 혼자서 어련히 잘 지낼 타입은 아니잖아요."

"글쎄요. 혼자서도 잘 지낼 것 같은데."

"어머나, 사랑하는 사람을 아직도 그렇게 몰라요? 비키가 사고만 덜 쳤어도, 수리 경은 한결 편안하셨을걸요?"

"아, 그런 의미라면."

알렉은 순순히 고개를 주억거렸다. 하기야 빅토리아 본인도 말하긴 했었다. 저 때문에 수리 알피어스가 아주 고생했다고.

"그 애, 강해 보이지만……."

문득 시에나가 말을 멈추었다. 깊은 상념에라도 사로잡힌 듯 흐릿한 얼굴을 응시하던 알렉이 어리둥절하여 묻는다.

"실은 강하지 않다고요?"

"아뇨, 강하죠. 내가 말하고 싶은 건."

시에나는 살짝 눈살을 찡그리며 손가락을 빙빙 돌렸다.

"언제나 강한 사람은 없단 거예요. 고독이 한번 좀먹기 시작하면, 치료할 방도가 없으니까."

"……."

"그래서 다행이에요. 댁은…… 그다지 믿음직스럽지 못하지만, 댁의 존재가 비키에겐 좋은 영향을 미치겠죠. 아무렴. 그 애는 이름만 들어도 질색하지만, 투텔에서도 막시무스 씨가 있어 그나마 그 지경이었을걸요."

알렉은 간신히 입꼬리만 올렸다. 한낱 비둘기 따위와 동등한 취급을 받는 것은 아무래도 좋은 기분은 아니었다. 비록 그 비둘기가 말하고 마법을 부리는 비둘기일지언정.

그때, 기다려 마지않던 데이지 주니어가 조용히 식당으로 들었다. 누가 충성스러운 시종 아니랄까 봐, 시에나를 보자마자 얼굴이 확 핀다.

"오, 아가씨. 아직 주무시지 않으셨군요. 차라도 한 잔 드릴까요?"

"난 신경 쓰지 말고 일 봐. 저분께 손님이 찾아온 게 아니니?"

"어찌 아셨습니까?"

데이지 주니어가 놀라 휘둥그레 눈을 떴다. 졸지에 지목당한 알렉은 멀뚱멀뚱 앉아 있기만 했다.

"가 보세요, 알렉 아크라이트 씨. 그다지 반가운 손님은 아니겠지만."
시에나는 느릿하게 눈을 깜박이며 복도를 손짓했다.
"그래도 속은 꽤 시원할 거예요."
"……네?"
"내가 전에 그쪽한테 편지를 보내지 않았던가요? 그마저 잊었다면, 바다를 건너기 전에 필히 의사에게 진찰을 받아 보길 권할게요."
알렉은 멀거니 시에나를 보았다. 그러고 보니 그런 적이 있었다. 빅토리아에게 작별을 고하고 혼자서 오킹엄의 사택으로 돌아갔을 때. 잊을 만하면 눈에 띄던 시에나의 편지들.

'내가 거짓말을 했어요.'

시에나가 진하게 웃었다.
"어서 나가 봐요. 내가 이걸 보려고 아직 잠들지 않았답니다."

빅토리아의 아침은 자신이 챙겨 줄 테니 어서 나가 보라는 재촉에 못 이겨 알렉은 터덜터덜 현관으로 나왔다. 어떻게 떠밀려 나오긴 했다만, 누가 자신을 찾아왔는지도 미처 듣지 못했다.
"전하."
하지만 저 사람일 줄이야.
알렉은 제게 정중히 인사하는 중년 사내를 비뚜름히 응시했다. 제 눈이 틀리지 않았다면, 저이는 분명 잉그람을 대표하는 프랭클린 체임벌린 수상이다.
"수상?"
"적잖이 놀라신 얼굴이군요. 제가 뵈러 왔다는 말씀을 듣지 못하셨습니까?"
늘 그렇듯 가식적으로 웃어 보이는 얼굴을 물끄러미 쳐다보던 알렉이 갑자기 고개를 홱 돌렸다. 아마도 앞뜰이 훤히 내다보일 식당에서 흥미진진하게 절 지켜보고 있을 시에나 자일스.

'그래도 속은 꽤 시원할 거예요.'

"……이거였구나."

"네?"

의아해하는 수상에 개의치 않으며, 알렉은 보란 듯이 활짝 웃었다.

"예. 오랜만입니다. 그간 잘 지내셨나요?"

"모두 전하의 덕분이지요."

프랭클린 수상은 더없이 우아한 손짓으로 제 가슴팍을 짚었다. 알렉이 이상하다는 듯 눈썹을 추켜올린다.

"전하? 내가 폐위당했다는 소식을 내 입으로 직접 알려 드려야 하는 건 아닐 테고."

"현 국왕 전하의 조카이자, 한때 이 나라의 유일한 왕자셨던 분께 올리는 제 나름대로의 성의라고 보아 주십시오."

"이상하네요. 수상이 단순한 선의로 스스로를 굽히는 사람이 아니란 건 나도 잘 아는데."

알렉이 피식거리며 웃었다.

"이젠 나한테 아쉬울 것 하나 없으신 분이 어쩐 일로 여기까지 찾아오셨는지, 말씀이나 해 주시죠."

"그리 날카롭게 굴진 마십시오. 전하께서 여기에 머물고 계시는 걸 찾기까지도 굉장히 어려웠습니다."

"불청객이 찾아오지 않길 바랐거든요."

"물론 그런 일은 없어야지요."

마치 저는 불청객이 아니라는 듯 수상이 짐짓 너그러운 태도로 콧수염을 만지작거렸다.

"저는 다만 감사를 표하러 왔을 뿐입니다."

"나한테요?"

"네. 덕분에 눈엣가시 같던 왕실이 무너지지 않았습니까. 그 사정이야…… 저도 놀랍긴 했습니다만."

수상이 흘끗 알렉의 눈을 보았다.

"조세핀 왕비 전하를 꼭 빼닮았다 여겼던 그 눈이 실은 생판 다른 사람을 닮은 것이었을 줄 누가 알았겠습니까?"

"그러게요. 아무래도 세상 사람들 눈은 다 단춧구멍인가 봅니다."

알렉이 명랑하게 웃었다. 조금 경직된 얼굴로 몇 마디 웃음소리를 덧붙인 수상이 크흠, 헛기침 소리를 냈다.

"좌우지간 덕분에 살았습니다. 아시는지 모르겠지만, 전하께서 폭로하신…… 그날 이후로 본디 왕실이 지녔던 권력이 하나둘 의회로 이양되고 있습니다. 가장 중요한 마녀들과의 계약 역시 곧 의회로 넘어오겠지요."

"그래서요?"

"전부 전하의 덕입니다. 일전에 제가 도와 달라 부탁드리긴 했어도, 이렇게 전폭적으로 도움을 주실 줄은 미처 몰랐습니다."

알렉의 표정이 조금 이상해졌다. 어처구니없다는 듯한 눈빛에 이어, 잔뜩 꼬인 목소리가 튀어 나간다.

"설마 내가 수상을 위해 그런 짓을 했다고 생각하는 건 아니죠?"

"아니면 어떻습니까? 결과적으로는 제가 가장 이득을 보았는걸요. 심지어는 빅토리아 경이 폭로했던 투텔 민간인 학살 건도 덕분에 다 묻히지 않았습니까?"

"아니, 그건……."

갑갑하다는 듯 머리를 마구 흩트리던 알렉이 이내 포기한 듯이 손짓한다.

"그래서, 그 말씀 하러 여기까지 오신 거예요?"

"설마요. 전하께 거절할 수 없는 제안을 드리러 왔습니다."

수상의 눈이 음험하게 빛났다. 보란 듯이 한숨을 내쉰 알렉이 영 내키지 않는 기색으로 입을 열었다.

"무슨 제안이요? 식사? 아니면 다른 군 장성들처럼 어여쁜 여배우라도 붙여 주시려나?"

"원하신다면."

수상이 씩 웃었다.

"세상에서 가장 값비싼 요리도, 세상 누구라도 반할 미인도. 원하신다면 무엇이든 해 드릴 수 있습니다."

"……."

"그러니 저와 손을 잡으시지요. 후회하지 않으실 겁니다."

알렉은 물끄러미 수상을 쳐다보았다. 냉한 눈빛에선 쉽사리 감정을 헤아릴 수 없다.

"내가 왜요?"

"후원자가 필요하신 때 아닙니까. 왕실에선 이제 서서히 전하에 대한 경제적 지원을 줄여 나갈 텐데, 전하도 이제는 살길을 마련하셔야지요. 평생을 귀하게만 사신 분이 이제 와 다른 평민들처럼 하루 벌어 하루 먹고 사실 수는 없잖습니까?"

"……평민이라. 사람들이 들으면 큰일 날 소리를 하시네요."

알렉이 도리 없다는 듯 웃으며 설레설레 고개를 내저었다.

"어떤 생각으로 내게 이런 제안을 하는지는 대강 알겠어요. 선거를 앞두어 이미지 쇄신이라도 꾀하려나 보죠?"

"다 이긴 판이긴 합니다만, 끝까지 긴장을 놓을 수는 없지요. 또 선거는 이번만이 아니니까."

"수상의 선거는 여기까지죠. 이번에도 당선되면 연임이잖아요."

잉그람 국법상 의회의 수상은 2회 연임이 가능하다. 바꿔 말하자면, 그 이상은 출마할 수 없다는 소리다.

"뭐, 미래야 아무도 모르는 법이지 않습니까?"

수상이 능구렁이처럼 반문했다. 조용히 그를 응시하던 알렉은 눈을 감으며 살짝 고개를 숙였다. 헛웃음처럼 여트막하게 터져 나온 미소가 입가에 미세하게 걸쳐진다.

"그 말, 그대로 돌려드리고 싶네요."

알렉은 들고 있던 봉투에서 잡지를 꺼내 들었다.

"그동안 아주 많이도 해 먹으셨더라고요."

"……네?"

본능적으로 섬뜩함을 감지한 수상이 점차 미소를 지워 나갔다. 그 와중에도 건성건성 잡지를 넘겨 보던 알렉은 별안간 한 페이지에 시선을 고정한 채 뜨악한 표정을 지었다.

"세상에나. 혼외 자식도 있으셨네? 그것도 셋씩이나?"

"대, 대체 무슨 말씀을 하시는 겁니까!"

경악한 수상이 잡지를 빼앗으려 얼른 손을 내뻗었다. 그러나 알렉이 잡지를 뒤로 물리는 것이 더욱 빨랐다.

"어, 남의 거 훔치시면 안 되죠. 얼마 하지도 않는데 사서 보세요. 참, 본인 얼굴이 그려진 잡지를 사는 건 좀 그러려나? 하긴 그 참담한 기분, 내가 잘 알죠."

진심으로 딱하다는 듯 알렉은 수상의 어깨를 토닥토닥 두드렸다. 거의 영혼이 빠져나간 듯한 얼굴로 황망히 서 있던 수상이 가까스로 묻는다.

"도대체, 그게 무슨……."

"이제 다 끝났다고요. 수상의 정치적, 경제적, 군사적, 심지어는 개인적인 비리까지 다 드러났으니까."

"그럴…… 리가 없습니다. 어떤 신문사도 내게 감히 그럴 수는……."

"감히 그럴 수 있는 곳이 있죠. 《더 트레이스》라고, 고상하신 수상께서는 듣도 보도 못하셨을 황색 신문인데. 이제 이름이 좀 각인되나요?"

알렉이 얄밉게 잡지를 흔들었다.

"처음에 여기에다 일을 맡길 때만 하더라도 좀 긴가민가했는데, 역시 삼류 기자도 기자가 맞더라고요. 후원이랍시고 입에 풀칠할 수 있게 해 주니, 아주 훨훨 날던데요. 하기야 남의 뒷구멍 파던 실력이 어디 가겠어요?"

수상은 알렉의 손에 흔들리는 잡지를 멍하니 올려다보았다. 저명한 군 장성, 기업 회장과 어린 딸뻘의 여배우들을 거느리고 신나게 술판을 벌이는 그의 모습이 대문짝만하게 표지를 장식하고 있었다.

"그러게 조심 좀 하지 그랬어요. 세상에 보는 눈이 얼마나 많은데. 《데일리 오킹엄》 같은 정론지 말고 이름 없는 황색 신문의 삼류들을 조심해야 한다고, 사브리나 양이 이르지 않던가요? 이상하다, 그 아가씨는 많이 경험했을 텐데."

눈을 굴리며 잠시 고민하던 알렉이 아무렴 어떻냐는 듯 어깨를 가볍게 으쓱였다.

"아무튼, 그런 연유로 수상이 말씀하신 '거절할 수 없는 제안'은 아쉽게도 거절하겠습니다."

산뜻하게 웃어 보인 알렉이 미련 없이 돌아섰다. 후, 내뱉은 숨결에 앞머리가 크게 들썩인다.

"와, 진짜 속 시원하네."

이름 없는 황색 신문의 폭로는 잉그람 전역을 강타했다.

"세상에나, 옛날에 재정부 장관으로 해 먹은 액수 좀 봐."

"그건 약과지. 수상으로 있던 동안에 받은 뇌물만도 수만 갤런에 달한대."

"《데일리 오킹엄》이 수상의 졸개였다는데? 어쩐지 수상에 대해서는 매번 유한 반응이더니, 이런 이유였구만."

《더 트레이스》의 폭로는 비단 체임벌린 수상의 개인적인 비리에만 국한되지 않았다. 정치, 경제, 사회 전 분야로 뻗친 수상의 마수는 자연스레 각 부분에 뒤얽힌 어두운 면모를 끄집어냈다. 이를테면 수많은 사상자를 남긴 투텔 섬멸전도 마찬가지다.

"무기 회사와 군부의 결탁? 뭐야, 그럼 투텔 섬멸전도 지들이 남겨 먹으려고 저지른 거네?"

"죽은 젊은이들만 불쌍하게 됐지."

이는 특히 알렉 아크라이트 왕자의 폭로 이후로 잦아들었던 빅토리아 알피어스의 지난 폭로마저 되살려 냈다. 잉그람 군부가 투텔에서 저지른 민간인 학살, 게다가 무기 회사와 결탁한 군부의 비리는 자연스레 투텔 섬멸전에 대한 국민들의 반감을 이끌어 냈다.

"하여간에 믿을 놈들 하나 없어!"

"내 평생을 페인당에 헌신했지만, 이제는 거들떠도 보지 않을 거야. 퉤!"

프랭클린 체임벌린 수상을 위시한 페인당의 승리가 거의 확실시되었던 총선도 이제는 오리무중에 빠졌다. 잉그람 의회의 200년 역사를 지배했던 페인당이 한순간에 무너지며, 야당들은 저마다 바쁘게 움직이기 시작했다. 다음 총선에서 누가 승기를 잡느냐에 따라, 앞으로 잉그람의 수십 년 역사가 좌우될지도 몰랐다.

그리고 역사에 길이 남을 폭로를 진두지휘한 《더 트레이스》의 수석 기자, 조셉 콜린스는 밀려드는 인터뷰에서 이렇게 밝혔다.

'취재하는 동안 함께 고생했던 동료들에게 박수를 보냅니다! 또한 이번 특집호에 대한 아이디어를 처음 제시해 주셨고, 저희에게 재정적으로 지원을 아끼지 않으셨던 익명의 후원자님께도 감사를 표합니다!'

고작 오킹엄에서나 알음알음 팔리던 잡지. 삼류계의 최고로 뽑히던 조셉 콜린스가 영입된 뒤로 알렉 아크라이트의 공개 연애 인터뷰를 최초로 싣는 등 파격적인 행보가 제법 눈에 띄었으나, 그래 봤자 가십이나 다루는 황색 신문이었을 뿐이다. 그러나 미리 약속이라도 한 듯 주요 도시에서 무료 호외를 배포함으로써 파란의 서막을 알린 《더 트레이스》는 하루아침에 잉그람에서 제일 유명한 신문이 되었다.

그리고 여러 신문의 기자들이 앞다투어 《더 트레이스》의 후원자를 파헤치는 가운데, 홀로 유유자적 이 땅을 떠날 준비를 하던 익명의 후원자는 사랑하는 연인을 앞에 두고 이런 소회를 밝혔다.

'앞으로 어떻게 될 것 같냐고요? 일단은 콜린스가 리더포드 상을 받겠죠. 아, 리더포드 상은 그해 최고의 기자에게 주는 상이에요. 굳이 올해로 한정하지 않더라도, 잉그람 신문 역사를 통틀어 이만한 폭로 기사가 없을 테지만. 그다음은 음, 글쎄요. 고인 물은 빠져나갔으니, 이제는 알아서들 잘 살아야 하지 않겠어요?'

실로 느긋하기 짝이 없는 감상이었다.

종장

안녕, 안녕히

자줏빛 석양이 구부정한 능선을 타고 드리워졌다. 수십 년 전 전쟁 통에 남편을 잃고 머나먼 타지에서 억척스럽게 아들을 길러 낸 노인이 은거하는 언덕에도 어느덧 조금씩 밤이 깃들고 있었다. 그리 하루를 떠나보내듯, 저녁놀과 함께 찾아든 손님도 이제는 떠날 시간이다.

"부디 건강하세요."

수많은 곡절을 겪어 어떤 일에도 동요하지 않던 반백의 노인은 드물게도 눈물을 내비쳤다. 배 아파 낳은 자식은 아니지만, 꼭 제 자식처럼 돌보았던 아이다. 이리 훤칠하게 장성했어도 여전히 그녀의 눈엔 옷장 귀신을 무서워하던 어린애일 뿐이니, 기약 없이 떠난다는 이가 못내 걱정스럽고 애탔다.

알렉도 그 마음을 모르지 않았다. 아버지에겐 냉대받고, 어머니에겐 버림받았던 그를 유일하게 따뜻하게 품어 주었던 유모. 그녀가 여생을 고향에서 행복하게 보내길 바라는 마음처럼, 유모 역시도 그의 미래를 염려하고 기원할 것이었다.

애달픈 작별에는 많은 대화가 오가지 않는다. 두 사람은 하고픈 말이 너무도 많은 나머지, 아무런 말도 하지 못했다. 종내 포옹으로 이별을 맺고선, 좀체 떨어지지 않는 발걸음을 옮길 뿐이다.

언덕을 내려가며 알렉은 마지막으로 뒤를 돌아보았다. 석양을 등지고 선 유모가 고목처럼 우뚝 선 모습이 보인다. 그것이 꼭 속상한 일이 있을 때마다 기대었던 유모의 단단한 등과 다르지 않아, 알렉은 조금 웃고 말았다.

"전하. 저도 여기서 인사를 드리겠습니다."

마을 외곽으로 이어지는 황량한 갈대밭을 걷던 중이었다. 앞서 나가던 알렉이 조용히 뒤를 돌아보았다. 어느새 멈추어 선 찰리가 곧게 그를 응시하고 있었다.

"당분간은 고향에 머물 생각입니다. 오킹엄으로 돌아가 봤자, 사건의 전말을 캐내려는 기자들에게나 시달릴 게 빤하고……. 또 제가 모시는 분도 더 이상 계시지 않을 곳에 구태여 돌아갈 이유는 없으니까요."

찰리는 조금 머쓱하게 웃어 보였다. 스스로 이런 말을 하는 것이 영 멋쩍은 것처럼.

"전하의 유모셨던 어머니 덕분에 평생을 오킹엄에서 살았죠. 저 또한 막연히 어머니처럼 늙어 은퇴하리라 여겼는데, 이렇게 젊은 나이에 오킹엄을 떠나게 될 줄은 미처 예상하지 못했네요."

"……."

"그래도 너무 늦지 않아 다행이라고 생각합니다. 아직은 새롭게 시작할 수 있는 나이니까요."

찰리는 왕자의 유모였던 어머니를 따라 평생을 오킹엄에서 살았다. 알렉이 로엔그렌 왕궁에서 나고 자란 것과 마찬가지로, 그 역시 로엔그렌 궁전을 집으로 여겼다. 왕자를 제 자식처럼 길러 낸 어머니처럼, 남은 평생 알렉을 보좌하며 살 줄만 알았다.

그렇기에 모든 것이 뒤바뀐 요즘이 아직도 생경하다. 끝내 출생의 비밀을 폭로한 선택도, 고향을 영영 떠나려는 알렉의 결단도 모두 존중하지만, 그럼에도 이 모든 것이 꿈처럼 느껴질 때가 있었다. 그의 어머니가 알렉을 친자식으로 여긴 것처럼, 그 역시 알렉을 형제로 여겨 왔으므로.

하지만 이제는 몽롱한 잠결에서 깨어날 때다. 찰리는 이제야 겨우 알렉을 똑바로 마주할 수 있었다. 알렉에게 미루어 두었던 삶을 손수 되찾아야 할 시기가 왔다.

"잘 가세요. 저는 여기서 저의 미래를 찾겠습니다."

나는 무얼 좋아하는지. 나는 무얼 하고 싶은지. 나는 어떤 사람이 되고 싶은지.

알렉 아크라이트와는 상관없는, 오롯한 '나'의 모습을.

"……전하라고 부르지 말랬잖아."

한없이 침묵하던 알렉은 그제야 말문을 열었다. 입매가 살짝 일그러지며 목소리마저 떨려 온다. 그럼에도 찰리는 웃었다. 이별은 늘 슬프지만, 인생에는 마땅히 슬퍼야 하는 때도 있는 법이다.

"네가 아니었으면 여기까지 오지도 못했을 거야."

한 걸음 다가온 알렉이 손을 내밀었다.

"지금까지 고마웠어."

"저야말로요."

찰리는 정중히 그의 손을 맞잡았다.

"정말 감사했습니다. ……알렉."

바람이 불었다. 노을을 머금고 갈대를 스쳐 다가온 바람은 찰리의 흔적마저 싣고 떠나갔다. 어느덧 혼자 남은 알렉은 차츰 어두워지는 밤하늘을 가만히 올려다보았다. 언젠가 빅토리아가 그러했듯, 눈에 설은 별빛을 찬찬히 더듬어 본다. 오킹엄에서는 보이지 않는 고향의 밤하늘을 여기서라도 기억 속에 담고 싶었다.

밤중의 정적을 벗 삼아 빅토리아가 다가왔다. 마치 나비가 내려앉듯 사뿐사뿐한 발걸음이 그의 그림자를 앞두고 멈춘다.

알렉은 그때까지도 물끄러미 하늘만 응시했다. 점차 내려앉는 밤의 장막이 붉어진 눈시울을 조용히 가려 준다. 빅토리아는 아직 노을이 가시지 않은 그의 얼굴을 가만히 지켜보았다. 기다림의 침묵은 오래갔다.

"……이만 갈까요?"

불현듯 알렉이 입을 열었다. 빅토리아는 그제야 손을 내밀었다. 알렉은 망설임 없이 발걸음을 뗐다. 그를 어디론가 인도해 줄 손길을 따라.

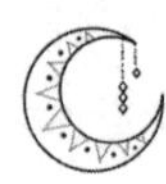

어두운 침실.

야심한 시각에도 창마다 두꺼운 커튼이 내려진 방 안에는 호리호리한 체격의 사내가 우두커니 앉아 있다. 이미 많이 취한 듯 술병을 쥐는 손이 조금씩 떨린다. 사내의 발치에는 빈 술병이 데굴데굴 굴러다니고 있었다.

"역시나 술독에 빠져 계시는군요."

순간, 술을 따라 내던 사내의 손길이 삐끗했다. 쨍그랑! 바닥에 떨어진 술병이 날카로운 소리를 내며 깨졌다. 삽시간에 퍼져 나가는 술내가 자못 독하다.

"술도 좀 적당히 하셔야죠. 이제는 돌봐 줄 사람도 몇 없으실 텐데."

노래하듯 말하며 다가온 이는 불빛이 닿는 경계에 맞닿아 걸음을 멈추었다. 알렉 아크라이트. 불청객의 얼굴을 확인하기 무섭게 사내의 얼굴이 무섭게 일그러진다.

"……네가 무슨 면목으로 여길."

한때 잉그람의 국왕이었던 사내는 만취하여 비틀거리는 몸으로 겨우 일어섰다. 하지만 성난 사자를 앞에 두고도 알렉은 안색 하나 변하지 않았다.

"저 곧 떠납니다."

"……."

"그래도 자식 된 도리로서 마지막 인사는 드려야 하지 않나 싶어서 들렀는데……. 여전하시네요. 변치 않기로는 이 세상 제일이십니다."

빈정거리는 투에 하워드는 왈칵 인상을 구겼다. 짐승이 으르렁대듯 거친 목소리가 튀어 올랐다.

"떠나? 일을 이 지경으로 만들고 떠난다고? 네놈이 벌인 일은 수습을 하고 가야지, 어디 네 멋대로 떠난다는 말이냐!"

"술에 뇌까지 절여지신 겁니까? 나중에 수습할 일을 애초 왜 폭로하겠어요?"

어처구니없다는 듯 헛숨을 내뱉은 알렉이 흘끗 하워드를 보았다.

"제게 조금이라도 미안한 마음은 있으세요?"

"미안? 내가 너에게?"

"네, 저한테요. 제 죽음을 투텔 독립군에 덮어씌우고, 한순간에 사랑하는 아들을 잃은 아버지 행세나 하며 여론을 반전시키려고 하셨잖아요. 제가 그런 것도 모를 줄 아셨습니까?"

하워드가 번들거리는 눈으로 코웃음을 쳤다.

"제법 웃기는 소리를 하는구나. 한데 이를 어째, 오히려 죄를 고해야 할 사람은 네가 아니더냐. 미천한 사생아 따위에게 고귀한 왕자의 관을 씌워 줬으면, 평생을 내게 감사하며 살았어야지! 말 못 하는 짐승도 은혜를 이따위로 갚진 않아!"

사내의 노한 음성이 천장을 찔렀다. 그 와중에도 점차 시들해지는 얼굴로 노성을 흘려듣던 알렉이 대강 알겠다는 듯 가볍게 손짓한다.

"예, 뭐. 기대도 안 했습니다. 아버지께선 언제나 그런 분이셨으니."

알렉이 살짝 미간을 좁혔다.

"그래도 말은 똑바로 하셔야죠. 제 덕분에 잉그람 무궁한 역사에 길이길이 이름을 남기게 되셨으니, 오히려 아버지께서 제게 감사하셔야 하는 것 아닙니까? 평범한 허수아비 국왕의 이름을 누가 기억이나 해 주겠어요? 그에 비하면 아버지는 세상에 다시없을 애처가 노릇 하며, 뒤에서는 '미친한 사생아' 나 싸지르고 다닌—"

쨍그랑!

날카로운 유리 파편이 사방으로 튀었다. 알렉도, 심지어는 술잔을 던진 하워드마저 놀라 눈을 홉떴다. 정확히 알렉을 겨냥했던 술잔은 그대로 그를 통과하여 어둠 속에서 깨어졌다.

하워드가 경악하여 말문을 잃은 사이, 알렉은 느릿하게 뒤를 돌아보았다. 그의 발치까지 치민 유리 조각이 어둠 속에서도 번뜩번뜩 써늘한 빛을 내뿜는다. 곧게 다물렸던 그의 입매가 차츰 뒤틀렸다.

"……정말 여전하시네요."

너무 여전해서 질릴 지경이다.

알렉은 이를 악물고 애써 미소를 지어 올렸다.

"예전에 왜 저의 친어머니에 대해 알려 주지 않으셨느냐 따졌던 적이 있죠. 아버지는 그때도 꼭 이렇게 술잔을 던지셨어요. 다행히 흉터는 사라졌는데, 조금만 골 아픈 일이 생기면 꼭 그때 맞았던 관자놀이가 아프더라고요."

"……."

"웬만하면 고치세요, 그 버릇. 이제는 국왕도 아니시잖아요. 그 개차반 같은 성질을 누가 다 받아 주겠어요?"

하워드의 말라붙은 입술이 바들바들 떨렸다. 이미 분노는 머리 꼭대기까지 치받쳤지만, 정작 해소될 구멍이 없어 뱃속만 활활 불태우고 있었다.

"너, 대체 무슨 짓을 한 거냐."

"아시다시피 제 사랑스러운 연인이 굉장히 뛰어난 마녀라서요."

알렉이 어깨를 으쓱였다.

"어떤 멍청이가 툭하면 손찌검하는 주정뱅이 앞에 나서겠어요? 이렇게 환영으로 나타나는 거라면 모를까."

초봄의 새싹처럼 연한 초록빛 눈이 둥글게 휘어진다. 마치 연극 배우처럼 과장된 몸짓으로 허리를 숙이며 알렉은 마지막 인사를 했다.

"불초한 아들은 이만 물러가겠습니다."

살짝 들린 고개에서 이죽거리는 목소리가 흘러나온다.

"부디 만수무강하시길."

알렉은 마치 그 자리에 없던 것처럼 홀연히 사라졌다. 하워드가 분을 못 참고 내던진 술병은 이번에도 허공을 가를 뿐이었다.

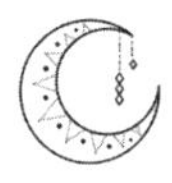

"언제 떠나냐고? 모레 오후 4시일걸? 5시인가? ……알았어. 제대로 확인하면 되잖아. ……아, 글쎄, 알았다니까? 잔소리 좀 그만해."

빅토리아는 홀로 저벅저벅 흙길을 걸으며, 절 따라오는 작은 비둘기를 째려보았다.

"째려본 거 아냐. ……진짜라고! 네가 잘못 봤나 보지!"

파드닥파드닥 열심히도 날갯짓하는 저 비둘기는 최근 시에나가 길들인 새로운 시종이다. 다행히도 막시무스 따위와는 비교할 수 없을 정도로 온순한 비둘기라, 저렇게 시에나와 연결하여 주인의 눈과 입이 되어줄 수도 있었다.

"굳이 네 시종을 보내지 않더라도……. 휴고? 당연히 못 찾았지. 고모도 찾는 데 석 달이나 걸린 작자를 내가 무슨 수로 찾아. 알렉은 잘 지내지? 나 저녁 식사 전에 돌아간다고 알려 줘."

빅토리아는 슬슬 지겨운 기색을 내비치기 시작했으나, 시에나의 잔소리는 좀체 멈추질 않았다. 결국 듣다 못한 빅토리아가 짜증을 부리고 말았다.

"나도 몰라. 끊어! 얘, 너도 이만 네 주인님께 돌아가!"

양팔을 마구 휘저으며 어린 비둘기를 쫓아낸 빅토리아가 비로소 만족스러운 미소를 지었다. 비둘기가 깜짝 놀라는 바람에 연결이 끊긴 시에 나는 지금쯤 이를 갈고 있을 테지만, 이러나저러나 들을 잔소리. 지금이라도 맘 편히 걷는 편이 나았다.

그나저나 휴고, 이 작자는 도대체 어디서 찾는담.

슬며시 걸음을 멈춘 빅토리아는 몹시 심각한 얼굴로 팔짱을 꼈다. 일단 고모가 마지막으로 휴고를 봤다던 남쪽 숲까지 오긴 했는데, 여기서부터 어떻게 휴고를 찾아야 하는지 전혀 감이 잡히질 않았다. 애당초 휴고 알피어스는 은거의 전문가. 누이동생의 집요한 추적을 피하기 위해 성장한 그의 은둔 기술은 고작해야 스무 살 된 빅토리아가 따라잡을 만할 것이 못 되었다.

하지만 이대로면 정말로 얼굴도 못 보고 영영 헤어지는 수가 있다. 휴고가 절 도와준다던 약조를 어기고 은둔하고 있노라 여겼던 지난날이라면 모를까, 고모를 유인하여 엄청난 도움을 주었다는 사실을 알게 된 지금은 쉽사리 그를 넘길 수 없었다.

더욱이 그는 고모인 수리 알피어스와 마찬가지로 빅토리아의 스승이요, 부모인 존재. 평생 얼굴 안 보고 사는 것이 상책인 망나니 사촌들과는 사정이 달라도 한참 달랐다.

"일단 서쪽에서부터 조금씩 자취를 더듬어 보면……."

고심에 잠겨 멍하니 나아가던 발길이 우뚝 멈추었다. 지금은 한여름의 정오. 눈부신 햇빛이 쏟아지던 발치가 갑자기 어둡다.

크르릉…….

등골 저미는 울음소리가 아스라히 귓전을 스쳤다. 빅토리아는 마른침을 삼키며 슬그머니 고개를 들어 올렸다. 아니나 다를까, 눈앞에는 집채만 한 용이 황금빛 눈알을 번들거리고 있었다.

그리고 난데없이 느껴지는 인기척.

빅토리아는 반사적으로 뒤를 돌아보았다. 아무도 없던 곳에 훤칠한 남자가 하나 서 있다. 눈에 띄게 미려한 저 얼굴을 그녀는 너무나도 잘 알고 있었다.

심판의 마법사, 세드릭 자일스.

섬뜩한 사각에 뒤이어 천지를 들끓는 우렛소리가 울려 퍼졌다. 삽시간에 눈이 멀 듯한 섬광이 내리꽂힌다. 빅토리아는 어찌 대처할 생각도 못 하고 양팔을 들어 얼굴을 가렸다. 짤막짤막 토막 난 생각의 조각마저 단숨에 날아가 버린다.

콰르릉!

용도 시커멓게 태워 죽인다는 무시무시한 베가의 낙뢰.

그 찰나에 빅토리아는 자신이 죽었다고 생각했다. 하지만 어디선가 풍겨 오는 탄내와 멀리서 전해지는 새 울음소리를 듣고서야, 뭔가 이상하다는 생각이 들었다.

빅토리아는 머뭇머뭇 팔을 내렸다. 그러자 제 옆으로 시커멓게 타들어 간 나무 한 그루가 보인다.

"아, 빗나갔군."

불현듯 세드릭 자일스가 느릿하게 입술을 열었다. 정작 이 사달을 만든 장본인이면서 기묘하게 관조적인 어조였다.

"나도 나이가 들었나. 예전처럼 조준이 정확하지 않아."

멍하니 그의 말소리를 주워듣던 빅토리아가 설핏 미간을 찌푸렸다. 그는 저를 보고 있지 않았다. 들으란 듯이 말하고 있으면서, 정작 그녀를 겨냥한 소리도 아니었다.

"오랜만에 낙뢰를 내렸더니 피곤하군. 이만 돌아가자, 윈터."

멀뚱멀뚱 주인을 지켜보던 용이 잽싸게 세드릭 자일스의 곁으로 날아갔다. 저 거대한 용이 주인 앞에서 애교 부리는 고양이처럼 몸을 비비꼬는 것은 언제 보아도 장관이지만, 오늘만은 저 재미난 광경을 마냥 지켜볼 수가 없었다.

빅토리아는 정말 이대로 돌아가려는 듯한 세드릭 자일스를 급히 붙잡았다.

"세드릭 경!"

절 부르는 소리에 뒤를 돌아보는 세드릭의 얼굴은 변함없이 무표정했다. 빅토리아는 지그시 입술을 깨물었다. 아무리 눈치 없는 그녀라도 지금이 어떤 상황인지는 잘 알겠다.

발푸르기스 평의회.

한때 그녀의 신병을 하워드 국왕에게 넘겼던 마법 사회의 중추가 끝까지 그녀의 발목을 붙잡으려는 것이다.

"용건이 급하지 않다면, 나중에 편지로 묻는 편이 좋겠구나."

세드릭 자일스가 가늘게 미소 지었다.

"아내가 기다리고 있어서 말이야."

빅토리아는 용을 타고 하늘로 날아오르는 마법사를 멀거니 지켜보았다. 용의 날갯짓으로 일어난 바람이 그녀의 머리를 한껏 흩트리고 지나갔다.

후일담

하늘에서

화창한 어느 날.

쨍하도록 맑은 햇살 아래, 잉그람 동부의 항구도시 로이스턴은 몹시 분주했다. 일주일에 한 번, 바다 건너 식민지로 출발하는 메릴랜드 비행선이 출항을 앞두었기 때문이다.

"음료 팝니다! 시원한 레모네이드! 얼음도 동동 띄웠어요!"

"마지막 가십 확인하세요! 바다 건너면 다시는 못 봅니다!"

"신문 종류별로 있습니다! 서두르세요! 《더 트레이스》는 수량이 얼마 남지 않았어요!"

길게 줄지어 선 승객들 사이로 가판 상인들이 기승을 부렸다. 꼭 동네 시장통처럼 요란하기 그지없으나, 새로운 시작을 눈앞에 둔 승객들은 짜증은커녕 저마다 긴장과 설렘에 사로잡혀 미묘한 얼굴들을 하고 있었다.

하기야 비행선 편도 티켓값만 하더라도 일반적인 시민들의 반년 치 봉급이다. 평생을 살던 고향을 등지고 떠나는 이들은 대체로 다시는 돌아오지 않을 생각으로 비행선에 오르는 셈이니, 여러 가지 복합적인 감정에 시달릴 만도 했다.

"그래도 고향이라고, 막상 떠날 때가 되니 슬퍼지는구만."

애잔한 눈으로 도시의 전경을 돌아보던 털북숭이 사내가 한숨을 푹 내쉬었다. 그는 일찍이 처자식을 떠나보낸 혈혈단신. 친지들과 눈물의 이별을 벌이고 있는 주변을 돌아보다, 영 머쓱한 얼굴로 옆자리를 흘끗거렸다.

"이보게, 젊은이. 댁도 혼자 떠나시나?"

이제껏 조용히 자리를 지키고 서 있던 젊은 청년이 고개를 돌렸다. 가벼운 마음으로 말을 걸었던 사내는 순간 흠칫하며 한 걸음 뒤로 물러났다. 시푸르게 빛나는 벽안. 도무지 인간 같지 않은 이질적인 느낌에 영문 모를 싸한 느낌이 등골을 타고 오른다.

"크흠."

뒤늦게 정신을 차린 사내는 겁먹은 기색을 신속히 갈무리했다. 말 건적 없다는 듯 의연하게 정면을 응시하지만, 자꾸만 옆으로 돌아가는 시선은 막을 길이 없었다.

이제 보니 꼭 여자처럼 곱상하네.

사내는 저도 모르게 옆자리 청년을 집요하게 뜯어보았다. 머리칼 한 올 보이지 않게끔 눌러쓴 모자와, 잘 갖춰 입은 정장. 사내치고 키가 좀 작은 것이 흠이지만, 차림으로만 본다면 어디서든 환영받을 법한 신사다.

그러자 사내의 쓸데없는 호기심이 무럭무럭 솟아올랐다. 식민지로 건너가는 사람이라면 대개 이 땅에서 더는 발붙이고 살 수 없는 범죄자, 혹은 이 땅에서 더 이상 희망을 찾지 못하는 빈민들이다. 간혹 일확천금을 노리고 비행선에 오르는 치들이 있다곤 하지만, 옆자리 청년은 그런 골 빈 녀석으론 보이지 않았다.

그렇다면 저이는 왜 잉그람을 떠나는 걸까.

계속해서 옆을 힐끔대던 사내의 시야로 별안간 낯선 얼굴이 가득 들어찼다.

"뭐, 뭐야!"

깜짝 놀라 큰 소리를 내고 만 사내가 황급히 뒤로 물러났다. 갑작스러운 소란에 주변의 시선이 이쪽으로 몰렸지만, 그에 신경 쓸 여력도 없다. 갑자기 사내와 옆자리 청년 사이를 비집고 들어온 사람은 경악할 만큼 이국적인 차림이었다.

"어머, 사막에서 왔나 봐."

마치 동물원 원숭이를 구경하듯 대놓고 쳐다보던 누군가가 소곤소곤 속삭였다. 사내는 그 말에 백번 동의했다. 소설책 삽화로만 보았던 먼 사막 나라의 인물이 눈앞에 있었다.

상하의는 품이 넉넉하며, 고급스러운 원단 위로 눈이 어지러울 만치 화려한 수가 놓여 있다. 신발도 코가 뾰족한 것을 보면 근방에서 쉽게 구할 수 있는 물건은 아닐 터. 하지만 무엇보다도 기다란 천으로 얼굴을 칭칭 감은 꼴이 이국적이다 못해, 괴이한 느낌마저 주었다.

게다가 경고하듯 저 빤한 시선은 도대체 뭐란 말인가.

사내는 괜스레 주눅 들어선 슬금슬금 뒷걸음질했다. 미친놈은 피하는 것이 상책이다. 괜히 난동에 연루되었다간, 어렵사리 구한 티켓마저 빼앗기는 수가 있었다.

"압둘라 아크만 씨?"

그런데 등 뒤에서 낭랑한 목소리가 들려온다.

사내는 황급히 고개를 돌렸다. 이번에 새롭게 등장한 사람은 눈이 번쩍 뜨일 만한 미녀다. 화창한 날씨에 어울리지 않는 검은 우산을 쓴 것이 흠이지만, 똑바로 자른 검은 단발에선 이지적인 분위기가 물씬 풍겼다.

보기 드문 미인의 등장에 잠시 넋을 놓았던 사내는 차츰 찌푸려지는 그녀의 미간을 보고선 퍼뜩 정신을 차렸다. 그러고 보니 이 눈에 띄는 사람들 틈바구니에 눈치 없이 끼어 있었다. 졸지에 외국인과 미인의 째림을 받은 사내는 주춤주춤 뒤로 물러섰다. 그러곤 어느새 인파에 파묻혀 흔적도 없이 사라진다.

여자는 그제야 먼 사막 나라의 외국인에게로 가까이 다가섰다. 하지만 입을 열기 전, 아닌 척하면서 이쪽을 힐끔대던 주위 사람들에게 무시무시한 시선을 보냈다. 사람들이 자동적으로 고개를 돌리고서야, 여자는 무거운 말문을 열었다.

"아주 꼴이 가관이네요. 알렉 아크라이트 씨."

먼 사막 나라 외국인, 정확히는 먼 사막 나라의 외국인으로 분한 알렉이 한껏 목소리를 죽여 속삭인다.

"그럼 어떡해요? 잉그람에서 내 얼굴 모르는 사람이 없는데."

"그러니 얼굴도 적당히 팔았어야죠."

무심히 대꾸한 시에나는 그대로 알렉을 지나쳐, 젊은 신사로 분장한 빅토리아에게로 다가갔다. 멀뚱멀뚱한 빅토리아를 빤히 쳐다보더니, 손가방에서 안경을 꺼내 빅토리아에게 씌운다.

"아주 빅토리아 알피어스라고 광고를 하고 다녀라."

"너 말고는 아무도 못 알아봤는데."

"그야 널 찾는 사람들은 아직 도착하지 않았으니까."

알쏭달쏭한 말에 빅토리아는 고개만 갸웃거렸다. 그러거나 말거나, 시에나는 허리에 양손을 올리고선 알렉과 빅토리아를 번갈아 보았다. 평소와 다름없이 곧게 다물려 있던 입매에 여트막한 미소가 오른다.

"아주 잘 어울리는 한 쌍이네요."

"……고마워요."

저 입에서 나오는 소리는 당최 곧이곧대로 들을 수 없다. 또 무슨 수작이려나 싶어 알렉은 몹시 의심스러운 눈으로 시에나를 흘겼다. 그 반응이 재미난지 시에나가 작은 웃음을 터트렸다.

"꼬아 듣지 마요. 진심이니까."

"의외네요. 굉장히."

"어쩜, 우리 왕자 전하는 이렇게나 의심이 많으실까?"

시에나는 여름 장미처럼 화사한 미소를 지어 올렸다.

"이래 봬도 난 비키와 알렉 씨한테서 꽤 커다란 감명을 받았어요. 원래는 진정한 사랑 같은 거 안 믿었거든요."

"네 부모님이 알면 슬퍼하시겠다."

"정정할게요. 세상에 우리 부모님 같은 사랑은 또 없으리라 생각했어요."

빅토리아는 눈을 동그랗게 떴다. 시에나의 부모는 마법 사회에서도 사이좋기로는 익히 명성—혹은 악명— 높다. 그 슬하에서 자란 자식치고 시에나나 지금은 행방을 알 수 없는 크로슬리나 지나치게 염세적이라 의아하긴 했지만, 그조차 타고난 성질이 더러워 그런 줄로만 알았다.

"어릴 땐 그게 당연하다고 생각했는데, 자라면서 세상을 볼수록 그게 가장 어려운 일이라는 게 느껴지더라고요. 하물며 한배에서 태어난 남매도 이해하질 못하겠는데, 생판 남이 나를 목숨보다 아껴 준다는 건 불가능에 가깝죠. 아버지가 어머니를 만나고, 어머니가 아버지를 만난 것은 세상에 다시없을 기적이라 여겼어요."

"……."

"그런데 이제 보니, 꼭 그렇지만도 않네요."

씁쓸한 듯 달콤한 미소가 시에나의 눈가에 드리워졌다.

"비키, 그리고 알렉 씨. 부디 행복하세요. 겨울의 별 발디비아의 은총이 그대들과 늘 함께할 겁니다."

"너도 지켜봐 줄 거지?"

자명한 진리를 읊듯 빅토리아가 물었다. 시에나는 여트막한 미소를 흘리며 오랜 벗의 뺨을 톡톡 건드렸다.

"물론. 여명의 별 페베는 언제나 널 지켜보고 있을 테니까. 그러니 알렉 씨도 조심해요. 내가 늘 지켜보고 있다는 거 잊지 말고."

훈훈하게 두 사람을 지켜보던 알렉은 갑자기 엄습하는 불안함 속에서 가까스로 고개를 끄덕였다. 시에나는 그때껏 쓰고 있던 우산을 느릿하게 접어 빅토리아에게 넘겼다.

"가져가. 필요할 거야."

빅토리아는 어리둥절한 기색이었지만, 구태여 캐묻지 않았다. 시에나의 언행에는 대체로 깊은 뜻이 있었다. 권태로운 마음에 무작정 남을 놀리고 싶을 때를 제한다면.

"참, 그러고 보니 깜빡할 뻔했네."

막 돌아가려던 시에나가 마지막으로 흘끗 빅토리아를 보았다.

"비키, 뒤를 좀 돌아보는 게 어떻겠니?"

빅토리아는 멍하니 눈만 깜박였다. 수수께끼 같은 말만 남긴 시에나는 그대로 바글바글한 인파 속으로 자취를 감추었다. 잠시 알렉과 시선을 교환하던 빅토리아가 조심스레 뒤를 돌아본다.

낯선 사람들로 가득한 비행선 선착장. 가지각색의 얼굴을 빠르게 훑어 내리던 눈길이 불현듯 끄트머리에서 멈추었다. 눈꺼풀이 한 번, 두 번 내려온다. 그런 규칙적인 깜빡임에 이어, 제 눈이 잘못되지 않았다는 깨달음이 번개처럼 떨어졌다.

마치 약속이라도 한 듯, 똑바로 절 마주쳐 오는 시선.

갑자기 빅토리아가 앞으로 튀어 나갔다. 당황한 알렉이 서둘러 그 뒤를 따라붙었다. 선착장 가득한 사람들은 안중에도 없다는 듯 빅토리아는 눈앞의 사람들을 밀치며 나아갔다. 다급한 마음에 땅을 박차는 발길이 갈수록 거세어진다.

혹시 그새 사라졌으면 어쩌지.

폭풍처럼 몰아치던 걱정은 순식간에 사그라들었다. 어느새 사람들을 모두 헤치고 선착장 끄트머리에 달한 빅토리아는 어깨를 들썩이며 멀거니 눈앞의 남자를 바라보았다. 단정하게 내려 묶은 은발과, 겨울을 그대로 형상화한 듯 차디찬 벽안. 보고도 좀체 믿을 수가 없다. 간절히 그리는 마음에 겨울의 별 발디비아가 환영이라도 만들어 냈나 싶었다.

"빅토리아."

하지만 귓전을 울리는 익숙하디익숙한 목소리.

빅토리아는 저도 모르게 그에게로 달려가 안겼다. 어릴 때와 조금도 다름없이 그녀를 감싸 주는 미지근한 품. 지금까지 꾹꾹 눌러 참았던 그리움이 하염없이 범람했다.

"……휴고."

빅토리아는 조금씩 떨리는 손으로 휴고의 등을 꽉 끌어안았다. 행여 그가 달아나기라도 할까, 간절히 부여잡은 손에 조금도 힘을 풀지 않는다. 북받친 감정을 애써 다스리려 입술을 짓씹어 보지만, 생각만큼 수월하진 않았다.

갑자기 달려들어 안기는 빅토리아를 조금 놀란 기색으로 내려다보던 휴고는 그녀의 어깨에 살며시 손을 올렸다. 나는 그동안 잘 지냈다는, 마법 사회의 건조한 인사말을 건넬까 하다가도, 간헐적으로 떨리는 빅토리아의 어깨를 손끝으로 느끼고는 현명히 입을 다문다. 그러다 쭈뼛거리며 좀체 다가오지 못하는 이국적인 차림의 남자를 발견했다.

휴고는 외알 안경 너머로 가만히 그를 응시했다. 칭칭 감긴 천의 틈새로, 일찍이 누이동생 수리에게서 들었던 옚은 녹안을 발견하자 자그마한 탄성이 입술 새로 흘러나왔다.

"당신이 알렉 아크라이트군요."

마치 악수라도 건네듯 휴고는 손을 내밀었다. 그러다 아직도 나무에 매달린 매미처럼 절 놓아 주지 않는 빅토리아를 보곤, 슬쩍 미간을 찌푸리며 손끝으로 그녀의 어깨를 민다.

"빅토리아. 그만 떨어져."

"싫어요. 절대로 안 놓을 거야."

"……못 본 사이에 어린애가 다 됐군."

휴고는 들으란 듯이 한숨을 내쉬며 알렉을 보았다.

"미안합니다. 인간 사회에선 악수가 기본적인 예의라 들었는데, 꼴이 이래서 예의도 못 지키게 되었군요."

"웃기네. 언제 예의 지키는 사람이었다고."

"조카의 무례도 용서하십시오. 본성이 나쁜 애는 아닙니다."

그러자 마치 해괴한 말이라도 들은 것처럼 빅토리아가 고개를 꺾어 휴고를 올려다보았다.

"왜 그렇게 말해요?"

"뭐가?"

"무례를 용서하라느니, 내 본성이 나쁘진 않다느니. 원래 그런 입에 발린 말 안 하잖아요."

"앞으로 네 뒷수습을 도맡을 사람인데, 잘 보여 나쁠 것은 없지. 행여 저 사람이 지치기라도 하면, 또 내 짐이 될 것이 아니냐."

"알렉은 나한테 안 지칠 거거든요?"

빽 소리를 지른 빅토리아가 급히 알렉을 돌아보았다.

"그렇죠, 알렉?"

"네? 네."

알렉이 얼결에 고개를 끄덕였다. 보란 듯이 건방진 표정을 짓던 빅토리아가 또 무엇이 심기가 불편한지 콧잔등을 잔뜩 찡그렸다.

"생각해 보니 진짜 웃기네. 댁이 언제 내 뒷수습을 해 줬어요? 다 고모가 했지."

"그리고 수리는 그 화를 다 내게 풀었지."

"사실을 왜곡하지 마요. 고모는 날 만나기 전에도 댁한테 화를 풀었으니까."

"부정할 수 없는 사실이군."

순순히 고개를 끄덕인 휴고가 자못 피곤한 기색으로 빅토리아의 어깨를 툭툭 두드렸다.

"그건 그렇다 치고, 이만 떨어지렴. 무겁다."

"싫어요."

"언제까지 매달려 있을 작정인데?"

"야박하긴. 어차피 곧 헤어질 거잖아요. 좀 붙어 있는다고 하늘이 무너져요, 땅이 꺼져요?"

"적어도 오늘의 난 굉장히 지치겠지."

빅토리아를 설득하길 포기한 휴고는 빅토리아를 매단 그대로 알렉을 돌아보았다.

"대충 짐작하셨겠지만, 휴고 알피어스입니다."

"아……. 안녕하세요."

"지금은 그다지 안녕하지 못합니다만, 직접 뵈니 빅토리아가 왜 그렇게 허우적대는지 알겠군요. 혹시 이 아이가 눈을 달라 하지 않던가요?"

알렉은 놀라 흠칫했다. 마법사란 원래 저렇게 개인적인 대화도 속속들이 아는 걸까? 알렉이 혼란에 빠져 대답을 머뭇거리는 사이, 휴고는 그럴 줄 알았다는 듯 깊은 한숨을 내쉬었다.

"빅토리아는 본디 아름답고 화려한 것을 좋아합니다. 좋아하는 것은 무조건 가져야 한다는 그릇된 탐욕마저 지녔죠. 잉그람을 떠나면 예전처럼 호화스러운 생활은 불가능할 테니, 알렉 씨가 빅토리아의 탐욕을 잘 조절하셔야 합니다."

"예……."

"뭐라는 거야. 내가 그렇게 생각 없는 애로 보여요?"

"생각이 똑바로 박혔다면, 내가 이렇게 걱정하진 않았겠지."

그 말 그대로 휴고의 창백한 얼굴에는 수만 가지 근심이 먹구름처럼 짙게 드리워져 있었다. 한마디 날카롭게 쏘아붙이려던 빅토리아는 그 얼굴을 보곤 얌전히 입을 다물었다. 휴고에게 미안하다기보단, 휴고가 자신을 염려한다는 사실이 즐거웠다.

부우우—!

승선을 알리는 기적 소리가 우렁차게 울려 퍼졌다. 그때껏 선착장에 늘어져 있던 승객들이 하나둘 일어나 짐을 챙기기 시작한다. 생각보다 이르게 찾아든 이별에 놀라 머뭇거리던 빅토리아가 입술을 지그시 깨물며 한 걸음 휴고에게서 멀어졌다.

"이거 가져가요."

검지에서 황급히 반지를 빼낸 빅토리아가 억지로 휴고의 손에 반지를 쥐여 주었다. 얼결에 반지를 받아 든 휴고가 대놓고 인상을 찡그린다.

"이즈리얼 알피어스의 반지? 수리가 네게 맡겼다고 들었는데."

"겨울을 불러오는 마녀가 대대로 보관하는 가보라면서요. 휴고가 보관하고 있다가, 나중에 나한테 물려주는 게 순리죠."

"네 입에서 순리란 말이 나오는 날도 있다니……."

애먼 데서 놀란 휴고는 금세 제정신을 찾았다.

"하지만 이 반지를 물려주는 데는 나도 동의했다. 나는 이미 이 반지를 한 번 잃어버린 전적이 있어. 이쯤에서 네가 보관하는 편이—"

"괜히 떠넘기지 마요. 고모는 몰라도, 휴고는 그냥 반지가 귀찮은 거잖아요!"

보기 드문 박력에 휴고는 그만 말문을 잃었다. 그에게로 한 발짝 가까이 다가선 빅토리아가 살벌하게 으르듯 말했다.

"나중에 반지 물려받으러 돌아올 거예요. 알렉이랑 약속도 했다고요. 알렉은 스튜어트 씨랑 유모를 만나러, 나는 고모랑 댁이랑 시에나를 만나러! 영영 헤어지는 거 아니니까, 귀찮은 혹 하나 떼어 냈다고 기뻐하지 마요."

"난 기뻐한 적 없—"

"각오해요. 고모랑 당신 인생에 찰거머리처럼 붙어 있을 거니까!"

빅토리아가 당차게 미래의 포부를 밝혔다. 그렇잖아도 좋지 않던 휴고의 안색은 이제 거의 병자처럼 핼쑥해졌지만, 빅토리아는 그조차 반가운 듯했다. 내리 심각하던 얼굴이 순식간에 피어올랐다.

부우우—!

임박한 이륙을 알리는 기적 소리가 다시금 울려 퍼진다. 빅토리아는 못내 아쉬운 마음으로 느릿느릿 발걸음을 돌렸다. 무슨 생각을 하는지 도통 알 수 없는 표정으로 물끄러미 조카를 바라보던 휴고는 그제야 입술을 뗐다.

"빅토리아."

서서히 돌아가는 비행선 엔진은 거센 바람을 일으켰다. 빅토리아는 저절로 떠오르는 은발을 손등으로 넘기며 휴고를 돌아보았다. 그럼에도 자꾸만 시야를 가리는 은빛 머리칼 사이사이로 변함없이 건조한 휴고의 얼굴이 보인다.

"발푸르기스 평의회가 널 쫓기로 결정했다."

빅토리아의 눈이 설핏 굳었다. 귓가를 가득 메우는 엔진 소리는 점점 커져만 간다. 그 정신없는 와중에도 휴고의 모습만은 똑똑히 보였다.

"하지만 난 걱정하지 않아."

못 박힌 듯 오롯하게 그녀의 시야에 자리한 얼굴. 이슥한 겨울처럼 서늘하던 입가에 문득 가느다란 미소 한 줄기가 떠올랐다.

"넌 언제나 승리(victory)할 거니까."

빅토리아는 가만히 숨만 몰아쉬었다. 화난 것처럼 일그러지다가도, 울 것처럼 이지러지던 눈매가 끝내 서글픔을 매단다. 빅토리아는 북받치는 속을 참고 또 참다가, 가까스로 입술을 열었다.

"나 잊지 마요."

"……."

"잊으면 죽여 버릴 거야."

윙윙거리는 소음을 따라 바람은 더욱 거세어져만 갔다. 몰아치는 바람을 헤쳐 빅토리아와 알렉은 비행선으로 달렸다. 눈부신 여름 햇살 아래 출렁이는 은빛 파도. 차츰 멀어지는 뒷모습을 가만히 응시하던 휴고는 불현듯 잔웃음을 머금었다.

그가 빅토리아를 처음 만난 것은 어언 10년 전이다.

한여름에 숲이 얼어붙었다는 제보를 듣고서 수리와 함께 찾았던 북쪽의 어느 자그만 숲. 둘은 숲의 참상을 보자마자, 경찰도 군대도 소용없었다는 숲속 '괴물'의 정체를 단박에 알아챘다. 그것은 부정할 수 없는 이즈리얼 알피어스의 권능. 휴고는 만류하는 관리들의 손길도 뿌리치고 단신으로 숲속에 들었다.

그리고 하얗게 얼어붙은 숲속에서, 오랫동안 기다려 마지않았던 그의 후계자를 만났다.

'눈이 보석 같아요.'

귀동냥으로 알음알음 배운 말. 사나운 야생 동물에 맞서, 연약한 신체에 본능적으로 마력을 깃들인 천부적 재능. 그리고 입술 사이로 쉼 없이 흘러나오는 이즈리얼 알피어스의 고귀한 겨울.

부모에게 버려져 짐승처럼 자라난 아이는 옛이야기 속 이즈리얼 알피어스의 현신 그 자체였다. 누구의 딸인지는 더 이상 중요하지 않았다. 휴고는 첫눈에 이미 저 아이를 받아들이기로 결심했다.

'갖고 싶니?'

아이는 천진난만하게 고개를 끄덕였다. 휴고는 거리낌 없이 자신의 오른쪽 눈을 뽑아 아이에게 주었다. 마치 보석을 받은 것처럼 황홀해진 얼굴로 아이는 몹시 기뻐했다.

'나머지는 집으로 돌아가면 주마.'

휴고는 제 눈을 갖고 노는 아이를 안아 올렸다. 이제껏 두려움 한 자락 보이지 않던 아이는 그제야 조금씩 불안한 티를 냈다. 평생을 외로워 고독을 모르는 아이는 타인의 온기가 생경했다.

하지만 다행인지도 몰랐다. 고독이란 마녀의 숙명. 일생을 함께할 사람이 기적처럼 나타나지 않는 이상에야. 그는 으레 다른 마녀들이 그러하듯 아이 역시 고독으로 미쳐 가길 바라진 않았다.

'숲 밖에 나와 똑같은 눈을 가진 사람이 있을 거다.'

휴고의 눈을 꼭 품고 있던 아이가 퍼뜩 고개를 들었다. 욕심을 그대로 내비치는 아이의 눈빛을 발견하곤 휴고는 저도 모르게 웃고 말았다.

'그 사람한텐 달라고 하지 말렴.'

'왜요?'

'무서운 사람이란다. 게다가 나처럼 의안을 박아 넣지도 않았지.'

'의안?'

'그게 뭐냐면…….'

별안간 거센 굉음이 땅을 뒤흔들었다. 휴고는 졸지에 끊어진 기억을 가다듬을 길 없이 서서히 부상하는 비행선을 올려다보았다. 저 어딘가에 탑승했을 조카를 떠올리니, 언제나 그러했듯 어쩔 수 없는 웃음부터 튀어나오고 만다.

"빅토리아."

이제는 닿지 않을 조카에게 마지막 인사를 건네며.

"너는 외롭지 않아 다행이구나."

차츰 눈가로 드리워지는 볕에 휴고는 눈을 차츰 가늘게 떴다. 그의 얼굴로 사붓이 내려앉는 햇살처럼, 환한 미소가 조금씩 번져 갔다.

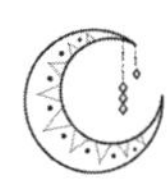

'네 이름은 이제부터 빅토리아(victoria)다.'

언젠가 들었던 고모의 말을 빅토리아는 제법 선명히 기억한다. 아마도 휴고의 품에 안겨 야생을 떠난 지 오래지 않았을 것이다. 그녀는 휴고의 충고를 잊고 고모의 눈으로 손을 뻗었다가 크게 혼쭐이 난 뒤였고, 덕분에 의미도 알 수 없는 빅토리아란 이름에 어떤 반론도 제기할 수 없었다.

고독한 줄 모르고 고독했던 야생에서의 10년에 비해, 사방으로 뚫린 사회에서 보낸 10년은 참으로 시끄럽고 요란했다. 제대로 만난 적도 없는 광인 아버지는 그녀에게 억울한 주홍 글씨를 선사했고, 고모에게 봉인당한 먼 선조의 영광은 만인의 찬탄을 불러일으켰다. 자신을 향한 근심과 찬사의 눈빛은, 오직 본능과 직감에 의지하여 살던 그녀에겐 참으로 낯선 것이었다.

'가끔은 생각해요. 어쩌면 숲속에서 혼자 사는 게 낫지 않을까.'

지나가듯 흘린 말을 고모는 꽤나 심각하게 받아들였던 모양이다. 빅토리아는 어느 날 난데없이 제게로 내려진 차기 수장 자리가 못내 부담스러웠다. 그녀는 고모처럼 한 가문을 통솔할 만한 위인이 아니었다. 그녀를 기른 수리 알피어스가 그런 자명한 사실을 몰랐을 리 없다.

하지만 이제 와 생각하자면, 아마도 고모는 절 사회에 눌러앉히기 위해 그런 강경책을 사용하지 않았나 싶다. 빅토리아는 수리가 수많은 조카들 중에서도 유독 절 예뻐한다는 걸 알았다. 부모에게 버림받아, 내리 10년을 숲속에서 고독하게 살아남은 조카. 심지어는 손수 길러 냈으니, 자식이 없는 수리에겐 마치 배 아파 낳은 제 자식처럼 느껴졌을 것이다.

그럼에도 그 깊은 마음을 몰라 반항하고 부단히 사고를 쳤다. 실은 고모와 휴고를 떠나 숲속으로 돌아갈 생각은 추호도 없으면서, 조금만 심기가 뒤틀려도 다 버리고 떠날 것이라 외치곤 했다. 어차피 이렇게 될 것을, 왜 그렇게 고모에게 상처를 주고 고모를 아프게 했을까.

빅토리아는 지난날을 후회하지 않는 사람이지만, 그 시절만큼은 참으로 후회스러웠다. 결국에는 고모가 저 때문에 굴욕을 감내하는 것이 싫어, 천성에도 맞지 않는 계략을 꾸며 잉그람을 떠나게 되었으면서. 왜 그때는 조금의 자존심도 굽히지 않았을까. 그깟 자존심이 대체 뭐라고.

빅토리아는 고개를 꺾어 머나먼 밤하늘을 물끄러미 올려다보았다. 비행선이 구름 사이를 헤집어 나아갈 정도로 높은 상공에 올랐으나, 하늘의 별은 여전히 먼 듯했다. 좀체 가까워지지 않는 별빛은 여전히 그녀의 머리 위에서 반짝반짝 빛을 뿜어낼 뿐. 난간에 기대어 밤하늘로 손을 뻗던 빅토리아는 끝내 아무것도 쥐지 못한 빈손을 천천히 가슴팍으로 끌어 내렸다.

지난 2년, 오로지 이날만을 꿈꾸었다.

자신을 체스 말 삼아 끔찍한 참극을 자행했던 이들을 단죄하고, 자신에게 자유를 허락지 않던 이 땅을 끝끝내 떠나는 날. 끝을 기약할 수 없는 방랑은 외려 그녀의 사기를 고양했다. 타고나길 현실에 안주하지 않는 모험가. 눈앞에 닥친 역경과 고난은 그녀를 뜨겁고 단단하게 담금질할 것이었다.

그러므로 이것은 끝이 아닌 새로운 시작이다. 이제는 아무도 그녀를 억압하지 않고, 아무도 그녀에게 목줄을 매달 수 없다. 그녀를 억누를 수 있는 것은 오직 그녀 자신뿐.

'네 힘은 오로지 너의 것이다.'

나의 것. 나의 힘. 나의 생.

그리고…….

"빅토리아, 여기 있어요?"

벌컥 문을 열었다가 밀려드는 바람에 절로 몇 걸음 뒤로 물러났던 알렉이 도로 힘겹게 문을 열어젖혔다. 휘몰아치는 바람결에 옷깃을 여미며 주변을 휘휘 둘러보던 그의 눈길이 어느덧 멀찍한 난간에 기대어 선 빅토리아에게 닿는다.

둥그렇게 떠지는 알렉의 녹안을 발견한 빅토리아는 결국 웃음을 터트리고 말았다. 거센 바람을 맞으며 휘청휘청 알렉이 이편으로 다가오고 있는데도, 웃음은 좀처럼 멈추지 않았다. 마치 속에 담아 두었던 모든 상념을 털어 내듯, 빅토리아는 끊임없이 웃고 또 웃었다.

"왜 그렇게 웃어요?"

어쩐지 조금 토라진 듯한 기색으로 알렉이 웅얼거렸다. 빅토리아는 어느덧 목전으로 다가온 알렉에게로 천천히 손을 뻗었다. 손끝으로 와 닿는 뺨의 온기가 못내 간지럽다.

"그냥, 좋아서요."

알렉.

나의 사람.

"뭐가 그렇게 좋아요?"

"다요."

"다? 이 추운 데가 좋다고요?"

"음, 그보다는 당신이."

빅토리아는 흐드러지도록 웃었다.

"당신이 정말 좋아서요."

예기치 못한 대답에 알렉은 잠시 멍하니 그녀를 바라보았다. 추위에 질려 창백해진 뺨에 언뜻 홍조가 돈다. 빅토리아는 다시금 맑은 웃음소리를 흘리며, 붉어진 그의 귓가를 가만히 매만졌다.

"있잖아요, 알렉. 나는 당신이 아는 것처럼 강하지 않아요."

마법은 무적이 아니다. 이즈리얼 알피어스의 고귀한 권능도 모든 것을 해결해 주진 못한다. 여전히 세상에는 마법으로도 설명할 수 없는 신비가 존재했다.

"세상에서 고모가 제일 무섭고, 인간 같지 않은 인간들은 도대체 뭔

짓을 저지를지 몰라서 무서워요."

"……."

"하지만 역시 가장 무서운 건, 내가 잘못된 길을 걸어가고 있다는 걸 알면서도 방향을 틀지 못할 때예요."

투텔에서 그녀는 잘못하고 있다는 걸 알았다. 적은 잉그람 정부가 선전하듯 말려 죽여야 하는 악귀가 아니었고, 그녀에겐 저들을 죽여야 하는 마땅한 이유가 없었다. 투텔의 사람들은 그녀를 억압하지도, 그녀에게 굴욕을 선사하지도 않았다. 그녀의 칼날은 마땅히 잉그람의 국왕을 향해야 했다.

그럼에도 지체된 2년, 빅토리아는 무수한 피를 흘려야만 했다. 꾀병을 부리고, 늦장을 피우는 것도 한계가 있었다. 미루고 미루다가도 죽여야만 하는 때는 반드시 도래했고, 그 시기를 빅토리아는 마냥 피할 수만도 없었다. 잘못된 길에서 그녀는 수만 가지 후회를 거듭했다.

"난 다시는 그러고 싶지 않아요. 알면서 잘못된 길로 걸어가고 싶지도 않고, 나중에 잘못을 깨닫고 후회하기도 싫어요. 하지만 알잖아요, 사는 게 그리 녹록하지 않다는 걸."

빅토리아의 재능을 특별하다. 한여름에도 겨울을 불러오며, 손쉽게 남의 생명을 앗아 갈 수 있다. 자신의 힘이 남들에겐 커다란 위협이 될 수도 있다는 걸 빅토리아는 모르지 않았다. 고모는 늘 그것을 염려했다.

'숲으로 돌아가지 않을 거라면, 너도 적당히 어울려 살 줄 알아야 해.'

그렇기에 고모는 국왕의 앞에서 무릎 꿇었다. 사랑하는 조카가 세상에 남길 바라서. 미친 아버지처럼 평생을 감옥에서 썩어 가는 신세는 면하게 해 주려고.

빅토리아도 이제는 고모의 마음을 안다. 그녀는 잉그람을 떠나지만, 이 세상을 완전히 등지는 것은 아니었다. 그녀의 눈앞으로는 드넓은 세상이 펼쳐져 있었다. 이제 그곳에서 그녀는 남에게 휘둘리지 않는 자신의 삶을, 남들과 어울리며 일구어야만 했다.

"그러니까 당신이 말해 줘요."

빅토리아는 진심을 담아 말했다.

"행여 내가 어긋나거든, 그러지 말라고 해 줘요. 내가 알면서도 그런다면, 내게 반기를 들고 일어설 용기를 줘요. 당신의 목소리는 언제나 내 마음속으로 깃드니까."

"……."

"대신 내가 당신을 지켜 줄게요."

10년을 홀로 살았다. 그다음 10년은 고모와 휴고에게 의지하며 살았다.

하지만 이제는 그렇게 살 수 없다. 빅토리아는 그와 함께 떠나기로 결심했다. 그와 함께 살아가기로 결심했다. 그를 지키고 그에게 의지하며, 때로는 그에게 의지가 되고 그에게 지켜지는 삶. 앞으로 그녀는 그런 삶을 살아갈 것이었다.

"……빅토리아, 나는."

알렉은 떨리는 목소리를 차마 잇지 못하였다. 듣지 않아도 그의 대답은 충분히 짐작한다. 알렉은 늘 그녀에게 솔직했다. 다른 사람들 앞에서는 쉽사리 가면을 쓰고 거짓을 일삼던 이가, 그녀만 마주하거든 세상에서 제일가는 얼간이가 되었다.

하지만 빅토리아는 그런 모습이 참으로 좋았다. 복잡하고 까다로운 것을 질색하는 그녀에게 알렉은 언제나 사랑스러운 사람이었다.

"놀라지 말고 들어요."

행여 그가 겁먹을까, 빅토리아는 그의 손목을 잡고 천천히 난간으로 이끌었다.

"당신 뒤편으로 우릴 노리는 사냥꾼들이 있어요."

순간 알렉의 눈이 크게 뜨였다. 빅토리아는 여전히 잔잔한 미소를 머금은 채로 알렉의 등 뒤로 도사린 어둠을 또렷이 응시했다. 그녀의 힘을 두려워하는 발푸르기스 평의회의 사자들. 마법 사회의 흉악한 죄인들만 쫓는 그네들은 국왕의 졸개들과는 다르다. 책상물림인 대다수의 마녀 · 마법사들과는 달리, 마법으로 싸울 줄 아는 치들이었다.

"여기서는 싸우기 힘들어요. 보다시피 너무 좁고, 자칫하다간 비행선이 망가질 수도 있으니까."

"그럼 어쩌죠?"

알렉의 조급한 물음에 빅토리아는 별다른 대꾸 없이 빙긋 웃기만 했다. 그러곤 갑자기 훌쩍 난간 위로 올라가 앉는다.

"빅토리아?"

알렉은 못내 불안한 눈으로 그녀를 올려다보았다. 이곳은 비행선 외부. 난간에서 떨어졌다간 돌이킬 수 없다.

"알렉. 날 믿어요?"

빅토리아는 가만한 미소를 지으며 손을 내밀었다. 입술을 깨물며 몹시 번민하던 알렉이 끝내 그녀의 손을 맞잡았다.

그 순간, 난간에 걸터앉았던 빅토리아의 몸이 휘청하며 뒤로 넘어갔다. 그녀와 손잡았던 알렉 역시 어찌할 도리 없이 난간 바깥으로 스러진다. 야음을 틈타 서서히 그들을 죄어 가던 사냥꾼들이 화들짝 놀라 난간으로 뛰쳐나왔다. 하지만 그때, 빅토리아와 알렉은 이미 잿빛 구름 속으로 자취를 감춘 뒤였다.

땅과 하늘의 경계를 덮는 구름의 강. 희뿌연 상단의 구름을 관통하기 무섭게, 검은 우산이 활짝 펼쳐진다.

눈꺼풀이 절로 밀려 날 만치 무시무시한 속도로 추락하던 두 사람은 그제야 살랑이는 봄바람을 타듯 느리게 하강하기 시작했다. 사방에서 그들을 좨치던 칼바람도, 심장을 차게 얼리던 불안감도 이제는 없다. 우산은 상공의 폭풍을 부드럽게 갈라냈다. 사이좋게 우산을 거머쥔 두 사람은 이제 왈츠를 추듯 우아하게 낙하하기 시작했다.

잿빛 구름으로 뒤덮인 발아래를 멍하니 응시하던 알렉이 느릿하게 고개를 들어 올렸다. 어두운 시야. 가느다란 미소 한 줄기 그려진 빅토리아의 얼굴이 아스라한 별빛을 받아 석고처럼 빛난다.

"빅토리아. 아니, 비키."

알렉은 몹시 애타게 그녀를 보았다. 마치 이 세상에 그녀밖에 없다는 듯. 두방망이질하는 박동 소리가 밤하늘을 고요히 울렸다.

"사랑해요."

조금 놀란 듯 눈을 동그랗게 뜬 빅토리아가 이내 웃음을 터트렸다. 그러곤 더없이 사랑스러운 이를 보듯, 알렉의 뺨을 부드럽게 감싸 쥐며 나지막이 속삭였다.

"나도 사랑해요."

빛 한 줄기 들지 않던 조그만 섬.

잿빛 구름으로 뒤덮인 밤하늘에서 우산을 나눠 쓴 연인이 천천히 내려왔다. 그들이 꿰뚫고 지나온 구름의 틈새로, 겨울의 별 발디비아의 별빛이 서서히 드리워진다. 사랑하는 딸의 앞날을 축복하듯, 밤하늘 수억 별이 보태는 영원한 기원을 담아.

— *fin*